ハンディ版 入門歳時記 新版

大野林火 監修
俳句文学館 編

角川書店

ハンディ版

入門歳時記

新版

序

　ここ数年、歳時記ブームである。毎年のように新しい歳時記が誕生、収録季語数も四千とも五千ともいわれ、その多きを誇っている。そこには必ず新しい季語も加えられているが、これは私たちの生活の行動範囲が拡がったからである。これをいえば登山が盛んになれば高山植物が、野草・野鳥を探ることが盛んになれば、野草・野鳥が、民俗行事を探ることが盛んになればその種の行事が私たちの生活に入ってくるためである。これを阻止することは出来ない。新季語の出現にはそれだけの理由があるのである。また、それによって作句上便利を受けていることも認めなければならない。

　こんな訳で歳時記の収録季語数は殖える一方であるが、しかし、それを一実作者の立場に戻っていえば、一人の作家が一生に用いた季語の数は千ないし千五百もあれば多い方であろう。しかし、その作家が年々繰返し用いる季語の数でいえば、或は百を出ないかも知れない。多く見ても数百あればまず以て不自由することはない。それは私の実作経験を土台にいっているのであるが、親しき友の二、三に問いただしても同じようなことであった。具体的にいえば、雪・月・花を頂点に数百の季語があれば充分日常の作句には事足りるということである。

今回、俳句文学館が歳時記刊行ブームの中で、敢て新しく歳時記の編纂を企てたのは初めて俳句を作ろうとする人々のための実用的な歳時記の見当らぬためである。従来、歳時記に対し、季寄せという簡便なものがあるが、これは歳時記の縮刷版といってよく、ここでも季語の収録数に心が配られる反面、季語解説が必ずしも充分とはいえない。従って季寄せは簡便だが初めて俳句を志す人を満足させるものでない。

季語解説を懇切に施し、しかも、日常の実作に不自由なくするには季語を実作向きに選びださねばならぬ。この作業は容易でない。各人各様の生活環境があるからだが、それでも最大公約数を採ればほぼ目的は達せられる。各編纂委員は各自の豊富な実作経験を生かし、何回も会合を重ねてこの作業に当り、現代生活に密着している季語約八百を選んでくれた。これだけあればまず以て日常の作句に不自由はない。そして、その季語に懇切・丁寧な解説を施してくれた。所期の目的はこれでほぼ達せられたと思う。

例句にルビを付したが、これは従来の歳時記になかったことで、この歳時記を読み易く、親しみ易いものにしたと思う。その上、各季語に一句例句鑑賞を付したことはこれも従来の歳時記になかったことで、この鑑賞を読むことで読者は季語の一句に占める位を知り、作句の機微をおのずから知ることになろうと思う。この歳時記が歳時記であるとともに俳句入門を兼ねる理由である。

俳句人口はこのところ急増した。それに応えて歳時記、俳句入門書も次から次と刊行されている。しかし、歳時記が入門書も兼ねているというものはない。この「入門歳時記」はその渇望に応えたものである。おすすめしたい。

昭和五十五年仲春

大野林火

凡例

一、季の配列は春・夏・秋・冬・新年の順にした。

一、各季の巻頭に、それぞれの季を概観して解説をなした。春・夏・秋・冬がそれぞれ一年のどの期間にあたるか、この区分は気象学上または西洋暦の区分とどう違っているかを明らかにした。また、歳時記の特徴として新年を独立させ季とした理由も説明し、歳時記の上の各季のもっともよくその季感を表現する情趣をも簡潔にまとめて示したいと考えた。

一、季の中の季題は、精選して代表的なもの約八〇〇題に限った。季題・季語の選択は編集委員により検討・討議し、決定した。季題の配列は動物・植物などの項目でまとめたところもあるが、おおむねは季の中でさらに季節の推移が理解できるように、季節順になるように配慮した。

一、季題解説はできるだけやさしい記述を心がけた。また、読み物としての歳時記となるようにと考え、一般的な概説より興味ある叙述にと努めた。

一、季題の各項目の下の（）内に歴史的仮名づかいによるふり仮名を付した。その他解説文中にはなるべく多くふり仮名を付したが、それは現代仮名づかいによった。

一、季題の各項目の下に並べあげた季題は、主にその季題の異名またはその季題に準じて用いられるものをあげた。解説末尾に付した季題は、関連して用いられるものの主なものを示した。
一、季題解説中にあげられた別の季題はゴシック体で示し、その解説によって季題項目の不足を補うようにした。
一、例句は古典より現代まで広く収載した。例句中の一句に鑑賞を施し、季題の情趣の理解に役立つようにした。
一、例句の仮名づかいは歴史的仮名づかい、用字は常用漢字体を原則として用いたが、入門者用として、すべての例句に現代仮名づかいによるふり仮名を施した。
一、例句の作者は古典作家は号のみ、近・現代作家は姓名（姓号）を掲げた。
一、読者の便を図って、目次及び分類目次のほかに、巻末に本題・異名・別名などの五十音総索引（約二五〇〇語）を付した。

季題解説及び鑑賞執筆分担

時候・天文	村田　脩
地理・行事	鍵和田秞子
生活	北澤　瑞史
動物	樋笠　文
植物	島谷　征良
編集協力	宮下　翠舟

入門歳時記――目次

夏

秋

冬

新年

分類目次

春

時候

天文

地理

生活

行事

動物

植物

夏

時候

入梅《にゅうばい》　二〇三
夏至《げし》　二四一
暑《あつ》し　二五四
涼《すず》し　二七七
炎昼《えんちゅう》　三〇五
灼《や》く　三〇八
土用《どよう》　三一一
秋近《あきちか》し　三一八
夜《よる》の秋《あき》　三一八
晩夏《ばんか》　三一九

天文

卯《う》の花腐《はなくだ》し　一八六
梅雨《つゆ》　二〇四
五月闇《さつきやみ》　二〇五
南風《なんぷう》　二二九
青嵐《あおあらし》　二四〇
薫風《くんぷう》　二四〇
雹《ひょう》　二五一
雲《くも》の峰《みね》　二六一
雷《かみなり》　二六一
夕立《ゆうだち》　二六二
虹《にじ》　二六三
雲海《うんかい》　二七四
夏《なつ》の月《つき》　二八八
朝曇《あさぐもり》　三〇四
炎天《えんてん》　三〇四
片蔭《かたかげ》　三〇六
西日《にしび》　三〇七
夕焼《ゆうやけ》　三〇七
旱《ひでり》　三〇九
喜雨《きう》　三一〇

地理

卯浪《うなみ》　一六七
出水《でみず》　二〇四
青田《あおた》　二六〇
夏《なつ》の山《やま》　二七〇
お花畑《はなばたけ》　二七二
雪渓《せっけい》　二七三
滝《たき》　二七四
泉《いずみ》　二七五
滴《したた》り　二七六
土用浪《どようなみ》　三一四

生活

更衣《ころもがえ》　一六九
新茶《しんちゃ》　一七四
筍飯《たけのこめし》　一八〇
袋掛《ふくろかけ》　一八八
草笛《くさぶえ》　一九一
田植《たうえ》　二一六
誘蛾灯《ゆうがとう》　二一八
藻刈《もかり》　二一六
草取《くさとり》　二一七
鵜飼《うかい》　二一八
夜釣《よづり》　二一九
蚊帳《かや》　二二七
蚊遣火《かやりび》　二二八
青簾《あおすだれ》　二五四
籐椅子《とういす》　二五五
団扇《うちわ》　二六四
花茣蓙《はなござ》　二六五
日傘《ひがさ》　二六五
登山《とざん》　二七一
羅《うすもの》　二七八
浴衣《ゆかた》　二七八
汗《あせ》　二七九
汗拭《あせぬぐい》　二八〇
白靴《しろぐつ》　二八一
噴水《ふんすい》　二八一
露台《ろだい》　二八二

行事

動物

植物

秋

時候

天文

地理

冬

時候

年《とし》の暮《くれ》　五六九
年惜《としお》しむ　五七〇
除夜《じょや》　五七〇
寒《かん》　五七二
凍《こお》る　五七四
冴《さ》ゆ　五七四
三寒四《さんかんし》温《おん》　五七五
日脚伸《ひあしの》びる　五九五
春隣《はるとなり》　五九九
節分《せつぶん》　六〇〇

天　文

冬晴《ふゆばれ》　四八四
凩《こがらし》　四八八
時雨《しぐれ》　四八八
冬日《ふゆひ》　四九二
北風《きたかぜ》　五五一
空《から》つ風《かぜ》　五五一
虎落笛《もがりぶえ》　五五二
霜《しも》　五五二
霙《みぞれ》　五五五
霰《あられ》　五七六
風花《かざはな》　五七七
雪起《ゆきおこ》し　五七八
雪《ゆき》　五七八
雪女郎《ゆきじょろう》　五八三

地　理

山眠《やまねむ》る　五一四
枯野《かれの》　五一五
冬《ふゆ》の海《うみ》　五二〇
水涸《みずか》る　五五六
氷《こおり》　五八四
氷柱《つらら》　五八五

生　活

炉開《ろびらき》　四七〇
大根干《だいこんほ》す　四七九
切干《きりぼし》　四八〇
沢庵漬《たくあんづけ》　四八一
茎漬《くきづけ》　四八二
木《こ》の葉髪《はがみ》　四八七
冬構《ふゆがまえ》　四八九
網代《あじろ》　四九〇
息白《いきしろ》し　四九七
風呂吹《ふろふき》　五〇五
雑炊《ぞうすい》　五〇六
根深汁《ねぶかじる》　五〇八
干菜《ほしな》　五〇九
寄鍋《よせなべ》　五一〇
おでん　五一一
焼芋《やきいも》　五一二
湯豆腐《ゆどうふ》　五一二
玉子酒《たまござけ》　五一三
狩《かり》　五一七
河豚汁《ふぐじる》　五二三
乾鮭《からざけ》　五二四
冬籠《ふゆごもり》　五二八
炭《すみ》　五二九
炭団《たどん》　五三〇
炭焼《すみやき》　五三一
焚火《たきび》　五三二
榾《ほだ》　五三三
囲炉裏《いろり》　五三三
暖房《だんぼう》　五三四
炬燵《こたつ》　五三五
湯婆《たんぽ》　五三六
湯《ゆ》ざめ　五三七
風邪《かぜ》　五三七
蒲団《ふとん》　五三八
襖《ふすま》　五三九
綿入《わたいれ》　五四〇

行　事

動　物

植物

新年

時候

天文

生活

行事

動物

植物

春

春

　春は温暖、花の季節であり、一年の中の花ともいえる明るい時期である。種《たね》蒔《ま》き・芽吹き、万物に力みなぎった穏やかさがある。ただ花とだけいえば、わが国では古来より、桜のことであり、花の季節はすなわち桜の季節である。春は桜花に象徴され、昼は霞《かすみ》、夜は朧《おぼろ》、ゆったりした春の駘蕩《たいとう》の気分はここに集められる。その桜は暦の上では春の終わり近く、花の色ののどかな趣にひきかえ、散るときは慌ただしく散る。このいさぎよき落花の中に、春は惜しまれつつ去る。

　四季の区別の上の春は、単純にいえば気温が年間平均気温に達し、夜より昼が長くなって行く時期である。これは、ほぼ陽暦三、四、五月に当たり、気象上また一般観念ではこの時期を春とする。西洋の暦では春分より夏至前日までとする。東洋の暦では、このいずれよりも早く、立春（二月四日ごろ）より立夏（五月六日ごろ）前の陽暦二、三、四月となる。俳句でも、この暦に従い、一般の観念より早く、寒さのうちにも春の情趣をとらえる。春（はる）の語源は「発」または「張る」、万物発生の時というのであろう。

立《りっ》春《しゅん》　春立《はるた》つ　春来《はるく》る

解説　地球に対する太陽の位置により、一年を二十四節気に分けたもののうちの一つで、その太陽黄経三一五度の日を立春とする。中国の暦の季節区分で、まだ寒いが日脚の伸びの感じられるこの時期を立春としたのは農耕上の必要からかとも思われる。暦の上で春とされれば、気持ちの上でも春の兆しを覚える。陰暦では、立春は新年に当たったので、立春・元日を含めて今朝《けさ》の春《はる》・今日《きょう》の春《はる》などと詠まれた。今はそういう季題は元日に限って使われるようになった。陽暦では、二月四日か五日節分《せつぶん》の翌日に当たる。

春《はる》たちてまだ九日《ここのか》の野《の》山《やま》かな　芭蕉
立春《りっしゅん》の大地《だいち》をもたげもぐらもち　長谷川素逝
立春《りっしゅん》の月《つき》の早《はや》くもあがりけり　安住敦
立春《りっしゅん》のその後《ご》の寒《さむ》さ言《い》ひ合《あ》へる　石塚友二
はきはきと物言《ものい》ふ子《こ》供春立《どもはるた》ちぬ　山田みづえ

鑑賞　立春《りっしゅん》の米《こめ》こぼれをり葛西橋《かさいばし》　石田波郷

この句は太平洋戦争終戦翌年の作、東京の葛西あたりのことを知っていればなお感銘深い。通りがかりの橋の上にふと見た真っ白な数粒のお米に、今日の立春を感じ、そして心に希望めくものをわかせたのであろう。

寒《かん》明《あけ》　寒明《かんあ》ける　寒《かん》の明《あけ》

解説　寒の期間が終わって立春になるが、その寒の明けることをいう。二月の四日か五日、立春と同じであるが、季語として寒の続きの気持ちが強い。

川波《かわなみ》の手《て》がひらひらと寒明《かんあ》くる　飯田蛇笏
われら一夜《いちや》大《おお》いに飲《の》めば寒明《かんあ》けぬ　石田波郷

或《あ》る家《いえ》で猫《ねこ》に慕《した》はれ寒明《かんあ》くる　秋元不死男

寒明《かんあけ》や横《よこ》に坐《すわ》りて妻《つま》の膝《ひざ》　草間　時彦

鑑賞

寒明《かんあ》けの波止場《はとば》に磨《みが》く旅《たび》の靴《くつ》　沢木　欣一

海の明るい日の射す波止場で、これから乗船して旅立つ前に靴を磨かせたのであろうか。磨かれる靴の光ももう寒明けの輝き、これからの旅路の早春の景が期待されている。

旧正月《きゅうしょうがつ》（きうしやうぐわつ）　旧正《きゅうしょう》

解説　陰暦によって行う正月。陰暦によって潮の干満を知る漁村、また農事で陰暦になじみ深い農村では、現在でも旧正月を祝う習慣が根強い。また、新暦が一般に浸透したため、やや改めて月遅れの正月を祝う風習もあるが、これも旧正月と似た感じに受け取ってよい。

道《みち》そぞろ旧正《きゅうしょう》の紀《き》に遊《あそ》びつつ　阿波野青畝

旧正《きゅうしょう》や旅《たび》をうながす南《みなみ》の星《ほし》　大野　林火

旧《きゅう》正《しょう》や見世物《みせもの》に出《で》て蛇娘《へびむすめ》　丸山　柳絃

旧正《きゅうしょう》やたくはへし葱納屋《ねぎなや》にあり　上村　占魚

鑑賞

ひもろぎや旧正月《きゅうしょうがつ》のかけ大根《だいこん》　吉岡禅寺洞

この「ひもろぎ」は本来の「神籬《ひもろぎ》」、神聖な地に玉垣をめぐらしたものであろうか。その玉垣に干し大根がかけられた景と思える。大根の白さ、旧正月らしい質朴な祝意が表れている。

初《はつ》午《うま》　午祭《うままつり》　一《いち》の午《うま》　稲荷祭《いなりまつり》

解説　二月の最初の午の日に、稲荷神社の祭礼が行われる。京都の伏見《ふしみ》稲荷をはじめ、愛知県の豊川《とよかわ》稲荷その他全国に稲荷神社は数が多く、また、屋敷神《やしきがみ》としても祭り、路地や藪陰《やぶかげ》の小祠《ほこら》もあり、初午にはのぼりを立て、太鼓の音がし、油揚げを供え、狐《きつね》がお使いとして現れることになっている。初午の稲荷詣《まいり》は平安時代にはじまる古い信仰で、しかも庶民の間に盛んであった。稲荷は稲生《いなり》の意で、農業の神、田の神であるといわれている。田の神が狐を使者にするという信仰である。二月初午と稲荷との結びつきは、伏見稲荷の祭神が稲荷山の三ヶ峯に降臨したのが和銅四年（七一一）二月十一日で、その日が初午だったからという。現代では五穀豊穣の農業の神としてばかりでなく、開運の神として人気があり、どの社も初午にはにぎわう。二月第二の午の日は**二《に》の午《うま》**、第三の午の日まであれば、**三《さん》の午《うま》**といって、詣《もう》でたりする。

はつむまに狐《きつね》のそりし頭哉《あたまかな》　芭蕉

初午《はつうま》の遙《はる》かに寒《さむ》き雲《くも》ばかり　百合山羽公

道《みち》はばむ黒牛《くろうし》と女童《めろ》午祭《うままつり》　石原舟月

古《ふる》き家藪《いえやぶ》を残《のこ》せり一《いち》の午《うま》　遠藤正年

立《た》ててすぐ幟《のぼり》鳴《な》りけり午祭《うままつり》　榎本好宏

鑑賞　庭祠《にわほこら》いまは路傍《ろぼう》に午祭《うままつり》　山口青邨

かつては広い農家の庭の中に祭られていた稲荷祠が、その後の道路拡張などの事情で、いきなり路傍にさらけ出されてしまった。それでも今日はのぼりも立ち、供え物などして、初午らしい光景である。

針供養《はりくよう》（はりくやう）　針祭《はりまつ》る　針納《はりおさ》め

解説　関東では二月八日、関西方面では十二月八日に行われるが、俳句では春の季題となっている。その日、針仕事を慎んで、針を休め、折れた針には供養をするのである。一年間に使って折れた縫い針を集めておき、淡島《あわしま》神社へ納めに行き、神前の豆腐に針を刺す。針は柔らかなものに刺して休めるといって、豆腐とかこんにゃくなどに刺して祭り、あわせて、裁縫の上達をも祈る。すべてを手で縫っていたころの、ゆかしい行事であったが、現在では、和裁・洋裁関係の職場や学校、針仕事をよくする家などで祭事が行われている。

古妻《ふるつま》や針《はり》の供養《くよう》の子沢山《こだくさん》　飯田　蛇笏

風花《かざはな》に濡《ぬ》れきし髪《かみ》や針供養《はりくよう》　西島　麦南

針供養《はりくよう》女《おんな》の齢《よわい》くるぶしに　石川　桂郎

折鶴《おりづる》にはなやぎ灯《とも》し針《はり》まつり　深川正一郎

鑑賞

昼湯《ひるゆ》より戻《もど》りて遊《あそ》ぶ針供養《はりくよう》　高橋淡路女

針供養は針を休息させるのだが、ついでに針仕事を休むので、女の休日にもなる。のんびりした一日のようすである。

雪解《ゆきどけ》

雪解《ゆきげ》　雪解水《ゆきげみず》　雪解川《ゆきげがわ》　雪解野《ゆきげの》
雪解風《ゆきげかぜ》　雪解雫《ゆきげしずく》　雪解光《ゆきげこう》

解説　春になって気温が暖かくなると、雪国や山岳の積雪が解けはじめる。雪解けの水は川に流れこんで増水し、ごうごうと響き流れ、時にはあふれて洪水を起こしたりもする。暖かい地方では降った雪はすぐ解けてしまうので、こういう現象は起こらない。また、雪国の軒に滴る雪解雫は、いかにも春が来たという感じで、日に輝いて美しい。この雪解雫は、本来は雪国の季語であるが、現在は一日二日で解けるような地方の場合でも、自由に使われている。

雪《ゆき》とけて村一《むらいっ》ぱいの子《こ》どもかな　一　茶

牧牛《ぼくぎゅう》に雪解《ゆきげ》のながれいくすぢも　石橋辰之助

光《ひかり》堂《どう》より一《ひと》筋《すじ》の雪《ゆき》解《げ》水《みず》　有馬　朗人

雪《ゆき》解《げ》川《がわ》名《めい》山《ざん》けづる響《ひびき》かな　前田　普羅

にぎはしき雪解《ゆきげ》雫《しずく》の伽藍《がらん》かな　阿波野青畝

鑑賞

とびからすかもめもきこゆ風《かぜ》ゆきげ　金尾梅の門

とびの声、からすの鳴き声、それにかもめの声まで混じって聞こえてくる、雪解風の中である。ようやく春になって、風は冷たいけれどまぎれもない雪解に、鳥たちがいっせいに勢いづいて活動しはじめたようすが、いきいきと感じられる。

雪《ゆき》しろ

雪汁《ゆきじる》　雪濁《ゆきにご》り　雪《ゆき》しろ水《みず》

解説　春になって寒気が緩み、積もった雪が解けて、一時に川や海や野原や田畑にあふれ出るものをいう。これが洪水のようになれば、**春出《はるで》水《みず》**で、災害を起こすことになる。雪濁りはこの雪しろのために川や海が濁ることをいう。

かうかうと雪代《ゆきしろ》が目《め》に眠《ねむ》られず　加藤　楸邨
雪《ゆき》しろの溢《あふ》るるごとく去《さ》りにけり　沢木　欣一
雪《ゆき》しろのひかりあまさず昏《く》るるなり　岸田　稚魚
雪代《ゆきしろ》や一羽《いちわ》鴉《からす》が石《いし》にをり　森　澄雄

鑑賞
雪《ゆき》しろやまだもの言《い》はぬ葡萄《ぶどう》の木《き》　佐野　美智

雪しろはいかにも春を感じさせるのに、葡萄の木の方は未だ芽吹きもしない。冬のままの枯れた姿をしている。それを「まだもの言はぬ」と擬人化したのである。

残《ざん》雪《せつ》

残《のこ》る雪《ゆき》　雪残《ゆきのこ》る　雪《ゆき》の名残《なごり》

解説　春になってもまだ残っている雪である。本来は一冬中降り積もっていた雪が、春になってようやく解けはじめ、まだあちこちに残っているときの趣である。それほど雪の多くない地方でも、冬の終わりごろに降った雪が残っている場合がある。町中は雪が消えやすいが、家裏や藪陰《やぶかげ》、山の岩陰や樹の下など、さらに遠くの連山に残雪が輝いているような場合もある。春になって雪が解け消えた隙間《すきま》が**雪間《ゆきま》**である。

残雪《ざんせつ》やごう〳〵と吹《ふ》く松《まつ》の風《かぜ》　村上　鬼城
雪《ゆき》残《のこ》る頂《いただき》一《ひと》つ国《くに》境《ざかい》　正岡　子規
一枚《いちまい》の餅《もち》のごとくに雪残《ゆきのこ》る　川端　茅舎
傷《きず》のごと山《やま》の額《ひたい》に残《のこ》る雪《ゆき》　松本たかし
藪の中《なか》魂《たま》抜《ぬ》けて雪残《ゆきのこ》りけり　大串　章

鑑賞
残雪《ざんせつ》の尾根《おね》星《ほし》ぞらの若々《わかわか》し　千代田葛彦

高山の残雪の尾根は、その上に広がる星空も春めいてきて、どこか潤んだような感じがする。それを「若々し」と表現したところに、春の到来を喜ぶ心のはずみが感じられて、いかにも快い。

薄氷《うすらい》（うすらひ）　薄氷《うすごおり》　春《はる》の氷《こおり》

解説　春先、寒さが戻り、うすうすと張る氷をいう。それが解け残って漂い浮かんでいるようなのは、浮氷《うきごおり》とか、残《のこ》る氷《こおり》とかいう。どれも春の氷である。ところで、薄氷を春の季題としたのは近代以後のことといわれる。江戸時代の歳時記などでは冬の部に入っている。「薄氷を踏む思い」などということばがあるが、しばらくして日に解けてしまう淡々《あわあわ》とした氷は、それゆえに美しく、はかなく心をひく趣がある。

薄氷《うすごおり》雨《あめ》ほちほちと透《すか》すなり　白　雄
せりせりと薄氷杖《うすらいつえ》のなすままに　山口　誓子
薄氷《うすらい》をさらさらと風走《かぜはし》るかな　草間　時彦
薄氷《うすらい》の吹《ふ》かれて端《はし》の重《かさ》なれる　深見けん二
荒鋤《あらすき》の田《た》や隅々《すみずみ》の薄氷《うすごおり》　染谷　秀雄

鑑賞
薄氷《うすごおり》ひよどり花《はな》のごとく啼《な》く　飯田　龍太

ようやく春になって、氷も薄い氷が張るだけになった、そんな山国の情景。ひよどりが鳴いている声を「花のごとく」と表現したところに独特の美しさがある。華やかな鳴き方であたりの澄んだ大気まで感じさせる。

冴《さえ》返《かえ》る（さえかへる）

解説　いったん暖かくなりかけてからまた寒さが戻ってくるのをいう。俳句以外では「冴ゆ」とほとんど同じ意か、それを強めてひどく冴えきっているの意に解されるが、俳句では冬の寒さの冴えの戻ってきた春の寒さをいう。もっとも、少し暖かさになれはじめた身には寒気厳しく感ずるので、冴返るのは身にこたえる。同じ寒さをいうのに**凍返《いてかえ》る**があるが、冴返るが時候であるのに対して地上の凍ての戻ってきた状態をいう。

柊《ひいらぎ》にさえかへりたる月夜《つきよ》かな　丈草
真青《まつさお》な木賊《とくさ》の色《いろ》や冴《さえ》返《かえ》る　夏目漱石
冴《さ》えかへるもののひとつに夜《よる》の鼻《はな》　加藤楸邨
物《もの》置《お》けばすぐ影《かげ》添《そ》ひて冴《さえ》返《かえ》る　大野林火
いくたびか死《し》におくれし身《み》冴《さえ》返《かえ》る　野澤節子

鑑賞　冴《さえ》返《かえ》る日《ひ》の東京《とうきょう》に帰《かえ》りけり　渋沢渋亭
東京を故郷と思い、東京を愛する人の句である。はね返ってきた春の冷えこみの日に東京に帰ってきたのである。われとともに東京に返ってきた寒冷さを作者はしみじみ味わっている。

余《よ》寒《かん》　残《のこ》る寒《さむ》さ

解説　寒が明けてからも残っている寒さである。**春寒《はるさむ》**と同じことであるが、まだ寒の余波であるという感じの強いところに、語感には微妙な違いがある。残暑に対応する語で、この期間の長さや厳しさが桜その他の開花時期に影響する。夜寒《よさむ》は晩秋の夜の寒さで読み方で明確に区別される。

思《おも》ひ出《いで》て薬湯《やくとう》たてる余寒《よかん》かな　召波

日《ひ》の入《いり》に時計《とけい》の合《あ》へる余寒《よかん》かな　久保田万太郎
世《よ》を恋《こ》うて人《ひと》を怖《おそ》るゝ余寒《よかん》かな　村上　鬼城
春寒《はるさむ》く伐《き》り乱《みだ》しあり岨《そば》の杉《すぎ》　松本たかし
伐《き》り伏《ふ》せの竹《たけ》四五本《しごほん》の余寒《よかん》かな　上田五千石

鑑賞　鎌倉《かまくら》を驚《おどろ》かしたる余寒《よかん》あり　高浜　虚子

鎌倉という由緒《ゆいしょ》ある地名がこの句では大きな効果を見せている。温暖である鎌倉に思いがけない春の寒波がやってきたのであろうか。鎌倉を驚かすとはなにごとかと思わせて、それが余寒であるというおもしろみがある。

猫《ねこ》の恋《こい》（ねこのこひ）

恋猫《こいねこ》　浮《う》かれ猫《ねこ》　猫《ねこ》さかる
猫《ねこ》の妻《つま》

解説　猫の交尾期は年に四回あるが、もっとも多いのが春である。発情期の猫は赤子の泣くような声で鳴き、仲間を求めあう。昼夜を問わずもの狂おしく争うかと思うと、切ない声で鳴き続ける。幾日もさまよったあげく、傷つき汚れて帰って来る姿は哀れである。俳句独特の季語の一つで、定着したのは芭蕉の時代といわれる。

恋《こい》猫《ねこ》のかへる野《の》の星沼《ほしぬま》の星《ほし》　橋本多佳子
山国《やまぐに》の闇《やみ》すさまじや猫《ねこ》の恋《こい》　原　石鼎
恋猫《こいねこ》の皿舐《さらな》めてすぐ鳴《な》きにゆく　加藤　楸邨
はるかなる地上《ちじょう》を駆《か》けぬ猫《ねこ》の恋《こい》　石田　波郷
恋猫《こいねこ》の恋《こい》する猫《ねこ》で押《お》し通《とお》す　永田　耕衣

鑑賞　恋猫《こいねこ》の身《み》も世《よ》もあらず啼《な》きにけり　安住　敦

「身も世もあらず」は、わが身も世間体も考えられない状態をいう。恋猫がなりふりかまわず、時も所も忘れてひたすら鳴き続けるさまを「身も世もあらず」という比喩を用いて巧みに言い表している。

白《しら》魚《うお》(しらうを)

しらお　白魚網《しらおあみ》　白魚舟《しらおぶね》
白魚汁《しらおじる》　白魚火《しらおび》

解説　体長一〇センチほどの透明な魚で、可《か》憐《れん》な黒い目が特徴である。「白魚のような指」に例えられるとおり、姿が美しく味も淡泊で上品なため、吸い物・てんぷら・酢の物などにして美味である。各地の河口付近でよく獲れたが今はほとんど見られない。産卵期は四、五月ごろで、四つ手網や刺し網を用いて獲る。かつては隅田《すみだ》川が名所として知られ、白魚網舟でにぎわったが、河川の汚染により絶滅してしまった。豊橋・桑名・松江などが名産地とされている。ハゼ科の白魚《しろうお》と混同せぬようにしたい。

曙《あけぼの》や白魚《しらうお》しろきこと一寸《いっすん》　芭蕉
ふるひ寄《よ》せて白魚崩《しらうおくず》れんばかりなり　夏目漱石
雨《あめ》に獲《え》し白魚《しらうお》の嵩《かさ》哀《あわ》れなり　水原秋桜子
白魚汲《しらうおく》みたくさんの目《め》を汲《く》みにけり　後藤比奈夫
白魚《しらうお》のさかなたること略《りゃく》しけり　中原道夫

鑑賞　白魚《しらうお》の小《ちい》さき顔《かお》をもてりけり　原石鼎
全身が無色半透明の小さな白魚に、これまた小さな顔があったことを作者は発見した。この観察の鋭さが、驚きとなり、やがて詠嘆となって句を成している。造化の神に対する敬虔の念もこめられていようか。

野《の》焼《や》く

野焼《のやき》　野火《のび》　草焼《くさや》く

解説　冬枯れの野や土手の枯れ草を焼くこと。その灰が草生を助長し、害虫駆除の役をする。山焼《やまや》く・畦焼《あぜや》く・畑焼《はたや》くなども同じで、風のない晴天の日を選び、一村あげて野を焼く遠景は、農村の早春を感じさせる。また、一年の農事の最初でもある。新しい開墾地にするために焼くことは最近見られないが、山焼きなどは山火事の危険を伴うので、火に対して厳重な警戒を払う。遠景・近景とも句材になるので多く詠まれている。

野《の》を焼《や》いて帰《かえ》れば燈下《とうか》母《はは》やさし　高浜　虚子
野《の》を焼《や》くやぽつんぽつんと雨到《あめいた》る　村上　鬼城
野《の》を焼《や》きて離《はな》れ離《ばな》れの家《いえ》にあり　中村　汀女
野火《のび》走《はし》るさきざき闇《やみ》の新《あたら》しく　三村　純也
浪音《なみおと》をひきよせて野火《のび》炎《ほ》を立《た》つる　原　裕

鑑賞 少年《しょうねん》に獣《けもの》の如《ごと》く野火《のび》打《う》たれ　野見山朱鳥

人間の手に負えない獣のような火と、野火の広がるさまを表現した。火の広がる危険に、棒を持ってたたき消す少年のひたすらな姿は、いつしか悪獣にいどみかかっているように見えてきた。火のさまを獣と発見した比喩が生きている。

麦《むぎ》踏《ふみ》　麦《むぎ》を踏《ふ》む

解説 麦の芽は寒さにも強い。しかし、霜のために根が浮き上がるのと、伸び過ぎるのを防ぐために、踏み押さえることが必要である。茎・葉の生長を一時止めて、根を充実させることが、たくましい穂を生む力になる。春になると生長が早いので、四、五回は踏んでやる。枯れ林や、遠い雪嶺《せつれい》を背景に、穏やかな日もあれば、風の強い日もある麦踏みの単調な動作は、のんびりした農村風景にもなれば、厳しい農耕作業の風景ともなる。

風《かぜ》の日《ひ》の麦踏遂《むぎふみつい》にをらずなりぬ　高浜　虚子
麦踏《むぎふみ》や寒《さむ》さに堪《た》へて小刻《こきざ》みに　西山　泊雲
歩《あゆ》み来《き》し人麦踏《ひとむぎふ》みをはじめけり　高野　素十
麦《むぎ》を踏《ふ》む父子《おやこ》嘆《なげ》きを異《こと》にせり　加藤　楸邨
麦踏《むぎふ》みのまたはるかなるものめざす　鷹羽　狩行

鑑賞 麦踏《むぎふ》むや海《うみ》は日《ひ》を呑《の》み終《おわ》りたる　森田　峠

海の見える段丘地の麦踏み。一日中、太陽の動きを感じながら海を見続けた。単調な作業も、燃えるような夕日が海に沈んで終わりとなった。その充足感を、「日を呑み」と思わず大胆な表現にして表したのであろう。

猫《ねこ》柳《やなぎ》　川柳《かわやなぎ》

解説　ヤナギ科の落葉低木。川のほとりや湿地帯に生えるので、川柳という別名がある。日本に自生する柳の仲間ではもっとも早く開花し、早春、葉に先立って柔らかいビロードのような白毛に包まれた蕾《つぼみ》を出す。このふっくらとした花穂を猫の尾に見立てて猫柳と名付けられた。雄株と雌株の区別があり、生け花などに多く用いているのは雄花のほうである。雌花は実を生じて後に柳絮《りゅうじょ》（柳の綿毛）となって飛散する。これは晩春の風景である。葉に斑《ふ》の入った斑入り猫柳は園芸品種として作り出されたもの。猫柳の樹皮は強い解熱効果を持つサリチル酸配糖体を含んでおり、解熱・鎮痛薬としてかつて使われたが、今はほとんど用いられなくなった。

猫柳《ねこやなぎ》湖畔《こはん》の春《はる》はととのはず　五十嵐播水

日《ひ》をゆりて水《みず》よろこべり猫柳《ねこやなぎ》　石原舟月

そのほかはつねの荒野《あらの》や猫柳《ねこやなぎ》　加藤覚範

猫柳《ねこやなぎ》日輪《にちりん》にふれ膨《ふく》らめる　山口青邨

鑑賞　猫柳《ねこやなぎ》高嶺《たかね》は雪《ゆき》をあらたにす　山口誓子

猫柳は早々と春を告げるかのように花をつけるが、四辺みな冬枯れのままである。あまつさえ、見はるかす高嶺はなお新雪が頂を飾る。

菠薐草《ほうれんそう》（はうれんさう）

解説　アカザ科の一年または多年草。葉は良質アミノ酸を含む蛋白質《たんぱくしつ》に富み、ビタミンAや鉄分も多い栄養価の高い野菜である。イラン原産でペルシア（菠薐国）から東西に伝えられたのでこの名がある。中国へは七世紀のころ入ったが、それが日本へ伝わるには約千年の時間を要した。江戸時代初期に唐船が長崎へもたらしたのが初めで、当時は唐菜《からな》と呼ばれた。これが今日の日本菠薐草で、茎が赤く葉は薄いが、味がいい。寒さに強く、秋蒔《ま》きで冬を越し、春に収穫する。菠薐草を春の季題とするゆえんである。現在は十九世紀以後ヨーロッパから導入された春蒔きの西洋菠薐草や日本種と西洋種の交配種が主流となり、季節感も味わいも乏しくなった。

しをらしや細茎赤《ほそくきあか》きはうれん草《そう》　村上　鬼城
菠薐草《ほうれんそう》土《つち》に喰《く》ひ込《こ》み氷《こお》る谷《たに》　沢木　欣一
はうれん草頭《そうあたま》そろへて友《とも》をまつ　寺田　京子
吾子《あこ》の口菠薐草《くちほうれんそう》のみどり染《そ》め　深見けん二
夫愛《つまあい》すはうれん草《そう》の紅愛《べにあい》す　岡本　眸

鑑賞　あをあをと菠薐草《ほうれんそう》の雪間《ゆきま》かな　増田手古奈
雪間は降り積んだ雪がところどころ解けて消えた隙間のこと。冬を越えた菠薐草が畑の雪間からあおあおと姿をのぞかせた。雪国の春の訪れである。

蕗《ふき》の薹《とう》（ふきのたう）　春《はる》の蕗《ふき》

解説　蕗はキク科の多年草で、古くはフフキといった。仲冬のころから霜雪をしのいで地中から若芽が吹き出るので冬吹き草というのがその名の起こりで、フキはさらにそれがつまった言い方である。立春を過ぎるころになるとその若い芽、すなわち浅い緑色の花穂が目立つようになる。これが蕗の薹である。苦味がかなり多いが、酢味噌《すみそ》和《あ》えや汁の実などにして香りを楽しむ。また、解熱や咳止《せきど》めによく、胃を丈夫にする効果がある。蕗の薹はやがて花茎を伸ばし、花を開く。蕗には雌株と雄株があり、雌株の花は白、雄株の花はうすい黄色である。この時期の葉や葉柄はまだ十分に育っておらず柔らかいので、ともに食用となる。

ほとばしる水《みず》のほとりの蕗《ふき》の薹《とう》　野村　泊月

襲《かさ》ねたるむらさき解《と》かず蕗《ふき》の薹《とう》　後藤　夜半

水《みず》ぐるま光《ひか》りやまずよ蕗《ふき》の薹《とう》　木下　夕爾

この畦《あぜ》や母《はは》亡《な》きのちも蕗《ふき》の薹《とう》　篠塚しげる

鑑賞

蕗《ふき》の薹《とう》傾《かたむ》く南部《なんぶ》富士《ふじ》もまた　山口　青邨

蕗の薹が背を伸ばしはじめ、みな傾いてやがて開花を迎えようとする。南部富士とたたえられる岩手山も傾くがごとく見えた。春色の至らしめるところである。

海《の》苔《り》

干海苔《ほしのり》　海苔舟《のりぶね》　海苔採《のりとり》
海苔干《のりほ》す

解説　浅草《あさくさ》海苔を代表とする紅藻《こうそう》類の甘海苔《あまのり》類を一般に海苔と総称する。ヌラヌラしているので滑《ぬら》といったものがなまってノリになったという。葉体の一部の細胞が胞子となって流れ出し、なにかに付着すると発芽して生長する。この性質を利用して海中に海苔粗朶《そだ》を立てて大量に採取するようになったのは江戸時代以降である。波静かな内湾で大河の川口付近の栄養塩類を多く含むところに産するものはとくに生育がよく、美味である。中でも隅田《すみだ》川の浅草寄りで採れた浅草海苔は理想的な条件で生育したので有名になった。採取した原料を水洗いし、天日で乾燥して紙状に仕上げ、また乾燥しないで調味料を加え佃煮《つくだに》にした。十一月中旬から三月末ごろまでが採取・乾燥の時期である。現在は海苔の生態が判明したので養殖の方法もずいぶん改良されている。そのかわり、創業地である東京湾沿岸では埋め立てや水質汚染が進み、養殖は不可能となった。現在の主産地は有明《ありあけ》湾内と瀬戸内《せとない》海《かい》沿岸に移っている。なお、緑藻類の青海苔や淡水産の川海苔も同様にして食用になる。

海苔《のり》掬《すく》ふ水《みず》の一重《ひとえ》や宵《よい》の雨《あめ》　蕪村

青海苔《あおのり》や水《みず》にさしこむ日《ひ》の光《ひかり》　正岡子規

大海《たいかい》に流《なが》れむとする海苔《のり》を採《と》る　前田普羅

海苔粗朶《のりそだ》にこまやかな波《なみ》ゆきわたり　下田実花

炯々《けいけい》と海苔《のり》とる眼《まなこ》水《みず》の上《うえ》　秋元不死男

鑑賞

沖《おき》の月光《げっこう》さざなみは海苔育《のりそだ》つらし　川辺きぬ子

沖に月あかりの漂う海は穏やかにさざなみを立てている。このさざなみに揺られ、水面下では海苔が着々と生長しているのであろう。海苔粗朶が黒々と立っている。

梅《うめ》　春告草《はるつげぐさ》

解説 バラ科の落葉樹。春、万木に先がけて開花するので春告草の別名がある。原産地中国ではすでに二千五百年前から栽培化されている。梅の花は中国文学に主要な位置を占めており、果実は食用と薬用の両面で重要なものであった。日本へは奈良時代初期、遣唐使が薬用として持ち帰ったのが最初と思われている。樹木が渡来するより前に薬用として梅の実を燻製《くんせい》にした真っ黒な烏梅（中国読みウメイ）がもたらされ、ここからウメの名が生じたとも、梅の中国音メイ、また朝鮮語マイの語頭に添加音ムをつけたものがムメとなり、ンメ・ウメの音が生じたともいわれる。『万葉集』には百数十首に梅が詠われ、渡来後たちまち日本人の心をとらえた。今は一般に花といえば桜を指すのが常識のようにいわれるが、初めは梅こそが「花」だったのである。とくに菅原道真《すがわらのみちざね》の飛梅の故事以来、天神の神木としての地位を占めるに至り、日本人の精神文化とも深くかかわりを持つ木の花となった。室町時代には木を細かに割って煎《せん》じたものや実を蕨火《わらび》でいぶしたものを染料にする用法も生じ、江戸時代半ば以降はその他に非常食としての梅干しの梅を採る目的で各藩こぞって梅林の育成を奨励した。一般的な**白梅**《はくばい》は、元来**野梅**《やばい》といわれるものであるが、**紅梅**《こうばい》・**臥竜梅**《がりようばい》・**青竜梅**《せいりゆうばい》・**小梅**《こうめ》・**豊後梅**《ぶんごうめ》・**枝垂梅**《しだれうめ》など多数の品種がある。梅は今日なおヨーロッパやアメリカには伝わっておらず、まさしく極東の花としての伝統を保持している。

梅《うめ》一輪《いちりん》一輪《いちりん》ほどの暖《あたた》かさ　嵐雪
灰《はい》すてて白梅《しらうめ》うるむ垣根《かきね》かな　凡兆
白梅《しらうめ》に明《あ》くる夜《よ》ばかりとなりにけり　蕪村
白梅にひと日《ひ》南《みなみ》をあこがれぬ　石川啄木
勇気《ゆうき》こそ地《ち》の塩《しお》なれや梅真白《うめましろ》　中村草田男
強《つよ》き風《かぜ》きて梅《うめ》が香《か》をうばひ去《さ》る　軽部烏頭子
梅《うめ》も一枝《いつし》死者《ししや》の仰臥《ぎようが》の正《ただ》しさよ　石田波郷
白梅《はくばい》のあと紅梅《こうばい》の深空《みそら》あり　飯田龍太
紅梅《こうばい》や枝枝《えだえだ》は空奪《そらうば》ひあひ　鷹羽狩行
青空《あおぞら》に触《ふ》れし枝《えだ》より梅《うめ》ひらく　片山由美子

鑑賞
梅《うめ》が香《か》にのつと日《ひ》の出《で》る山路《やまじ》かな　芭蕉

まだ夜の明けぬうちに山路にさしかかると、どこからか梅の香りが漂ってくる。その香りにはやばやと春を感じていると、ふと行く手が明るくなり、その瞬間朝日がのっと昇ってきた。

鑑賞 夕《ゆう》月《づき》や納屋《なや》も厩《うまや》も梅《うめ》の影《かげ》　内藤　鳴雪

農家の庭先に咲く梅である。梅の木に花の咲いている枝ぶりが、夕月に照らされて影をつくる。紅梅と白梅か、とにかく一本の木ではあるまい。馥郁《ふくいく》とした香りが漂うこと、もちろんである。

鶯《うぐいす》（うぐひす）　春告鳥《はるつげどり》　匂鳥《においどり》　初鶯《はつうぐいす》

解説 春を代表する鳥で声がきわめて美しい。別名、春告鳥ともいわれる。体の背面は鶯色よりやや暗い色である。夏は高山や山地にすむが、秋から春にかけて里に下りてくる。この間は、チャッチャッと地鳴きをする。これを笹鳴《ささな》きという。春も闌《た》けるにしたがい囀《さえず》りも整って、ホーホケキョと巧みに鳴きはじめる。夏はとくによく囀り、**鶯《うぐいす》の谷渡《たにわた》り**と呼ぶ継続音が山々にこだまする。その年にはじめて聞く鶯の声を**初音《はつね》**と呼ぶ。

ほのかなるうぐひす聞《き》きつ羅生門《らしょうもん》　来山
うぐひすやもののまぎれに夕鳴《ゆうな》きす　暁台
うぐひすのあちこちするや小家《こいえ》がち　蕪村
鶯《うぐいす》や障子《しょうじ》あくれば東山《ひがしやま》　夏目漱石
うぐひすや前山《まえやま》いよよ雨《あめ》の中《なか》　水原秋桜子

鑑賞 鶯《うぐいす》や尼《あま》と老《お》いゆく寺男《てらおとこ》　勝又一透

鶯という古風な鳥に尼寺が配されている。おそらく人里離れた所にある尼寺であろう。若く美しい尼に仕えてきた寺男も、今は尼とともに年老いた。鶯という季語が、王朝風なこの句にいっそう優雅さを加えている。

下《した》萌《もえ》

草萌《くさもえ》　草青《くさあお》む　畦青《あぜあお》む　土手《どて》青《あお》む

解説　草萌ともいうが、草萌ということばは草の方に重点があるのに対し、下萌は下、つまり地に重きを置いたことばであるといえる。早春、まだ冬枯れの大地から草の若芽が萌え出すと路傍も庭も野原も、春の訪れたことを示しているかのようである。下萌はそのような季節の感覚を明瞭《めいりょう》に表現する季題である。

下萌《したもえ》や土《つち》の裂目《さけめ》の物《もの》の色《いろ》　太　祇
かなしき事《こと》のつづくに草《くさ》が萌《も》えそめし　種田山頭火
この草《くさ》もかりそめならず萌《も》えてをり　池内たけし
下萌《したも》えて土中《どちゅう》に楽《がく》のおこりたる　星野　立子
夜《よ》は星《ほし》のかげ衰《おとろ》へず草青《くさあお》む　井上　静川

鑑賞　下萌《したも》ゆと思《おも》ひそめたる一日《ひとひ》かな　松本たかし
庭や路傍のそこここに、わずかずつ芽を吹いている草のあることに気付いた。それは何日か前からあったものに違いないが、心にわだかまるものでもあったか、今日はじめて気付いて心楽しい一日となった。

いぬふぐり

解説　ゴマノハグサ科の小さな二年草。春早く淡紅色の径二ミリくらいの花を咲かせた後、短毛を密生した、丸い球を二個並べた形の果実をつける。その形が犬の陰嚢《いんのう》（ふぐり）に似ているのでこの名がある。方言でイヌノキンタマと呼ぶところもある。現在われわれが普通よく目にするのはこの在来種ではなく、明治初期に欧州から渡来したオオイヌノフグリで、ずっと大きい。花は径一センチ、春の空の色のような瑠璃《るり》色の鮮やかな色彩である。俳句ではこれをいぬふぐりとして詠んでいる例がほとんどである。他に茎が地を這《は》わず直立するタチイヌノフグリというものもあるが、これもヨーロッパ原産の帰化植物である。

古利根《ふるとね》の春《はる》は遅々《ちち》たり犬《いぬ》ふぐり　富安　風生
犬《いぬ》ふぐり色《いろ》なき畦《あぜ》と思《おも》ひしに　及川　貞
子《こ》の頬《ほお》にまたかすり傷犬《きずいぬ》ふぐり　林　翔
小名木川水《おなぎがわみず》の高《たか》さのいぬふぐり　石川　桂郎
瓦礫《がれき》みな人間《にんげん》のもの犬《いぬ》ふぐり　高野ムツオ

鑑賞 軍港《ぐんこう》へ貨車《かしゃ》の影《かげ》ゆく犬《いぬ》ふぐり　秋元不死男

鉄道の線路沿いの空地に犬ふぐりがその可憐な春をつづっている。いま、黒々と長い貨車の影がそれを覆って通り過ぎた。軍港へ物資を運ぶ貨車であった。

若布《わかめ》

和布《わかめ》　にぎめ　若布《め》刈舟《かりぶね》

解説 日本沿岸特産のコンブ科の一年生藻類で、幅五〇センチ内外、長さ一メートル以上にもなる。産地と時期によって外形はかなり変化し、南海に産するものは茎が短くて葉の切れこみが浅いが、北海に産するものは茎が長く葉の切れこみも深い。三陸《さんりく》海岸の南部若布は二メートル内外の大形になるので有名である。日本では千年以上前からこれを食用にしているが、近年は養殖方法の発達に伴って生産量が増え、品質も向上した。刈り取りの時期は一般に仲春から夏にかけてである。関東以南には別種の青若布を産し、やはり食用とする。

みちのくの淋代《さぶしろ》の浜若布寄《はまわかめよ》す　山口　青邨
大阪《おおさか》の煙《けむり》おそろし和布売《わかめうり》　阿波野青畝
若布売《わかめうり》雲美《くもうつく》しき坂急《さかいそ》ぐ　加藤　夕雨
あらうみをひらきて刈《か》れる若布《わかめ》かな　橋本　鶏二
今採《いまと》りて若布《わかめ》と海女《あま》のきらめけり　林　伊都子

鑑賞 家《いえ》づとの鳴門《なると》若布《わかめ》の籠《こ》も青《あお》し　篠原　梵

家づとはわが家へ持って帰るみやげのこと。真新しい竹で編んだかごから、磯の香りがこぼれるようだ。鳴門地方の若布は昔から有名。しかし、「今では、その原料は全国各地から集める」と『広辞苑』も記す。

如月《きさらぎ》

解説　陰暦二月の異称。語源には諸説があるが、気更《きさら》に来《く》るとか、生更《きさら》ぎとか、草木が更生する、万物萌え動きだすころの意であろう。睦月《むつき》一月が実《み》の月《つき》、むつび月《づき》などといわれるのに応じていると考えられる。春といっても、語感にも寒い響きがあり、さらに着物を重ね着するので衣更着《きさらぎ》という説もうなずかれておもしろい。

きさらぎや雀《すずめ》のぬるる草《くさ》の雨《あめ》　雪　郷
如月《きさらぎ》の大風《おおかぜ》に鳶《とび》鳴《な》きにけり　富田　木歩
如月《きさらぎ》のともすればたつ日《ひ》数《かず》かな　石原　舟月
きさらぎや腕《うで》に纏《ま》くとき喪章《もしょう》透く　轡田　進
如月《きさらぎ》の水《みず》にひとひら金閣寺《きんかくじ》　川崎　展宏

鑑賞　きさらぎの藪《やぶ》にひびける早瀬《はやせ》かな　日野　草城

きさらぎという呼び方がふさわしい早春の気分をとらえた句である。藪の陰を渓流が走っているのであろう。なんの色香もない藪と早瀬がかえって清澄な気分を伝えている。

雛《ひな》

ひいな　雛祭《ひなまつり》　雛遊《ひなあそび》　雛の日《ひ》　初雛《はつひな》
内裏雛《だいりびな》　立雛《たちびな》　紙雛《かみびな》　雛飾《ひなかざ》る
雛道具《ひなどうぐ》　雛菓子《ひながし》　雛《ひな》あられ　雛段《ひなだん》
雛《ひな》の灯《ひ》　雛《ひな》の客《きゃく》　雛《ひな》の宴《えん》　雛《ひな》の宿《やど》
雛《ひな》の家《いえ》

解説　三月三日は上巳《じょうし》・重三《ちょうさん》・桃《もも》の節句《せっく》・雛の節句などと呼ばれ、五節句（人日《じんじつ》―一月七日、上巳―三月三日、端午《たんご》―五月五日、七夕《たなばた》―七月七日、重陽《ちょうよう》―九月九日）の一つである。この日は昔宮中で宴を開き、供物《くもつ》をし、また、人形《ひとがた》で身体をなでて、それを水に流してけがれを祓《はら》う行事も行われたという。それが、人形が愛玩《あいがん》用となって、家に供えることになり、一方では雛の遊びが貴族の子女たちの間にあったので、それと結びついて、雛祭りの行事になったのだといわれている。雛祭りは江戸時代に庶民の間に広く盛んに行われるようになり、それも初めは二、三対の紙雛だったのを、江戸中期ごろから、美しい布製の、内裏雛が、いまのように華美に飾られるようになった。女の子が誕生すると、初節句として祝い、子供たちが集まって、楽しい雛の宴が行われる。雛祭りが終わると、雛流し・雛送りなどという流し雛の行事が残っているところも多い。昔の、災厄《さいやく》を祓う人形《ひとがた》を流す行事の名残である。

綿《わた》とりてねびまさりけり雛《ひな》の顔《かお》　其角

仕《つかまつ》る手《て》に笛《ふえ》もなし古雛《ふるひいな》　松本たかし

天平《てんぴょう》のをとめぞ立《た》てる雛《ひいな》かな　水原秋桜子

老《お》いてこそなほなつかしや雛飾《ひなかざ》る　及川貞

鑑賞 草《くさ》の戸《と》も住《す》み替《か》はる代《よ》ぞ雛《ひな》の家《いえ》　芭蕉

世捨て人のすみかだったこの私の草庵にも、主の交替する時節がやってきた。新しく入居した人は妻子があって、折から雛を飾る家となったことである。

春《はる》の雪《ゆき》　春雪《しゅんせつ》　淡雪《あわゆき》

解説 春になってから降る雪をいう。それも、寒中の雪の続きというより、かなり温暖になってから、思いがけなく降りだす雪の感じである。ふわふわと大きな雪片で、いわゆる牡丹雪《ぼたんゆき》になることが多いが、雪片の大きいわりには積もらないで、消えやすい淡雪である。春の最後の雪は**雪《ゆき》の果《はて》・名残《なごり》の**

雪《ゆき》・忘《わす》れ雪《ゆき》・別《わか》れ雪《ゆき》などとやや惜しまれて詠嘆的なことばで呼ばれる。また、それが涅槃会《ねはんえ》（陰暦二月十五日）前後であるため**涅槃雪《ねはんゆき》**などとも呼ばれるが、実際には東京や大阪などでも三月下旬過ぎに終雪のあることも珍しくない。

湯屋《ゆや》までは濡《ぬ》れて行《ゆ》きけり春《はる》の雪《ゆき》　来　山

飛火野《あすかの》の茜《あかね》より降《ふ》り春《はる》の雪《ゆき》　川島　千枝

春雪三日祭《しゅんせつみっかまつり》の如《ごと》く過《す》ぎにけり　石田　波郷

春雪《しゅんせつ》をちらりと見《み》せし夜空《よぞら》かな　岸田　稚魚

淡雪《あわゆき》のつもるつもりや砂《すな》の上《うえ》　久保田万太郎

鑑賞 春雪《しゅんせつ》に火《ひ》をこぼしつつはこびくる　橋本　鶏二

春の雪の積もっているところを離れ座敷にでも火種を運ぶのであろうか。雪がなお散りかかってくると見れば、いっそう艶な光景である。春の雪のほのぼのとした風趣をよくとらえている。

斑雪《はだれゆき》

はだらゆき　はだら　はだれ　はだれ野《の》

解説 降るそばから消えてしまうような降り方の春の雪であるが、すっかりは消えてしまわないで点々と斑に残るように降った雪のさまである。

妙高《みょうこう》の斑雪《はだれ》を夜目《よめ》に戸《と》を搏《う》つ風《かぜ》　佐野　俊夫

深夜《しんや》訪《と》へど終《つい》に会《あ》へざりはだれ雪《ゆき》　松崎鉄之介

遠嶺《とおね》斑雪《はだれ》夕鶴《ゆうづる》は声《こえ》やはらかに　神尾　季羊

火祭《ひまつ》りの火《ひ》の粉《こ》降りこむ斑雪《はだれゆき》　遠山　弘子

日《ひ》がさしてくるはさびしや斑雪山《はだらやま》　清崎　敏郎

鑑賞 斑雪嶺《はだれね》の暮《く》るるを待《ま》ちて旅《たび》の酒《さけ》　星野麦丘人

夕暮れが迫ってくれば、旅宿でもようやく酒の出るころとなるのであろう。旅愁しみじみと飲む酒である。その夕暮れを窓の前方の斑雪嶺が刻々告げてくれた。それをやや技巧的に「暮るるを待ちて」と詠んだのである。

春《はる》の雷《らい》　春雷《しゅんらい》

解説　雷は春には起こることが少ない、起こっても一つ二つで鳴りやみ、聞きのがすこともある。それだけにかえって趣深いものとして句に詠まれる。

下町《したまち》は雨《あめ》になりけり春《はる》の雷《らい》　正岡　子規
春《はる》の雷《らい》焦土《しょうど》しづかにめざめけり　加藤　楸邨
春雷《しゅんらい》や胸《むね》の上《うえ》なる夜《よ》の厚《あつ》み　細見　綾子
春雷《しゅんらい》は空《そら》にあそびて地《ち》に降《お》りず　福田甲子雄

鑑賞　あえかなる薔薇《ばら》撰《え》りをれば春《はる》の雷《らい》　石田　波郷

どれを買うかと手にとれば、薔薇はいっそうそのあえかさ、なよなよと艶なるさまを見せる。そんなときの春雷のとどろき、雷光はさらに花たちの上にも春意を深めたのであろう。

啓《けい》蟄《ちつ》

解説　二十四節気の一、太陽黄経三四五度の日で三月六日ごろである。土中に冬ごもりをしていた虫が姿を現すという意で、このころ暖気に包まれ、木々や土の潤いの色もほのぼのとしてきて地虫などを見かけるようになる。**地虫《じむし》出づ・蟻穴《ありあな》を出《い》づ**という状況や穴を出た地虫そのものを指す語でもある。この節気の第三候、およそ三月十六日から二十日ごろを**鷹《たか》化して鳩《はと》となる**候というが、陽春の山野を力強く飛翔《ひしょう》する鳩のさまをいったのであろうか。

啓蟄《けいちつ》の虫《むし》におどろく縁《えん》の上《うえ》　臼田　亜浪
啓蟄《けいちつ》の蚯蚓《みみず》の紅《べに》のすきとほる　山口　青邨
水《みず》あふれゐて啓蟄《けいちつ》の最上川《もがみがわ》　森　澄雄
啓蟄《けいちつ》の土著《つちつ》けて蟻《あり》闘《たたか》へり　鷹羽　狩行

啓蟄《けいちつ》や翅《はね》あるものも地《ち》を歩《ある》き　檜　紀代

鑑賞

啓蟄《けいちつ》を啣《くわ》へて雀飛《すずめと》びにけり　川端　茅舎

地面に下りて、しきりに土くれをほじくっていた雀が地虫をくわえて飛び立った。くわえた地虫も土くれも雀も啓蟄の躍動しはじめた気分に包まれている。雀の飛び立つ素早い動きをとらえた作者も、春になって喜びを抱く。

蛇穴《へびあな》を出《い》づ　蛇出《へびい》づ

解説　蛇は、周囲の温度が低下すると地中にこもって冬眠する。春になり、暖かくなると穴を出てくる。冬眠中はひとかたまりになっていることが多いが、穴を出ると、四散して食べ物を探す。暖かい日だまりの山や、野道で、脱皮した蛇の姿を見かけることがある。

けつからな御世《みよ》とや蛇《へび》も穴《あな》を出《で》る　一　茶

穴《あな》を出《で》て古石垣《ふるいしがき》の蛇細《へびほそ》し　正岡　子規

蛇穴《へびあな》を出《で》て見《み》れば周《しゅう》の天下《てんか》なり　高浜　虚子

蛇穴《へびあな》を出《で》て水音《みずおと》をききにけり　三橋　鷹女

穴出《あない》づるより嫌《きら》はれてなれは蛇《へび》　下村　梅子

鑑賞

蛇《へび》いでてすぐに女人《にょにん》に会《あ》ひにけり　橋本多佳子

長い冬眠を終え、ようやく穴から出たばかりの蛇である。そこでまず出会ったのが女人だという。蛇の側から眺めた女人像を描いているところがおもしろい。蛇と女人の配合により、春の蛇に対する危機感が薄らぐ。

東《こ》風《ち》　強東風《つよごち》　朝東風《あさごち》　夕東風《ゆうごち》

解説　冬の北風、夏の南風というほど定まっていないが、春は東から柔らかな風が吹く。「こち」と短くいう語の響きからも春のそよ風というよりはやや荒い早春の感じがある。その激しい感じを強東風という。朝東風・夕東風とまだ寒く身の引き締まる思いがする。

東風《こち》吹《ふ》くと語《かた》りもぞ行《ゆ》く主《しゅ》と従者《じゅうしゃ》　太　祇

亀《かめ》の甲並《こうなら》べて東風《こち》に吹《ふ》かれけり　一　茶

すねてゆくをとめや東風《こち》の湖《うみ》ほとり　池内友次郎

夕東風《ゆうごち》のともしゆく灯《ひ》のひとつづつ　木下　夕爾

夕東風《ゆうごち》にしたがふごとし発《た》つ汽車《きしゃ》も　宮津　昭彦

鑑賞　東風《こち》が曲《ま》ぐ働《はた》らく人《ひと》の帽《ぼう》の縁《ふち》　田川飛旅子

東風は、その中で働く人たちにとってはなかなかすさまじい風だ。帽の縁を曲げて立ち働かねばならない人たちにとって力強くも、厳しい春の息吹がある。

春《はる》めく

解説　立春といっても寒さは変わらず、むしろ厳しい寒波がやってくることも多い。そのため、目に見えて春色の濃くなることを知る喜びは大きい。人々がもう春だなあと実感を持つようになるころの感じで、それは三月になり仲春《ちゅうしゅん》ともいってよいころである。

春《はる》めきてものの果《は》てなる空《そら》の色《いろ》　飯田　蛇笏

春《はる》めきし箒《ほうき》の先《さき》を土《つち》ころげ　星野　立子

春《はる》めくや真夜《まよ》ふりいでし雨《あめ》ながら　軽部烏頭子

遠汽笛《とおきてき》とみに春《はる》めく夜《よ》の四壁《しへき》　中矢　荻風

のめといふ魚《うお》のぬめりも春《はる》めけり　茨木　和生

鑑賞　片手《かたて》ぶくろ失《うしな》ひしより春《はる》めくや　及川　貞

いつかしら失っていた片手ぶくろなのであろう。手ぶくろを失ってしまうことも厳寒去ったためと受け取れるであろう。また、身に始終つけていたものを失ったことに春の愁いめくものもにじみ出ている。

山笑ふ《やまわらう》　笑《わら》う山《やま》

解説　春になると山の樹々が芽吹き、花も咲きはじめ、明るく生気に満ちた感じになってくる。その山のようすを「山笑ふ」と擬人的にいったのは、ユーモアもあって、いかにも洒落《しゃれ》た表現である。「春山は淡冶《たんや》にして笑ふが如し。夏山は蒼翠《そうすい》にして滴るが如し。秋山は明浄《めいじょう》にして粧《よそお》ふが如し。冬山は惨淡《さんたん》として眠るが如し」（『臥遊録《がゆうろく》』）とあるのによっている。この語句から、春山の「山笑ふ」ばかりでなく、秋山は「山粧ふ」、冬山は「山眠る」と使われている。どれも趣深い表現である。夏山の「山滴る」というのは、俳句の季語としては従来用いられなかった。**春《はる》の山《やま》・春山《しゅんざん》・春嶺《しゅんれい》**。

筆取《ふでと》りてむかへば山《やま》の笑《わら》ひけり　蓼太
故郷《ふるさと》やどちらを見《み》ても山笑《やまわら》ふ　正岡　子規
太陽《たいこう》を必《かなら》ず画《か》く子《こ》山笑《やまわら》ふ　高田風人子
山《やま》わらふ母《はは》あるごとく胸張《むねは》つて　寺田　京子
山笑《やまわら》ふ村《むら》のどこかで子《こ》が生《うま》れ　尾形不二子
山笑《やまわら》ふみづうみ笑《わら》ひかへしけり　大串　章

鑑賞　伐口《きりくち》の大円盤《だいえんばん》や山笑《やまわら》ふ　阿波野青畝

春になって明るく生気あふれた山の中で、山仕事も始まる。大きな樹が伐り倒された。その伐り口は大円盤というにふさわしい。あたりのいきいきした明るさの中で、樹の生きてきた歳月を物語っているようである。

水温《みずぬる》む（みづぬるむ）　温《ぬる》む水《みず》

解説　冬の寒さがようやくゆるんできて、暖かそうな太陽の光が、沼や池などの水に射しこんでいるのを見ると、いかにも水が温まってきたという感じがする。水面の明るい輝きや、水中の魚介の動き、水草も生えはじめるなど、すべてに春らしい感じが漂っている。実際に手を水の中に入れてみると、冬の凍りついたような冷たさと違って、ぬるんでいるものである。春は雨の降ることも多いし、山地の雪解けの影響などからも、冬に比べて一般に水量が豊かになるために、とくに水に心ひかれることが多く、水辺に立って眺める機会も増えるのである。いかにも春らしい雰囲気がある。**温《ぬる》む沼《ぬま》・温《ぬる》む池《いけ》・温《ぬる》む川《かわ》**などと用いる。**春《はる》の水《みず》**。

水《みず》ぬるむ頃《ころ》や女《おんな》のわたし守《もり》　蕪村
これよりは恋《こい》や事業《じぎょう》や水温《みずぬる》む　高浜虚子
鯉《こい》ゆけば岸《きし》は明《あか》るく水温《みずぬる》む　山口青邨
水温《みずぬる》むとも動《うご》くものなかるべし　加藤楸邨
水温《みずぬる》むうしろに人《ひと》のゐるごとし　原子公平

鑑賞
水《みず》ぬるむ主婦《しゅふ》のよろこび口《くち》に出《で》て　山口波津女

一日中、水を使っている主婦の身にとっては、春がきて水が温かくなるのは、誰よりも先にわかる。台所で洗い物をする手先、洗濯の水を使うとき、思わず、春がきたのねと口に出る。

田螺《たにし》

田螺取《たにしとり》　田螺鳴《たにしな》く

解説　淡水にすむ巻き貝で、蝸牛《かたつむり》に似た右巻きの殻を持つ。水田や沼地の泥の中にすむが、春暖とともに泥の上に出てはいまわる姿はユーモラスである。夏の初めごろに親の体内で幼貝が孵《かえ》り、生まれるとすぐにはい出す。剥《む》き身を茹《ゆ》でて田螺和《あ》えにしたり、串《くし》刺しにして田螺田楽にしたりして食べる。祭りや夜店で売られていたが、近ごろはほとんど見かけなくなった。

夕月《ゆうづき》や鍋《なべ》の中《なか》にて鳴《な》くたにし　一茶
影《かげ》もろとも田螺《たにし》つるめり雲流《くもなが》れ　中戸川朝人

蓋《ふた》とぢし田螺《たにし》の暗《くら》さはかられず　加藤かけい

千金《せんきん》の夜《よる》とて田螺《たにし》も鳴《な》けるなり　藤田　湘子

田螺《たにし》やや腰《こし》を浮《う》かせて歩《あゆ》み出《だ》す　野中　亮介

鑑賞　月《つき》の出《で》のおそきをなげく田螺《たにし》かな　久保田万太郎

田螺鳴くという季語があるが、実際には田螺は鳴かない。しかし、古書に「亀も田にしも月のあかき夜には鳴ものなり」とある。この田螺も、月が出れば鳴けるのになあと、空を仰いで嘆息している。ユーモラスな句である。

蜆《しじみ》

蜆貝《しじみがい》　蜆舟《しじみぶね》　蜆取《しじみとり》　蜆売《しじみうり》　蜆掻《しじみかき》

解説　淡水産の二枚貝で、河川・湖沼などの泥中にすみ、殻面は暗褐色で小さい。春がしゅんであるが、夏は「土用蜆」、冬は「寒蜆」と称して珍重される。値も安く、味もよいので、古くから味噌《みそ》汁などの具として親しまれている。身は黄疸《おうだん》の薬といわれている。

ほんの少し家賃《やちん》下《さが》りぬ蜆汁《しじみじる》　渡辺　水巴

蜆舟《しじみぶね》弓張《ゆみは》るごとくいそしめり　阿波野青畝

蜆舟《しじみぶね》少《すこ》しかたぶき戻《もど》りけり　安住　敦

工場《こうじょう》の塀《へい》ぎは濡《ぬ》らし蜆売《しじみう》り　沢木　欣一

掌《て》に盛《も》れば蜆《しじみ》眩《まぶ》しくこぼれ落《お》つ　山田みづえ

台秤《だいばかり》地べたに蜆売《しじみう》りにけり　井上　弘美

鑑賞　蜆掻《しじみかき》淋《さび》しきまでに二人《ふたり》かな　野村　喜舟

蜆掻は蜆を取ることをいう。蜆掻と呼ばれる柄のついた漁具を用いて、水中の蜆を掻き集めて取る。川か沼でその蜆をたった二人きりで黙々と掻いている。夫婦か、老人同士か、いずれにしても暗く淋しい風景である。

試《し》験《けん》

大試験《だいしけん》　入学試験《にゅうがくしけん》　受験《じゅけん》
学年試験《がくねんしけん》　及第《きゅうだい》　落第《らくだい》

解説　試験の範囲ははなはだ広い。現在、入学試験を指すことが多いが、それのみではなく、以前は大試験と呼ばれて卒業試験を指した語感も捨てがたい。二、三月はことに入学・卒業・及第試験が相次ぐので、学生には受難の月であるが、少年・青年期の試練、緊張感は得がたい体験といえよう。最近では、推薦入学や義務教育によって試験の重みも変わってきている傾向はあるが、とにかく悲喜の交錯する時期であろう。

入学試験《にゅうがくしけん》幼《おさな》き頸《くび》の溝《みぞ》ふかく　中村草田男
受験期《じゅけんき》のもみあげのびて愛《いと》しさよ　軽部烏頭子
大試験《だいしけん》今《いま》終《お》りたる比叡《ひえい》かな　五十嵐播水
大試験《だいしけん》疲《づか》れといふを母《はは》もまた　山田　弘子
落第子《らくだいし》母《はは》うながして帰《かえ》りけり　西嶋あさ子

鑑賞　受験書《じゅけんしょ》のひと日《ひ》に古《ふ》りて合格《ごうかく》す　市村究一郎
いくたびも繰り返して読んだ貴重な参考書が、合格という瞬間の喜びでまったく無用の物と化したと表現した。そこには長かった受験勉強の苦しかったことが象徴されていよう。合格・不合格の違いのどんなに大きいかが伝わってくる。

水《み》草《くさ》生《お》ふ《う》（みくさおふ）

水草生《みずくさお》う　藻草生《もぐさお》う

解説　水温《ぬる》む三月ごろから、池や沼や小川などにはいろいろな水草が生えてきて、春らしくなる。藻の仲間はまだ水中に沈んでいるが、菱《ひし》・河骨《こうほね》・蓴《ぬなわ》・蓮《はす》などは水底の地下茎から芽を伸ばしてきて水面に小さな葉を浮かべはじめる。夏になるといくらでも繁殖して水面を覆う萍《うきくさ》の仲間も、このころはまだ数が少なく、二つ三つと漂っているのはかえって印象的である。萍生初《うきくさおいそ》む。

ただよへる朝《あさ》の月《つき》あり水草生《みくさお》ふ　五十崎古郷
生《お》ひいでてきのふけふなる水草《みくさ》かな　水原秋桜子
水草生《みくさお》ふさざなみしじに川湊《かわみなと》　西島麦南
水草生《みくさお》ふ驚《おどろ》くばかり月日《つきひ》過《す》ぐ　星野立子
水草生《みくさお》ふながるる泛子《うき》のつまづくは　篠田悌二郎

［鑑賞］ふかきより水草《みくさ》の茜《あかね》さして生《お》ふ　皆吉爽雨

池か沼か、水面をのぞくと水草が生長してきているのが見える。葉に赤みがさし、茎はすくすくと伸びているらしい。水底までは見透かせない。小魚や水生昆虫の動く影がよぎる。

春《はる》田《た》　春《はる》の田《た》

［解説］まだ苗を植える前のころの春の田である。一面に紫雲英《げんげ》の咲いている田もあるし、荒く鋤《す》き起こされた田もある。すでに水を張って、水田として輝いている田もあろう。稲苗を作っている苗代《なわしろ》、土を打ち返す作業の田打ち、畦塗《あぜぬ》り、田掻《たが》きなどと、だんだん農作業も進み、活発になって、田もにぎやかになってゆくが、春田というときには、まだそれほど人の出ていない、どこかに寂しさや静かさも残っているような感じがある。げんげ田《だ》。

みちのくの伊達《だて》の郡《こおり》の春田《はるた》かな　富安風生
水入《みずい》れて春田《はるた》となりてかゞやけり　長谷川かな女
野《の》の虹《にじ》と春田《はるた》の虹《にじ》と空《そら》に合《あ》ふ　水原秋桜子
許《ゆる》されし水狂奔《みずきょうほん》す春《はる》の田《た》を　相馬遷子
湿《しめ》り香《か》の太陽《たいよう》を置《お》き春田《はるた》鋤《す》く　佐藤鬼房

［鑑賞］能登《のと》の海春田《うみはるた》昃《かげ》れば照《て》りにけり　清崎敏郎

今までは雪雲に閉ざされていた能登にも春がきた。といっても、まだ風が冷たく、照ったと思えば、また曇ってくる。千枚田と呼ばれる田がかげったと思うと、海の方に日が照ってくる。田を耕す人もちらほらと見かける。

春《はる》の海《うみ》

解説　冬の間は風が強く、波も荒々しいが、春になると一般に穏やかになり、風が凪《な》いで、波ものどかに寄せている。うららかな日ざしに海の色は明るく、かもめが飛び、白帆もゆるやかに沖へ出、人々も浜へ出るようになる。海中では魚類の多くが、産卵・孵《ふ》化《か》・発育し、それにつれて漁舟の活動も活発になり、海上がにぎやかになってくる。陸地や島々の緑も濃くなり、花も加わるので景色も美しくなり、沖は霞《かすみ》がかかったりして、心ひかれる風情になってくる。**春《はる》の湖《うみ》・春潮《しゅんちょう》・春《はる》の波《なみ》・春濤《しゅんとう》・春《はる》の浜《はま》**。

島々《しまじま》に灯《ひ》をともしけり春《はる》の海《うみ》　正岡　子規

春《はる》の海《うみ》岩《いわ》はひ上《あが》る遊《あそ》び波《なみ》　山口　青邨

春《はる》の海《うみ》けぶるは未来《みらい》あるごとし　長谷川浪々子

春《はる》の海《うみ》より易《やす》々《やす》と鷗《かもめ》翔《た》つ　津田　清子

晩学《ばんがく》や絶《た》えず沖《おき》より春《はる》の波《なみ》　鍵和田秞子

鑑賞　春《はる》の海《うみ》終日《ひねもす》のたりのたり哉《かな》　蕪　村

春の海の句としてはもっともよく知られている。一日中のたりのたりしている波に、春ののどかさやなま暖かい感じがよくとらえられていて、倦怠感も漂っている。春の海の情趣を言い尽くしたような句である。

若《わか》鮎《あゆ》　小《こ》鮎《あゆ》　上《のぼ》り鮎《あゆ》　鮎《あゆ》の子《こ》

解説　日本の名産魚として知られている鮎は、秋ごろ川で産卵する。稚鮎の間は水の温かな内湾で育つが、初春のころから川を溯《さかのぼ》って急流にすむ。このころになると、体長も七、八センチぐらいになり優美である。これを、若鮎または、上り鮎という。資源保護のため禁漁期が定められており、このころはまだ禁漁中である。小鮎は、幼い鮎のことであるが、栄養不足のため成長がとまり、小形化した鮎も小鮎と呼んでいる。

朝曇《あさぐもり》隈《くま》なく晴《は》れぬ小鮎《こあゆ》釣《つり》　河東碧梧桐
若鮎《わかあゆ》や月《つき》先《ま》づ水《みず》に銀《ぎん》放《はな》つ　花田　春兆
一山《いちざん》の花散《はなち》る水《みず》やのぼり鮎《あゆ》　青木薫風郎
若鮎《わかあゆ》の無数《むすう》のひかり放流《ほうりゅう》す　和田　祥子
若鮎《わかあゆ》の強火《つよび》に反《そ》りて木曾《きそ》の宿《やど》　鷹羽　狩行

鑑賞
若鮎《わかあゆ》の二手《ふたて》になりて上《のぼ》りけり　正岡　子規

「石手川出合渡」の前書きがついている。出合渡は、松山市を流れる二川の合流点で、鮎の名所でもある。若鮎の群はこの分岐点にかかると、ためらうことなく二手に分かれ、ぐんぐんと川を溯っていった。

春祭《はるまつり》

解説　春季に行われる祭りの総称である。俳句では単に祭りというと夏祭りのことを指すので、春には春祭り、秋には秋祭りと呼んでいる。冬が過ぎ、いよいよ農作業の開始の季節が来て、農の神を村里に迎えて、今年の豊作をお祈りするというのが一般であった。もう一つ、春になると活動を始める疫病《えきびょう》や悪霊のたぐいを、祓《はら》っておこうという目的もあった。現在でもそれが伝わり、独特な春祭りを行うところもあるが、一般的には各地の氏神《うじがみ》様を中心に、春めいた暖かい一日、楽しい祭りの日としているところが多い。

春祭《はるまつり》宿《やど》の障子《しょうじ》をあけて見《み》る　大野　林火
陸奥《むつ》の海《うみ》くらく濤《なみ》たち春祭《はるまつり》　柴田白葉女
刃《は》を入《い》れしものに草《くさ》の香《か》春《はる》まつり　飯田　龍太

笹山《ささやま》に日《ひ》のさざなみや春祭《はるまつり》　草間　時彦

けぶる日《ひ》が一輪峡《いちりんかい》の春祭《はるまつり》　藤田　湘子

吹矢《ふきや》もて女《おんな》うたるる春祭《はるまつり》　富安　風生

鑑賞　とがった竹の矢を筒に入れ、息を吹いて飛ばすのが吹矢であるが、ここでは玩具の吹矢で、紙製の矢が飛ぶ。春祭りのうかれ調子で、多分、若い男が、たわむれに若い女へ矢を吹いたところ、うまく当たったのである。

御水取《おみずとり》（おみづとり）

二月堂《にがつどう》の行《おこない》　修二会《しゅにえ》
お松明《たいまつ》

解説　三月一日から十四日まで、奈良東大寺二月堂で行われる国家鎮護の行法《ぎょうぼう》を二月堂の行といい、修二会とも呼ぶ。修二は二月に修する意味で、もとは陰暦二月に行ったからである。その行法の中でもっとも有名なのが、お松明と御水取である。三月十三日午前二時から御水取が行われる。二月堂の開祖、釈実忠《じっちゅう》によって始められたといわれる。二月堂のほとり良弁杉の下にある閼《あ》伽井屋《かいや》の香水《こうずい》を汲《く》みとり本堂に運ぶ。真夜中の行事であるから、松明と法螺《ほら》貝の音の合図《あいず》で行われる。この香水は遠く若狭国《わかさのくに》よりの聖水と伝えられ、一年間の仏事の用に供するため、内陣の壺《つぼ》に納められる。火の祭典といわれるお松明の大松明《おおたいまつ》が夜空に乱れ狂う行法と、御水取の静寂な行法とが組み合わさって、原始信仰の再現を体験でき、神秘的な雰囲気に、見物の人たちも魅了される。とくに二月堂が高いところにあるので、お松明も御水取も石段の上り下りをするため、いっそう盛り上がった雰囲気が感じられる。関西では御水取がすむと本格的な春がくると言い伝えられている。なお、若狭の神宮寺では三月二日にお水送り《みずおく》の行事が行われる。

水《みず》取《と》りや氷《こおり》の僧《そう》の沓《くつ》の音《おと》　芭　蕉
水取《みずとり》や奈良《なら》には古《ふる》き夜《よる》の色《いろ》　松根東洋城
水取《みずとり》や磴《とう》につきたる火屑《ひくず》みち　皆吉　爽雨
修二会《しゅうにえ》の奈良《なら》に夜来《よるく》る水《みず》のごと　角川　源義
水取《みずとり》の桶《おけ》を覆《おお》へる榊《さかき》かな　中岡　毅雄

鑑賞　修二《しゅに》会《え》見《み》る桟女人《さんにょにん》の眼《め》女人《にょにん》の眼《め》　山口　誓子

「水取や格子の外の女人講」（桜坡子）という句もあるように、二月堂の堂内には女人は入れない。境界をなす格子の桟の間から、女の人は参観する。堂内から見れば、桟には女人の眼がすずなりになっていることだろう。

西行忌《さいぎょうき》（さいぎやうき）　円位忌《えんいき》　山家忌《さんかき》

解説　西行法師は建久元年（一一九〇）二月十六日に、河内弘川寺で入寂した。七十三歳であった。「ねがはくは花のしたにて春死なんそのきさらぎの望月《もちづき》の頃《ころ》」と詠んで、釈迦《しゃか》入滅の日に死ぬことを願っていた、その念願どおりの大往生《だいおうじょう》であった。一般には十五日を忌日としている。西行は鳥羽院《とばいん》に仕えた北面《ほくめん》の武士であったが、二十三歳で出家し、円位と号したので、円位忌ともいっている。広く諸国を行脚《あんぎゃ》し、仏道と歌道とに生涯をかけた。家集を『山家集《さんかしゅう》』というので、山家忌という言い方もある。歌人からばかりでなく、俳人からも特別に敬慕されるのは、芭蕉がとくに敬慕した歌人であり、旅を好み花月を詠ったということなども関係があるだろう。

草《くさ》の門《もん》ひらかれあるは西行忌《さいぎょうき》　水原秋桜子
西行忌《さいぎょうき》我《われ》に出家《しゅっけ》の意《こころ》なし　松本たかし
つぼみなる花《はな》かぞふべし西行忌《さいぎょうき》　五十崎古郷

ほしいまま旅《たび》したまひき西行忌《さいぎょうき》　石田波郷

花《はな》あれば西行《さいぎょう》の日《ひ》とおもふべし　角川源義

鑑賞

ひとりゐて軒端《のきば》の雨《あめ》や西行忌《さいぎょうき》　山口青邨

ひとりでいる日、雨が降って、軒先に雨音がする。その雨音に聴き入りながら、しみじみと西行忌を思う。草庵のわび住まいのような心境である。

涅《ね》槃《はん》

涅槃会《ねはんえ》　涅槃像《ねはんぞう》　涅槃絵《ねはんえ》
涅槃図《ねはんず》　涅槃寺《ねはんでら》　寝釈迦《ねしゃか》

解説　陰暦二月十五日、釈迦が入滅したことを涅槃と呼び、その日行われる法要を涅槃会といっている。各寺では涅槃像を掲げ、釈迦の遺徳奉讃《ほうさん》追慕のために、経《きょう》を唱えて法会《ほうえ》をする。涅槃ということばは煩悩《ぼんのう》を滅ぼした解脱《げだつ》の境地をいい、また、死ぬこと、入滅することにもいうが、ここではとくに釈迦の入滅を指している。お涅槃と、「お」をつけてもいう。涅槃像は釈迦入滅を描いた絵または彫刻である。一般には涅槃絵が多い。涅槃図ともいう。釈迦が沙羅双樹《さらそうじゅ》の下で涅槃に入るさま、それは頭が北、面は西、右脇《みぎわき》に臥《ふ》し、周囲に弟子をはじめ鬼神や鳥獣までが嘆き悲しんでいるさまを描いた絵である。なお、現在は二月十五日に行っている寺が多いが、そうするとまだ寒く雪の多いころである。しかし陰暦の二月十五日となると現在の三月中旬のころ、しかも満月の日であるから、春めいた日なのである。この日に雪が降ると、雪の降りじまいだといい、**涅槃雪《ねはんゆき》**という。

神垣《かみがき》や思《おも》ひもかけず涅槃像《ねはんぞう》　芭蕉

土不踏《つちふまず》ゆたかに涅槃《ねはん》し給《たま》へり　川端茅舎

葛城《かつらぎ》の山懐《やまふところ》に寝釈迦《ねしゃか》かな　阿波野青畝

おん顔《かお》の三十路人《みそじひと》なる寝釈迦《ねしゃか》かな　中村草田男

旅人《たびびと》に涅槃会《ねはんえ》の雨《あめ》一雫《ひとしずく》　沢木　欣一

鑑賞　近海《きんかい》に鯛睦《たいむつ》み居《い》る涅槃像《ねはんぞう》　永田　耕衣

海辺の寺の涅槃像、そこには、生きとし生けるもののすべての嘆き悲しむ姿が描かれているが、この寺の近くの海には鯛がたくさんすんでいる。その鯛たちは何も知らず、仲よく睦みあって泳いでいることであろう。

涅槃西風《ねはんにし》　彼岸西風《ひがんにし》

解説　陰暦二月十五日釈迦《しやか》の忌日を修する涅《ね》槃会《はんえ》のころに吹く西風をいう。西方浄土《さいほうじょうど》よりの迎えの風とされるが、伊勢・伊豆地方の船頭たちのことばでは冬の名残の厳しい風の感じであろう。彼岸のころなので彼岸西風ともいい、貝寄風《かいよせ》ともほぼ同じ風である。

かく吹《ふ》くを涅槃西風《ねはんにし》とは笑止《しょうし》なり　森川　暁水

空曲《そらま》げて旗《はた》をひろげる涅槃西風《ねはんにし》　秋元不死男

舟《ふな》べりに鱗《うろこ》の乾《かわ》く涅槃西風《ねはんにし》　桂　信子

珍《めず》らしき烏《からす》の啼《な》くは涅槃西風《ねはんにし》　石川　桂郎

彼岸西風《ひがんにし》同胞《どうほう》かくも老《お》い集《つど》ふ　伊奈いたる

鑑賞　涅槃西風《ねはんにし》麦《むぎ》のくさとるひとり言《ごと》　松村　蒼石

麦も青む畑の中でひとり草を取っている老人であろうか。西風のかなり吹き荒れる中にじっと耐えている人のひとり言、この風が涅槃西風と知れば、なおさらこのつぶやきは祈りか念仏かと思う。

鳥帰《とりかえ》る（とりかへる）　小鳥帰《ことりかえ》る　小鳥引《ことりひ》く　引鳥《ひくとり》

解説　秋冬のころ北方から来た渡り鳥が日本で越冬し、春になるとまた北方へ帰っていくことをいう。群をなして雲間に消えゆくようすを、**鳥雲《とりくも》に入《い》る**・**鳥雲《とりくも》に**という。また、小鳥引くの「引く」は、去ると同じ意で、引鴨《ひきがも》・引鶴《ひきづる》などのように用いられる。

江《え》の北《きた》に雲《くも》なき日《ひ》なり鳥帰《とりかえ》る　松瀬　青々

鳥帰《とりかえ》るいづこの空《そら》もさびしからむに　安住　敦

鳥帰《とりかえ》る渡《わた》り大工《だいく》のわがうへを　北　光星

少年《しょうねん》の見遣《みや》るは少女《しょうじょ》鳥雲《とりくも》に　中村草田男

鳥雲《とりくも》にけふの疲《つか》れのただならず　轡田　進

鳥雲《とりくも》に入《い》るおほかたは常《つね》の景《けい》　原　裕

鑑賞

湖《うみ》の藍染《あいそ》みし白鳥《はくちょう》も帰《かえ》る日《ひ》ぞ　村山　古郷

牧水の「白鳥はかなしからずや空の青海のあをにも染まずただよふ」の歌を連想する。あおさが染みつくほどすみなれた白鳥にも、帰る日が訪れた。さあいよいよ帰る日が来たよと、やさしく促す詠嘆の「ぞ」である。

彼岸《ひがん》

解説　中国伝来の二十四節気にわが国で補った雑節の一で、**春分**《しゅんぶん》・秋分をはさむ前後七日間をいう。単に彼岸といえば春のことで、初日を**彼岸入《ひがんい》り**、春分（三月二十一日ごろ）の日を**中日**《ちゅうにち》、終日を**彼岸明《ひがんあ》け**という。「暑さ寒さも彼岸まで」というように、温和な季節で古くより彼岸会《ひがんえ》の仏事が修され、民間でも先祖の墓参りをするならわしとなった。

曇《くも》りしが降《ふ》らで彼岸《ひがん》の夕日影《ゆうひかげ》　其　角

毎年《まいとし》よ彼岸《ひがん》の入《いり》に寒《さむ》いのは　正岡　子規

月日過《つきひす》ぎただ何《なん》となく彼岸過《ひがんす》ぎ　富安　風生

兄妹《きょうだい》の相睦《あいむつ》みけり彼岸過《ひがんすぎ》　石田　波郷

喫泉《きっせん》が婆《ばば》にとびつく彼岸《ひがん》かな　秋元不死男

鑑賞

藁屋根《わらやね》のあをぞらかぶる彼岸《ひがん》かな　久保田万太郎

藁屋根の上の青空は春暖の滴るような深い色であった。この深い空なので、「かぶる」という表現も得たのであろう。誰もの故郷のような懐かしいほのぼのとした景がお彼岸にふさわしい。

彼岸会《ひがんえ》（ひがんゑ）　彼岸詣《ひがんもうで》　彼岸団子《ひがんだんご》

解説　彼岸に寺や墓に参詣《さんけい》し、仏事を行うのが彼岸会である。大きな寺院の賛仏会には信者が集まり、法話や読経など、にぎやかに行われる。家では牡丹餅《ぼたもち》や彼岸団子を供える。地方地方によって伝えられた行事がいろいろある。

命婦《みょうぶ》よりぼた餅《もち》たばす彼岸《ひがん》かな　蕪村
信濃路《しなのじ》は雪間《ゆきま》を彼岸参《ひがんまい》りかな　也有
彼岸会《ひがんえ》や浮世話《うきよばなし》の縁者《えんじゃ》たち　清水基吉
お彼《ひ》岸《がん》の鐘《かね》が渡《わた》るよ水《みず》の上《うえ》　林原耒井
あかつきの箒《ほうき》のあとや彼岸寺《ひがんでら》　河野静雲
他宗《たしゅう》とて敬《けい》して過《す》ぎぬ彼岸寺《ひがんでら》　景山筍吉

鑑賞　彼岸会《ひがんえ》の故山《こざん》ふかまるところかな　飯田蛇笏

ふるさと、故郷のことを故山という。彼岸寺での仏事や墓参りなど、すべて故郷もふかまるあたりで行われる。一個人の事実がそうであるというばかりでなく、「故山ふかまるところ」に普遍性があるといえる。

貝寄風《かいよせ》（かひよせ）　貝寄《かいよせ》

解説　貝を吹き寄せる風の意で、陰暦二月二十日前後に吹く激しい西風のことをいう。大阪四天王寺《してんのうじ》の聖霊会《しょうりょうえ》（陰暦二月二十二日）の舞台に立てる筒花は難波《なにわ》の浦に吹き寄せられた貝殻で作るのでこの時季の風に名付けられた。

貝《かい》よせの風《かぜ》は柳《やなぎ》に通《かよ》ひけり　恒丸
貝寄《かいよ》せや愚《おろか》な貝《かい》も寄《よ》せて来《く》る　松瀬青々
貝寄風《かいよせ》や鷗《かもめ》群《む》れゐる流《なが》れ船《ぶね》　高田蝶衣
貝寄風《かいよせ》の風《かぜ》に色《いろ》あり光《ひかり》あり　松本たかし

鑑賞　貝寄風《かいよせ》に乗《の》りて帰《き》郷《きょう》の船《ふね》迅《はや》し　中村草田男

春風が追い風になって船足は速い。故郷への帰心もいっそう募って快い。その春風を「貝寄風」と呼ぶことによって幻想的な趣も加わり、一句に青春の思いがみなぎる。

北窓《きたまど》開《ひら》く

解説 冬の間、まったく閉じていた北側の窓を開くこと。寒気を防ぐ意味で、隙間《すきま》の目《め》貼《ば》り、雨戸を立てたり、カーテンで覆ったりした工夫も、暖気に包まれると冬のうっとうしい暗さを一掃するように窓を開く。窓から見る景色、部屋の明るくなった気配に春を迎えた開放感を味わう。部屋も、また家全体がいきいきとするのも確かで、住む人の心にも春の季節感がしっかりと入りこむときであろう。**目貼剝ぐ《めばりはぐ》・雪囲解く《ゆきがこいとく》**なども同じ気分になるものであろう。

北窓《きたまど》を開《あ》け父《ちち》の顔《かお》母《はは》の顔《かお》　阿波野青畝

北窓《きたまど》をけふ開《ひら》きたり友《とも》を待《ま》つ　相馬遷子

北窓《きたまど》を開《ひら》く嘗《かつ》ての祖母《そぼ》の部屋《へや》　草間時彦

開《あ》けたてのならぬ北窓《きたまど》ひらきけり　上田五千石

山鳩《やまばと》の声《こえ》の北窓《きたまど》ひらきけり　山田みづえ

鑑賞 北窓《きたまど》を開《ひら》くや山《やま》は生《い》きてをり　楠部南崖

長い間ふさいでいた北窓を今日開いた。窓によみがえった景色は「山は生きてをり」に十分表れている。そこには、冬から解放された作者の気持ちも含まれている。雪はまだ残っているが、山も確かに春へ春へと動いている。

炉《ろ》塞《ふさぎ》

炉《ろ》を塞《ふさ》ぐ　炉《ろ》の名残《なごり》　炬燵《こたつ》塞《ふさ》ぐ

解説 暖かくなってきて、冬中親しんできた囲炉裏《いろり》・茶炉《ちゃろ》・炬燵《こたつ》などを塞ぐこと。そのあとは畳や炉蓋《ろぶた》などをはめておく。古くは陰暦三月三十日に行うならわしがあった。

茶道では、炉から風炉《ふろ》に移ることから、炉の名残の茶会を開いたりする。部屋の雰囲気も変わり、春らしい気分や、生活の折り目も感じさせる。北海道では極寒に備えて暖炉に代えることを意味する場合がある。

炉《ろ》塞《ふさ》ぎや床《とこ》は維摩《ゆいま》に掛替《かけかわ》る　蕪村
三月《さんがつ》の雪《ゆき》さもあらばあれ炉《ろ》を塞《ふさ》ぐ　河野静雲
炉《ろ》を塞《ふさ》ぎよるべなければ子《こ》と遊《あそ》ぶ　寺元岑詩
洛北《らくほく》の寺《てら》を訪《たず》ねて炉《ろ》の名残《なごり》　山田弘子
誤《あやま》ちもなかりし火燵塞《こたつふさ》ぎけり　小沢碧童

鑑賞 塞《ふさ》がむと思《おも》ひてはまた炉《ろ》に集《つど》ふ　馬場移公子
しだいに暖かくなってきて、そろそろ炉を塞がねばと思っているのだが、夜はまだ火の恋しさから離れられない。つい火をたいては団欒《だんらん》を重ねてしまう。囲炉裏が人の集まる場所として欠かせない重要な役目をしている。

春炬燵《はるごたつ》

解説 春になってもまだ置かれている炬燵のこと。この他にも、春暖炉《はるだんろ》・春《はる》の炉《ろ》・春火《はるひ》鉢《ばち》などと呼ばれるものがある。いずれも冷えこんだときに用いられるのだが、置き忘れられた感じや、ほのかな暖かさを感じさせる季語となっている。家族の集まる部屋などには、冬からの習慣のままいつまでも残っているのもある。

誰《たれ》をかも待《ま》つ身《み》の如《ごと》し春炬燵《はるごたつ》　松本たかし
よみ書《か》きのまだまだ春《はる》の火燵《こたつ》の上《うえ》　皆吉爽雨
訃《ふ》のつゞく春《はる》の炬燵《こたつ》の夜《よ》にもどる　石原舟月
老眼鏡《ろうがんきょう》だけ置《お》いてあり春炬燵《はるごたつ》　佐藤江草
春炬燵《はるごたつ》上《あ》げてうろうろしてゐたり　棚山波朗

鑑賞 火《ひ》を足《た》して人無《ひとな》き春《はる》の炬燵《こたつ》かな　京極杞陽
冬の間、離れることなく炬燵にたよってい

た人も、暖かくなると寄りつこうともしない。それでも火を足すことを忘れないのは習慣であろうか。無駄とは思いながらもつい火を足しているところに、春炬燵への愛着がある。

雉《きじ》

雉子《きじ》　きぎす

解説　日本の国鳥として書画にも多く描かれている鳥である。雄は羽の色彩が華麗で長い横縞《よこじま》のある美しい尾を持つ。雑木林や原野を生息地とするが、抱卵中の雌はあまり飛び立たない。留鳥であるが、いかにも哀れ深い声で鳴くので、古くから春のものとされている。早春の野焼きのころに、雉の巣も焼かれることが多い。野鳥に共通する本能のため、子を守ってともに命を落とすことから「焼野《やけの》のきぎす」として、親の情愛の深さに例えられている。

父母《ちちはは》のしきりに恋《こい》し雉子《きじ》の声《こえ》　芭蕉

雉子《きじ》の眸《め》のかうかうとして売《う》られけり　加藤楸邨

吊《つ》るされて雉子《きじ》は暖雨《だんう》に緑《みどり》なり　大野林火

雉鳴《きじな》いて放心《ほうしん》のわれ呼《よ》ぶごとし　相馬遷子

雉子《きじ》の尾《お》が引《ひ》きし直線土《ちょくせんつち》にあり　田川飛旅子

鑑賞　撃《う》たれたる雉子《きじ》日輪《にちりん》を放《はな》れつつ　橋本鶏二

昭和二十七年作。『山旅波旅』所収。華麗な雉子が撃ち落とされるさまを、的確に描写したものである。作者は、「撃たれたる雉子」と、焦点を雉子にあて、高速度カメラでとらえるように、日輪を放れゆく姿を表出している。

雲雀《ひばり》

揚雲雀《あげひばり》　落雲雀《おちひばり》　夕雲雀《ゆうひばり》

雲雀籠《ひばりかご》　練雲雀《ねりひばり》

解説　空高く舞い上がり、朗らかに囀《さえず》る雲雀は、春を代表する鳥である。畑地や、草原に巣を作るため、巣や地上から飛び立つときは、垂直に舞い上がって囀り続ける。下りるときは、鳴きやめて急降下するが、直接巣へ下りることはない。晴雨にかかわらず上空で高く囀り続けるのは雄で、翼を激しくふるわせて鳴く。古くから籠鳥《ろうちょう》として飼育され、人々に親しまれたが、今は保護鳥とされ捕獲を禁じられている。

雲雀《ひばり》より空《そら》にやすらふ峠《とうげ》かな　芭蕉

草麦《くさむぎ》やひばりがあがるあれさがる　鬼貫

雨《あめ》の中雲雀《なかひばり》ぶるぶる昇天《しょうてん》す　西東三鬼

揚雲雀《あげひばり》空《そら》のまん中《なか》ここよここよ　正木ゆう子

雲雀落《ひばりお》つおのが重《おも》みにまかすごと　八木絵馬

鑑賞

くもることわすれし空《そら》のひばりかな　久保田万太郎

晴雨にかかわらず雲雀はよく囀る。上り・雲切り・下りと、歌節を変えて一日中鳴き続ける。その雲雀の上る空がどこまでも青く晴れ渡っているようすを「くもることわすれし空」と平明なことばで言い表している。

燕《つばめ》

乙鳥《つばめ》　つばくろ　つばくらめ　初燕《はつつばめ》
飛燕《ひえん》

解説　夏だけ日本に渡ってくる候鳥である。三、四月ごろより各地に姿を見せはじめて、人家の軒先や梁《はり》などに営巣して子を育てる。秋になると南方に去るが、なかには温暖の地にとどまり越冬する燕もいる。飛翔《ひしょう》力が強く、軽快に身を翻して飛び、昆虫を捕らえる。翼が長いため長途の旅をするのに適している。背部の黒と腹部の白のコントラストが印象的。切れ長の尾を持ち、鳴き交わしながら飛ぶ姿は人々に親しまれている。

夕燕《ゆうつばめ》われにはあすのあてはなき　一茶

来《く》ることの嬉《うれ》しき燕《つばめ》きたりけり　石田郷子

つばくらめ父《ちち》を忘《わす》れて吾子《あこ》伸《の》びよ　石田　波郷
つばめつばめ泥《どろ》が好《す》きなる燕《つばめ》かな　細見　綾子
春《はる》すでに高嶺《たかね》未婚《みこん》のつばくらめ　飯田　龍太

鑑賞　町空《まちぞら》のつばくらめのみ新《あたら》しや　中村草田男

作者の第一句集『長子』の句である。「松山城北高石崖にて」の前書きがある。古い城下町に帰郷したおりの新鮮な感動が渡って来たばかりの若々しい燕を通して打ち出されている。昭和十年の作品。

春《しゅん》塵《じん》（しゅん ぢん）　春埃《はるぼこり》　春《はる》の塵《ちり》　霾《つちふる》

解説　春になって雪も解け霜もなくなると、疾風に砂塵が舞いやすくなる。また、春には風の立つことも多く、ほこりっぽい日が続き、家の調度にも薄ぼこりを置く。この塵埃《じんあい》にも季節の情趣をくみ取ろうとしたものである。なお、中国北部の黄土地帯の砂塵は三、四月ごろ日本の空にも飛んでくるという。その**黄沙《こうさ》**・**黄塵《こうじん》**も春塵の一種としてもよいであろう。

春塵《しゅんじん》を閉《と》ぢてあふるる花屋《はなや》の花《はな》　菅　裸馬
姿《すがた》よく能《のう》なき硯《すずり》春《はる》の塵《ちり》　星野　立子
春塵《しゅんじん》や東京《とうきょう》はわが死《し》にどころ　鈴木真砂女
背《せ》をまるく歩《ある》いてゐるよ霾《つちふ》るよ　山田真砂年
湯浴《ゆあ》みつつ黄塵《こうじん》なほもにほふなり　相馬　遷子

鑑賞　春塵《しゅんじん》の巷《ちまた》落第《らくだい》を告《つ》げに行《ゆ》く　大野　林火

こんな青年もあろうかとの思いやりの句であろう。春塵が舞い立つ道を行けば、ほこりのためにも目に涙がにじむであろう。さまざまの運命の人々に容赦なく春塵の風は街に荒れる。

春《はる》雨《さめ》　春《はる》の雨《あめ》

解説　しっとりと暖かく降り包む春の雨であ

る。古くから静かな情趣ある雨として詩歌に詠まれている。昔は、おやみなくいつまでも降り続くような三月ごろの雨になってはじめて春雨と用いたというが、現在では春の季節の雨を広く指して「春の雨」というのとあまり変わりはない。ただ語の感じから早春の寒々とした雨には用いられない。また降り続くといっても、毎日続くのは**春《しゅん》霖《りん》**といってまた別の趣がある。菜の花の咲く晩春には東南の風のもたらす雨がよく降り、**菜種梅雨《なたねづゆ》**という。**春時雨《はるしぐれ》**は同じ時雨でもとくに明るい感じがある。

春雨《はるさめ》や蜂《はち》の巣《す》つたふ屋根《やね》の漏《も》り　芭蕉
春雨《はるさめ》や小磯《こいそ》の小貝《こがい》ぬるるほど　蕪村
東《ひがし》山《やま》低《ひく》し春《はる》雨《さめ》傘《がさ》のうち　高浜年尾
春雨《はるさめ》のあがるともなき明《あか》るさに　星野立子
からからと春《はる》の雨《あめ》ふる滝《たき》の中《なか》　原子公平

［鑑賞］春雨《はるさめ》や抜《ぬ》け出《で》たままの夜着《よぎ》の穴《あな》　丈草

起き出たままになっている夜具、すっぽり抜けた穴をまだ残しているさまである。気ままなひとり暮らしのよくある光景に、ものうい春雨の日の情趣が巧みにとらえられている。

春泥《しゅんでい》　春《はる》の泥《どろ》

［解説］春のぬかるみである。舗装されていない道路などは、雨が降ったりすれば、一年中ぬかるみになるのだが、春先にはとくに、それまで凍《い》てついていた土がゆるみはじめ、雪解けなどもあり、雨も多いし、気温の関係もあって、泥に難儀することが多いのである。そこで他の季節とは異なった特別の季感が伴い、そこに情趣も生じてくる。

春《しゅん》泥《でい》をゆく声《こえ》のして茜《あかね》さす　臼田亜浪
春《しゅん》泥《でい》に押《お》し合《あ》ひながらくる娘《むすめ》　高野素十

北《きた》の町《まち》の果《は》てなく長《なが》し春《はる》の泥《どろ》　中村　汀女
春《しゅん》泥《でい》を歩《ある》く汽《き》笛《てき》の鳴《な》る方《ほう》へ　細見　綾子
春《しゅん》泥《でい》の乾《かわ》きて鶏《とり》のくぐみごゑ　川崎　展宏
午《ご》前《ぜん》より午《ご》後《ご》をかがやく春《はる》の泥《どろ》　宇多喜代子

鑑賞　春《しゅん》泥《でい》を来《き》てこの安《やす》く豊《ゆた》かなめし　平畑　静塔

春泥は靴をとらえたりして、歩きづらく、やりきれないが、反面、どこか暖かく庶民的な情緒もある。そんな春泥の道にある飲食店は、大衆的な食堂で、安価で、豊かに山盛りの飯が出された。そこにある健康で温かい生活が、いきいきと詠まれている。

ものの芽《め》　物芽《ものめ》

解説　特定の木や草の芽のことではない。春に萌え出るいろいろの植物の芽の総称である。なんの芽か明瞭《めいりょう》にしがたい気持ちをもこめ、広い意味で使われる。しかし、木の芽より草や野菜の芽をいう場合が多いようである。**草《くさ》の芽《め》**といえばさらに意味は限定されるが、とくに名のある草の芽は菊の芽とか萩《はぎ》の芽などと表現するのである。

ほぐれんとして傾《かたむ》ける物芽《ものめ》かな　中村　汀女
ものの芽《め》の奇《く》しくほぐれし峠《とうげ》かな　山口　青邨
けさ見《み》出《い》でたるものの芽《め》にうち跼《かが》む　安住　敦
夕月《ゆうづき》に輝《かがや》くごとき太芽《ふとめ》かな　高橋　馬相
ものの芽《め》のひとつひとつにこころざし　伊藤　敬子

鑑賞　ものの芽《め》をうるほしゐしが本降《ほんぶ》りに　林　翔

しとしとと降っていた春の雨が、急に風も出てきて本格的な雨になってしまった。だいじにしている庭の草木の芽がこれで傷まねばよいが、という気持ちがこもっている。

牡《ぼ》丹《たん》の芽《め》

解説　牡丹はキンポウゲ科の落葉低木。古く中国から薬用として渡来し、のち観賞を主とする植物として盛んに庭などに植えられるようになった。花は初夏に開く。早春、枯れはててしまったように見える枝から深い紅色の芽が萌え出すさまは、花とはまた別の美しさがある。牡丹園や植物園などの大量に植えこんであるところの牡丹がいっせいに芽を吹く景観は捨てがたい。花にあらざるこのような繊細な美を俳句が詠うようになるのは、やはり近代を迎えてから後のことである。

牡丹《ぼたん》の芽《め》当麻《たいま》の塔《とう》の影《かげ》とありぬ　水原秋桜子
牡丹《ぼたん》の芽《め》或《ある》ひと日《ひ》より伸《の》びに伸《の》ぶ　菅　裸馬
牡丹《ぼうたん》の芽《め》にくれなゐの寒《さむ》さあり　飯田　龍太
一寸《いっすん》にして火《ひ》のこころ牡丹《ぼたん》の芽《め》　鷹羽　狩行

鑑賞 折鶴《おりづる》のごとくたためる牡丹《ぼたん》の芽《め》　山口　青邨

牡丹の芽が複雑に折りたたまれているさまを、完成直前の折鶴のようだと感じ取った。写生は俳句の基本だが、感性を研ぎ澄ますと写生もこうなる。

蘆《あし》の角《つの》　蘆《あし》の芽《め》

解説 蘆は水辺に生えるイネ科の大形多年草で、高さ二、三メートルに達し、しばしば大群落を作る。葦とも書く。またヨシというのは、アシは悪《あ》しに通じるとしてこれを嫌ったからである。秋にはこの茎を刈り取り、これを簀《す》の子・簾《すだれ》・葦簾《よしず》に用いる。根茎は漢方で利尿・止血薬として利用する。この蘆は早春に芽が鋭い角のように生え出るので蘆の角というのである。**葦牙《あしかび》・蘆《あし》の錐《きり》・角組《つのぐ》む蘆《あし》**などのことばも同じ趣をとらえた言い方である。

見《み》え初《そ》めて夕汐《ゆうしお》みちぬ蘆《あし》の角《つの》　太　祇
柔《やわら》かに岸踏《きしふ》みしなふ蘆《あし》の角《つの》　中村　汀女

鉄《てつ》のごとき水《みず》の色《いろ》なり蘆《あし》の角《つの》　楠目橙黄子
蘆《あし》の芽《め》や雲《くも》の重《おも》さを支《ささ》へかね　成瀬桜桃子
風《かぜ》にまだ尖《とが》りのありて芦《あし》の角《つの》　清水　衣子
泥《どろ》かぶるたびに角組《つのぐ》み光《ひか》る蘆《あし》　高野ムツオ

鑑賞　ややありて汽艇《きてい》の波《なみ》や蘆《あし》の角《つの》　水原秋桜子

汽艇は蒸気機関で走る小舟、現在はランチといった方がわかりやすくなった。その汽艇が通りすぎてしばらく経つとゆるやかな波の余波《なごり》が岸に寄せる。蘆の角にひとしきりかぶさって波はしずまる。

耕《たがやし》

耕人《こうじん》　耕馬《こうば》　耕牛《こうぎゅう》　春耕《しゅんこう》

解説　冬の間手入れをしなかった田畑の土を起こして、ほぐしてやること。本来は「田を返す」から「たがへし」と呼ばれたもので、年中の農耕の中で行われているが、俳句の場合春に入れられるのは、冬の間見かけなかった田畑に立つ人々が、急に目立って春らしい風景を作るからである。また、農事作業の最初の意味からでもあろう。場所を限って、畑打《はたうち》・田打《たうち》という季語もある。いずれも冬の間眠っていた村が始動の時期に入る姿を象徴している。最近では、機械化が進んでエンジン音をたてて耕耘機《こううんき》が動き回る。

日《ひ》一日《ひとひ》同《おな》じ処《ところ》に畠打《はたけう》つ　正岡　子規
耕《たがや》せばうごき憩《いこ》へばしづかな土《つち》　中村草田男
山国《やまぐに》の小石《こいし》捨《す》て捨て耕《たがや》せり　沢木　欣一
耕《たがや》して天《てん》にのぼるか対州馬《つしまうま》　角川　源義
耕人《こうじん》の遠《とお》くをりさらに遠《とお》くをり　不破　博

鑑賞　耕耘機《こううんき》遠《とお》くは空《そら》を耕《たがや》すや　辻田　克巳

仕事量も多く、早い耕耘機のうなりが、遠近の畑から聞こえる。一くわ一くわ打ち下ろす耕す作業も変わった。山畑の耕耘機はもう山を登りつめて空へ遊びに行ったのではなかろうか。遠いエンジン音が空から聞こえてくる。

花種蒔《はなだねま》く

解説　夏・秋に咲く草花の種などを蒔くことをいう。種蒔くが稲を中心に考えられ、その他一切のものを物種《ものだね》蒔くと区別しているのでその中に含まれるが、ここでは草花の種に限っていう。鶏頭蒔《けいとうま》く・朝顔蒔《あさがおま》くと独立させてもよい。種類によって地方によって蒔く時期は違うが、春の彼岸のころがよい。種を蒔いたあと、球根を植えたあとの花壇や植木鉢に場所や名前などを忘れないために、小さな苗札《なえふだ》が立ててあるのはほほえましい。

越《こ》すつもりあれど朝顔蒔《あさがおま》きにけり　久保田万太郎

花種買《はなだねか》ふ運河《うんが》かがよひをりしかば　石田　波郷

子《こ》に蒔《ま》かせたる花種《はなだね》の名《な》を忘《わす》れ　安住　敦

花《はな》の種土《たねつち》のうすさにはや見《み》えね　中村　汀女

住《す》みつくか否《いな》か花種蒔《はなだねま》きにけり　殿村菟絲子

風《かぜ》にとぶかろき花種蒔《はなだねま》きにけり　岡安　迷子

鑑賞　花種蒔《はなだねま》く土《つち》の眠《ねむ》りを覚《さま》しつつ　古賀まり子

冬の間、眠っているのは土だけではない。人も草木も息をひそめていた。やっと訪れた春に、土いじりを親しむ気持ちになった。花の種子も喜ぶようにきらきら光りながら土の眠りを覚ますように、飛びこんでいく。

根《ね》分《わけ》

解説　花菖蒲《はなしょうぶ》・菊・萩《はぎ》・さくら草など多年生の草花は、冬の間、葉や枝は枯れているが、春、古株から多くの芽が出る。その芽を持った根を分けて移植することをいう。根が張りすぎて、花が痩《や》せたり、枯死したりするのを防ぐためである。花を美しく咲かせるため、株を殖やすために欠かせない仕事である。花の愛好家たちには、お目当ての花の根分けをしてもらうのは楽しみのあることで、**菊根分**《きくねわけ》・**菖蒲根分**《しょうぶねわけ》・**萩根分**《はぎねわけ》などと独立させていう場合もある。

根分《ねわけ》せるもの何々《なになに》ぞ百花《ひゃっか》園《えん》　高浜　虚子
古園《ふるぞの》や根分《ねわけ》菖蒲《しょうぶ》に日《ひ》高《たか》し　吉岡禅寺洞
横《よこ》むきの太《ふと》き芽《め》のある根分《ねわけ》かな　中田みづほ
手力《たぢから》の尼《あま》には無理《むり》や萩根分《はぎねわけ》　河野　静雲
菖蒲根分水《しょうぶねわけみず》をやさしう使《つか》ひけり　草間　時彦

鑑賞 文使《ふづかい》を待《ま》たせて菊《きく》の根分《ねわけ》かな　内藤　鳴雪

菊の魅力のとりこになっている人は多い。「菊の奴」といわれるほど。見知らぬ人同士が菊の根を分けあうことも楽しみの一つである。根分けを頼む手紙を持って来た使いを待たせて、いそいそ根を分ける主人の姿が見える。

苗木《なえぎ》市《いち》（なへぎいち）　植木《うえき》市《いち》

解説 春の彼岸のころは、**苗木植**《なえぎう》**う**すなわち、果樹・庭木を移植する好適な時期である。このころ、社寺の境内・縁日・夜店などに苗木市が立つ。最近は、槙《まき》・松の大木から、鉢植え・盆栽まで並んで植木市と呼ぶにふさわしい。町筋に葭簀《よしず》が張られ、花をつけた木々、緑樹が並び、裸電球の灯に客の表情にも春らしい気分が漂う。野菜・草花の苗が小さな**苗札**《なえふだ》をつけて、**苗売**《なえうり》が美しい掛け声で売り歩くことは少なくなったが、それに代わる風物詩として親しまれている。秋分ころにも植木市が立つことが多くなっている。

苗木《なえぎ》市《いち》雲《くも》を眩《まぶ》しきものとして　木村　蕪城
山町《やままち》の一《ひ》と日《ひ》賑《にぎわ》ふ苗木《なえぎ》市《いち》　石原清華女

灯《ひ》を入《い》れて又値《またね》のかはる植木市《うえきいち》　岡本まち子
苗木《なえき》市丈《いちたけ》なすものは凭《もた》れ合《あ》ふ　水田　光雄

鑑賞
水打《みずう》つて星《ほし》まで濡《ぬ》らし植木市《うえきいち》　福田　紀伊

夜の植木市風景。地面から掘り起こされた植木には水の補給がたいせつ。夜空まで濡らすほど存分に水を与えている。電灯の明かりの中で、しずくを落とす植木は美しい。人出も増えて、星もひときわ光って見え出した。

木《こ》の芽《め》

芽立《めだち》　芽吹《めぶ》く　木《こ》の芽張《めは》る
芽組《めぐ》む

解説　春の木の芽を総称して、単に木の芽というのである。気候の暖かい南国では早く芽吹き、北へ行くほど遅くなる。また木の種類によっても遅速があり、欅《けやき》の芽・楓《かえで》の芽などは比較的早く、石榴《ざくろ》や百日紅《さるすべり》の芽は遅い。芽を吹きはじめた木々の美しさには若々しい生命感があふれ、花や紅葉の時期とは違う感慨を催す。木の芽を「きのめ」ということもあるが、山椒《さんしょう》の芽をとくにきのめと呼ぶので注意する必要がある。木々の芽吹く時期を**木《こ》の芽時《めどき》**、そのころの雨を**木《こ》の芽雨《めあめ》**、風を**木《こ》の芽風《めかぜ》**という。

今掃《いまは》きし土《つち》に苞《ほう》ぬぐ木《こ》の芽《め》かな　杉田　久女
落葉松《からまつ》の夕《ゆう》しづかなる芽《め》にふれつ　水原秋桜子
隠岐《おき》やいま木《こ》の芽《め》をかこむ怒濤《どとう》かな　加藤　楸邨
木々芽吹《きぎめぶ》く中《なか》にも柿《かき》の枝踊《えだおど》り　石川　桂郎
みどり子《ご》のまばたくたびに木《こ》の芽増《めふ》え　飯田　龍太

鑑賞
木《こ》の芽《め》して今《いま》おもしろき雑木《ぞうき》かな　高浜　虚子

雑木林の春。さまざまな木がとりどりに芽を吹いていて、一年のうちでもっともみずみずしい季節を迎えているのである。花や紅葉がさほどでもない樹木なら、木の芽時が断然いい。

木《き》の芽《め》和《あえ》（きのめあへ）

解説　料理の名で、木の芽の名の付くものは山椒《さんしょう》の若芽を扱ったものをいう。山椒の芽のこうばしい風味を生かして、味噌《みそ》に若芽を刻みこみ、砂糖を加えすりつぶし、酒や煮出し汁でゆるめたものが**木《き》の芽《め》味噌《みそ》**。それで、筍《たけのこ》・蒟蒻《こんにゃく》・烏賊《いか》などを和えたものが木の芽和えである。春の風趣あふれる季節料理といえよう。**木《き》の芽《め》漬《づけ》**（山椒の若芽の塩漬け）・**木《き》の芽《め》田楽《でんがく》**（豆腐を焼き、木の芽味噌を塗り、それをふたたび火であぶる）などもある。「このめあえ」は山椒以外の木の芽を使ったものだが、現在は混同されている。

雨雲《あまぐも》のからむを摘《つ》みて木《き》の芽《め》和《あえ》　山口　青邨
木《き》の芽《め》和《あ》へ女《おんな》たのしむ事多《ことおお》き　及川　貞
飛石《とびいし》の雨《あめ》の短《みじか》し木《き》の芽《め》あへ　小池　文子
汐《しお》みつる明《あか》りを窓《まど》や木《き》の芽《め》あへ　長谷川春草
木《き》の芽《め》和《あえ》この頃朝《ごろあさ》の食《しょく》すゝむ　上村　占魚

鑑賞　木《き》の芽《め》味噌《みそ》夜《よ》の雨《あめ》が灯《ひ》をやはらげり　皆川　盤水

木の芽味噌の香の漂う厨《くりや》は、春の風味を楽しませてくれる親しさがある。その厨を包むように降り出した夜の雨は、あかりを和らげ、いっそう落ち着いたなごやかな雰囲気の食卓にしてくれるようでもある。

菜《な》飯《めし》

解説　青菜《あおな》（油菜《あぶらな》・芥子菜《からしな》・水菜《みずな》など）を塩もみにし、細かく刻んで湯がきあげたのを、塩味で炊きあげた飯に混ぜ合わせたもの。この他に**五加木《うこぎ》飯《めし》**（五加木の若芽）や**枸杞《くこ》飯《めし》**などもあり、春の季節を知らせるにふさわしい食膳《しょくぜん》を作る。農村の素朴な食べ物であったものだが、母親の味、季節の味として受け継がれている。江戸期の宿場では菜飯を名物にしたところもある。「なめしでんがく」などとあって、豆腐のあんかけ、田楽《でんがく》がつきものであった。

さみどりの菜飯《なめし》が出来《でき》てかぐはしや　高浜　虚子
故里《ふるさと》の人《ひと》や汗《あせ》して菜飯《なめし》食《く》ふ　細見　綾子
菜飯喰《なめしく》ひ少《すこ》しふとりしかと思《おも》ふ　草間　時彦
迎《むか》へられ菜飯《なめし》田楽《でんがく》友五人《ともごにん》　松崎鉄之介
西国《さいごく》の黄昏《たそがれ》長《なが》き菜飯《なめし》かな　西村　和子

鑑賞
菜飯《なめし》くへば古里《ふるさと》に似《に》し雨《あめ》が降《ふ》る　桜木　俊晃

さみどりのかぐわしい菜飯には懐かしさがあり、地味で、平凡な生活の味わいがある。ふるさとを出てからもう何年たったであろうか。菜飯を食べながら思いをはせる。夕方降り出した雨はいっそう懐かしさの情をかき立てる。

目《め》刺《ざし》

目刺鰯《めざしいわし》　ほおざし

解説　真鰯《まいわし》・鯷《ひしこ》の小形のものを、数匹連ねて竹串《たけぐし》や、藁《わら》などに通して干したものをいう。目のところを刺し連ねたものを目刺、鰓《えら》に通しているものを頰刺《ほおざし》という区別もある。春の時期、他にも干鱈《ひだら》・干鰈《ほしがれい》・白子干《しらすぼし》と干物類は多い。昔から干物は、庶民の生活に欠かせないもので、貧しいものの例え、哀感を示しながらも愛好されたものである。この時期、漁村いっぱいに鰯の干された光景に出会って目をみはることがある。

日《ひ》が照《て》れど小雨《こさめ》は降《ふ》れど目刺干《めざしほ》す　阿波野青畝
目刺一連療《めざしいちれんりよう》養《よう》いよゝ永《なが》からむ　石田　波郷
海《うみ》の蒼《あお》さ消《き》えゆく目刺焼《めざしや》きにけり　福田　蓼汀
重《かさ》なりて同《おな》じ反《そ》りなる目刺《めざし》かな　篠原　温亭
焦がしたる目刺《めざし》にめしのよごれけり　森川　暁水
海《うみ》に生《あ》れ山《やま》に嫁《とつ》ぎて目刺焼《めざしや》く　甲斐《かい》よしあき

鑑賞
殺生《せっしょう》の目刺《めざし》の藁《わら》をぬきにけり　川端　茅舎

目刺の藁が目に突き刺してある状態を、「殺生」という仏教用語で大胆に表現したところに作者の戒めが見える。しかし、藁を抜いてやることで、人間の殺生戒を帳消しにするというユーモラスな気分もある。鰯という庶民性を感じさせる魚のせいであろう。

鰊《にしん》　鰊曇《にしんぐもり》

解説　体長三〇センチほどの寒海魚で、わが国では北海道の西部沿岸付近が主産卵場とされていた。しかし、近年回游《かいゆう》コースや産卵場が変わり、北海道周辺ではまれにしか見られなくなった。三、四月ごろ産卵期を迎えた鰊が、群れをなして海岸に押し寄せることを、**鰊群来**《にしんくき》または、「くきる」という。このころは、空が曇りがちで、鰊曇と呼ばれる日が続く。正月用の食品として珍重される数の子は、鰊の卵巣を干したものである。

妻《つま》も吾《われ》もみちのくびとや鯡食《にしんく》ふ　山口　青邨
女《おんな》ゐて鰊番屋《にしんばんや》の戸《と》によれる　清崎　敏郎
鰊群来《にしんくき》まぼろしにして浦《うら》まつり　草村　素子
喪《も》が終《おわ》り顔《かお》なき鰊夜《にしんよる》も干《ほ》す　寺田　京子
八方《はっぽう》の渦《うず》率《い》て巌《いわ》や鰊群来《にしんくき》　古舘　曹人

鑑賞
唐太《からふと》の天《あめ》ぞ垂《た》れたり鰊群来《にしんくき》　山口　誓子

唐太は、現在のサハリンである。鰊が大群をなして押し寄せるころの雄大な空と海を詠出している。鰊曇を背景にした豊漁の海に、渡り漁夫を乗せた船が大漁旗を翻してこぎ出す。

飯《いい》蛸《だこ》（いひだこ）　望潮魚《いいだこ》

解説 わが国各地の沿岸で獲れる小形の蛸である。腹に飯粒に似た卵を持つところからこの名がある。産卵期は二、三月ごろで、この時期を過ぎるとやせて飯がなくなる。

飯蛸《いいだこ》をめでたきものとして厨《くりや》　高野　素十
飯蛸《いいだこ》や敦盛《あつもり》さまは討《う》たれたる　龍岡　晋
夕澄《ゆうす》みて飯蛸《いいだこ》泳《およ》ぐ舟《ふね》のうち　堀口　星眠
久闊《きゅうかつ》や飯蛸《いいだこ》の飯食《いいは》みこぼす　井沢　正江
飯蛸《いいだこ》に猪口才《ちょこざい》な口《くち》ありにけり　中原　道夫

鑑賞 なにか侘《わび》し飯蛸《いいだこ》の飯《いい》とぼしきも　上村　占魚

飯蛸というからには、腹にびっしりと飯がつまってなくてはつまらない。これはまたなんと飯の乏しい蛸であることよと、期待はずれの飯蛸に対する嘆きが、周辺のすべてを侘しくさせている。

椿《つばき》

大椿《おおつばき》　落椿《おちつばき》　夕椿《ゆうつばき》

解説 ツバキ科の常緑高木または低木で、本来は暖地の植物である。わが国の椿はもっとも北方に分布する種類で、北は青森県まで自生がある。椿という漢字は日本で作られた和字で、正式の漢名は山茶（中国ではシャンチャと発音される）。和名ツバキはアツバキ（厚葉木）のアが脱落したものといわれる。日本産の**藪椿**《やぶつばき》と雪椿を中国産の**唐椿**《からつばき》と交配させ、今日では数千種もの園芸品種が出現しているが、『古事記』や『日本書紀』にも椿の記述があり、古くから重視されていた植物であることをうかがわせる。種子から搾《しぼ》った椿油は灯油用にした時代もあったが、今日でも頭髪用・食用・軟《なん》膏《こう》薬の材料などに用いられている。椿は十八世紀に日本から欧州に伝わり、フランスの文学者デュマは戯曲『椿姫』をものして名声を不朽のものとした。

赤《あか》い椿《つばき》白《しろ》い椿《つばき》と落《お》ちにけり　河東碧梧桐

花弁《はなびら》の肉《にく》やはらかに落椿《おちつばき》　飯田　蛇笏

落椿《おちつばき》われならば急流《きゆうりゆう》へ落《お》つ　鷹羽　狩行

落椿《おちつばき》とはとつぜんに華《はな》やげる　稲畑　汀子

咲《さ》き満《み》ちてほのかに幽《くら》し夕椿《ゆうつばき》　日野　草城

鑑賞　籠《こも》り飛《と》ぶ小鳥《ことり》あるらし大椿《おおつばき》　松本たかし

椿は常緑樹でかなり葉がこみあう木である。しかも今はびっしりと花をつけ、なおさらこんもりと茂っているように見える。大木になるとほの暗い木で、それだけに小鳥にとっては安全な場所なのだ。

茎《くく》立《たち》　茎立《くきだち》

解説　盛りが過ぎたことを「とうが立つ」と比喩《ひゆ》的にいうが、この「とう」は薹《とう》と書き、蕪《かぶ》や大根や菜の類の花茎の意である。それらの野菜も植物である以上、当然花を開き実を結ぶのだが、薹が立つようになると食用にする部分の味はたいへん悪くなる。三、四月のころ、その種の野菜が花をつけるための茎を伸ばしはじめる現象を茎立ちというのである。中には芥子菜《からしな》のように茎が立ってから収穫したほうが美味なものもある。しかし、雪の多い地方では冬の間青物に不自由をしてきた後のこと、この新葉はありがたい青菜である。北海道などでは茎《くき》立菜《たちな》と呼ばれる蕪菜の一種が作られている。秋に蒔《ま》いて雪解けのころ収穫する特別な野菜である。

蕪《かぶ》一《ひと》つ畝《うね》にころげて茎立《くきた》てる　西山　泊雲

こぼれ菜《な》のいずれそれぞれ茎立《くきた》ちぬ　中村　汀女

茎立《くくたち》やおもはぬ方《かた》に月《つき》ありて　岸田　稚魚

茎立《くくたち》やきのふは遠《とお》しをととひも　黒田　杏子

鑑賞　茎立《くくたち》やきのふの雨《あめ》の朝《あさ》ぼらけ　阿波野青畝

きのう一日降った雨は夜のうちにあがり、晴れて暖かくなりそうな日の夜明け方が訪れる。種を採るための茎立も薄い光を浴びて、いっそう伸びている。

独《う》活《ど》　山独活《やまうど》　深山独活《みやまうど》　芽独活《めうど》

解説　東アジア温帯に広く分布するウコギ科の多年草。一五〇〇メートル以上の山地に自生する深山独活というのもある。野生の山独活は山菜中の優品だが、われわれがふつう口にし俳句にも詠むのは畑地に栽培されるもので、温度二十五度ぐらいの室《むろ》で軟化栽培する。早いものは十一月半ばから出荷されるが、これは寒独活で、二月上旬から四月下旬までが本来の時期である。籾《もみ》ぬかや土を寄せて萌《も》やすので、もやし独活ともいう。この若苗または芽独活を食用としている。香気と歯ざわりが独活の生命である。独活の根茎は薬用。煎《せん》じて飲めば頭痛などの痛みに効果があるという。

雪間《ゆきま》より薄紫《うすむらさき》の芽独活《めうど》かな　芭蕉

山《やま》うどのにほひ身《み》にしみ病《やまい》去る　高村光太郎

独活掘《うどほ》りの下《お》り来《き》て時刻《とき》をたづねけり　前田普羅

山独活《やまうど》を食《く》ひし清《すが》しさ人《ひと》も来《こ》ず　野澤節子

独活《うど》きざむ白指《しろゆび》もまた香《か》を放《はな》ち　木内彰志

鑑賞　俎《まないた》の傷《きず》の無数《むすう》よ独活《うど》きざむ　有馬籌子

ふだん、なんとも思わないが、俎は包丁の浅い傷だらけである。それはまた、一家の主婦がよく家を守っている証でもある。独活をきざんでいると、つかのまその傷のひとつひとつに独活の香りがしみこんでゆく。

剪《せん》定《てい》

解説　春の発芽前に果樹の徒長した枝（実をつけない軟弱に伸びた枝）などを切ること

をいう。よい花を咲かせ、果実の生りをよくするために、通風、奥まで日照をよくするためだが、庭木の生育や樹形をよくすることにも行う。さっぱり、すっきりと枝を切り落とした風景には物足りなさがあるが、充実を期待しての作業である。夏、繁茂した枝を切り落とす刈り込みと区別している。三、四月には、**接木**《つぎき》（枳殻《からたち》に蜜柑《みかん》、渋柿に甘柿、杏《あんず》に桃などの枝を接ぐ）や**挿木**《さしき》（柳・躑躅《つつじ》・薔薇《ばら》などの細枝を土に挿して根を生じさせる）や**取木**《とりき》（木の枝に傷をつけて土で包んだり、枝をたわめて地に埋めて、根を出させる）なども、このころの作業である。

剪定《せんてい》の遠《とお》きひとりに靄《もや》かかる　木村　蕪城
剪定《せんてい》の済《す》めば日輪《にちりん》力《ちから》あり　森田　峠
剪定《せんてい》の腰《こし》手《て》拭《ぬぐい》や一日《ひとひ》晴《はれ》　村越　化石
剪定《せんてい》のこころときどき地《ち》に遊《あそ》ぶ　廣瀬　直人
夕星《ゆうづつ》へ剪定《せんてい》の枝《えだ》とばしけり　寺島ただし

鑑賞　剪定《せんてい》の林檎《りんご》老《お》ゆるを許《ゆる》されず　西本　一都

木の枝を切るのは、痛ましい気がして勇気がいるものだ。今年も、たくさんのみずみずしい果実をつけてくれよと枝が切られてゆく。「老ゆるを許されず」に老木になってもまだ働かねばならぬ、林檎の木の嘆きがある。

流《りゅう》氷《ひょう》（りうひよう）　氷流《こおりなが》るる

解説　河川でも流氷は見られるが、大がかりなものとしてよく知られているのは北海道のオホーツク海沿岸であろう。春になって、氷塊群が、オホーツク海の北部から南下しはじめ、三月に入るころには沿岸に接近、接岸するようになり、ひとたび風浪が起これば、氷塊がぶつかり合って、すさまじい光景になる。広大な範囲の流氷の襲来は春の本格的な到来を告げる大自然の豪壮な光景である。また、船舶が流氷に襲われて遭難するなどの被害も与えたりするので、恐れられてもいる。**流氷期**《りゅうひょうき》。

流氷《りゅうひょう》や宗谷《そうや》の門波《となみ》荒《あ》れやまず　山口　誓子
口《くち》をつく語《ご》を流氷《りゅうひょう》の奪《うば》ふなり　石川　桂郎
駅《えき》に家《いえ》かたまり寄《よ》せて流氷群《りゅうひょうぐん》　古舘　曹人
流氷《りゅうひょう》の打《う》ちあふこだま宙《ちゅう》に消《き》え　高田　高
旭《あさひ》いま大流氷群《だいりゅうひょうぐん》動《うご》くなり　豊長みのる

鑑賞　流氷来《りゅうひょうく》はがねの風《かぜ》をさきがけて　草村　素子
流氷群がやってくる。風はまだ身を切るように鋭く冷たい。その風を「はがねの風」と強い表現をしたのが、大自然の豪壮な営みにふさわしい。その風が先がけで、いよいよ流氷群が接近してくるのである。

卒《そつ》業《ぎょう》（そつげふ）　卒業式《そつぎょうしき》　卒業歌《そつぎょうか》

解説　三月には卒業式が行われる。正式には卒業証書授与式といわれる。小学校・中学校・高等学校・大学とそれぞれの感動があるものだが、母校を去る哀惜、友と離れる寂しさ、学業を終えた安堵《あんど》感《かん》、希望を胸に社会へ出る喜び、また不安などとさまざまであろう。いずれにしろ、「螢の光」「仰げば尊し」の卒業歌にはいっそうの別離感が漂う。

一《いち》を知《し》つて二《に》を知《し》らぬなり卒業《そつぎょう》す　高浜　虚子
校塔《こうとう》に鳩《はと》多《おお》き日《ひ》や卒業《そつぎょう》す　中村草田男
卒業《そつぎょう》の兄《あに》と来《き》てゐる堤《つつみ》かな　芝　不器男
卒業歌《そつぎょうか》島《しま》を出《で》てゆくものばかり　多宮　進
卒業子《そつぎょうし》去《さ》れり窓辺《まどべ》に教師《きょうし》暮《く》れ　林　翔

鑑賞　波《なみ》ふえて卒業《そつぎょう》の日《ひ》の沖見《おきみ》えず　藤田　湘子

卒業の日の海は限りなく広がる未来の象徴である。しかし、現実は厳しく、なまやさしくない人生を「沖見えず」と言いとめている。しかも「波ふえて」には押し寄せてくる困難がすでに迫ってきていることを暗示している。

復活祭《ふっかつさい》（ふくくわつさい）　イースター

解説　キリストの復活を記念する祭りである。春分のあとの最初の満月直後の日曜日である。年によって異なるが、三月二十二日から四月二十五日までの日曜日となる。キリスト教徒にとって最大の祝日で、クリスマスと並んで、たいせつな行事になっている。イースター・カードの交換や、赤く着色した染め卵を飾ったりする。白百合を祭壇に飾る。イースター・リリーという。

若《わか》き心《こころ》にともされし灯《ひ》や復活祭《ふっかつさい》　原　月舟
顔《かお》に近《ちか》づく犬《いぬ》の涙目《なみだめ》復活祭《ふっかつさい》　桂　信子
母《はは》と並《なら》んで坐《すわ》る木《き》の椅子《いす》復活祭《ふっかつさい》　田川飛旅子
馬《ば》車《しゃ》の荷《に》の百《ひゃっ》花《か》に風《かぜ》や復活祭《ふっかつさい》　草間　時彦
カステラに沈《しず》むナイフや復活祭《ふっかつさい》　片山由美子

鑑賞　野菜炒《やさいいた》めへ灯《ひ》がとびこむよ復活祭《ふっかつさい》　磯貝碧蹄館

ふだんと変わらない野菜炒めのおかずで夕食となる。しかし復活祭と思えば、その野菜炒めまでがいつもより明るく灯に輝くように感じられる。灯がとびこむようである。庶民のいきいきした感受性が、明るく息づいている。

利休忌《りきゅうき》（りきうき）

解説　茶道の千利休《せんのりきゅう》は天正十九年（一五九一）二月二十八日七十一歳で自刃《じじん》した。泉州堺《さかい》の人。秀吉《ひでよし》の怒りにあい、この世を去ったことなど、よく知られている。墓のある大徳寺聚光院《じゆこういん》で回向《えこう》が行われ、追善の茶会が行われる。茶家では忌日を修し茶事を行う。その日は陽暦の当日や、一ヵ月遅れの三月二十八日、また、その近くの日曜日などを選ぶことが多い。

利休忌《りきゆうき》や死《し》も亦道《またみち》の大《おお》いなる　松根東洋城
利休忌《りきゆうき》の男《おとこ》点前《でまえ》の杓《しやく》光《ひか》り　皆吉　爽雨
強情《ごうじよう》の千《せん》の利休《りきゆう》の忌《き》なりけり　相生垣瓜人
山椿《やまつばき》さはに見《み》たりき利休《りきゆう》の忌《き》　森　澄雄

鑑賞
利休忌《りきゆうき》の石《いし》の膚《はだ》えの冷《つめ》たさよ　石橋　秀野
利休は秀吉の怒りによって自刃したのであった。ふと触れた石の膚えの冷たさに、その利休を追慕している。鋭い感覚である。

霞《かすみ》

朝霞《あさがすみ》　夕霞《ゆうがすみ》　遠霞《とおがすみ》

解説　大気が薄く濁って遠くのものがぼやけて見えなくなる現象をいう。気象学上の術語にはなく、気象としては大気中に微小粒子の水滴の浮遊してできる霧と同じことである。この現象は秋に多く霧は秋の季題とされるが、霞といえば春のこととされている。それは、暖気で水蒸気が立ちこめる景に春を覚えることと、この万象をぼやかし穏やかに見せる気分は春ののどかさに通ずるからであろう。朝霞・夕霞・遠霞などさまざまにいわれ、また「草霞む」「鐘霞む」といった用法もある。なお、同じ現象も夜はとくに朧《おぼろ》と呼んでいる。

二《ふた》またになりて霞《かす》める野川《のがわ》かな　白　雄
榛名山《はるなさん》大霞《おおがすみ》して真昼《まひる》かな　村上　鬼城
谷杉《たにすぎ》の紺《こん》折《お》り畳《たた》む霞《かすみ》かな　原　石鼎
夕《ゆう》がすみ燈台《とうだい》ともること早《はや》し　高浜　年尾
肉白《にくしろ》き病体《びようたい》に世《よ》もかすみたる　飯田　龍太
帰《かえ》るべき山霞《やまかす》みをり帰《かえ》らむか　小澤　實

鑑賞 馬借《うまか》りてかはるがはるに霞《かす》みけり　蓼太

前書きに「行旅」、馬を一頭借りて交替に乗って行くというのであろう。あまり先を急がない旅に二、三の連れがあって、のんびり春の景を楽しんでいる。先に行く馬上の一人はうっすらと霞の中にある。

陽炎《かげろう》（かげろふ）　糸遊《いとゆう》

解説 日ざしの強いため、地面付近の空気が地上にちらちらと色のないゆらめき立ち上る現象をいう。盛んなときは、物の形が揺らぐようにも、炎のようにも見えるが、あまり近づくと見えなくなる。熱せられた地面に生ずる上昇気流が、密度の大きい空気、小さい空気ともつれ合い、光を複雑に屈折させるため生ずる現象である。うららかな情趣のために春の季題とされ、また形は見えてもとらえがたいものの例えにされ、そのあるかなきかの気分がいとしまれる。

かげろふと字《じ》にかくやうにかげろへる　富安風生
かげろふに遠巻《とおま》かれつつ磯《いそ》づたふ　篠原梵
原爆地子《げんばくちこ》がかげろふに消《き》えゆけり　石原八束
陽炎《かげろう》や庭《にわ》より縁《えん》に客《きゃく》きたる　渋沢渋亭
かげろふの中《なか》へ押《お》しゆく乳母《うば》車《ぐるま》　轡田進

鑑賞 かげろふやほろほろ落《お》つる岸《きし》の砂《すな》　土芳

芭蕉の言を集めた『三冊子《さんぞうし》』の編者、伊賀上野の人である。上野は盆地で冬は厳しく、川岸に芽吹くものも遅い。ほのかにかげろうの立つ春のけはいを、踏むともう凍てどけてほろほろくずれる砂に感じ取った。

踏青《とうせい》（たふせい）　青《あお》き踏《ふ》む

解説 中国の古い習俗に、陰暦三月三日に人々は野辺に出て青草を踏み、遊宴を催したことがあり、それを習ったもの。その日に限らず野遊《のあそ》びと考えてよい。しかし、野遊びは、春の風景を楽しむ人々の気分に包まれた季語であるが、青き踏むには、萌えた緑の草を踏むという色感も、感触も備わっている。また踏青には漢語の持つ古典の風格が伝わってくる。

踏青《とうせい》の傘《かさ》にあまれる煙雨《えんう》かな　中村汀女
踏青《とうせい》や鳥《とり》のごとくに顔下《かおさ》げて　三橋敏雄
青《あお》き踏《ふ》む叢雲《むらくも》踏むが如《ごと》くなり　川端茅舎
来《こ》し方《かた》に悔《くい》なき青《あお》を踏《ふ》みにけり　安住敦
みづうみのふくらむひかり青《あお》き踏《ふ》む　鍵和田秞子

鑑賞　天平《てんぴょう》の仏《ほとけ》にまみえ青《あお》き踏《ふ》む　石原八束

天平時代の古仏の美しさに魅せられた一日。作者は現実の生活を忘れたように、あの万葉人を懐かしむように、野遊びの風習に心を遊ばせている。すっかり古代人になった気分で、春の若草を踏んでゆく。

蓬《よもぎ》　艾草《がいそう》　餅草《もちぐさ》

解説　山野・丘陵・川原などにふつうに見られるキク科の多年草。草全体に特有の香気がある。春、まだ若いうちに摘んでゆがいた葉を餅に搗《つ》きこんで草餅をつくるので餅草の名がある。そのころの葉には茎と同じく白色の細かい毛が密生しているが、生長するとこれは裏面だけに残る。灸《きゅう》に使われる艾《もぐさ》は、生長した葉を乾かして臼でよく砕きこの毛だけを集めたものである。艾は灸のほかに、昔は印肉や矢立《やたて》の墨壺《すみつぼ》に使われていた。また漢方では葉を干したものを艾《がい》葉《よう》と称し、止血剤や強壮剤に使う。民間では生の葉のもみ汁を虫さされや切り傷に塗ると効果があるとされる。なお、蓬の仲間はわが国に約三十種あるといわれるが、その識別はむずかしく一口に蓬と呼んでいる。

つみためて臼尻《うすじり》に撰《え》るよもぎかな　飯田　蛇笏

さながらに河原蓬《かわらよもぎ》は木《き》となりぬ　中村草田男

蓬《よもぎ》萌えそめし燈台暮《とうだいぐら》しかな　清崎　敏郎

帆《ほ》に遠《とお》く赤子《あかご》をおろす蓬《よもぎ》かな　飴山　実

押《おさ》へてもふくるる籠《かご》の蓬《よもぎ》かな　下田　実花

鑑賞 烈風《れつぷう》を身《み》にひびかせて蓬《よもぎつ》 摘む　加藤かけい

春の野に出でて蓬を摘む。熱中して姿よろしき蓬を見分け、爪で折り取る。蓬の芳香に染まる自分の体は、おりから吹き来る春の疾風に共鳴するかのごとくだ。

土筆《つくし》　つくしんぼ

解説 「土筆だれの子杉菜《すぎな》の子」というわらべ歌があるが、これはあくまでわらべ歌の世界のことで、土筆も杉菜《すぎな》も同一の根茎から生じる地上茎である。土筆は繁殖担当の胞子茎で、その先端の穂は成熟すると亀甲《きっこう》形に破れて多数の胞子を飛ばす。胞子が飛散する前に摘んで袴《はかま》を除き、煮物や和《あ》え物、または御飯に炊きこんで食用とする。ほろ苦くて香りがよい。胞子茎に遅れて出る緑色の栄養茎が杉菜で、これも若く柔らかいものは食用となる。トクサ科の多年草で日当たりのよい土手や田の畦《あぜ》、野原に自生するが、都市近郊では宅地化が進むにつれて姿を消しつつある。**土筆野《つくしの》・土筆摘《つくしつ》む。**

土筆野《つくしの》やよろこぶ母《はは》につみあます　長谷川かな女

膝《ひざ》つけばしめり居《い》る草土筆摘《くさつくしつ》む　阿部みどり女

ほしいまま土筆《つくし》ぞ長《た》けぬ私鉄《してつ》スト　山本　光波

睡《ねむ》たさが深《ふか》き淵《ふち》なすつくしんぼ　有働　亨

年《とし》よりの食《しょく》の細《ほそ》さよ土筆和《つくしあえ》　草間　時彦

鑑賞 まま事《ごと》の飯《めし》もおさいも土筆《つくし》かな　星野　立子

子供たちが土筆を摘んできて遊ぶさまであ

る。ままごとの御飯茶碗にも皿にも土筆があふれている。都市の住宅街では土筆も生えないが、農村地帯の女の子たちは今も土筆のままごとをしている。

薇《ぜんまい》

解説　ゼンマイ科の羊朶《しだ》植物。全国各地に自生し、とくに湿りけのあるところを好み、山地や野原に大きな群落となる。ウラボシ科の蕨《わらび》が明るい野原や焼けた山腹などを好むのとは対照的だが、ともに春、若葉の開かないうちに取り、茹《ゆ》でてあく抜きしたものを和《あ》え物などにして食用とする。あく抜きしたものを手もみで柔らかにしながら乾燥したのが干し薇で、長く貯蔵できる。薇の変わった利用法として、東北地方では若芽の綿毛を綿の繊維に混ぜて織物を作る。薇織《ぜんまいおり》といって、厚地で防寒・防水性に富み、とくに海上で働くときの衣料として用いられたという。

かたくなに巻《ま》くぜんまいに触《ふ》れてみぬ　堀江たへ子
薇《ぜんまい》のわた毛《げ》つぶさに濡《ぬ》れゐたる　串田　征史
薇《ぜんまい》の渦《うず》のしろがね子《こ》へ初潮《しょちょう》　井桁　白陶
ぜんまいの渦《うず》の明《あか》るさ地《ち》をはなれ　岸　霜陰
ぜんまいの拳《こぶし》ほどけよ雲《くも》と水《みず》　桂　信子

鑑賞　ぜんまいののの字《じ》ばかりの寂光土《じゃっこうど》　川端　茅舎
ひらがなの「の」の形をして薇が無数に萌え出ているさまに、作者は寂光土を感じた。寂光土は寂光浄土の略で、生滅変化なく、煩悩の惑乱もなく、諸相を照らす智慧の徳のあるところと説かれている。

芹《せり》

田芹《たぜり》　根芹《ねぜり》　芹摘《せりつ》む

解説　セリ科の多年草で、春の七草の一つ。田の畦《あぜ》などに群生し、早春のころ香りのよい新芽を生じる。このような芹を田芹という。根芹は浅い水の中で育ち冬を越す。これは水温に保護されているので冬の間から摘むことができる。水田に栽培する芹もこれで、生長にしたがって水深を深めて、茎の長さ三〇センチ以上のものを収穫している。俳句ではともに芹として詠まれている。香りを生かしてお浸し・和《あ》え物・汁の実などにして食べる。芳香の成分は不明だが、ビタミンB_1、Cを含み栄養価も高い。夏、花茎を伸ばして白色の細かい小花をつける。なお、猛毒植物の毒芹というのは食用の芹とよく似ているが、根茎の節間が竹の子のように詰まっているので区別できる。

薄曇《うすぐも》る水《みず》動《うご》かずよ芹《せり》の中《なか》　芥川龍之介

淋《さび》しさに摘《つ》む芹《せり》なれば籠《こ》に満《み》たず　加倉井秋を

芹《せり》の水《みず》一歩《いっぽ》の中《なか》にして流《なが》る　長谷川浪々子

芹洗《せりあら》ふ指《ゆび》のあはひを芹逃《せりに》げて　今瀬　剛一

鑑賞　水嵩《みずかさ》の増《ま》しくる如《ごと》く芹洗《せりあら》ふ　石川　桂郎

摘みとった芹の泥を落とすため、清らかな小川でねんごろに洗う。芹だけを見つめながら洗っていると、芹に水が盛り上がってくるようだ。

菫《すみれ》　花菫《はなすみれ》

解説　菫の種類は全世界で四百種ほど知られ、そのうち日本には六十種が自生するという。これほど多くの種類があるにもかかわらず、一目で菫と見分けることができるのは、五枚の花びらのうちのいちばん下にある唇弁《しんべん》が鶏のけづめのように後ろに伸びて突出し、袋状になっているからである。スミレという語はこの形状が大工の使う墨入れの形に似ているので、スミイレからスミレになったといわれている。葉や茎にルチンという成分が含まれ、昔は血圧を下げるために食用に供されたという。現在は観賞用に外国種の香菫《においすみれ》（バイオレット）やパンジー（三色菫《さんしょくすみれ》）も早春の庭先を飾る。

山路来《やまじき》てなにやらゆかしすみれ草《ぐさ》　芭蕉
菫《すみれ》程《ほど》な小《ちい》さき人《ひと》に生《うま》れたし　夏目漱石
すみれ踏《ふ》みしなやかに行《ゆ》く牛《うし》の足《あし》　秋元不死男
山深《やまふか》みすみれは水《みず》の色《いろ》なせり　川本臥風
すみれ束解《たばと》くや光陰《こういん》こぼれ落《お》つ　鍵和田秞子

鑑賞
かたまつて薄《うす》き光《ひかり》の菫《すみれ》かな　渡辺水巴

淡い紫色をした菫が、群がるというほどではなく、数本かたまって咲いている。それでもなおかつ、薄き光しか感じられぬ。しかし、可憐な菫の花そのものの発する薄き光なのである。千葉県鹿野山での作。

蒲公英《たんぽぽ》　鼓草《つづみぐさ》　藤菜《ふじな》

解説　キク科の多年草。蝦夷《えぞ》たんぽぽ・関東たんぽぽ・関西たんぽぽ・白花たんぽぽなど日本在来のものと、外来種の西洋たんぽぽを総括して俳句では蒲公英として扱っている。西洋たんぽぽは明治の初めに野菜として北海道に輸入されたが、在来種を圧して全国に広がった。西洋たんぽぽだけは、花を支えるいちばん外側の萼《がく》のように見える総苞《そうほう》がそり返って下に垂れるのですぐ見分けられる。欧州、とくにフランスではサラダ菜にするために栽培しており、生食できる改良品種がある。野生のたんぽぽの葉も茹《ゆ》でてあく抜きをすれば、和《あ》え物やお浸しなどにして食べられる。根を切って炮《ほう》じたものはコーヒーの代用として飲用になり、これには鎮静効果があるという。漢方では乾燥した根を用い、解熱・発汗・健胃剤とする。種子は白い冠毛をつけて空に舞う。

これを蒲公英《たんぽぽ》の絮《わた》と称している。

乳吐《ちちは》いてたんぽぽの茎折《くきお》れにけり　室生　犀星
たんぽぽ地《ち》に張《は》りつき咲《さ》けり飛行音《ひこうおん》　西東　三鬼
校長《こうちょう》に蒲公英絮《たんぽぽわた》をとばす日《ひ》ぞ　加藤　楸邨
たんぽぽや長江濁《ちょうこうにご》るとこしなへ　山口　青邨

鑑賞 蒲公英《たんぽぽ》のかたさや海《うみ》の日《ひ》も一輪《いちりん》　中村草田男
黄色をのぞかせながら蒲公英の蕾はまだかたく、春寒の気は天地に満ちている。海上に薄く照る太陽もまだ寒々としているのである。

紫雲英《げんげ》　げんげ　五形花《げげばな》　蓮華草《れんげそう》

解説 蓮《はす》の花に似た花をつけるので蓮華草といい、この名の方が今は通りがいい。マメ科の二年草で、おそくとも鎌倉時代までには中国から渡来した。紫雲が低くたなびくように咲き盛るところから漢名を紫雲英とし、ゲンゲの名はレンゲの転訛《てんか》かといわれる。葉で作られる糖類が根に送られ、その根に根粒バクテリアが共生し、空中の窒素を固定してたくわえるので、天然の肥料として田に植えられるが、野生化もしている。また、葉に蛋白質《たんぱくしつ》を豊富に含むので牛馬の飼料としても古くから使われている。花の蜜《みつ》は蜜蜂《みつばち》によって集められ、良質の蜂蜜となる。若葉はお浸しや揚げ物にして食べられる。蛋白質のみならずビタミンCも大量に含まれるので人間にとっても絶好の食品である。その他、利尿や解熱に効果のある民間薬として用いられた。

或夜《あるよ》月《つき》にげんげん見《み》たる山田《やまだ》かな　原　石鼎
げんげ田《だ》や花咲《はなさ》く前《まえ》の深《ふか》みどり　五十崎古郷
頭悪《あたまわる》き日《ひ》やげんげ田《だ》に牛暴《うしあば》れ　西東　三鬼
げんげ田《た》に寝《ね》て白雲《はくうん》の数知《かずし》れず　大野　林火

鑑賞

おほらかに山臥《やまふ》す紫雲英田《げんげだ》の牛《うし》も　石田　波郷

遠景の山の姿は、険しからず鋭からず、優しい山容をみせて春の緑に覆われる。紫雲英の美しく咲いている田に臥して憩う牛の背も、柔らかである。

薺《なずな》の花《はな》（なづなのはな）

三味線草《しゃみせんぐさ》　ぺんぺん草《ぐさ》

花薺《はななずな》

解説　アブラナ科の二年草。春の七草の一つで正月の七種粥《ななくさがゆ》に用いられるので、単に薺とだけいえば新年の季題となる。若い葉は和《あ》え物・お浸し・吸い物などにして食べられる。七種粥以外にも野菜としてけっこう利用されていたらしい。三〇～五〇センチの茎の上部に小さな十字形の花を多数つけ、のちに逆三角形の平たい果実を結ぶ。この形が三味線のバチに似ているところから三味線草・ぺんぺん草ともいわれる。ナズナの名は撫で菜からきているというが、古く朝鮮で「薺」の字をナジと発音し、この言い方をまねたナジ菜がナズナになったのであろうという説もある。

妹《いも》が垣根《かきね》三味線草《しゃみせんぐさ》の花咲《はなさ》きぬ　蕪　村

咲《さ》きいでて月光《つきかげ》ほてる薺《なずな》かな　渡辺　水巴

漁《りょう》なくて戻《もど》るぺんぺん草《ぐさ》の雨《あめ》　木村　蕪城

筆《ふで》なげて起《た》てば薺《なずな》の花《はな》こぼる　小林　康治

旅淋《たびさび》し薺咲《なずなさ》く田《た》の涯《はて》知《し》らず　阿波野青畝

鑑賞

よく見《み》れば薺花《なずなはな》さく垣根《かきね》かな　芭　蕉

薺は要するに路傍の雑草であり、ふと心をとめて見ることでもなければその白い小さい花に気付くものではない。垣根のほとりに見いだした薺の花に、これも時と所を得てその盛りを迎えていると感じたのだ。

虎杖《いたどり》

解説　山野路傍いたる所に自生するタデ科の多年草。漢名虎杖《こじよう》というのは、虎《とら》のような斑《ふ》がある杖《つえ》のような茎を持った草の意。和名イタドリは茎の繊維を取り除いて食べる糸取りから、また薬用植物として体のうずきや痛みを取る痛取りからともいわれる。虎杖根を古くから緩下剤・利尿剤・通経剤として用い、近年中国では火傷《やけど》の薬、または制癌剤《せいがんざい》としての研究も進められているところから、後者の語源説も捨てがたい。虎杖の春の若芽は山菜として珍重された。虎杖の花は夏で、白色の花が円錐《えんすい》状に集まって咲く。雌雄異株。花の紅色のものを紅虎《べにいた》杖《どり》、一名明月草《めいげつそう》という。北海道には丈三メートルを越す大虎杖の自生も見られる。

いたどりの一節《ひとよ》の紅《べに》に旅曇《たびくも》る　橋本多佳子

いたどりや着《つ》きて信濃《しなの》の日《ひ》が暮《く》るる　及川　貞

古戦場《こせんじよう》虎杖《いたどり》に紅《べに》にじみ出《い》で　鷹羽狩行

にはとりの血《ち》は虎杖《いたどり》に飛《と》びしまま　中原道夫

鑑賞　岩《いわ》あれば虎杖《いたどり》此《これ》を抱《いだ》き居《お》り　篠原温亭

虎杖は生命力の強い草で、どこにでも生える。たまたま岩の根元に生えた虎杖は、その岩を抱くようにして伸び栄える。これもこの世の姿の一つなのだ。

黄水仙《きずいせん》（きずゐせん）

解説　黄水仙は南ヨーロッパおよびアルジェリアの原産で、葉は比較的丸い。全体にやや小さめの水仙だが、仲春に開くやや緑色味を帯びた黄色の花は、その芳香とともに印象的である。元来わが国に野生する水仙は房咲水仙《ふさざきすいせん》の一変種で日本水仙《にほんすいせん》といい、十二月から二、三月にかけて咲くので冬の季題とする。一般に春に咲く水仙の仲間もひっくるめて単に水仙といっているが、俳句では春になって咲く水仙はいちいち何々水仙と呼ばないと春の季題にならない。日本水仙が室町時代あたりから文献に登場するのに対し、他の西洋水仙は幕末から明治にかけて渡来したという歴史的な事情があるからである。　**喇叭《らっぱ》水仙《ずいせん》・房咲《ふさざき》水仙《すいせん》・口紅《くちべに》水仙《ずいせん》。**

黄《き》水仙《ずいせん》に尚霜除《なおしもよけ》のありにけり　長谷川零余子
黄《き》水仙《ずいせん》に描《か》く他《ほか》はなし哀《かな》し　大山　忠作
地《ち》は重《おも》く雨《あめ》にぬれつつ黄《き》水仙《ずいせん》　小林　山々
黄《き》水仙《ずいせん》ひしめき咲《さ》いて花浮《はなうか》ぶ　高浜　年尾

鑑賞　突風《とっぷう》や算《さん》を乱《みだ》して黄《き》水仙《ずいせん》　中村　汀女

整然と咲き盛っていた黄水仙の一群れが突風によって千々に吹かれるさまを、「算を乱して」と成句で比喩した。算は算木の略で、計算や占いをする棒のこと。

四月馬鹿《しがつばか》（しぐわつばか）

万愚節《ばんぐせつ》
エープリル・フール

解説　四月一日を、エープリル・フール・デーといい、この日は罪のないいたずらや嘘《うそ》などを言って、人をかついだり、驚かせたりしてもかまわないという風習が、西洋から入って来た。訳して、四月馬鹿・万愚節といっている。若い人たちの間にかなり盛んで一般的になっている。うまく、家族や友人をかついだり、かつがれたりして、たわいないが楽しい日である。

何事《なにごと》も四月馬鹿《しがつばか》とて笑《わら》ひ居《お》る　嶋田　青峰
指切《ゆびき》つて血《ち》がとまらぬよ四月馬鹿《しがつばか》　石川　桂郎
七面鳥《しちめんちょう》ひねもす怒《いか》り四月馬鹿《しがつばか》　伊丹三樹彦
万愚節《ばんぐせつ》恋《こい》うちあけしあはれさよ　安住　敦
万愚節《ばんぐせつ》昭和《しょうわ》無駄《むだ》なく我《われ》にあり　藤田　湘子

鑑賞 賑《にぎ》やかに見舞客《みまいきやく》来る万愚節《ばんぐせつ》　古賀まり子

万愚節ということで、なんとなく皆が陽気になっている。軽い冗談など言いあう。それが病人への見舞いまで、にぎやかになってしまう。病人の側から、そんな日のようすを、ちょっと違和感を持って句にしている。

弥生《やよい》（やよひ）

解説 陰暦三月の異称。「いやおひ」が転じたもので、草木がいやが上に生えるころの意で、三月というより春もかなり進んだ感じが強い。いかにも春意漂う語感は、歌の文句などには現代でもごく自然に用いられる季語であろう。

濃《こま》やかに弥生《やよい》の雲《くも》の流《なが》れけり　夏目　漱石

かなしみに溺《おぼ》れて生《い》くる弥生《やよい》かな　西島　麦南

愛《あい》は地《ち》に満《み》てり弥生《やよい》の軒《のき》すずめ　石塚　友二

きさらぎをぬけて弥生《やよい》へものの影《かげ》　桂　信子

鑑賞 碧天《へきてん》や雪煙《ゆきけむり》たつ弥生富士《やよいふじ》　水原秋桜子

雪煙をたてるといっても、それは碧天にであって、遠く眺められる美しい景以外のなにものでもない。もう荒々しい冬の富士はなく、和やかな弥生の空の富士がそこにそびえる。

春《はる》日《ひ》　春《はる》の日《ひ》　春日《しゅんじつ》　春日影《はるひかげ》

解説 春の太陽と春の一日と二つの場合のどちらにも使われる語である。太陽を指すとき、暖かく明るくゆったりと大空を渡り、春の一日はのどかで長い。太陽そのものではなく、春の色めいた明るい日光の光線の感じをとらえると**春光**《しゅんこう》とか**春色**《しゅんしょく》という季語になる。

まん丸《まる》にいづれど長《なが》き春日《はるひ》かな　宗鑑

春《はる》の日《ひ》や庭《にわ》に雀《すずめ》の砂《すな》あびて　鬼貫

もの皆《みな》の縁《ふち》かがやきて春日《はるひ》落《お》つ　松本たかし

病者《びょうじゃ》の手窓《てまど》より出《い》でて春日《はるひ》受《う》く　西東三鬼

春《はる》の日《ひ》のぽとりと落《お》つる湖《うみ》のくに　岸田稚魚

【鑑賞】大《おお》いなる春日《はるひ》の翼《つばさ》垂れてあり　鈴木花蓑

写生の鬼といわれた作者は春日の陽光をとらえて実に力強い表現をなした。まぶしい光を広げる春日を大きな翼を垂れたと描写して少しの無理もなく、春日の情趣をよく把握している。

日永《ひなが》　永《なが》き日《ひ》

【解説】春分から少しずつ昼間の時間が伸びはじめる。時間のうえで厳密に日が永くなるのは夏至で、夏のことであるが、季題としての日永は春である。天文気象の用語ではなく、詩の用語としては日の永くなった心持ちは春ののどかさに通ずるのであろう。遅日《ちじつ》というのも同じ意で春日遅々たる日永をいうが、暮遅《くれおそ》しという気持ちが強く日永よりやや暮れ方の感じである。

がつくりと暇《ひま》になる日《ひ》の永《なが》さかな　嵐雪

鶏《にわとり》の坐《ざ》敷《しき》を歩《ある》く日《ひ》永《なが》哉《かな》　一茶

永《なが》き日《ひ》ぞ勤《つと》めの母《はは》に待《ま》てる子《こ》に　林翔

永《なが》き日《ひ》やみな憂《うれ》ひもつ患者《かんじゃ》の目《め》　古賀まり子

いつまでも窓《まど》に島《しま》ある遅日《ちじつ》かな　寺島ただし

【鑑賞】永《なが》き日《ひ》のにはとり柵《さく》を越《こ》えにけり　芝不器男

のどかな春の平穏そのものの里の景である。すべてのものがなにごともなく春の日を満喫して、時の流れも止まるかのゆったりした世界、鶏の動きが大きくとらえられてさらにのどかさを深めた。

麗《うらら》か　うらら

解説　春の日のもとに、万象が和やかに明るく晴れ輝くさまである。心も晴れやかで明朗となる。「野路うらら」「縁うらら」「海うらら」などとなにかについて用いられることもある。秋や冬にも同じような日和のあるときは秋麗《あきうらら》・冬麗《ふゆうらら》という。

うららかや女《おんな》つれだつ嵯峨《さが》御室《おむろ》　正岡　子規
十年《ととせ》見《み》ぬ人来《ひとき》し日《ひ》より麗《うら》らなり　水原秋桜子
麗《うらら》かや松《まつ》を離《はな》るゝ鳶《とび》の笛《ふえ》　川端　茅舎
波《なみ》うららひかりの侏儒《こびと》跳《は》ねあそび　林田　柴古
九官鳥《きゅうかんちょう》同士《どうし》は無口《むくち》うららけし　望月　周

鑑賞　麗《うらら》かや鼻反《はなそ》る牛《うし》の顔《かお》の泥《どろ》　原　月舟

「鼻反る」とは牛の顔の表現として実に的確であり、うららかな春の気分のもとに、このような牛の顔立ちはふさわしい。それも春泥をつけたままがいかにものどかでよい景である。

長閑《のどか》　のどけし

解説　春の日ののびやかでゆったりした気分である。人も物も天地のすべてが穏やかな相をしている。うららかと同じように使われるが、やや心理的な感じが強い。

のどかさよ鶴《つる》の齢《よわい》を六七羽《ろくしちわ》　越　人
のどかさに寝《ね》てしまひけり草《くさ》の上《うえ》　松根東洋城
のどかさの風鐸空《ふうたくそら》にこはれけり　皆吉　爽雨
のどかさや宅地探《たくちさが》しと墓地《ぼち》さがし　鷹羽　狩行

鑑賞　長閑《のどか》さや浅間《あさま》のけぶり昼《ひる》の月《つき》　一　茶

うっすらと出ている昼の月をそのまま浮かべているのであるから、この浅間の噴煙はそれほど猛烈なものではない。申し訳程度の煙を立てているのどかな浅間山であろうか。

春闘《しゅんとう》

解説　昭和二十九年（一九五四）、日経連がベースアップに代えて、定期昇給制を打ち出して、労働組合との長期的な賃金闘争に入る傾向が生まれて年中行事化した。その年度によって激しさの度合いは異なるが、国鉄労組・全逓などは順法闘争を打ち出し、超過勤務を拒み、列車運休・郵便遅配などで国民生活に与える影響は強い。国鉄・私鉄の共闘ストライキで都市部ではまったく交通麻痺《まひ》の状態に陥ることもある。三、四月を中心に全国にわたって、大なり小なりの春闘が続く。

春《はる》の闘争動輪《とうそうどうりん》の下《した》くぐりきたり　加藤かけい
一点《いってん》を見《み》つめ鉄切《てつき》る春闘《しゅんとう》経《へ》て　増田達治
晴《は》ればれと春闘《しゅんとう》の輪《わ》の握《にぎ》り飯《めし》　塩谷君子

春闘《しゅんとう》や電車《でんしゃ》の腹《はら》の文字《もじ》太《ふと》し　田川江道
春闘《しゅんとう》の或《あ》る日《ひ》雨降《あめふ》り雨《あめ》のデモ　草間時彦

鑑賞
春闘妥結《しゅんとうだけつ》トランペットに吹《ふ》き込《こ》む息《いき》　中島斌雄

春の賃金闘争もようやく妥結をみた。その結果は決して満足のゆくものではないが、会社全体も長い緊張からやっと解放された。愛用のトランペットを思い切って吹く青年の姿に、また高音の金属楽器の音色にも、長い闘争を吹き飛ばす軽快感がある。

入学《にゅうがく》（にふがく）　新入生《しんにゅうせい》　入学児《にゅうがくじ》　進学《しんがく》

解説　小学校から大学までの入学をいう。四月上旬、あちらでもこちらでも、その光景を見受ける。中でも小学校の入学式がもっとも印象的である。若い母親に連れられた児童が、なにもかも新しいものを身につけている姿には、これからの希望と不安の入り交じった新鮮さがある。親もおのずから、責任と期待感に思わず身を引き締めるときでもある。

父《ちち》の意《い》に添《そ》はぬ学部《がくぶ》に入学《にゆうがく》す　桜井左右太
入学《にゆうがく》の子《こ》に見《み》えてゐて遠《とお》き母《はは》　福永　耕二
入学《にゆうがく》のどれも良《よ》き名《な》のよき返事《へんじ》　松倉ゆずる
入学写真《にゆうがくしやしん》いつも誰《だれ》かがよそ見《み》して　樋笠　文
中学《ちゆうがく》入学《にゆうがく》鞄《かばん》が重《おも》く頸《くび》ほそく　草間　時彦
肩《かた》いからせ最《もっと》も小さき入学生《にゆうがくせい》　林　翔

鑑賞
入学《にゆうがく》の吾子《あこ》人前《ひとまえ》に押《お》し出《い》だす　石川　桂郎

父親の心情が伝わってくる。「人前に押し出だす」は愛情と厳しさがさせる行為である。入学式に臨んで、もじもじしている子供のもどかしさに「さあ、お前の人生が始まるのだ」という無言の激励がある。入学児の表情まで見える句である。

山葵《わさび》

解説　山間の渓流に生え、またそういうところに山葵田・山葵沢と呼ぶ畑を作って栽培する日本特産のアブラナ科の多年草。根茎が太い円柱状になり、葉の落ちた跡がはっきりついている。草全体に特別な辛味と香りがあり、とくに根茎を古くから香辛料として利用している。もっともふつうの使い方は生のまますりおろし、刺し身や鮨《すし》に添える。山葵には解毒・健胃作用があるのでたくまずして理にかなった薬味になっているといえる。山葵はもともと水生植物で、夏冬の水温があまり変化しない清涼な水のあるところを好んで生える植物であるが、水を離れた陸の畑でも栽培できるようにならした**畑山葵**《はたわさび》、一名**陸山葵**《おかわさび》もある。これは粉《こな》山葵にする。

おもしろう山葵《わさび》に咽《むせ》ぶ泪《なみだ》かな　召　波
水清《みずきよ》く山葵《わさび》はかくて人《ひと》に辛《から》し　山口　青邨
山葵田《わさびだ》の真《ま》ッ向《こう》の山日当《やまひあた》れる　岸田　稚魚
わさび沢遥《さわはる》かな水《みず》の急《いそ》ぎをり　宮坂　静生

鑑賞　山葵田《わさびだ》を溢《あふ》るる水《みず》の岩走《いわばし》り　福田　蓼汀

山葵は山間の水清らかな流れの中でなければ生育しない。山葵田の水は清冽《せいれつ》そのものである。水はここから溢れてふたたび渓流として流れるのである。

草《くさ》餅《もち》　蓬餅《よもぎもち》

解説　蓬の葉をゆがいたものを餅に搗《つ》きこんだもの。きな粉や、あんをまぶして食べる。農家などの自家製は、真っ青で野趣に富んだものである。生活の知恵と季節を楽しむ風趣な心が生み出したものである。平安時代には、母子餅《ほうこもち》（母子草を用いる）と呼ばれたものが、その初めとされている。製法はまったく別だが、他に蕨餅《わらびもち》・桜餅《さくらもち》・鶯餅《うぐいすもち》・椿餅《つばきもち》など春の季節感を巧みにあしらったものがたくさんある。

草餅《くさもち》の濃《こ》きも淡《あわ》きも母《はは》つくる　山口　青邨
草餅《くさもち》に染《そ》まれる杵《きね》を干《ほ》しにけり　菅森　規水
草餅《くさもち》を焼《や》く天平《てんぴょう》の色《いろ》に焼《や》く　有馬　朗人
蓬《よもぎ》餅母《もちはは》といふもの妻《つま》になし　安住　敦
人当《ひとあ》たり柔《やわ》らかく生《い》き蓬餅《よもぎもち》　岩城　久治

鑑賞　草餅《くさもち》や川《かわ》に栄《さか》えて過《す》ぎし町《まち》　川門　清明

道中の往来や、川の運輸で栄えた町は、今は見る影もなくさびれてしまった。それも時代のなせるわざだが、ふと立ち寄った茶店の草餅だけが昔のおもかげを伝えてくれるように思えた。草餅に往昔をしのぶはふさわしい。

都《みやこ》踊《おどり》（みやこをどり）

解説　明治五年（一八七二）から始まったというが、四月一日から三十日まで、京都祇園の歌舞練場で行われる春の踊りで、祇園芸妓《げいぎ》が出演する。井上《いのうえ》流の京舞で、昔ながらの様式を伝え、内容は毎回新しく作られ、京都の観光行事の一つとして有名である。京都の春を華やかに彩る行事である。

傘《かさ》さして都《みやこ》をどりの篝守《かがりもり》　後藤　夜半
都《みやこ》をどりをみなの翳《かげ》を重《かさ》ねけり　中島　月笠
都踊《みやこおどり》はヨーイヤサほほゑまし　京極　杞陽
都《みやこ》をどり水輪《みずわ》の如《ごと》き裾《すそ》さばき　西村　和子

鑑賞
裏方《うらかた》として老《お》い都踊《みやこおどり》かな　有働　亨

華やかな都踊りにも、一生裏方として働いて、老いる者もある。人生の裏表の哀れさ、そこに目を配ったところが独特である。

桃《もも》の花《はな》

解説　バラ科の落葉低木。『古事記』に伊邪《いざ》那岐命《なぎのみこと》が黄泉国《よみのくに》（死の国）から逃げ帰るとき、桃の実三個を投げて鬼を退けた話がある。それほど古くからわが国に桃があった証拠になるが、原産地の中国から来たのか日本に自生していたのかは不明である。在来の桃の果実はもともと梅の実ほどの大きさで固く、江戸時代になって改良栽培されたものの、明治以後は輸入された外国種、とくに欧州種がとって代わった。明治以前はむしろ花木としての栽培が主で、江戸時代には、紅・白・咲き分け・紅桃・八重その他多数の品種が生まれている。現在も枝《し》垂《だれ》桃・源平桃・菊桃・箒《ほうき》桃などが、いわゆる花桃《はなもも》として三月三日の雛《ひな》祭りを飾る。桃畑の花ももちろん春の季題。

白桃《しろもも》や莟《つぼみ》うるめる枝《えだ》の反《そ》り　芥川龍之介
花桃《はなもも》の蕊《しべ》をあらはに真昼時《まひるどき》　飯田　蛇笏
野《の》に出《で》れば人《ひと》みなやさし桃《もも》の花《はな》　高野　素十
伊豆《いず》の海紺《うみこん》さすときに桃《もも》の花《はな》　沢木　欣一
ふだん着《ぎ》でふだんの心《こころ》桃《もも》の花《はな》　細見　綾子
晴《は》れし日《ひ》はいつも風《かぜ》あり緋《ひ》桃咲《ももさ》く　新田　郊春

鑑賞　葛飾《かつしか》や桃《もも》の籬《まがき》も水田《みずた》べり　水原秋桜子
籬は竹や柴などを粗く組んで作った垣根。桃の花が咲いている家の籬である。水田にはすでに水がひかれ、水面に桃も籬も、その他の春を思わせる景色が映る。かつて農村地帯だった葛飾は作者の魂の故郷であった。

梨《なし》の花《はな》

解説　梨はバラ科の落葉高木で、ほうっておくと六メートルもの高さに達するが、秋に果実を採るために棚立てにするので梨畑の梨の木は背丈が低く抑えられている。四月末ごろ、桜に遅れて枝先に白色の五弁花が数個群がって咲く。赤味を帯びた若葉の間から白い花をのぞかせる姿を愛《め》でて、生け花にも用いられる。梅や桜と違い梨の花見がないのは、時期的に遅いということもあろうが、花よりも生のまま食用にできる果物としての果実の方に人々の意識が働くからであろうか。花そのものの美しさは決して梅や桜に劣るものではない。中国の古代文学を彩る梨花《りか》は日本の梨と原種を同じくするが、今日では支那梨《しななし》と呼ぶ別の品種となっている。

朝雨《あさあめ》や簾《すだれ》ごしなる梨《なし》の花《はな》　白　雄
梨咲《なしさ》くと葛飾《かつしか》の野《の》はとの曇《ぐも》り　水原秋桜子
梨《なし》の花《はな》すでに葉勝《はがち》や遠《とお》みどり　富安　風生
梨棚《なしだな》の跳《は》ねたる枝《えだ》も花盛《はなざか》り　松本たかし

鑑賞 青天《せいてん》や白《しろ》き五弁《ごべん》の梨《なし》の花《はな》　原　石鼎

俳句としては曲がなさすぎるほど素直でおおらかな作品である。咲きいでたばかりの梨の花が、初夏も間近い大空の色に映える。花も空もみずみずしい。

杏《あんず》の花《はな》　花杏《はなあんず》

解説 杏はバラ科の落葉小高木で、平安時代に薬用植物として中国から渡来した。種子の子葉を杏仁《きょうにん》といい、鎮咳去痰《ちんがいきょたん》作用があるので漢方では広く応用される。古名を唐桃《からもも》というが、桃より梅に近い。梅にやや遅れて、五弁で萼《がく》のそり返る、白や淡紅色の美しい花をつける。遺伝的にも梅とよく交配し、日本の梅の多くは杏が混血しているといわれる。俳句で単に杏といえば杏の実を指し、夏の季題である。実は生食のほかジャム・砂糖漬け・缶詰めなどに利用される。長野県や山梨県が栽培地として名高い。ヨーロッパやアメリカで栽培される欧州杏も中国から伝わったものが改良された品種だが、これは日本の気候・風土に合わない。

一村《いっそん》は杏《あんず》の花《はな》に眠《ねむ》るなり　星野　立子
花杏《はなあんず》夜《よる》も真白《ましろ》き伊豆《いず》に来《き》ぬ　福田　蓼汀
北国《きたぐに》の雨《あめ》に風《かぜ》添《そ》ふ花杏《はなあんず》　森　澄雄
李白《りはく》酔《よ》うて眠《ねむ》れるころや花杏《はなあんず》　大石　悦子

鑑賞 花杏《はなあんず》受胎告知《じゅたいこくち》の翅音《はおと》びび　川端　茅舎

杏の花に、あぶか蜂か、小さな昆虫が舞う。そのびびという翅音。春の光の降り注ぐまどやかな情景に、聖画「受胎告知図」のイメージを連想した。

沈丁花《じんちょうげ》（ぢんちやうげ）　沈丁《じんちょう》

解説 ジンチョウゲ科、中国原産の常緑低木で、高さは一メートルくらいで枝や葉が全体に丸く茂る。沈香《じんこう》と丁子《ちょうじ》の香を合わせもったような香気があるという意味で、沈丁花の名がある。わが国へは江戸時代に渡来し、現在も生け垣や庭園によく植えられる。冬すでに葉の間に赤い蕾《つぼみ》を用意し、早春から仲春にかけて強い芳香とともに花を開く。この香りはとくに夕方や湿気の高いところではよく匂い、春の訪れを感じさせる。内側が白色で外が紅紫色の小花が集まって咲くが、花びらのように見えるのは萼片《がくへん》で、沈丁花には花びらはない。全体に白い花の品種もあるが、香気は同様である。その他いろいろな園芸品種がある。果実はごくまれにしかできず、梅雨のころ挿し木で殖やす。

沈丁《じんちょう》やをんなにはある憂鬱日《ゆううつび》　三橋　鷹女
沈丁《じんちょう》の一夜《ひとよ》雪降《ゆきふ》りかつにほふ　篠田悌二郎
沈丁《じんちょう》の匂《にお》ふくらがりばかりかな　石原　八束
闇濃《やみこ》くて腐臭《ふしゅう》に近《ちか》し沈丁花《じんちょうげ》　野澤　節子
火事《かじ》鎮《しず》まる朝《あさ》の沈丁《じんちょう》匂《にお》ひけり　栗木　麦生

鑑賞　万《まん》の蕾《つぼみ》が鏡中《きょうちゅう》に澄《す》む沈丁花《じんちょうげ》　柴田白葉女

沈丁花の木がたまたま鏡に映った。よく見るとそれは無数の蕾をつけ、開花が間近いことを示している。鏡中にあってますます清らかである。薄くその匂いも漂いはじめているにちがいない。

辛夷《こぶし》

解説　モクレン科の落葉高木。高さは一〇メートル内外にもなり、木蘭《もくれん》よりやや早く、春の初め、葉に先立って白色大形の六弁花を開く。この花が咲くといかにも春らしい感じを受ける。木蘭にはごく淡い香りしかないが、辛夷の花は芳香を放つので香水の原料にもなる。春の訪れのずれに従い、四月下旬から五月上旬にかけてこの花の開花前線が北上していくので、農耕自然暦のめやすとなり、辛夷が咲くと田の仕事にかかる準備をするという意味で田打桜《たうちざくら》と呼ぶ地方もある。コブシの名はこの蕾《つぼみ》が人の拳《こぶし》に似ているからついたという。漢方では蕾を包んでいる苞《ほう》を採取・乾燥したものを煎《せん》じて頭痛・瘡毒《そうどく》などに用いる。日本原産で山野に自生するが、庭木としてよく植えられる。

野《の》の池《いけ》を十日《とおか》見《み》ざりき咲《さ》く辛夷《こぶし》　水原秋桜子
一弁《いちべん》のはらりと解《と》けし辛夷《こぶし》かな　富安　風生
青空《あおぞら》ゆ辛夷《こぶし》の傷《いた》みたる匂《にお》ひ　大野　林火
わが山河《さんが》まだ見尽《みつ》くさず花辛夷《はなこぶし》　相馬　遷子
満月《まんげつ》に目《め》をみひらいて花《はな》こぶし　飯田　龍太

鑑賞
大辛夷《おおこぶし》花《はな》なき枝《えだ》も揺《ゆら》ぎをり　佐野青陽人

春の青空を背景に、純白の花をつけた辛夷が風を受けてゆらぐ。そのさまはいかにも泰然としている。年数を経て大木となった辛夷だから、ところどころに、もう花をつけぬ枝もあるのだ。

木《もく》蓮《れん》　木蘭《もくれん》　紫木蘭《しもくれん》　白蘭《はくれん》

解説 中国原産のモクレン科の落葉低木で、高さ三メートルくらいになる。花の形が蘭《らん》に似ているので木蘭、また蓮《はす》に似ているので木蓮の名がある。春、葉に先立って枝先に長さ一〇センチほどの細い鐘の形の大きな花が上向きに咲く。花弁は六枚で、よく見ると外面は暗紫色だが内面は白っぽい。秋になると熟した赤色の種子が白い糸で吊《つ》り下がる。花が紫色なので、白木蘭《はくもくれん》に対してこれをとくに紫木蘭という。白木蘭はまた白蘭とも呼び、清楚《せいそ》な趣を呈する花である。この花びらは九枚あるように見えるが、外側の三枚は花びらの形をした萼《がく》である。

木蓮《もくれん》は飛《と》ぶ帆《ほ》の如《ごと》く散《ち》りにけり　野村　喜舟
ひらくよりはや傷《きず》つけり木蘭《もくれん》は　堀　葦男
戒名《かいみょう》は真砂女《まさじょ》でよろし紫木蓮《しもくれん》　鈴木真砂女
白木蓮《はくれん》に純白《じゅんぱく》といふ翳《かげ》りあり　能村登四郎
はくれんの一弁《いちべん》とんで昼《ひる》の月《つき》　片山由美子

鑑賞　木蓮《もくれん》に漆《うるし》のごとき夜空《よぞら》かな　三宅清三郎

木蓮の花が咲き盛るある夜、月も星も出ぬ空となった。しかし、どことなく潤いのある春の闇夜であり、木蓮の清浄な香りはかすかだが確かにある。

連翹《れんぎょう》（れんげう）

解説　モクセイ科の落葉低木。アルバニアにある貧弱な連翹の一種の他はすべて極東の原産で、日本には大和連翹が岡山・広島・小豆島《しょうどしま》に自生する。ふつう観賞用に植えられているのは中国原産の連翹で、早春のころ葉に先立って鮮やかな黄色の筒状五弁花をびっしりとつける。改良品種は多いが、いまだに黄花以外の品種は出現していない。平安初期に渡来し、いたちぐさ・いたちはぜの和名がついたが、枝に花のたくさんついた形があたかも鳥が羽を広げたようだという意味の漢名である連翹をそのまま音読みした名称が一般的となった。渡来した当初は果実を煎《せん》じて服用する目的で栽培され、腫《は》れ物の薬にした。にきびなどにも効果があるといわれる。

連翹《れんぎょう》に月《つき》のほのめく籬《まがき》かな　日野　草城
連翹《れんぎょう》や真間《まま》の里《さと》びと垣《かき》を結《ゆ》はず　水原秋桜子
連翹《れんぎょう》に空《そら》のはきはきしてきたる　後藤比奈夫
連翹《れんぎょう》の一枝《ひとえだ》づつの花《はな》ざかり　星野　立子

鑑賞　連翹《れんぎよう》のまぶしき春《はる》のうれひかな　久保田万太郎

連翹の花の盛りはまだ葉が萌えていず、強烈な黄色の花が群がって明るい。その明るさがかえって春愁を誘うものとなる。

春《しゆん》暁《ぎよう》（しゆんげう）　春《はる》の暁《あかつき》　春《はる》の曙《あけぼの》

解説　「春はあけぼの。やうやうしろくなり行く、山ぎはすこしあかりて、むらさきだちたる雲のほそくたなびきたる」と清少納《せいしような》言《ごん》は『枕草子《まくらのそうし》』の冒頭にかかげているが、春は明け方がこの季節の持ち味である。秋の暮と対比される。まだやや暗い早朝にして感じ取られる春意をいうのであって、**春《はる》の朝《あさ》**とはまた感じが違う。同じように春独特の季題として**春昼《しゆんちゆう》**があり、ものうく眠りを誘われる昼の春意である。

春暁《しゆんぎよう》となほおもむろに大河《たいが》かな　松根東洋城

ながきながき春暁《しゆんぎよう》の貨車《かしや》なつかしき　加藤楸邨

赤土《あかつち》に春暁《しゆんぎよう》を経《へ》し卵二個《たまごにこ》　沢木欣一

春暁《しゆんぎよう》のあまたの瀬音《せおと》村を出《い》づ　飯田龍太

春曙《はるあけぼの》何《なに》すべくして目覚《めざ》めけむ　野澤節子

鑑賞　春暁《しゆんぎよう》や人《ひと》こそ知《し》らね木々《きぎ》の雨《あめ》　日野草城

静かな雨の春暁、人々はまだ眠っていてどこにも人のけはいが少しもない。雨はひとり木々の幹や葉を降り包んでいる。「人こそ知らね」という古風な叙法にも春暁の情趣が感じ取られる。

春《はる》の宵《よい》（はるのよひ）　春宵《しゆんしよう》　宵《よい》の春《はる》

解説　春の日の暮れてまだ間のないうちは明るく艶《えん》な趣がある。どことなく抒情《じよじよう》的で感傷を誘うような気分が漂っている。「春宵《しゆんしよう》一刻値千金《いっこくあたいせんきん》」と詩句にもたたえられた気分である。**春《はる》の夜《よる》**というのもほぼ同じであるが、季題としてはもっと夜が深まり濃艶《のうえん》な感じを含ませて春の夜という。

公達《きんだち》に狐《きつね》化けたり宵《よい》の春《はる》　蕪村
漏《も》る雨《あめ》を人《ひと》と語《かた》るや春《はる》の宵《よい》　太祇
春《はる》の宵《よい》やわびしきものに人体図《じんたいず》　中塚一碧楼
無為《むい》といふこと千金《せんきん》や春《はる》の宵《よい》　富安風生
春宵《しゅんしょう》の胸《むね》に灯《ひ》ともし人《ひと》を待《ま》つ　保坂伸秋

鑑賞 目《め》つむれば若《わか》き我《われ》あり春《はる》の宵《よい》　高浜虚子

春宵に、ただ目つむれば直ちにわが若き日の姿がよみがえってくるというのである。若き日の思い出をさまざまとたぐるのでなく、「若き我あり」とはすがすがしき春の宵である。

春《はる》の月《つき》　春月《しゅんげつ》

解説 春の月の持ち味は昔からいわれているように朧月《おぼろづき》であるが、朧と限らないで春の夜空の温かみのある月をとらえたものである。

清水《きよみず》の上《うえ》から出《で》たり春《はる》の月《つき》　許六
くらき方《かた》はけぶるが如《ごと》し春《はる》の月《つき》　暁台
春《はる》の月《つき》さはらば雫《しずく》たりぬべし　一茶
水《みず》の地球《ほし》すこしはなれて春《はる》の月《つき》　正木ゆう子
紺絣《こんがすり》春月《しゅんげつ》重《おも》く出《い》でしかな　飯田龍太
春月《しゅんげつ》の出《で》にいとまある浜明《はまあか》り　上田五千石

鑑賞 外《と》にも出《で》よ触《ふ》るるばかりに春《はる》の月《つき》　中村汀女

春月とはいっても夜は寒く人々は家にこもる。作者はそんな夜をたまたま家並みに近く大きな月に接したのである。その月の滴る色にも触れるほどの思いは、誰彼にも告げたい気持ちになっていたのである。

春《はる》の星《ほし》　春星《しゅんせい》

解説 星の季節といえば、どちらかというと秋であるが、春の星は温かみがあり、懐かしい気持ちにさせる。春の夜の情趣ともあいまって、その洗われたような美しさは春星という語感からも受け取られる。

綺羅星《きらぼし》の中《なか》にわが星春《ほしはる》の星《ほし》　富安　風生

火《ひ》の山《やま》の太《ふと》き煙《けむり》に春《はる》の星《ほし》　高野　素十

春《はる》の星《ほし》ひとつ潤《うる》めばみなうるむ　柴田白葉女

かの曲《きょく》の耳《みみ》にのこりて春《はる》の星《ほし》　福田　蓼汀

木《き》の股《また》に春星《しゆんせい》咲《さ》かせ城《しろ》の果《はて》　原　裕

鑑賞 春星《しゆんせい》や女性《にょしょう》浅間《あさま》は夜《よ》も寝《い》ねず　前田　普羅

噴煙を上げて活動する浅間であるが、あのなだらかで優美な稜線を見ると女性的な美と思わずにはおれない。噴火の情炎を燃やして春の夜の星明かりに艶麗さをさらにたたえている。

朧《おぼろ》　草朧《くさおぼろ》　月朧《つきおぼろ》

解説 おぼろげで、ぼんやりしてはっきりしないことであるが、春の夜のかすんでいる現象をいう。夜の霞《かすみ》の現象といってよい。「草朧」とか「月朧」などと用いられる。とくに月は、薄絹のかかったように柔らかい感じが好まれて、そのほのかな明るさの夜を楽しむのは風流とされている。**朧月**《おぼろづき》また朧月夜、略して**朧夜**《おぼろよ》などともいう。

大原《おおはら》や蝶《ちょう》の出《で》て舞《ま》ふ朧月《おぼろづき》　丈草

袴《はかま》包《つつ》みて使《つかい》に渡《わた》す朧《おぼろ》かな　長谷川かな女

引《ひ》いてやる子《こ》の手《て》のぬくき朧《おぼろ》かな　中村　汀女

貝《かい》こきと噛《か》めば朧《おぼろ》の安房《あわ》の国《くに》　飯田　龍太

鑑賞 辛崎《からさき》の松《まつ》は花《はな》より朧《おぼろ》にて　芭蕉

琵琶湖の水を隔てて辛崎の松の景を臨んで詠んだ句である。「にて」と軽く止めてかえって余情が生まれ、また眼前は花はないが「花より」と添えて、朦朧《もうろう》として艶な景を描き出した。

蝌《か》蚪《と》（くわと）

蝌蚪《かえるこ》　おたまじゃくし
蛙《かえる》の子《こ》　蛙《かえるう》生まる

解説　蛙は産卵後十日くらいで孵《かえ》りおたまじゃくしとなる。これを蝌蚪《かえるこ》という。頭でっかちなからだで尾を振り振り泳ぐさまは愛らしい。成長するにつれて後足、前足の順に生え、尾が吸収されると蛙になる。蝌蚪《かと》の語は中国上代のころの書に記されているが、竹簡に漆の汁をつけて書いた文字の頭が丸く、おたまじゃくしに似ていたところから名付けられたという。明治以後、俳人の用語として使われた。

天日《てんじつ》のうつりて暗《くら》し蝌蚪《かと》の水《みず》　高浜　虚子
降《ふ》りそゝぐ雨《あめ》にかぐろし蝌蚪《かと》の陣《じん》　高橋淡路女
川底《かわぞこ》に蝌蚪《かと》の大国《たいこく》ありにけり　村上　鬼城
蝌蚪《かと》一《ひと》つ鼻杭《はなくい》にあて休みをり　星野　立子
飛《と》び散《ち》つて蝌蚪《かと》の墨痕淋漓《すみあとりんり》たり　野見山朱鳥
月《つき》の夜《よ》のつづきて蝌蚪《かと》に手足生《てあしは》え　鷹羽　狩行

鑑賞　巡礼《じゅんれい》の如《ごと》くに蝌蚪《かと》の列進《れつすす》む　野見山朱鳥

巡礼は、諸所の霊場を巡拝する人をいう。春になると西国や四国で、白装束の巡礼姿を見かけることが多い。黒い頭を振り一列になって進む蝌蚪に、巡礼を連想したものであろう。のどかな春の情景である。

柳《やなぎ》

解説　ヤナギ科の落葉低木または高木。単に柳といえば「柳に風」「柳腰」という言い方のもとになった**枝垂柳**《しだれやなぎ》をいうのがふつうだが、柳の仲間は日本には約四十種自生し、さらに自然の状態でできた雑種が三十種以上もあるという。その中で水辺によく生える低木の猫柳はもっとも早く開花するので早春の風物詩として知られるが、他の種類は識別がむずかしいこともあってヤナギ科ヤナギ属を総称して柳と呼ばれているのである。春すでにみずみずしく葉を茂らせる趣から春の季題とし、夏になってさらに緑を深めて茂るさまは夏柳という季題になる。青柳《あおやぎ》・川柳《かわやなぎ》・門柳《かどやなぎ》・柳陰《やなぎかげ》・柳《やなぎ》の糸《いと》・若柳《わかやぎ》などの言い方も春として扱い、**柳《やなぎ》の花《はな》**や**柳絮《りゅうじょ》**と呼ぶ綿毛で飛ぶ種子も春の季題となる。

木《き》のまたのあでやかなりし柳《やなぎ》かな　凡　兆
わか柳《やなぎ》一《ひと》すぢのりて藁庇《わらびさし》　阿波野青畝
ゆつくりと時《と》計《けい》のうてる柳《やなぎ》かな　久保田万太郎
柳《やなぎ》垂《た》れ汽《き》艇《てい》も青《あお》き影《かげ》ゆらぐ　水原秋桜子
卒然《そつぜん》と風湧《かざわ》き出《い》でし柳《やなぎ》かな　松本たかし

鑑賞　糸柳《いとやなぎ》垂《た》れて町並《まちなみ》つくるかな　軽部烏頭子

糸柳は枝垂柳の別称で、『万葉集』の時代から「柳の糸」と表現されている柳はこれである。街路樹として好まれる。青々と葉が萌え出るころ、柳並木もようやく柳並木らしくなり、町も春のよそおいとなる。

花《はな》

花影《かえい》　花《はな》の雨《あめ》　花《はな》の山《やま》　花便《はなだよ》り
花《はな》の昼《ひる》　花《はな》の雲《くも》　花盛《はなざか》り　花埃《はなぼこり》
花《はな》の宿《やど》

解説　花とだけいえば**桜《さくら》**（山桜）を指すというのが文字上の常識のようになっているが、花＝桜のイメージが確立されたのは『古今《こきん》和歌集《わかしゅう》』の時代あたりである。古くは梅をも単に花ととなえていたが、平安時代、桓《かん》武《む》天皇のとき紫宸殿《ししんでん》の前に左近《さこん》の桜が植えられ、嵯峨《さが》天皇のころから観桜の宴がしきりに催され、しだいに花＝桜という観念が生じたものらしい。桜の語源は神代に瓊瓊《にに》杵尊《ぎのみこと》が大和で詠んだ歌の中の「咲くらむ」とされている。「花は桜木人は武士」と散り際の美しさをたたえるのは鎌倉・室町の武士政権以来のことであるが、一般の庶民が桜花を見て楽しむようになるのは江戸時代を待たねばならなかった。十七世紀前半に江戸に桜がたくさん植えられて花見行楽が盛んになるにつれ、園芸品種も多く作られるようになった。元来、桜といえば**山《やま》桜《ざくら》**をいい、奈良の吉野《よしの》山の桜も白山桜、東北地方になると紅山桜が多い。今日の園芸品種はこの山桜から変化したものが多く、**八重桜《やえざくら》**もその一つである。中でも山桜の系統の大島桜と彼岸桜との交配種が江戸の駒《こま》込染井《ごめそめい》の植木屋により売り出され、明治以降はこの染井吉野が全国に広がった。欧米各地にもたらされて親善の役割を果たしている桜はこの品種で、桜桃（さくらんぼ）を採るための木と区別して英名でもジャパニーズ・チェリーと呼ばれている。桜は、日本特産ばかりではなく、品種によっては中国やヒマラヤにも自生するバラ科の高木だが、日本ほど多種多様の桜を育てる風土はない。花を見て楽しむほか、材は器具材・造船材・版木に、樹皮は咳《せき》止め薬・曲《まげ》物《もの》の材料に、花（主に八重桜）は塩漬けにしてお祝いの席の桜湯に、葉の塩漬けは桜《さくら》餅《もち》に、実用面でもそれぞれに利用されてきた木である。**枝垂桜《しだれざくら》・初桜《はつざくら》・初花《はつはな》・若桜《わかざくら》・姥桜《うばざくら》・朝桜《あさざくら》・夕桜《ゆうざくら》・夜桜《よざくら》・遅桜《おそざくら》**。

花《はな》の雲《くも》鐘《かね》は上野《うえの》か浅草《あさくさ》か　芭蕉
咲《さ》き満《み》ちてこぼるゝ花《はな》もなかりけり　高浜虚子
山《やま》又《また》山《やま》山《やま》桜《ざくら》又《また》山《やま》桜《ざくら》　阿波野青畝
手《て》をつけて海《うみ》のつめたき桜《さくら》かな　岸本尚毅
まさをなる空《そら》よりしだれざくらかな　富安風生
人《ひと》はみなにかにはげみ初桜《はつざくら》　深見けん二
夜桜《よざくら》やうらわかき月《つき》本郷《ほんごう》に　石田波郷
夜《よ》の桜《さくら》小《お》川《がわ》のやうに人《ひと》の声《こえ》　飯田龍太

本丸《ほんまる》に立《た》てば二《に》の丸花《まるはな》の中《なか》　上村　占魚
光陰《こういん》のやがて淡墨桜《うすずみざくら》かな　岸田　稚魚

鑑賞　花影《かえい》婆娑《ばさ》と踏《ふ》むべくありぬ岨《そば》の月《つき》　原　石鼎

婆娑は音感の上から選択された語で、花影のさまの形容である。岨は山の中腹を縫うようにつけられた路のこと。この句、作者が吉野に不遇の青春を過ごしたおりの作。中七の調べが主観的で非常に強い。

鑑賞　夕桜《ゆうざくら》あの家《や》この家《や》に琴鳴《ことな》りて　中村草田男

作者が第二の故郷、松山に帰省したおりの作。桜咲く夕暮れ、あかりをともしはじめたあちこちの家から琴の音が聞こえてくる。古い城下町の、昭和九年の景である。

落《らっ》花《か》（らくくわ）

散《ち》る桜《さくら》　花吹雪《はなふぶき》　飛花《ひか》
花散《はなち》る　花屑《はなくず》　花《はな》の塵《ちり》

解説　桜の花は盛りを迎える前からちらほらと散りはじめ、終わりのころになると吹雪のように散り乱れて地に敷き、あるいは遠く飛び散ってゆく。この散り際の美しさが昔は武士の精神に例えられ、人の死に際の潔さの象徴となった。太平洋戦争当時、これが愛国の意識に結びつけられて「同期の桜」などの言い方を生み、多くの兵士が散っていった。戦後、この忌まわしい記憶は尾を引かず、君が代や日の丸がいまだに忌避されることもあるのに桜は今も愛され、落花の美しさは毎年人々にたたえられている。それだけ桜という植物は武士道や近代戦争よりはるか以前から日本人の精神に深く宿った心の花であるといえるであろう。

人恋《ひとこい》し灯《ひ》ともしごろをさくらちる　白　雄
ちるさくら海《うみ》あをければ海《うみ》へちる　高屋　窓秋
花《はな》ちるや瑞々《みずみず》しきは出羽《でわ》の国《くに》　石田　波郷

空《そら》をゆく一《ひと》かたまりの花吹雪《はなふぶき》　高野　素十

ひとひらのあと全山《ぜんざん》の花吹雪《はなふぶき》　野中　亮介

鑑賞 濡縁《ぬれえん》にいづくともなき落花《らっか》かな　高浜　虚子

濡縁は雨戸の外に作った、雨ざらしの狭い縁側。庵の濡縁に桜の花びらが数枚散りとどまっている。しかし、見渡したところ桜の木など近くにはない。風に乗ってどこからか来たのである。

花冷《はなび》え

解説 桜の咲くころの気候は変わりやすく、急に冷えこむことがあり、その寒さをいうが、花との連想もあり一種艶《えん》なる冷ややかさである。

花冷《はなび》えやしきりに松《まつ》へ来《く》る雀《すずめ》　野村　喜舟

一燈《いっとう》にみな花冷《はなび》えの影法師《かげぼうし》　大野　林火

花冷《はなびえ》や掃《は》いてをんなの塵《ちり》すこし　稲垣きくの

花冷《はなびえ》や俄《にわか》に泊《とま》る母の家《いえ》　山田みづえ

生誕《せいたん》も死《し》も花冷《はなび》えの寝間《ねま》ひとつ　福田甲子雄

鑑賞 花冷《はなび》えや上眼《うわめ》にらみの踏《ふ》まれ邪鬼《じゃき》　能村登四郎

東大寺戒壇院での作という。四天王に踏みつけられた天邪鬼の表情をとらえたものである。「上眼にらみ」ととくにとらえて、邪鬼の心の冷えを感じたのも、堂内にもみなぎる花冷えのためか。

花《はな》見《み》　桜狩《さくらがり》　観桜《かんおう》

解説 桜見物のこと。古代では花といえば梅を指したが、平安時代以後、花といえば桜となり、花見の宴も、桜の木の下に酒肴《しゅこう》を持ち寄って和歌を詠む習俗ができた。桜よりも酒興になった庶民の花見は元禄《げんろく》以後と考えられ、現在でも、会社の慰安や、近隣誘いあわせての行楽として盛んである。日本の伝統的行楽の一つである。花莚《はなむしろ》を敷き宴席を設けて、歌い踊る姿には愛すべき庶民性がある。花衣《はなごろも》・花疲《はなづか》れ（花見で疲れる）など美しいことばは、花を愛する日本人の心から生まれたものである。桜狩・観桜には風雅を求めることが感じられ、花見とくだけていうところに庶民の楽しみが表現されているようだ。夜桜《よざくら》見物となると、また美しい情緒的な雰囲気になる。

何《なに》事《ごと》ぞ花《はな》見《み》る人《ひと》の長刀《ながかたな》　去来

花《はな》の下《した》ぢぢばば踊《おど》るみな笑《わら》ふ　河野　静雲

花見舟《はなみぶね》とほき巷《ちまた》の風《かぜ》が見《み》ゆ　大野　林火

いろいろな匂《にお》ひしてくる花見《はなみ》かな　仁平　勝

観桜《かんおう》の蛤《はまぐり》御《ご》門《もん》開《あ》けてあり　後藤比奈夫

鑑賞

天守《てんしゅ》まで聞《き》こゆ農夫《のうふ》の花見唄《はなみうた》　草間　時彦

城内が桜の名所になっている所は多い。昔では見られなかった庶民の花見の場所になっている。天守閣まで届く農民の花見唄には、平和でのどかな時代の姿がある。作者もつい殿様気分になって見下ろしているのだ。松山城での作。

花《はな》衣《ごろも》　花見《はなみ》衣《ごろも》

解説　花見のときに着る女性の衣装をいう。江戸時代は華美なものであったので、はでな衣装という意味もあった。平安時代には桜襲《さくらがさね》ともいわれる衣装を花衣といったようである。現在では、花見へ行くときの服装全般を指していう。語感や色感には王朝風な感じがあるが、花ということばを象徴的にあつかって美化されたことばである。この一語で花見・花疲れなどを連想させる雰囲気まで伝わってくる季語である。

ぬぎ捨《す》てし人《ひと》の温《ぬく》みや花衣《はなごろも》　飯田　蛇笏

花衣《はなごろも》ぬぐやまつはる紐《ひも》いろいろ　杉田　久女

留守《るす》の戸《と》の鍵《かぎ》を袂《たもと》や花衣《はなごろも》　皆吉　爽雨

花衣《はなごろも》ぬぐやみだるゝ恋《こい》に似《に》て　千原　叡子

花衣《はなごろも》脱《ぬ》ぐさみしさを灯《とも》しけり　荒　芙蓉女

鑑賞

旅衣《たびごろも》花衣《はなごろも》ともなりながら　星野　立子

桜の季節に旅をした作者が、その旅行の経過を自分の衣装のうえに見いだしている。同一の衣装であるが、ある時は旅行者に、ある時は花見客の一人となって楽しんでいる心を、衣装を通じて表している。

花曇《はなぐもり》

解説　「花開いて風雨多し」といわれるように、桜の咲く時期は天気が変わりやすく曇天が多いのをいう。なかなかすっきりと晴れないで心に重い感じである。鳥曇はやや早い時期の曇天であるが、これにつながる同じような気象現象である。また、この曇天をやや心理的にとらえたものが春陰《しゅんいん》である。

妻《つま》の書架《しょか》茶《ちゃ》の間《ま》に小《ち》さく花曇《はなぐもり》　遠藤　梧逸

ゆで玉子《たまご》むけばかゞやく花曇《はなぐもり》　中村　汀女

花曇《はなぐもり》夫婦《ふうふ》かたみにもの忘《わす》れ　山口　英二

ふるさとの土《つち》に溶《と》けゆく花曇《はなぐもり》　福田甲子雄

花曇《はなぐもり》海《うみ》を見《み》て来《き》し靴《くつ》の砂《すな》　井上　美子

鑑賞

音《おと》のみの昼《ひる》の花火《はなび》や花曇《はなぐもり》　巌谷　小波

昼の花火は空に光っても寂しい。どこやら雲のかなたにどんと打ち鳴るだけの花火、その花火も花時の曇り空のどんよりした気分に紛れて、鈍い音を残しただけに忘れられたのであろう。

鳥曇《とりぐもり》

解説　雁《かり》や鴨《かも》などの渡り鳥が北方へ帰って行くころ、曇りがちの日が続く、その曇天をいう。その曇天の雲を鳥雲と呼ぶともいわれるが、鳥雲《とりくも》にというのは「鳥雲に入る」の略で、帰る鳥が雲のはるかに見えなくなるのをいう。

桜《さくら》ちる空《そら》や越後《えちご》の鳥曇《とりぐもり》　許六
毎《まい》日《にち》の鞄《かばん》小《こ》脇《わき》に鳥曇《とりぐもり》　富安風生
吹《ふく》浦《うら》も鳥海山《ちょうかいざん》も鳥曇《とりぐもり》　佐藤漾人
笑《わら》つてすぐ涙《なみだ》にじむよ鳥曇《とりぐも》り　能村登四郎
はたらきに出《で》てゆく父《ちち》や鳥曇《とりぐもり》　轡田進

鑑賞　鳥《とり》ぐもり子《こ》が嫁《か》してあと妻残《つまのこ》る　安住敦

鳥が帰って行くというのも、別れと思えば哀愁を抱かせる。他家に嫁した娘を寂しく思う父親の気持ちが、鳥帰る日々の雲にこめられた。自分をいわず「妻残る」としたことに何か男の哀れがある。

桜《さくら》鯛《だい》（さくらだひ）　花見鯛《はなみだい》

解説　桜の咲くころに産卵期を迎えた鯛が、内海に群れをなして集まってくる。このころは、体色がホルモンの作用などにより赤変するので、桜鯛と呼び賞美される。またこのときが主要な漁期であり、鯛のしゅんの時期でもある。鳴戸《なると》・明石《あかし》・鞆《とも》の浦《うら》などは、鯛網《たいあみ》漁を観光として供しているが、漁獲高は年々減少している。外洋から来た鯛が、急激な水圧の変化に応じきれず海面に浮き上がる現象を、浮鯛《うきだい》・鯛浮《たいう》くなどという。能地《のうじ》浦（広島県）の浮鯛はとくに名高い。　鯛網《たいあみ》・鯛釣《たいつり》。

桜鯛《さくらだい》かなしき目玉《めだま》くはれけり　川端茅舎
尾《お》が打《う》ちし俎《まないた》ひびき桜鯛《さくらだい》　宮井港青
夕餉《ゆうげ》まだ日《ひ》のあるうちや桜鯛《さくらだい》　森澄雄
桜《さくら》鯛《だい》瀬戸《せと》海流《かいりゅう》に峡《かい》いくつ　鷹羽狩行
生《い》き締《じ》めの血糊《ちのり》うつくし桜鯛《さくらだい》　本井英

鑑賞
さくら鯛《だい》瀬戸《せと》にあらがふ背《せ》を見《み》せつ　佐野まもる

句集『海郷』所収。作者が今治市の伯方島《はかたじま》に在勤していたころの作品。かつて、春の瀬戸は鯛の本場といわれた。体色の美しい鯛が群れをなして押し寄せてくるようすが目に浮かぶようである。「あらがふ背」に躍動感があふれる。

花烏賊《はないか》　桜烏賊《さくらいか》

解説　学名ではなく、春の産卵期のころ沿岸近くに来てとらえられる烏賊で、甲烏賊《こういか》・しりやけ烏賊などである。桜の咲く季節に獲れるので、花烏賊とか桜烏賊という。甲烏賊は舟形の甲殻を持つふつうの烏賊で、肉が厚く味がよい。

洗《あら》ひたる花烏賊《はないか》墨《すみ》をすこし吐《は》き　高浜虚子
花烏賊《はないか》の腹《はら》ぬくためや女《おんな》の手《て》　原石鼎
花烏賊《はないか》のしわしわ釣《つ》るる真闇《まやみ》かな　水原秋桜子
花烏賊《はないか》やまばゆき魚《うお》は店《みせ》になし　林翔
花烏賊《はないか》を煮《に》て吹《ふ》き降《ぶ》りの夕《ゆう》べなり　百合山羽公

鑑賞
花烏賊《はないか》のいでいる息《いき》の墨《すみ》の泡《あわ》　阿波野青畝

烏賊は外敵からのがれるとき、腹部にある墨汁の袋から墨を吐いてのがれるので、俗名を墨魚ともいう。獲られた烏賊の「いでいる息」は墨の泡でしかない。富樫《とがし》と弁慶の問答の中にも「いでいる息」が使われているが……。

潮干《しおひ》（ひしほ）　干潟《ひがた》　潮干狩《しおひがり》

解説　陰暦三月三日ごろは、大潮中の大潮とも呼ばれて、潮の干満の差が激しく、干潮時にははるか沖まで干潟が続いて歩いて行けるほどになる。そのことを潮干というが、陽気も暖かくなることもあって、家族でそろって弁当を持参して、蛤《はまぐり》・浅蜊《あさり》などを取りに出かけるのを潮干狩といって親しまれている。都会地近辺では汚染されて潮干狩などできなくなっているが、地方の漁村では、この日、村中の人が浜や磯に総出で一日を楽しむこともある。この他、このころには、**磯遊《いそあそ》び・観潮《かんちょう》**なども行われる。

上《のぼ》り帆《ほ》の淡路《あわじ》はなれぬ汐干《しおひ》哉《かな》　去来
汐干潟《しおひがた》誰《たれ》もひとりの影《かげ》を掘《ほ》る　山口　草堂
まんまるくお尻濡《しりぬ》らせり汐干狩《しおひがり》　星野　恒彦
燈台の影《かげ》が日時計汐干狩《しおひがり》　藤井　亘
汐干狩《しおひがり》みちきし潮《しお》に貝洗《かいあら》ふ　西池　涼雨

鑑賞　あらはれし干潟《ひがた》に人《ひと》のはや遊《あそ》ぶ　清崎　敏郎

あれほどに満ちていた潮が、まるでうそのように引いてしまうものだ。それを待ちかねたように、人々があちらこちらで遊びはじめた。干潟になってゆく変化に、すぐに対応する人間を配して、より鮮明な干潟の情景が見えた。

蛤《はまぐり》

解説　浅蜊《あさり》とともに潮干狩りの獲物として知られ、殻の表面がなめらかで美しい。全国的に分布しているが、遠浅の川口に近い砂地で成長し、潮流にのって沖に移動する。しゅんは春で、吸い物・蒸し物・**蛤鍋《はまなべ》**・焼《やき》**蛤《はまぐり》**などにして賞味する。焼蛤は桑名《くわな》の名産として知られ、剝《む》き身を佃煮《つくだに》にしたしぐれ蛤とともに名高い。

蛤《はまぐり》のひらけば椀《わん》にあまりけり　水原秋桜子
蛤《はまぐり》を膝《ひざ》に鳴《な》かせて夜《よる》の汽車《きしゃ》　石塚　友二
蛤《はまぐり》のぶつかり合《あ》つて沈《しず》みけり　石田　勝彦
かたくなに閉《と》ぢて蛤《はまぐり》汐噴《しおふ》ける　日比野草人
蛤《はまぐり》の煮《に》られて開《ひら》く死《し》のしるし　和田　悟朗

鑑賞　蛤《はまぐり》のかにかく重《おも》し数《かず》は知《し》らず　林　翔

潮干狩りに行ったのであろうか。取れたものは蛤ばかりという。それも、数えきれぬほどの量である。疲れて戻る腕に蛤がずしりと重い。「かにかく」は、なんといってもの意で、重い重いと言いながら喜びは隠しきれない。

桜《さくら》貝《がい》（さくらがひ）　花貝《はながい》　紅貝《べにがい》

解説　古くから詩歌に詠まれ、その薄紅《うすべに》の色と、薄くて小さな貝殻は、少女の指の爪《つめ》にも似て美しい。ことに春は色も光沢も増すため、桜の花びらが散り敷くように渚《なぎさ》を彩るのでこの名がある。

身《み》の上《うえ》の相似《あいに》て親《した》し桜貝《さくらがい》　杉田久女

心《こころ》うちしめりて拾《ひろ》ふ桜貝《さくらがい》　後藤夜半

桜《さくら》貝《がい》さびしくなれば沖《おき》を見《み》る　福田蓼汀

遠浅《とおあさ》の水《みず》清《きよ》ければ桜貝《さくらがい》　上田五千石

桜《さくら》貝《がい》拾《ひろ》へり母《はは》へ駈《か》け出《だ》せり　田中灯京

鑑賞　眼《め》にあてて海《うみ》が透《す》くなり桜貝《さくらがい》　松本たかし

桜貝は美しい貝である。その花びらのような淡い色と、爪ほど小さい貝が、いまにもこわれそうなもろさを持つゆえに愛されるのであろうか。この句は、その透きとおった貝を通して海が見えるという、叙情的な美しい句である。

チューリップ

解説　ユリ科の球根植物。原産地は明らかでないが、トルコで栽培されていたものがコンスタンチノープルから十六世紀に欧州各地に広まったもので、チューリップの名もターバン（頭巾《ずきん》）のトルコ語チュルベントから出たといわれる。以後、オランダを中心に品種改良が行われ、多数の園芸品種が生まれた。十七世紀のオランダはチューリップ狂時代、珍しい品種の球根は貴金属なみの値段で取り引きされ、経済が混乱したという。その後もさまざまの改良品種が作られたが、オランダ人がもっともあこがれた黒い花のチューリップは今日もなお幻の花である。わが国では明治に改良種をオランダから輸入し、新潟・富山両県で栽培が盛んとなった。花と球根が食用になることはあまり知られていない。

ものの芽《め》の全《まつた》きチューリップとなりぬ　星野　立子
チューリップ喜《よろこ》びだけを持《も》つてゐる　細見　綾子
チューリップ花《はな》びら外《はず》れかけてをり　波多野爽波
チューリップの色溶《いろと》け入《い》りてねむき眼《め》よ　草間　時彦

鑑賞

チューリップ散《ち》つて一茎天《いつけいてん》を指《さ》す　貞弘　衛

華麗な花弁が散り落ちて、そのあとに残された花茎は、やはり直立して寂しくあるのみ。花が消えてから急に花の存在感は重たくなる。

シクラメン　篝火《かがりび》花《ばな》

解説　サクラソウ科の多年草。葉が丸いのでギリシア語のキクロス（円形）からこの名が起こったという。春、葉よりも高く花茎が出て、その頂に一個ずつ花をつける。花筒部は下向きだが、五枚の花弁はそり返って上を向く。園芸品種が多く、花の色も白・紅・紫紅などがあり、八重咲きのものもある。フレームまたは低温室に鉢植えとして栽培される。わが国では明治二十四、五年に輸入された。ヨーロッパではこの球根を豚の餌にしたので英名をsowbreadといい、意訳して「豚の饅頭《まんじゆう》」という和名があるが、牧野《まきの》富太郎《とみたろう》がこの花を見ていた女性の会話から思いついてつけたという篝火花の方がイメージとしてはいい。

咲《さ》き余《あま》る弁《べん》のよぢれやシクラメン　林原　耒井
シクラメンたばこを消《け》して立《た》つ女《おんな》　京極　杞陽
燃《も》えつきし焔《ほのお》の形《かたち》シクラメン　田川飛旅子
恋文《こいぶみ》は短《みじか》きがよしシクラメン　成瀬桜桃子

鑑賞　シクラメン花《はな》のうれひを葉《は》にわかち　久保田万太郎

美麗な花ながらシクラメンはどことなく寂しげなところのある花で、葉が鮮やかな緑色をしていないということにも関係があろう。

虚子忌《きよしき》　椿寿忌《ちんじゆき》

解説　四月八日。俳人高浜《たかはま》虚子の忌日。本名は清《きよし》。明治七年（一八七四）愛媛県松山生まれ。中学時代、級友河東碧梧桐《かわひがしへきごどう》を介し正《まさ》岡子規《おかしき》を知り、句作の道に入った。明治三十一年俳誌『ホトトギス』を継承。客観写生・花鳥諷詠《かちょうふうえい》を唱えて多くの俳人を指導し、世に送った。明治・大正・昭和の俳句界を統べた大御所《おおごしょ》である。ホトトギス派は長く俳壇の主流をなした。芸術院会員、文化勲章を受けた。昭和三十四年（一九五九）死去した。八十五歳。墓は鎌倉の寿福寺にある。椿《つばき》を愛したところから椿寿忌ともいう。

虚子《きよし》の忌《き》の足音《あしおと》ありて詣《もう》で去《さ》る　萩原　麦草
墓前《ぼぜん》うらら弟子等《でしら》高声《たかごえ》虚子忌《きよしき》かな　山口　青邨
虚子忌《きよしき》たり椿《つばき》に鵯《ひよ》のよく来《く》る日《ひ》　石田　波郷
花冷《はなび》えの虚子忌《きよしき》の膝《ひざ》を固《かた》めたり　小林　康治
花待《はなま》てば花咲《はなさ》けば来《く》る虚子忌《きよしき》かな　深見けん二

鑑賞　満開《まんかい》の花《はな》の中《なか》なる虚子忌《きよしき》かな　秋元不死男

虚子の生涯を思うとき、満開の花は実に虚子にふさわしい。ちょうど、東京周辺の桜の満開の時期である。おおらかな詠みぶりが、虚子の姿を彷彿《ほうふつ》とさせる。

花《はな》祭《まつり》　灌仏会《かんぶつえ》　仏生会《ぶつしょうえ》

解説　釈迦《しゃか》は四月八日に誕生したと伝えられる。その日誕生を祝って、諸寺で行う法会《ほうえ》を仏生会という。その中心は花で飾った小さな仮室を作り、それは花御堂《はなみどう》と呼ばれ、その中に、天地を指さしている童形の釈迦が立ち、参詣人《さんけいにん》は甘茶《あまちゃ》を注ぐ。そこで、灌仏会とも呼ばれている。その花御堂ばかりでなく、各寺ではそれぞれに華やかな行事を行う。稚児《ちご》行列が出るところもあり、甘茶の接待も行う。それらすべてを含めて花祭りと呼んで、子供にも大人にも親しまれている。大阪四天王寺《してんのうじ》の花祭りのように、仏教の各宗派合同で行われ、とくに盛大で有名なものもある。

わらべらに天《てん》かがやきて花祭《はなまつり》　飯田　蛇笏
門前《もんぜん》にあをあをと海《うみ》花御堂《はなみどう》　高野　素十
街《まち》の天《てん》かもめまぶしく花祭《はなまつり》　石原　舟月
信心《しんじん》の母《はは》に雨降《あめふ》る花《はな》まつり　西嶋あさ子

鑑賞　ぬかづけばわれも善女《ぜんにょ》や仏生会《ぶつしょうえ》　杉田　久女

仏生会の今日、大勢の善男善女に混じって、み仏の前にぬかずけば、自分も心素直になり、仏を信じる善女になっている。

囀《さえず》り（さへづり）　囀《さえず》る　鳥囀《とりさえず》る

解説　暖かくなると、春を告げる鳥の歌声が、山野や禽舎《きんしゃ》などに満ちあふれる。鳴禽類に属する小鳥はとくに巧みで、求愛や、縄ばりを知らせる囀りなどさまざまあるが、繁殖期には最高潮に達する。

囀《さえずり》の高《たか》まり終《お》わり静《しず》まりぬ　高浜　虚子
囀《さえずり》やピアノの上《うえ》の薄埃《うすぼこり》　島村　元
紺青《こんじょう》の乗鞍《のりくら》の上《え》に囀《さえず》れり　前田　普羅

丹《に》の欄《らん》にさへづる鳥《とり》も惜春《せきしゅんふ》譜　杉田　久女

囀《さえず》りをこぼさじと抱《だ》く大樹《たいじゅ》かな　星野　立子

鑑賞 囀《さえずり》や天地《てんち》金泥《きんでい》に塗《ぬ》りつぶし　野村　喜舟

なんという豪華な囀りであろうか。さながら一幅の日本画を見る思いがする。金泥は金粉をにかわで溶いたもので書画に用いられる。諸鳥の歌は、春光まぶしい金泥の天地を背景にして降り注ぐ。囀りへの賛歌である。

仔《こ》馬《うま》

馬《うま》の仔《こ》　馬《うま》の子《こう》生まる　孕《はらみうま》馬

解説 馬の子は春生まれる。発情期は春であるが、新生子は一年間胎内で十分に発育して生まれるので、一時間もすると立ち上がって母親の乳を飲みはじめる。一週間ほどたつと足も丈夫になり、目も外の光になれてくるため外に出す。秋には乳離れをさせるが、その間はどこへ行くにも母馬から離れずついて歩く。春の野辺に出て遊ぶ馬を春駒《はるごま》、若い馬を若駒《わかごま》という。

親《おや》馬《うま》は梳《くしけず》らるる仔《こ》馬《うまと》跳び　高野　素十

微《び》風《ふう》にも仔《こ》馬《うま》の聡《さと》き耳《みみふた》二つ　柴田白葉女

ぴしぴしと馬《うま》を打《う》つそばに仔《こ》がをれど　細谷　源二

親馬《おやうま》を売《う》りて仔馬《こうま》の残《のこ》されし　草野　駝王

馬《うま》の仔《こ》の人見《ひとみ》知《し》りして跳《は》ねにけり　佐藤　漾人

鑑賞 馬《うま》の仔《こ》に母馬《ははうま》が目《め》で力《ちからか》借す　木附沢麦青

母馬のそばを離れようとしない仔馬。見るもの聞くもののすべてがもの珍しい未知の世界である。黙って見守る母の目が、仔馬にとってどんなに力強いことだろう。人間の母子の情にも通じるほほえましい情景である。

若《わか》草《くさ》　嫩草《わかくさ》　初草《はつくさ》　新草《にいくさ》　草若《くさわか》し

解説　萌《も》え出た若々しく柔らかな春の草をいう。若草はまだ春浅いころのみずみずしい雰囲気を持った季題である。若草に覆われた野原を**若草野**《わかくさの》という。**春**《はる》**の草**《くさ》というと春もたけなわのころの草のようすであり、**草**《くさ》**若葉**《わかば》になると草丈もかなり伸びて夏近いころの季節感となる。

若草《わかくさ》に口《くち》ばしぬぐふ烏《からす》かな　凡　兆
若草《わかくさ》に水行《みずゆ》く夕日《ゆうひ》斜《なな》めなり　伊東　月草
若草《わかくさ》にやうやく午後《ごご》の蔭多《かげおお》く　山口　誓子
草若《くさわか》くいまだ冷《つめ》たく匂《にお》ひけり　土田　耕平

鑑賞　若《わか》草《くさ》や　水《みず》の　滴《したた》る　蜆籠《しじみかご》　夏目　漱石

取ったばかりの蜆を籠に入れて提げて行くと、ぽとぽとと水が滴り落ちる。若草の生えそろった河原の道を通って帰る。なかなかその滴りはやまない。

竹《たけ》の秋《あき》　竹秋《ちくしゅう》

解説　竹はいつも青々としているようだが、春先になって葉が黄ばみはじめる。それがふつうの草や木が紅葉する秋の状態のようだというので竹の秋と呼ぶ。竹は春先に筍《たけのこ》をたくさん生み出すために秋に黄葉して冬休むわけにいかず、その間に有機成分を地下茎にたくわえる必要がある。その役目を果たし終えるころにようやく黄葉が始まり、やがて落葉を迎えるのである。

夕風《ゆうかぜ》や吹《ふ》くともなしに竹《たけ》の秋《あき》　永井　荷風
午後《ごご》からは黄《き》なる太陽《たいよう》竹《たけ》の秋《あき》　三橋　敏雄
竹《たけ》の秋《あき》迅《はや》き流《なが》れが貫《つらぬ》けり　林　徹
裏木戸《うらきど》の日《ひ》の明《あか》るさや竹《たけ》の秋《あき》　倉田　素商
祇王寺《ぎおうじ》は訪《と》はで暮《く》れけり竹《たけ》の秋《あき》　鈴木真砂女

鑑賞 落柿《らくし》舎《しゃ》の畳《たたみ》古《ふ》りけり竹《たけ》の秋《あき》　武田　鶯塘

京都の嵯峨にある落柿舎は向井去来の別荘。芭蕉がここで『嵯峨日記』を執筆した。現在のは明治初年に建立されたもの。「畳古りけり」は嘆いているのではなく、竹秋の落柿舎にふさわしいものだと感じたのだ。

啄木忌《たくぼくき》

解説 四月十三日。詩人であり歌人であった石川啄木の忌日。本名は一《はじめ》。明治十九年（一八八六）岩手県に生まれた。盛岡《もりおか》中学を中退後、小学校教員や新聞社勤めなどをしながら、病苦と貧困の生活を送り、明治四十五年（一九一二）東京で病没した。二十七歳。明星《みょうじょう》派の詩人として出発したが、小説を書き短歌を作った。歌集『一握の砂』『悲しき玩具《がんぐ》』は、その独自な生活詠が広く人々の共感を得て愛誦《あいしょう》され続けている。

ある年《とし》の花《はな》遅《おそ》かりき啄木忌《たくぼくき》　久保田万太郎
啄木忌《たくぼくき》いくたび職《しょく》を替《か》へてもや　安住　敦
靴《くつ》裏《うら》に都《と》会《かい》は固《かた》し啄木忌《たくぼくき》　秋元不死男
あくびしていでし泪《なみだ》や啄木忌《たくぼくき》　木下　夕爾
あ・あ・あ・とレコードとまる啄木忌《たくぼくき》　高柳　重信

鑑賞 啄木忌《たくぼくき》春田《はるた》へ灯《とも》す君《きみ》らの寮《りょう》　古沢　太穂

春田にそって若者たちの住む寮があって、灯がともっている。おりしも啄木忌。啄木の生涯を思うとき、現代のこの若者たちの上に幸あれと願わずにはいられないのだ。

梅若忌《うめわかき》

梅若祭《うめわかさい》　木母《もくぼ》寺《じ》大念仏《だいねんぶつ》

解説 謡曲「隅田《すみだ》川《がわ》」の中の梅若の忌日。陰暦三月十五日。今は四月十五日に隅田川畔の木母寺で梅若忌が修せられる。この寺に梅若塚がある。そこで大念仏があり、参詣《さんけい》人《にん》が多い。梅若丸は人買いにあざむかれて東国におもむき、病気になって、ついにこの隅田川畔で早世したと伝えられている。その一周忌に、狂った母が訪ねて来て、念仏供養《くよう》し、塚から現れた幻の子と会うのである。その哀話のため、このころはよく雨が降るので、**梅若《うめわか》の涙雨《なみだあめ》**という。

梅若忌日《うめわかきひ》もくれがちの鼓《つづみ》かな　飯田　蛇笏
河《かわ》にごり人《ひと》もすさびぬ梅若忌《うめわかき》　林　翔
わが母情《ぼじょう》ひとりいとしむ梅若忌《うめわかき》　及川　貞
川空《かわぞら》を電車《でんしゃ》が渡《わた》る梅若忌《うめわかき》　舟越紅蔦子
尾《お》をたてて遊《あそ》ぶ雀《すずめ》や梅若忌《うめわかき》　河野美保子

鑑賞

仕《つかまつ》る子《こ》方《かた》あはれに梅若忌《うめわかき》　中　火臣

梅若忌にちなんで、能楽の「隅田川」が演じられている舞台のようすである。梅若役になった子方が、一生懸命に能を演じる。いかにもあわれな感じなのである。

風光《かぜひか》る

解説　春になって日光も強くなり、吹き渡るそよ風さえもきらきら光り過ぎるように見える感じをいう。春風の情趣とはまた違って感覚的で、夏の「風薫《かぜかお》る」と対比される。

朝凪《あさなぎ》の浪立《なみた》つて風光《かぜひか》る頃《ころ》　河東碧梧桐
天辺《てんぺん》より落《お》ち来《く》る鳥《とり》に風光《かぜひか》る　沢村　寒楼
人形《にんぎょう》の首《くび》を干《ほ》しけり風光《かぜひか》る　久保田九品太
風光《かぜひか》りすなはちもののみな光《ひか》る　鷹羽　狩行

鑑賞

地玉子《じたまご》の殻《から》のたしかさ風光《かぜひか》る　鈴木真砂女

露店の市か、店先に並べられている玉子、まぎれもなく地玉子、殻は自然のままの堅実な肌を持つ。吹き抜ける風も玉子も生命の輝きの光るようにも思われる。

青《あお》麦《むぎ》（あをむぎ）　麦青《むぎあお》む

解説　麦は非常に古くから人類が栽培してきた植物で、現在ももっとも重要な穀物として世界中で生産されている。米のように粒のまま口にすることは少ないが、パンや麺《めん》類、味噌《みそ》・醤油《しょうゆ》・菓子・ビールなど、驚くほど麦は形を変えて食べているのである。冬の間伸びをとどめていた麦も、春から夏にかけて緑色のまま穂をはらんですくすくと生長する。その美しさは、稲とはまた違った趣があり、生け花にされるほどである。しかし、近年麦畑は激減し、一面の青麦の風景は珍しくさえなった。例えば『日本国勢図会』によると、小麦は昭和四十年には一二八万トンも生産されていたが、五十三年には三六万トンに落ちこんでいる。需要がなくなったわけではなく、その分は輸入に頼っているのである。

強風《きょうふう》に吹《ふ》かれて麦《むぎ》と吾《われ》青《あお》し　山口　誓子
掌《て》をひろげ青麦《あおむぎ》の風受《かぜう》けて行《ゆ》く　篠原　梵
青麦《あおむぎ》や湯《ゆ》のかをりする子《こ》を抱《だ》いて　森　澄雄
青麦《あおむぎ》のたしかな大地子《だいちこ》の背丈《せたけ》　佐藤　鬼房
開《かい》拓《たく》地《ち》烈《れっ》風《ぷう》に耐《た》へ麦青《むぎあお》し　廣瀬　直人

鑑賞　青麦《あおむぎ》の穂《ほ》のするどさよ日《ひ》は白《しろ》く　篠原　鳳作
麦は厳しい冬の寒さに耐えて春を迎え、初夏の成熟に向かってすくすくと生長する。野はまだ若草のころ麦は青い葉の中に穂が混じる。みずみずしく穂は伸び、晩春の日光が降り注ぐ。

菜《な》の花《はな》

花菜《はなな》　菜種《なたね》の花《はな》　油菜《あぶらな》
菜種菜《なたねな》

解説　菜の花はアブラナ科の二年草または一年草。油菜、一名菜種の花で、春に一〜

一・五メートルの茎を伸ばして黄色の十字形の花をたくさん開く。切り花や野菜としての需要も多いが、本来は四〇パーセント以上の油を含む種子（菜種）から菜種油を採るために、畑や水田の裏作として作られる。この油は食用・灯油用・機械油などに用いる。また油を搾ったかすが油粕《あぶらかす》で、肥料になる。中国から紀元前に渡来したが古くは野菜として利用され、文字どおり油を採るために広く栽培するようになるのは十七世紀以降のことである。日本在来の油菜より大形の西洋油菜が明治十年代にドイツからもたらされてからはもっぱらこれが栽培されているが、その数はだんだん減少してきている。**花菜雨《はななあめ》・花菜風《はななかぜ》**。

菜《な》の花《はな》のはるかに黄《き》なり筑後川《ちくごがわ》　夏目　漱石
べたべたに田《た》も菜《な》の花《はな》も照《て》りみだる　水原秋桜子
家々《いえいえ》や菜《な》の花色《はないろ》の燈《ひ》をともし　木下　夕爾
菜《な》の花《はな》がしあわせさうに黄色《きいろ》して　細見　綾子

【鑑賞】菜《な》の花《はな》や月《つき》は東《ひがし》に日《ひ》は西《にし》に　蕪村

夕暮れ、月の出しおの菜の花畑。近畿地方はとくに菜の花が盛んに栽培されたというから、その一面の黄色は親しいものであったにちがいない。

花菜漬《はななづけ》　菜《な》の花漬《はなづけ》

【解説】菜の花（油菜）の蕾《つぼみ》のついた菜を塩漬けに浅く漬けたもので、淡い色彩に加えて独特の風味がある。茶請け・酒肴《しゅこう》などに喜ばれるが、食卓にいかにも春らしい気分を漂わせてくれる風趣のあるもので、産地は京都や滋賀県が主である。最近は菜の花の栽培が少なくなり、家庭で作ることも少なくなっている。

花菜《はなな》漬《づけ》見《み》舞《まい》妻《づま》また病《や》みて来《こ》ず　石田　波郷

花《はな》菜漬《づけ》夜《よ》は生《い》き生《い》きと海女《あま》の厨《くりや》　加藤知世子
花《はな》菜漬《づけ》夫《つま》の知《し》らざる石重《いしおも》し　殿村菟絲子
花《はな》菜《な》漬《づけ》一《ひと》箸《はし》旅《たび》の刻《とき》惜《お》しむ　川口　爽郎
人《ひと》の世《よ》をやさしと思《おも》ふ花《はな》菜《な》漬《づけ》　後藤比奈夫
女人講《にょにんこう》こまかくきざむ花《はな》菜《な》漬《づけ》　山田　光湖

鑑賞
花《はな》菜《な》漬《づけ》遠忌《おんき》の箸《はし》にあはあはし　大野　林火

遠忌は各宗派の宗祖の五十年ごとの忌日の法要。春、京都では弘法・法然・蓮如上人の忌日が相次ぐ。地方から参詣に来たにぎわいの人の中に混じって寺の食膳についた作者は、花菜漬の色の淡さに、遠い人の遺徳をしみじみとしのびながら、春の一刻に浸されている姿が想像される。

豆《まめ》の花《はな》

豌豆《えんどう》の花《はな》　蚕豆《そらまめ》の花《はな》

解説　豌豆の花は白または赤紫色、蚕豆の花は白または淡い紫色で大きな黒紫色の斑点《はんてん》がある。いずれも春に花を開く。その他の豆類の花は夏に開くものが多いが、隠元《いんげん》豆《まめ》・小豆《あずき》・大豆《だいず》・南京豆《ナンキンまめ》などで春のうちに咲くものを含めて「豆の花」と総称する。蝶形花《ちょうけいか》という独特のおもしろい花の形をしている。豌豆によく似て、芳香のある大きな花をつけるスイトピーは切り花に喜ばれる。

涙《なみだ》ためて背戸《せど》に立《た》つ子《こ》や豆《まめ》の花《はな》　西山　泊雲
豆《まめ》の花《はな》海《うみ》にいろなき日《ひ》なりけり　久保田万太郎
夕《ゆう》潮《しお》や蝶《ちょう》を収《おさ》めし豆《まめ》の花《はな》　藤田　湘子
雨《あめ》の日《ひ》は雨《あめ》に瞬《またた》き豆《まめ》の花《はな》　西村　知子

鑑賞
そら豆《まめ》の花《はな》の黒《くろ》き目《め》数《かず》知《し》れず　中村草田男

そら豆の花には一つずつ黒紫色の大きな斑点がある。それを「花の目」と見立て、そら豆畑の花盛りはその目が無数に存在するというのだ。童画的な一句である。

蝶《ちょう》（ふ）　蝶々《ちょうちょう》　初蝶《はつちょう》　黄蝶《きちょう》　胡蝶《こちょう》

解説　蝶は厳冬期を除き一年中見られるが、とくに春は花も多く、もっとも多く発生するので春季のものとされている。早いものは三月ごろから飛びはじめる。これを初蝶という。シロチョウ科の紋白蝶《もんしろちょう》や紋黄蝶《もんきちょう》などが多く目につくが、晩春ごろより揚羽《あげは》蝶《ちょう》・烏蝶《からすちょう》など、大形の美しい蝶が見られる。春以外の季節に見られるものには、それぞれ季節名を付けて呼び、区別している。

落花《らっか》枝《えだ》にかへると見《み》れば胡蝶《こちょう》かな　守武
初蝶《はつちょう》来《く》何色《なにいろ》と問《と》ふ黄《き》と答《こと》ふ　高浜虚子
初蝶《はつちょう》の流《なが》れ光陰《こういん》流《なが》れけり　阿部みどり女
初《はつ》蝶《ちょう》や吾《わが》三十《さんじゅう》の袖袂《そでたもと》　石田波郷
あをあをと空《そら》を残《のこ》して蝶《ちょう》別《わか》れ　大野林火

鑑賞　方丈《ほうじょう》の大庇《おおびさし》より春《はる》の蝶《ちょう》　高野素十

素十の代表句の一つである。「竜安寺」の前書きがつく。静寂な石庭に一匹の蝶を配している。静と動。それらを包む春のうららかさを「春の蝶」の一語に結集している。「春」の使い方が巧みである。

春風《はるかぜ》　春《はる》の風《かぜ》

解説　春の風は東風あるいは東北風というが、かならずしもはっきりした定めはない。**春《はる》一番《いちばん》**というと立春過ぎに急に南寄りの風が吹き出すもので強く激しい。**春嵐《はるあらし》**も多く南から吹き荒れる。春風はこの季節の暖かく柔らかな特徴を持つ風をいう。春風駘蕩《しゅんぷうたいとう》というように、和やかで顔をさらしても心地よい。

春風《はるかぜ》や堤長《つつみなご》うして家遠《いえとお》し　蕪村
絵草紙《えぞうし》に鎮置《しずお》く店《みせ》や春《はる》の風《かぜ》　几董
春風《はるかぜ》や闘志《とうし》いだきて丘《おか》に立《た》つ　高浜虚子

春《はる》の風《かぜ》海《うみ》へ海《うみ》へと帯固《おびかた》く　小林　幸人

帆《ほ》を張《は》りて猶漕《なおこ》ぐ船《ふね》や春《はる》の風《かぜ》　寒川　鼠骨

鑑賞　古稀《こき》といふ春風《はるかぜ》にをる齢《よわい》かな　富安　風生

古稀七十歳の春を迎えた感慨の句である。古稀という年になっての穏やかな心境を「春風にをる齢」といったのであろう。おおらかな調べにしみじみ春風の趣を漂わせている。

風《かざ》車《ぐるま》　風車売《かざぐるまうり》

解説　美しい色のセルロイド・鉋屑《かんなくず》・色紙などを車輪の形に組み合わせて、竹の先に取り付けたもので、風を受けて回る。子供たちはこれを手にして走りながら風の力で回転させて遊ぶ。春風に遊ぶ玩具《がんぐ》として春の季語になっている。風を受けて回る風車をたくさん並べている風車売りの姿も春の風物詩の一つである。「街角《まちかど》の風《かぜ》を売《う》るなり風車《かざぐるま》」（三好達治《みよしたつじ》）の風を売る商売という表現にあるとおりである。

風車《かざぐるま》色《いろ》を飛《と》ばして廻《まわ》り初《そ》め　上野　泰

風《かざ》ぐるま光《ひかり》を紡《つむ》ぎ廻《まわ》る子《こ》よ　成田　千空

風車《かざぐるま》まはり消《き》えたる五色かな　鈴木　花蓑

街角《まちかど》の風《かぜ》を売《う》るなり風車《かざぐるま》　三好　達治

放牧《ほうぼく》のその一望《いちぼう》の風車《かざぐるま》　古舘　曹人

父子《ふし》の息《いき》いまこそ揃《そろ》へ風車《かざぐるま》　堀　葦男

鑑賞　風車《かざぐるま》ひとつのこらずまはりけり　倉田　素商

無風状態のたくさんの風車たち、風が吹きだすと、すばやく反応するものもあれば、かたくなに回ろうとしないのもある。しかし、次から次へと、やがて全部の風車が回り出した。「ひとつのこらず」はその経過を表現した。

風《ふう》船《せん》

紙風船《かみふうせん》　ゴム風船《ふうせん》　風船玉《ふうせんだま》
風船売《ふうせんうり》

解説　五色の紙をはり合わされた紙風船は、明治の中ごろに作りはじめられた。息を吹きこんでふくらまし、手で高くつき上げて遊ぶものだが、冬から解放されて、戸外で遊ぶ子供には春を告げるものであった。その後、水素でふくらますゴム風船になると、これも花見時の行楽地に風船売りが現れて春の風物詩の一つになった。現代では、宣伝や景品のゴム風船が多く季節感を失ったようであるが、風船一つにも季感を見いだした俳人の眼を尊重したい。

天井《てんじょう》でふうせん赤《あか》い夜《よ》を越《こ》せり　加藤かけい
風《ふう》船《せん》の早《はや》さ青天《せいてん》に見放《みはな》さる　右城　暮石
畳《たた》みぐせどほりに紙風船《かみふうせん》たたむ　加倉井秋を
置《お》きどころなくて風船持《ふうせんも》ち歩《ある》く　中村　苑子
紙風船息吹《かみふうせんいきふ》き入《い》れてかへしやる　西村　和子

鑑賞　風船売花《ふうせんうりはな》の人出《ひとで》に溺《おぼ》れもせぬ　金子無患子

桜の満開にどっと繰り出した花見客。どの桜の下も人・人・人、歌声が聞こえ、踊りも出てにぎやかだ。その行楽の中で、風船売りの仕事にいそしむ姿が、「人出に溺れもせぬ」に表現された。人生の皮肉の一場面。

石鹼玉《しゃぼんだま》

解説　石鹼《せっけん》を溶かした水、または無患子《むくろじ》の実を煎《せん》じた液を麦藁《むぎわら》・葭《よし》・竹などの管の端につけて吹くと、七色の美しい玉がいくつも飛び出す。最近の子供たちは、洗剤液を利用して、ビニールストローで飛ばしているのも一興である。今でもときおり、春の日ざしの下で、美しい玉を吹きながら売っているのを見かけるが、明治のころは「たまャァたま」と売り歩いていた。春ののどかな風景にふさわしいものであった。

流《なが》れつつ色《いろ》を変《か》へけりしやぼん玉《だま》　松本たかし
しやぼん玉上手《だまじようず》に吹《ふ》いて売《う》れてゆく　島田　みえ
一《ひと》つ二《ふた》つ三《み》つ四《よ》つしやぼん玉吹《だまふ》きぬ　五所平之助
しやぼんだま割《わ》れてあをぞらのこりけり　細川　加賀
息《いき》入《い》れて石鹼玉《しゃぼんだま》みな天《てん》にやる　橋本美代子
シャボン玉天《だまてん》に祭《まつり》のあるごとし　木曾　晴之

鑑賞
しやぼん玉独《だまひと》りが好《す》きな子《こ》なりけり　成瀬桜桃子

人と接することの好きでない子を持つ親は心配なもの。しかし、それも人のさがのうちであろう。一人でも遊べる石鹼玉に興じて美しい玉を作り、けっこう夢をふくらませている姿は楽しそうだ。心配することもあるまい。

鞦《しゅう》韆《せん》（しうせん）　ぶらんこ　ふらここ　ふらんど　半仙戯《はんせんぎ》

解説　中国の古俗に、寒食《かんしょく》（冬至の後、百五日目の日、風雨が激しく、火を断って冷食した）の日、宮殿で鞦韆を作って官女たちが戯れたとあり、そのことから、ぶらんこが春のものになったとされている。鞦韆の歴史は古いが、現在ではぶらんこの称で親しまれている。冬から解放された子供たちが春風に向かって、髪をなびかせて漕《こ》ぐのがふさわしい。その躍動感も手伝って春のものと考えてよい。砂場・すべり台と並んで子供の遊び場には必ずある。

鞦韆《しゅうせん》の子《こ》らよ母屋《おもや》の灯《とも》りたり　金尾梅の門
鞦韆《しゅうせん》を父《ちち》へ漕《こ》ぎより母《はは》へしりぞき　橋本多佳子
鞦韆《しゅうせん》に腰《こし》かけて読《よ》む手紙《てがみ》かな　星野　立子
鞦韆《しゅうせん》は漕《こ》ぐべし愛《あい》は奪《うば》ふべし　三橋　鷹女

ふらここを降《お》りて翼《つばさ》を失《うしな》へり　神蔵　器

鑑賞　ブランコの子《こ》に帰《かえ》らうと犬《いぬ》が啼《な》く　菅原　独去

犬を連れて遊びに来た子が、犬にかまわずブランコに夢中になっている。犬がほえるのは、ブランコに対する好奇心かもしれない。それをもう日が暮れるから「帰らう」と催促してほえていると見て取ったのである。

遠足《えんそく》（春）

解説　昔の野遊びや、遊山《ゆさん》が、明治初期から学校教育に入り、心身鍛練の意味を含めて定着したもので、四、五月ごろが盛んに行われる。野遊びはハイキング、ピクニックなどと呼ばれて日帰りで山野に遊ぶことをいう。家族旅行などの行われる行楽ブームの今日では、遠足の楽しさ、待ち遠しい気分が薄れてはいるが、教師に連れられた児童たちの列に、思わず懐かしむ気持ちで眺めている大人も多いようである。遠足は小学校がもっともふさわしい。

遠足《えんそく》のおくれ走《はし》りてつながりし　高浜　虚子

遠足《えんそく》の女教師《じょきょうし》の手《て》に触《ふ》れたがる　山口　誓子

遠足《えんそく》の横断《おうだん》の尾《お》を女教師《じょきょうし》塞《せ》く　石川　桂郎

遠《えん》足《そく》の列《れつ》大《だい》仏《ぶつ》へ大《だい》仏《ぶつ》へ　藤田　湘子

海《うみ》見えてきし遠足《えんそく》の乱《みだ》れかな　黛　執

鑑賞　遠足《えんそく》の弾《はず》む列《れっ》来《き》て泥田《どろた》照《て》る　柴田白葉女

遠足の長い列が続く。小川をのぞきこんで遅れたり、あぜ道を踏み違えたり、女教師の叱咤《しった》の声が響いて、とにかくにぎやかな一団だ。その躍動する集団が通過するとき、田植え前の泥田はいっそうまぶしく光りを増して見える。

遍《へん》路《ろ》

遍路宿《へんろやど》　遍路笠《へんろがさ》　遍路道《へんろみち》
遍路杖《へんろづえ》

解説　四国の八十八ヵ所の霊場（札所《ふだしよ》）を巡拝すること。昔弘法大師《こうぼうだいし》が巡錫《じゆんしやく》（各地を回って教えを広めること）した跡に寺々があり、阿波《あわ》に二十三ヵ所、土佐《とさ》十六ヵ所、伊予《いよ》二十六ヵ所、讃岐《さぬき》二十三ヵ所で、道のりは千百余キロ、日数約四十日必要で、四月を中心に三月から五月中旬までに行われる。白装束《しろしようぞく》・菅笠《すげがさ》・金剛杖《こんごうづえ》・納札箱《のうさつばこ》・数《じゆ》珠《ず》・鈴など持ち、ご詠歌をうたい、唱えごとをして巡る。沿道の村人による接待を受け、善根宿《ぜんこんやど》といって村民が遍路の一夜の宿を引き受けたりする。信仰の旅であり、また農閑期を利用した行楽的要素もあったろう。ちょうど、桜・菜の花・げんげ・たんぽぽなどの花盛りで、遍路の巡る道は美しく彩られている。全部回るのは大変なので、一国巡《いつこくめぐ》りといって一国だけ区切って巡りもする。

道《みち》のべに阿波《あわ》の遍路《へんろ》の墓《はか》あはれ　高浜　虚子
年寄《としよ》りの足《あし》の確《たし》かや夕遍路《ゆうへんろ》　高野　素十
竜舌蘭《りゆうぜつらん》に遍路《へんろ》の影《かげ》の折《お》れ折《お》れて　橋本多佳子
へんろ宿《やど》あの世《よ》の父母《ふぼ》の宿《やど》のごと　大野　林火
空港《くうこう》のロビー遍路杖《へんろづえ》突きをさめ　飯島　晴子

鑑賞　かなしみはしんじつ白《しろ》し夕遍路《ゆうへんろ》　野見山朱鳥
白装束の遍路は、夕方薄暗くなっても、白く浮き立つ。その夕遍路を眺めながら、その人たちの負うかなしみを思う。かなしみが、その白い姿に象徴されているようである。

朝《あさ》寝《ね》

解説　「春眠不ㇾ覚ㇾ暁」（孟浩然《もうこうねん》）とあるよ

うに、春の眠りは深く快いものでつい寝過ごしてしまう。そのような状態を朝寝という。似ているものに春眠《しゅんみん》という季語があるが、こちらは眠りの深さを指して、また眠りの状態をいっているが、朝寝は熟睡したにもかかわらず、うつらうつらと仮眠の状態が続き、なお寝床に未練が残るものである。また十分寝足りたあと起き出して、朝の快い空気に触れる気分はよい。それも朝寝にふさわしいものであろう。

朝寝《あさね》して犬《いぬ》に鳴《な》かるる幾《いく》たびも　臼田　亜浪
朝寝《あさね》せり孟浩然《もうこうねん》を始祖《しそ》として　水原秋桜子
大朝寝《おおあさね》しては恩師《おんし》の忌《き》にまゐる　山口　青邨
雨降《あめふ》れば雨《あめ》にことよせ妻朝寝《つまあさね》　山岡三重史
帰国《きこく》して畳《たたみ》の朝寝《あさね》ほしいまま　岡安　仁義

鑑賞
花《はな》を蹈《ふみ》し草履《ぞうり》も見《み》えて朝寝《あさね》哉《かな》　蕪　村

今朝はいつもより寝過ごしてしまった。快い疲れにふたたび眠り入りそうである。庭先の草履に眼がとまった。昨夜の夜桜見物に履いて行ったものだ。桜の美しかったことに思いをはせながら、十分に朝寝を楽しんでいる。

春《しゅん》愁《しゅう》（しゅんしう）　春《はる》かなし

解説　春は、「ひさかたのひかりのどけき春の日にしづ心なく花のちるらむ」にあるとおり、華やかで、心の落ち着かないところがある反面、ふともの思いに誘われることがある。周囲が、明るく華やかであれば、なおさら満ち足りない人の哀愁がよみがえるときがある。決して深いものではなく、一時的に過ぎ去るものだが、そこはかとない寂しさを感じて、草木や花、遠い雲などを眺めている姿に詩情が漂う。

春愁《しゅんしゅう》やくらりと海月《くらげ》くつがへる　加藤　楸邨

春愁《しゅんしゅう》の身《み》にまとふものやはらかし　桂　信子
春愁《しゅんしゅう》もなし梳《す》く髪《かみ》のみじかければ　桂　信子
春愁《しゅんしゅう》やまた織疵《おりきず》をつくりたる　有本　銘仙
うすうすとわが春愁《しゅんしゅう》に飢《う》えもあり　能村登四郎

鑑賞　春愁《しゅんしゅう》や無数《むすう》の鳥《とり》と沖《おき》に逢《あ》い　中島　斌雄

海と空にも見飽きて、そこはかとない愁いに包まれた船の旅。突然、ひたすらに飛び続ける鳥の大群に出会った。その驚きに目の覚める思いになったが、やがて大群が過ぎる。ふたたび、さらに濃い春愁に包まれた。

巣立鳥《すだちどり》

巣立《すだち》　親鳥《おやどり》　子鳥《ことり》　鳥巣立《とりすだ》つ

解説　晩春から初夏にかけて、成長した小鳥の雛《ひな》が巣を離れて飛び立つ。これを巣立鳥という。初めは体力も整わず、巣の下などに落ちているのを見かけることもあるが、しだいに翼もしっかりして飛べるようになる。鳥により差異はあるが、ひとり立ちできるまでは付き添って訓練する親鳥の涙ぐましい姿を見かけることもある。

巣立鳥《すだちどり》高嶺《たかね》の壁《かべ》のこたへなし　藤田　湘子
つばくらの巣立《すだ》ち淋《さび》しき老夫婦《ろうふうふ》　樋口玉蹊子
巣《す》立《だ》ちたるらし一筋《ひとすじ》の藁吹《わらふ》かれ　福田　蓼汀
巣《す》立《だ》ちたる雀《すずめ》に初《はつ》の雨降《あめふ》る日《ひ》　上村　占魚
つまさきに力《ちから》をこめて巣《す》立《だ》ちけり　野中　亮介

鑑賞　巣立鳥《すだちどり》笹原《ささはら》は風《かぜ》くりかへす　友岡　子郷

鳥の巣立ちを真近に見たことがある。羽が整った子鳥は親鳥が付き添って飛び方を教えるが、中にはおくびょうなものもいて、なかなか巣立つことができない。この句、あるいは飛び立ったあとかも知れないがいざないの風としてとらえたい。

雀《すずめ》の子《こ》

子《こ》雀《すずめ》　春《はる》の雀《すずめ》　黄《き》雀《すずめ》　親雀《おやすずめ》

解説　雀は三月ごろより繁殖し、一年に二回雛《ひな》を育てる。卵は十数日で孵《かえ》り、二週間ぐらいで羽もそろい、巣から飛び出す。くちばしのもとが黄色いので黄雀とも呼ばれる。巣立ち後一週間ぐらいは親鳥に伴われて行動し、虫や草の実などの取り方を覚える。春から夏にかけて、かわいい子雀の姿を多く見かけることができる。

雀《すずめ》の子《こ》そこのけそこのけお馬《うま》が通《とお》る　一茶
虫《むし》けらに勝《か》つて芝跳《しばと》ぶ雀《すずめ》の子《こ》　林　翔
子《こ》雀《すずめ》に雨《あめ》の水輪《みなわ》のけぶるなり　角川　源義
一本《いっぽん》の藁《わら》しべ軒《のき》に雀《すずめ》の子《こ》　石橋　秀野
雀《すずめ》の子《こ》一尺《いっしゃく》とんでひとつとや　長谷川双魚

鑑賞
雀子《すずめご》や走《はし》りなれたる鬼瓦《おにがわら》　内藤　鳴雪

鬼瓦は、屋根の棟の端についている鬼面の瓦である。春に生まれた子雀が屋根の上でぴょんぴょんと飛び跳ねたり、ときには、鬼瓦の頭に止まって遊んだりする。渋面の鬼瓦と子雀の動きが、ユーモラスに描かれている。

山《やま》吹《ぶき》

解説　バラ科の落葉小低木で庭園にも植えられ、春の花材として重要視される花である。江戸城を築いた太田《おおた》道灌《どうかん》が武蔵《むさし》野《の》の狩りでにわか雨にあい、雨具を所望した貧しい民家の娘にこの花の一枝をさし出された話は有名である。娘は兼明《かねあきら》親王の古歌「七重八重花は咲けども山吹の実の一つだに無きぞ悲しき」の「実の」に雨具の「蓑《みの》」の意を含ませて丁重に断ったのである。この**八重《やえ》山吹《やまぶき》**は実がならないが、一重のものはりっぱに実を結ぶ。この木は冬になって葉が落ちても枝は青々としていて春いちはやく芽を吹くのでイヤメブクキ（弥芽吹く木）と呼ばれていたのがヤメブキ、ヤマブキに変化したという。

ほろほろと山吹《やまぶき》散《ち》るか滝《たき》の音《おと》　芭　蕉
やまぶきの花《はな》の下《した》ゆく芥《あくた》かな　闌　更
山吹《やまぶき》やもの思《おも》はするよべの雨《あめ》　室生　犀星
山吹《やまぶき》や根《ね》雪《ゆき》の上《うえ》の飛《ひ》騨《だ》の径《みち》　前田　普羅
山吹《やまぶき》の一重《ひとえ》の花《はな》の重《かさ》なりぬ　高野　素十

鑑賞　しばらくは山吹《やまぶき》にさす入日《いりひ》かな　渋沢　渋亭
山吹の鮮やかな黄色が入日の華やかさに対する。夕暮れがしだいに遅くなって春の深まって行くさまが、「しばらくは」という言い方に表れ、それが単に喜びとは言いきれぬような趣を持つ。大人の句である。

馬酔木《あしび》

解説　ツツジ科の常緑低木で山地に自生するが、庭園にもよく植えられている。早春、白色小形の壺《つぼ》状の花を開き、房のように下垂する。葉や茎に有毒成分があり、牛や馬がこれを食べると麻痺《まひ》するので馬酔木という字が当てられた。人間でも食べると呼吸中枢が麻痺する。これを利用して茎や葉の煎汁《せんじゅう》を作り、便所内の殺虫、農作物の害虫駆除、牛馬の皮膚の寄生虫駆除に使われる。材は堅く、薪炭材・細工物《さいくもの》・櫛《くし》などに用いられる。俳句ではアシビと呼ぶのが一般的だが、これはもともと大和地方の方言であった。植物学ではアセビという。他に、アセミ、アセボなど多くの呼び名がある。

花《はな》ぶさの雨《あめ》となりたる馬酔木《あしび》かな　大谷碧雲居
月《つき》よりもくらきともしび花馬酔木《はなあしび》　山口　青邨
馬酔木《あしび》咲《さ》くやまやま湖《うみ》をふところに　木津　柳芽
あしび咲《さ》く辺《へ》をすぎゆけば金《きん》の鴟尾《しび》　阿波野青畝

花《はな》あしび森《もり》の小暗《こぐら》さ古代《こだい》より　宮坂　静生

鑑賞

来し方《こかた》や馬酔木《あしび》咲く野《さくの》の日《ひ》のひかり　水原秋桜子

奈良・東大寺の三月堂での作。大和はとくに馬酔木が多く、今し方通って来た方角を眺めやると、花盛りだった馬酔木の野に柔らかな日ざしがあるのであった。その来し方とは、若草山をいうのであろうか。

松《まつ》の花《はな》　松花粉《まつかふん》

解説　松は日本に六種自生し、雑種も数種知られているが、海岸地方に多い黒松《くろまつ》と内陸部に多い赤松《あかまつ》が一般的である。黒松を雄松《おまつ》、赤松を雌松《めまつ》ともいうが、樹皮や葉を見た目の感じでそういうのであって、雄株と雌株の意ではない。晩春、枝の先に上を向いて一〇～三〇センチほども新芽が伸びるが、その頂部に紫色をした小さな雌花が二、三個つく。雄花は薄茶色で新芽のもとのほうにいくつも集まってくっついている。花粉を散らすのはこの雄花のほうで、雌花はその後松かさになる。成熟して種子ができるのは翌年の秋である。また、新芽を**若緑《わかみどり》**・**若松《わかまつ》**・**松《まつ》の蕊《しん》**・**初緑《はつみどり》**・**松《まつ》の緑《みどり》**といい、勢いよく伸びるさまを**緑立《みどりた》つ**という。

漸《よう》くに雨《あめ》あがるらし松《まつ》の花《はな》　山口　青邨

生《い》きてまた松《まつ》の花粉《かふん》に身《み》は塗《まみ》る　山口　誓子

松《まつ》の花海《はなうみ》の月《つき》の出《で》けぶりつつ　藤田　湘子

松《まつ》の花何《はななに》せんと手《て》をひらきたる　佐藤　鬼房

松《まつ》の花《はな》碑《いしぶみ》汚《よご》すことゆるす　山口波津女

鑑賞　松の花が散りとどまり、松の花粉が彫られた文字の中まで入っている。夏は木陰に、冬はしばらく雪をしのいでくれる松である。碑はその真下にあるのだ。

種蒔《たねまき》

播種《はしゅ》　物種蒔《ものだねま》く　種下《たねおろし》　籾蒔《もみま》く

解説　米作が中心の日本の農事では、種蒔きは籾種を**苗代《なわしろ》**（苗を育てる所）に蒔くことをいう。転じて蔬菜《そさい》・草花の種を蒔くことにも用いられる。**種選《たねえらみ》**（前年穫り入れた籾種を塩水に浸して、軽い不良な種を除く）や**種浸《たねひた》し**（種選みした籾種を、俵や叺《かます》のまま、池・井戸・汲《く》み水に入れて発芽を促す）などの作業を経て、籾蒔き・種下しなどとも呼ばれて苗代に蒔かれる。その作業がすべて期待感に満ちた気分で運ばれる。種蒔きの時期は地方によって、春の彼岸、八十八夜とまちまちだが、その地方独特の風土・気候によって行われる。山の残雪の形や、辛夷《こぶし》の開花期などによって知るなど、季節と密接に結びついている。なお、西洋の種蒔きは麦が代表されている。

種蒔《たねまき》もよしや十日《とおか》の雨《あめ》ののち　蕪村
この寒《さむ》さ心得《こころえ》てをり籾《もみ》おろし　阿波野青畝
種蒔《たねま》ける者の足《あし》あと洽《あまね》しや　中村草田男
種蒔《たねま》けば天《てん》をかぎりの夕焼《ゆうやけ》ぞ　大野林火
種蒔《たねま》いて黒土《くろつち》にいのち弾《はず》む日《ひ》よ　三谷昭

鑑賞　種《たね》まきし上《うえ》にこまかな夜気《やき》が乗《の》る　平畑静塔

今朝、苗代に籾を蒔いた。今まで俵ごと扱われていた籾も、今日から一粒一粒が独立した。一粒が一つの世界を作ることになった。夜目にもその籾たちがはっきり見える。心なしか成育を始めたようだ。

八十八夜《はちじゅうはちや》（はちじふはちや）

解説　雑節の一つで、立春より八十八日目に当たる五月二、三日ごろである。「八十八夜の別れ霜」といわれ、これより以後は降霜はないとされ、農作業の基準とくに種蒔《たねま》きに好適の時期とされる。「夏も近づく八十八夜」の歌の文句にもあるように、茶摘み・養蚕また苗ものの育成に農家は忙しい。

犬猫《いぬねこ》に八十八夜《はちじゆうはちや》の道濡《みちぬ》れて　岸田　稚魚
音《おと》たてて八十八夜《はちじゆうはちや》の山《やま》の水《みず》　桂　信子
箸《はし》置《おき》に箸《はし》八十八夜《はちじゆうはちや》なり　川崎　展宏
八十八夜《はちじゆうはちや》水音《みずおと》を聞《き》き惚《ほ》れもして　中山　純子
逢《あ》ひにゆく八十八夜《はちじゆうはちや》の雨《あめ》の坂《さか》　藤田　湘子

鑑賞　きらきらと八十八夜《はちじゆうはちや》の雨墓《あめはか》に　石田　波郷

雨が墓に降っている、しかも雨が滴るほどに墓に注ぐ。もの寂しい情景である。そんな雨のさまにも確かな季節の歩みが、「きらきらと」と光明になって心に伝わる。

別《わか》れ霜《じも》

忘《わす》れ霜《じも》　霜《しも》の名残《なごり》　晩霜《ばんそう》

解説　春の最後の霜をいう。霜は春になってからも、かなり遅くまで降りる。「八十八夜の別れ霜」といわれるように五月二日ごろ、もう夏も間近というころに最後の霜がある。

別《わか》れ霜《じも》庭《にわ》はく男老《おとこおい》にけり　正岡　子規
別《わかれ》霜《じも》夜干《よぼし》のものの濃《こ》紫《むらさき》　石橋　秀野
晩学《ばんがく》のすぐもの忘《わす》れ別《わか》れ霜《じも》　池上浩山人
三日月《みかづき》の色《いろ》の全《まった》き別《わか》れ霜《じも》　飯田　龍太
杉襖《すぎぶすま》霜《しも》も名残《なご》りの風《かぜ》が鳴《な》る　林原　耒井

鑑賞　月《つき》に鳴《な》く山家《やまが》のかけろ別《わか》れ霜《じも》　飯田　蛇笏

「かけろ」とは鶏の声である。まだ月光のある夜半におどけたようにこけこっこうと鳴き声をあげたのであろう。霜夜とはいえ、もう別れ霜、温かな気分に包まれての鶏の声である。

桑《くわ》解《と》く（くはとく）

解説　風雪の害から守るため藁《わら》などでくくっ

ておいた桑を、春さき芽が出てくると解き放してやることをいう。冬の間、そろってすぼめられた枯れ枝に風が鳴っていたのが、解放されたのびやかな線の風景に変わるのにも春がきたことを感じる。しかし、このあとも**霜《しも》くすべ**（晩春の霜害を防ぐため、寒い夜は籾殻《もみがら》、松葉など焚《た》きくすべて煙で畑一面を覆ってやる）などやっかいなことをして、**桑摘《くわつみ》**まで怠れない仕事が続く。

いつせいに桑解《くわと》いてまた村《むら》しづか　鷲谷七菜子
見《み》つつ来《き》てこのあたりまだ桑解《くわと》かず　清崎敏郎
雪消《ゆきき》えて細《ほそ》りし伊吹桑《いぶきくわ》を解《と》く　角田拾翠
桑解《くわと》くや光《ひかり》こぼして山《やま》の鳥《とり》　相馬遷子
桑解《くわと》くや利根《とね》は海《うみ》まで三十《さんじゆう》里　火村卓造

鑑賞　桑解《くわと》いて丘《おか》の雑木《ぞうき》につづかしむ　皆吉爽雨

冬の間、くくられていた桑たちは、肩をすぼめたように、窮屈そうに、不自然だった。春、いっせいに縄をほどかれた桑の木は、のびのびと枝を張って生き返ったようだ。解放されたように、雑木林の風景にとけこんだ。

茶《ちや》摘《つみ》

一番茶《いちばんちや》　茶摘女《ちやつみめ》　茶摘唄《ちやつみうた》　茶山《ちややま》
茶畑《ちやばたけ》　茶摘籠《ちやつみかご》

解説　茶の芽摘みは、四月上旬から始まる。八十八夜から二、三週間がもっとも盛んである。そのころのものが一番茶で上質とされ、六月下旬ごろ二番茶、八月は三番茶となる。茶摘みは晴天を選んで朝摘まれて製《せい》茶《ちや》にまわす。摘んだ茶は一ヵ所に集められ、葉選《はえ》りのすんだ分から、蒸籠《せいろう》で三、四十秒蒸し、焙炉《ほいろ》で乾かし揉《も》む、この作業を繰り返し行う。茶摘み・製茶とも機械化が進んで情緒も乏しくなり寂しい。風俗も、赤い襷《たすき》、紺絣《こんがすり》の娘たちが、茶摘み唄をうたいながらの情景も見られなくなった。それでも晴天の朝、茶山に人が入っている茶摘み風景は遠目にも目立つものである。なお、八十八夜に摘んだ茶は不老長寿の妙薬といわれ、古来珍重されて神前に供えて献茶式を行うところもある。

一《ひと》とせの茶《ちゃ》も摘《つ》みにけり父《ちち》と母《はは》　蕪村
山門《さんもん》を出《で》れば日本《にほん》ぞ茶摘《ちゃつみ》うた　菊舎
茶畑《ちゃばたけ》に入日《いりひ》しづもる在所《ざいしょ》かな　芥川龍之介
一番茶《いちばんちゃ》すみし日焼《ひやけ》の女衆《おんなしゅう》　沢木欣一
茶《ちゃ》を摘《つ》むや胸《むね》のうちまでうすみどり　本宮鼎三

鑑賞

茶摘唄《ちゃつみうた》木《こ》蔭《かげ》は深《ふか》くなりにけり　外川飼虎

立春から八十八夜、そろそろ春に終わりを告げるころ。あちらの茶山、裏の茶畑から茶摘唄が聞こえはじめるともう夏だ。木々もすっかり緑を整え、強い日ざしに深い陰を抱くように立ち並んでいる。すぐそこに夏がきている。

蚕《かいこ》（かひこ）　春蚕《はるご》　捨蚕《すてご》　毛蚕《けご》　桑子《くわご》　病蚕《びょうご》

解説　古くからわが国の農家の副業とされてきた養蚕にとって、蚕はたいせつな生き物とされ、今でも蚕神を祭る風習が各地に残されている。蚕は六月中旬ごろに産卵するが一化性のものは翌年の春ごろ孵化《ふか》する。蚕といえば春蚕を指すが、産卵後二週間ほどで孵化する二化性のものもあり、飼育期間が夏から秋に及ぶので夏蚕・秋蚕と呼ぶ。俳句では、養蚕のことを蚕飼《こがい》といい、病気になった蚕を捨てることを捨蚕、繭を作ることを上蔟《じょうぞく》（夏）という。生まれたばかりのものは毛蚕と呼ばれ黒い毛で覆われている。桑の葉を食べて育つので桑子ともいう。

雷鳴《らいな》つて御蚕《おこ》の眠《ねむ》りは始《はじ》まれり　前田普羅
ともしびを毛蚕《けご》にかたむけ夕近《ゆうちか》し　木村蕪城

見返《みかえ》りてからうべあげゐる捨蚕《すてご》かな　田中　茗児
病蚕《びょうご》一《ひと》つ紙《かみ》につつめり夜深《よるふか》き　永山　香螺
こぼれ蚕《こ》の踏《ふ》まれて糸《いと》をもらしけり　石田　勝彦

鑑賞
逡巡《しゅんじゅん》として繭《まゆ》ごもらざる蚕《かいこ》かな　高浜　虚子

逡巡はあとじさるとか、しりごみするの意である。いよいよ繭を作る段取りが整い、蔟《まぶし》も入れてあるのに、ぐずぐずしてなかなか繭を作ろうとしない蚕のようすを「逡巡として」の語で的確に表現している。

蚕《こ》飼《がい》（こがひ）

養蚕《ようさん》　種紙《たねがみ》　掃立《はきたて》　蚕籠《こかご》　飼屋《かいや》　蚕棚《かいこだな》　蚕室《さんしつ》　蚕飼時《こがいどき》

解説　春蚕《はるご》を飼うことをいう。養蚕は日本の農業の副業の一つであるが、しだいに少なくなりつつある。飼育法は年とともに進歩しているが、夏蚕《なつご》・秋蚕《あきご》なども最近は盛んである。種紙（蚕卵紙）にびっしり付着した蚕種《こだね》から発生させる方法を催青《さいせい》という。二週間後、孵化《ふか》した毛蚕《けご》（蟻蚕《ぎさん》）を種紙から、羽ぼうきで蚕座《こざ》に払い落とすのを掃立てという。毛蚕のころは、若桑を食べさせ、成熟とともに固い葉を食べさせる。最盛時には、桑を食べる音が雨音のようにも聞こえる。一週間ごとに脱皮・休眠（休眠中は眠蚕《いご》）五回目に上蔟《じょうぞく》（繭を作る）しはじめる。掃立てから上蔟まで約二十九日、上蔟の前後十日間くらいを蚕《こ》ざかりという。その間、農家は息つくひまもないほどに忙しい。繭の取れるのは五月の半ば以降である。

古《ふる》き代《よ》のみちのく紙《がみ》やかみかいこ　白　雄
高嶺星《たかねぼし》蚕飼《こがい》の村《むら》は寝《ね》しづまり　水原秋桜子
末《すえ》の子《こ》は長女《ちょうじょ》に負《お》はれ蚕屋《こや》せはし　星野　立子
さきがけし繭《まゆ》を仏《ほとけ》に蚕飼《こがい》かな　皆吉　爽雨
ゐずなりし蚕飼疲《こがいつか》れを知《し》る人《ひと》も　茨木　和生

鑑賞
嫁《とつ》ぎ来て月日《つきひ》は早《はや》き蚕飼《こがい》かな　斎藤俳小星

桑摘みも、夜通し蚕に桑を与える作業も、はじめて経験した労働の厳しさがあった。どうやらなれてきたころ、ふとこの家に嫁に来たときを思い出した。「月日は早き」には、時間の経過の早さとともに蚕飼の忙しさが含まれている。

畦《あぜ》塗《ぬり》　くろぬり　塗畦《ぬりあぜ》

解説　田打ち（田を掘り起こす）を終わると、次には田水が洩《も》れないように、畦を田の泥土でていねいに塗り固めることをいう。施した肥料が流れ出さないために、また畦道のくずれを防ぐためにもだいじな作業である。重労働のあと、塗り終わったばかりの畦は、まぶしいほどに光り輝いているのは充実感のあるものだ。まだ乾かない泥土を燕《つばめ》がかすめるように盗んでいくのを見かける。燕が巣を作るためにするものである。

わが影《かげ》に畦《あぜ》を塗《ぬ》りつけ塗《ぬ》りつけて　高野素十
畦《あぜ》塗《ぬり》のきのふの光《ひかり》なくなりぬ　大橋桜坡子
畦《あぜ》塗《ぬ》るを鴉《からす》感《かん》心《しん》して眺《なが》む　西東三鬼
塗《ぬ》り上《あ》げし畦《あぜ》の掌型《てがた》へ夕日《ゆうひ》澄《す》む　吉田鴻司
山国《やまぐに》の光《ひかり》あつめて畦《あぜ》を塗《ぬ》る　青柳志解樹
畦《あぜ》塗《ぬ》つて海《うみ》の没日《いりひ》を大《おお》きくす　本宮哲郎

鑑賞
畦《あぜ》を塗《ぬ》る心《こころ》になりて見《み》てをりぬ　清崎敏郎

くわにのせた泥を畦に塗りつけていく。自分の姿が映る鏡のように丹念に塗り上げる。繰り返し繰り返す、百姓の実直な行為は見る人の心にも伝わってくる。その実直な心になって、畦塗にうっとりと見とれている。

蛙《かわず》（かはづ）　かえる　初蛙《はつかわず》　遠蛙《とおかわず》　昼蛙《ひるかわず》　夕蛙《ゆうかわず》

解説　俳句と縁の深い蛙は、種類がきわめて多く、水田・池・沼などに多く生息する。もっともやかましく鳴きだすのは春の交尾期である。群集した蛙が交尾を競うさまを、蛙合戦《かえるがっせん》とか、蛙軍《かえるいくさ》という。俳句では、蟇《ひき》蛙《がえる》・雨蛙《あまがえる》・河鹿蛙《かじかがえる》などは夏の季に入る。芭蕉の句に出てくる古池の蛙は、殿様蛙か土蛙で、足音が近づくとすぐ水に飛びこむ。

古池《ふるいけ》やかはづ飛《と》びこむ水《みず》の音《おと》　芭蕉
やせ蛙《がえる》負《ま》けるな一茶《いっさ》ここにあり　一茶
遠蛙《とおかわず》独《ひと》りで生《い》くる齢《よわい》なる　中村草田男
夜《よ》の蛙《かわず》子《こ》の手《て》に触《ふ》れて眠《ねむ》るかな　細見綾子
水甕《みずがめ》の水《みず》にさざなみ初蛙《はつかわず》　上田五千石

鑑賞　昼蛙《ひるかわず》どの畦《あぜ》のどこ曲《まが》らうか　石川桂郎

ある昼さがり、ふらりと散歩にでも出たのであろうか。家の周辺の水田には蛙が鳴いている。さて、どの畦を曲がって帰ろうか、どの畦の道も家路に続き、どの田にも蛙の声が満ち満ちている。心の弾みが調べにこもっている。

蛙《かわず》の目《め》借時《かりどき》（かはづのめかりどき）　目《め》借時《かりどき》

解説　蛙が人の目を借りるから、春は眠りをもよおすという俗説が昔からある。暮春の暖かさに、つい場所もわきまえずに居眠りしてしまうのを目借る蛙のせいにしたものである。なお、めかるは妻狩《めか》る、すなわち配偶者を求めることをいう意とも、また交尾をすませた蛙が媾離《めか》り、雌雄はなればなれになり、どこかにひそみしばらく静かになるときというのが本来の意だともいう。いずれにしてもうつらうつらと春眠もよおす時候をいう。

怠《なま》け教師《きょうし》汽車《きしゃ》を目送《もくそう》目《め》借時《かりどき》　中村草田男
目《め》借時《かりどき》恙《つつが》ある目《め》の借《か》られけり　相生垣瓜人

水《みず》いとどうまし蛙《かえる》の目《め》かり時《どき》　増田　龍雨

水飲《みずの》みてすこしさびしき目借時《めかりどき》　能村登四郎

顔拭《かおふ》いて顔細《かおほそ》りけり目借《めかり》どき　岸田　稚魚

鑑賞

煙草《たばこ》吸《す》ふや夜《よ》のやはらかき目借時《めかりどき》　森　澄雄

晩春から初夏へ、気候としてはもっとも過ごしやすいころの、夜の趣を「やはらかき」という感触で出してみた。その趣の中にうつらうつらとして作者は煙草をたしなむのである。

躑躅《つつじ》

解説　ツツジ科ツツジ属（石楠《しゃくなげ》を除く）の総称が躑躅で、単に躑躅という植物はない。多くは常緑性であるが、落葉性のものもある。ツツジの名は花びらが基部で癒着《ゆちゃく》して筒状をなすので筒咲きの花のツツザキがツツザイ、ツツジとなったという説がある。

わが国の山野にもっともふつうに見られる山躑躅を昔は単に躑躅といっていたらしいが、日本には二十種以上の野生種があり、それから出た園芸品種は枚挙にいとまがないほどたくさんある。欧米で改良された品種にアザレアという一種がある。蓮華《れんげ》躑躅と三葉《みつば》躑躅は有毒。躑躅類の材は緻密《ちみつ》で細《さい》工物《くもの》などに用いられている。なお躑躅の一種で皐《さ》月《つき》というのがあり、その名のごとく、五、六月ごろ紅紫色の美しい花を開く。

庭芝《にわしば》に小《こ》みちまはりぬ花《はな》つつじ　芥川龍之介

死《し》ぬものは死《し》にゆく躑躅《つつじ》燃《も》えてをり　臼田　亜浪

花《はな》すぎて寂《しず》かなりけりつつじの木《き》　日野　草城

つつじ咲《さ》き全山《ぜんざん》粗《あら》き風《かぜ》すぐる　伊木　鷹夫

山《やま》つつじ照《て》る只中《ただなか》に田《た》を墾《ひら》く　飯田　龍太

鑑賞

花《はな》びらのうすしと思《おも》ふ白《しろ》つつじ　高野　素十

躑躅はよく「燃えるようだ」と形容される。

赤くいちどきに花の盛りを迎えるからだ。赤い花びらも厚くはないが、改めてこの句に対すると、なるほど白い躑躅は花びらを薄いと無意識に感じていることがわかる。

薊《あざみ》

解説　キク科の多年草。北半球に広く分布するが、日本には六十数種の自生が認められる。アザミの名はこれらの総称で、単にアザミという植物はない。若葉はとげがあるが煮ると柔らかくなり、食べられる。根も食用になり、きんぴらにしたり味噌《みそ》漬けや粕《かす》漬けにしたりして利用できる種類もある。また、薬用とされる。ノアザミがいちばん早く、晩春花をつける。夏に咲く薊を俳句では夏薊という季題にしているが、実際は秋に花をつける種類がもっとも多い。

妻《つま》が持《も》つ薊《あざみ》の棘《とげ》を手《て》に感《かん》ず　日野　草城

水《みず》かへて薊《あざみ》やいのち長《なが》かりし　久保より江

花薊《はなあざみ》露珊々《つゆさんさん》と葉《は》をのべぬ　飯田　蛇笏

花薊《はなあざみ》夕日《ゆうひ》の前《まえ》を人馬《じんば》ゆく　柴田白葉女

鑑賞　くもり来《き》しひかりのなかの薊《あざみ》かな　久保田万太郎

薊の花は化粧用の眉刷毛《まゆはけ》にも似た特徴のある花で、紅紫色が鮮やかに美しい。晴れているときももちろんだが、曇ってきてもそれなりに美しさのある花だ。

藤《ふじ》（ぢふ）　藤《ふじ》の花《はな》

解説　マメ科の蔓性《つるせい》落葉樹。日本に自生する野田藤《のだふじ》と山藤《やまふじ》、古く中国から渡来した支那《しな》藤《ふじ》、および園芸品種を総称して一般に藤というが、植物学のほうでは野田藤を単にフジというようである。野田藤の名は大阪の野田の藤の宮というお宮にあるのを代表として、蔓の右巻きのものをいう。関西以西に自生する左巻きのものが山藤で、葉が毛深い。白藤は山藤の変種。野田藤の園芸品種のうち白い花の咲く藤は正確には白花藤《しろばなふじ》という。支那藤は蔓が左巻きで葉に毛はない。支那藤にも白い花の咲くものがある。藤の若葉はあくが強いが食用になる。また花も茹《ゆ》でたり揚げ物にしたりして食べられる。隠元豆を偏平にしたような形の藤の実は秋の季題になる。**藤浪《ふじなみ》・藤棚《ふじだな》・藤綱《ふじづな》・藤《ふじ》かずら。**

くたびれて宿《やど》かる比《ころ》や藤《ふじ》の花《はな》　芭　蕉

風入《かぜい》れてめざめかぐはし藤《ふじ》の頃《ころ》　水原秋桜子

暮《く》れ際《ぎわ》に茜《あかね》さしたり藤《ふじ》の房《ふさ》　橋本多佳子

藤垂《ふじた》れて病室《びょうしつ》まぎれなく匂《にお》ふ　飯田　龍太

滝《たき》となる前《まえ》のしづけさ藤映《ふじうつ》す　鷲谷七菜子

鑑賞

白藤《しらふじ》や揺《ゆ》りやみしかばうすみどり　芝　不器男

白い藤の花房が風に揺れている。揺れがおさまれば花房は静かに垂れるのみである。しきりに萌えはじめた若葉の薄緑色が鮮やかに目にとらえられる。白藤の花房に黄緑の陰ができる。

夏蜜柑《なつみかん》

解説　江戸時代の中ごろ、長門《ながと》（山口県）の青海《おうみ》島に珍しい果物が暖流に乗って漂着した。島の娘西本於長《おちょう》がこれを拾ってその種子を蒔《ま》いたところ、だんだん大きな木になり数年にしてとてつもない実をつけた。だれもこの正体を知らないのでバケモノと呼び、子供たちがまり投げに使った。これがわが国の夏蜜柑のはじまりである。その後、萩《はぎ》の藩士たちがこれを裏庭などに栽培し、最初は酢を取るだけに用いられていたが、やがて生食もされるようになり夏蜜柑の名が生じ、明治維新で禄《ろく》を失った萩藩の侍の生活を救う結果となった。これが明治に入って西日本を中心に盛んに栽培され、今日の夏蜜柑の基を築くのである。正式には夏橙《なつだいだい》と呼ぶ。明治後期には甘夏柑が突然変異によって生まれた。今日ではともに三月ごろから市場に出盛るので名称に反して春の季題となる。

夏《なつ》みかん肩《かた》にあたるをもがんとす　前田　普羅
婚約《こんやく》の頃《ころ》も酸《す》かりき夏《なつ》みかん　山口波津女
夏蜜柑《なつみかん》いづこも遠《とお》く思《おも》はるる　永田　耕衣
夏蜜柑《なつみかん》月《つき》のごとくにぶらさがり　上野　泰

鑑賞

熱《ねつ》の子《こ》の手《て》の夏《なつ》みかんころげ出《だ》す　飯田　龍太

発熱した幼な子のぐったりするさまは、ふだん元気なだけに妙に心配なものだ。持たせて遊ばせていた夏蜜柑を持ったまま寝入って、手から畳へ転げた。

暮《くれ》の春《はる》　暮春《ぼしゅん》　春暮《はるく》る　春《はる》の果《はて》

解説　春のまさに終わらんとする意で、春もたけきって万象が春の装いを尽くした趣を伝える季題である。**行《ゆ》く春《はる》**というとやや詠嘆的になる。**春深《はるふか》し**というよりもう春の終わりの感が強い。春の一日の終わる夕暮れのことは**春《はる》の暮《くれ》**であるが、秋の暮という季題ほどには使われない。暮の秋は暮秋とはあまりいわず晩秋であるが、暮春ほどには使われない。

いとはるる身《み》を恨《うら》み寝《ね》やくれの春《はる》　蕪　村
還俗《げんぞく》のあたま痒《かゆ》しや暮《くれ》の春《はる》　几　董
傘《からかさ》に暮春《ぼしゅん》の雨《あめ》や宵《よい》の街《まち》　阿部　次郎
人《ひと》入つて門残《もんのこ》りたる暮春《ぼしゅん》かな　芝　不器男

鑑賞

春暮《はるく》る雉子《きぎす》の頬《ほお》の真《ま》紅《くれない》　福田　蓼汀

雉子の頬はいつもたけだけしいほどの真紅

なのであるが、これをとくに強く意識した思いに暮春の情がある。春暮れ行くと思う心に、真紅の雉子の頬にふとかげりをも感じ取ったのであろう。

春惜《はるお》しむ（はるをしむ）　惜春《せきしゅん》

解説　行く春を惜しむことである。これから草や木も盛んになる季節を迎えるのであるが、梅や桜といった華やかな時季の終わりで、日本人にとっては独特の寂しさがある。なにか盛りのときに逝《ゆ》くものを悼むような哀愁のこもった季題である。

春惜《はるお》しむ人《ひと》にしきりに訪《と》はれけり　夏目　漱石
パンにバタたつぷりつけて春惜《はるお》しむ　久保田万太郎
人《ひと》も旅人《たびびと》われも旅人《たびびと》春惜《はるお》しむ　山口　青邨
汝《なれ》と我《われ》相寄《あいよ》らずとも春惜《はるお》しむ　阿波野青畝
春《はる》惜《おし》む食卓《しょくたく》をもて机《つくえ》とし　安住　敦

鑑賞　春惜《はるおし》むおんすがたこそとこしなへ　水原秋桜子

古き芸術を詠む一連の作の「百済《くだら》観音」の前書きをつけた作。もちろん法隆寺の百済観音である。あの深い思いに沈んだ温顔を春惜しむ姿ととらえ、それがそのままに永遠の美となっている芸術に作者は強く心打たれた。

夏

夏

夏は炎暑、もっとも暑い季節であり、夏（なつ）の語源も「暑（あつ）」であろうという。四季それぞれを代表する風趣も、他の季の雪・月・花に対するものが夏にはない。ただ、暑いばかりの感がある。薔薇《ばら》・百合《ゆり》といった花もあるが、代表する風趣とは言いがたい。古来、やや故意に、牡丹《ぼたん》を夏の季に入れたといわれるのも、この艶麗《えんれい》な花に暑さをしのぐ風趣を期待したのであろうか。もっとも、現代では、夏は休暇の季節、ヨットやサーフィンやキャンプなど、遊びがこの季節の花ともいえよう。

この季節も、東洋の暦では、立夏（五月六日ごろ）から立秋（八月八日ごろ）前までで、一般の観念の六月・七月・八月、西洋の暦の夏至より秋分前日までに比べて、かなり早い。そのため、盛夏の感じはどうしても七月であるが、暦の上では晩夏となる。また夏の休暇も、七月下旬ごろよりで、やや問題のあるところであろう。

立夏《りっか》　夏立《なつた》つ　夏《なつ》に入《い》る　夏来《なつきた》る

解説　二十四節気の一、太陽黄経四五度の日で五月六日ごろ。西欧の暦では夏至からを夏とする。気象的にはまだ早いが、からっと晴れた明るい日ざしのもとに万象に夏の趣を感ずるようになる。

滝《たき》おもて雲《くも》おし移《うつ》る立夏《りっか》かな　飯田　蛇笏
毒消《どくけ》し飲《の》むやわが詩多産《したさん》の夏来《なつきた》る　中村草田男
しまうまがシャツ着《き》て跳《は》ねて夏来《なつきた》る　富安　風生
プラタナス夜《よ》もみどりなる夏《なつ》は来《き》ぬ　石田　波郷
渓川《けいせん》の身《み》を揺《ゆ》りて夏来《なつきた》るなり　飯田　龍太

鑑賞
おそるべき君等《きみら》の乳房夏来《ちぶさなつきた》る　西東　三鬼
「君等」と呼ばれているのは、もちろん現代的な若い女性たちである。その解放された大胆な夏姿に、作者は興を起こしつつもたじろいでいる。その気持ちを「おそるべき」とおかしみこめて表現した。

卯《う》浪《なみ》　卯月浪《うづきなみ》

解説　陰暦四月（卯月）の波浪をいう。陽暦の五月ごろの海や河の波立つさまである。一説に、卯の花の風にそよぐのを形容していうのだとの解釈もあるが、一方、卯浪・さ浪といって、海や河に陰暦四月から五月ごろに立つ早浪をいうのだとの説もあり、一般的には、実際に海川の白波の立ち騒ぐのを指していう。陰暦五月ごろのは**皐月浪**《さつきなみ》という。

四五月《しごがつ》の卯浪《うなみ》さ浪《なみ》やほととぎす　許　六
卯波濃《うなみこ》したまたま白帆知己《しらほちき》に似《に》て　石原　舟月
卯浪《うなみ》といふ白《しろ》き泡《あわ》立ち走《はし》り寄《よ》る　細見　綾子
あるときは船《ふね》より高《たか》き卯浪《うなみ》かな　鈴木真砂女
白波《しらなみ》のあらそひ湧《わ》ける卯波《うなみ》かな　廣瀬　直人

鑑賞　ひとの恋《こい》あはれにをはる卯浪《うなみ》かな　安住　敦

晩春から初夏にかけては、天候が一時的に崩れたりして、白波の立ち騒ぐ海にもなりやすい。その卯浪のありようが、あわれに終わった恋に、どこか微妙に響きあっている。巧みな卯浪の用い方である。

牡《ぼ》丹《たん》

牡丹《ぼうたん》　白牡丹《はくぼたん》　緋牡丹《ひぼたん》　牡丹園《ぼたんえん》

解説　キンポウゲ科の落葉低木。中国から漢方薬として古く渡来したが、それがいつだったかはよくわかっていない。根の皮を乾燥したものが牡丹皮《ぼたんぴ》という生薬《しょうやく》で、腰痛・頭痛に効果があり、さらに解熱・止血、その他婦人薬として用いる。中国でも日本でも、古い時代の貴重な薬であった。平安時代以後、花を観賞する目的でも栽培されはじめ、江戸の元禄《げんろく》時代に至って牡丹の爆発的なブームが起こった。当時の園芸書には四百数十種もの園芸品種が記録されている。中国では百花の王と称賛されたが、彼の地の牡丹は日本で改良された品種の艶麗《えんれい》さに及ばず、近年ヨーロッパに導入されて各地に遠く広まった牡丹のほとんどは日本産であるという。

牡丹《ぼたん》散《ち》つてうちかさなりぬ二三片《にさんぺん》　蕪　村
ひるがへる葉《は》に沈《しず》みたる牡丹《ぼたん》かな　高野素十
一日《いちにち》に蘂《しべ》ゆるびたる牡丹《ぼたん》かな　後藤夜半
牡《ぼ》丹《たん》百《ひゃく》二《に》百《ひゃく》三《さん》百《びゃく》門《もん》一《ひと》つ　阿波野青畝
ぼうたんの百《ひゃく》のゆるるは湯《ゆ》のやうに　森　澄雄
白牡丹《はくぼたん》萼《がく》をあらはにくづれけり　飯田蛇笏

鑑賞　白牡丹《はくぼたん》といふといへども紅《こう》ほのか　高浜虚子

白牡丹と一口に言うが、よく見ているとかすかに紅色がかった花びらをしている、というのである。中七は「しかし」一語に置きかえても意味は通じるが、悠然とした格調が牡丹の華麗さを表すのである。

更《ころ》衣《もがえ》（ころもがへ）　衣《ころも》更《か》う

解説　冬から春にかけて着用していたものを、初夏のすがすがしい衣服に更えることをいう。現在、日を決めていないが、学校など制服のところは、六月一日を更衣の日にしているのが多い。古く平安時代は、陰暦四月朔日《ついたち》に衣服から室内装飾まで更える風習があった。江戸時代は、陰暦四月は**袷**《あわせ》に、六月は**単衣**《ひとえ》、七月に**帷子**《かたびら》という風習があった。現在は、気候の変化で自由に衣服を更えていくが、夏らしい衣服になることは、一新した軽快な気分を味わうものである。

ひとつ脱《ぬ》いで後《うしろ》におひぬ衣《ころも》がへ　芭　蕉
現《うつ》し世《よ》を日々《ひび》大切《たいせつ》に更衣《ころもがえ》　星野　立子
深海《しんかい》のいろを選《えら》びぬ更衣《ころもがえ》　柴田白葉女
下《お》り立《た》てば風《かぜ》に包《つつ》まれ更衣《ころもがえ》　本田あふひ
衣更《ころもか》へて肘《ひじ》のさびしき二三日《にさんにち》　福永　耕二
更衣《ころもがえ》駅《えき》白波《しらなみ》となりにけり　綾部　仁喜

鑑賞　人《ひと》は皆《みな》衣《ころも》など更《か》へて来《き》りけり　正岡　子規

碧梧桐・虚子であろうか、今日はすがすがしい夏の衣を着て颯爽《さっそう》と訪ねて来た。ああ、もう世間では更衣の時なのだ。病床にある子規には訪ねて来る若い人たちとの接触が、世間とのつながりだ。健康へのうらやましさもあろう。

余《よ》花《か》（よくわ）

解説　初夏を迎えて、なお山中などで咲き残っている桜のことをいう。古い時代の歳時記には「夏桜」「若葉の花」「青葉の花」とも書かれており、若葉に混じって咲く花ということを強調した季題であることがわかる。なお残花というのも同じ事象をとらえた語であるが、これは春も末のころまで咲き残っている桜の花の意とされ、結局俳句では「残花」は春、「余花」は夏と決められている。

雀《すずめ》ゐて余花《よか》の日《ひ》ざしをほしいまま　吉岡禅寺洞
五湖《ごこ》のみちゆくゆく余花《よか》の曇《くも》りけり　飯田蛇笏
岩水《いわみず》の朱《あか》きが湧《わ》けり余花《よか》の宮《みや》　芝不器男
余花《よか》といふ消《き》えゆくものを山《やま》の端《は》に　大串章

鑑賞 雨吹《あめふ》いて眼《め》にある余花《よか》も失《う》せにけり　原子公平

数輪の余花をつけていた桜の木だったが、おりからの吹き降りに、大きくひとうねりしてもとの姿にもどった。もうそこに花の姿はなかった。

葉《は》桜《ざくら》

解説 山桜の種類は花の咲く前からすでに葉が萌えはじめるが、ふつうの染井吉野《そめいよしの》などは花の終わろうとするころから黄緑色に葉が萌え出てきてだんだん茂り、四月半ばごろから五月にかけて美しい葉桜となる。これをあえて桜若葉とは一般でもいわないようである。

葉《は》桜《ざくら》の影《かげ》ひろがり来《く》深《ふか》まり来《く》　星野立子
新《にい》娶《めとり》　葉《は》桜《ざくら》の影《かげ》膝《ひざ》を掃《は》く　石川桂郎
葉《は》桜《ざくら》の夕《ゆう》べかならず風《かぜ》さわぐ　桂信子
葉《は》桜《ざくら》へ厠《かわや》の暗《くら》さ負《お》ひ出《い》づる　柏禎
葉《は》桜《ざくら》となりて沈思《ちんし》の仏《ほとけ》たち　橋本榮治

鑑賞 葉《は》桜《ざくら》の中《なか》の無数《むすう》の空《そら》さわぐ　篠原梵

葉桜を仰ぐと、たくさんの葉が茂って重なりあい、その隙間からごく小さく切り取られたように青空が見える。風が吹いてきて葉桜がざわざわと騒ぐと、同時にその無数の空も揺れるのである。

端《たん》午《ご》

五月《ごがつ》の節句《せっく》　重五《ちょうご》
菖蒲《しょうぶ》の節句《せっく》　菖蒲《しょうぶ》の日《ひ》

解説　五月五日。五節句の一。この日に、汨《べき》羅《ら》に投身した憂国詩人屈原《くつげん》を弔ったという中国の風習が伝えられ、日本でも平安朝以来、宮中で五月の節句を行った。強壮解毒作用を持つ菖蒲が邪気除けに使われたので「菖蒲の節句」というが、武家政権確立以来、武《ぶ》を尚《たっと》ぶ「尚武」に通じることから男児の祝い日とされ、戦後は子供の成長を祈願する「子供の日」となった。しかし、古く農耕社会では、女性が、邪気を払うと信じられていた菖蒲を葺《ふ》いた家に籠《こも》り、身の穢《けが》れを落として早乙女《さおとめ》となって田植を迎える行事であった。これを「女の家」「女の屋根の下」などと称する地方もあった。もともと陰暦五月が田植に伴う禁欲期として、物忌みの月であった習俗に、中国から輸入の要素が加わって成立した行事と考えられる。

四辻《よつつじ》や匂《にお》ひ吹《ふき》みつあやめの日《ひ》　闌更
二人子《ふたりこ》をあづけて病《や》める端午《たんご》かな　石田波郷
兄《あに》と読《よ》む一《ひと》つ絵《え》本《ほん》や端午《たんご》の日《ひ》　高田風人子
旅《たび》の空《そら》矢《や》車《ぐるま》鳴《な》りて端午《たんご》なり　及川貞
竹《たけ》割《わ》つて竹《たけ》の匂《にお》ひの端午《たんご》かな　木内彰志

鑑賞　岨《そば》高《たか》く吹《ふき》流《なが》し立《た》つ旧端午《きゅうたんご》　羽田岳水
地方によっては陰暦五月五日に端午の節句を祝うところも多い。木々はいよいよ緑、梅雨も間もなくというころの山あいの村々に鮮やかな吹流しが翻る。

幟《のぼり》

五月幟《さつきのぼり》　鯉幟《こいのぼり》　座敷幟《ざしきのぼり》　初幟《はつのぼり》

解説　端午の節句に幟を立てるのは江戸時代から始まった。紙で作った紙幟《かみのぼり》に武者《むしゃ》絵《え》を描いて、家の外に立てる外幟《そとのぼり》が広く行われた。初めは定紋《じょうもん》をつけたもの、あとには鍾《しょう》馗《き》の絵も加わった。小さくして家の中に飾るようにしたのが座敷幟・内幟《うちのぼり》と呼ばれるものである。こういう武者絵の幟は現在でも地方に残っているが、布地となっている。しかし都市を中心に一番多いのは、鯉幟である。これも初めは紙製であったが、現在は布やビニール製になった。**吹流《ふきなが》し**とともに幟竿《のぼりざお》につながれ、頂の**矢車《やぐるま》**の音とともに、風をはらんで大空に泳ぐ姿はいかにも元気がよくて、男の子の節句にふさわしい。鯉は出世魚である。なお、男の子の初節句に立てるのが初幟《はつのぼり》である。

笈《おい》も太刀《たち》も五月《さつき》にかざれ紙幟《かみのぼり》　芭蕉
雀《すずめ》らも海《うみ》かけて飛《と》べ吹流《ふきなが》し　石田波郷
はたはたと幟《のぼり》の影《かげ》の打《う》つ如《ごと》し　中村汀女
山国《やまぐに》に逢《あ》ふや幟《のぼり》の月《つき》遅《おく》れ　杉山岳陽
子《こ》に見《み》せよひとの庭《にわ》なる鯉幟《こいのぼり》　福永耕二
江戸《えど》住《ずみ》や二階《かい》の窓《まど》の初幟《はつのぼり》　一茶

[鑑賞] 現在、アパート住まいなどの場合に、窓に鯉幟の小型を立てて祝ったりしている。江戸時代にもこういう句があったので、同じような庶民の生活がしのばれる。

粽《ちまき》

茅巻《ちまき》　笹粽《ささちまき》　粽結《ちまきゆ》ふ

[解説] 端午の節句に作る食べ物で、粳《うるち》の粉、もち米を練り、笹の葉に包み、糸・わらなどで縛って蒸したもの。もとは茅の葉に巻いた茅巻の名残の名がつけられている。他に真菰《まこも》・葦《あし》・菅《すげ》などで巻いたものもある。三角がふつうだが、筒型・繭型もあり、中身が飴色《あめいろ》のものと多種ある。関東が端午の節句に**柏餅《かしわもち》**を食べるように、関西では粽を食べる。東北では正月に作る。中国の汨羅《べきら》

に身を投じて死んだ屈原《くつげん》を弔って、五月五日に粽を汨羅に投げこむ中国の習俗が日本に伝来して、端午の節句と結び付いた。

粽《ちまき》結《ゆ》ふかた手《て》にはさむ額髪《ひたいがみ》　芭蕉

木曾人《きそびと》や檜山嵐《ひやまあらし》に粽巻《ちまきま》く　前田普羅

粽《ちまき》解《と》く斯《か》く虔《つつま》しく生《い》き継《つ》がむ　石田波郷

客《きやく》を待《ま》つ粽《ちまき》にかけしぬれぶきん　武原はん

空《そら》ひろき越後《えちご》に祝《いわ》へ笹粽《ささちまき》　森澄雄

粽《ちまき》結《ゆ》ふ死後《しご》の長《なが》さを思《おも》いつつ　宇多喜代子

鑑賞 文《ふみ》もなく口上《こうじょう》もなし粽五《ちまきご》把《わ》　嵐雪

留守に誰か訪ねて来たらしい。玄関の上がりがまちに、粽が五把置かれてある。添えた手紙もない。隣に伝言したようすもない。無造作に置かれてあるので、親しい人に違いない。ふと奥ゆかしさを感じている。

菖蒲湯《しょうぶゆ》（しやうぶゆ）　菖蒲風呂《しょうぶぶろ》

解説 昔、中国で端午の日に蘭《らん》の葉を入れた蘭湯《らんとう》に浸ると、邪気を払うという思想があって、それが日本に入ってきて菖蒲湯になったといわれている。菖蒲の根付きの葉を束に結び、風呂に浮かせ風呂を沸かす。都会でも八百屋の店先で束ねて売っており、家庭でも菖蒲湯を沸かす家が多い。青々として身体に寄ってくるのは、香ばしい感じで、心身が清められる思いがする。軒に葺《ふ》いたり、菖蒲湯に使ったりする菖蒲は花菖蒲の菖蒲と違って植物学的には「セキショウ」と呼ぶまったく別の種類である。

さうぶ湯《ゆ》やさうぶ寄《よ》りくる乳《ち》のあたり　白雄

菖蒲湯《しょうぶゆ》の菖蒲《しょうぶ》片寄《かたよ》り沸《わ》き居《い》たり　篠原温亭

菖蒲湯《しょうぶゆ》をかけ合《あ》ふ吾子《あこ》にまじり浴《あ》ぶ　近藤一鴻

世《よ》に隠《かく》れ菖蒲湯《しょうぶゆ》をひた溢《あふ》れしめ　小林康治

鑑賞 菖蒲湯《しょうぶゆ》にしたしく老軀《ろうく》しづめあふ　石原舟月

銭湯での風景であろう。老いた人たちが親しく語りあいながらの菖蒲湯である。伝統的な行事の良さをしみじみ感じている。

母《はは》の日《ひ》

解説　五月の第二日曜日。母の愛に感謝をささげる日である。北米のウェブスター町のメソジスト教会の一女性アンナ・ジャーヴィスが、この日、母親の追憶のため、ひと抱えの白いカーネーションを持ってきて、教友たちに分けたのに始まる。それが多くの人に賛同され、国際的に母の日として全世界に広まり、日本でも教会関係では大正二年（一九一三）以来行われているという。一般に広く行われるようになったのは、太平洋戦争以後である。亡き母をしのぶ者は白、母が健在な者は赤のカーネーションを胸に飾り、感謝のしるしとする。

母《はは》の日《ひ》や大方《おおかた》の母《はは》けふも疲《つか》れ　及川　貞

母《はは》の日《ひ》や塩壺《しおつぼ》に「しほ」と亡母《はは》の文字《もじ》　川本けいし

母《はは》の日《ひ》のてのひらの味塩《あじしお》むすび　鷹羽　狩行

母《はは》の日《ひ》や童女《どうじょ》のごとき母《はは》連《つ》れて　恩田　秀子

母《はは》の日《ひ》の母《はは》にだらだらしてもらふ　正木ゆう子

鑑賞　母《はは》の日《ひ》や大《おお》きな星《ほし》がやや下位《かい》に　中村草田男

母の日も暮れて、空一面の星である。その中にひときわ大きく明るい星が、やや下位の方に光っている。それは母の姿を象徴するような星であった。

新《しん》茶《ちゃ》　走《はし》り茶《ちゃ》　茶詰《ちゃづめ》

解説　その年の新芽を摘んで製造され、初夏にはじめて市場に売り出された茶のことをいう。走り茶ともいわれて新鮮な香気があり珍重されて、すがすがしい気分を味わう。店頭に「新茶」の張り紙などが見えはじめると、街もすっかり夏の装いになるようだ。新茶が出回ると、とたんに前年の茶は**古茶**《こちゃ》となってしまう。

宇治《うじ》に似《に》て山《やま》なつかしき新茶《しんちゃ》かな　支考
たら〳〵と老《おい》のふり出《だ》す新茶《しんちゃ》かな　村上鬼城
茶《ちゃ》どころと聞《き》かねど新茶《しんちゃ》たぐひなし　水原秋桜子
さらさらと溢《あふ》るる新茶壺《しんちゃつぼ》の肩《かた》　百合山羽公
新茶汲《しんちゃく》むや終《おわ》りの雫《しずく》汲みわけて　杉田久女
走《はし》り茶《ちゃ》の針《はり》のこぼれの二三本《にさんぼん》　石田勝彦

鑑賞　点心《てんしん》はまづしけれども新茶《しんちゃ》かな　芥川龍之介
「点心」は中国語で茶請けの菓子のこと。そまつな茶請けの菓子だが、新茶の香しい味わいで十分だ。新茶をもてなしてくれた心遣いがありがたい。中国文学に造詣の深かった芥川龍之介らしい一面が「点心」に見える。

繭《まゆ》

蚕簿《まぶし》　上蔟《あがり》　繭掻《まゆかき》　新繭《しんまゆ》　白繭《しらまゆ》
玉繭《たままゆ》　生繭《なままゆ》　繭買《まゆかい》

解説　春蚕《はるご》の作った繭のことをいい、夏の季題とされる。蚕は四回の休眠と脱皮を終えると体が半透明になってくる。これを、蚕簿を入れた簀《す》に移して繭を作らせる。農家では**蚕**《かいこ》**のあがり**とか、上蔟《あがり》といい、**上蔟団**《あがりだん》**子**を作って祝う。上蔟した蚕は、やがて純白または黄色の楕円形《だえんけい》をした繭を作る。中の蚕が蛹《さなぎ》になったころ繭搔きをして繭を取る。搔いた新繭は、生繭のまま市場や繭買《まゆかい》により売買される。養蚕家では、繭相場が最大の関心事となる。板の間《いたま》に干されたものや、市場に集められた光沢のある繭は美しい。玉繭はその美称である。

繭《まゆ》うつて骨身《ほねみ》のゆるむ夫婦《ふうふ》かな　飯田蛇笏
繭掻《まゆかき》や青《あお》き山河《さんが》にあけはなち　水原秋桜子

ふるさとや障子《しょうじ》にしみて繭《まゆ》の尿《しと》　阿波野青畝
繭《まゆ》かけて思《おも》ひまどへる蚕《かいこ》あり　篠田悌二郎
はかりこぼす丹精《たんせい》の繭《まゆ》の白《しろ》さはや　太田　鴻村
繭選《まゆえ》るや淋《さみ》しき顔《かお》をむきあはせ　加藤三七子

鑑賞　繭干《まゆほ》すや農鳥岳《のうとりだけ》にとはの雪《ゆき》　石橋辰之助

「農鳥岳」は甲州白根三山の一つである。近郷の農民は残雪が鳥の形に見えるころを農事の始めとする。この句は、干された白繭の輝きと、遠景に据えた農鳥岳の残雪が照応して美しいきらめきを持つ景を詠出している。

薄《はく》　暑《しょ》

解説　うっすらと暑さを覚える初夏五月ごろの気候、早くも大胆な軽装の若者も見かけるが、木陰を求める気持ちなどかすかに抱きはじめるころである。すべてのものに夏《なつ》めく思いを持つ候でもある。

はんけちのたしなみきよき薄暑《はくしょ》かな　久保田万太郎
青空《あおぞら》の中《なか》に風吹《かぜふ》く薄暑《はくしょ》かな　松瀬　青々
はたらいてもう昼《ひる》が来《き》て薄暑《はくしょ》かな　能村登四郎
京《きょう》の路地《ろじ》ひとつ魔界《まかい》へ夕薄暑《ゆうはくしょ》　伊藤伊那男

鑑賞　薄暑来樹頭《はくしょらいじゅとう》を鷺《さぎ》のあふれとぶ　金尾梅の門

夏めいてきた鷺山の光景か、樹々の梢に白鷺が群れて花のように飾っている。枝々にとまりきれない鷺たちはあふれるようにその上を飛ぶ。暑さ兆す空のもと美しい景を広げている。

祭《まつり》

夏祭《なつまつり》　祭囃子《まつりばやし》　祭笛《まつりぶえ》　祭太鼓《まつりだいこ》
祭髪《まつりがみ》　祭笠《まつりがさ》　祭提灯《まつりぢょうちん》　祭宿《まつりやど》
御旅所《おたびしょ》　夜宮《よみや》　祭前《まつりまえ》　祭後《まつりあと》

解説　夏季に行われる神社の祭礼を総称して「祭」と呼び、夏の季語になっている。夏祭という言い方は一般に使われるが、季語としては重言といえる。春や秋の祭りは「春祭」「秋祭」として季語となっている。元来、古典の世界では祭りというと平安時代の京都の習慣で、四月の中の酉《とり》の日に行われた加茂《かも》神社の祭礼を指していた。それは今は賀茂祭（葵祭《あおいまつり》）として季語になっている。さて、日本各地の神社で夏に祭りが広く行われるのは、祓《はらい》と災い除《よ》けのためだといわれる。夏に活動する疫病神《やくびょうがみ》や悪霊をなだめ、あばれないように祈り押さえるのである。その代表的なのが祇園祭《ぎおんまつり》で、鉾《ほこ》を立て神輿《みこし》を送る豪華な祭りである。そのスタイルは各地に広まり、山車《だし》や神輿は祭りの行事の中心になった。また、祭りは宵から暁までが中心である場合も多く、宵宮《よいみや》はとくににぎやかに行われる。祭りの当日、祭神が御鎮座をお出ましになり、御旅所《おたびしょ》をめぐるのを渡御《とぎょ》と呼ぶ。

神田川祭《かんだがわまつり》の中《なか》をながれけり　久保田万太郎
祭笛《まつりぶえふ》吹くとき男《おとこよ》佳かりける　橋本多佳子
昨年《こぞ》よりも老《お》いて祭《まつり》の中通《なかとお》る　能村登四郎
帯巻《おびま》くとからだ廻《まわ》しぬ祭笛《まつりぶえ》　鈴木　鷹夫
まつ青《さお》な蘆《あし》の中《なか》から祭《まつり》の子《こ》　中西　夕紀

鑑賞　家《いえ》を出《で》て手《て》をひかれたる祭《まつり》かな　中村草田男
幼い日の思い出。家の戸口を出るとにぎやかな祭りの人の群。手をひいてくれた父の大きな手の感触をまだ覚えている。父の手を頼りに、しかし、あっちを見たり、こっちを見たりして歩いた祭り、懐かしい。

安居《あんご》

夏安居《げあんご》　夏行《げぎょう》　夏籠《げごもり》　雨安居《うあんご》
一夏《いちげ》

解説　安居は梵語《ぼんご》で雨期の意。昔のインドの仏教寺院での制度だったのが、日本にも入ってきて行われている。仏教で僧が一定期間外出しないで、一室にこもって修行することである。陰暦四月十六日に始まり七月十五日に終わる。安居に入るのを夏入《げい》りとか結夏《けつげ》といい、安居を解くのを解夏《げげ》・夏《げ》の終わりという。期間中を一夏《いちげ》といい、九十日間である。各宗の本山や大寺で学侶僧《がくりよそう》衆《しゆう》を集め、外出は禁止、真剣に修行に専念するのである。この期間、酒や魚肉を断つのを夏断《げだち》という。

樗《おうち》吹《ふ》く風《かぜ》のさみしき安居《あんご》かな　五十崎古郷
竹《たけ》の声《こえ》松《まつ》の声《こえ》ある安居《あんご》かな　勝野百合子
百《ひやく》里《り》来《き》て結夏《けつげ》に参《さん》ず山居《さんきよ》かな　河東碧梧桐
夏籠《げごもり》や畳《たたみ》にこぼすひとりごと　日野草城
心耳《しんじ》ただ松風《まつかぜ》に澄《す》む一夏《いちげ》かな　村山葵郷

鑑賞　夏籠《げごもり》や月《つき》ひそやかに山《やま》の上《うえ》　村上鬼城
僧たちが一室にこもって修行しているとき、裏山の上には月がのぼる。その月まで、ひそやかな感じがする。はりつめた静けさが支配している世界である。

若葉《わかば》

山若葉《やまわかば》　里若葉《さとわかば》　谷若葉《たにわかば》
庭若葉《にわわかば》　若葉雨《わかばあめ》　若葉風《わかばかぜ》

解説　木々の生え出て間もない葉のことだが、その一枚ないし数枚に着目して俳句に作ることはほとんどなく、その木全体、またはある場所全体が青々と新葉に包まれるさまをいうのである。落葉樹はもちろんのこと、常緑樹もみずみずしい若葉を見せる。若葉のようすは木によって異なるので、とくにその樹木の若葉であることを示す場合は、上に植物の名を冠して柿若葉・**梅若葉《うめわかば》**・**樟《くす》若葉《わかば》**・**椎若葉《しいわかば》**などのようにせねばならない。場所を示すために山若葉・里若葉・谷若葉・庭若葉などということもある。また、若葉のころの雨を若葉雨、風を若葉風という。**青葉**《あおば》というと、いくぶん夏も深くなってからのものという語感である。

不二《ふじ》ひとつうづみのこして若葉《わかば》かな　蕪村
消炭《けしずみ》の庇《ひさし》にかわく若葉《わかば》かな　一茶
わらんべの洟《はな》もわかばをうつしけり　室生犀星
あきらかに雀《すずめ》吹《ふ》かるる若葉《わかば》かな　原石鼎
書庫《しょこ》暗《くら》し若葉《わかば》の窓《まど》のまぶしさに　竹下しづの女
皿《さら》の墨《すみ》すぐにかわくよ若葉《わかば》風《かぜ》　星野立子

鑑賞　若葉《わかば》して御目《おんめ》の雫《しずく》ぬぐはばや　芭蕉

奈良、唐招提寺の開祖、鑑真和上の像を拝したおりの句。鑑真は唐の僧で、日本の留学僧の招きに応じて来日したが、渡航の際の苦難により失明。その労苦を思い、若葉をもって尊像のお涙を拭ってさし上げたいというのである。

柿若葉《かきわかば》

解説　いろいろな木の中でもとくに柿の若葉はつやつやとした萌黄《もえぎ》色で鮮やかである。これにはビタミンCが豊富に含まれているので、最近は柿茶にしたり、てんぷらにしたりすることが流行しつつある。梅雨に入って柿若葉が茂るころ**柿**《かき》**の花**《はな》が開く。雌雄異花が主であるが、まれに両性花の品種もある。花冠は鐘状で乳白色、開くにつれて四裂するが、小さい花なのであまり人目をひかない。しかし、雨の後などに柿の落花が散り乱れているさまはけっこう趣のあるものである。花が落ちたあとには、萼《がく》に包まれた青い小さな実が用意されており、だんだん生長してゆく。これを**青柿**《あおがき》という。甘柿でも青いうちはまだ渋くて生食できないが、渋を採取したり、実のついたまま枝を切って生け花に用いたりする。

渋柿《しぶがき》の花《はな》ちる里《さと》となりにけり　蕪村
一《ひと》つ家《や》に耕馬《こうば》も住《す》めり柿若葉《かきわかば》　山口小寒楼
発《た》つまでのいとまをもつや柿若葉《かきわかば》　松村巨湫
言《い》ひのこす用《よう》の多《おお》さよ柿若葉《かきわかば》　中村汀女
クリーム色《いろ》の哀愁《あいしゅう》ひそと柿《かき》の花《はな》　瀧春一
自《じ》転《てん》車《しゃ》に昔《むかし》の住所《じゅうしょ》柿若葉《かきわかば》　小川軽舟

鑑賞　まだ柿《かき》のほか月《つき》かへす若葉《わかば》なし　篠原梵

いろいろな木の若葉が萌えはじめるころ、柿若葉がいちはやくつやつやと輝いている。夜も月の光を照り返すかのごとくである。月の夜はとくに柿若葉のみが鮮やかな初夏の訪れを強烈に印象づける。

筍《たけのこ》飯《めし》

解説　筍を細かく刻んで煮たものを、炊きあがった飯に混ぜたり、または飯に炊きこんだりしたものをいう。くせのない孟宗竹《もうそうちく》がよく好まれる。晩春から五月中ごろまでが、筍のしゅんでうまい。調理法は、醬油《しょうゆ》仕立てだが、それぞれ工夫して、鶏肉・油揚げなどを混ぜたりもする。この時期の混ぜ御飯には、**豆飯**《まめめし》といって、蚕豆《そらまめ》や青豌豆《あおえんどう》を炊きこんだものがある。いずれも庶民の間で生まれたもので、季節の風味を楽しむ味わいのあるものである。

松《まつ》風《かぜ》に筍飯《たけのこめし》をさましけり　長谷川かな女
雨《あま》ごもり筍飯《たけのこめし》を夜《よ》は炊《た》けよ　水原秋桜子
子《こ》が育《そだ》つ筍飯《たけのこめし》の大盛《おおも》りよ　清水基吉
筍飯夕《たけのこめしゆう》べ早目《はやめ》に仕掛《しか》けけり　保坂文虹
かをりにもまづ目《め》をつむり豆《まめ》の飯《めし》　森澄雄
箸《はし》先《さき》に豆飯《まめめし》の豆戯《まめたわ》むる　上村占魚

鑑賞　目《め》黒《ぐろ》なる筍飯《たけのこめし》も昔《むかし》かな　高浜虚子

「目黒のさんま」は落語の話。「目黒の筍

飯」は明治・大正のころまでだ。山坂がちの目黒は竹藪の多いところであった。今では想像もできないが、目黒の筍飯が名物であったことは、知る人も少なくなった。

蕗《ふき》

蕗《ふき》の葉《は》　蕗畑《ふきばたけ》　伽羅蕗《きゃらぶき》

解説　キク科の多年草。山地に自生しているが、畑に栽培もされる。春の蕗《ふき》の薹《とう》と、五月まで出荷される葉柄が食用となり、山菜の趣がある野菜として需要が多い。根茎といってはなはだ短い茎は地上には出ず、三〇～七〇センチの葉柄を伸ばして茂る。これを茹《ゆ》でて皮をはぎ、煮物や和《あ》え物にする。また醬油《しょうゆ》で煮つめて伽羅蕗とする。この蕗の変種に、東北から北海道・サハリン・千島に分布する大形の秋田蕗というのがある。北半球に二百種ほど分布している蕗の仲間のうちでもっとも大きく、葉柄の高さ二メートル、葉の直径が一・五メートルになる。これを東京などで栽培しても夏の高温に弱く、一メートルにもならないという。

山陰《やまかげ》や蕗《ふき》の広葉《ひろは》に雨《あめ》の音《おと》　闌更
やまみづの珠《たま》なす蕗《ふき》の葉裏《はうら》かげ　飯田　蛇笏
うすうすと日《ひ》は空《そら》にあり蕗《ふき》の原《はら》　田村　木国
蕗採《ふきと》りが谿《たに》を出《い》でんと徒渡《かちわた》る　村上しゆら
刈《か》る蕗《ふき》の中《なか》より水《みず》の走《はし》りけり　小林　輝子

鑑賞　蕗辛《ふきから》きけふ陥《お》ちんとす伯林《ベルリン》は　石田　波郷

太平洋戦争末期、日本と同盟関係にあったドイツのヒトラーは昭和二十年四月三十日に自殺し、二日後首都ベルリンはソ連軍に占領され、降伏に至る。辛い蕗の味をかみしめ、伯林陥落の報を聞いた。

芍薬《しゃくやく》

解説　キンポウゲ科の多年草。奈良時代に中国から薬用植物として渡来。根を乾燥したものを芍薬と称し、腹痛や胃痙攣《けいれん》の刺すような痛みを取り、また婦人の諸病に効果があるという。シャクヤクの名もこの音読みである。奈良・島根・長野・北海道などで栽培されているが、薬用の目的で栽培するところでは根を太らせるために蕾《つぼみ》を摘み取るので、花はあまり見られない。春早く赤い芽を出し、花は初夏、径一二センチあまりの大きさで美しく咲く。花弁は十枚ばかりで、ふつう紅色または白色。中国でも古くから観賞の目的で栽培され、牡丹《ぼたん》の「花の王」に対し「花の宰相」と呼ばれる。園芸品種が多数あり、さらに近年は欧米で改良された大形の花をつける西洋芍薬が日本へ輸入されている。

芍薬《しやくやく》の蕋《しべ》の湧《わ》き立《た》つ日向《ひなた》かな　太祇
芍薬《しやくやく》やつくゑの上《うえ》の紅楼夢《こうろうむ》　永井荷風
芍薬《しやくやく》の蕾《つぼみ》をゆする雨《あめ》と風《かぜ》　前田普羅
左右《さゆう》より芍薬《しやくやく》伏しぬ雨《あめ》の径《みち》　松本たかし
芍薬《しやくやく》や書院《しよいん》の窓《まど》の北《きた》あかり　渋沢渋亭
夜《よ》の芍薬《しやくやく》男《おとこ》ばかりが衰《おとろ》えて　鈴木六林男

鑑賞

芍薬《しやくやく》の一《ひ》ト夜《よ》のつぼみほぐれけり　久保田万太郎

ゆうべはまだ固いと思っていた芍薬のつぼみが、一夜経た今朝、ぱっと花開いている。今朝とは予期しなかった花に対する驚きの気持ちが、上から下へ一気に詠み下して「けり」で収める手法を取った。

罌粟《けし》の花《はな》　芥子《けし》の花《はな》

解説　ケシ科の二年草。草丈一～一・五メートル、初夏、頂に四弁の大形の花を開く。花の色には白・淡紅・紅紫があり、一重のほかに八重咲きの品種もある。花の散ったあとまもなく、**罌粟坊主**《けしぼうず》と呼ばれる実を結び、熟すと多数の微小な種子をさらさらと風にこぼす。この種子はいわゆる罌粟粒で、料理や菓子作りに用いられ食用となる。罌粟の白花品種のまだ十分に熟さない果実の皮を傷つけると白い乳液が出ることは古くから知られ、エジプトでは紀元前一五五二年のパピルス文書に鎮痛などの薬効がすでに記載されているが、これをさらに日光で乾燥して粉末にし、阿片《あへん》を製するようになったのはローマ時代からである。罌粟よりはるかに小形の**雛罌粟**《ひなげし》、一名**虞美人草**《ぐびじんそう》も初夏の花として親しまれている。これはフランス語でコクリコという。

芥子《けし》ちるやまつりの車《くるま》過ぎてより　月　渓
僧《そう》になる子《こ》のうつくしやけしの花《はな》　一　茶
罌粟《けし》ひらく髪《かみ》の先《さき》まで寂《さび》しきとき　橋本多佳子
罌粟散《けしち》つて一《ひ》と日《ひ》の嵩《かさ》の捨絵具《すてえのぐ》　村上　麓人
揺《ゆ》るること花《はな》におくれず罌粟坊主《けしぼうず》　片山由美子

鑑賞
罌粟咲《けしさ》けばまぬがれがたく病《や》みにけり　松本たかし
庭に紅の罌粟が咲きはじめると、約束でもしているように必ず病弱の自分は病気にかかってしまう、という内容の句である。「咲けば」は仮定ではなく、確定の条件となっていることを示す。

桐《きり》の花《はな》

解説　桐は中国または島根県の竹島が原産地ではないかとされるゴマノハグサ科の落葉樹。材は軽くて柔らかく木目も美しい上に狂いが少ないので、古くから箪笥《たんす》・長持《ながもち》・机・火鉢などに用いられた。下駄材としては最上質、のこぎりの柄や羽子板にも利用されている。樹皮は染料に、葉は駆虫薬として、とにかく広い用途を持った有用な樹木であるが、女の子が生まれたときに苗木を植えておけば、嫁に行くころ簞笥ができるほどの大木に生長するといわれるくらいに育つのが早い。五、六月に小枝の先に大形の円錐花序をつけ、多数の淡紫色の花をつける。この花と葉を図案化した桐の紋章は菊と並んで皇室で用いられたが、のち足利《あしかが》・豊臣《とよとみ》氏など武家の間で広まった。

桐《きり》の花沼《はなぬま》はしづかに午《ひる》となる　中島　斌雄

桐咲《きりさ》けり憂愁《ゆうしゅう》ふかく身《み》に棲《す》める　片山　桃史

桐咲《きりさ》くや父死後《ちちしご》のわが遠目癖《とおめぐせ》　森　澄雄

桐《きり》の花《はな》らしき高《たか》さに咲《さ》きにけり　西村　和子

鑑賞　花桐《はなぎり》や雲流《くもなが》れきてくらみたり　原田　種茅

大木の桐の花は、はでな色あいこそないが大柄である。初夏の風に乗って流れる雲にかかげる桐の花。おおらかでさわやかなイメージである。

朴《ほお》の花《はな》（ほほのはな）

解説　朴の木はモクレン科の落葉高木で、大きなものになると三〇メートルにもなる。日本全土の山地や林中に自生するが、庭木や街路樹としても用いられる。五、六月ごろ、わずかに黄色みを帯びた白色の大花を開き、非常に高い香りを放つ。花弁は九枚がふつうで、三枚の萼片《がくへん》も非常に大きい。この木が古くから人々に親しまれた理由は花の幽玄さより、むしろ実用の面においてである。古い昔は朴の葉を使って食べ物を盛ったり包んだりした。現在でも、この材は柔らかいがしまりがあるので、器具類・刀の鞘《さや》・下駄の歯・鉛筆材・版木・マッチの軸木などに利用される。樹皮から作る生薬《しょうやく》は「厚朴《こうぼく》」と称し、胃腸薬などに応用する。

朴《ほお》の花《はな》暫《しば》くありて風《かぜ》渡《わた》る　高野　素十
岨《そば》高《たか》く雨雲《あまぐも》ゆくや朴《ほお》の花《はな》　水原秋桜子
葉《は》の上《うえ》に花影《はなかげ》を置《お》き深山朴《みやまほお》　大野　林火
火《ひ》を投《な》げし如《ごと》くに雲《くも》や朴《ほお》の花《はな》　野見山朱鳥
花《はな》に朴《ほお》人《ひと》にはありし志《こころざし》　後藤比奈夫
空《そら》に香《か》が溶《と》けつ離《はな》れつ朴《ほお》の花《はな》　飯田　龍太

鑑賞
朴散華《ほおさんげ》即《すなわ》ちしれぬ行方《ゆくえ》かな　川端　茅舎
茅舎は庭前の朴の花をこよなく愛し、病身の心の支えとした。その白色大形の花の散ってゆくさまを「散華」と美化し、「即ちしれぬ」と詠嘆する。花のありしあたりはただ初夏の青空。空虚さが心を占める。

薔《ば》薇《ら》　薔薇《そうび》

解説　バラ科の落葉低木。英名ローズはギリシア語で赤を意味するロードンからきており、西洋薔薇の原種は赤系統の花が多かったことを物語っている。薔薇の栽培はヨーロッパでは非常に古く、紀元前二〇〇〇年代から植えられていたといわれ、現在までに一万五千種以上の園芸品種が数えられるうえに、さらに毎年新しい品種が発表されているという。二季咲き、四季咲きの品種も多いが、俳句では一季咲きのものが開花する時期をとって初夏の季題とする。この西洋原産の薔薇を庭などに植えてさかんに観賞する伝統は明治以後で、日本にもともとあったものは野茨《のいばら》、または単に茨と呼ばれる野生種であった。『古今和歌集』や『源氏物語』に登場する薔薇は中国から渡来した品種である。

咲《さ》き満《み》ちて雨夜《あまよ》も薔薇《ばら》のひかりあり　水原秋桜子
噴霧器《ふんむき》の長《なが》き管《くだ》這《は》ふ薔薇《ばら》の中《なか》　松本たかし
薔薇《ばら》よりも濡《ぬ》れつつ薔薇《ばら》を剪《き》りにけり　原田　青児
薔薇《ばら》よりも淋《さび》しき色《いろ》にマッチの焔《ひ》　金子　兜太

薔薇園《そうびえん》一夫多妻《いっぷたさい》の場《ば》をおもふ　飯田　蛇笏

鑑賞　花《はな》びらの落《お》ちつつほかの薔薇《ばら》くだく　篠原　梵

薔薇の花びらが舞い落ちるとき、別の花に触れる。それを「くだく」と表現した。実際に別の薔薇が一ひらでも散れば「くだく」のだが、そうでなく、単に触れていったことをも「くだく」といったのだ。

野《の》茨《いばら》　茨《いばら》の花《はな》　花《はな》うばら

解説　バラ科の落葉低木。野生の薔薇《ばら》だから野茨であると一般には思われているが、じつは日本に自生するバラ属は十数種あり、野茨はそのうちの代表的な一種類で、古名をうばらといった。川のほとりや山林のへりの陽光のよく当たるところを多く好んで生じ、四、五月に純白五弁のほのかな香りのある花を開く。果実は秋に熟して赤くなるが、それを乾燥したものを営実《えいじつ》といって漢方では下剤や利尿剤に使う。野茨は中国にも産し、西洋種のバラの意味で現在使用している薔薇の字は、本来は野茨の漢名である。葉の上面に光沢のある照葉野茨《てりは》、関東・東海地方に分布する山照葉野茨《やまてりは》、九州の筑紫野茨《つくし》、富士箱根などの山地の富士茨や山椒茨《さんしょう》、関東以西の山地の森茨などが野茨の仲間である。

古郷《ふるさと》やよるもさはるも茨《ばら》の花《はな》　一　茶

花《はな》うばらふたたび堰《せき》にめぐり合《あ》ふ　芝　不器男

野《の》いばらの水漬《みづ》く小雨《こさめ》や四《よ》つ手網《であみ》　水原秋桜子

野茨《のいばら》やたなご釣《つ》りにし堰の趾《あと》　石塚　友二

茨《いばら》咲《さ》きぬ朝《あさ》は真珠《しんじゅ》の色《いろ》に覚《さ》め　石原　八束

花茨《はないばら》ゴルフボールが孵《かえ》りさう　鍵和田秞子

鑑賞　愁《うれ》ひつつ丘《おか》に登《のぼ》れば花《はな》いばら　蕪　村

なんということなく心に愁うるところが

あって、丘にでも登ればいくらか気も晴れるかと、坂道をたどって来た。そこには野茨が美しく咲いているが、結局心のもやは、晴れないのであった。繊細な感覚の句である。

卯《う》の花《はな》　卯木《うつぎ》の花《はな》

解説　各地に野生するユキノシタ科の落葉低木で、五、六月ごろ雪のように白い五弁の小花を枝先に群がってつける。卯の花は卯《うつ》木《ぎ》の花《はな》が省略された呼び名で、卯木は陰暦四月ごろ咲くので卯月の花からウツギになったともいい、幹や枝の中が空《うつ》ろなので空木《うつろぎ》からウツギになったともいう。初夏、一面の緑に白々と咲く姿はまさに季節の花としてふさわしい。樹は庭木・生け垣・畑地の境木とし、材で木釘《きくぎ》を作る。八重咲き品種もある。姫《ひめ》卯木や丸葉《まるば》卯木は卯の花の仲間だが、ウツギの名はついていてもハコネウツギ・タニウツギなどはスイカズラ科の低木で全然別のものである。

卯《う》の花《はな》や佇《たたず》む人《ひと》の透《す》き通《とお》り　麦水

卯《う》の花《はな》の中《なか》に崩《くず》れし庵《いおり》かな　樗良

夜《よ》にかけて卯《う》の花曇《はなぐも》る旅《たび》もどり　飯田蛇笏

卯《う》の花《はな》や夕《ゆう》べ琴《こと》の音《ね》おとろへず　原コウ子

鱒《ます》飼《か》ふは卯《う》の花垣《はながき》の古《ふ》りし家《いえ》　水原秋桜子

月《つき》すでに光《ひかり》を得《え》たり花《はな》うつぎ　伊藤みのる

鑑賞　卯《う》の花《はな》の夕《ゆう》べの道《みち》の谷《たに》へ落《お》つ　臼田亜浪

卯の花が真っ白い花をつづっている初夏の山道である。あるところで道は二つに分かれ、一方は谷へ下りてゆく道である。時は夕暮れ、ほの暗い谷底へつながる道は見通せないが、卯の花はその道沿いにも咲く。

卯《う》の花腐《はなくた》し

解説　陰暦の四月を卯月、卯の花月といい、このころに降り続く雨をいう。その陰鬱《いんうつ》な感じからか、卯の花を腐らせる雨としたものであろう。その曇り空は卯の花曇りという。また筍《たけのこ》の育つ時季であり、この雨を伴う風を筍梅雨《たけのこづゆ》・筍流《たけのこなが》しともいう。

月明《つきあか》り見《み》せて卯《う》の花下《はなくだ》しかな　青木　月斗
さす傘《かさ》も卯《う》の花腐《はなくた》しもちおもり　久保田万太郎
病《や》み呆《ほ》けて泣《な》けば卯《う》の花腐《はなくた》しかな　石橋　秀野
気散《きさん》じの置酒《ちしゅ》も卯《う》の花腐《はなくた》しかな　三溝　沙美
卯《う》の花腐《はなくた》しとは一念《いちねん》もくたすかな　今瀬　剛一

鑑賞
旅《たび》の髪洗《かみあら》ふ卯《う》の花腐《はなくた》しかな　小林　康治

旅にして髪を洗うのであろうか、旅より帰っての髪を洗うのであろうか。いずれにせよ髪洗うのはわびしさがまとう。それも、雨の夜か、しみじみ卯の花腐しの雨と思いながらならばなおさらである。

袋《ふくろ》掛《かけ》

解説　果実に害虫がつくのを防ぐために、まだ若い実のうちに、一つ一つ袋（ハトロン紙・新聞紙）を掛けてやることをいう。一日中、顔を上に向け、両腕を上げている作業で、また脚立《きゃたつ》を用いて高い所などに袋を掛けるのはやっかいな仕事である。果実によって、掛ける時期は違う。枇杷《びわ》がもっとも早く三月、桃は五月、梨《なし》・林檎《りんご》・葡萄《ぶどう》・柿《かき》などは六月に入ってからである。袋を掛けたばかりのときには、花が咲いたようにも思えるほどである。

甲斐駒《かいこま》岳を日輪《にちりん》わたる袋掛《ふくろかけ》　塚原　岬
ことごとく桃《もも》は袋被《ふくろき》ぬ母癒《ははい》えむ　石田　波郷
袋掛《ふくろか》け降《お》りて漲《みなぎ》る乳呑《ちの》ます　村上　冬燕

手《て》にうつる蟻《あり》をはらひて袋掛《ふくろかけ》　宮下　翠舟

祝祭《しゆくさい》のごとし林檎《りんご》へ袋掛《ふくろがけ》　金箱戈止夫

鑑賞 桃《もも》の木《き》は袋掛《ふくろかけ》せしまま残《のこ》す　高野　素十

転居にあたり自分が育てた植木も移動させるのだが、袋を掛けた桃の木だけは気の毒だ。移植すれば実も落ちてしまう。太りつつある桃の実のことを考えると残しておいてやろう。

飛魚《とびうお》（とびうを）

とびお　つばめ魚《うお》
とびの魚《うお》

解説 大きな胸びれを翼のように開き、海面上を飛行する奇習を持つ魚である。腹びれ・尾びれがともに大きく、空中で巧みに舵《かじ》を取る。飛び立つときの速力は、時速七〇キロメートルにも及ぶので、つばめ魚とも呼ばれる。最長距離は四〇〇メートル、高さ一〇メートルくらいまで飛ぶものもいるという。四月下旬ごろより群れをなして北上してくる。巻き網などで大群の移動する方向を見定めて獲る。別称あご・ひいご・つばくろ魚など。焼き魚やフライにもするが、干物にすると美味。また、かまぼこの原料として用いられる。

飛魚《とびうお》や航海日誌《こうかいにつし》けふも晴《はれ》　松根東洋城

飛魚《とびうお》の浪高《なみたか》ければ高《たか》く飛《と》び　関　圭草

飛魚《とびうお》の群《むれ》が国後《くなしり》かくしけり　萩原　麦草

飛《と》び魚《うお》や七《なな》つ全《まった》き七《なな》つ島《しま》　黒田桜の園

飛魚《あご》飛《と》んで玄海《げんかい》の紺《こん》したたらす　片山由美子

鑑賞 飛魚《とびうお》の翼《つばさ》はりつめ飛《と》びにけり　清崎　敏郎

飛魚が飛ぶのは一種のスポーツだという。青い海を蹴って飛翔《ひしよう》する飛魚が、その翼をはりつめて大空を翔ける姿が鮮明に浮かんでくる。「はりつめ」の語に、真剣に飛んでいる飛魚の美しさが感じられる。

山女《やまめ》

山女魚《やまめ》　山女釣《やまめつり》

解説　本鱒《ほんます》は、産卵期のころの体色が美しく桜鱒《さくらます》とも呼ばれる。幼魚は、一年間河川にとどまって生育したのちに海に下るが、中には陸水の中にとどまり、水温の適当な川や湖にすみつき、そのまま熟魚となるものがある。これを山女という。冷たい水を求めて上流の渓谷の岩陰などで一生を終わる。体長三〇センチ足らずで、体側の上部に八〜十個の小さな黒点があるので鱒と区別がつく。山女釣りは五、六月が最盛期で、爽快《そうかい》な渓流の釣りを楽しむことができる。山女の呼び名は地方によって異なり、やまべ・ひらめ・あめのうおなどと呼ばれている。川魚の王は鯉《こい》と鮎《あゆ》であるというが、味においては山女が優る。塩焼き・煮浸しなどにして食べると美味。

雲外《うんがい》に彌山《みせん》はありぬ山女焼《やまめや》く　阿波野青畝

山女《やまめ》鮮《あざや》か太郎《たろう》の谷次郎《たにじろう》の谷《たに》　佐藤鬼房

錆落《さびお》とす山女魚《やまめ》なりけむ水《みず》の翳《かげ》　篠田悌二郎

山女釣《やまめつり》帰《かえ》る朝日《あさひ》の小松原《こまつばら》　飯田龍太

月《つき》いでて岩《いわ》のしづまる山女魚釣《やまめつ》り　松村蒼石

鑑賞　大串《おおぐし》に山女《やまめ》のしづくなほ滴《た》るる　飯田蛇笏

山女は河原の開けた明るいところにわりあい多く見られる。釣りたてのものを塩焼きにして食べる味はまた格別である。大串の山女から滴り落ちるしずくが、火色をさらにかきたてる。山峡の澄みきった冷気が感じられる句である。

麦《むぎ》

麦《むぎ》の穂《ほ》　穂麦《ほむぎ》

解説　イネ科の越年草。世界中でもっとも生産量の多い穀物である。発祥地はカスピ海南岸を中心とする地域で、紀元前三十世紀にはヨーロッパ全域に栽培が広まった。日本へは小麦と大麦が中国北部から朝鮮を経て、遅くとも四、五世紀までに渡来したといわれる。黒パンの原料にするライ麦やオートミールの材料になる燕麦《えんばく》は明治時代にヨーロッパから導入されたもので、栽培量は少ない。わが国では小麦が古くから重要視され、大麦より古くからある麦の意味で「古麦《こむぎ》」がその名の由来であるという。大麦は若いうちの葉が小麦より大きいからこう呼ぶのであって、粒の大小にはあまり差はない。「麦」はこれらムギ属の総称で、収穫期の初夏の趣をとらえて夏の季題とするのである。

きらきらと雨《あめ》もつ麦《むぎ》の穂《ほ》なみかな　蝶夢

穂《ほ》の白《しろ》き砂地《すなぢ》の麦《むぎ》や汐曇《しおぐも》り　正岡子規

いくさよあるな麦生《むぎふ》に金貨天降《あも》るとも　中村草田男

麦《むぎ》よりも雨《あめ》に汚《よご》れて車押《くるまお》す　百合山羽公

麦黄《むぎき》ばむ髦馬《たてがみうま》の眼《め》を覆《おお》ひ　吉田汀白

鑑賞 麦《むぎ》の穂《ほ》を力《ちから》につかむ別《わか》れかな　芭蕉

元禄七年、長崎までもと志してふたたび江戸を去って旅につく自分を見送る人々への挨拶の句。道端の麦の穂をつかんで別れを惜しむ心の支えにしているというのである。この旅中、芭蕉は大阪で生涯を閉じた。

草笛《くさぶえ》

解説 草の葉を摘んで、唇につけて吹くと鋭い笛のような音が出る。葦《あし》の葉を摘んで葦《あし》笛《ぶえ》としたり、椿《つばき》の葉などでもできる。麦の茎を細工して**麦笛**《むぎぶえ》にするなど種類は多い。上手な子は、メロディーを吹き鳴らすこともできる。**草矢**《くさや》（薄《すすき》・葦・茅《ちがや》などの葉を指にはさんで飛ばす）と並んで、地方色の濃い遊びだが、昔日の少年の日を思い出させるにふさわしい。

左右《さゆう》の手の草笛《くさぶえ》の音《ね》を吹《ふ》き分《わ》けぬ　三宅清三郎
麦笛《むぎぶえ》やおのが吹《ふ》きつつ遠音《とおね》とも　皆吉　爽雨
草笛《くさぶえ》や雲《くも》の流《なが》れはほしいまま　楠本　憲吉
麦笛《むぎぶえ》を吹《ふ》くや拙《つたな》き父《ちち》として　福永　耕二
草笛《くさぶえ》や少年《しょうねん》牧《まき》の戸《と》にもたれ　生島　宿雨

鑑賞 草笛《くさぶえ》を子《こ》に吹《ふ》く息《いき》の短《みじか》さよ　馬場移公子

昔、よく吹いて遊んだ草笛。子供にその吹き方を教えようと試みたが、その音色も、息の長さも貧弱になっているのに驚いた。「息の短さよ」は体力の衰え、子供の前だから余計に寂しかった。

麦《むぎ》の秋《あき》　麦秋《ばくしゅう》　むぎあき

解説 麦を収穫するころ、初夏ではあるが百穀収穫のときが秋であるためにいう。立春後、百二十日前後の五月下旬が麦刈りの時期とされる。ようやく強さを増した太陽のもと、新緑にとりかこまれて黄熟しきった麦畑は鮮やかな対照を見せる。梅雨期をひかえ農家の仕事も忙しく、人々の立ち働く姿も見えている。

麦《むぎ》の秋《あき》さもなき雨《あめ》にぬれにけり　久保田万太郎
児《こ》の本《ほん》にふえし漢字《かんじ》や麦《むぎ》の秋《あき》　木下　夕爾
新《あたら》しき道《みち》のさびしき麦《むぎ》の秋《あき》　上田五千石
教師《きょうし》みな声《こえ》を嗄《から》して麦《むぎ》の秋《あき》　岩田　由美
麦秋《ばくしゅう》の野《の》に人見《ひとみ》ぬは息《いき》ぐるし　右城　暮石

鑑賞 麦秋《ばくしゅう》や雲《くも》よりうへの山畠《やまばたけ》　梅　室

たまたま山畠よりも低く山裾に雲が沈んでいる日のさまをこう詠んだものである。雲の上に夏空は開け、黄金色に麦は熟れている。「雲よりうへの」の世界の輝かしさといってよい。

皐《さ》月《つき》

解説 陰暦五月の異称。早苗月《さなえづき》の略というが、さまざまの説がある。五月雨月《さみだれづき》であり、じめじめした感じはあるが、語感には爽快《そうかい》なものがある。**皐月富士**《さつきふじ》というと、さっぱり雪を脱ぎ捨てた富士の勇姿を思わせる。

たまたまに三日月拝《みかづきおが》む五月《さつき》かな　去来
年中《ねんじゅう》の山《やま》や五月《さつき》ののぼり雲《ぐも》　丈草
あらすごや井戸《いど》も五月《さつき》の増《ま》さり水《みず》　太祇
深川《ふかがわ》や低《ひく》き家並《やなみ》のさつき空《ぞら》　永井荷風
井戸底《いどぞこ》に木桶《きおけ》のひびく早苗月《さなえづき》　野中亮介

鑑賞 笠島《かさじま》はいづこ五月《さつき》のぬかり道《みち》　芭蕉

『奥の細道』にある句、藤中将実方のゆかりの笠島のあたりはどこかと思い、行ってみたいが五月雨の時季のぬかり道でただ遠く眺めたまま過ぎたというのである。昔を思う気持ちが一句の調べににじみ出ている。

花菖蒲《はなしょうぶ》（はなしやうぶ）

解説 アヤメ科の多年草で、この名はサトイモ科の菖蒲のようでありながら美しい花をつけるところから起こったもの。サトイモ科の菖蒲は風邪を治したり疲労を回復したりする作用を持つ成分を含むので薬用となり、匂いもいいので五月五日の節句に風呂に入れて菖蒲湯にするが、小指を立てたような地味な花が咲くだけである。花菖蒲は山野に自生し赤紫色の花を開く**野花菖蒲**《のはなしょうぶ》から改良されてできた日本の特産の植物で、約五百年前の文書にはじめて花菖蒲という名称が現れている。江戸麻布《あざぶ》の旗本、松《まつ》平《だいら》左金吾《さきんご》は号を菖翁《しょうおう》といい、花菖蒲の栽培・改良に取り組んだ。この株が数種、細川公の所望《しょもう》で熊本に渡り肥後《ひご》菖蒲となった。

三重でも花菖蒲の歴史は古く、この花は江戸系・肥後系・伊勢《いせ》系に大別されるが、それぞれ無数の品種がある。花菖蒲は葉の中央を縦に通る中脈が著しく隆起している点で、渓蓀《あやめ》や燕子花《かきつばた》と区別できる。

こんこんと水《みず》は流《なが》れて花菖蒲《はなしょうぶ》　臼田亜浪

紫《むらさき》のさまで濃《こ》からず花菖蒲《はなしょうぶ》　久保田万太郎

水暮《みずく》れて海《うみ》の鳥来《とりく》る菖蒲園《しょうぶえん》　山口誓子

濃《こ》きは母情《ぼじょう》　淡《あわ》きは父情《ふじょう》　花菖蒲《はなしょうぶ》　成瀬桜桃子

てぬぐひの如《ごと》く大《おお》きく花菖蒲《はなしょうぶ》　岸本尚毅

鑑賞 広々《ひろびろ》と紙《かみ》の如《ごと》しや白菖蒲《しろしょうぶ》　星野立子

大柄の花びらの咲き垂れている白菖蒲である。「広々と紙の如し」と直喩が用いられている。それほどこの花びらは上質の手すきの和紙を思わせるということであろう。おおらかな詠みぶりである。

燕子花《かきつばた》　杜若《かきつばた》

解説 日本・朝鮮・満州・東シベリアの沼沢地に自生するアヤメ科の多年草。古代、衣に摺《す》りつけて用いたのでカキツケバナ（書き付け花）といっていたものがカキツバタになったといわれている。六月ごろ紫色の花を開くが、園芸品種には白色や紫の斑《ふ》のある花も存在する。古くから「いずれアヤメかカキツバタ」という諺《ことわざ》があるが、両者の違いは葉の幅が前者は一センチ、後者は三センチぐらい、前者は葉の高さぐらいのところに花をつけるが、後者は葉の先端より低い。花びらのもとに網《あみ》状の紫色の斑がアヤメにはあり、カキツバタはその部分は縦に黄色い一本の筋があるのみである。

天上《てんじょう》も淋《さび》しからんに燕子花《かきつばた》　鈴木六林男

船着《ふねつ》きてそこらに波《なみ》や杜若《かきつばた》　長谷川零余子

野《の》の池《いけ》や葉《は》ばかりのびし杜若《かきつばた》　泉　鏡花
杜若《かきつばた》けふ降《ふ》る雨《あめ》に莟見《つぼみみ》ゆ　山口　青邨
花《はな》びらの吹《ふ》かれまがりて杜若《かきつばた》　星野　立子

鑑賞 杜若《かきつばた》汀草《みぎわぐさ》にも咲《さ》きまじり　富安　風生

「汀草」は水際に生えているもろもろの草のことをいう。いわば雑草のたぐいである。その中に高貴な花である杜若も数株、ところどころ咲き混じっている。もちろん、やや離れた場所に杜若のみ咲く空間があるのである。

短夜《みじかよ》　明易《あけやす》し

解説 夏至になるともっとも夜が短く、昼は長い。その天文気象上の理屈ではなく、まだ眠り足らぬうちにすっかり明けきってしまう短くはかない夜の感じをいうのである。俳句では季節の進み方にやや敏感で、日の長いこと、暮れの遅いことは春のうちにも感じ取る。「日永《ひなが》」「日暮遅《ひぐれおそ》し」は春の季語である。明け易く夜の短い感じは、もう四時ごろから夜が明けるようになってから、ふと目覚めて驚くといった体験によって感じ取る。夜の短さはどちらかというと明易《あけやす》という心持ちに重きをおいている。

短夜《みじかよ》の櫛《くし》一枚《いちまい》や旅衣《たびごろも》　中村　汀女
短《みじ》か夜《よ》の明《あ》けゆく水《みず》の匂《にお》ひかな　久保田万太郎
ふた親《おや》のなみだに死《し》ぬ子《こ》明《あ》け易《やす》し　飯田　蛇笏
明《あ》けやすき列車《れっしゃ》かぐろく野《の》をかぎる　角川　源義
わが消《け》す灯《ひ》母《はは》がともす灯《ひ》明易《あけやす》き　古賀まり子
明易《あけやす》し流《なが》るる雲《くも》が雨《あめ》のこす　島谷　征良

鑑賞 短夜《みじかよ》や乳《ち》ぜり泣《な》く児《こ》を須可捨焉乎《すてっちまをか》　竹下しづの女

夏の短い夜の間も乳を求めては泣き出して寝させてくれない赤児、もう捨ててしまおうかという切なさを表現した。結びをわざと漢文的表現にルビをふる形にしたのは、やるせない気持ちの屈折を表出したかったのである。

蜜柑《みかん》の花《はな》　花蜜柑《はなみかん》

解説　柑橘《かんきつ》類の花の総称で、多くは五、六月ごろ咲く。小さい白色の五弁花で香りが高い。ふつう蜜柑といえば紀州蜜柑や温州《うんしゅう》蜜柑のことだが、その他の柑子《こうじ》・橙《だいだい》・金柑《きんかん》・仏手柑《ぶしゅかん》・九年母《くねんぼ》・レモン・オレンジ・朱欒《ざぼん》・柚子《ゆず》などのミカン科の植物もほぼ同じ時期に花をつける。また、橘《たちばな》は日本にただ一つ野生する蜜柑の仲間で、その花の芳香は「五月《さつき》まつ花橘の香をかげば昔の人の袖《そで》の香ぞする」（『古今和歌集《こきんわかしゅう》』）と詠まれて以来、昔の思い出を誘うものとして親しまれた。紀州蜜柑が橘の系統を引いているといわれる。

髪《かみ》のびし旅人《たびびと》みかんの花《はな》の香《か》に　出口　青邨
潮風《しおかぜ》のやめば蜜柑《みかん》の花《はな》にほふ　瀧　春一
花蜜柑《はなみかん》匂《にお》ひ夜《よ》の潮《しお》みつるなり　椎木　嶋舎
花蜜柑《はなみかん》日《ひ》の入《い》りぎはの潮迅《しおはや》し　中　拓夫
蜜柑咲《みかんさ》く夜《よ》は雨《あめ》にほひ人待《ひとま》たる　那須　乙郎

鑑賞　全山《ぜんざん》に蜜柑花《みかんはな》つけ通過駅《つうかえき》　斎藤おさむ
蜜柑山のただ中にある小さな駅。急行列車は通過するだけだ。作者は列車の中から通過するだけの風景を惜しむ。開け放しの窓から蜜柑の花の芳香がかすかに匂う。

栗《くり》の花《はな》

解説　いわゆる日本栗は日本原産で、各地に野生する柴栗《しばぐり》からしだいに改良されてきたブナ科の落葉高木。いまだに日本以外では栽培されていない。単に栗といえば秋の果実を指す。山間不毛の地でも育ち、果実は保存もきくので、ときには飢饉《ききん》を救い、戦国の兵糧《ひょうろう》ともなった。六月ごろ、今年伸びた枝の葉腋《ようえき》から細長いひものような花穂を出して雌雄異花をつける。雄花は一五センチくらいの花穂に密集していて白色、雌花は淡緑色で花穂の根本に小さくついているだけなので、栗の花といえば白くて長い雄花だけが目立つわけである。この花には独特の甘いが青臭い匂いがある。

世《よ》の人《ひと》の見付《みつ》けぬ花《はな》や軒《のき》の栗《くり》　芭蕉
栗咲《くりさ》く香血《かち》を喀《は》く前《まえ》もその後《あと》も　石田波郷
ゴルゴダの曇《くも》りの如《ごと》し栗《くり》の花《はな》　平畑静塔
赤《あか》ん坊《ぼう》に少年《しょうねん》の相栗《そうくり》の花《はな》　沢木欣一
犬《いぬ》老《お》いて一日《いちにち》眠《ねむ》る栗《くり》の花《はな》　栗田やすし

鑑賞　花栗《はなぐり》のちからかぎりに夜《よ》もにほふ　飯田龍太

題材は栗の花の匂うということのみ。「ちからかぎりに」匂うと言い取ったところにこの句の眼目があり、花栗の生命感をみずみずしく詠い上げている。下五は「夜もなほにほふ」の意味である。

椎《しい》の花《はな》（しひのはな）

解説　椎はブナ科の落葉高木で、暖地に自生するが庭木としてもよく植えられる。秋にできる種子を椎の実といって食用にし、材はやや堅く弾力に富むので建築材・器具材・薪炭用になる。また椎茸《しいたけ》栽培の原木として利用する。タンニンを含む樹皮の煎《せん》じ汁は染色に用いられる、というように非常に有用で古くから親しまれた木のひとつである。五月末から六月にかけて雌雄異花を開く。一〇センチほどの穂のような花穂に細かな花をつけ、淡黄色で強烈な甘いかおりを放つ。このかおりは虫を誘うためのもので、椎の木が何本もある所ではむっと鼻をつくほどのかおりが立ちこめる。

椎《しい》の花《はな》こぼれて水《みず》の暗《くら》さかな　増田手古奈
吹《ふ》く風《かぜ》もふるさとの香《か》の椎《しい》の花《はな》　西島　麦南
尾長《おなが》どり巣《す》かけし椎《しい》は花匂《はなにお》ふ　水原秋桜子
杜《もり》に入《い》る一歩《いっぽ》に椎《しい》の花《はな》匂《にお》ふ　山口　誓子
椎《しい》の花雨《はなあめ》となりゆく夜《よ》を白《しろ》し　及川　貞
男《おとこ》らの無口《むくち》に椎《しい》の花《はな》ざかり　藤田　湘子

鑑賞　椎匂《しいにお》ふ夜《よ》を充《み》ち充《み》ちて書《か》きゐたり　大野　林火

窓を開けて夜の更けるまで原稿用紙に向かっている自分を、半ば主観的に詠い上げた句である。あたりは静まり、資料を見ながら次々に稿が成ってゆく喜びが、また次の章を書く力となる。椎の花の香が闇を漂ってくる夜。

梔子《くちなし》の花《はな》

解説　東海以西の暖地に自生もあるが、多くは観賞用に植えられるアカネ科の常緑低木で、甘い香りを放つ純白の大形六弁花を梅雨のころ開く。秋の果実は紅黄色で美しいが、花梔子《はなくちなし》と呼ばれる八重咲きの品種は結実しない。梔子の実は熟しても裂けないので「口無《くちな》し」の名ができたというが、一説によるとこの実が巵《くちな》という酒壺《さかつぼ》に似た形をしているから梔子の名があるともいう。「子」は実の意味である。実の黄色の色素は全く無害なので、これを利用して、たくあんやきんとんの着色および木具の染色に用いた。漢方では乾燥した果実を煎《せん》じて解熱薬とするが、黄疸《おうだん》にも効果があるといわれる。

くちなしの花《はな》さき閨《ねや》の月《つき》羸《や》せぬ　飯田　蛇笏
くちなしの花《はな》かも白《しろ》し蚊火《かび》の縁《えん》　富安　風生
今朝《けさ》咲きし山梔子《くちなし》の又白《またしろ》きこと　星野　立子
口《くち》なしの花《はな》はや文《ふみ》の褪《あ》せるごと　中村草田男

くちなしの香《か》もこそ人《ひと》をおもへとや　成瀬桜桃子
われ嗅《か》ぎしあとくちなしの花《はな》の錆《さ》び　山口　速

鑑賞
くちなしに夜《よる》は無人《むじん》の事務《じむ》机《づくえ》　船木　桃子
一人、深更に及んで事務を執る。昼間は人の立ち働く部屋も夜はこの寂しさ。主の帰った机の上にくちなしの花は相変わらず芳香を放つ。それが妙に異様に感じられるのだ。あたりまえのことなのに。

紫陽花《あじさい》（あぢさゐ）　七変化《しちへんげ》　四葩《よひら》　手毬花《てまりばな》

解説　ユキノシタ科の落葉低木。日本特産の園芸種で、伊豆《いず》や房総の海岸沿いにあるガクアジサイが原種。花のようすから四葩・手毬花、花の色の移ろいやすいところから七変化という別名もあるが、花びらのように見えるのは実は萼《がく》の変形したもので、本物の花弁は非常に小さく目立たない。また、雌しべは退化してないので果実はできない。材は細いが堅いので細工物・楊子《ようじ》・木釘《きくぎ》などの材料にされている。西洋にこの花を紹介したのはシーボルトで、その学名に自分の愛人であった長崎丸山の遊女「お滝さん」の名を採ってオタクサと命名した。近年、ヨーロッパでさらに改良された西洋アジサイ（ハイドランゲア）が日本に逆輸入されている。

紫陽花《あじさい》や藪《やぶ》を小庭《こにわ》の別座敷《べつざしき》　芭　蕉
鍛冶《かじ》の火《ひ》を浴《あ》びて四葩《よひら》の静《しず》かかな　富安　風生
紫陽花《あじさい》の藍《あい》をつくして了《おわ》りけり　安住　敦
傘重《かさおも》し紫陽花《あじさい》どきの出《で》あるきに　遠藤　正年
紫陽花《あじさい》剪《き》るなほ美《は》しきものあらば剪《き》る　津田　清子
水鏡《みずかがみ》してあぢさゐのけふの色《いろ》　上田五千石

鑑賞
紫陽花《あじさい》の浅黄《あさぎ》のままの月夜《つきよ》かな　鈴木　花蓑
紫陽花の花がようやく毬を結び、浅黄色に

染まった。これから「七変化」の別名どおり、さまざまな色を見せて長い花期が続くが、今は浅黄の色をそのままに月の光を浴びて、ぎこちない毬をなしている。

葵《あおい》（あふひ）

解説 古い時代に中国から薬用・食用植物として渡来した冬葵《ふゆあおい》が本来の葵である。冬も枯れないで緑色を保つので冬葵の名があるが、アオイは古くはアフヒといい、日を仰ぐという意味である。これは冬葵の葉が向日性を持っていることに由来する。アオイ科アオイ属には他に**銭葵**《ぜにあおい》がある。近縁の属に**蜀葵**《しょつき》（立葵《たちあおい》）・**紅蜀葵**《こうしょつき》（紅葉葵《もみじあおい》）・**黄蜀葵**《おうしょつき》（とろろ葵）・**花葵**《はなあおい》などがあり、現在では一般に葵といえば蜀葵のことを指している。この蜀葵をさらに俗に花葵と称することもあるので注意せねばならない。京都の賀茂《かも》祭は葵祭ともいわれるが、この祭りの牛車《ぎっしゃ》を飾るのは二葉葵《ふたば》というウマノスズクサ科の植物で、植物学上は葵とはなんの関係もない。徳川家の葵の御紋《ごもん》も二葉葵の葉を巴《ともえ》形に組み合わせたものであった。天竺葵《てんじくあおい》（ゼラニウム）・寒葵《かんあおい》なども名前は葵でもアオイ科の草ではない。

堀《ほり》河《かわ》の小《ち》さき出《で》窓《まど》銭葵《ぜにあおい》　富安　風生

あをあをと越後《えちご》も梅雨《つゆ》の銭葵《ぜにあおい》　森　澄雄

峡《かい》深《ふか》し墓《はか》をいろどる立葵《たちあおい》　沢木　欣一

夕《ゆう》刊《かん》のあとにゆふぐれ立葵《たちあおい》　友岡　子郷

貧《びん》乏《ぼう》に匂《にお》ひありけり立葵《たちあおい》　小澤　實

鑑賞 門《かど》に立《た》つ母《はは》立葵《たちあおい》より小《ち》さし　岸　風三楼

立葵はおよそ人の背丈ほどになる。門に並び立てば母は立葵よりもかなり低い。母としての苦労を重ね歳を加えてこられたのだ。子としての感慨のつぶやきが句にこめられている。

十《じゆう》薬《やく》（じふやく）　蕺菜《どくだみ》　蕺菜《どくだみ》の花《はな》

解説　ドクダミ科の多年草。白い地下茎を伸ばして湿っぽいところを好んで繁殖し、その上悪臭があるのでやっかいな雑草として嫌う人が多い。ドクダミの名から毒草だと思っている人さえいる。しかし毒草どころか、この名は毒矯《だ》めまたは毒止めから来ており、十種の薬の効能があるほど役に立つ草だから十薬の名がある。葉や茎を摘むと鼻をつくような強い悪臭の成分には、西洋医薬の抗菌性物質スルファニルアミドの四万倍の抗菌力があるといわれ、外傷や火傷には生の葉をもんですりつけると化膿《かのう》を防ぐ。乾燥すれば匂いは抜けてしまうので煎《せん》じて飲むと、整腸・利尿・高血圧予防・解毒その他に効果がある。梅雨どきに純白の十字形の花をつけるが、花弁のように見えるのは総苞《そうほう》で、その上に出る穂のような部分に黄色い小花が群がる。

十薬《じゆうやく》に真昼《まひる》の闇《やみ》の濃《こ》かりけり　川端　茅舎
十薬《じゆうやく》の正《ただ》しき花《はな》に心触《こころふ》る　中村　汀女
十薬《じゆうやく》を抜《ぬ》きて匂《にお》はす母《はは》が墓《はか》　本宮銑太郎
十薬《どくだみ》の匂《にお》ひに慣《な》れて島《しま》の道《みち》　稲畑　汀子
どくだみの花《はな》に跼《かが》みて世事《せじ》遠《とお》し　遠藤　梧逸

鑑賞　十薬《じゆうやく》がうつりし水《みず》を馬呑《うまの》めり　萩原　麦草

葉が茂り、白い清楚な花をつけている一群の十薬が泉の水面に克明に映っている。その水面に馬が口をつけて水を飲みだした。波打って十薬は解消し、馬のつぶらな瞳はちらと無心にほとりの十薬を見た。

鈴《すず》蘭《らん》　君影草《きみかげそう》

解説　鈴蘭といっても蘭ではなく、ユリ科の宿根草である。ヨーロッパ・温帯アジア・アメリカにかけて分布する。日本ではおもに中部以北の高山に生え、とくに北海道では各地に群生が見られるが、有毒植物なので牛や馬が本能的にこれを食べないので原野に残ったのだといわれる。根茎部分にはコンバラトキシンという有毒成分がとくに多く含まれ、薬学では強心・利尿剤とする。しかし素人《しろうと》が多量に体内にとり入れると危険である。初夏を飾る可憐《かれん》な花として愛好する人が多い。平地に植えると暑さのために生育が悪く、栽培にはもっぱら洋種の鈴蘭が使われる。葉の表面に白粉を帯び、花も大柄である。英語圏のメイフラワーなど欧米諸国では五月の花と呼び、仏では五月一日の鈴蘭祭がその花の香りとともにメーデーを彩る。

すずらんのりりりりりと風《かぜ》に在《あ》り　日野　草城
鈴蘭《すずらん》の谷《たに》や日《ひ》を漉《す》く雲一重《くもひとえ》　中村草田男
ふまれずに鈴蘭落《すずらんお》ちし道《みち》の夜《よる》　高木　晴子
鈴蘭《すずらん》やまろき山頂《さんちょう》牧《まき》をなす　大島　民郎
鈴蘭《すずらん》に山住《やまず》みの日々《ひび》脂粉《しふん》なし　吉池紅於子

鑑賞 鈴蘭《すずらん》の葉《は》をぬけて来《き》し花《はな》あはれ　高野　素十

鈴蘭の葉は大きなものではないが、わりあいに幅が広い。その深い緑色の葉の間から花茎を葉よりやや高く伸ばして、かぐわしく可憐な小花をつづる。楚々とした清純な趣があるが、また寂しげな風情もある。

瓜《うり》の花《はな》

解説 ウリ科の植物の花を総称していう。狭義には胡瓜《きゅうり》・甜瓜《まくわうり》・メロンなどを瓜というが、広い意味では西瓜《すいか》・南瓜《かぼちゃ》・糸瓜《へちま》なども含む。蔓草《つるくさ》で巻きひげがあるのが共通の特徴で、花は雌花と雄花の別があり、白または黄《き》色である。日本に野生する烏瓜《からすうり》・黄烏瓜《からすうり》・雀瓜《すずめうり》の花も「瓜の花」に含めてよいであろうが、これらの果実は食用にならない。食用になる瓜の仲間はすべて外来種である。

雨土《あめつち》をしたたか揚《あ》げぬ瓜《うり》の花《はな》　西山　泊雲
思《おも》ひきり泣《な》く少年《しょうねん》や瓜《うり》の花《はな》　星野麦丘人
しぼみつつかぼちやの花《はな》の葉《は》に隠《かく》る　篠原　梵
雨《あめ》の矢《や》の大《おお》きく白《しろ》く花南瓜《はなかぼちゃ》　今井つる女
野《の》は濡《ぬ》れて朝《あさ》はじまりぬ花胡瓜《はなきゅうり》　有馬　籌子

鑑賞
雷《かみなり》に小屋《こや》は焼《や》かれて瓜《うり》の花《はな》　蕪　村

「小屋」は夜に瓜が盗まれないよう見張るためのそまつな小屋のことである。瓜の熟れぬうちに雷にあってその瓜小屋は焼けてしまった。焼け跡のほとりの瓜畑は今花ざかりだ。

入梅《にゅうばい》（にふばい）　梅雨入《ついり》　梅雨《つゆ》に入《い》る

解説　暦では太陽黄経八〇度の日で六月十一日か十二日と定めてあるが、実際に梅雨の気象の始まりとは一致しない。気象上は梅雨前線が日本の南岸に停滞しはじめる時期で、沖縄ではずっと早く、東日本でちょうどこのころになる。また年によっても遅速がある。

入梅《にゅうばい》や蟹《かに》かけ歩《ある》く大座敷《おおざしき》　一　茶
世《よ》を隔《へだ》て人《ひと》を隔《へだ》てゝ梅雨《つゆ》に入《い》る　高野　素十
樹《き》も草《くさ》もしづかにて梅雨《つゆ》はじまれり　日野　草城
童謡《わらべうた》かなしき梅雨《つゆ》となりにけり　相馬　遷子
凡《ぼん》の墨《すみ》すりて香《か》もなし梅雨《つゆ》の入《い》り　及川　貞

鑑賞
焚火《たきび》してもてなされたるついりかな　白　雄

入梅というと雨の日でなくとも、やはりなにか冷え冷えとした思いがある。焚火のもてなしが心に響くものであった。焚火をこのうえないものといただく心に風流がある。

梅雨《つゆ》　梅雨《ばいう》

解説　六月上旬から七月中旬にかけて、わが国と揚子江《ようすこう》流域にかけて特有の雨季であり、またその時季に降るじめじめした霖雨《りんう》をいう。暦の上では入梅は六月十一日か十二日であり、その後のおよそ三十日間であるが、実際は年により異なり、まただいたい南から始まり北に移り、**梅雨明**《つゆあけ》も同じく南から始まる。やや早い時期の五月末ごろこの現象の先ぶれのあるのを**走り梅雨**《はしづゆ》という。梅の実が熟するころの雨のため梅雨と呼ばれるともいい、黴《かび》の生じやすい気候のため黴《ばい》雨《う》とも呼ぶという。日本では古くは**五月**《さつき》**雨**《あめ》**・さみだれ**と呼ばれ、江戸時代になって梅雨と呼ばれるようになった。この時季に雨の降らないことを**空梅雨**《からつゆ》ともいう。

荒梅雨《あらづゆ》や山家《やまが》の煙《けむり》這《は》ひまはる　前田　普羅
わらうてはをられずなりぬ梅雨《つゆ》の漏《もれ》　森川　暁水
さよならと梅雨《つゆ》の車窓《しゃそう》に指《ゆび》で書《か》く　長谷川素逝
ふところに乳房《ちぶさ》ある憂《う》さ梅雨《つゆ》ながき　桂　信子
抱《だ》く吾子《あこ》も梅雨《つゆ》の重《おも》みといふべしや　飯田　龍太
梅雨《つゆ》永《なが》し二階《にかい》を妻《つま》の歩《ある》く音《おと》　辻田　克巳

鑑賞　梅雨《つゆ》水輪《みずわ》生《うま》れどほしの北陸路《ほくりくじ》　大野　林火

北陸の金沢あたりの町並みを思わせる。旅も長く、梅雨も長い。道の上に雨足の作る水輪が、消えては生まれて尽きることがない。このうっとうしい道も作者にとっては懐かしい思い出の道筋であったようだ。

出水《でみず》（でみづ）　梅雨出水《つゆでみず》　夏出水《なつでみず》

解説　梅雨期に長雨が降り続き、とくに梅雨の終わりのころには大雨がよく降り、河川の氾濫《はんらん》ということになる。これは「梅雨出水」が正しいが、単に「出水」ともいう。秋の台風シーズンにも出水は起こりやすいが、それは「秋出水《あきでみず》」といって区別している。山岳地帯に接している所では、河川も傾斜が急なので、豪雨による氾濫がはなはだしく、家屋や田畑の流失など大きな被害を与える。**水害《すいがい》・水禍《すいか》・出水川《でみずがわ》・水禍村《すいかむら》・出水宿《でみずやど》・洪水《こうずい》。**

水《みず》ぎはを松火《まつ》焦《こ》がしゆく出水《でみず》かな　原　石鼎
白日《はくじつ》に出《で》水《みず》の泥《どろ》の亀裂《きれつ》かな　沢木　欣一
釣堀《つりぼり》の稚魚《ちぎょ》が田《た》に来《く》る梅雨出水《つゆでみず》　小野　宏文
草《くさ》のさき出《い》でて吹《ふ》かるる梅雨出水《つゆでみず》　山上樹実雄
夜《よ》は星《ほし》に祈《いの》り水禍《すいか》の屋根《やね》に住《す》む　瀬川　芹子

鑑賞　一歩《いっぽ》づつ出水《でみず》を鳴《な》らし夜《よ》の往診《おうしん》　川上　季石

出水の中、急患への往診を頼まれた医師の姿である。濁流に足をとられそうになるのを、一歩ずつ踏みしめ踏みしめ闇の中を進む。それこそ命がけの往診である。闇夜の洪水の恐ろしさが迫ってくる。

五月闇《さつきやみ》

解説　五月雨のころの暗さをいう。夜の闇はあやめもわかぬといわれるほどである。梅雨の暗雲が垂れこめ木々も茂りを深くするための暗闇である。昼間の暗さをいう場合もある。

五月闇蓑《さつきやみみの》に火《ひ》のつく鵜舟《うぶね》かな　許　六
やはらかきものはくちびる五月闇《さつきやみ》　日野　草城
纜《ともづな》の沈《しず》める水《みず》や五月闇《さつきやみ》　楠目橙黄子
五月闇《さつきやみ》五位《ごい》鷺鳴《な》き過《す》ぎぬおちよろ舟《ぶね》　石川　桂郎
五月闇《さつきやみ》青銅《せいどう》厚《あつ》き地獄《じごく》門《もん》　有馬　朗人

鑑賞　二三歩《にさんぼ》に地《ち》をうしなへり五月闇《さつきやみ》　井沢　正江

五月闇というのは昼間でも思いがけないほ

どの暗さを感ずることがある。そんな濃い闇をほんの二、三歩の歩みによろめくほどに感じ取ったのである。「地をうしなへり」は心のとらえた深淵である。

黴《かび》

黴《かび》の宿《やど》　黴《かび》の香《か》

解説　黴はいろいろな分解要素を含んでいるので、物を腐敗させる。有機物がいつまでもゴミとして地上に残らないのは黴が存在するからである。そればかりでなく、人類にとって有益なものも多く、食品や薬品の製造に役立たせるなど、その利用は多方面にわたっている。しかし、一般の人々がじかに目に触れる黴はあくまでもやっかいものであり、生活を営む上での邪魔者にほかならない。現に、生きている植物や魚類にとりこんで死に至らしめるものもあり、人間でも筋肉から内臓、さらには脳などに侵入した黴は除去が困難である。単に黴といえば、食物・衣類・住居・蔵書などに発生しやすい梅雨どきの感じをとらえて夏の季題にする。

かほに塗《ぬ》るものにも黴《かび》の来《きた》りけり　森川　暁水
黴《かび》のアルバム母《はは》の若《わか》さの恐《おそ》ろしや　中尾寿美子
光《ひか》るもの優勝《ゆうしょう》盃《はい》や黴《かび》の宿《やど》　久米　三汀
きのふ拭《ふ》き今日《きょう》またかびぬ舞扇《まいおうぎ》　武原　はん
黴《かび》の世《よ》や言葉《ことば》もつとも黴《か》びやすく　片山由美子

鑑賞　怠《おこた》りし聖書《せいしょ》の黴《かび》を怖《おそ》れけり　加藤　汀子
黴そのものを怖れたのではない。黴は日に干してぬぐえばいい。日々携えて信仰すべきバイブルを黴にゆだねてしまった自分自身の怠惰を怖れ、自戒の念を述べたのである。

濁《にご》り鮒《ぶな》

濁《にご》りを掬《すく》う

解説　梅雨のころ、鮒は河川の増水と濁りに乗じて水田に入ったり、小流をさかのぼったりして産卵する。これを濁り鮒という。四つ手網や、叉手網《さで》で掬って獲る。濁りを掬うともいい、鮒のほかに鯰《なまず》なども獲れることがある。

濁《にご》り鮒《ぶな》腹《はら》をかへして沈《しず》みけり　高浜　虚子
顔《かお》を出《だ》すバケツの水《みず》の濁《にご》り鮒《ぶな》　高野　素十
蘆原《あしはら》に雲《くも》生《あ》れしとき濁《にご》り鮒《ぶな》　角川　源義
濁《にご》り鮒《ぶな》夕雲《ゆうぐも》草《くさ》に沈《しず》みつつ　大嶽　青児
田《た》より田《た》へ流《なが》るる水《みず》や濁《にご》り鮒《ぶな》　小沢　一呂

鑑賞　いくさとを流《なが》れ流《なが》され濁《にご》り鮒《ぶな》　岡本　松浜

鮒は、ふるさとの代名詞のような魚である。小川や池には必ず鮒がいた。この句は濁流に流される鮒のようすを「流れ流され」と、繰り返して用い、自然の流れに挑むことのできない鮒の哀れさを巧みに描写している。

蟹《かに》

山蟹《やまがに》　川蟹《かわがに》　沢蟹《さわがに》　浜蟹《はまがに》　砂蟹《すながに》
弁慶蟹《べんけいがに》　磯蟹《いそがに》

解説　蟹は種類が多く、海水産のものがほとんどであるが、中には淡水地域に移ってすむものもいる。食用とされる川蟹は春、海蟹は冬がしゅんであるが、夏の季題とされる蟹は、磯や川辺《かわべ》でよく見られる小蟹を指す。とくに梅雨どきから夏にかけて活動し、特徴のある爪《つめ》をあげて横走りする姿は愛らしい。沢蟹・浜蟹・砂蟹・弁慶蟹などの学名を持つほか、すむ場所により、山蟹・川蟹などと呼ぶが正しい名称ではない。北陸や日本海側の海岸で冬季に獲れる蟹は、俳句では冬の部に入り、松葉蟹《まつばがに》・せいこ蟹・ずわい蟹などの呼び名を付けて区別している。また、鱈場蟹《たらばがに》・花咲蟹《はなさきがに》は有名であるが、やどかりの一種で蟹の類ではない。

この崖《がけ》にわれ彳《た》つかぎり蟹《かに》ひそむ　山口　誓子
怖《おそ》るるに足《た》らざる我《われ》を蟹怖《かにおそ》る　相生垣瓜人
腹《はら》の子《こ》をこぼして蟹《かに》の崖登《がけのぼ》る　北村　保
山蟹《やまがに》のさばしる赤《あか》さ見たりけり　加藤　楸邨
蟹隠《かにかく》る指《ゆび》さされしを羞《は》づごとく　山崎ひさを
裏返《うらがえ》りつつ沢蟹《さわがに》の遡《さかのぼ》る　広渡　敬雄

鑑賞　代《かわ》る代《がわ》る蟹来《かにき》て何《なに》か言《い》ひては去《さ》る　富安　風生

海辺に近い家の縁先に蟹が来る。口からあぶくを出し、何かぶつぶつ文句を言っているようにも見える。一匹が去ると、また次の蟹が来て何かつぶやいては去る。まるで代わる代わる苦情を言いに来る人間のような蟹である。

蝸牛《かたつむり》　でで虫《むし》　でんでん虫《むし》

解説　地方によりいろいろな呼び名がある。笠《かさ》つぶりは、蝸牛の巻き貝を笠に見立てたもので、これがなまってかたつむりになったといわれる。だいろ・まいまいつぶろ・でんでん虫などは、子供のはやしことば「出ろ出ろ」や「舞え舞え」などが呼び名になったもの。学名は、まいまいであるが、水生昆虫の鼓虫《まいまい》とまちがいやすいので俳句では用いない方がよい。渦巻き形の半透明な殻を負い、頭に二対の角を持つ。長い方の先に眼があるが視力はなく、明暗を知るだけである。愛嬌《あいきょう》のある虫として親しまれているが、桑の葉や野菜などを荒らす害虫である。湿気を好み、雨後や夜間に出て活動する。天気のよいときは、葉裏や石の下など人目につかないところに隠れている。

かたつぶり角《つの》ふりわけよ須磨明石《すまあかし》　芭　蕉
角出《つのだ》して這《は》はで止《や》みけり蝸牛《かたつむり》　太　祇
やさしさは殻透《からす》くばかり蝸牛《かたつむり》　山口　誓子
蝸牛《かたつむり》いつか哀歓《あいかん》を子《こ》はかくす　加藤　楸邨

号泣《ごうきゅう》の眼《め》の端《はし》をゆく蝸牛《かたつむり》　対馬　康子

鑑賞　かたつむり甲斐《かい》も信濃《しなの》も雨《あめ》の中《なか》　飯田　龍太

甲斐在住の作者の句である。隣接しあう甲斐と信濃、それらの山や盆地が雨に煙っている景をみずみずしく描く。信濃の蝸牛に寄せる情が、「甲斐も信濃も雨の中」にこもり、ほのぼのとした親しみを抱かせる句である。

蚯《み》蚓《みず》　蚯蚓《みみず》出《い》づ

解説　繁殖力が強く、種類も数もきわめて多い。畑や庭の湿地にすみ、腐植土の植物質を養分として育ち、土にも栄養を与えるため農業上からは有益な動物とされている。体は円筒状で大きいのは一〇センチぐらい。多くの環節から成っている。五月の中旬ごろ地上に姿を見せることがある。これを蚯蚓出づという。梅雨のころには、よく這《は》い出してくるが、これは呼吸が苦しくなるためである。一匹で雌雄の生殖器を備えている。釣りの餌《え》とされるほか、漢方薬では解熱剤や強壮剤として用いられる。糸蚯蚓は、溝の泥中に群生し、金魚の餌とされる。

みちのくの蚯蚓《みみず》短《みじか》し山坂《やまさか》がち　中村草田男

彌《み》撒《サ》の庭《にわ》蚯蚓《みみず》が砂《すな》にまみれ這《は》ふ　石田　波郷

朝《あさ》すでに砂《すな》にのたうつ蚯蚓《みみず》またぐ　西東　三鬼

明《あか》るき雨《あめ》みみず急《いそ》ぐがごとく伸《の》ぶ　原田　種茅

貌《かお》といふものを持《も》たざる蚯蚓《みみず》の死《し》　津田　清子

土《つち》まみれのみみずよ休日出勤《きゅうじつしゅっきん》す　雨宮　昌吉

鑑賞　ふためき終《お》へ蚯蚓《みみず》の方向今定《ほうこういまさだ》まる　軽部烏頭子

地上であわてふためいている蚯蚓を見ると、どちらが頭でどちらが尾か見定めがつかない。ようやくふためきを終えた蚯蚓が動き出すのを見て、やっと蚯蚓の進路を知る。

こまかな観察の眼が「今定まる」の語に感じられる。

蟇《ひきがえる》（ひきがへる）　蟾《ひき》　蟾蜍《ひきがえる》　蝦蟇《がま》

解説　日本各地にすむ大形の蛙《かえる》。体は肥大して四肢が短い。背面に多数のいぼがあるため、いぼがえるとも呼ばれる。昼間は草むらや床下にひそみ、夕方ごろから出てきて、蚊《か》や小さな虫を捕食する。二月ごろ、池や沼などに寒天質でひも状の長い卵を産んだあと、ふたたび春眠に入り、夏の初めごろに出てくる。動作が鈍重で姿も醜いので人に嫌われるが、実験動物として寄与し、害虫を駆除するための有益な動物といえよう。

蟾蜍《ひきがえる》長子《ちょうし》家去《いえさ》る由《よし》もなし　中村草田男

蟇歩《ひきある》く到《いた》りつく辺《へ》のあるごとく　中村汀女

蟇《ひきがえる》誰《たれ》かものいへ声《こえ》かぎり　加藤楸邨

跳《と》ぶ時《とき》の内股《うちまた》しろき蟇《ひきがえる》　能村登四郎

遅《おく》れたる足《あし》を引《ひ》き寄《よ》せ蟇《ひきがえる》　石田勝彦

鑑賞　まかりいでたるはこの藪《やぶ》のひきにて候《そろ》　一茶

一茶には動物に対する哀憐の情を詠んだ句が多い。この句は、狂言の「まかり出でたるものはこの辺りに住まひ致す者にてござる」という名乗りをそのまま用いて、のっそりと現れ出た蟇をユーモラスにとらえている。

青蛙《あおがえる》（あをがへる）　夏蛙《なつがえる》

解説　雨蛙に似ているがやや大きく、本州・四国・九州の平地に多くすむ。体長は七センチぐらいで、背面は鮮やかな緑色。指先に吸盤があるため樹上生活に適している。水田の畦《あぜ》の土中や、草の上に泡状の卵を産む。これと似てやや大きいものにモリアオガエルがいるが、産卵の習性が珍しいため、主な生息地では天然記念物に指定されている。

青蛙《あおがえる》おのれもペンキ塗《ぬ》りたてか　芥川龍之介
青蛙《あおがえる》喉《のど》の白《しろ》さを鳴《な》きにけり　松根東洋城
軒《のき》雫《しずく》落《お》つる重《おも》たさ青蛙《あおがえる》　菅　裸馬
鉄板《てっぱん》に息《いき》やはらかき青蛙《あおがえる》　西東三鬼
筆《ふで》を置《お》く青蛙《あおがえる》葉《は》を滑《すべ》らずや　石川桂郎

鑑賞　青蛙《あおがえる》ぱつちり金《きん》の瞼《まぶた》かな　川端茅舎

色彩豊かな青蛙である。作者はそのかわいらしい目に金色の瞼があることを発見する。「ぱつちり」の語がさらに目もとを際立たせている。動物への愛情と凝視が生んだ優れた写生句といえよう。

河鹿《かじか》

河鹿蛙《かじかがえる》　河鹿笛《かじかぶえ》

解説　正しくは河鹿蛙。山間の渓流にすむ小さな蛙で、雌雄大きさが異なる。雄は雌より小さいが、澄んだ美しい声で鳴くので、姿よりも声を賞美するため飼育される。河鹿笛は、鳴く音を笛に例えたものである。

河鹿《かじか》きく我衣手《わがころもで》の露《つゆ》しめり　杉田久女
河鹿《かじか》鳴《な》き星《ほし》も俄《にわ》かに躍《おど》り出《い》づ　菖蒲あや
夕河鹿《ゆうかじか》百《ひゃく》のランプを配《くば》りそむ　山口青邨
夕河鹿《ゆうかじか》一人《ひとり》の旅は独り酌む　瀧　春一
河鹿笛《かじかぶえ》聞《き》かんと闇《やみ》に顔《かお》さらす　池上浩山人

鑑賞　河鹿《かじか》鳴《な》く宿《やど》の鏡《かがみ》に代《かわ》りあひ　中村汀女

上七の「河鹿鳴く宿」で、この宿の位置が打ち出されている。女同士の旅であろうか。部屋に置かれてあるのは粗末な鏡台一つ。瀬音に混じって聞こえる河鹿の音が旅情をそそる。

桑《くわ》の実《み》（くはのみ）

桑苺《くわいちご》

解説　桑はクワ科の落葉木で、山野に自生するものは高木となるが、養蚕用に栽培される品種は年々枝を刈りとるので低木状となる。かつては養蚕が日本の重要な産業のひとつだったのでたいせつに扱われたが、六、七月ごろ熟れる赤い実は蚕と関係がないのであまり関心を払われなかった。しかし農山村の子供たちには絶好の自然の果物で、口中赤く染めて食べた思い出を持つ人は少なくない。桑苺という別名もある。熟した果実からは桑の実酒を作ることもでき、これは疲労回復や強壮に効果がある。ヨーロッパやアメリカでは、少数ながら実を食用とするために大きくて甘い実のなる種類が栽培されているという。

桑《くわ》の実《み》のしみ新《あたら》しき桑籠《くわご》かな　富安　風生
桑《くわ》の実《み》に長《なが》きも長《なが》き峠《とうげ》かな　阿波野青畝
桑《くわ》の実《み》や馬車《ばしや》の通《かよ》ひ路《じ》ゆきしかば　芝　不器男
桑《くわ》の実《み》を食《た》べたる舌《した》を見《み》せにけり　綾部　仁喜
桑《くわ》の実《み》や擦《す》り傷《きず》絶《た》えぬ膝小僧《ひざこぞう》　上田五千石

鑑賞　黒《くろ》く又《また》赤《あか》し桑《くわ》の実《み》なつかしき　高野　素十

桑の実は熟すと黒みを帯びた紅の色になる。これを食べると酸っぱさの中に一抹の甘さがあり、かつて少年のころしきりに口にした思い出がよみがえる。

さくらんぼ　桜桃《おうとう》の実《み》　桜桃《おうとう》

解説　さくらんぼは〝桜の実〟の総称だが、一般には果物としての西洋実桜《みざくら》の果実をいう。西アジアの原産で有史以前に栽培化された古い歴史を持つが、欧米で本格的に作られるようになったのは十六〜十七世紀。日本には明治初期にフランスとアメリカから輸入され、北海道・山形・福島・長野で栽培に成功した。冷涼な気候を好み、また、雨にあうと実が裂ける性質を持つので雨の害のないところでないと栽培はむずかしい。福島や長野では梅雨に入る前に熟す早生種を作っている。わが国のさくらんぼは西洋実桜のうち果実の甘い系統（スイートチェリー）で、生食に向かず加工用にされる酸っぱい系統（サワーチェリー）はほとんど作られていない。桜桃の花は春。

舌《した》に載《の》せてさくらんぼうを愛《あい》しけり　日野　草城
さくらんぼさざめきながら量《はか》らるる　成瀬桜桃子
さくらんぼ笑《えみ》で補《おぎな》ふ語《ご》学力《がくりょく》　橋本美代子
幸《しあわ》せのぎゅうぎゅう詰《づ》めやさくらんぼ　嶋田　麻紀
桜桃《おうとう》のみのれる国《くに》をまだ知《し》らず　三橋　鷹女
桜桃《おうとう》のひとつひとつが灯《ひ》をともし　杉本　苑子
桜桃《おうとう》や言葉《ことば》尖《とが》りて病《や》むかなし　新田　久子

鑑賞　茎《くき》右往《うおう》左往《さおう》菓子器《かしき》のさくらんぼ　高浜　虚子

昭和二十二年作。菓子器に盛られた桜桃の茎がてんでんの方向を向いていることにことよせて、戦争中は私たちみな右往左往の状態でしたねという感慨を述べた。そう解釈しないと、実に他愛ない句になる。

ゆすらうめ　英桃《ゆすらうめ》　山桜桃《ゆすら》

解説　中国原産のバラ科の落葉低木。ゆすらうめの花は白色または淡紅色の五弁花で、四月ごろ開く。地味ながら美しい花で、春の季題である。単にゆすらうめという場合は六月ごろ熟して赤くなる実のことである。径一センチばかり、果実は甘酸っぱく生で食べられる。中国や朝鮮では百果に先んじて熟する果物として珍重し、店頭や市場などで売られているという。生で食べるほか、シロップやゼリーにする。わが国へは江戸時代初期に渡来し、庭木として広く植えられている。ゆすらの名は朝鮮の方言に基づいたものである。

ふるさとの庭《にわ》のどこかにゆすらうめ　池内たけし
嫁《とつ》ぎてもあまへに来《く》る娘《こ》ゆすらうめ　松尾いはほ
つづきたる雨《あめ》の間《ま》に熟《う》れゆすらうめ　五十嵐播水
田舎《いなか》の子《こ》の小《ちい》さき口《くち》やゆすらうめ　中村草田男
ゆすらの実《み》麦《むぎ》わら籠《かご》にあまりけり　五十崎古郷
やむとみせてまた降《ふ》る雨《あめ》のゆすらうめ　木下夕爾

鑑賞　水底《みなぞこ》へゆすら紅《べによ》寄せ沈《しず》みけり　吉野義子

池か沼か、水面へ突き出すように生えているゆすらうめの実が落ち、水の底にたまっているのが見えるのである。地に落ちるのではなく、やがて水中で腐り、むなしいものとなるが、今は相寄って紅さを保っている。

青《あお》梅《うめ》（あをうめ）　梅《うめ》の実《み》　実梅《みうめ》

解説　暦の上の入梅のころ、梅の実は急速に育ってきて、目立って太くなる。六月下旬になると熟して黄色になるが、実の太りが止まってまだ色づかないものが青梅で、これを収穫して梅干しなどするほか、煮梅・梅びしお・のし梅にも加工する。また焼《しょう》酎《ちゅう》に漬けて梅酒を作る。果皮を除き煙でいぶしたものを烏梅《うばい》といい、嘔吐《おうと》を止め胃を落ち着かせる作用があるので古くから漢方で用いられている。梅酢は食あたりに、梅干しの黒焼きは風邪薬に、梅肉エキスは食あたり・腹痛に効果がある。梅は元来薬として利用するために日本へもたらされた植物だったのである。ただし、未熟な梅の実には青酸が含まれているので、生では食べない方がいい。

青梅《あおうめ》に眉《まゆ》あつめたる美人《びじん》かな　蕪村
青梅《あおうめ》の臀《しり》うつくしくそろひけり　室生犀星
牛《うし》の顔《かお》大《おお》いなるとき実梅《みうめ》落《お》つ　石田波郷
夕日《ゆうひ》いま高《たか》き実梅《みうめ》に当《あた》るなり　星野立子

あをき実《み》の梅《うめ》も葉《は》隠《がく》り縁切寺《えんきりでら》　石川　桂郎

鑑賞 青梅《あおうめ》が闇《やみ》にびっしり泣《な》く嬰児《えいじ》　西東　三鬼

嬰児はみどりご、すなわち赤ん坊のこと。夜の闇に梅の木は青い実をびっしりとつけ、まさに充実の時期を迎えている。泣きやまぬ赤ん坊の声も強く、命あるものの健やかさを感じさせる。

紫蘇《しそ》　青紫蘇《あおじそ》

解説 シソ科の一年草。古い時代に中国から入ってきた栽培植物である。ふつうの紫蘇は茎も葉も紫色で淡紫色の花をつける。葉を梅酢に入れると赤色になるので梅干しやしょうがの色づけに用いられる。刻んで薬《やく》味《み》にしたり、漬け物の味を引き立てるために漬けこんだりする。葉の緑色の青紫蘇(花は白色)、葉の縮れた縮緬紫蘇《ちりめんじそ》などの栽培品種がある。独特の香気の成分は紫蘇油で、防腐力が強い。紫蘇の実（秋）から搾った紫蘇油は二〇グラムで醤油《しょうゆ》一八〇リットルを完全に防腐するという。この油は食用（揚げ物）になるが、菜種油が出現する前の時代には灯油として使われた。葉と種子は薬用にもなる。

紫蘇《しそ》壺《つぼ》を深淵《しんえん》覗《のぞ》くごとくする　山口　誓子
紫蘇《しそ》濃《こゆ》き一途《いちず》に母《はは》を恋《こ》ふ日《ひ》かな　石田　波郷
雑草《ざっそう》に交《まじ》らじと紫蘇《しそ》の匂《にお》ひたつ　篠田悌二郎
ひとうねの青紫蘇《あおじそ》雨《あめ》をたのしめり　木下　夕爾
海《うみ》を見《み》る青紫蘇《あおじそ》の香《か》は歯《は》に残《のこ》り　有働　亨

鑑賞 紫蘇《しそ》の香《か》や朝《あさ》の泪《なみだ》のあともなし　藤田　湘子

寝起きのとき、目に涙がたまっていることがある。「朝の泪」はそれを指していうのであろう。卓につけば朝餉の青紫蘇の香がぷんと鼻をつき、誰にも知られぬ涙目は、もう跡形もなくなっている。

枇《び》杷《わ》（はび）

解説　バラ科の常緑小高木。六月ごろから熟して黄色になる果実を単に枇杷と称する。この木は日本に自生もあるが、果樹としては九世紀かそれ以前に中国から伝来したものが最初である。しかし、長い間主要な果樹とはされなかった。ところが、幕末に中国から長崎代官へ贈られた枇杷の種を奉公していた女性が貰いうけ自宅の庭に蒔《ま》くと数年で大きな実がなり、以後茂木《もぎ》枇杷として長崎県の特産になった。その後、明治十二年にこの長崎で食べた枇杷の種を東京に持ち帰った田中芳男男爵が育てたものの中から優秀な品種が現れ、千葉県で田中枇杷として栽培されるようになった。今日では両種をもとにいくつもの改良種が生まれているが、いまだに種を小さくしたりなくしたりすることには成功していない。実は小さいが果皮や果肉の白い白枇杷《しろびわ》という珍しい品種が静岡県で栽培されているという。

枇杷《びわ》黄《き》なり空《そら》はあやめの花曇《はなぐも》り　素堂
枇杷《びわ》買《か》つて舷梯《げんてい》のぼる夜《よる》の雨《あめ》　橋本多佳子
やはらかな紙《かみ》につつまれ枇杷《びわ》のあり　篠原梵
灯《ひ》や明《あか》し独《ひと》り浴後《よくご》の枇杷《びわ》剝《む》けば　石塚友二
枇杷《びわ》の種《たね》吐《は》くや図図《ずうずう》しく生《い》きむ　小澤實

鑑賞　磯《いそ》の香《か》に峙《そばだ》つ山《やま》も枇杷《びわ》のころ　水原秋桜子
「峙つ」は高くそびえること。海に面した山に絶えず潮の香りを含んだ風が吹いている。その山で枇杷を栽培しているのだ。見渡せばいたるところに累々と丸く黄色い実がなっている。

田《た》植《うえ》（あたう）

田《た》を植《う》う　田植歌《たうえうた》　田植笠《たうえがさ》

解説　代搔《しろかき》（田植前に水を入れた田の面を搔きならし肥料を施す）を終わった田へ早苗《さなえ》（稲の苗）を植える作業をいう。古来は、田植笠《たうえがさ》をかぶった早乙女《さおとめ》（田植女《たうえめ》、昔は未婚の娘に限った）たちによって行われ、かなり神事（田植歌《たうえうた》で、田の神に豊作祈願）に関係した習俗もあったが、最近ではほとんど見られなくなった。その植え方にも地方によって、田の性質（深い・浅い）によっていろいろあるが、苗を直線に植えながら後下がりに進むのが一般的である。水の多い梅雨時分に行われ、泥田の中の窮屈な作業は容易ではない。農家、村全体が田植を中心に結束し、共同作業で植えるところは多い。秋の穫り入れと並んで、水稲中心の日本の農業のもっとも重要な仕事である。田植の終わった田の静けさ、また重労働のあとの安堵《あんど》感《かん》が村全体を包むのもこのときである。籾播《もみま》きを八十八夜に、それから三十三日目に田植をする地方が多かったが、別に決まっているわけではなく、六月上旬から、半夏生《はんげしょう》（七月一、二日ごろ）までに植えているようである。

風流《ふうりゅう》の初《はじめ》やおくの田植《たうえ》うた　芭蕉
田《た》を植《う》ゑるしづかな音《おと》へ出《い》でにけり　中村草田男
山河《さんが》また一年経《いちねんへ》たり田《た》を植《う》うる　相馬遷子
みめよくて田植《たうえ》の笠《かさ》に指《ゆび》を添《そ》ふ　山口誓子
田《た》を植《う》ゑて空《そら》も近江《おうみ》の水《みず》ぐもり　森澄雄
田《た》を植《う》ゑて家持《やかもち》の国《くに》水《みず》びたし　林徹

鑑賞　一日中《いちにちじゅう》一人《ひとり》湖北《こほく》の田植《たうえ》かな　細見綾子

「湖北」という地名には、寂しさが感じられる。しかも一日中を、一人で黙々と田を植え続ける風景は、旅人の眼に悲しさとなって伝わる。村中が田植でにぎわうことを知っていればなおさらであろう。主観的なことばを用いないところに、この句のよさが倍加していることに注目したい。

誘蛾灯《ゆうがとう》（いうがとう）

解説　植田《うえた》などが受ける虫害を防ぐために、昆虫が灯《ひ》を慕って集まる習性を利用して、死滅させる装置をいう。外灯によって集まった虫が、灯下に置かれた水や石油の中に落ちて死ぬという方法がもっとも多かった。もともとは火を点じたが、水銀灯に代わって夜の水田を涼しく彩っていたが、農薬の普及ですたれてきた。庭園などは、夏の夜の詩情を誘うものとして利用しているが、朝、小さな虫の死骸《しがい》が散乱している灯の消えた誘蛾灯は見るもむなしいほどである。古来、農作物全般の虫害予防に虫篝《むしかがり》というものがあった。

誘蛾《ゆうが》燈《とう》遮《さえぎ》りたるは人影《ひとかげ》か　高野　素十
翼《つばさ》あるもの先《さき》んじて誘蛾燈《ゆうがとう》　西東　三鬼
誘蛾燈《ゆうがとう》とりまく闇《やみ》の雨籠《あめこ》めぬ　大野　林火
稿《こう》の外《そと》にて誘蛾燈《ゆうがとう》涼《りょう》を呼《よ》ぶ　森　澄雄
肩《かた》に手《て》を置《お》く彼《かれ》とあり誘蛾燈《ゆうがとう》　中田　品女
虫《むし》焦《こ》げし火花《ひばな》美《うつく》し虫篝《むしかがり》　高浜　虚子

鑑賞　死《し》にさそふものの蒼《あお》さよ誘蛾燈《ゆうがとう》　山口　草堂

誘蛾燈の青みを帯びた美しい光は魅惑的だ。虫たちもあの光に誘われて集まると思えば、死を誘うものは、あのような蒼白の光なのかもしれない。危険も顧みないで、我を忘れるのは虫に限ったことでない。

火取虫《ひとりむし》　灯虫《ひむし》　火入虫《ひいりむし》

解説　夏の夜、灯火のまわりに集まってくる虫の総称である。昔は灯油の中に飛びこんで灯火を消したため灯取虫とか火入虫と呼ばれた。とくに、灯火に集まる蛾《が》を指していうことが多いが、蛾の場合にはほかに灯《とう》蛾《が》・火蛾《かが》・燭蛾《しょくが》などという名称がある。「飛んで火に入る夏の虫」にたとえられるように、灯火に狂ったあげくはかない命を落とす姿は哀れである。

庵《あん》の灯は虫《むし》さへ取《と》りに来《こ》ざりけり　一茶
火取虫《ひとりむし》いかなる明日《あす》の来《く》るならむ　久保田万太郎
次《つ》ぎの間《ま》の灯《ひ》に通《かよ》ひけり灯取虫《ひとりむし》　富田木歩
火取虫《ひとりむし》翅音重《はおとおも》きは落《お》ちやすし　加藤楸邨
灯虫《ひむし》さへすでに夜更《よふけ》のひそけさに　中村汀女
金粉《きんぷん》をこぼして火蛾《かが》やすさまじき　松本たかし

【鑑賞】酌婦《しゃくふ》来《く》る灯取虫《ひとりむし》より汚《きたな》きが　高浜虚子

灯取虫に例えられた酌婦とはどんな酌婦であろうか、およそ見当はつく。待つ間に抱いていたイメージはいっぺんに吹き飛んでしまい、あとは火蛾にまつわりつかれた灯火のように、執拗な酌婦をもてあましたことだろう。

蛍《ほたる》　蛍火《ほたるび》　源氏蛍《げんじぼたる》　平家蛍《へいけぼたる》　蛍合戦《ほたるがっせん》

【解説】水辺の闇《やみ》に神秘的な光を明滅して飛ぶ蛍は、初夏の風物詩の一つといえよう。蛍の語源は火垂《ほたり》・火照《ほてり》から転じたもので、蛍の字は熒《けい》（ともし火）の略字に虫を加え、ともし火虫の意を表す。代表的なものは大きい源氏蛍（大蛍ともいう）と、小さい平家蛍とがある。蛍は、卵から成虫に至るまでのどの時期にも光を放つ。無数の蛍が入り乱れて飛ぶ情景を蛍合戦という。盛期は六月中旬ごろで、平家はやや遅れる。一時は農薬のためにえさの川蜷《かわにな》が姿を消し、蛍もしだいに見られなくなった。最近は各地で人工養殖をするなど、保存に力を注いでいる。ファーブルは、蛍の光る部分が切り取られても光ることを発見し、後の研究に大きなヒントを与えた。**蛍籠《ほたるかご》。**

大蛍《おおぼたる》ゆらりゆらりと通《とお》りけり　一茶
親《おや》一人《ひとり》子《こ》一人《ひとり》蛍《ほたる》光《ひか》りけり　久保田万太郎
初《はじ》めての蛍水《ほたるみず》より火《ひ》を生《しょう》じ　上田五千石
蛍籠昏《ほたるかごくら》ければ揺《ゆ》り炎《も》えたたす　橋本多佳子
ゆるやかに着《き》てひとと逢《あ》ふ蛍《ほたる》の夜《よ》　桂　信子
蛍火《ほたるび》や手首《てくび》ほそしと掴《つか》まれし　正木ゆう子

鑑賞　女《おんな》一人《ひとり》目覚《めざ》めてのぞく蛍籠《ほたるかご》　鈴木真砂女

「いのちのはかないものなので、朝目覚めると籠を覗く。一匹が横たわっているとその朝は何となく心が暗い」作者の自注である。この句には、若き日を激しく恋に生きた女の寂寥感《せきりょうかん》と孤独感が、蛍火のように明滅している。

浮《うき》巣《す》　鳰《にお》の浮巣《うきす》　鳰《にお》の巣《す》

解説　鳰は沼や湖の水面上や、水辺の植物の間に巣を作る。水草などを集めて作った巣は、水が増えても沈むことがない。これを浮巣または鳰の浮巣といい、いたるところの湖沼や池で見られる。営巣は梅雨のころ多く見られ、直径約四〇センチほどで水面下の部分が多く、水面上は水草の茎や葉でカムフラージュされている。

五月雨《さみだれ》に鳰《にお》の浮《う》き巣《す》を見《み》に行《ゆ》かむ　芭蕉
うき巣《す》見《み》て事足《ことた》りぬれば漕《こ》ぎかへる　高浜虚子
つつがなく浮巣《うきす》に卵《たまご》ならびをり　阿波野青畝
古利根《ふるとね》の浮巣《うきす》のみだれおもふべし　加藤楸邨
葦《あし》のひま鳰《にお》の浮巣《うきす》を隠《かく》しけり　石川桂郎
日《ひ》は燦《さん》と浮巣《うきす》に卵水《たまごみず》びかり　大野林火

鑑賞　鳰《にお》の巣《す》を揺《ゆ》るさざなみも近江《おうみ》かな　安住　敦

「大津拾遺」の前書きがある。作者は琵琶湖周辺の吟行におもむき、堅田の浮御堂に少憩して鳰の浮巣を見る。その浮巣を静かに揺らしているさざなみは、ほかならぬ近江・滋賀・大津にかかる枕詞として知られる「さざなみ」である。

通《とお》し鴨《がも》（とほしがも）

解説　鴨は秋に渡来し翌年の春には北に帰る渡り鳥であるが、真鴨《まがも》の中には渡りをせずに残り、池や沼にすみ子を育てるものがいる。これを通し鴨という。渡りの習性を持たず、一年中わが国にすんでいる軽鴨《かるがも》については、通し鴨とはいわず夏鴨といい季題を区別している。

暮《く》らすには一人《ひとり》がましか通《とお》し鴨《がも》　一茶
あさましく貯水池《ちょすいち》涸《か》るる通《とお》し鴨《がも》　富安風生
しづかさや山陰《やまかげ》にして通《とお》し鴨《がも》　松瀬青々
通《とお》し鴨《がも》塵《ちり》焚《た》く煙《けむり》あびてをり　皆川盤水
満《み》ち潮《しお》の杭《くい》のくろさよ通《とお》し鴨《がも》　斎藤優二郎
妙高《みょうこう》の霽《は》るると羽搏《はう》つ通《とお》し鴨《がも》　木村蕪城

鑑賞　通《とお》し鴨番《がもつが》ひはなれてありにけり　野村喜舟
夏の湖や池に、ひっそりと残る通し鴨の姿を見かけることがある。ほとんどが番の鴨で雌雄仲がよい。その鴨が、お互いに離れて浮いていると、ただそれだけしか述べていないが、人生的な感懐と寂寥感《せきりょうかん》の漂う句である。

まひまひ《まいまい》

鼓虫《まいまい》　水澄《みずすまし》

解説　池や小川などの水面に輪を描き忙しく回っている小さな虫。正しい学名は水澄であるが、関西ではまいまいとか、まいまい虫という。くるくる回れという意の「まえまえ」が転化してまいまいの呼び名が付いた。体長は一センチほどで黒く光沢がある。眼は上下に二つずつ分かれているため、水面にいてもたやすく水中を見ることができる。夜は灯火を求めて飛んでくる。アメンボ科のあめんぼうをみずすましと呼ぶところもあるので混同しやすい。

まひまひのけふ面白《おもしろ》き命《いのち》かな　小杉　余子
まひまひや深《ふか》く澄《す》みたる石二《いしふた》つ　村上　鬼城
まひまひや雨後《うご》の円光《えんこう》とりもどし　川端　茅舎
まひまひの寂《さび》しさへ杖《つえ》さし伸《の》ぶる　菅　裸馬
まひまひの水玉模様《みずたまもよう》みづのうへ　上村　占魚
まひまひや父《ちち》なき我《われ》に何《なに》を描《か》く　角川　源義

鑑賞
水《みず》すまし光背負《こうはいお》へるかぎり舞《ま》ふ　原田　種茅

「光背」は仏像の背後にある円形のもので、仏の光明を現すものである。作者は光背を負って舞い続ける虫に慈眼を注いでいる。同時に、水すまし（まいまい）に光背を与え続ける仏の慈悲を感得したのであろうか。

水馬《あめんぼう》　みずすまし

解説　細い六本の脚を持ち水上を滑るように泳ぐあめんぼう。水面に浮くときは、中脚と後脚の節で水面を押して体を支える。体の下面と脚には微毛が密生している。後脚で舵《かじ》を取り、中脚を使って巧みに滑走したり跳ねたりする。池や沼や静かな川水に群れをなしている。淡水だけでなく塩水にすむものや、山間の渓流だけに生息するものもいる。水飴《みずあめ》に匂いが似ているのであめんぼうと呼ばれる。初夏の交尾期には、背中に雄をのせて走る雌の姿を見かけることがある。関西では、これをみずすましと呼ぶため、まいまいと混同しやすい。俳句では、水馬と書いてみずすましと詠んだものが多く見られる。

水馬《あめんぼう》かさなり合《お》うてながれけり　内藤　鳴雪
あめんぼと雨《あめ》とあめんぼと雨《あめ》と　藤田　湘子
水馬《あめんぼう》水《みず》ひつぱつて歩《ある》きけり　上田五千石

しろがねの水《みず》くろがねの水馬《みずすまし》　西本　一都
水《みず》すまし平《たい》らに飽《あ》きて跳《と》びにけり　岡本　眸
水馬《みずすまし》休《やす》めばすぐに流《なが》さるる　三島　晩蟬
水馬《みずすまし》水《みず》に跳《は》ねて水鉄《みずてつ》の如《ごと》し　村上　鬼城

鑑賞　あめんぼうを浮かべた水に焦点を当て、重量感のない水馬の生態を描いている。一句中、「水」の語を三つ重ねてあるため調べも滑らかでない。水馬の動に対し、微動だにしない水の静を「鉄の如し」と言いきっている。

熱帯魚《ねつたいぎょ》　天使魚《てんしぎょ》　闘魚《とうぎょ》

解説　観賞用として飼われる熱帯魚は、淡水産の小魚で、熱帯地域のサンゴ礁にすみ、大正以後わが国へ輸入されるようになった。色彩がきわめて鮮やかなうえに、姿態や奇習などがおもしろいので愛好家に飼育されている。近年は東南アジア・台湾・香港《ホンコン》などで大量に養殖されている。わが国で市販されている一般的なものもほとんど国内で養殖されており、エンゼルフィッシュ（天使魚）、グッピー（虹目高）、ゼブラダニオ、ソードテールなど種類が多い。中には闘魚の雄のように闘争性の強いものもいる。最近は温度調節も簡単にできるうえに値段も手ごろなため飼育する家庭も増えてきた。「動く宝石」と呼ばれる美しさは、やはり夏のものといえよう。

熱帯魚《ねつたいぎょ》見《み》るや心《こころ》を閃《きらめ》かし　後藤　夜半
熱帯魚石火《ねったいぎょせつか》のごとくとびちれる　山口　青邨
熱帯魚《ねつたいぎょ》みなしづかなり値《あたい》たかく　石田　波郷
熱帯魚人《ねつたいぎょひと》は己《おの》れにもどり去《さ》る　中村　汀女
熱帯魚色《ねつたいぎょいろ》をとばして闘《たたか》へり　細見しゅこう
天使魚《てんしぎょ》もいさかひすなりさびしくて　水原秋桜子

鑑賞

こひびとを待《ま》ちあぐむらし闘魚《とうぎょ》の辺《へ》　日野　草城

喫茶店かデパートの中か、いずれにしても先刻より落ち着かずにいるこの娘は、恋人を待ちくたびれているのであろうか。水槽の中でひるがえる闘魚の動きが、人を待つ間の不安な心理と重複して、みごとに詠出されている。

萍《うきくさ》

解説　ウキクサ科の多年草。浮き草の意味で、水田や池の水面に群生して浮かぶ。葉と茎の区別がなく、緑色で五〜八ミリぐらいの葉状の部分の裏は紫色で、その中央から数本の細い根を出すが、その根もろともに漂うのである。根のついている後側から幼植物が分かれて無性的に繁殖していく。夏、まれに葉状体の下面に白い花をつける。冬は円形の小さな冬芽を作って水底に沈み、越冬する。萍の仲間は、これに似て大きさが半分以下の青萍がよく目につくが、水面下に下ろす根は一本である。さらに小さい微塵粉《みじんこ》萍は葉状体が一・五ミリしかなく、根も下ろすことがない。赤萍と呼ばれる一種は歯朶《しだ》の仲間で、ウキクサ科とは別種である。

うき草《くさ》や今朝《けさ》はあちらの岸《きし》に咲《さ》く　乙　由

いづこよりわく水《みず》ならむ萍《うきくさ》に　久保田万太郎

雨《あめ》ならず萍《うきくさ》をさざめかすもの　富安　風生

萍《うきくさ》の掃《は》かれし如《ごと》く乱《みだ》れたる　浜田　披牛

萍《うきくさ》の裏《うら》はりつめし水《みず》一枚《いちまい》　福永　耕二

鑑賞

晩涼《ばんりょう》に池《いけ》の萍《うきくさ》みな動《うご》く　高浜　虚子

「晩涼」は夕方の涼しさをいう語。日が落ちてもなおムッとする暑さの中に、一瞬そよぐ風がもたらした涼しさ。目には見えぬその涼の具体化が「池の萍みな動く」ことによって示される。

河骨《こうほね》（かうほね）　かわほね

解説　日本全土および朝鮮半島の小川や沼に自生するスイレン科の多年生水草。泥の中に長く水平に伸びた根茎は外面が灰緑色、折ると白色で多孔質である。この白さを腐骨に例えて河の中にある骨というところから河骨の名がついた。この根茎を日干しにしたものを煎《せん》じて強壮剤として用いたり、飢饉《ききん》の際に掘り起こして食用にしたりした。水面上に出る葉は里芋《さといも》のような形で厚く光沢があるが、水中にある葉は軟らかくて薄く、いつまでも水中に沈んでいる。夏、水面上に太い花茎を出し大きな黄色い花を開くが、五片の花弁のように見えるのは実は萼《がく》で、ほんとうの花弁はその内側について目立たないのである。

水渺々《みずびょうびょう》河骨茎《こうほねくき》をかくしけり　召波
河骨《こうほね》の花咲《はなさ》く川《かわ》のよどみかな　正岡子規
河骨《こうほね》の高《たか》き莟《つぼみ》をあげにけり　富安風生
河骨《こうほね》や雨《あめ》の切尖見《きっさきみ》えそめて　小林康治
河骨《こうほね》の玉《たま》蕾《つぼみ》まだ水《みず》の中《なか》　綾部仁喜

鑑賞　河骨《こうほね》の金鈴《きんれい》ふるふ流《なが》れかな　川端茅舎
河骨の黄金色の花を金鈴に例えたのである。水面に出て咲く花を、水の流れは過ぎてゆきつつ絶えず揺らすのだ。花の金鈴は鳴り出さんばかりに澄む。

藻《も》の花《はな》　花藻《はなも》

解説　藻の仲間には海水に生じるものと淡水に生じるものがあるが、季題として藻の花という場合は湖や沼、小川などの淡水産の金魚藻・立藻《たちも》・総藻《ふさも》・杉菜藻《すぎなも》などの花の総称である。水底に生え、水中に房のようになって茂るが、夏になると水面に達して緑黄や白の小さい花をつける。

川越《かわご》えし女《おんな》の脛《すね》に花藻《はなも》かな　几董

藻《も》の花《はな》の重《かさ》なりあうて咲《さ》きにけり　正岡子規

藻《も》の咲《さ》いて仄《ほの》めく水《みず》の日影《ひかげ》かな　石原舟月

藻《も》の花《はな》をしづかに下《お》りる蝦《えび》のあり　佐野良太

水牛《すいぎゅう》にはりついてゐる花藻《はなも》かな　三宅一鳴

鑑賞 ひけば寄《よ》る玉藻《たまも》のあはれ花《はな》つくる　富安風生

藻刈りの情景であろうか。たぐり寄せた藻は見えなかった可憐な花をつけていたのである。玉藻とは藻をたたえていうことばで、わざわざ玉藻と表現したのはその思わざる小花の美しさからであろう。

藻《も》刈《かり》

藻《も》刈舟《かりぶね》　藻《も》刈竿《かりざお》　藻《も》刈鎌《かりがま》

解説 夏、川・沼・池・堀などに繁茂した藻を刈り取ることをいう。舟の水路を整えることや、水面をさっぱりさせるのが目的だが、刈り取った藻を干して肥料にする。藻《も》畳《だたみ》の中へ舟を乗り入れて、藻刈竿や、長柄の鎌で刈り取るのはなかなか力のいる仕事であり、また木陰を持たない炎天下であるからつらい。「昆布刈る」とはまったく違うので注意されたい。

夕影《ゆうかげ》は流《なが》るゝ藻《も》にも濃《こ》かりけり　高浜虚子

藻《も》刈川《かりがわ》今宵《こよい》は月《つき》のうすく照《て》る　松村蒼石

藻《も》刈舟雨《かりぶねあめ》ふるかたへ帰《かえ》りけり　正岡子規

藻《も》刈舟傾《かりぶねかたむ》きながら刈《か》り進《すす》む　山本暮村

箱舟《はこぶね》を腰《こし》に曳《ひ》きつつ池藻《いけも》刈《か》る　和田祥子

鑑賞 藻《も》刈舟《かりぶね》きのふのところかへにけり　成瀬桜桃子

きのう見た藻刈舟の位置が、今日は大分離れた所に移った。相当に刈り進んだのだ。見ていない間に進む仕事のはかどりを感じたのであろう。遅々として進まない一点景の移動を、時間をもって表現したのである。

草《くさ》取《とり》　草《くさ》むしり　除草《じょそう》

解説　夏は雑草がはびこるので、畑・道路・庭など醜く伸びた草をむしり取らなければならない。その作業はつらい。日に照らされ、汗をふきながら、かがみこんでいる姿は辛抱の姿である。頰《ほお》かむりをして日焼けを防ぐ**草取女**《くさとりめ》をよく見かける。**田草取**《たぐさとり》は田植え後の田の雑草を取り除くことで、稲の発育をよくする重要な仕事である。沸く水(熱くなった水)の中での作業は厳しい。**草刈**《くさかり》は、牛馬の飼料にするための牧草を刈ることで、朝はやく草が露に濡《ぬ》れて鎌《かま》を使いやすいときを選んで行い、草取りとは区別している。

墓《はか》起《おこ》す一念《いちねん》草《くさ》をむしるなり　臼田　亜浪
育《そだ》ちゆく子供《こども》にかまけ草《くさ》もとらず　福田　蓼汀
朝《あさ》すでにひと畦《あぜ》越《こ》えて田草取《たぐさとり》　遠藤　正年
草取《くさと》るや蚊《か》打《う》ちて胸《むね》に泥手形《どろてがた》　市村究一郎
ひとりになりたき庭《にわ》の草《くさ》を取《と》る　高橋富久子
考《かんが》へるための草取《くさと》り続《つづ》けをり　能村　研三

鑑賞　草《くさ》取《とり》女《め》観《かん》光《こう》団《だん》に顔《かお》あげず　宮下　翠舟

にぎやかに通り過ぎる観光団。その観光地に働く草取女との対照は皮肉だ。この皮肉な現象はどこにでもある。「顔あげず」には、作業に耐える姿と、かたくなに自分を守る姿勢を言い得ている。頰かむりは日焼け予防のためだけではない。

鮎《あゆ》　年魚《ねんぎょ》　香魚《こうぎょ》

解説　鮎は、別名「年魚」といわれるように、寿命が一、二年に限られている。春に若鮎として清流をさかのぼった鮎は、夏の間上流にすみ、三〇センチほどに育つ。鮎の短い一生の中でもっとも活動する時期である。また、鮎漁の解禁が六月初めごろとされており、各地の釣り場はにぎわう。姿が端正で味も淡泊なため古くから賞美され、釣りや鵜《う》を用いて捕獲される。塩焼き・味噌《みそ》焼き（魚田）などにして食べると美味。一種独持の香気を有するので香魚ともいう。うるかは、鮎のわたを塩漬けにしたもので酒客に喜ばれる。鮎の宿《あゆやど》・鮎釣《あゆつり》。

鮎《あゆ》くれてよらで過《す》ぎゆく夜半《よわ》の門《かど》　蕪村

鮎《あゆ》の香《か》や膳《ぜん》の上《うえ》なる千曲川《ちくまがわ》　松根東洋城

山《やま》の色《いろ》釣《つ》り上げし鮎《あゆ》に動《うご》くかな　原　石鼎

てのひらに鮎《あゆ》の命脈《めいみやく》しづかなり　有馬草々子

箸先《はしさき》に雨気《うき》孕《はら》みけり鮎《あゆ》の宿《やど》　岸田　稚魚

川音《かわおと》の方《ほう》へ片寄《かたよ》り生簀《いけす》鮎《あゆ》　黛　執

鑑賞 ふるさとはよし夕月《ゆうづき》と鮎《あゆ》の香《か》と　桂　信子

天然の鮎は焼くと香気を伴う。作者は長良川に近い故郷に帰り、鮎の香にひたる。夕月もよし、鮎の香もよし、それらはみな懐かしいふるさとのものだなあ、という喜びが「ふるさとはよし」の語にこめられている。

鵜《う》飼《かい》（うかひ）

鵜遣《うづかい》　鵜匠《うしょう》　鵜舟《うぶね》　鵜篝《うかがり》
鵜縄《うなわ》　鵜籠《うかご》　荒鵜《あらう》

解説 川狩《かわがり》（川魚を獲る）の一種で、飼いならした鵜に鮎《あゆ》を捕らせる漁法。万葉のころから行われていたが、現在では観光化して残っているにすぎない。岐阜・長良川《ながらがわ》のそれがもっとも有名で、五月十一日より十月十二日まで、毎夜暗闇《くらやみ》の中で行われる。鮎は月明《げつめい》を嫌うので満月の前後数日は行われない。烏帽子《えぼし》・腰蓑《こしみの》・黒装束《くろしょうぞく》の鵜匠《うしょう》を乗せた鵜舟《うぶね》が、盛んに鵜篝《うかがり》を焚《た》いて流れを下りながら、鵜縄《うなわ》につながれた鵜を「ほうほう」と声をかけて励まして水中へくぐらせては、鮎をくわえて捕らえるが、鵜はのどを縛ってあるので呑《の》みこむことができずに、舟に上げられては吐き出させられる。闇夜の川に、火の粉を散らして繰り広げられる光景は、古式にのっとり、闇の絵巻さながらの美しさで、見物客を魅了している。一度に数羽の鵜を遣う縄をさばく巧みさもみごとである。

面白《おもしろ》うてやがて悲《かな》しき鵜舟《うぶね》哉《かな》　芭蕉
鵜《う》篝《かがり》の早瀬《はやせ》を過《す》ぐる大炎上《だいえんじょう》　山口　誓子
火《ひ》の波《なみ》に透《す》きて潜《くぐ》れる荒鵜《あらう》かな　野見山朱鳥
篝火《かがりび》の金粉《きんぷん》こぼす鵜《う》のまはり　平畑　静塔
疲《つか》れ鵜《う》に指《ゆび》をかませて鵜匠《うしょう》かな　長谷川素逝
疲《つか》れ鵜《う》の籠《かご》しつとりと地《ち》を濡《ぬ》らす　加藤三七子

鑑賞
疲《つか》れ鵜《う》の叱《しか》られて又入《またい》りにけり　一茶

鮎を捕ることになれているとはいえ、こう毎晩では、鵜も疲れる。たまには反逆してみたくもなる。鵜匠の厳しい手綱さばきはそれを許さない。子供がしかられたようにも見える。ふたたび水中へ入る鵜に寄せる同情が生きている。

夜《よ》釣《づり》

解説　夜間、川・池・沼・海などで魚を釣ることをいう。涼味豊かなことで夏季がもっとも盛んに行われている。暗闇《くらやみ》の中で行うので電気浮《でんきうき》や、鈴をつけたりして魚信を知る工夫をしている。魚の習性（夜行性）から夜釣りでなければ釣れないものもある。**夜振《よぶり》**（川）・**夜焚《よだき》**（海）は松明《たいまつ》の火やカンテラの火で、魚を集めて獲る方法だが、これは漁師のすることと考えてよい。いずれも、暗闇に燃える火が夏の夜をいっそう美しくさせてくれる。

帽白《ぼうしろ》く夜釣《よづ》りと見《み》えてさつさつと　中村　汀女

マッチの火虚空《ひこくう》に飛《と》びし夜釣《よづり》かな　米沢吾亦紅

夜釣火《よづりび》のどれか一《ひと》つは父《ちち》の舟《ふね》　前田　芋仙

夜釣《よづり》の灯《ひ》消《き》えしところに又灯《またとも》る　今井つる女

夜振火《よぶりび》の方々《ほうぼう》に見《み》え沼《ぬま》に燃《も》え　高野　素十

まつさをな魚《うお》の逃《に》げゆく夜焚《よだき》かな　橋本多佳子

鑑賞　夜釣《よづり》の灯《ひ》失《う》せしが岨《そば》を行《ゆ》く灯《ひ》あり　阿部ひろし

さっきまで見えていた夜釣の灯が消えてしまった。今夜はあきらめて帰ってしまったのであろうか。ふと崖伝いの道に灯りが見える。あの夜釣の人の灯であろうか。夜の一点の灯を描いて、夜釣人のありさまをみごとに描き出している。

鰹《かつお》（かつを）　松魚《かつお》　堅魚《かつお》　鰹釣《かつおづり》　鰹船《かつおぶね》

解説　鰹は勝魚とも書かれ、昔から意気のよい魚として江戸っ子の気性に合った。このため、伊豆・房総沖に近づく青葉のころに獲れるものを**初鰹**《はつがつお》と呼んで珍重した。鰹の漁法は、もっぱら竿釣《さおづ》りで、生きた鰯《いわし》を撒《ま》き餌《え》として魚群を近づけ、擬似鉤《ぎじかぎ》で釣りあげる一本釣りは勇壮である。この他、きんちゃく網も用いられる。鰹は、刺し身・煮つけなどにして食べるが、多くは**生節**《なまりぶし》や**鰹節**《かつおぶし》にして保存する。土佐・薩摩《さつま》のものが有名で、引き出物などに用いられる。膵臓《すいぞう》の部分からは、糖尿病の特効薬であるインシュリンを分泌する。鰹節にしたものは堅いので、古くから堅魚と書かれ、カタウオと発音されていたものがカツオになったという。

目《め》には青葉《あおば》山《やま》郭公《ほととぎす》初鰹《はつがつお》　素　堂

鰹売《かつおう》りいかなる人《ひと》を酔《よ》はすらん　芭　蕉

出刃《でば》の背《せ》を叩《たた》く拳《こぶし》や鰹切《かつおき》る　松本たかし

鰹船《かつおぶね》帰《かえ》る砂丘《さきゆう》も鼓動《こどう》して　百合山羽公
初鰹《はつがつお》糶《せり》の氷片《ひょうへん》とばしけり　皆川盤水
籠《かご》を透《す》く笹《ささ》新《あたら》しき松魚《かつお》かな　塩原井月

鑑賞 土佐日記《とさのにき》はじまる浦《うら》の鰹舟《かつおぶね》　桑原志朗

紀貫之作『土佐日記』の初めの部分に「船にのるべきところへ渡る」とあるのは、現在の高知市大津に当たる。作者は土佐沖へこぎ出そうとする鰹舟に対し、「土佐日記はじまる浦」の語を枕詞のごとく用いて効果をあげている。

青《あお》芒《すすき》（あをすすき）　芒茂《すすきしげ》る　青萱《あおがや》　萱茂《かやしげ》る

解説 芒はイネ科の多年草。春、芽を出してすくすくと伸び、夏のころは一メートル前後の高さになって茂る。萱は屋根を葺《ふ》く材料にするときの名で、芒の別名でもあるが、菅《すげ》・白茅《ちがや》なども萱と呼ぶことがあるので注意を要する。青芒・青萱はいずれにしてもまだ花穂の出ない夏の間の青々としたさまをいうのである。青芒と同じく夏に蘆《あし》の葉が茂って青々としたさまを青蘆《あおあし》という。

青芒《あおすすき》三尺《さんじやく》にして乱《みだ》れけり　正岡子規
顔《かお》入れて顔《かお》ずたずたや青薄《あおすすき》　草間時彦
切先《きっさき》の我《われ》へ我《われ》へと青芒《あおすすき》　行方克己
青萱《あおがや》の雨《あめ》のはげしくなりにけり　日野草城
青萱《あおがや》に切《き》られて血噴《ちふ》く一文字《いちもんじ》　中村草田男

鑑賞 戦歿碑《せんぼつひ》未《いま》だ古《ふる》びず青芒《あおすすき》　松崎鉄之介

芭蕉の「夏草や兵どもが夢の跡」を思わせるような一句。ただし、これは太平洋戦争の戦歿者慰霊碑が題材であろう。戦争体験は風化したが碑はなお新しい。

葭《よし》切《きり》　行々子《ぎょうぎょうし》　葭雀《よしすずめ》　葭原雀《よしはらすずめ》

解説 日本に渡来する夏鳥で、俳句では行々子の古名で知られている。大葭切は雀に似て淡褐色で、河畔や沼沢の蘆原《あしはら》に巣を作る。別名葭雀ともいう。蘆の茎の中にいる虫を食べるので葭切の名で呼ばれる。ギョッ、ギョッ、ケケシー、ケケシーと騒々しく鳴きたてる。小葭切は大葭切より小さく、水辺の他に高原の草原や畑地にも巣を作る。大葭切に比べて低い金属的な声で鳴く。初夏の水辺に風趣を添える鳥といえよう。

行々子《ぎょうぎょうし》大河《たいが》はしんと流《なが》れけり　一　茶
葭雀《よしすずめ》二人《ふたり》にされてゐたりけり　石田　波郷
あけがたや舌打《したう》ち鳴《な》きの小葭切《こよしきり》　山田みづえ
葭切《よしきり》に空瓶《あきびん》流《なが》れつく故郷《こきょう》　藤田　湘子
死《し》ぬること独《ひと》り淋《さび》し行々子《ぎょうぎょうし》　三橋　鷹女
まつさをな日暮《ひぐれ》来《き》てをり行々子《ぎょうぎょうし》　今井杏太郎

鑑賞　月《つき》やさし葭切葭《よしきりよし》に寝《ね》しづまり　松本たかし

早口でおしゃべりの葭切は、一日中ぎょうぎょうしく鳴きたてて蘆群を騒がせる。夜も更け、ようやく寝静まった葭切を月がやさしく見守っている。シ音の繰り返しとｉ音による効果が、あたりの静寂をかもしだしている。

蠅《はえ》（はへ）　金蠅《きんばえ》　銀蠅《ぎんばえ》

解説　蠅は病原菌を媒介する不衛生な害虫であり、うるさい羽音をたてて飛び回るため、ごきぶり同様人に嫌われる。成長が早く、盛夏には卵が一日で蛆《うじ》（幼虫）になり、約二週間ほどで成虫になる。人家に来るのは、家蠅・ひめ家蠅などであるが、しま蠅・肉蠅などは魚や肉に直接幼虫を産みつける。中でも金蠅（銀蠅）は体も大きいうえに青緑色で光沢を持ち、見るからに気持ちが悪い。手足をこすり合わせて哀れみを乞《こ》うような動作をするが、これは、目や羽などについたごみを取っているので、蠅自身は以外と清潔好きなのかも知れない。最近は、薬剤などの散布により人家付近ではあまり見られなくなってきた。

やれ打《う》つな蠅《はえ》が手《て》をすり足《あし》をする　一茶

はへ打《う》つて尽《つ》くさむと思《も》ふ心《こころ》かな　成美

牛《うし》のひたひうつとりと蠅《はえ》あそばせて　林原耒井

人《ひと》を憎《にく》み深夜《しんや》も蠅《はえ》を憎《にく》み打《う》つ　三谷昭

闇《やみ》に眼《め》を瞠《みひら》きゐたり蠅飛《はえと》べり　細川加賀

鑑賞　肴屋《さかなや》を断《こと》はり蠅《はえ》を残《のこ》されぬ　岡本圭岳

魚屋などに多く見られる蠅は金蠅（銀蠅）で、大きな羽音をたてて飛ぶ無気味な蠅である。ここでは、断ったはずの肴屋が、こともあろうに蠅だけを置き土産に残していったという、微苦笑を伴う句である。

蜘蛛《くも》

蜘蛛《くも》の囲《い》　蜘蛛《くも》の巣《す》　蜘蛛《くも》の糸《いと》

解説　種類が多いがよく目にするものに女郎蜘蛛・鬼蜘蛛・黄金蜘蛛などがいる。粘り気のある糸を出して網を張り、巣を作る。卵から孵《かえ》った子は「蜘蛛の子を散らす」の例えどおり、袋を破り風に乗って散らばる。蠅《はえ》取り蜘蛛は灰褐色をした小さな蜘蛛で、家の中にも入ってくる。糸を出さず、跳んだり、はったりして蠅を捕って食べる。蜘蛛の囲は繊細に張られた網のことをいい、かかった昆虫を捕って食べる。白露を宿した蜘蛛の囲は美しく、破れて風に吹かれるようすは哀れな感じがする。どこか無気味であるため人に嫌われ、昔から妖怪《ようかい》に擬せられ、迷信も多い。

大蜘蛛《おおぐも》の虚空《こくう》を渡《わた》る木《こ》の間《ま》かな　村上鬼城

蜘蛛《くも》に生《あ》れ網《あみ》をかけねばならぬかな　高浜虚子

蜘蛛《くも》の囲《い》の遮《さえぎ》る径《みち》は返《かえ》すべし　富安風生

蜘蛛《くも》夜々《よよ》に肥《こ》えゆき月《つき》にまたがりぬ　加藤　楸邨
張《は》り緊《し》めて金剛力《こんごうりき》や蜘蛛《くも》の糸《いと》　石塚　友二
山雨過《しぐれす》ぎ網《あみ》を繕《つくろ》ふ女郎蜘蛛《じょろうぐも》　大久保白村

鑑賞
われ病《や》めり今宵一匹《こよいいっぴき》の蜘蛛《くも》も宥《ゆる》さず　野澤　節子

二十五年間病床生活を続けた作者の、潔癖で激しい性のあふれた句である。蜘蛛に向けられた嫌悪感が、一匹たりとも許さないぞと決意させる。上五の切れ字と、下五の否定語が、この句をいっそう強め引き締めている。

蟻《あり》　山蟻《やまあり》　蟻塚《ありづか》　蟻《あり》の塔《とう》　蟻《あり》の道《みち》

解説　庭や道などでよく見かける蟻は、社会生活を営む昆虫である。雌は、小型で羽のない職蟻と大形で羽を持つ女王蟻がいる。外に出て働くのは職蟻で羽がなく、分業して仕事をする。はじめて羽化した成虫の蟻は羽を持ち、空中を飛ぶ。これを羽蟻《はあり》という。交尾後、羽のとれた雄は死に、雌は地中で卵を産み女王蟻となる。蟻は土を掘って巣を作るが、運び出された土が巣の付近に山のように積まれる。これを蟻塚（蟻の塔）という。蟻が列をなして続くことを蟻の道とか、**蟻《あり》の門渡《とわた》り**と呼ぶ。色や大きさなどもさまざまで、わが国にいるものだけでも百種類を超える。体の何倍もあるえさを巣に運んでたくわえる。えさのありかを仲間に知らせるために、歩いたあとにフェロモン（虫が出す化学物質）を残す。

ありの道雲《みちくも》の峰《みね》より続《つづ》きけん　一　茶
南国《なんごく》の土赤《つちあか》々《あか》と蟻《あり》の塔《とう》　巌谷　小波
木蔭《こかげ》より総身赤《そうしんあか》き蟻出《ありい》づる　山口　誓子
大蟻《おおあり》の雨《あめ》をはじきて黒《くろ》びかり　星野　立子
学問《がくもん》の迷《まよ》ひにも似《に》て蟻《あり》の道《みち》　能村　研三

鑑賞　蟻《あり》の列《れつ》しづかに蝶《ちょう》をうかべたる　篠原　梵

三好達治作「土」の詩を連想させる句である。〝蟻が蝶の羽をひいて行く／ああ／ヨットのようだ〟この句、「しづかに蝶をうかべたる」が蟻の列を感性豊かにとらえ、叙情的で余韻の残る句として印象づけている。

蟻地獄《ありじごく》（ありぢごく）　あとずさり

解説　ウスバカゲロウ科の幼虫につけられた名前である。体長一センチくらい、灰褐色で細いとげを持つ。乾燥した地面にすり鉢状の穴を掘ってひそみ、滑り落ちてくる蟻や小昆虫を鉤形《かぎがた》の顎《あご》ではさんで捕らえる。虫が脱出しようとすると砂の粒を放射して落とす。種類によっては穴を作らず、大木の根や砂中にいて近づく昆虫を捕って食べるものもいる。地上に出るとあとずさりをするので、あとずさりともいう。

蟻地獄《ありじごく》見て光陰《こういん》をすごしけり　川端　茅舎
蟻地獄《ありじごく》みな生《い》きてゐる伽藍《がらん》かな　阿波野青畝
蟻地獄松風《ありじごくまつかぜ》を聞《き》くばかりなり　高野　素十
手《て》をあげて蟻沈没《ありちんぼつ》す蟻地獄《ありじごく》　橋本　鶏二
待《ま》つものの静《しず》けさにゐて蟻地獄《ありじごく》　桂　信子

鑑賞　マリア像影《ぞうかげ》したまへり蟻地獄《ありじごく》　水原秋桜子

蟻地獄とマリア像の配合が天国と地獄の絵図を写し出す。天主堂の前に立つマリア像の影がしだいに延びて、蟻地獄の所業を聖衣で覆い隠す。万物に哀れみをたれ給うマリアの姿が清らかに浮かんでくる。

蚊《か》

蚊柱《かばしら》　藪蚊《やぶか》　蚊《か》を打《う》つ

解説　蠅《はえ》とともに人間の生活に関係の深い昆虫である。ブーンと音を立てて飛ぶのは雌で、血を吸うのは産卵に必要なためである。雄は植物の汁を吸って生きる。汚水や溜《たま》り水に産卵し、一日くらいで孵化《ふか》する。幼虫は孑孑《ぼうふら》と呼ばれ体を伸縮させて浮沈する。棒を振るように見えるのでぼうふりともいう。家の中に入ってくるのは赤家蚊が多い。草むらなどに多いのは藪蚊（縞蚊《しまか》）で、昼夜を問わず人を刺す。マラリアは、はまだら蚊、日本脳炎は、小形赤家蚊が媒介する。蚊柱は蚊が交尾のため群がって飛ぶさまをいう。春蚊・秋の蚊は別の季に入る。

蚊柱《かばしら》やなつめの花《はな》の散《ち》るあたり　暁　台

蚊《か》をたたくいそがはしさよ写《うつ》し物《もの》　正岡　子規

蚊《か》を搏《う》つて頬《ほお》やはらかく癒《い》えしかな　石田　波郷

蚊《か》が一《ひと》つまつすぐ耳《みみ》へ来《き》つつあり　篠原　梵

藪蚊《やぶか》打《う》ち八方《はっぽう》に敵《てき》ある世《よ》なり　米沢吾亦紅

武者隠《むしゃがく》しに隠《かく》れゐし蚊《か》にさされけり　荒木　久典

鑑賞　朝《あさ》の蚊《か》のまことしやかに大空《おおぞら》へ　阿部みどり女

しつこく人につきまとい、一晩中耳もとにきてブンブン音を立てていた憎い蚊が一匹。その蚊が、何事もなかったような顔で朝空へ飛んでいったという。「まことしやかに」の語がおもしろくあしらわれていて滑稽な感じを与える。

蚤《のみ》

解説　翅《はね》がなく、六本の発達した脚を持ち、跳躍力は抜群である。体長は二、三ミリだが、雄は約四〇センチを一気に跳ぶといわれる。蚤の種類は多く、世界に三百種ほども産する。犬・猫・ねずみなどにつく蚤が人間に移ることもあり、ペストを媒介することもある。蚤は蚊《か》と違って、雄も人の血を吸う。人につく蚤は、雄が約二ミリ、雌は約三ミリで「蚤の夫婦」といわれるとおり雌の方が大きい。しかし、一部の昆虫を除き雄は雌より小さいのがふつうで蚤に限ったことではない。最近は薬剤の散布により少なくなり、蚤取りまなこで蚤を追いまわす状景もあまり見られなくなった。

蚤《のみ》虱《しらみ》馬《うま》の尿《しと》する枕《まくら》もと　芭蕉
切《き》られたる夢《ゆめ》は誠《まこと》か蚤《のみ》の跡《あと》　其角
美事《みごと》なる蚤《のみ》の跳躍《ちょうやく》わが家《や》にあり　西東三鬼
水音《みずおと》と蚤《のみ》の記憶《きおく》の薄《うす》あかり　飯田龍太
蚤跳《のみは》ねし音《おと》など妻《つま》はよく眠《ねむ》る　香西照雄
ひとりをかし旅《たび》の蚤《のみ》はた家《いえ》の蚤《のみ》　千代田葛彦

鑑賞　すこしづつ子《こ》を押《お》し真夜《まよ》の蚤《のみ》をとる　篠原梵

平明な句の中に「すこしづつ子を押しやる」親ごころが感じられる。作者にはわが子を詠んだ句が多く、第一句集『皿』の冒頭に四七句の「赤子俳句」が収められている。日常的な素材を柔らかなリズムでまとめている。

蚊帳《かや》　蟵《かや》　母衣蚊帳《ほろがや》　枕蚊帳《まくらがや》

解説　蚊を防ぐための麻糸・木綿糸の網地の帳《とばり》のことである。部屋の大きさに応じて四角の箱型に作られて、四隅を吊《つ》って用いる。色はもともと萌黄色《もえぎいろ》（青と黄の中間色）だが、白や水色のもある。現在では、殺虫剤・網戸の普及で見かけることも少なくなっている。出入りするときに、蚊帳をまくって、すばやく身を縮めて入った記憶や、眠りのとばりを作ってくれる安心感も懐かしい。幼児用の折り畳み式のものは、母衣蚊帳・枕蚊帳という。「かちょう」と呼ぶこともある。

なきがらに一夜《ひとよ》蚊屋《かや》釣《つ》る名残《なごり》かな　也有
帰《かえ》り来《き》て妻子《さいし》の蚊帳《かや》をせまくする　石橋辰之助
蚊帳《かや》の環《かん》深夜《しんや》の音《おと》をたてにけり　永井荷風

蚊屋《かや》吊《つ》つて見《み》るふるさとの夢《ゆめ》ばかり　金尾梅の門
蚊帳《かや》の中《なか》いつしか応《こた》へなくなりぬ　宇多喜代子
やはらかき母《はは》にぶつかる蚊帳《かや》の中《なか》　今井　聖

【鑑賞】濡《ぬ》れ髪《がみ》を蚊帳《かや》くぐるとき低《ひく》くする　橋本多佳子

「濡れ髪」は女性の浴後を示すが、同時に女性の美しさも感じさせる。また、「低くする」は蚊帳に入る動作だが、つつましやかなしぐさを見せる。蚊帳の中の濡れ髪には、やや妖しいエロチシズムも感じられる。

蚊遣火《かやりび》　蚊遣《かやり》　蚊火《かび》　蚊取線香《かとりせんこう》

【解説】蚊を追うために生木の葉（青松・杉・蓬《よもぎ》など）や、鋸屑《おがくず》などを焚《た》きいぶすことをいう。家を煙で包んだり、山や畑で働くときに藁苞《わらづと》にして火をつけて腰にぶら下げたり、家庭で使う蚊取線香、最近の電気利用の特種薬品のものまで含めていう。網戸の普及などで蚊を追い払う苦労は少なくなったが、昔の人の生活の知恵として、夏の夕方の農村風景には懐かしいものだった。現在でも、夕方の縁側などに置かれた蚊取線香が、一筋の煙を放ち、その漂う香りには落ち着いた風情がある。

蚊遣《かやり》して宿《やど》りうれしや草《くさ》の月《つき》　蕪　村
蚊遣火《かやりび》の匂《にお》ひが通夜《つや》の席《せき》にあり　本宮哲郎
ひとすぢの秋風《あきかぜ》なりし蚊遣香《かやりこう》　渡辺水巴
木曾人《きそびと》や蚊遣《かやり》を腰《こし》の畑仕事《はたしごと》　大野林火
ひと雨《あめ》のあとの眠《ねむ》りに蚊火《かび》焚《た》けり　佐野美智

【鑑賞】子《こ》の行《ゆ》きし山《やま》の地図《ちず》見《み》て蚊火《かび》更《ふ》けぬ　岡本まち子

山好きの子を持った母親は心配の絶えないもの、同時に登山の知識も増えた。疲れきった今ごろはどこの尾根にいるのだろうか。山の地図に見入って夜の更けるのも忘れている。蚊取線香も静かな煙を漂わせている。

蝙蝠《こうもり》（かうもり） かわほり 蚊喰鳥《かくいどり》

解説 多く目にするのは小形の家蝙蝠である。初夏のやや蒸し暑さを感ずる夕方によく飛ぶ。飛翔《ひしよう》はすばやく、低空を巧みに反転して飛び、昆虫などを捕食する。蝙蝠のことを「かわほり」と呼ぶのは、蚊を屠《はふ》ることによるといわれる。別名を蚊喰鳥という。昼は木の洞や人家の天井裏などにひそみ、ぶら下がって眠る。超音波を発射し、障害物を探知して自在に飛翔できる。特徴のある翼は、皮膚の間の膜である。親しみの持てる小動物として、古くから物語や童謡などに歌われたが、都会ではまれにしか見ることができなくなった。

蝙蝠《こうもり》や子供《こども》あふるる村《むら》の道《みち》　栗生　純夫
蝙蝠《こうもり》の黒繻子《くろしゆす》の身《み》を折《お》りたたむ　正木ゆう子
故郷《ふるさと》の蝙蝠《かはほり》よぎる映画《えいが》憂《う》し　堀口　星眠
淀川《よどがわ》の河明《かわあか》りより蚊喰鳥《かくいどり》　中村　汀女
少年《しょうねん》に帯《おび》もどかしや蚊喰鳥《かくいどり》　木下　夕爾
闇《やみ》といふ餌《え》を食《く》ひちらし蚊喰鳥《かくいどり》　鷹羽　狩行

鑑賞 通《とお》せんぼされてゐる子《こ》や蚊喰鳥《かくいどり》　石田　小坡

昔、餓鬼大将はどこにもいた。泣かされるのはたいてい弱虫の子。路地は夕暮れ、通せんぼはいつまで続くことやら。蝙蝠は、不安な子供の心理を象徴するかのように空をよぎり、夕色をしだいに濃くしていく。

南風《なんぷう》 南風《みなみ》 はえ

解説 南高北低の夏型の気圧配置によって起こる季節風である。小笠原《おがさわら》高気圧と呼ばれる高気圧が南方から張り出して日本を覆うようになり高温で晴天が続くが、にわか雨も降りやすい。この気圧帯から北海道以北の低気圧帯へ、温度も高い風が吹く。わが国の夏の風向といってよい。まじ（まぜ）は西南の太平洋岸での呼び名であるが、東国の「はえ」より穏やかな風とされている。

南風《なんぷう》や石垣《いしがき》高《たか》き浜《はま》の家《いえ》　鈴鹿野風呂
海女《あま》葬《はふ》る砂丘《さきゅう》の南風《みなみ》夕《ゆう》なぎぬ　西島麦南
南風《なんぷう》に篁《たかむら》鷺《さぎ》を放《はな》ちけり　山口青邨
大南風《おおみなみ》くらつて尾根《おね》の鴉《からす》かな　飯田蛇笏

鑑賞
南風《はえ》の波渚《なみなぎさ》大《おお》きく濡《ぬ》らしたる　清崎敏郎
「渚大きく濡らし」という表現に、波の大きさ、またこの波をひき起こした南風の、大南風ともいえる豊かな吹きようが思われる。もうすっかり夏にふみ入った海へ作者は思いを馳せる。

青嵐《あおあらし》（あをあらし）　夏嵐《なつあらし》

解説　青葉のころの風で、青々と繁茂した木々や草原を揺り動かして吹き渡る、やや強い風をいう。

長雨《ながあめ》の空《そら》吹《ふ》き出《い》だせ青嵐《あおあらし》　素堂
青嵐《あおあらし》人《ひと》は山下《さんか》にありて行《ゆ》く　大谷句仏
鍵《かぎ》かけてわが家《や》の小《ち》さき青嵐《あおあらし》　尾形不二子
濃《こ》き墨《すみ》のかわきやすさよ青嵐《あおあらし》　橋本多佳子
うごかざる一点《いってん》がわれ青嵐《あおあらし》　石田郷子

鑑賞
夏嵐《なつあらし》机上《きじょう》の白紙《はくし》飛《と》び尽《つく》す　正岡子規
書斎を吹き抜けて渡り行く青嵐がある。まだ書き入れていない紙を机上より一掃してしまった。心地よいばかりの惑いがある。青嵐から感じ取る青葉の青さと紙の白さの対照もあざやかである。

薫風《くんぷう》　風薫《かぜかお》る

解説　夏の南風にそこはかとなく草木の緑の匂ってくるような感じをいったものである。

むせるような茂りの中の風でなくてもよい、夏の風の美称と考えてよい。

風薫《かぜかお》る羽織《はおり》は襟《えり》もつくろはず　芭　蕉
薫風《くんぷう》や笊《ざる》いっぱいの豆達磨《まめだるま》　遠藤　梧逸
寝《ね》れば広《ひろ》きわが胸《むね》を打《う》つ野《の》の薫風《くんぷう》　香西　照雄
薫風《くんぷう》の海鏡《うみかがみ》なす朝《あさ》の彌《ミ》撒《サ》　下村ひろし
風薫《かぜかお》る青山《せいざん》ここに定《さだ》まりて　上田五千石

鑑賞　薫風《くんぷう》や蚕《こ》は吐《は》く糸《いと》にまみれつつ　渡辺　水巴

夏蚕がようやく繭を作りはじめたようすである。青葉いきいきと風が渡るもとでの、夏蚕のうつうつとした生の営みをやや悲哀をこめて、また妖艶《ようえん》に描き出している。

夏至《げし》

解説　二十四節気の一、太陽黄経九〇度の日で六月二十二日ごろである。北半球では一年のなかで昼間が最長、夜間が最短の日である。

白衣着《はくいき》て禰宜《ねぎ》にもなるや夏至《げし》の杣《そま》　飯田　蛇笏
夏至《げし》の日《ひ》の家居《いえい》づくに立《た》つも風《かぜ》　岡本　眸
ぐんぐんと前山昏《ぜんざんく》るる夏至《げし》の雨《あめ》　足羽　雪野
夏至《げし》といふ寂《さび》しさきはまりなき日《ひ》かな　轡田　進
あらくさの香《か》だちてありし夏至《げし》のころ　岸田　稚魚

鑑賞　禁煙《きんえん》す夏至《げし》の夕《ゆう》べのなど永《なが》き　臼田　亜浪

夏至はもう日永とか暮れ遅いというどころでなく、なんともなすようのない空白の夕べの時間に思われる。病気のためか、禁煙しなければならない日ならばなおさらであろう。

老《ろう》鶯《おう》（らう/あう）

老鶯《おいうぐいす》　夏鶯《なつうぐいす》　残鶯《ざんおう》　乱鶯《らんおう》
鶯《うぐいす》老《おい》を鳴《な》く

解説　鶯といえば春の季に入るが、夏になっても鳴き続ける鶯のことを老鶯とか残鶯などと呼ぶ。もともと漢詩に用いられた主観的な語で、年老いた鶯という意味ではない。晩夏になると鳴きやむ。これを「鶯音《うぐいすね》を入《い》る」または「鶯鳴《うぐいすな》きやむ」といい、夏の衰えを感ずる季語の一つといえよう。

うぐひすや竹《たけ》の子《こ》藪《やぶ》に老《おい》を鳴《なく》　芭蕉

老鶯《ろうおう》や珠《たま》のごとくに一湖《いっこ》あり　富安風生

乱鶯《ろうおう》のこゑ谷《たに》に満《み》つ雨《あめ》の日《ひ》も　飯田蛇笏

老鶯《ろうおう》や出湯《でゆ》のあまりが谷《たに》に落《お》つ　秋元不死男

老鶯《ろうおう》や天地《てんち》かがやく丘《おか》に佇《た》つ　角川源義

夏鶯《なつうぐいす》痩身《そうしん》風《かぜ》にまかせゐて　桂信子

鑑賞 老鶯《ろうおう》や晴《は》るるに早《はや》き山《やま》の雨《あめ》　成瀬桜桃子

高原や山岳地帯の雨は沛然《はいぜん》と降る。黒雲が山を覆い、木々の汚れを思いきりよく洗い落とす。山の雨はまた晴れるのも急で、あっという間に雨音が遠のいてゆく。すがすがしい空気の中で夏鶯が鳴きだす。

時鳥《ほととぎす》　子規《ほととぎす》　不如帰《ほととぎす》　杜鵑《ほととぎす》　蜀魂《ほととぎす》

解説 古くから詩歌に詠まれている鳥で、鶯《うぐいす》とともに特徴のある初音《はつね》が珍重された。よくいわれる鳴き方に「てっぺんかけたか」「特許許可局」などがある。ホトトギス科の中ではもっとも小さく、羽色は背面が暗灰色、風切《かざき》り羽《ば》はやや褐色、胸腹部は白に黒の横縞《よこじま》がある。巣を作らず、他鳥の巣に託卵し、雛《ひな》はまた仮親を独占して育つ習性を持つ。夏の高原や山野では昼夜を問わずよく鳴く。

時鳥《ほととぎす》いかに鬼神《きじん》もたしかに聞《き》け　宗因

野《の》を横《よこ》に馬牽《うまひ》き向《む》けよほととぎす　芭蕉

ほととぎす鳴《な》くや湖水《こすい》のささにごり　丈草

ほととぎす平安城《へいあんじょう》を筋違《すじかい》に　蕪村

井戸《いど》水《みず》にくもる庖丁《ほうちょう》ほととぎす　山下知津子

鑑賞
谺《こだま》して山《やま》時鳥《ほととぎす》ほしいまま　杉田　久女

久女の代表句である。昭和六年作。久女は最後の「ほしいまま」を得るために、幾度も英彦山《ひこさん》に通ったという。そしてついにこの五文字を感得するに至った。一句にかけた執念の結晶のような句であり、迫力がある。

閑古鳥《かんこどり》　郭公《かっこう》　かつこ鳥《どり》

解説　郭公の古名。ほととぎすと同じく五月ごろ南方より渡ってくる夏鳥で、低山帯の樹林にすむ。体色はほととぎすと似ているが、やや大きく、はっきりと識別できる声で「カッコウ」と鳴く。卵を他鳥の巣に託し育雛《いくすう》させる。もの寂しいさまを「閑古鳥が鳴く」と例えるように、古くから寂しいものとして聞きなされてきた。

うき我《われ》をさびしがらせよ閑古鳥《かんこどり》　芭　蕉
閑古鳥《かんこどり》吾子《あこ》を顎《あご》まで湯《ゆ》にひたす　森　澄雄
湖《うみ》といふ大《おお》きな耳《みみ》に閑古鳥《かんこどり》　鷹羽　狩行
郭公《かっこう》やどこまで行《ゆ》かば人《ひと》に逢《あ》はむ　臼田　亜浪
郭公《かっこう》や韃靼《だったん》の日《ひ》の没《い》るなべに　山口　誓子

鑑賞
郭公《かっこう》や柱《はしら》と古《ふ》りし一家族《いちかぞく》　木下　夕爾

句集『遠雷』所収。作者は福山市に生まれ、終始郷里の地を離れなかった。優れた詩人であると同時に俳人であり、清新な作品を多く遺して逝った。詩のデッサンとも思える句で、郭公が古びゆく一家族に深い情趣を与えている。

万緑《ばんりょく》

解説　初夏の若葉のさわやかさを、その色に重点を置いて新緑というが、万緑は見渡すかぎり緑のみという意味で、非常に調子の強い季題である。王安石の詩の一節に「万緑叢中《そうちゅう》紅一点」とあるのが出典で、紅一点の部分は男ばかりの中に一人だけ女のいることの例えとしてよく用いられるが（この紅は石榴《ざくろ》の花のこと）、万緑は中村草田《くさた》男《お》がはじめて季題として用いた（昭和十四年、鑑賞句参照）。その句が名句として広く知られ、また万緑という語がよく新緑のみずみずしいおおらかな様子をとらえており、その力強い感じが共感を呼んで新しい季題として定着したのである。

万緑《ばんりょく》を顧《かえり》みるべし山毛欅《ぶな》峠《とうげ》　石田　波郷
万緑《ばんりょく》やわが掌《て》に釘《くぎ》の痕《あと》もなし　山口　誓子
万緑《ばんりょく》やおどろきやすき仔鹿《こじか》ゐて　橋本多佳子
万緑《ばんりょく》の中《なか》一瀑《いちばく》のあきらかに　畠山　譲二
万緑《ばんりょく》や死《し》は一弾《いちだん》を以《もっ》て足《た》る　上田五千石

鑑賞
万緑《ばんりょく》の中《なか》や吾子《あこ》の歯《は》生《は》え初《そ》むる　中村草田男

木々は見渡すかぎり緑に覆われている。その中にあって、赤ん坊の生え出たばかりの歯が白く美しく映える。色彩の対比の上に詠い上げられた生命力の賛歌。

緑《りょく》蔭《いん》

解説　青々と茂った樹木の作るさわやかな陰をいう。木洩《こも》れ日《び》が射していたり、涼しい風が吹き抜けたりする。椅子《いす》を持ち出して憩い、また食卓を運んで簡単な食事をしてみたくなるような、明るいイメージの木陰である。それに対して、木下闇《こしたやみ》は夏深い時期の、鬱蒼《うっそう》と茂った木の下に、日も射さずひやりとするような感じのする木陰ができることをいう。

緑蔭《りょくいん》や矢《や》を獲《え》ては鳴《な》る白《しろ》き的《まと》　竹下しづの女
幹《みき》高《たか》く大《だい》緑《りょく》蔭《いん》を支《ささ》へたり　松本たかし
緑蔭《りょくいん》のあらし海浪《かいろう》にある思《おも》ひ　山口　誓子

緑蔭《りよくいん》に三人《さんにん》の老婆《ろうば》わらへりき　西東　三鬼

緑《りよく》陰《いん》にあり美《うつく》しき膝《ひざ》小《こ》僧《ぞう》　加古　宗也

鑑賞　来《こ》し迅《はや》さにて緑蔭《りよくいん》を過《す》ぎゆく水《みず》　幸治　燕居

緑蔭の下を流れるせせらぎの水は清らかに音を立てて過ぎてゆく。緑蔭があろうとなかろうと、そこに人がいようといまいと、流れゆく水の速度にはなんのかかわりもない。

夏《なつ》草《くさ》

解説　夏に生い茂る草の総称。まだ花を開くものは少なく、青々と葉や茎を伸ばしている雑草をいうのである。「夏草の」ということばは、古く和歌において枕詞《まくらことば》として使われた。「繁し」「深し」にかかり、夏の日に照らされてしなえるので「思いしなゆ」にかかる。また、茂った夏草を刈る意味から、「刈り」と同音の「仮《かり》」「仮初《かりそめ》」にかけて用いられた。

夏草《なつくさ》や花有《はなあ》るもののあはれなり　大　魯

夏《なつ》草《くさ》や凡《およ》そ烈《はげ》しき山《やま》の雨《あめ》　松根東洋城

夏草《なつくさ》に汽罐車《きかんしや》の車輪《しやりん》来て止《と》まる　山口　誓子

夏草《なつくさ》の母校《ぼこう》見《み》てをりいま病《や》めり　目迫　秩父

伸《の》びることのみに徹《てつ》する夏《なつ》の草《くさ》　福田甲子雄

鑑賞　夏《なつ》草《くさ》や兵《つわもの》どもが夢《ゆめ》の跡《あと》　芭　蕉

奥州高館での作。このあたりは昔、義経一党や藤原一族が功名を夢み、栄華の夢にふけった跡である。だが、栄華も勝敗もすべて夢のようにむなしく消え、今はただ夏草が青々と生い茂るばかりである。

昼《ひる》顔《がお》（ひるがほ）

解説　ヒルガオ科の蔓《つる》性多年草。梅雨のころから真夏にかけて、日中に淡いピンクの朝顔によく似た花をつける。野原や道端などに自生する雑草なので、栽培される朝顔の花ほどには大きくならない。種子ができないのに驚くほど繁殖するのは、地下のわりあい浅いところで白く細い地下茎が縦横に伸びていくからである。葉の若いものはお浸しや和《あ》え物にして、また花も甘酢に漬けて食用にできる。漢方ではこの草を乾燥したものを旋花《せんか》と呼び利尿薬として用いる。また民間で糖尿病に効くといってこれを利用している地方もある。昼顔の仲間には、昼顔より小ぶりで花期がやや早い小昼顔《こひるがお》、海岸地帯の砂地に自生する**浜昼顔**《はまひるがお》がある。浜昼顔は丸い実を結ぶ。

とうふ屋《や》が来る昼顔《ひるがお》が咲《さ》きにけり　一　茶
昼顔《ひるがお》やレールさびたる旧線路《きゅうせんろ》　寺田　寅彦
昼顔《ひるがお》の風《かぜ》に砂嚙《すなか》む家居《いえい》かな　富田　木歩
岬《さき》も果《は》て昼顔浜《ひるがおはま》を咲《さ》きうづめ　佐藤　柿生
昼顔《ひるがお》に電流《でんりゅう》かよひゐはせぬか　三橋　鷹女
浜昼顔《はまひるがお》タンカー白《しろ》く過《す》ぎゆける　瀧　春一

鑑賞 昼顔《ひるがお》のほとりによべの渚《なぎさ》あり　石田　波郷

「よべ」は昨夜、「渚」は波打ち際。今は昼顔が淡い花をつづっているこのあたりに、ゆうべは満潮の潮が渚を作っていたというのである。その渚の跡も日に照らされて、かすかな縞模様をなしているのみだ。

苺《いちご》

解説 北米東部に野生する芳香高い小果のバージニアイチゴと南北両米大陸の太平洋岸に自生する香りのない大果のチリーイチゴが別々にヨーロッパに伝わり、両種が交配されて十八世紀に現在のような苺が出現した。十九世紀にはヨーロッパ人によって日本にも伝えられたが、当初は気味が悪いとなかなか受け入れられず、日本人が苺を口にするようになったのはそう古いことではない。春に五弁の白い花をつけ、六月ごろ熟して赤くなる。われわれが苺の実と思っているのは実は花托《かたく》の肥大したもので、その表面についているツブツブがほんとうの実である。一粒の苺に、大きいものなら二百を超す実がついており、これをうまく蒔《ま》けば素人でもりっぱに育てられる。

死火山《しかざん》の膚《はだ》つめたくて草《くさ》いちご　飯田　蛇笏
青春《せいしゅん》の過《す》ぎにしこころ苺《いちご》食《く》ふ　水原秋桜子
思《おも》ひ出《で》や苺《いちご》が乳《ちち》に混《まじ》るとき　軽部鳥頭子
とり出《いだ》す苺《いちご》の紅《べに》が箱《はこ》に滲《し》む　大野　林火
苺《いちご》買《か》ふ子《こ》の誕生日《たんじようび》忘《わす》れねば　安住　敦
ねむる手《て》に苺《いちご》の匂《にお》ふ子供《こども》かな　森賀　まり

鑑賞　充実《じゅうじつ》のひと日《ひ》に遠《とお》し苺《いちご》つぶす　相馬　遷子

今日一日、別に自堕落に過ごしたわけではないのだが、振り返ってみると充実した一日を送ったという実感にはほど遠い。ともしびの下で、赤くはちきれそうな苺をつぶしつつ、軽い悔いが胸をよぎる。

蛇苺《へびいちご》

解説　バラ科の多年草。日本を含む東アジアに広く分布し、低地の路傍や田の畦《あぜ》などに生える。茎を長く地上に這《は》わせ、節から新苗を生じて繁殖する。四月ごろから黄色の五弁花を開き、初夏せいぜい一センチくらいの赤い実を結ぶ。無毒だとたいていの本にことわってあるにもかかわらず、これをだれも食べないのは、その名前から有毒と思いこんでいる人が多いためであろう。しかし、水分はあるが、これといった味はない。ふつうの蛇苺よりやや大形の藪《やぶ》蛇苺という一種がある。

ふるさとの沼《ぬま》のにほひや蛇苺《へびいちご》　水原秋桜子

流《りゅう》水《すい》に真紅《しんく》うつらず蛇苺《へびいちご》　山口　誓子

蛇苺《へびいちご》遠《とお》く旅《たび》ゆくもののあり　富沢赤黄男

乳牛《にゅうぎゅう》が啼《な》いておどして蛇苺《へびいちご》　中村　汀女

蛇苺《へびいちご》爛熟《らんじゅく》す一揆《いっき》首領《しゅりょう》の墓《はか》　加藤かけい

蛇苺《へびいちご》あたりの草《くさ》のかげは濃《こ》き　原田　種茅

鑑賞　草刈《くさか》れば飛《と》ぶ紅《くれない》や蛇苺《へびいちご》　松尾　静子

情景は説明を要しないほどわかりやすい句だ。「飛ぶ紅」という言い方が巧みである。草鎌使いの鮮やかさ、刈られる緑の草々。草の汁の匂いさえ伝わってくる。その紅のものはすなわち「蛇苺」そのもの。

蛇《へび》　くちなわ

解説　日本産の蛇は十種類ほどで、有毒性のものはまむしだけである。体は円筒状で長く、四肢がない。口が大きく開くため、蛙《かえる》や卵などを丸呑《まるの》みにする。気味の悪い動物としていやがられているが、俳句では「蛇穴を出づ」「蛇衣を脱ぐ」「蛇穴に入る」「穴まどい」などと、各季にわたり多く詠まれている。温暖な時期には脱皮を繰り返して成長する。

全長《ぜんちょう》のさだまりて蛇《へび》すすむなり　山口　誓子

蛇《へび》を見《み》し眼《め》もて彌勒《みろく》を拝《はい》しけり　橋本多佳子

蛇《へび》を見《み》て光《ひか》りし眼《まなこ》もちあるく　野澤　節子

蛇《へび》下《お》りし草踏《くさふ》まれずにありにけり　阿部みどり女

水《みず》ゆれて鳳凰堂《ほうおうどう》へ蛇《へび》の首《くび》　阿波野青畝

青大将《あおだいしょう》太平洋《たいへいよう》に垂《た》れ下がり　大串　章

鑑賞　蛇《へび》逃《に》げて我《われ》を見《み》し眼《め》の草《くさ》に残《のこ》る　高浜　虚子

蛇の嫌いな人に限ってよく蛇に出会う。その一瞬に、自分が蛇を見たのであるが、この句は立場を倒置し「我を見し蛇の眼」としてとらえている。その眼が蛇の去った草むらにまだ残っている。恐怖の残像現象の句。

蜥蜴《とかげ》　青蜥蜴《あおとかげ》　縞蜥蜴《しまとかげ》

解説　石垣の間や草むらでよく見かける爬虫《はちゅう》類《るい》である。幼時は、尾の部分が鮮やかな青色をしているため、青蜥蜴と呼ばれる。成長するにつれて褐色が加わり、背面に三条の鮮緑色の美しい縞《しま》模様を持つ。尾の一部がたやすく切れて敵から身を守るが、尾は自然に再生する。腹を地につけ短い四肢で敏捷《びんしょう》に走って虫を捕る。わが国に棲息《せいそく》するものは体長が二〇センチほどであるが、熱帯産のものには二メートルに近い大蜥蜴などもいて、種類が多い。

蜥蜴照《とかげて》り肺《はい》ひこひことひかり吸《す》ふ　山口　誓子
木洩日《こもれび》のあればとどまる蜥蜴《とかげ》かな　後藤　夜半
蜥蜴《とかげ》の尾《お》消《き》えて鏡《かがみ》の如《ごと》き石《いし》　内藤　吐天
なめらかに地《ち》の罅《ひび》わたる青蜥蜴《あおとかげ》　福田　蓼汀
蜥蜴出《とかげで》て遊《あそ》ぶ庭師《にわし》の中休《なかやす》み　青柳志解樹

鑑賞　歯朶《しだ》にゐて太古《たいこ》顔《がお》なる蜥蜴《とかげ》かな　野村　喜舟

蜥蜴は中生代ごろ栄えたといわれる爬虫類の仲間である。その蜥蜴がのんびりと歯朶の葉の上で休んでいる姿に、作者は現世を離れた姿を見いだす。「太古顔なる蜥蜴」の措辞が巧みである。

蛍袋《ほたるぶくろ》　釣鐘草《つりがねそう》　提灯花《ちょうちんばな》

解説　山野に自生するキキョウ科の多年草で高さ三〇～六〇センチになる。この名の起こりは蛍の出るころ花が咲くからとも、また子供がこの釣鐘状の花に蛍を入れて遊ぶところからともいわれている。花の形状から釣鐘草・提灯花という別名がある。六、七月ごろ、先の五裂した鐘形の白色または淡紫色の花が下向きに開く。風鈴草《ふうりんそう》は南ヨーロッパ原産のホタルブクロ属の花で、花壇・切り花用に栽培する。高さ一メートル、ふつう紫色の花が咲くが、白や桃色の品種もある。この外国種は洋名そのままにカンパニュラと呼ぶこともある。

つりがね草《そう》かりこぼされて水《みず》の上《うえ》　竹　路
逢《あ》ひたくて蛍袋《ほたるぶくろ》に灯《ひ》をともす　岩淵喜代子
雨雲《あまぐも》やほたるぶくろは刈《か》り残《のこ》す　新井　英子
山中《さんちゅう》のほたるぶくろに隠れんか　小澤　實

鑑賞
昼《ひる》ふかく釣鐘草《つりがねそう》は崖《がけ》に垂《た》る　桂　秀草

山野の路傍に咲く蛍袋でさえ、その淡い紫色に深い憂愁の色をたたえて美しい。崖に咲き出でた蛍袋は昼を静かに垂れ、花の色はいよいよ淡い。

竹落葉《たけおちば》

解説　竹は春になって黄葉期を迎え、やがて落葉する。竹落葉はすでに春のころから始まっているのだが、俳句では「竹の秋」を春とし、竹落葉は夏の季題とする。この関係はふつうの植物の紅葉《もみじ》（秋）と紅葉《もみじ》散る（冬）に似ている。事実、若竹がすくすくと伸びて皮を脱ぎはじめるころ、竹落葉はもっとも盛んになる。しかし、古い葉が落ちる寸前に同じ小枝のうちに新しい若葉が数枚ずつ用意されていて、一時期に全部葉がなくなることはない。また、いっせいに色が変わり、いっせいに散るのではなく、一部は秋までかかって古い葉が新しい葉に変わり、また一本の竹でも上の方の葉から下の方の葉へとしだいに変わって行くなど、片時も緑の葉が消えないようにと、竹には自然のさまざまの工夫がこらされているのである。

渓流《けいりゅう》に音《おと》やあらざる竹落葉《たけおちば》　飯田　蛇笏
うす紅《べに》の日《ひ》を竹《たけ》むらは落葉《おちば》どき　岸田　稚魚
金色《こんじき》に竹落葉《たけおちば》飛《と》ぶ行方《ゆくえ》あり　舞原　余志
竹落葉《たけおちば》時《とき》のひとひらづつ散《ち》れり　細見　綾子
竹《たけ》の葉《は》の落《お》ちゆく先《さき》も竹《たけ》の谷《たに》　鷲谷七菜子

鑑賞 竹落葉《たけおちば》ひらりと蝌蚪《かと》の水《みず》の上《うえ》　山口　誓子

蝌蚪はおたまじゃくしのこと。竹が落葉するころの蝌蚪はかなり成長し、水面近くに浮いてはまた沈む動作もすばやくなる。はらはらと散りかかる竹落葉にもあまり動じなくなっている。

雹《ひょう》（うへ）

解説 積乱雲から降ってくる氷の粒で、直径五ミリ以上のかたまりになったもの。またその降る現象をいう。ときには五〇ミリ以上の鶏卵大になって急速度で落下し、農作物ばかりでなく人畜・家屋にさえ被害を与えることがある。強い上昇気流のなかで透明や半透明の氷層が重なって成長し、白い氷塊になって落下するもので、日本では五月から七月の間に雷を伴って起こることが多い。雨まじりに降る時は氷雨《ひさめ》という。

雹《ひょう》晴《は》れて豁然《かつぜん》とある山河《さんが》かな　村上　鬼城
王滝村《おうたきむら》降《ふ》り隠《かく》す雹《ひょう》飛《と》べりけり　水原秋桜子
雹《ひょう》降《ふ》りしあとの月夜《つきよ》の畑《はたけ》かな　楠目橙黄子
鬼歯朶《おにしだ》を打《う》ち転《ころ》ぶ雹《ひょう》熔岩《らば》に溶《と》け　大塚　きみ
四百《よんひゃく》の牛《うし》掻《か》き消《け》して雹《ひょう》が降《ふ》る　太田　土男

鑑賞 雹《ひょう》うつて摩《ま》周湖《しゅうこ》の藍《あい》かげりくる　石原　八束

摩周湖の湖面に雹がしばらく降って、湖面の静けさをうち破り、藍の色をも失わせたのであろう。一瞬かげった景であるが、今まで見ていた湖の藍と雹の白さの色感は確かに心にとらえられている。

羽抜鳥《はぬけどり》　抜羽《ぬけは》

解説　一般鳥類の冬羽は三、四月ごろに抜け換わって夏羽になり、八月ごろより冬羽になる。ただし、雌はほとんど換わらず雄鳥だけに見られる。羽の抜けた鳥は、いかにもみすぼらしく哀れを感じる。中でも鴨類は一時に体羽が換わるため、換羽期間中は飛べなくなる。これを**羽抜鴨《はぬけがも》**という。鶏はもっとも目につきやすいため、よく詠まれている。

羽抜鳥《はぬけどり》吃々《きつきつ》として高音《たかね》かな　高浜　虚子
羽抜鶏《はぬけどり》傷《きず》つき合《お》うてみな生《い》きて　村越　化石
首《くび》伸《の》ばし己《おのれ》たしかむ羽抜鶏《はぬけどり》　右城　暮石
羽《は》抜《ぬけ》鳥《どり》高《たか》き巌《いわお》に上《のぼ》りけり　前田　普羅
人間《にんげん》と暮《く》らしてゐたる羽抜鶏《はぬけどり》　今井杏太郎

鑑賞　羽抜鶏《はぬけどり》地《ち》にくくられて鳴《な》くばかり　太田　鴻村

『穂国』所収。「我がために日毎くびられゆく飼鶏の哀れさを」の前書きがつく。作者は家郷に病を養う身である。己れのために日毎くくられてゆく羽抜鶏の声を、悲痛な思いで聞きとめたことであろう。

青鷺《あおさぎ》（あをさぎ）

解説　日本産の鷺類の中ではもっとも大きい。樹上高く集団で巣を作り、他の鷺よりも高いところに作ることが多い。容姿は鶴《つる》に似て美しい。警戒心が強いため人を寄せつけず、「グワー、グワー」と低く濁った声で鳴く。本州・四国では留鳥、北海道では四月ごろから秋までいて繁殖する。えさは、池や水田の蛙《かえる》・蟹《かに》・魚・ねずみなどを追い出して食べる。怒ると、人間が赤面するように嘴《くちばし》の周辺や脚が赤みを帯びる。

夕風《ゆうかぜ》や水青鷺《みずあおさぎ》の脛《すね》をうつ　蕪　村

夕嵐《ゆうあらし》 青鷺《あおさぎ》吹《ふ》き去《さ》つて高楼《こうろう》に灯《ひ》　高浜　虚子
青鷺《あおさぎ》の吹《ふ》き分《わか》れしは離宮《りきゅう》かな　阿波野青畝
蒼鷺《あおさぎ》を翔《た》たせて舟《ふね》は魞《えり》につく　山口　草堂
青鷺《あおさぎ》や雲降《くもふ》りてきし羽黒谿《はぐろたに》　皆川　盤水

鑑賞 青鷺《あおさぎ》のみじんも媚《こ》びず二夜《ふたよ》泊《は》つ　殿村菟絲子

青鷺という鳥の孤高の姿が「みじんも媚びず」の措辞により、的確に描かれている。微塵は、ほんのわずかの意で、同じ場所に同じ姿勢でピリッとも動かず佇立《ちょりつ》している青鷺に、驚嘆の目が注がれている。

桜桃忌《おうとうき》（あうたうき）　太宰忌《だざいき》

解説 六月十九日。小説家太宰治《おさむ》の忌日。本名は津島修治《つしましゅうじ》。明治四十二年（一九〇九）青森県生まれ。東大仏文科中退。戦後「退廃文学」の代表的作家として、『斜陽』『ヴィヨンの妻』『人間失格』など優れた作品を書いて名声が高かった。昭和二十三年（一九四八）六月十三日、東京三鷹《みたか》の玉川上水に愛人と投身自殺し、一週間後の十九日、その誕生日に遺体が発見された。三十九歳。三鷹の禅林寺に墓がある。その破滅型の生涯は多くの人に愛惜され、禅林寺で毎年十九日に行われる桜桃忌には、関係者をはじめ多くの人々が集まり、盛大である。桜桃の熟する季節であり、『桜桃』という短編があるので、桜桃忌と呼ばれ親しまれている。

しらじらと酔後《すいご》の舗道《ほどう》桜桃忌《おうとうき》　轡田　進
水中《すいちゅう》にくもる白日《はくじつ》桜桃忌《おうとうき》　鷲谷七菜子
身《み》に触《ふ》れて水《みず》に散《ち》る葉《は》や桜桃忌《おうとうき》　萩原　季葉
太宰忌《だざいき》の身《み》を越《こ》す草《くさ》に雨《あめ》の音《おと》　飯田　龍太
飲《の》みぶりも底《そこ》ぬけなりし太宰《だざい》の忌《き》　上村　占魚

鑑賞 黒々《くろぐろ》とひとは雨具《あまぐ》を桜桃忌《おうとうき》　石川　桂郎

梅雨のさなかに桜桃忌はやってくる。人々は黒々と雨具に身を包んでいる。それは太宰の忌日を悼むのにふさわしい暗さである。入水《じゆすい》し果てた人に対して、雨具の黒さは、屈折した嘆きを感じさせる。

暑《あつ》し　暑《しょ》　暑気《しょき》

解説　日本の夏の暑さは、北半球の他の温帯に比べてとくに暑い。高温多湿で熱帯の暑さである。その暑熱にあえぐ気持ちがこの語にこもっている。とくに盛夏になると極《ご》暑《しょ》とか酷暑《こくしょ》と呼ばれ、その暑さの程度は炎《も》ゆとか炎暑《えんしょ》という表現になる。大暑《たいしょ》というと二十四節気の一つで、七月二十三日ごろに当たる。

蝶《ちょう》の舌《した》ゼンマイに似《に》る暑《あつ》さかな　芥川龍之介
念力《ねんりき》のゆるめば死《し》ぬる大暑《たいしょ》かな　村上　鬼城
汽車《きしゃ》たてばそこに極暑《ごくしょ》の浪《なみ》の群《む》れ　吉岡禅寺洞
暑《あつ》き故《ゆえ》ものをきちんと並《なら》べをる　細見　綾子
暑《あつ》けれど佳《よ》き世《よ》ならねど生《い》きようぞ　藤田　湘子

鑑賞　嘴《はし》あけて烏《からす》も暑《あつ》きことならん　田村　木国
啼こうとして思いとどまった烏かも知れないが、作者はこれを暑さにあえいであけたかとも受け取っている。あの羽の黒々とした烏のこと、いかにも暑そうに見えてくる。

青《あお》簾《すだれ》（あをすだれ）　簾《すだれ》　竹簾《たけすだれ》　葭簾《よしすだれ》　伊予簾《いよすだれ》　絵簾《えすだれ》　板簾《いたすだれ》　古簾《ふるすだれ》

解説　日ざしをさえぎりながら、通風をよくするために、青竹を割《さ》いて編んだ簾を窓や戸口にかける。竹簾や、葭で編んだ葭簾、伊予産の篠竹《しのだけ》で編んだ伊予簾、模様を編みこんだ絵簾、ビニール製の遮光《しゃこう》専用の板簾と種類は多い。中でも軒に吊《つ》られた涼味のすがすがしさがあるのは、その色からも青簾であろう。日中は目隠しの役もするが、夜はありありと家の内部が見えるのも、夏の夜の感じがする。古簾には一種独特の生活臭が感じられる。夏暖簾《なつのれん》に替えたり、日《ひ》除《よけ》をしたり、葭戸《よしど》をはめたりすることは、夏の気分をいっそう引き立てるもので、市井人の風流を感じさせて好ましい。

つづきもの書《か》きはじめたる青簾《あおすだれ》　久保田万太郎
青簾《あおすだれ》音《おと》の一《ひと》つに豆腐屋《とうふや》過ぐ　吉田北舟子
顔《かお》くらくしてもう垂《た》らす青簾《あおすだれ》　中山　禎子
紺暗《こんくら》く夜空《よぞら》は簾《すだれ》ふちどりぬ　石田　波郷
一枚《いちまい》の簾《すだれ》を吊《つ》って住《す》みつきし　池内たけし
世《よ》の中《なか》を美《うつく》しと見《み》し簾《すだれ》かな　上野　泰

鑑賞　一《いち》ン日《ち》を楽屋《がくや》でくらす簾《すだれ》かな　水谷八重子

楽屋は役者の生活の場である。大劇場の名優の楽屋といえども狭くて暗いところが多い。せめて夏の快適さをと願って簾をかけ流した。いくらか涼しくなってきたようにも思えるのは不思議だ。名優には風流な心遣いがある。

籐椅子《とういす》　籐寝椅子《とうねいす》

解説　籐の茎を編んで座・背・肘《ひじ》の部分を張った椅子のことをいう。風通し・肌ざわりがよく、涼しげに見えて縁側や庭などに置かれてあったりする。大形で長く作られて、仰臥《ぎょうが》用のものは籐寝椅子といわれる。竹床几《たけしょうぎ》（竹で作った涼み用の縁台で、人が並んで腰かけられる）には市井の風流があるが、籐椅子にはやや上品な趣がある。

籐椅子《とういす》にならびて掛《か》けて恋《こい》ならず　富安　風生
ダリの画《え》を見《み》しより籐椅子《とういす》に腕《うで》を垂《た》れ　山口　青邨
籐椅子《とういす》を立《た》ちて来《き》し用忘《ようわす》れけり　安住　敦
籐椅子《とういす》や貧寺《ひんじ》なれども景《けい》は一《いち》　岡本無漏子
籐椅子《とういす》や一日《ひとひ》かならず夕《ゆう》べあり　井沢　正江

一碧《いっぺき》の水平線《すいへいせん》へ籐寝椅子《とうねいす》　篠原　鳳作

鑑賞　籐椅子《とういす》の家族《かぞく》のごとく古《ふる》びけり　加藤三七子

和・洋家具類も、古くなってそのよさを発揮するものがある。籐椅子もその部類に入る。決してはでではなく、古色でありながら、なれ親しんできたことを家族の一員と比喩した。籐椅子の存在感を示していてふさわしい。

百合《ゆり》の花《はな》　百合《ゆり》　白百合《しらゆり》

解説　ユリ科の秋植え球根草。山百合・姫百合・笹《ささ》百合・鬼百合・透《すかし》百合・車百合など日本には十五種の百合が自生し、それぞれに美しい花をつける。キリスト教では白百合を純潔の象徴として聖母マリアにささげ、イースター、クリスマス、結婚式などの儀式になくてはならない聖花とされている。これには元来マドンナリリーという種類が用いられていたが、現在はもっぱら日本産の鉄砲百合が使われており、わが国は聖花の球根の産地として世界的に知られている。六月十七日に行われる奈良市率川《いさがわ》神社の三枝《さい》祭《くさのまつり》は百合の花の祭りで、一本の茎に三本の花のついた笹百合（三枝）を三輪山《みわ》から三万本も摘んで献じるので有名である。

木《こ》の下《した》や夜《よ》の明《あ》けかかる百合《ゆり》の花《はな》　浪　化

白百合《しらゆり》や色《いろ》を極《きわ》めて夜《よる》の底《そこ》　松根東洋城

白百合《しらゆり》や愁《うれい》はいつも新《あたら》しき　竹久　夢二

百合《ゆり》の香《か》を深《ふか》く吸《す》ふさへいのちかな　村越　化石

偽《いつわ》りのなき香《か》を放《はな》ち山《やま》の百合《ゆり》　飯田　龍太

鑑賞　百合《ゆり》の蘂《しべ》みなりんりんとふるひけり　川端　茅舎

「りんりん」は凛々、すなわちりりしいさま。開きはじめたばかりの百合の雄蕊が、みずからりりしくふるうのである。ユリの語源は「揺り」にあるという。とすれば、これはさらに細やかな観察である。

水芭蕉《みずばしょう》（みづばせう）

解説　サトイモ科の多年草。水芭蕉といえば尾瀬が有名だが、本州中部以北の山々の湿原に自生し、群生はいたるところにある。地下に大きな根茎があり、初夏のころ高さ二〇〜三〇センチの花茎を出して白いきれいな花が咲く。この花びら状に見えるのは、苞《ほう》という花を包んで保護する葉の一種で、ほんとうの花は非常に小さく、苞の中に入っている花軸というトウモロコシを細くしたような感じの軸にびっしり並んで咲く。この花は千島・サハリン・シベリアまで分布し、北米大陸の西北部にはイエロースカンクキャベジという苞の黄色い種類がある。日本の水芭蕉は英名ホワイトスカンクキャベジで、あの美しい花を近くで嗅《か》ぐと特有の好ましくない匂いがする。

野兎《やと》わたる濁《にご》りすぐ消《き》ゆ水芭蕉《みずばしょう》　沢田緑生
沼《ぬま》の辺《へ》のみちやはらかく水芭蕉《みずばしょう》　伊藤凍魚
水芭蕉《みずばしょう》野《の》の牧朝《まきあさ》の声《こえ》に満《み》ち　菊地滴翠
林間《りんかん》に水《みず》の光《ひか》れる水芭蕉《みずばしょう》　柳沢東丁
水《みず》はまだ声《こえ》を持《も》たざる水芭蕉《みずばしょう》　黛執

鑑賞　花《はな》と影《かげ》ひとつに霧《きり》の水芭蕉《みずばしょう》　水原秋桜子

霧の漂う水芭蕉の群生地である。霧を透かして見る水芭蕉の花は、淡い影と一体になって夢幻の趣を誘う。霧の流れに従って、花と影一体の濃淡はさまざまに変化するのである。

月見草《つきみそう》（つきみさう）　大待宵草《おおまつよいぐさ》

解説　アカバナ科の二年草。本来の月見草は白い花が夕方に咲く北米原産の植物で、江戸時代には栽培された記録があるが、現在はほとんど姿を消してしまった。太宰治《だざいおさむ》が「富士には月見草がよく似合う」といった月見草や、一般に月見草の名で呼ばれているのは大待宵草である。明治初年に渡来した南米原産の帰化植物で、径七センチ内外の大形薄質の黄色い四弁花を夕方開く。夏の朝早く、朝露に濡《ぬ》れてふるえながら咲き残っているこの花を見ると一種荘厳な感じを受ける。近代の俳句に登場する月見草は実は大待宵草であると考えていい。やや小形で草丈七〇センチほどの待宵草《まつよいぐさ》も各地に見られる。その他荒地待宵草《あれちまつよいぐさ》・小待宵草《こまつよいぐさ》なども帰化している。

月見草《つきみそう》灯《ひ》よりも白《しろ》し蛾《が》をさそふ　竹下しづの女
夕《ゆう》潮《しお》に纜《ともづな》張《は》りぬ月《つき》見《み》草《そう》　五十嵐播水
月見草《つきみそう》ランプのごとし夜明《よあ》け前《まえ》　川端　茅舎
松《まつ》の根《ね》も石《いし》も乾《かわ》きて月見草《つきみそう》　橋本多佳子
月見草《つきみそう》夕月《ゆうづき》よりも濃《こ》くひらき　安住　敦

鑑賞　開《ひら》くとき蘂《しべ》の寂《さび》しき月見草《つきみそう》　高浜　虚子

この月見草もやはり大待宵草であろうか。雄蕊は八本、雌蕊は柱頭が四つに分裂し、いずれもりんと立っている。四枚の花びらが大きく開ききると、その中央に虫の訪れを待つ蕊の群れが取り残されるのだ。

合歓《ねむ》の花《はな》　ねぶの花《はな》　花合歓《はなねむ》

解説　合歓は本州・四国・九州を東端に西は中国・朝鮮・インド・イランまで分布するマメ科の落葉高木。山野に自生する。睡眠運動といって、葉は夜になるとぴたりと閉じて垂れるのでこの名がある。六、七月ごろ、淡く紅色がかった、刷毛《はけ》を散らしたような花を無数に開く。この花のように見えるところはたくさんの細長い糸状の雄しべで、花弁と萼《がく》は基のほうにあって、全然目立たない。花は夕方葉を閉じるころに咲いて、朝方葉の開く前に衰えてくる。夢のように咲く花の美しさをめでて庭に植え、材は屋根板・桶《おけ》・箱などに加工される。漢方では乾燥した樹皮を煎《せん》じて、駆虫・打撲症などに応用する。

いなづまに白《しろ》しと思《おも》ふ合歓《ねむ》の花《はな》　軽部烏頭子
合歓《ねむ》の月《つき》こぼれて胸《むね》の冷《ひ》えにけり　石田　波郷
風《かぜ》わたる合歓《ねむ》よあやふしその色《いろ》も　加藤知世子
合歓《ねむ》咲《さ》いて暁《あかつき》蒼《あお》き千《ち》曲川《くまがわ》　林　蓬生
胸貸《むねか》して赤子《あかご》ねむらす合歓《ねむ》の花《はな》　田口　俊子
花合歓《はなねむ》の夢《ゆめ》みるによき高《たか》さかな　大串　章

鑑賞　象潟《きさがた》や雨《あめ》に西施《せいし》がねぶの花《はな》　芭　蕉

『奥の細道』の旅中、羽後の国（秋田県）象潟での作。象潟の雨に煙る風景は、合歓の花が雨にぬれているような哀れなやさしさがあり、中国春秋時代の美人西施がもの思わしげに目つぶるさまを思わせたのだ。

夾竹《きょうちく》桃《とう》（けふちくたう）

解説　インド原産の常緑低木。江戸時代に渡来し、夏の花木として愛好されている。乾燥にも潮風にも強いので海岸や崖地《がけち》に植えられる例が多い。最近では車の排気ガスにも強いところから高速道路の分離帯などにもよく見かけることができる。晩夏のころ、香りのある紅色の花が枝先にやや群がってつくが、園芸品種には淡黄色や純白色があり、八重咲きのものもある。葉や枝を切ると出る乳液は有毒で、日本でも西南《せいなん》の役《えき》のとき官軍の兵士がこの茎を箸《はし》に使って中毒したという話が伝わっている一方、強心剤や利尿剤としての有効成分も含まれているそうである。明治以降、地中海沿岸の産という西洋種も渡来しているが、これは花の匂《か》いを嗅いでもまったく芳香はない。

夾竹桃影濃《きょうちくとうかげこ》く運河《うんが》潮《しお》みてり　西島　麦南

夾竹桃一枝《きょうちくとうひとえだ》折《お》れて咲《さ》きゐたり　徳川　夢声

夾竹桃花《きょうちくとうはな》なき墓《はか》を洗《あら》ふなり　石田　波郷

夾竹桃寝覚《きょうちくとうねざ》めの吾子《あこ》の尿《しと》きよし　能村登四郎

怒濤《どとう》もて満《み》ち来《く》る潮《しお》や夾竹桃《きょうちくとう》　岡田　貞峰

ヒロシマの夾竹桃《きょうちくとう》が咲《さ》きにけり　西嶋あさ子

【鑑賞】夾竹桃《きょうちくとう》しんかんたるに人《ひと》をにくむ　加藤　楸邨

夾竹桃の紅の花が咲き誇っている。炎天、歩く人もなく、人声もしない。森閑と静まり返っている日中。自分は夾竹桃の花を視野の一隅に入れながら、ある人を憎む気持ちが起こる。許しがたい裏切り、背信。

青田《あおた》（あをた）

青田風《あおたかぜ》　青田波《あおたなみ》　青田時《あおたどき》
青田道《あおたみち》

【解説】田植えが終わって間もないころの田を植田《うえた》という。その植田の苗が育って、青々と一面に緑が繁茂した田が、青田である。一番草を取り、二番草のころ、土用前後というが、現在は田植えが早くなったので、七月に入ると青田という感じである。強い太陽の下で、青々と広がる田は、色彩的にも美しい。吹き渡る風は青田風、風につれて波立つ稲葉は青田波、そのころを青田時、青田の中を行く道は青田道である。

朝起《あさおき》の顔《かお》ふきさます青田《あおた》かな　惟　然

青田《あおた》貫《つらぬ》く一本《いっぽん》の道月《みちつき》照《て》らす　臼田　亜浪

一点《いってん》の偽《いつわ》りもなく青田《あおた》あり　山口　誓子

みづうみに一枚沿《いちまいぞ》ひの青田《あおた》そよぐ　大野　林火

大粒《おおつぶ》の雨降《あめふ》る青田母《あおたはは》のくに　成田　千空

青田《あおた》にはあをき闇夜《やみよ》のありぬべし　平井　照敏

【鑑賞】せんすべもなくてわらへり青田売《あおたうり》　加藤　楸邨

貧しい百姓たちは、秋の収穫を待たずに、青田のころの稲のできぐあいで、収穫高を見越して、その田の産米を売る契約をした。これを青田売りといった。その百姓のようすを、「せんすべもなくてわらへり」といったところに、その百姓を彷彿《ほうふつ》とさせる鋭い把握がある。

雲《くも》の峰《みね》　入道雲《にゅうどうぐも》　峰雲《みねぐも》

解説　巨大なかたまりが峰のように盛り上がってくる雲。気象学でいう積乱雲か雄大積雲で、夏空に急に出現して雷を起こし夕立を降らせる雷雲や夕立雲になることが多い。峰の頂は太陽に白く輝くが、底は黒ずみ暗く威圧するように空に伸びる。地面の暑熱が急速な上昇気流をひき起こすためである。

雲《くも》の峰《みね》いくつ崩《くず》れて月《つき》の山《やま》　芭蕉

生々《いきいき》と切株《きりかぶ》にほふ雲《くも》の峰《みね》　橋本多佳子

雲《くも》の峰《みね》一人《ひとり》の家《いえ》を一人《ひとり》発《た》ち　岡本眸

子《こ》の心《こころ》ある時《とき》遠《とお》し雲《くも》の峰《みね》　伊藤淳子

一瞬《いっしゅん》にしてみな遺品《いひん》雲《くも》の峰《みね》　櫂未知子

鑑賞　厚餡《あつあん》割ればシクと音《おと》して雲《くも》の峰《みね》　中村草田男

餡の厚いふっくらとしたまんじゅうであろうか。とにかく懐かしい和菓子、ずっしりした厚みを割ればシクと音、雲の峰立つ夏空にもまぎれもない私たちの生活の匂いがする。

雷《かみなり》　雷《らい》　いかづち　はたた神《がみ》　雷光《らいこう》　雷鳴《らいめい》　雷雨《らいう》　日《ひ》雷《かみなり》　遠雷《えんらい》

解説　激しい上昇気流によって積乱雲が発生し、そこに起こる空中の放電現象である。雷光・雷鳴・雷雨を含めて雷という。この語の起源は「神鳴」であり、もともと漢字の「神」も雷であり雷神であって、天上の威力ある存在者より落とされるものとして古来恐れられていた。夏に多く、落雷により人畜を殺傷し、火災を起こしたりして突然の災害は現代でもなかなか防ぎきれない。「青天の霹靂《へきれき》」とか「雷親父《おやじ》」などと比喩《ひゆ》に用いられるのも、この雷の異常な現象の体験によるものであろう。日雷・遠雷、また夜陰の雷光など、夏の気象現象として趣はさまざまで変化が多い。

夜《よ》の雲《くも》のみづみづしさや雷《らい》のあと　原　石鼎
迅雷《じんらい》に一瞬《いつしゆん》木々《きぎ》の真青《まさお》なり　長谷川かな女
昇降機《しようこうき》しづかに雷《らい》の夜《よ》を昇《のぼ》る　西東　三鬼
落雷《らくらい》の一部始終《いちぶしじゆう》のながきこと　宇多喜代子
遠雷《えんらい》やはづしてひかる耳《みみ》かざり　木下　夕爾

鑑賞
谿《たに》二《ふた》つ雷火《らいか》立《た》ちては相照《あいてら》す　水原秋桜子
尾根が分ける谿二つ、雷光が一瞬その底までも照らす。雷火立つ直下はかえって暗く、その雷火は向こうの谿を照らすのであろう。この相次ぐ雷火のひらめきを、谿二つが「相照す」とみごとに表現した。

夕《ゆう》立《だち》（ゆふだち）　ゆだち　よだち　白雨《ゆうだち》

解説 夏の強い日ざしにより発生した対流性の雲から降る、局地性の大きな雨をいう。夕立雲《ゆうだちぐも》という厚く暗い積乱雲がにわかに起こり、大粒の激しい雨となるが短時間で、また少し離れた所では晴天であったりする。梅雨明けあとの夏の雨の特徴である。似たようなにわか雨は他の季節にもあるが、ただ驟雨《しゆうう》というときはあまり季節感がない。また、梅雨でも夕立でもない降り方の雨は**夏《なつ》の雨《あめ》**である。

夕《ゆう》立《だち》や草葉《くさは》を掴《つか》むむら雀《すずめ》　蕪村
浅間《あさま》から別《わか》れて来《く》るや小夕立《こゆうだち》　一茶

夕立《ゆうだち》もやみたる頃《ころ》の迎《むか》へ傘《がさ》　高橋淡路女
樺《かば》の中《なか》くしくも明《あか》き夕立《ゆだち》かな　芝　不器男
山小屋《やまごや》を袋叩《ふくろだた》きに夕立去《ゆだちさ》る　佐川　白水
さつきから夕立《ゆだち》の端《はし》にゐるらしき　飯島　晴子

鑑賞

祖母山《そぼさん》も傾山《かたむくさん》も夕立《ゆだち》かな　山口　青邨

祖母山は九州の名山で、その前山に傾山がある。この二山にかけてたちまち激しい夕立となった。この二つの山の名のさわやかな響きがよい効果をあげて、いさぎよい南国の夕立の情趣を伝えている。

虹《にじ》

朝虹《あさにじ》　夕虹《ゆうにじ》　円虹《まるにじ》

解説　夕立のあとにさっと七色の弧を天空に描く現象は夏に多く見られる。日光が空気中の水滴に屈折反射して起こる現象で、スペクトルの配列で紫から赤まで光が分散してできるので、いつも太陽の反対側に見られる。朝は西に、夕は東に出る。朝虹は雨、夕虹は晴の前兆という。同じ原理により撒《さん》水によって噴霧を起こせば小さな虹を生ずることもある。ふつう下界で自然に見える虹は半円形のものであるが、高山では完全な円形の円虹《まるにじ》を見ることがある。なお、**御**《ご》**来迎**《らいごう》のことを円虹ということもある。高山で陽光を背にして立つと前景を流れる霧に自分の姿が大きく映り、その頭の周辺に虹環の現れることがある。これを阿弥陀《あみだ》様が自分を迎えに来たと感じて名付けたものである。今日では、高山の頂上で迎える日の出のこと、御来光《ごらいこう》と混同され、その意味に用いられることのほうが多い。

虹《にじ》ありし暮天《ぼてん》の碧《あお》さはなやぐも　内藤　吐天
虹《にじ》ふた重《え》つたなき世《よ》すぎ子《こ》より子《こ》へ　篠田悌二郎
栗鼠《りす》跳《と》んで高原《こうげん》の虹横這《にじよこば》ひに　池上　樵人
虹《にじ》に謝《しゃ》す妻《つま》よりほかに女《おんなし》知らず　中村草田男

虹《にじ》二重《ふたえ》神《かみ》も恋愛《れんあい》したまへり　津田　清子

鑑賞 虹透《にじす》きて見《み》ゆわが生《せい》の涯《はて》までも　野見山朱鳥

一天にかかった虹は私たちにこの世ならぬ世界のことをも思わせる。悠久の時の流れをも思う心境に心澄ませられる。この気持ちを虹に透かしてわが生の涯を見たと作者は表現したのであろう。

団扇《うちわ》（うちは）

古団扇《ふるうちわ》　絵団扇《えうちわ》　渋団扇《しぶうちわ》
水団扇《みずうちわ》　団扇置《うちわおき》　団扇掛《うちわかけ》

解説 暑いときなど、一枚の団扇のあおぐ風で身も心も救われる思いがする。竹の骨に紙を張り、楕円形《だえんけい》のものがふつうである。絹などを張ったもの、檳榔樹《びんろうじゅ》の葉のもの、絵をかいた絵団扇、渋を塗った渋団扇、水に濡《ぬ》らして用いる水団扇など多種ある。**扇**《おおぎ》が、携帯・外出用というよそ行きの上品さに比べて、団扇は庶民的なものといえる。**クーラー・扇風機**《せんぷうき》が流行するにしたがい、ますます情緒が濃くなるようである。**夜涼**《よすず》みに出るときにも欠かせない小道具の一つであろう。

絵団扇《えうちわ》のそれも清十郎《せいじゅうろう》にお夏《なつ》かな　蕪　村
乱《みだ》れたる団扇《うちわ》かさねて泊《とま》りけり　長谷川かな女
顔《かお》よせて団扇《うちわ》のなかの話《はなし》かな　下田　実花
かたくなに黙《もだ》す団扇《うちわ》の空《から》づかひ　黒木　夜雨
戦争《せんそう》と畳《たたみ》の上《うえ》の団扇《うちわ》かな　三橋　敏雄
いろいろの団扇《うちわ》リハビリ室《しつ》にあり　森田　峠

鑑賞 渋団扇《しぶうちわ》もてあふがれつ蜑《あま》を診《み》る　井上　杉香

湿気を防ぐため渋をひいた団扇は、煮炊きの火をあおぐもの。丈夫で無骨だ。漁師の家を往診した医者は、無風流な団扇であおがれている。世話人情の一場面だが、たとえなんであろうと、あおいでくれる心遣いがありがたいのだ。

花莫蓙《はなござ》　絵莫蓙《えござ》

解説　夏、涼味を出すために部屋・廊下に莫蓙を敷いたりする。その莫蓙に花・山水などの柄を織りこんだり、捺染《なっせん》してあるものをいう。**簟**《たかむしろ》（竹で編んだ敷物）・**籐筵**《とうむしろ》なども利用のされ方は同じだが、莫蓙（藺草《いぐさ》を編んだ）がもっとも多い。葭簀《よしず》がかかり、花莫蓙を敷きつめて開け放たれた**夏座敷**《なつざしき》には、その家の主人の人柄がしのばれるものである。この他に、寝莫蓙・円座などと藺草を編んだものが多く使われるのは、多湿な日本の夏の気候にふさわしいからであろう。

一枚《いちまい》の花莫蓙《はなござ》にかくわが老後《ろうご》　富安　風生

花莫蓙《はなござ》にわがぬくもりをうつしけり　阿部みどり女

花莫蓙《はなござ》に母《はは》の眼鏡《めがね》が置《お》いてある　加倉井秋を

花莫蓙《はなござ》のふくるる風《かぜ》に坐《すわ》りけり　山下率賓子

花莫蓙《はなござ》に子供《こども》の膝《ひざ》の二《ふた》つづつ　大嶽　青児

鑑賞　花莫蓙《はなござ》に夢《ゆめ》の短《みじか》くきれにけり　鷲谷七菜子

花莫蓙の上での昼寝であろう。昼寝そのものも短いものだが、その昼寝の中の夢もまた短い。美しい夢であったのだろう。美しいからこそ、また短いのであろう。

日傘《ひがさ》　ひからかさ　絵日傘《えひがさ》　パラソル

解説　夏の強い日ざしを避けるために女性が用いる傘。絵日傘は日本古来のもので、骨・柄も竹製、紙・絹を張り絵や模様のある美しいもの。最近では、ほとんどパラソル（洋日傘）になってしまった。夏の日盛りなどに見かける女性の日傘をさしている姿には、つつましやかな落ち着きが見られて好ましい。関西では夏洋傘《なつこうもりがさ》などといって、男性が用いるのもある。

清水《きよみず》の坂《さか》のぼり行《ゆ》く日傘《ひがさ》かな　正岡　子規

ほろほろと雨《あま》つぶかかる日傘《ひがさ》かな　原　石鼎

大阪《おおさか》に住《す》みつき男日傘《おとこひがさ》かな　小原　野花

色深《いろふか》きふるさと人《びと》の日傘《ひがさ》かな　中村　汀女

挨拶《あいさつ》の傾《かたむ》け合《あ》へる日傘《ひがさ》かな　篠原　温亭

この町《まち》に生《い》くべき日傘《ひがさ》購《か》ひにけり　西村　和子

鑑賞　かつぎたる日傘《ひがさ》がまはる立話《たちばなし》　佐藤　漾人

夏の日盛りの街角である。よく見かける立ち話を遠景としてとらえた。人を直接表現しないが、ゆっくり回る日傘を描くことによって、立ち話をしている人のようすと、時間の経過を表現した。印象も鮮明である。

天道虫《てんとうむし》（てんたうむし）　瓢虫《てんとうむし》　てんとむし

解説　半球形をした小さな甲虫。つややかな体に、赤や黄や黒の鮮やかな斑紋《ほし》があり、玩具《がんぐ》のように愛らしい。正しくは瓢虫と書く。ほとんど食肉性で、主として蚜虫《ありまき》や介《かい》殻虫《がらむし》を食べる益虫である。よく見かけるものに七つの斑紋を持つ七星瓢虫《ななほしてんとう》がある。同じテントウムシ科に属するものに、二十八《にじゅうや》星瓢虫《ほしてんとう》があるが、別名てんとむしだましと呼ばれ、馬鈴薯《ばれいしょ》や茄子《なす》の大害虫として知られている。別の科にテントウムシダマシ科があるため混同しやすい。小さな脚で枝や葉をすばやく歩き、後翅《こうし》を割って飛び立つ姿は、童話の世界を思い出させる。

翅《はね》わっててんたう虫《むし》の飛《と》びいづる　高野　素十

翅《はね》たたむ天道虫《てんとうむし》の紋合《もんあ》ひて　富安　風生

天道虫天《てんとうむしてん》の密書《みつしょ》を翅裏《はねうら》に　三橋　鷹女

のぼりゆく草《くさ》ほそりゆくてんと虫《むし》　中村草田男

愛《あい》しきれぬ間《ま》に天道虫掌《てんとむして》より翔《た》つ　加倉井秋を

天道虫《てんとうむし》その星数《ほしかず》のゆふまぐれ　福永　耕二

鑑賞　てんと虫一兵《むしいっぺい》われの死《し》なざりし　安住　敦

終戦時の作で、作者の代表句の一つである。天道虫という微小な虫に、一兵卒として終戦を迎えた作者の心情が託されている。とりとめた命の重みが側々《そくそく》と伝わってくる句である。天道虫の季語が絶妙な効果をあげている佳句である。

金亀子《こがねむし》　黄金虫《こがねむし》　かなぶん　ぶんぶん

解説　夏の夜、灯火を慕って飛んでくるコガネムシ科の甲虫の総称である。羽音がぶんぶんとうなるので、ぶんぶんとか、かなぶんと呼ばれる。金緑色・褐色・紫黒色など種類も多い。体長は二、三センチで、堅い前翅《ぜんし》の下にたたみこんだ後翅を広げて飛ぶ。物にぶつかって落ちると死んだふりをして動かない。裏返しになるとなかなか起き上がれない。幼虫は作物の根を食べるので、別名根切り虫ともいう。成虫は葉を荒らすものが多く害虫である。「黄金虫は金持ちだ」と童謡に歌われている種類のものは、光沢のある濃緑色で体長は二センチくらい。美しく光る姿と名前から連想して作詞されたものであろう。

金亀子《こがねむし》擲《なげう》つ闇《やみ》の深《ふか》さかな　高浜　虚子

翅《はね》たたみそこねし金亀子《こがねむし》なりけり　安住　敦

更《ふ》けし灯《ひ》に来《き》て大方《おおかた》は金亀子《こがねむし》　福永　耕二

金亀子《こがねむし》アッツに父《ちち》を失《うしな》ひき　榎本　好宏

裏富士《うらふじ》の月夜《つきよ》の空《そら》を黄金虫《こがねむし》　飯田　龍太

鑑賞　モナリザに仮死《かし》いつまでもこがね虫《むし》　西東　三鬼

こがね虫とモナリザの配合がおもしろい。灯を取りに来たこがね虫が壁に当たって落ちた。じっと死んだまねをしていつまでも飛ぼうとしない。複製のモナリザの神秘的な微笑が、仮死のこがね虫の上に温かく注がれている。

兜虫《かぶとむし》　冑虫《かぶとむし》　さいかち虫《むし》　さいかち

解説　こがね虫の仲間。雄の頭にある角が兜の前立てに似ているためこの名がある。雌は雄より小さく角がない。体は黒褐色でつやがある。大きいのは長さが五センチほどもあるが、堅い前翅《ぜんし》の下に薄い後翅があり、これを広げて飛ぶ。幼虫は木屑《きくず》や堆肥《たいひ》の中で育ち、三十倍ほどの大きさになる。成虫は、さいかちなどの樹液を吸って生活するため、さいかち虫とも呼ばれる。力が強く王者の風格を備えているので子供たちに愛される。夜店や街頭などで売られるほか、都会地ではデパートでも販売されている。

ひっぱれる糸《いと》まっすぐや甲虫《かぶとむし》　高野素十

兜虫《かぶとむし》み空《そら》を兜捧《かぶとささ》げ飛《と》び　川端茅舎

兜虫漆黒《かぶとむししっこく》の夜《よ》を率《い》てきたる　木下夕爾

いづくへか兜虫《かぶとむし》やり登校《とうこう》す　中村汀女

兜虫湖《かぶとむしうみ》ひっさげて飛《と》びにけり　大串章

兜虫摑《かぶとむしつか》みて磁気《じき》を感《かん》じをり　能村研三

鑑賞　縛《ばく》されて念《ねん》力《りき》光《ひか》る兜虫《かぶとむし》　秋元不死男

縛された兜虫の強靭《きょうじん》な生命力を感じさせる句である。中七に置かれた「念力光る」の語が句を引き締めている。渾身《こんしん》の力をふりしぼる兜虫は自画像でもあろうか。作者は戦前の俳句弾圧事件により二年の獄中生活を送った。

毛虫《けむし》

解説　蝶《ちょう》や蛾《が》の幼虫で、全身に毛が生えているものをいう。姿や色が醜いので蛇《へび》と同様人に嫌われる。松につく松毛虫、梅や桃などにつく梅毛虫、桑の葉を食う金毛虫など種類が多い。植物を食い荒らすばかりでなく、毒毛をもって人を刺すものもいる。毛虫が大発生して果樹や森林が被害を受けることもある。昔は、石油を浸した布に火をつけて焼き殺した。**毛虫焼《けむしや》く**には強い殺意がこめられているが、最近は殺虫剤による駆除が行われている。

毛虫《けむし》落《お》ちてままごと破《やぶ》る木陰《こかげ》かな　言水
朝風《あさかぜ》に毛《け》を吹《ふ》かれ居《い》る毛《け》むしかな　蕪村
老毛虫《ろうけむし》の銀毛高《ぎんもうたか》くそよぎけり　原　石鼎
毛虫焼《けむしや》く火《ひ》を青天《せいてん》にささげゆく　平畑　静塔
もくもくと忙《いそ》しくゆく毛虫《けむし》の毛《け》　矢島　渚男

鑑賞　毛虫焼《けむしや》く火《ひ》の舌《した》そよぐ風《かぜ》もなし　西島　麦南

めらめらと燃える炎でじりじりと毛虫を焼き殺す。あまり気持ちのよいものではない。「火の舌そよぐ風もなし」に、そよりとした風もない炎天の下で、毛虫焼くことを繰り返す姿が浮かぶ。まさに灼熱地獄図である。

鬼灯市《ほおずきいち》（ほほづきいち）　酸漿市《ほおずきいち》

解説　七月十日の観世音菩薩《かんぜおんぼさつ》の縁日に参詣《さんけい》した者は、四万六千日の間参詣したほどの功徳があるということで、**四万六千日《しまんろくせんにち》**といって、観音様《かんのんさま》には盛んな参詣人が集まる。東京の浅草観音のこの日には、鬼灯を売る店が境内に立ち並び、これを鬼灯市という。現在では七月九、十両日に市《いち》が立っている。また、この日に雷除《よ》けのお札を受ける。浅草寺境内はたいへんなにぎわいをみせる。

炎《ほのお》立つ四万六千日《しまんろくせんにち》の大香炉《だいこうろ》　水原秋桜子
青比丘《あおびく》や鬼灯市《ほおずきいち》に抽《ぬき》んでて　石田　波郷
人去《ひとさ》りしほほづき市《いち》のさびれ雨《あめ》　石原　八束
いつからか都電《とでん》なき町鬼灯市《まちほおずきいち》　山越　渚
真青《まつさお》な雨《あめ》が鬼灯市《ほおずきいち》に降《ふ》る　清崎　敏郎

鑑賞
鬼灯市夕風《ほおずきいちゆうかぜ》のたつところかな　岸田　稚魚

鬼灯市にはたっぷりと水を打ってある。風がぬけると濡れた葉がそよいで涼しい。「夕風のたつところ」という表現が、鬼灯市の濡れた青い世界にぴったりである。

夏《なつ》の山《やま》　夏山《なつやま》　夏嶺《なつね》　青嶺《あおね》

解説　「夏山は蒼翠《そうすい》にして滴るが如し」とあるように、緑滴る山々である。もちろん、夏期の山、夏期らしい姿の山、ということであるから、熔岩《ようがん》の山や、高山で樹木が生育しない岩山もあり、真夏でも雪渓が残っている山もあって、それ等はまた、それなりに夏山らしい趣がある。しかし夏の山といってまず思い浮かぶのは、鬱蒼《うっそう》と茂る木々に覆われた緑濃い山であろう。「青嶺」は古く『万葉集』に出てくることばであるが、季題となったのは近年のことである。

夏山路《なつやまじ》・夏山家《なつやまが》。

夏山《なつやま》や雲湧《くもわ》いて石横《いしよこ》たはる　正岡　子規
夏山《なつやま》やよく雲《くも》かゝりよく晴《は》るゝ　高浜　虚子
夏山《なつやま》を洗《あら》ひ上《あ》げたる雨上《あめあが》る　今井つる女
夏山《なつやま》を指《さ》してシグナル傾《かたむ》ける　中島　斌雄
傷《きず》あらはにて夏山《なつやま》となりしかな　青柳志解樹
かかる間《ま》も霧這《きりは》ひのぼる青嶺《あおね》かな　高山きく代

鑑賞
七月《しちがつ》の青嶺《あおね》まぢかく熔鉱炉《ようこうろ》　山口　誓子

嶺の緑のもっとも美しい七月、大自然の充実したときに、機械文明の代表格のような熔鉱炉が嶺に向きあい、人間の営みを誇っている。対照の極みにある二つのものが、充実した気迫では共通点を持っている。その青嶺と熔鉱炉の取り合わせが明快で新鮮、新しい美を構成している。

山《やま》開《びらき》

解説　登山のシーズンを迎えて、冬の間に風雪に荒れた登山道や山小屋を整備し、各地の名山・霊峰で山開きが行われる。富士山をはじめ多くの山が七月一日の山開き、日光二荒《ふたら》山《さん》のように八月一日のところ、その他、雪解けの山の状況や信仰上での祭神などによって、山開きの日は異なっている。当日は頂上の神社の前で山の神様に祝詞《のりと》をあげ、一夏の登山のはじまりを告げて、登山者の無事を祈る。それからが夏山のシーズンである。今では一般スポーツとしての登山が盛んであるが、本来は山岳信仰による修験者《しゆげんじや》の行事であったのだろう。富士山の場合でも富士講という信仰団体が行者《ぎようじや》を先達《せんだつ》にして修験者風の白衣で登る姿が今日でも見られる。**富士詣《ふじもうで》**。

伴《つ》れ犬《いぬ》にいつか蹤《つ》く犬山開《いぬやまびら》き　中村草田男

仔《こ》兎《うさぎ》の耳《みみ》透《す》く富《ふ》士《じ》の山開《やまびらき》　飯田　龍太

山《やま》開《びら》き大《だい》落《らく》石《せき》の居《い》坐《すわ》りて　菅間　杏可

奥山《おくやま》にむささびの声《こえ》山開《やまびら》き　皆川　盤水

山《やま》開《ひら》きたる雲中《うんちゆう》にこころざす　上田五千石

鑑賞　風速計目《ふうそくけいめ》がまはるなり山開《やまびら》き　阿波野青畝

山開きといってもまだまだ風も激しく、荒れもようの日である。山頂の観測所の風速計が目がまわるような速さで回っている。用心をして、早目に下山した方がよいかもしれない。

登《と》山《ざん》

登《と》山口《ざんぐち》　登《と》山宿《ざんやど》　ケルン

解説　昔は登山は山岳信仰の対象として行われたが、現在は、スポーツと趣味を兼ねた愛好者を集めた夏季登山が盛んである。西洋登山の影響で、四季を問わず行われているが、高い山は気候の安定する夏季が最適とされている。山開きがすむと、登山服に、登山帽・登山靴・リュックサックを背負った人を多く見かける。海のスポーツに比べて、体力を要求され、危険度は強いが、眺望・涼味を求めて自然を求める姿はすがすがしい。明治以後の新しい季語で、登山に関係したものはすべて夏の季語とされている。

髭白《ひげしろ》きまで山《やま》を攀《よ》ぢ何《なに》を得《え》し　福田　蓼汀
登山道《とざんどう》なかなか高《たか》くなつて来《こ》ず　阿波野青畝
霧《きり》をゆき父子《ふし》同紺《どうこん》の登山帽《とざんぼう》　能村登四郎
霧深《きりふか》き積石《ケルン》に触《ふ》るるさびしさよ　石橋辰之助
生涯《しょうがい》の岐路《きろ》かも知《し》れず登山岐路《とざんきろ》　長谷川秋子
上体《じょうたい》を曲《ま》げる角度《かくど》も登山《とざん》の荷《に》　後藤比奈夫

鑑賞　山小屋《やまごや》に雨《あめ》が狂《くる》はす米《こめ》の量《りょう》　黒木　野雨

登山小屋は、たとえ予約しなくても、風雨に襲われた登山者を泊めなければならない義務がある。そして小屋は、廊下も土間も身体を寄せあう登山者の群れでいっぱいになる。たくわえた米の量がみるみるうちに減ってゆく。

お花畑《はなばたけ》

解説　高山の頂に近い、だいたい二五〇〇メートル以上の高さのところには、いろいろの高山植物が混生しているが、それが真夏のころに、雪や氷が解けたあと、一時に花を開き、美しさを競って、夏山を彩る。白い花、黄色い花、あるいは紫色や紅色など、混じりあって、登山者の目を楽しませてくれる。それをお花畑といっている。花畑でなく「お」をつけるのは、昔、高山は信仰の対象であったことから敬意をこめた言い方であろうか。白馬・御岳《おんたけ》・立山《たてやま》などのお花畑は有名である。

大空《おおぞら》に長《なが》き能登《のと》ありお花畑《はなばた》　阿波野青畝
お花畑《はなばた》雲《くも》歳月《さいげつ》を押《お》し戻《もど》し　福田蓼汀
日輪《にちりん》のかぐろきひかりお花畑《はなばた》　岡田日郎
お花畑《はなばた》空《そら》あるかぎり雲流《くもなが》れ　島　世衣子
行者返《ぎょうじゃかえ》し越《こ》えてひろがるお花畑《はなばた》　山田春生

鑑賞　空《そら》へ消《き》えゆく人《ひと》を見《み》てお花畑《はなばた》　加藤三七子

お花畑にゆっくりと憩っていると、さらに頂上を目指す登山者たちが、次々とかたわらを通り過ぎてゆく。岩石と空しかない中へ、一歩一歩登山者は進んでゆく。だんだん姿が見えなくなる。ほんとうに空へ消えたかのようである。

雪渓《せっけい》

解説　高い山の斜面のくぼんだところや、深い谷間などを埋めた雪が、夏になってもなお消えずに残っている。それは夏の緑の山々の中で、とくに目立つ存在である。実際には冬の雪のようすとは違って、かちかちに硬くかたまっていたり、表面がつるつると滑るような感じになっていたりする。夏山登山の大きな魅力で、いかにも高い山に登ったという感じである。白馬岳や槍《やり》ヶ岳《だけ》、立山《たてやま》あたりの大雪渓がよく知られているが、近年はバスやリフトなどを乗り継ぎ、一般の人もかなり気軽に雪渓のあるところまで行けるようになった。

茶屋《ちゃや》の軒大雪渓《のきだいせっけい》をかゝげたり　野村泊月
雪渓《せっけい》をかなしと見《み》たり夜《よ》もひかる　水原秋桜子
音立《おとた》てて雪渓解《せっけいと》けてゐたりけり　松崎鉄之介
雪渓《せっけい》のひかり押《お》さへし一朶雲《いちだくも》　岸田稚魚
雪渓《せっけい》の水汲《みずく》みに出《で》る星《ほし》の中《なか》　岡田日郎
雪渓《せっけい》の汚《よご》れて堅《かた》き象皮《そうひ》なす　茨木和生
雪渓《せっけい》に蝶《ちょう》くちづけてゐたりけり　仙田洋子

鑑賞　雪渓《せっけい》を仰《あお》ぐ反《そ》り身《み》に支《ささ》へなし　細見　綾子

山の急斜面のような場所で、さらにはるか上の方に見えている雪渓を仰ぎ見る。よく見ようとして反り身になる。はっと気がつくと、背後にはなんの支えもなくて、よろけてひっくり返りでもしたら、それで転落。そんな危うい感じで、読者をもはっとさせる句である。

雲《うん》海《かい》

解説　雲の層の上面がはっきりしていると、波状の起伏を眺め渡すことができる。この波立つ海面のような状態をいう。夏、高山に登って一夜を明かし、早朝にこの下界を覆う白雲のおごそかに美しい景観を心澄む思いで眺める人は多い。

雲海《うんかい》や一天不壊《いってんふえ》の碧《あお》さあり　大谷碧雲居

雲海《うんかい》の音《おと》なき怒濤《どとう》尾根《おね》を越《こ》す　福田　蓼汀

月明《げつめい》のまま雲海《うんかい》のあけにけり　内藤　吐天

雲海《うんかい》の上《うえ》に残月《ざんげつ》とわれとのみ　中島　斌雄

雲海《うんかい》や槍《やり》のきつ先《さき》隠《かく》し得《え》ず　下村　非文

雲海《うんかい》や心《こころ》もとなき岩踏《いわふ》まへ　下村　梅子

鑑賞　朝焼《あさやけ》の雲海尾根《うんかいおね》を溢《あふ》れ落《お》つ　石橋辰之助

登山者として山岳俳句を詠んだ先駆者である。朝の山上の目のさめるような鮮やかな景を巧みにとらえて、その場に臨んでいるような感じがある。「朝焼」も季語であるが、「雲海」の句として代表的な作品であり、このような句によって「雲海」も季題となったといってよい。

滝《たき》

瀑布《ばくふ》　飛瀑《ひばく》　滝壺《たきつぼ》　滝道《たきみち》　滝見《たきみ》
滝見茶屋《たきみちゃや》　滝行者《たきぎょうじゃ》　滝垢離《たきごり》　滝浴《たきあび》
滝《たき》しぶき　滝風《たきかぜ》

解説　高い崖《がけ》や絶壁などから、ほぼ垂直に落下する水をいう。その大きいものは那智《なち》の滝・華厳《けごん》の滝など、名瀑として名高いし、小さいものでは山道などにふと見かける一筋の細いものまで、さまざまである。日本では海辺や平野から、いきなり高い山がそびえているところが多いので、滝が多く、美しいといわれている。夏に涼しさを求めて滝見をし、滝見茶屋ができていたりする。大きな庭園などでは人工的に滝を作ったりもする。作り滝という。納涼のために**滝殿**《たきどの》を設けたりする。滝に打たれる滝行者、滝垢離《ごり》・滝浴びなどもする。滝が二つ並んでいるところでは、男滝《おだき》・女滝《めだき》と呼び、夫婦《めおと》滝《だき》である。

滝《たき》の上《うえ》に水現《みずあらわ》れて落《お》ちにけり　後藤　夜半
大滝《おおだき》や小滝《こだき》や暮《く》れてひゞきあふ　日野　草城
神《かみ》にませばまこと美《うる》はし那智《なち》の滝《たき》　高浜　虚子
滝《たき》の前《まえ》しづかにをりて力充《ちからみ》つ　宮下　翠舟
滝落《たきお》としたり落《お》としたり落《お》としたり　清崎　敏郎

鑑賞　滝落《たきお》ちて群青《ぐんじょう》世界《せかい》とどろけり　水原秋桜子

滝がとうとうと落ちてとどろく。その滝の世界を、「群青世界」と大づかみにした表現が、かえって大滝の姿をよく表し、読者を滝の世界に誘いこむ。同じ作者に「瑠璃《るり》沼《ぬま》に滝落ちきたり瑠璃となる」がある。

泉《いずみ》（いづみ）

解説　地下からこんこんと湧《わ》き出し、湧きたたえている清らかな水である。多くは山麓《さんろく》地《ち》に見られるが、平地でも背後にちょっとした崖《がけ》があったり、樹木の茂った中などに、湧き出していることがある。地下水が天然に湧き出しているものなので、一年中見られるものが多いが、雨期に水量が多くなるし、とくに暑い時期には、その涼味がすばらしく、夏のものである。他の季節には、例えば「冬泉」のように季を重ねて用いている。夏、登山の途中や旅の途次などで泉に出会い、渇きをいやすのは、この上ない喜びである。泉が流れ出した川を泉川《いずみがわ》という。同じように、野山や平地の岩間や崖のようなところから、こんこんと湧き出て、小走るように湧き落ちるのが清水《しみず》である。**山清水《やましみず》・岩清水《いわしみず》・門清水《かどしみず》・庭清水《にわしみず》**などと用いる。

掬《むす》ぶよりはや歯《は》にひびく泉《いずみ》かな　芭蕉
泉《いずみ》への道後《みちおく》れゆく安《やす》けさよ　石田波郷
いのち短《みじ》かし泉《いずみ》のそばにいこひけり　野見山朱鳥
泉《いずみ》へ垂《た》らし足裏《あうら》を暗《くら》く映《うつ》らしむ　田川飛旅子
中年《ちゅうねん》の顔奪《かおうば》はるる泉《いずみ》かな　角川源義
顔《かお》つけしあとの泉《いずみ》の明《あか》るしや　鷲谷七菜子

鑑賞

終生《しゅうせい》まぶしきもの女人《にょにん》ぞと泉奏《いずみかな》づ　中村草田男

清らかな音をたてて湧き続ける泉辺にいて、永遠なるものへのあこがれを感じている。作者にとっては女性というのは、いつになってもまぶしい存在なのであり、それは一生変わることはなさそうだと思い、その「女性なるもの」へのあこがれと祝福を述べた句である。

滴《したた》り

解説　**山滴《やましたた》り・岩滴《いわしたた》り・崖滴《がけしたた》り**などというように、夏に、崖や大岩、絶壁などから、滴々と落ちる清らかな水をいう。暑い日に出会うと、思わず暑さも歩き疲れも忘れるほどである。泉や清水と同じように、山水の滴り落ちるものをいうので、例えば雨の降った後に、木々から落ちてくる雫《しずく》とか、家の軒から落ちる雨の雫とかを指すのではない。「滴る」と動詞でも用いる。

つく息《いき》にわづかに遅《おく》れ滴《したた》れり　後藤　夜半
滴《したた》れる岩《いわ》に刻《きざ》める仏《ほとけ》あり　池内たけし
滴《したた》りて滴《したた》りて岩《いわ》を黒《くろ》くしぬ　谷野　予志
滴《したた》りや次《つぎ》の滴《したた》りすぐふとり　能村登四郎
滴《したた》りを跳《は》ね返《かえ》したる水面《みなも》かな　片山由美子

鑑賞　山中《さんちゅう》は独語《どくご》も緑滴《みどりしたた》れり　辻田　克巳

全山緑の中、独り言をつぶやくと、それも緑に染まりそうである。滴りは山の独り言のようで、そのぽたぽた落ち続ける滴りもまた、緑に染まりそうである。すがすがしい夏山で、静寂な緑の世界である。

涼《すず》し

朝涼《あさすず》　夕涼《ゆうすず》　晩涼《ばんりょう》　夜涼《やりょう》
涼風《りょうふう》

解説　「涼し」は暑さあっての感じで、夏の暑さの中にあってふと爽快《そうかい》な涼気に接する感じである。その涼気のよってくるところにより、朝涼・夕涼・晩涼・夜涼・涼風などという。

このあたり目《め》に見《み》ゆるものは皆涼《みなすず》し　芭　蕉
涼《すず》しさや鐘《かね》をはなるる鐘《かね》の声《こえ》　蕪　村
飛騨《ひだ》涼《すず》し北指《きたさ》して川流《かわなが》れをり　大野　林火
涼《すず》しさや山《やま》は沈黙《ちんもく》海《うみ》多《た》弁《べん》　阿部みどり女
どの子《こ》にも涼《すず》しく風《かぜ》の吹《ふ》く日《ひ》かな　飯田　龍太
母《はは》ひとり住《す》みて涼《すず》しき草屋《くさや》かな　石井　桐陰

鑑賞　涼《すず》しさに心《こころ》の中《なか》の言《い》はれけり　細見　綾子

心に思っていることを自分でも驚くほどよどみなく表現することができた。一生のうちそう幾度も持てない満足感、そのすがすがしさのもたらす涼か、もちろんそれよりも涼しさがそんなに心を開かせたのである。

羅《うすもの》　軽羅《けいら》　薄衣《うすごろも》

解説　紗《しゃ》・絽《ろ》・明石《あかし》その他、透けて見えるような薄絹で仕立てた単衣《ひとえ》のことをいう。下に着用している白地が美しく見えて、気品のある涼感が伝わる。万葉のころから綾《りょう》羅《ら》・軽羅・薄衣などと詠まれている。この他に、縮布《ちぢみふ》（表面に縮を表す織）・白絣《しろがすり》・上布《じょうふ》・生布《きぬの》など素材を選び、織り方を工夫した布地がある。袷《あわせ》・単衣《ひとえ》・帷子《かたびら》・浴衣《ゆかた》などの着物もあり、その種類も多いことは、夏の暑さに対する工夫の現れである。

羅《うすもの》をゆるやかに着《き》て崩《くず》れざる　松本たかし
羅《うすもの》に衣《そ》通《とお》る月《つき》の肌《はだえ》かな　杉田　久女
うすものの袖《そで》のうごきてまた薄《うす》く　下田　実花
羅《うすもの》や人《ひと》かなします恋《こい》をして　鈴木真砂女
羅《うすもの》や化粧《けしょう》してわが心《こころと》閉づ　古賀まり子
羅《うすもの》や襟《えり》あしうつくしく不運《ふうん》　成瀬桜桃子

鑑賞　うすものを着《き》て雲《くも》のゆくたのしさよ　細見　綾子
着ているものによって、人の心は動かされるもの。軽やかに、美しい羅に身を包んだ女心は、遠い雲のゆく姿にも心をとめている。あの白い雲の軽やかさを身につけた気分になって、町を行く楽しさもあわせて表現している。

浴衣《ゆかた》　古浴衣《ふるゆかた》　貸浴衣《かしゆかた》

解説　昔は入浴の際に用いた単衣《ひとえ》で、湯帷子《ゆかたびら》の略である。木綿・縮《ちぢみ》の白地に中形紋・絞り染めしたものが多い。紺地に白が浮き出たものも一種涼感をもって喜ばれている。本来は家庭内でくつろぐときに愛用されたが、最近では気楽に着られる外出着にもなって、盆踊り・夜店などで見かける姿は、いかにも夏の夜にふさわしい涼しさと懐かしさを感じさせる。子供から老人まで、それぞれが浴衣の持ち味を着こなすのは、その庶民性の豊かなものの特徴からであろう。

浴衣着《ゆかたき》て少女《しょうじょ》の乳房高《ちぶさたか》からず　高浜　虚子
借《か》りて着《き》る浴衣《ゆかた》のなまじ似合《にあ》ひけり　久保田万太郎
浴衣着《ゆかたぎ》に篁風《たかむらかぜ》の澄《す》めりけり　臼田　亜浪
張《は》りとほす女《おんな》の意地《いじ》や藍浴衣《あいゆかた》　杉田　久女
浴衣着《ゆかたき》て水《みず》のかなたにひとの家《いえ》　飯田　龍太
正面《しょうめん》の富士《ふじ》に対《たい》する浴衣《ゆかた》かな　深見けん二

鑑賞　音《おと》たてて浴衣《ゆかた》に腕《かいな》通《とお》りけり　新村　青幹

糊のよくきいた浴衣は、その肌触りと、風通しもよくて心地よいもの。「音たてて」には、糊のきいた浴衣に腕を通す音だが、そのバリバリと乾いた音を想像させて、爽快な気分を伝えてくれている。

汗《あせ》

玉《たま》の汗《あせ》　汗《あせ》ばむ

解説　体温調節のためとはいえ、汗はやっかいなものである。四季を問わず発汗作用は起きているが、ことに夏の汗は耐えがたい。薄暑のころの「汗ばむ」、じっと動かずにいても「汗がにじむ」、激しく動くと総身汗びっしょりになる「汗みどろ」などと、その他にも「玉の汗」、「滝のような汗」その他程度によって実にうまい表現がされていることにも、人々の汗に対するかかわりを考えさせる。汗疹《あせも》・夏沸瘡《なつぼし》などのできた子供を見るさえ、暑さを覚えるのもよく経験することである。

ほのかなる少女《しょうじょ》のひげの汗《あせ》ばめる　山口　誓子
居《い》ながらに汗《あせ》の流《なが》るゝ日《ひ》なりけり　池内たけし
今生《こんじょう》の汗《あせ》が消《き》えゆくお母《かあ》さん　古賀まり子
汗《あせ》のシャツぬげばあらたな夕空《ゆうぞら》あり　宮津　昭彦
六根清浄《ろっこんしょうじょう》汗《あせ》のふところ小鏡《こかがみ》あり　平井さち子
汗《あせ》の肩揺《かたゆ》らしをんなが唄《うた》ひだす　坂本　宮尾

鑑賞
汗《あせ》の玉口《たまくち》のまはりに善良《ぜんりよう》に　伊藤　翠壺

玉のような汗もふかずに働く姿には、ひたすらな誠実さが伝わってくる。口のまわりに汗の玉を浮かべた表情に、善良さを認めたのである。嘘もつけずに、懸命に相手を説得する人柄に触れた印象であるのはいうまでもない。

汗《あせ》拭《ぬぐい》（あせぬぐひ）　汗手拭《あせてぬぐい》　ハンカチーフ

解説　汗を拭うための布で、昔は手拭を半分に切って用いたものである。夏の労働した汗にはとてもハンカチでは間に合うものではない。職人や工夫《こうふ》などが、手拭・タオルを使っているのは生活実感がある。ハンカチーフは、木綿・麻・絹・ガーゼと素材も多く、刺繡《ししゆう》があったり、はでな色彩・柄のものは装飾品の性格がある。また身だしなみとして季節を問わず常用されるが、夏季の汗拭きに欠かせないところから夏のものとされている。真っ白で、きちんと折り畳んだハンカチには、すがすがしい清潔感がある。

青雲《せいうん》と一《ひと》つ色《いろ》なり汗《あせ》ぬぐひ　一　茶
またしても愚痴《ぐち》をいふなり汗拭《あせぬぐ》ひ　久保田万太郎
ハンケチを濡《ぬ》らし泉《いずみ》を去《さ》りゆけり　山口　青邨
敷《し》かれたるハンカチ心《こころ》素直《すなお》に坐《ざ》す　橋本多佳子
気《き》がつきて胸《むね》のハンカチ少《すこ》し出《だ》す　加倉井秋を
ハンカチを小《ちい》さく使《つか》ふ人《ひと》なりけり　櫂　未知子

鑑賞
汗《あせ》のハンケチ友等《ともら》貧《まず》しさ相似《あいに》たり　石田　波郷

白い清潔なハンケチも、汗を拭き拭きしているうちに、見るかげもないほど汚れてしまう。汚れだけではない。貧しさまで見せつける。実際、友はみな等しく貧しい。しかし、貧交行ということばもある。つながりは強い。

白《しろ》靴《ぐつ》

解説　夏用の白い革製・ズック製などの靴のこと。白い色の靴はファッションで夏とは決められないが、見た目に涼しく、軽快さを好まれて夏は多く履かれる。白い背広に白い靴という紳士から、素足に気軽にひっかけるサンダルの女性までさまざまである。白靴を履いて軽やかな足どりになる気分に、心も弾むようである。

九十九里浜《くじゅうくりはま》に白靴《しろぐつ》提《さ》げて立《た》つ　西東三鬼
白靴《しろぐつ》を踏《ふ》まれしほどの一些事《いちさじ》か　安住　敦
白靴《しろぐつ》の男《おとこ》出《で》てきぬ司祭館《しさいかん》　星野麥丘人
白靴《しろぐつ》の爪先海《つまさきうみ》へ向《む》けて脱《ぬ》ぐ　猿橋統流子
白靴《しろぐつ》の白《しろ》さをたもち得《え》て戻《もど》る　能村登四郎
土《つち》を踏《ふ》まずに白靴《しろぐつ》の一日目《いちにちめ》　今瀬剛一

鑑賞

白靴《しろぐつ》の汚《よご》れが見《み》ゆる疲《つか》れかな　青木月斗

白い靴の美しさ、軽快さは人の目をひく。しかし、汚れも目立つもので、美しいからこそ無残な感じさえする。その汚れに、一日の行動を想像させるものだ。白い靴を履いた人の表情にも、疲れが見えるようでもある。

噴《ふん》水《すい》（ふんすゐ）　噴上《ふきあ》げ

解説　公園・庭園の池などに作られた水を噴き上げる仕掛けをいう。宙に噴き上げられる水、落ちてくる水、ときには虹がかかったりして、涼味の感じられるところから夏の季語に扱われている。西洋庭園の移入によって生まれた季語だが、日本式のものでは、**作《つく》り雨《あめ》**（涼を呼ぶために、水道の水の仕掛けで庭に雨を降らせる）・**滝殿《たきどの》**（滝のほとりに作られた建物）・**泉殿《いずみどの》**（池に張り出した建物）などであろう。庭に滝や小川を作ることも行われていた。

町《まち》の音《おと》のせて来《く》る風《かぜ》噴水《ふんすい》に　菅　裸馬
噴水《ふんすい》の穂先《ほさき》もう行《ゆ》きどころなく　山口　誓子
噴水《ふんすい》や戦後《せんご》の男指《おとこゆび》やさし　寺田　京子
噴水《ふんすい》のしぶけり四方《よも》に風《かぜ》の街《まち》　石田　波郷
働《はたら》かぬ旅《たび》の日《ひ》が過《す》ぐ夜《よ》の噴水《ふんすい》　鈴木　栄子
噴水《ふんすい》や駅舎《えきしゃ》も道《みち》も真新《まあたら》し　飯田　良子

鑑賞
森《もり》の径《みち》みな噴水《ふんすい》へ出《で》てしまふ　福永　耕二

西洋式庭園の典型的なもの。真ん中に噴水を配し、そこから放射状に径が、森の八方へのびている。したがってどの径をたどっても噴水へ出てしまう。人はそこに集まり、ふたたび森の径へ姿を消してゆくのである。

露《ろ》台《だい》　バルコニー　ベランダ　テラス

解説　洋式建物の、二階以上の外側に造られた屋根のない張り出しのことをいう。バルコニー（バルコン）がこれに当たる。周囲に手すりがあり、最近は和風建築にも取り入れられている。ベランダは、一階の庭に続く縁側風の広いものと考えてよい。現在、俳句では、これらのものを含めて露台と呼び、籐椅子《とういす》・木椅子などが置かれたりして、涼みに利用されるところと考えている。利用度も夏がもっとも多いので夏の季語となっている。**夏座敷**《なつざしき》とは趣を異にした西洋的季語である。

足《あし》もとに大阪《おおさか》眠《ねむ》る露台《ろだい》かな　日野　草城
露台《ろだい》の日《ひ》あつく白樺《しらかば》の花《はな》すぎぬ　水原秋桜子
灯《ひ》の中《なか》に船《ふね》の灯《ひ》もある露台《ろだい》かな　福田　蓼汀
露台《ろだい》なる草履《ぞうり》まうけも志《こころざし》　三浦恒礼子
みちのくの旅《たび》の露台《ろだい》に月《つき》も星《ほし》も　入江　朝子
蠍座《さそりざ》の尾《お》のちかぢかと露台《ろだい》かな　永島　靖子

鑑賞 夕波《ゆうなみ》のあつまつて来《く》る露台《ろだい》かな　園田筑紫郎

日暮れのバルコニー。「夕波のあつまつて来る」は近景が暗くなって、遠い海の白波が目立つことを表現した。もちろん、沖から陸へ向かって押し寄せる波のようすも描写されている。あの波の群れから涼しい風も吹いてくる。

納涼《すずみ》

のうりょう　涼《すず》む　涼《すず》み舟《ぶね》
朝涼《あさすず》み　夕涼《ゆうすず》み　夜涼《よすず》み
門涼《かどすず》み　橋涼《はしすず》み　縁涼《えんすず》み
下涼《したすず》み

解説 暑さを避けて、時間・場所を問わずに、涼しさを求めることといっさいをいうべきであろう。日中の木陰や、夕方、川風を求めて橋などに来て水を眺めること、主婦が日中の家事の合間に風通しのよい廊下で涼むこと、団扇《うちわ》を携えて夜気に涼味を求めることなどがある。納涼船《のうりょうせん》が海上へ、涼み舟が湖や川へ出たり、納涼映画《のうりょうえいが》が野外で行われたりする。時間により、朝涼み・夕涼み・夜涼み、場所により、門涼み・橋涼み・縁涼み・下涼みと名が付けられているが、それぞれ自分の工夫により造語のできる季語であろう。

命《いのち》なりわづかの笠《かさ》の下涼《したすず》ミ　芭蕉
結髪《ゆいがみ》や鏡《かがみ》はなれて朝《あさ》すずみ　鬼貫
松嶋《まつしま》の闇《やみ》を見《み》てゐる涼《すず》みかな　正岡子規
門涼《かどすず》みかかる夜更《よふけ》に旅《たび》の人《ひと》　高野素十
橋《はし》に来《き》て見《み》ゆる山《やま》あり涼《すず》みけり　松根東洋城
納涼映画《のうりょうえいが》 に頭《あたま》うつして席《せき》を立《た》つ　田川飛旅子

鑑賞 しらがりに涼《すず》める夫《つま》に近《ちか》づきゆく　山口波津女

単純明解な句だが、くらがりに居る夫に惹きよせられるように近づく妻の行為と、くらがりに居ても明瞭《めいりょう》に夫と認められる自然な行為がよい。夫も近づいて来るのが妻だと気がつくことも読みとれる。涼しい行為だ。

端《はし》居《い》（はしゐ）

解説　夏の夕方、室内の暑さを避けて、縁先その他端近《はしぢか》に腰かけて涼を求めることをいう。涼むことと同じとも考えられるが、端居には、涼味を求めながら庭の草木を眺めたり、もの思いにふける感じが入りこんでいるとしてよい。夕端居《ゆうはしい》・縁端居《えんはしい》などという使い方もある。

さりげなくゐてもの思《おも》ふ端居《はしい》かな　高橋淡路女
端居《はしい》して旅《たび》にさそはれゐたりけり　水原秋桜子
端居《はしい》してただ居《い》る父《ちち》の恐《おそ》ろしき　高野　素十
週末《しゅうまつ》や端居《はしい》の膝《ひざ》に子《こ》を乗《の》せて　黒坂紫陽子
端居《はしい》して濁世《じょくせ》なかなかおもしろや　阿波野青畝

鑑賞　流《なが》れ来《く》る物《もの》を見《み》てゐる端居《はしい》かな　吉田　丁冬

川を見渡すことができる二階の手すりのところが好きだ。夕方、川面からの涼しい風に吹かれて、長いこと端居することがある。流れ来ては流れ去る物を見ているだけだが、世の流れにも時の流れにも見えてくることがある。

打《うち》水《みず》（うちみづ）　水《みず》を打《う》つ　水撒《みずま》き

解説　炎熱の道の砂塵を沈めるために、また涼を呼ぶために門辺《かどべ》・路地などに水を撒くことをいう。「打つ」とは打ち鎮める語感がある。庭の草木に水を施しながら涼を求めることも、玄関を掃き清めたあとに水を打ってあることなども含めてよい。暑さが一段落した夕方、なお涼味を求めて水を打つ風景は日常生活の風流な行為としてよい。

また、町の道路全体を濡《ぬ》らして行く撒水車《さんすいしゃ》が見えると盛夏を感じさせる。

水《みず》うてや蟬《せみ》も雀《すずめ》もぬるゝ程《ほど》　其角
立山《たてやま》のかぶさる町《まち》や水《みず》を打《う》つ　前田　普羅
打水《うちみず》の流《なが》るる先《さき》の生《い》きてをり　上野　泰
声出《こえだ》して己《おのれ》はげまし水《みず》を打《う》つ　石田あき子
水打《みずう》つてとどくかぎりの草濡《くさぬ》らす　坂間　晴子
小《ち》さき酒場《さかば》支《ささ》ふる水《みず》を打《う》ちにけり　松本　澄江

鑑賞 打水《うちみず》や名人《めいじん》の住《す》む袋路地《ふくろじ》　安富すすむ

下町の路地奥に住む名人。なんの名人か、その詮索《せんさく》は必要ない。とにかく庶民を愛し、庶民に好かれる芸を持った人だ。日課の打ち水をする暮らしぶりに、俗世間にいながらも、瀟洒《しょうしゃ》に美しく住みなしている風情がある。

髪洗《かみあら》ふ　洗《あら》い髪《がみ》

解説 夏は汗や埃《ほこり》で髪が汚れやすいので、髪を洗うことが多いところから、夏の季語となっている。男性も女性も髪を洗うが、俳句に詠まれるのはもっぱら女性である。黒髪の洗われた美しさは、日本女性の艶雅《えんが》な魅力を見せてくれる。

うつむくは堪《た》へる姿《すがた》ぞ髪洗《かみあら》ふ　橋本多佳子
俯《うつ》むきて仰《あお》むきて洗《あら》ひ髪《がみ》を干《ほ》す　山口波津女
泣《な》きくづるごとくに髪《かみ》を洗《あら》ふなり　石原　八束
せつせつと眼《め》まで濡《ぬ》らして髪洗《かみあら》ふ　野澤　節子
愛《あい》さるることなき髪《かみ》を洗《あら》ひけり　樋笠　文
髪洗《かみあら》うまでの優柔《ゆうじゅう》不断《ふだん》かな　宇多喜代子

鑑賞 洗《あら》ひ髪《がみ》結《ゆ》ふ間《ま》なくして人《ひと》に逢《あ》ふ　下村　梅子

髪を洗った直後、人に訪ねられたのだが、「結ふ間なくして」人に会わなければならない。濡れ髪で人に会うことは、女性として恥じらいのあるものだが、その潔さと、みずみずしさが伝わるのがこの句を支えている。

花《はな》火《び》

打揚花火《うちあげはなび》　仕掛花火《しかけはなび》　線香花火《せんこうはなび》
遠花火《とおはなび》　昼花火《ひるはなび》

解説　火薬を調合して、張り子（紙を何枚も重ねて貼《は》る）の球の中に詰めたものを、筒の中に入れて火薬に火を点じて爆発させ、空高く打ち上げて興ずる火技である。各種の発火剤の工夫により絢爛《けんらん》たる色彩を夜空に描くのはみごとである。この他に仕掛花火（物の形や文字などが現れるようにした花火）がある。また、家庭で子供用の線香花火（手花火《てはなび》）などがある。それから、発火剤を紙縒《こより》に巻きこんだもので、点火すると星をちりばめたり、芒《すすき》のように火花を散らすものや、ねずみのように地上を走りまわって最後に破裂する鼠《ねずみ》花火、電気花火などがある。夜空の花火、縁先の線香花火とそれぞれ情緒はちがうが、いずれも涼みがてらに美しい夜を楽しむことであろう。復活した両国の川開《かわびら》きは、華やかなにぎわいを見せて江戸時代からの名物であるが、今では各地が花火大会を催して盛んである。また花火は一瞬にして消え去ることから、はかなさの例えになったり、見る人の心の状態で受け取られ方が違うのもおもしろい。古来、俳諧《はいかい》では花火が秋の季語となっているのは、盂蘭《うら》盆《ぼん》の送り火と同様であったからである。花火は秋、線香花火は夏の部に入れている歳時記もある。

なか〳〵に暮《く》れぬ人出《ひとで》や花火待《はなびま》つ　高野　素十
暗《くら》く暑《あつ》く大群集《だいぐんしゅう》と花火《はなび》待《ま》つ　西東　三鬼
ねむりても旅《たび》の花火《はなび》の胸《むね》にひらく　大野　林火
花火《はなび》消《き》えみちのくの闇底無《やみそこな》しに　山崎和賀流
手花火《てはなび》を命《いのち》継《つ》ぐ如《ごと》燃やすなり　石田　波郷

手《て》花火《はなび》のこぼす火《ひ》の色水《いろみず》の色《いろ》　後藤　夜半

鑑賞 まなうらに今《いま》の花火《はなび》がしたたれり　草間　時彦

見たものが、眼を閉じても見え続けることを、残像現象という。この句は花火の残像を表現しただけではない。夜空に美しく開いた花火の鮮明さ、一瞬にして消え去る花火のはかなさを惜しむ気持ちも含まれている。鮮明さを強調した表現と見るべきであろう。

夜《よ》店《みせ》

解説 夕方から夜にかけて、路傍に開く露店のこと。ほとんどが、神社・寺院などの縁日などで行われる。社寺の境内や町筋に立った夜店の中を、夕食後、涼みがてら浴《ゆ》衣《かた》がけの人が集まるのは、いかにも平和な姿を感じさせる。金魚すくいや、風鈴売《ふうりんう》り・ヨーヨー釣りなど、夏の涼味を売ったり、瀬戸物・衣類・雑貨類の店や、古本・ぞっき本売りなど、子供も大人も楽しめる店が並ぶ。盆踊りや、祭りに立つ店も含めて、夏の風物詩としての趣があり、また夏にふさわしい。照明に使われていたアセチレンガスはいまでは懐かしい。

売《う》られゆくうさぎ匂《にお》へる夜店《よみせ》かな　五所平之助

夜店《よみせ》にて仮名《かな》書論語《がきろんご》妻《つま》が買《か》ひし　池上浩山人

曾《かつ》て住《す》みし町《まち》よ夜店《よみせ》が坂《さか》なりに　波多野爽波

旅先《たびさき》の夜店《よみせ》の中《なか》を風《かぜ》が吹《ふ》く　猿橋統流子

夜店《よみせ》の荷夫婦《にふうふ》で曳《ひ》いてきておろし　成瀬桜桃子

夜店《よみせ》の灯《ひ》遠《とお》く佃《つくだ》は町《まち》暗《くら》く　後藤　薫風

鑑賞 小銭《こぜに》もて買《か》ふが楽《たの》しく夜店《よみせ》の灯《ひ》　奈良　香宇

夜店の楽しさの一つは、少年少女時代に戻ったような気分になれることであろう。小銭で買い物がすませられる気軽さもいっそう楽しくさせる。別に買うわけではないが、たまには大人の生活から解放されてみたいものだ。「買ふが楽しく」には作者の年齢が感じられる。

夜《よ》濯《すすぎ》

解説　暑い日に着た肌着で汗まみれになったものを、その夜のうちに洗って干すことをいう。翌朝には乾いてしまう。夜風が出るころの涼しさを選んで洗濯するのは、主婦にとって楽なもので、最近は電気洗濯機になって夜濯ぎの実感はなくなってしまった。しかし、夏の夜の情緒に支えられた生活季語として捨てがたいものである。行水《ぎょうずい》と並んで庶民の生活記録に残しておきたい季語である。

夜濯《よすすぎ》にありあふものをまとひけり　森川　暁水

夜濯《よすすぎ》のもの真《ま》つ白《しろ》に輝《かが》やかに　中村　汀女

はや寝落《ねお》つ夜濯《よすすぎ》の手《て》のシャボンの香《か》　森　澄雄

夜濯《よすすぎ》の背《せ》に声《こえ》かくる人《ひと》はなし　樋笠　文

それぞれの夜濯《よすす》ぎをへて旅《たび》にあり　小川濤美子

鑑賞　浴後《よくご》なほ妻《つま》は夜濯《よすす》ぎ濡《ぬ》れつづく　神林　信一

一日の汗を流しに風呂に入った妻は、まだあがってこない。ついでに、その日の汗になった家族の下着を洗っている。主婦の生活の一こまを「濡れつづく」で表現したが、それは、主婦のいつ果てるともしれない家事をも示している。

夏《なつ》の月《つき》　月涼《つきすず》し

解説　夏の夜の月は、蒸し暑い夜のあかあかと昇る月の出などはうっとうしい感じで、秋の月のように眺める気持ちを起こさない。それでも、夜もやや更けて木々の葉を洩《も》る月光にはさすがに涼気を覚える。

たこつぼやはかなき夢《ゆめ》を夏《なつ》の月《つき》　芭蕉

市中《いちなか》はもののにほひや夏《なつ》の月《つき》　凡兆

楡《にれ》の杜《もり》深《ふか》く人《ひと》ゐて夏《なつ》の月《つき》　田村了咲

八ケ岳《やつがたけ》暮るるに静《しず》か夏《なつ》の月《つき》　葉山桃女

わが死後《しご》も戦後《せんご》長《なが》かれ夏《なつ》の月《つき》　西嶋あさ子

鑑賞

夏《なつ》の月海豚《つきいるか》の芸《げい》は了《おわ》りけり　龍岡晋

夕方おそくまで、海豚は観客のために繰り返し跳ねたり輪をくぐったりしたのであろう。ようやく人影もなくなり、海豚の水も、それに続く夏の海にも憩いの時がきたり、月をあげているのである。

胡瓜《きゆうり》もみ（きうりもみ）　瓜揉《うりも》み　揉瓜《もみうり》

解説　胡瓜そのほかの瓜類を薄く刻んで、塩で軽くもみ、酢に浸したものをいう。生《なまり》節《ぶし》・赤貝・鱧《はも》の皮《かわ》などを加えたりもする。さっぱりとした風味と涼味は、夏の食卓を飾るにふさわしいものである。農村ではもっぱら漬け瓜を用いていた。胡瓜は、茄《な》子《す》と並んで、夏の漬け物、一夜漬けや、古漬けにする。いかにも日本人の嗜好《しこう》を示す食べ物である。

胡瓜《きゆうり》もみ世話女房《せわにようぼう》といふ言葉《ことば》　高浜虚子

胡瓜《きゆうり》もみ蛙《かえる》の匂《にお》ひしてあはれ　川端茅舎

湖《みずうみ》の雨《あめ》の涼《すず》しき胡瓜《きゆうり》もみ　富安風生

瓜《うり》きざむやめたく思《おも》ふまで刻《きざ》む　山口波津女

市人《いちびと》の路地抜《ろじぬ》け通《かよ》ふ胡瓜《きゆうり》もみ　小坂順子

鑑賞

物言《ものい》はぬ独《ひと》りが易《やす》し胡瓜《きゆうり》もみ　阿部みどり女

胡瓜もみは子供たちにあまり好かれるものではない。夫も子供もいない真昼、誰からも不平を言われる心配はない。好きな胡瓜もみを手軽に作って、一人だけの時間を楽しんでいる。

冷《ひや》麦《むぎ》

解説 小麦粉を練りあげて伸ばし、きわめて細く切ったものを切麦《きりむぎ》というが、それを茹《ゆ》であげて水で冷やしたものを、紫蘇《しそ》・葱《ねぎ》・茗荷《みょうが》などを薬味にして、冷たくした煮汁で食べるもの。**冷索麵**《ひやそうめん》（索麵は小麦粉を食塩水で練り、ごま油・菜種油などをつけて引き伸ばし、細切りにして日光で干して作る）も似たものだが、ともに食欲減退した暑いとき、涼味をたっぷり味わいながら昼食をすませるのにふさわしい。

冷麦《ひやむぎ》の器残《うつわのこ》りぬ大《おお》いなり　増田　龍雨
冷麦《ひやむぎ》の箸《はし》をすべりてとゞまらず　篠原　温亭
冷麦《ひやむぎ》や青紫蘇《あおじそ》は歯《は》に香《か》をかへし　石塚　友二
冷麦《ひやむぎ》や母《はは》なき夫《つま》へ懇《ねんご》ろに　青木　綾子
掬《すく》ふたび冷《ひや》さうめんの氷鳴《こおりな》る　岡本　眸

鑑賞

冷麦《ひやむぎ》の箸《はし》を歯《は》で割《さ》く泳《およ》ぎきて　中　拓夫

冷麦も、このように健康な食べ方があるものだ。泳いできた青年が、無造作に、歯で割り箸を割いた動作は、一気に流しこむように食べ終わることも暗示している。しかも食欲の衰えなど感じさせない旺盛さが伝わってくる。

冷《ひや》奴《やっこ》

冷豆腐《ひやしどうふ》　奴豆腐《やっこどうふ》

解説 水や氷などで冷やした豆腐を、三センチくらいの四角に切ったものを、醬油《しょうゆ》に生《しょう》姜《が》・紫蘇《しそ》・鰹節《かつおぶし》・七味《しちみ》唐辛子《とうがらし》などの薬味を加えたものにつけて食べることをいう。いかにも消夏法にふさわしく、淡泊で涼味がある。江戸庶民の中から生まれたことをしのばせるが、奴《やっこ》という名は豆腐の切り方が、江戸時代の奴《やっこ》（武家の下僕）の衣装の四角の紋からの連想といわれるのはおもしろいが、真偽のほどはわからない。

もち古《ふ》りし夫婦《ふうふ》の箸《はし》や冷奴《ひややつこ》　久保田万太郎
北嵯峨《きたさが》の水《みず》美《うつく》しき冷奴《ひややつこ》　大場白水郎
冷奴《ひややつこ》水《みず》を自《じ》慢《まん》に出《だ》されたり　野村　喜舟
冷奴《ひややつこ》酒系《しゅけい》正《ただ》しく享《う》け継《つ》げり　穴井　太
冷奴《ひややつこ》雨《あめ》いさぎよく過《す》ぎしかな　木村　風師
昼間《ひるま》見《み》し田《た》のひしひしと冷奴《ひややつこ》　廣瀬　直人

鑑賞 糊固《のりかた》きものまとふ夜《よ》の冷奴《ひややつこ》　河府　雪於

いかにも夏の夜らしい食事風景が伝わってくる。汗を流したあと、糊の硬くきいた浴衣を着て、冷奴のつめたさを味わうなどは、日本の消夏法の一典型を示している。市井人としてのまじめな暮らしぶりまでが伝わってくる。

麦《むぎ》湯《ゆ》　麦茶《むぎちゃ》

解説 大麦の炒《い》ってあるものを煎《せん》じた飲料。こうばしくて、淡味で、いかにも野趣に富んだものである。「冷えた麦茶は、何よりもごちそう」などと言われて万人に愛される夏の飲み物になっている。甘味を施して乳幼児が哺乳瓶で飲むのも、若い人がごくごくと飲み干すのも、老人が味わいながら涼しさを楽しむのも、それぞれ風情がある。

語《かた》り合《あ》ふ病歴《びょうれき》ながし麦湯《むぎゆ》濃《こ》し　目迫　秩父
定年《ていねん》のその後《ご》も教師《きょうし》麦湯《むぎゆ》のむ　浦野　芳南
麦湯《むぎゆ》煮《に》て母訪《ははと》はぬ悔《くい》かさねをり　小林　康治
麦湯《むぎゆ》の薬《や》罐《かん》残業《ざんぎょう》四《よ》人《にん》に距離《きょり》等《ひと》し　中戸川朝人
すこしづつ飲《の》んで麦湯《むぎゆ》に匂《にお》ひあり　今井杏太郎

鑑賞 しんしんと麦湯《むぎゆ》が煮《に》えぬ母《はは》の家《いえ》　島野　光生

久しぶりに訪ねた実家、真昼の静けさの中で、しんしんと麦湯が煮られていて懐かしい。子供のころもよく麦湯を飲まされた記憶がよみがえる。たっぷりと煮られた麦湯に母の健在ぶりが知られる。

氷《こおり》水《みず》（こほりみづ）　夏氷《なつごおり》　かき氷《ごおり》　削氷《けずりひ》

解説　削った氷に蜜《みつ》や苺《いちご》・メロン・レモンシロップをかけたり、茹《ゆ》で小豆・白玉・抹茶などを入れたものもある。真っ白な氷が、赤・緑・黄に染まったのは見るからに涼しい。氷という赤い字の小旗や、玉簾《たますだれ》のかかった**氷店**《こおりみせ》などはすっかり見られなくなった。そのかわり、フラッペなどとしゃれた名で呼ばれて、アイスクリームを盛りこんだ和洋折衷のものが出回っている。他に**氷菓**《ひょうか》というものに、**アイスクリーム**、**ソフトクリーム**、**アイスキャンデー**があり、ことに棒付きアイスキャンデーは氷水と並んで大衆性のある懐かしいものである。

青春《せいしゅん》のいつかは過《す》ぎて氷水《こおりみず》　上田五千石
赤《あか》き青《あお》き舌《した》ひらめかせ氷水《こおりみず》　高橋睦郎
男《おとこ》にも唇《くちびる》ありぬ氷水《こおりみず》　小川軽舟
匙《さじ》なめて童《わらべ》たのしも夏氷《なつごおり》　山口誓子
もの言《い》はぬことのたのしくかき氷《ごおり》　永方裕子
削氷《けずりひ》を掌《て》もて押《おさ》ふること親《した》し　富安風生

鑑賞　かき氷《ごおり》都《と》電《でん》が軒《のき》を揺《ゆ》らしける　奈良比佐子
懐かしい東京風景。かき氷の店も、都電も姿を消しつつある今日、もしこのような場所が現在でも存在するならば、東京もふるさとになり得るであろう。下町の駄菓子屋の夏氷、店先すれすれに走る都電。暑い夏だ。

ラムネ

解説　レモネードが訛《なま》ったもので、レモンで匂いをつけた砂糖水に枸櫞酸《くえんさん》を加え、高圧で炭酸ガスを溶かしこんだ清涼飲料水。夏は、他に**ソーダー水**《すい》・**サイダー**など炭酸水を利かせたものが多い。夏の涼味を誘うものだが、ラムネは胴のくびれた独特の瓶で、中に玉が入っていて子供たちに愛された懐かしいものである。むかしは、どこでも見かけたものだが、近年は、夜店で見かける程度である。コーラやジュースの自動販売機の普及によって影をひそめている。

ラムネ飲《の》むやすゞしき音《おと》をガラス玉《だま》　八木　絵馬

ラムネのむ水着《みずぎ》より水《みず》したたりぬ　山崎ひさを

どちら兄《あに》どちら弟《おとうと》ラムネ飲《の》む　古谷多賀子

父《ちち》と子《こ》へ紫紺《しこん》の山湖《さんこ》ラムネ抜《ぬ》く　佐川　広治

ふるさとの山《やま》が鳴《な》りたるラムネ玉《だま》　木内　憲子

サイダー売《うり》一日《いちにち》海《うみ》に背《せ》をむけて　波止　影夫

鑑賞

ラムネ店《みせ》なつかしきもの立《た》ちて飲《の》む　鷹羽　狩行

すっかり影をひそめたラムネ。ふと立ち寄った田舎の駄菓子屋の店先に、見つけた懐かしいラムネ。子供のころもよくしたように、立ちながら飲み干した。ラムネは立ち飲みがよく似合う。かしこまって飲むものではない。

麦酒《ビール》

黒《くろ》ビール　生《なま》ビール
ビヤホール　ビヤガーデン

解説　大麦で造った酒精分の少ない酒。よく冷やされて、もっとも夏に愛飲されるが、最近では冬の暖房のきいた部屋などでも飲まれるようになっている。殺菌・加熱された瓶詰めと、加熱しない生ビール、暗褐色の黒ビール、苦味の強いスタウトと種類も多い。ビヤガーデンがビルの屋上に特設されて、生ビールの大ジョッキを傾ける風景は、夏ならではの趣がある。最近、女性の姿も多く見かけられて、好ましい都会の夜涼風景になっている。

夕影《ゆうかげ》のどこより落《お》つるビールかな　久保田万太郎

ビール酌《く》む男《おとこ》ごころを灯《ひ》に曝《さら》し　三橋　鷹女
ビールほろ苦《にが》し女傑《じょけつ》となりきれず　桂　信子
人《ひと》もわれもその夜《よ》さびしきビールかな　鈴木真砂女
生《なま》ビール背後《はいご》に人《ひと》のふえ来《き》たり　八木林之助
天井《てんじょう》が高《たか》くて古《ふる》きビヤホール　湯浅　桃邑

鑑賞 矢《や》の如《ごと》くビヤガーデンへ昇降機《しょうこうき》　後藤比奈夫

「帰心矢の如し」がある。故郷や家へ帰りたい心が切なることをいう。矢の如くエレベーターがビヤガーデンへ急ぐことと、作者のはやる気持ちとが二重になっている。退勤後の、やっと仕事から解放された作者であることはいうまでもない。

枝《えだ》豆《まめ》

解説 夏の味覚の一つでビールのおつまみとして喜ばれる枝豆は、大豆がまだ熟して固くならないうちに採ったもの。農林水産省の統計書では「未成熟大豆」となっている。近ごろは冷凍の枝豆がいつでも手に入るが、梅雨の終わりごろから七月いっぱいにかけて出回るものがいちばんおいしい。莢《さや》に毛のない、いわゆる裸《はだか》大豆は枝豆としての味は劣る。八月になると豆の虫ダイズシンクイが入っていることがあり、かむといやな思いをする。仲秋の名月の時期に晩生の品種がもう一度出回って舌を楽しませてくれる。

枝豆《えだまめ》や三寸《さんずん》飛《と》んで口《くち》に入《い》る　正岡　子規
枝豆《えだまめ》や莢《さや》噛んで豆《まめ》ほのかなる　松根東洋城
枝豆《えだまめ》や雨《あめ》の厨《くりや》に届《とど》けあり　富安　風生
枝豆《えだまめ》の真《ま》白《しろ》き塩《しお》に愁眉《しゅうび》ひらく　西東　三鬼
枝豆《えだまめ》や客《きゃく》に灯《ひ》置《お》かぬ月明《つきあか》り　粟津　水棹
逢《あ》はぬこと月《つき》をまたぎつ枝豆《えだまめ》に　松村　巨湫

鑑賞 枝豆《えだまめ》や詩《し》酒《しゅ》生涯《しょうがい》は我《われ》になし　木下　夕爾

詩を作り酒を飲む。杜甫・李白は言うに及ばず、優れた詩人は詩酒生涯のうちに名編をなす。ところがついに自分は酒もたしなまず、優れた詩も書いていない、という自《じ》嘲《ちょう》。だが、夕爾は清純な詩と句を遺した。

心太《ところてん》

解説　天草《てんぐさ》（海藻）を日と水でさらし、煮て溶かし麻袋で漉《こ》して貝殻・石を除き乾かしたものを、さらに煮て溶かし、型に入れて凝固させたものをいう。とにかく水がかんじんで、山の清水などが好適である。もともと海のものが峠《とうげ》の茶店の名物になっているのはおもしろい。冷たい水に沈めておいたのを心太突きで、細長く突き出し、酢醤《すじょう》油《ゆ》に辛子《からし》、または蜜《みつ》などで食べる。涼味満点の庶民の嗜好品《しこうひん》といえよう。最近は寒天（天草を煮たものを凝固・凍結させて乾燥させたもの）が便利で、それを溶かして固めて心太にしている。

清滝《きよたき》の水汲《みずく》みよせてところてん　芭蕉
軒《のき》下《した》の拵《こしら》へ滝《だき》や心太《ところてん》　一茶
心太《ところてん》まづしき過去《かこ》を子《こ》は知《し》らず　佐藤浩子
心太《ところてん》するする臍《ほぞ》に応《こた》へける　楠井不二
夕雲《ゆうぐも》のうつろひ迅《はや》しところてん　村田脩
山《やま》みちに日《ひ》のさしてゐる心太《ところてん》　鷲谷七菜子

鑑賞　ところてん煙《けむり》のごとく沈《しず》みをり　日野草城

水の張られた桶《おけ》の底に、重なるように沈んでいる心太を「煙のごとく」と比喩した。半透明の心太が水の中では消えているように見える特徴をみごとにとらえた。比喩は安易に使われやすいが、このような的確さが望ましい。

葛《くず》餅《もち》

解説　葛粉を水に溶き、火にかけて練り箱に流し固めたものをいう。それを三角に切り、黒蜜《くろみつ》をつけきな粉をまぶして食べる。冷たい歯ざわりで野趣に富む。亀戸天神《かめいどてんじん》前の船《ふな》橋屋《ばしや》、川崎大師《かわさきだいし》の茶店の名物となっている。葛粉を用いたものには、**葛練**《くずねり》（葛粉に砂糖などを加えて煮固めたもの）・**葛切**《くずきり》（葛練りをうどんのように細切りにしたもの）・**葛桜**《くずざくら》（饅頭《まんじゅう》の皮を葛粉で作り、桜の葉で包んだもの）があり、いずれもみずみずしい、濡《ぬ》れた感じで、夏向きのものである。

葛餅《くずもち》や松籟《しょうらい》いまも真間《まま》に鳴《な》り　富岡掬池路
葛餅《くずもち》や止《と》まり通《どお》しのみづぐるま　村上　麓人
葛餅《くずもち》の黄粉《きなこ》の上《うえ》を蜜《みつ》すべる　上野　章子
葛切《くずきり》やすこし剰《あま》りし旅《たび》の刻《とき》　草間　時彦
葛《くず》ざくら濡《ぬ》れ葉《ば》に氷残《こおりのこ》りけり　渡辺　水巴

鑑賞　葛餅《くずもち》や老《お》いたる母《はは》の機嫌《きげん》よく　小杉　余子

老母への土産に好物の葛餅を買って帰った。案の定機嫌よく、昔の話をしながら食べてくれた。母の健在を喜びながら作者も機嫌よく食べるのだった。

飯《めし》饐《すえ》る

飯《めし》の汗《あせ》　饐飯《すえめし》

解説　夏は飯が汗をかいたり、一夜のうちに粘り気が出て、腐りかけて甘酸っぱい匂いを発する。その饐えかけた飯を長くたくわえるために天日に乾かして**干飯**《ほしいい》にしたり、洗濯物の糊《のり》にした。饐える（腐る）のを防ぐため飯笊《めしざる》（飯籠《めしかご》）という竹製の飯櫃《めしびつ》を用いた。まさに生活の工夫を促す季語といえよう。最近はジャー（保温器）の普及によって、飯饐える経験は少なくなって、夏の生活の中で忘れ去られようとしている。

饐《す》えし飯《めし》の糊《のり》が匂《にお》へる浴衣《ゆかた》哉《かな》　青木　月斗
饐《すえ》めしに一英断《いちえいだん》を下《くだ》しけり　深川正一郎
母《はは》の忌《き》や饐飯《すえめし》によく漬《つ》きし茄子《なす》　木津　柳芽
ひとり居《い》の書《しょ》に溺《おぼ》れゐて飯饐《めしす》えし　吉田　汀史
線路《せんろ》越《こ》えつつ飯饐《めしすえ》る匂《にお》ひせり　加倉井秋を
飯饐《めしす》える匂《にお》ひふとして旅《たび》の果《は》て　川井　玉枝

鑑賞　饐飯《すえめし》や妻《つま》を選《えら》びし日《ひ》も杳《くら》し　中条角次郎

饐え飯の持つイメージは、生活の疲れに、夏の倦怠感も加わるもの。結婚当初のことを回想しても、そのころの暗い世相がふとよぎる。自分は、いったい人生に恵まれない男なのだろうか。妻を幸せにしてやれない不満があせりともなる。戦中派の男性の嘆きか。

鮨《すし》

熟鮨《なれずし》　圧鮨《おしずし》　握鮨《にぎりずし》　早鮨《はやずし》　一夜鮨《いちやずし》
巻鮨《まきずし》

解説　魚類の保存法から生まれた魚と米を用いた食品。その作り方も、熟鮨・圧鮨・握鮨・巻鮨に大別できる。熟鮨は魚（鯖《さば》・鮒《ふな》・鮎《あゆ》など）を飯に混ぜて醱酵《はっこう》させたものや、腹に飯を詰めて醱酵させたもので近江《おうみ》の鮒鮨《ふなずし》などが鮨のもとの姿であろう。圧鮨は、鮨箱に、酢飯を詰めて、上に魚の薄身を切って並べ圧《お》し蓋《ぶた》で強く圧したもの。いずれも関西風である。握鮨は、鮨飯を握って、すり山葵《わさび》をはさみ鮨種《すしだね》（魚）を載せたもので、江戸前鮨といわれる。江戸前鮨とは江戸前面の海（東京湾）で獲れた魚を用いたことから、その名がある。現在は一年中鮨があるが、その味わいはやはり夏季の涼味としてふさわしいものであろう。

飯鮓《めしずし》の鱧《はも》なつかしき都哉《みやこかな》　其角
鮒鮓《ふなずし》や彦根《ひこね》の城《しろ》に雲《くも》かかる　蕪村
鮓《すし》おすや貧窮《ひんきゅう》問答《もんどう》口吟《くちずさ》み　竹下しづの女

竹《たけ》に降《ふ》る雨《あめ》のみどりや鮓《すし》なるる　杉山　竹峰
蓼添《たでそ》へて魚新《うおあら》たなり一夜鮓《いちやずし》　三宅　孤軒
鮎鮨《あゆずし》や吉野《よしの》の川《かわ》は水瘦《みずや》せて　佐藤　鬼房

鑑賞 鮨圧《すしお》すや折《お》れむばかりに母《はは》は老《お》ゆ　山田みづえ

母の自慢の圧鮨はうまい。圧鮨は飯が堅くしまっていることがかんじん。「折れむばかり」は瘦《や》せた母が、力をふりしぼるように鮨を押さえていることを表現したのだろうが、同時に母親の情と、年をとられたなという感慨も伝わってくる。

洗膾《あらい》（あらひ）　洗鯉《あらいごい》　洗鱸《あらいすずき》　洗鯛《あらいだい》

解説 鯉・鱸・黒鯛・鯛などの生き身を三枚に下ろし、刺し身のように薄身に作り、冷水でたたくようにしていく度も洗い、肉を収縮させ臭みを取ったものをいう。氷片を添えて出された縮み上がった白身には、涼味たっぷりの感がある。**夏料理**《なつりょうり》の代表的なもので風趣がある。鯉だけは、酢味噌《すみそ》で食べるが、他は山葵醤油《わさびじょうゆ》がふさわしい。この他にも**沖膾**《おきなます》（海の沖で獲った小魚を、その場でたたきにして食べる）や**船料理**《ふなりょうり》（船生《ふないけ》簀《す》で川魚を主として料理する）なども夏の季語にある。

かりそめに妻《つま》が料理《りょうり》す洗鯉《あらいごい》　大谷　句仏
洗《あら》ひ鯉《ごい》日《ひ》は浅草《あさくさ》へ廻《まわ》りけり　増田　龍雨
山中《さんちゅう》に身《み》を養《やしな》ふや洗鯉《あらいごい》　森　澄雄
みづうみに雨《あめ》がふるなり洗鯉《あらいごい》　上田五千石
島巡《しまめぐ》りして戻《もど》るなり沖膾《おきなます》　河東碧梧桐

鑑賞 父《ちち》と来《き》し父《ちち》のふるさと洗鯉《あらいごい》　加藤　覚範

父といっしょに訪ねた父のふるさと。はじめて訪れた土地だが、自分にもほのかな望郷の思いがわきあがる。父のふるさとと自慢の一つ、洗鯉も賞味した。その味もこの風土のよさをうかがわせてくれるに十分であった。

風鈴《ふうりん》　風鈴売《ふうりんうり》

解説　釣鐘形・壺形《つぼがた》の小さなもので、金属・ガラス・陶製がある。内部に舌があり、その舌に短冊などを下げて風の動きで音が出る仕組みになっている。軒先・窓辺に吊《つ》られて美しい、涼しい音色で楽しませてくれる。材質で音色が違うが、一般的に金属製がもっとも高音で、遠くからもよく響く。ガラス製はその彩色、音色も上品さがなく不評だが、けっこう楽しませてくれる。風鈴売は、たくさん吊るした風鈴の音色で人を呼ぶので、決して掛け声は出さないきまりであった。音色一つで夏の涼感を味わうことは、日本人の季節感に対する心の働きによるものであろう。

風鈴《ふうりん》や花《はな》にはつらき風《かぜ》ながら　蕪　村
風鈴《ふうりん》の鳴《な》らねば淋《さび》し鳴《な》れば憂《う》し　赤星水竹居
風鈴《ふうりん》の一《ひと》つを売《う》りて音減《おとへ》らす　大貫　聴雨
風鈴《ふうりん》をかくるより風躍《かぜおど》り来《く》る　星野　麦人
風鈴《ふうりん》の音《おと》の中《なか》なる夕《ゆう》ごころ　後藤比奈夫

鑑賞　あたらしき風鈴《ふうりん》の音《ね》や吊《つ》りてすぐ　町　春草
夜店のたくさん並んだ風鈴の中から、一つの音色を選んで買ってきた。「吊りてすぐ」には、家に戻ってさっそく軒に吊るしてやると、ふと一陣の風を受けて、風鈴は美しい音色をたてて応えてくれたことが表れている。

走馬燈《そうまとう》　そうばとう　回燈籠《まわりどうろう》

解説　回燈籠のことである。円形の燈籠を二重にし、内側の部分に厚紙を切り抜いた人・馬・鳥獣・草木などを貼《は》りつけ、中央に軸を立て、上に風車がつけてあり、中の蠟燭《ろうそく》・火皿に点灯するとその熱のために風が生じて、絵のついた内側の燈籠が回る。外側の燈籠に影絵が映り、間断なく走り続ける。電気を消した縁側などに置かれた走馬燈は、美しい幻想的な夜を作ってくれる。風鈴売りに並んで、走馬燈を点灯して売っているのは夜店になくてはならない風物詩の一つであろう。

見《み》る人《ひと》も廻《まわ》り燈籠《どうろう》も廻《まわ》りけり　其角

生涯《しょうがい》にまはり燈籠《とうろう》の句《く》一《ひと》つ　高野素十

走馬燈《そうまとう》いつか消《き》えゐて軒《のき》ふけし　杉田久女

みな飛《と》んでゆくものばかり走馬燈《そうまとう》　下田実花

走馬灯《そうまとう》おろかに七曜《しちよう》めぐりくる　角川源義

鑑賞

走馬灯《そうまとう》安寿《あんじゅ》を追《お》へる波《なみ》つづき　高橋北斗

「安寿と厨子王」の物語は悲しい。人買い舟に乗せられた母を追う安寿に、幾重もの波が押し寄せる一場面を描いた走馬灯。同じ場面の繰り返しに、舟はますます遠ざかる思いがする。それが「波つづき」に表れている。

金《きん》魚《ぎょ》

解説　金魚は今から千年以上も前に中国で作り出された魚である。金魚は中国語でチェンユイといい、この発音が金餘（チェンユイ）、金があり余るに通じるところから観賞魚として愛された。もとは鮒《ふな》で、これが緋鮒《ひぶな》になり、さらに改良されて新しい品種を生み出した。徳川中期に他の金魚が伝来したことにより、古い型の金魚を和金（日本の金魚）と呼んで区別した。出目金《でめきん》は、中国の金魚がアメリカへ輸出される途中横浜に寄港したとき、東京の金魚商が買い入れたもので、支那金《しなきん》と呼ばれた。現在はこの他、蘭鋳《らんちゅう》・オランダ獅子頭《ししがしら》など高級な金魚が金魚田《きんぎょだ》で飼育され海外へ輸出されている。金魚は人になれやすく、値段も手ごろなため観賞魚として親しまれている。

いつ死ぬる金魚《きんぎょ》と知《し》らず美《うつく》しき　高浜　虚子
思《おも》ひ出《で》も金魚《きんぎょ》の水《みず》も蒼《そう》を帯《お》びぬ　中村草田男
金魚大鱗夕焼《きんぎょたいりんゆやけ》の空《そら》の如《ごと》きあり　松本たかし
やはらかに金魚《きんぎょ》は網《あみ》にさからひぬ　中村　汀女
子《こ》への愛知《あいし》らず金魚《きんぎょ》に麩《ふ》をうかす　桂　信子

鑑賞 童話《どうわ》よみ尽《つく》して金魚子《きんぎょこ》に吊《つ》りぬ　杉田　久女
『杉田久女句集』所収。「長女チブス入院」の前書きがある。入院中のわが子に付き添って童話を読み、子の目の届く位置に金魚玉を吊ってやる久女。死に至るまで、芸術と子と誠実を求めた久女の、母情のにじむ句である。

松葉牡丹《まつばぼたん》

日照草《ひでりぐさ》　爪切草《つめきりぐさ》

解説 スベリヒユ科の一年草。ブラジルが原産だが、十九世紀前半にヨーロッパへ渡り、ほどなくオランダ船によって日本へも入ってきた。こぼれ種で毎年咲く美しく丈夫な花なので、今やいたるところで栽培されている。紅色または紫紅色の花がふつうだが、園芸品種には白や黄などがあり、八重咲きのものもある。真夏の晴れた日の日中だけ開き、午後二時ごろにはしぼむ。一つの花は一日の命しかないが、次々に咲き続けるので花期はけっこう長い。乾燥気味の土地を好み日照りに強いので日照草、また爪で茎を切って土に挿しても根づくので爪切草ともいう。松葉牡丹の名は葉の形を松葉に、花の形を牡丹の花に見立てたものにほかならない。

鯵干《あじほ》すや松葉牡丹《まつばぼたん》のかたへより　水原秋桜子
自動車《じどうしや》に松葉牡丹《まつばぼたん》の照《て》りかへし　中村汀女
松葉牡丹《まつばぼたん》に塵《ちり》もとどめず寺《てら》の庭《にわ》　加藤岳南
松葉牡丹《まつばぼたん》の七色八色尼《なないろやいろあま》が寺《てら》　松本　旭
松葉牡丹日《まつばぼたんひ》ざしそこより縁《ふち》に来《こ》ず　大野林火

鑑賞 松葉牡丹子《まつばぼたんこ》の知恵育《ちえそだ》つ睡《ねむ》る間《ま》も　古賀まり子

日々に幼子がしっかりしてくる。具体的に目に見えるものではないが、知恵は確かにつきつつある。松葉牡丹咲く今を午睡している、この瞬間にも。

水遊《みずあそ》び（みづあそび）

解説 夏、子供が水で遊ぶことをいう。川や沼べりで、水をかけあったりする水仕合《みずじあい》・水戦《みずいくさ》などもあるが、庭などに、盥《たらい》や、ビニールプールなどに水を張って遊ぶことを含めて、夏は水を使う遊びは多い。**水鉄砲《みずでっぽう》・水《みず》からくり・浮人形《うきにんぎょう》**などを使うことを含めて水遊びに入る。水遊びすると汗疹《あせも》ができないとされて、小さい子供たちが、分《ぶん》に応じた遊び方に興じるのもほほえましい光景である。

水遊《みずあそ》びする子《こ》に滑川《なめりがわ》浅《あさ》く　高浜虚子
街《まち》の子《こ》や雨後《うご》の溜《たま》りの水遊《みずあそ》び　石塚友二
叱《しか》られて尚水遊《なおみずあそ》びあきらめず　川島暖光
水遊《みずあそ》び日当《ひあた》りに砂《すな》の乾《かわ》く音《おと》　原　光民
水遊《みずあそび》とはだんだんに濡《ぬ》れること　後藤比奈夫

鑑賞 樹《き》に池《いけ》に降《ふ》りくる音《おと》や水鉄砲《みずでっぽう》　鈴木花蓑

どこからともなく飛んできては、木の葉や池の水面をたたく水音がしている。どうやら隣の子供の水鉄砲だと気がつくのにしばらく時間がかかった。発砲音のしない水鉄砲には、濡らすだけではないおもしろさもある。

水中花《すいちゅうか》（すゐちゆうくわ）

解説　鉋屑《かんなくず》や強靭《きょうじん》な紙を美しく彩色し、花鳥その他いろいろな形に作り圧搾したもので、水中に入れると開く仕組みになっている。コップや、水槽の中に入れられて美しい花を見せるのは、涼感があってさわやかだ。夜店などでも並べられている情景に、つい誘われて買ってしまう。日中、誰もいない卓の上に置かれたものにも別の風情がある。いつ見ても開きっぱなし、色があせないことにも、一種の哀れさを感じさせる。

水中花《すいちゅうか》咲《さ》かせしまひし淋《さび》しさよ　久保田万太郎
泡《あわ》一《ひと》つ抱《だ》いてはなさぬ水中花《すいちゅうか》　富安　風生
咲《さ》きつきて灯《ひ》に片《かた》よりぬ水中花《すいちゅうか》　渡辺　水巴
昼《ひる》ひとり夜《よ》は子《こ》とふたり水中花《すいちゅうか》　田村　了咲
水中花《すいちゅうか》大《おお》きく咲《さ》かせ夫持《つまも》たず　鷲谷七菜子
水中花《すいちゅうか》ひらく水中《すいちゅう》あますなく　井沢　正江

鑑賞　水中花《すいちゅうか》培《つちか》ふごとく水《みず》を替《か》ふ　石田　波郷
日毎見続けている水中花にも、なにか手を施してやりたくなるもの。「培ふごとく」は、水中花への愛着がこめられた表現になった。いそいそと生命あるものを育ててやるように、水を替えている。詩人の面目躍如。

花《はな》氷《ごおり》（はなごほり）　氷柱《ひょうちゅう》

解説　大きな氷の中に、美しい草花や、金魚などを閉じこめて凍結させた、装飾を兼ねた冷房用の氷柱である。いかにも見た目の涼しさを誘うものである。デパート・劇場・食堂などに多く置かれていたが、冷房が進んだ最近ではめったに見かけなくなった。そばを通るときのひんやりとした冷気、手を触れてみたり、ハンカチを濡《ぬ》らしたりなどと、夏の風物詩の一つであった。

大《おお》いなる柱《はしら》の陰《かげ》の花氷《はなごおり》　高浜　虚子
花氷《はなごおり》凹《くぼ》みひそめる我《われ》を見《み》し　田中　王城
立読《たちよ》みの少女《しょうじょ》うつれり花氷《はなごおり》　鈴木ただし
花氷《はなごおり》盛装《せいそう》男女《だんじょ》ゆがみ過《す》ぐ　斎藤徳治郎
ルーム・キー提《さ》げて近《ちか》づく花氷《はなごおり》　寺井　谷子
氷塊《ひょうかい》にあつまりうつる柱《はしら》かな　橋本　鶏二

鑑賞 花氷《はなごおり》撫《な》でて離《はな》れぬ子《こ》を促《うなが》す　淵沢容司郎

デパートの目につきやすいところに置かれた花氷。その冷気にふと足を止めたり、涼しさを見て通る。子供はじかに触れてみなければ気がすまない。冷たい感触さえおもしろいのだ。母が呼んでも、なかなか離れようとしない。

朝曇《あさぐもり》

解説 盛夏に朝のうちだけどんよりと靄《もや》がかかったように曇ることが多いのをいう。これは暑さの前ぶれで、しばらくしてすっかり晴れあがり烈日炎天のもとに暑さも厳しくなる。

牧《まき》の馬《うま》みな歩《ある》きをる朝曇《あさぐもり》　大橋越央子
皮《かわ》となる牛乳《ちち》のおもてや朝《あさ》ぐもり　日野　草城
ふるさとの朝曇《あさぐもり》にぞ起《お》きにける　高屋　窓秋
照《て》りそめし楓《かえで》の空《そら》の朝曇《あさぐもり》　石田　波郷
朝曇《あさぐもり》島《しま》は見《み》えねど通《かよ》ひ舟《ぶね》　星野　椿

鑑賞 前向《まえむ》ける雀《すずめ》は白《しろ》し朝《あさ》ぐもり　中村草田男

なるほど雀の胸毛は白いと気づかせる句である。今日の暑さを告げる雲のどんよりした暗さに、電線に並ぶ雀たちも哀れをさそう。「雀は白し」と作者は愛憐《あいれん》の情をもって呼びかけている。

炎天《えんてん》

解説　炎昼の空である。真夏の灼熱《しやくねつ》の太陽をさえぎるものなにもない大空はすさまじいまでの明るさ、すべて地上のものを威圧するようにも思える。この空が薄曇っていても風がなく蒸し暑いのを油照《あぶらでり》という。じっとしていても脂汗がにじむ。

炎天《えんてん》の郷土《きようど》に頭晒《こうべさら》しをり　石塚　友二
炎天《えんてん》や人《ひと》がちいさくなつてゆく　飛鳥田孋無公
歩《あゆ》みつぐことのさびしさ炎天下《えんてんか》　井沢　正江
炎天下《えんてんか》貌《かお》失《うしな》ひて戻《もど》りけり　中村　苑子
炎天《えんてん》へ打《う》つて出《で》るべく茶漬飯《ちやづけめし》　川崎　展宏

鑑賞　炎天《えんてん》の遠《とお》き帆《ほ》やわがこころの帆《ほ》　山口　誓子

いま沖の炎天のもとに遠い白帆の動きがはっきり見えている。作者は海辺に暮らして、毎日のように沖の白帆を見る。それがもう心の中のものになって現実の沖の白帆と重なりあう。

炎《えん》昼《ちゆう》（えんちう）　夏《なつ》の昼《ひる》

解説　灼《や》けつく感じの夏の昼間をいう。夏の昼というより語感が強いので多く用いられるようになった。日中には日ざしが強く物の影も小さく、誰もが外出を避けて家にこもるので静まりかえった趣がある。日盛《ひざかり》も炎昼に似た季題である。

忽然《こつぜん》と来《き》て炎昼《えんちゆう》のさみしさよ　北　光星
炎昼《えんちゆう》や手摑《てづか》みで売《う》る油揚《あぶらあげ》　北野　民夫
炎昼《えんちゆう》の笛吹川《ふえふきがわ》へ田水落《たみずお》つ　廣瀬　直人
炎昼《えんちゆう》のおのれの影《かげ》に子《こ》をかくす　日下部宵三

鑑賞　炎昼《えんちゆう》へ製氷《せいひよう》の角《かく》をどり出《で》る　秋元不死男

製氷所から道へ次々に運び出される氷であろう。滑らせて出される氷の鋭い角々が印象的である。街は氷を恋うように暑い炎昼である。

昼寝《ひるね》　午睡《ごすい》　昼寝覚《ひるねざめ》　三尺寝《さんじやくね》

解説　夏は食欲不振で体力は減退して疲労も激しく、なおかつ寝苦しい夜の睡眠不足が重なって、昼寝が要求される。勤めに出ている人さえも、短い休憩時間を利用して昼寝をして回復感を求めたりする。三尺寝は昼寝のことで、職人が、日陰が三尺移動する間の許される眠り、また三尺にも足らぬ狭い場所でも寝ることができるの二説があるが、どちらも昼寝を言い得て妙である。涼しい木陰で午睡をむさぼる姿はうらやましい。子に添い寝をしながらつい眠りこむ姿もよくあることだ。

糊《のり》ごはな帷子《かたびら》かぶる午睡《ごすい》かな　惟然

中年《ちゆうねん》やよろめき出《い》づる昼寝覚《ひるねざめ》　西東三鬼

昼寝子《ひるねご》のほのかにひらく掌《たなごころ》　中森葦扇

大《おお》いなる昼寝《ひるね》の足《あし》をまたぎけり　稲垣きくの

あの世《よ》にも顔出《かおだ》しにゆく大昼寝《おおひるね》　瀧　春一

はるかまで旅《たび》してゐたり昼寝覚《ひるねざめ》　森　澄雄

鑑賞　昼寝覚松《ひるねざめまつ》の木《き》かぞへかぞへして　河口帰蔵

昼寝覚めのあと、もとの感覚に戻るためには、相当な時間がかかる。ただ目に入る松の木を数え数えしている。そして、はっきり意識を取り戻すのであろうか。むしろ、目覚めのあとのむなしさを象徴した行為とみてよいであろう。

片陰《かたかげ》　片《かた》かげり

解説　一方の陰の意で、太陽の傾きによってできる日陰のことであるが、夏の日陰のほんのわずかしか得られない感じをとらえた季語とされている。道行く人は、夏の午後の日がようやく作る濃い日陰の涼しい所を選んで歩く。

胸《むね》重《おも》く片《かた》かげ戻《もど》る人《ひと》の恩《おん》　石塚　友二
片蔭《かたかげ》をゆき中年《ちゅうねん》を過《す》ぎにけり　岸　風三楼
片蔭《かたかげ》をうなだれてゆくたのしさあり　西垣　脩
片蔭《かたかげ》を歩《ある》き片蔭《かたかげ》なくなれり　丘本　風彦
片蔭《かたかげ》に入《い》る半分《はんぶん》の会葬者《かいそうしゃ》　岸田　稚魚

鑑賞　蝮屋《まむしや》がありて片蔭《かたかげ》ゆきがたし　谷野　予志

町中に瓶などに入れた蛇を置く店がある。よく見るともつれてうごめく生きた蝮もいる。片蔭を店ぞいに来たもののふとたじろぐ思いになる。微妙な心理的動きを炎天のもとにとらえた句である。

西日《にしび》　大西日《おおにしび》

解説　太陽の西に傾く夕方近い日ざしのことであるが、季題としていう場合は夏の日ざしのことである。それは、真横から射しこんで防ぎようがなく、しかも暑さ衰えていないときはいらだたしいほど耐えがたいからである。その激しいさまを大西日という。

西日《にしび》今沈《いましず》み終《おわ》りぬ大対馬《おおつしま》　高浜　虚子
荒壁《あらかべ》に虻狂《あぶくる》ひをる西日《にしび》かな　富田　木歩
西日照《にしびて》りいのち無惨《むざん》にありにけり　石橋　秀野
尺寸《しゃくすん》の店《みせ》や西日《にしび》の潔《いさぎ》よし　山口　英二
大西日《おおにしび》胃《い》の腑《ふ》朽ちゆくごとく落《お》つ　保坂　敏子

鑑賞　西日中電車《にしびなかでんしゃ》のどこかつかみてをり　石田　波郷

混んでいる電車の中で西日を受けることは耐えがたい。のがれようのない西日をまともに受け、電車もたよりなく、不安げに揺れる。「どこかつかみて」に作者の不安な気持ちがじかに伝わる。

夕焼《ゆうやけ》（ゆふやけ）　ゆやけ

解説　夕空に落日が燃えて沈み、赤や黄の光が片空に放射される壮大な景色は夏にふさわしく夏の季題とされている。太陽が地平線上にあり、その光線が厚い空気層を通るため、赤や黄の散乱光のみが残るために起こる現象で四季いずれにもあり、春夕焼・秋夕焼・寒夕焼などといわれる。また、太陽が東の地平線上にある朝にも同じく起こり、**朝焼**《あさやけ》も夏の季題とされている。

歩《ほ》を進《すす》めがたしや天地《てんち》夕焼《ゆうや》けて　山口　誓子
夕焼《ゆうや》くるかの雲《くも》のもと人待《ひとま》たむ　橋本多佳子
夕《ゆう》やけの大《おお》きな山《やま》に迎《むか》へられ　及川　貞
夕焼《ゆうやけ》の褪《さ》めてしまひて時《とき》あまり　後藤比奈夫
暗《くら》くなるまで夕焼《ゆやけ》を見《み》てゐたり　仁平　勝

鑑賞 夕焼《ゆうや》くる子《こ》らにやさしきことを言《い》ふ　三谷　昭

夕焼の中を安らぎ帰る人であろうか。暑熱の一日も終わって、ともかく仕事を果たした満足感に、人間味を取りもどすときであろう。遊んでいる子供たちにも自然にやさしいことばもかけたくなる。

灼《や》く

解説 真夏の太陽によって万物がじりじりと灼けてくるような感じをいう。事実、一日中直射を受けている物の表面は灼熱《しゃくねつ》して触れられない。海岸の砂浜もいわゆる熱砂となり、はだしで踏めば灼けるようで歩けない。「岩灼くる」「砂灼くる」「風灼くる」などと用いられる。

七月《しちがつ》の国《くに》灼《や》くる見《み》ゆ妹《いも》が居《きょ》は　山口　誓子
岩灼《いわや》かれわが登山綱《ザイル》さへ目守《まも》りえず　石橋辰之助
灼《や》くる魚河岸《うおがし》身体《からだ》置《お》くだけある日影《ひかげ》　岩田　昌寿
灼《や》くる地《ち》にうつそ身立《みた》たす葬《はふ》りかな　井沢　正江
おのれ吐《は》く雲《くも》と灼《や》けをり駒《こま》ヶ嶽《だけ》　加藤　楸邨

鑑賞 顔《かお》過《す》ぐる機関車《きかんしゃ》の灼《や》け旅《たび》はじまる　橋本多佳子

これはもうあまり見られない蒸気機関車で

あろう。旅立ちのホームにいて顔の前をゆっくり進んだ機関車であろうか。ふわっと襲った炎暑の灼けが、いよいよこれからの旅の気持ちをひきたてた。

旱《ひでり》 旱魃《かんばつ》 大旱《たいかん》 旱田《ひでりだ》

解説 幾日も日が照り続けて雨が降らないこと。日本のとくに太平洋側では冬季に雨量が少なく晴天が続き、水不足もきたす冬《ふゆ》旱《ひでり》があるが、旱害は夏に多いので旱といえば夏である。太平洋高気圧が長期間にわたり日本を覆い、暑さも焼きつけるような大暑に雨がないと農作物も枯死するほどになる。干割れた旱田《ひでりだ》は痛ましい。昨今は慢性的な水不足に悩む大都会では、旱には断水という非常事態にもなり、水乞《みずご》いの気持ちで空を仰ぐ人も多い。現代人にとっても身近な自然の脅威として旱天・旱雲といった季題は感じ取れる。旱星と、夜空の星の光もせつなく眺められる。

旦夕《たんせき》に雲《くも》立《た》ち消《き》ゆる旱《ひでり》かな　大須賀乙字
天《てん》広《ひろ》く湖《うみ》青《あお》々《あお》と旱《ひでり》かな　松根東洋城
旱《ひでり》早《はや》し眉《まゆ》あげて妻何《つまなに》を禱《いの》る　鈴木六林男
暗《くら》き家《いえ》に暗《くら》く人《ひと》ゐる旱《ひでり》かな　福田甲子雄
湖《こ》底《てい》より廃墟《はいきょ》あらはる大旱《おおひでり》　宮下翠舟

鑑賞 大《たい》旱《かん》の赤《あか》牛《うし》となり声《こえ》となる　西東三鬼
炎天の旱のもとに動くもののもなくじっと耐える地上のものたちである。そんな中で赤牛が大きな唸り声をあげたのであるが、それもこの大いなる旱が赤牛と化しその声を放ったようにも思えるのである。

草《くさ》いきれ

解説 夏草の繁茂したさまを草茂《くさしげ》るといい、それが炎天下にむんむんとむせるような熱気と匂いを発することを草いきれという。人の手の入らない、日当たりのいい野原や山路などを行くと耐えがたい感じである。

草《くさ》いきれさめゆく園《その》の夕《ゆう》べかな　池内友次郎
草《くさ》いきれ鉄材《てつざい》さびて積《つ》まれけり　杉田　久女
電線《でんせん》のみ奥《おく》へ入《い》りゆく草《くさ》いきれ　右城　暮石
草《くさ》いきれ尾《お》さばきもなき馬《うま》の後《あと》　能村登四郎
草《くさ》いきれ貨車《かしゃ》の落書《らくが》き走《はし》り出《だ》す　原子　公平

鑑賞　のこりゐる海《うみ》の暮色《ぼしょく》と草《くさ》いきれ　木下　夕爾

日がかげっても草いきれはなかなかしずまらない。いっそう夏の暮れ際を暑く思わせる。目を転じると海もまた沖合いは輝き、夜の訪れは遅いのである。

喜《き》雨《う》

解説　日照りも強い土用のころに雨がなく旱《ひでり》が続くと、田は干割れ、草木は枯死するばかりになる。そんなとき沛然《はいぜん》と降り出す雨が農家の人々を喜ばせる。農家だけでなく、生気取り戻す万象に誰もが喜ぶ。業を休んで酒宴をもって喜ぶ習慣もあり、またこの雨を待っての雨乞《あまごい》の行事は各地方にさまざまのしきたりがある。

つまだちて見《み》るふるさとは喜雨《きう》の中《なか》　加藤　楸邨
ふるさとや喜雨《きう》に濡《ぬ》れたる野《の》のひかり　石橋辰之助
喜雨《きう》の納屋《なや》大闇《おおやみ》小闇《こやみ》濃くなりしよ　香西　照雄
喜雨《きう》を得《え》てよりの地雨《じあめ》となりにけり　原之園泉月
生《い》きもののすぐ動《うご》き出《だ》す喜雨《きう》の後《あと》　棚山　波朗

鑑賞　喜雨《きう》の来《き》てそこらいそがし草《くさ》の宿《やど》　五十崎古郷

「草の宿」というのは、野中の質素な農家を指していると考えてよいであろう。喜雨を待っていた農仕事なのであろう。雨をものともせず立ち働く人々の姿も見えるようである。

蟬《せみ》

初蟬《はつぜみ》　蟬時雨《せみしぐれ》　油　蟬《あぶらぜみ》　みんみん蟬《ぜみ》
にいにい蟬《ぜみ》　熊蟬《くまぜみ》

解説　俳句では、五月ごろ鳴き出す松蟬（春蟬）は春に、蜩《ひぐらし》と法師蟬《ほうしぜみ》は秋とし、その他のものを夏として扱ってきた。芭蕉が立石寺で句に詠んだ蟬はにいにい蟬。ジージーと油を揚げるような声で鳴く油蟬。ミーンミンミンと繰り返して鳴くみんみん蟬。シャーシャーと大声で鳴く大形の熊蟬《くまぜみ》などはもっともよく耳にする蟬である。初蟬は、はじめて鳴く蟬をいい、蟬時雨は、蟬がいっせいに鳴くようすを雨に例えたものである。啞蟬は鳴かない蟬のことで、雌の蟬をいう。蟬の一生は短く（成虫は一、二週間で命を終える）、地上に出るまでに七年ほどもかかる。蟬は不完全変態で蛹《さなぎ》の時期がない。脱皮は早朝か夕方が多く、脱ぎ捨てられた蟬《せみ》の殻《から》がそのまま木の幹にとまっているのを見ることがある。これを空蟬《うつせみ》という。

閑《しず》かさや岩《いわ》にしみ入《い》る蟬《せみ》の声《こえ》　芭　蕉
暁《あかつき》の蟬《せみ》のきこゆる岬《みさき》かな　前田　普羅
子《こ》を殴《う》ちし長《なが》き一瞬《いっしゅん》天《てん》の蟬《せみ》　秋元不死男
蟬時雨子《せみしぐれこ》は担送車《たんそうしゃ》に追《お》ひつけず　石橋　秀野
油　蟬《あぶらぜみ》死《し》せり夕日《ゆうひ》へ両手《りょうて》つき　岡本　眸

鑑賞　啞蟬《おしぜみ》も鳴《な》く蟬《せみ》ほどはゐるならむ　山口　青邨

盛夏の森に蟬が鳴いている。その声を聞きながら作者はふと、鳴かない雌蟬のことを考える。鳴く蟬と同じぐらいいるだろうなあと思う。黙して過ごす啞蟬が、鳴く蟬にもましてクローズアップされている。

裸《はだか》

素裸《すっぱだか》　丸裸《まるはだか》　裸身《らしん》　裸　子《はだかご》

解説　夏の暑さをしのぐために裸になること

をいう。炎天下で裸になって汗を流して働く姿、家の中で裸になることが多い男たち、裸になって喜々と遊ぶ子供たちの姿などすべて裸という。他に**肌脱**《はだぬぎ》（着物の上半身を脱いで汗をぬぐったりする）や**片肌脱**《かたはだぬぎ》（片上半身だけ脱ぐこと）などもあるが、いずれも行為を指すことばで、かえって見た目に暑さが伝わる。このころの同類の季語には**跣**《はだし》などもある。

痩《や》せて人《ひと》のうしろにありし裸《はだか》かな　西島麦南
伸《の》びる肉《にく》ちぢまる肉《にく》や稼《かせ》ぐ裸《はだか》　中村草田男
ともに裸身《らしん》ともに浪聴《なみき》き父子《おやこ》なる　大野林火
裸《はだか》の腕垂《うでた》らすが憩《いこ》ひ肱《ひじ》ゑくぼ　香西照雄
一群《いちぐん》の裸子《はだかご》光《ひか》り来《き》たりけり　不破博
裸子《はだかご》がわれの裸《はだか》をよろこべり　千葉皓史

鑑賞　道問《みちと》へば路地《ろじ》に裸子《はだかご》充満《じゅうまん》す　加藤楸邨

農村でも、漁村でもよい。道を尋ねる見知らぬ都会人は、もの珍しそうに集まってきた裸の子供たちに取り囲まれた。「充満す」は、狭い路地いっぱいになったことだが、日に焼けた裸の肉感、聞きなれぬ方言をも示している。そして、頭上の強い夏の日ざしも感じられる。

日焼《ひやけ》　潮焼《しおやけ》

解説　夏の紫外線の強い日光を浴びて、顔・手・足など露出部の肌が黒く焼けることをいう。海水浴・登山などで急激に焼けた赤さは、軽い火傷症状で、そのほてりが見るものに伝わる感じさえする。やがて水ぶくれができ、皮がむけてくる。若い人が肌にオイルを塗りこんでこんがりと小麦色に焼いているのは、健康的で美しい。また逆に日傘を持ち歩き、日焼け止めクリームを塗るなどして日焼けを防ぐこともあり、日焼けに対する反応もさまざまである。漁師や百姓の年中の日焼けには生活のたくましさが感じられて尊い。

わが子寝《こね》て日焼《ひやけ》の髪膚《はつぷ》夜《よ》もほてる　秋元不死男
楔形《くさびがた》に日焼《ひや》けし胸《むね》を湯《ゆ》にしづむ　八木絵馬
富士《ふじ》を去《さ》る日焼《ひや》けし腕《うで》の時計《とけい》澄《す》み　金子兜太
ふぐりまで日焼《ひや》け〳〵て島《しま》の子《こ》は　清崎敏郎
日焼子《ひやけご》は賢《さか》しき答《こた》へ返《かえ》しけり　五十崎明

鑑賞　山《やま》の日《ひ》に焼《や》けてつとめのあすがまた　大島民郎

休暇が終わって帰宅した。明日からはまた、勤めの毎日が始まる。山の日に焼けた手や足、顔。その日焼けは楽しかった休暇の思い出でもある。都会生活者の夏らしい句。

ヨット

解説　風の力を三角帆に受けて進む船のことをいう。帆走用の軽快な小艇のこと。風の力を帆に受け止めるので、船体は傾けて走ることになる。風向きを常に気にしながら、帆を操る技術はむずかしい。近代スポーツとして受け入れられて、四季を問わず流行しているが、夏のスポーツの代表的なものであろう。潮焼けしたヨットマン・海・白い帆にはロマンが感じられて、近代的季語の一つである。この時期には、**ボート・船《ふな》遊《あそ》び・遊船《ゆうせん》・スカル**などもある。

傾《かたむ》きてはやるヨットの綱《つな》を解《と》く　金盛仁平舎
ヨットのみぬけ出《で》る朝《あさ》の船溜《ふなだま》り　貞弘衛
若《わか》き四肢《しし》ふんだんに使《つか》いヨット出《だ》す　桂信子
対《む》き替《か》へてヨット白《しろ》さを失《うしな》へり　加倉井秋を
ヨット部《ぶ》が沖《おき》に結集《けつしゆう》してゐたり　塩川雄三
競《きそ》ふとも見《み》えぬ遠《とお》さのヨットかな　三村純也

鑑賞　ヨットの帆檣《ほしり》たくましく担《かつ》ぎゆく　有働亨

青年がヨットの帆柱を担いでゆくのだ。

「臂たくましく」は、日に焼けた青年ヨットマンを表現した。大きいだけではない。充実した、頼りがいになる力感を表現している。海を乗り切るには厳しい体力が要求される。

プール

解説　水泳のために、人工的に水を張ることができる施設である。長方形で二五メートル・五〇メートルのものが、公共（学校・競技場）施設にある。もともとは学校教育や競技用のものだが、最近は遊園地・ホテルなどが変形のものなどを作っている。また、室内プール・温水プールなども生まれて、年中泳げるようになっている。都会の子供や、海や川に縁遠い人たちには、水泳のために、どうしてもなくてはならないものだが、遊園地、ホテルなどまた夜間設備のあるプールなど、それぞれ雰囲気が違っている。最近はスイミングクラブなどもできている。

ピストルがプールの硬《かた》き面《も》にひびき　山口　誓子
仰向《あおむ》けに夜《よる》のプールに泳《およ》ぎをり　森重　昭
記録《きろく》生みしプール静《しず》かに消燈《しょうとう》す　美甘　一酒
プールを出《い》づ勝者《しょうしゃ》と敗者《はいしゃ》手《て》とりあふ　小川双々子
夜風《よかぜ》いま過《す》ぎつつあらむプール満《み》ち　廣瀬　直人

鑑賞　風《かぜ》の樹々《きぎ》プールの子《こ》らに騒《さわ》ぎ添《そ》ふ　石田　波郷

プールから聞こえてくる歓声と水音には、健康で明るい響きがある。その光景にこたえるように、プールの周囲の樹々も吹き渡る風に騒ぎながら、プールの子供たちといっしょに楽しんでいる風情を見せている。

海水浴《かいすいよく》（かいすゐよく）

潮浴《しおあび》　泳《およ》ぎ　遠泳《えんえい》

解説　古くは潮浴びと呼ばれて健康のために、

海につかるていどのものであったが、明治十九年、軍医総監松本順の提唱で、神奈川県大磯に海水浴場ができた。それ以後保健と避暑を兼ねて娯楽化するに至った。一時は湘南《しょうなん》・房総・須磨《すま》・明石《あかし》などが海水浴場として有名で混雑していたが、現在では遊泳可能な海岸にはどこでも海《うみ》の家《いえ》が建ち並び、**ビーチパラソル**（浜日傘）、色彩のはでな海水着と見るからに華やかな光景を見せている。ぎらぎら光る太陽のもと、オイルを塗りこんでたっぷり日焼けした若者たちにふさわしい海水浴風景である。

潮《しお》あびの戻《もど》りて夕餉《ゆうげ》賑《にぎや》かに　杉田　久女
沖《おき》に出《で》て泳《およ》ぐ黒髪《くろかみ》かと思《おも》ふ　山口　誓子
遠泳《えんえい》や高浪《たかなみ》越《こ》ゆる一《いち》の列《れつ》　水原秋桜子
潮浴《しおあ》びに来《き》て砂埋《すなう》めにされたがる　小林　守男
愛《あい》されずして沖遠《おきとお》く泳《およ》ぐなり　藤田　湘子
ビーチパラソルの私室《ししつ》に入《い》れてもらふ　鷹羽　狩行

鑑賞 潮浴《しおあ》びのルージュなき顔《かお》かがやかす　上村　占魚
都会から来て海の自然に接した喜びに、潑溂とした少女時代が戻ってきたようだ。それは自分の素顔に戻ることだ。「ルージュなき」には都会のよそ行きの顔を脱ぎ捨てたの意味がある。自然と一体感になった感動。

水着《みずぎ》（みづぎ）　海水着《かいすいぎ》

解説 プール・海水浴などで水泳のために用いる衣服をいう。風俗史の中でも、明治から現代まで水着の変化がとりあげてあるのを見かけるが、女性用の場合、肌の露出部が多くなる風潮がある。他に**ビーチウエア**（海浜着）と呼ばれる海水着の上に着るものがあったり、色彩もはでですっかりファッション化した。強い太陽の光線のもとにビーチパラソル（浜日傘）が立ち、多彩な海水着のちらばった風景は、あたかも花が咲いたようである。海水帽《かいすいぼう》。

まつはりて美《うつく》しき藻《も》や海水着《かいすいぎ》　水原秋桜子
椅子《いす》深《ふか》く水着《みずぎ》のままに熟睡《うまい》せる　大野　林火
水着《みずぎ》脱《ぬ》ぐ葭簀《よしず》はをとめらに短《みじか》し　岸風　三楼
水着《みずぎ》脱《ぬ》ぐにも音楽《おんがく》の要《い》る若者《わかもの》たち　横山　白虹
真水《まみず》にて絞《しぼ》れば水着《みずぎ》一《ひ》とにぎり　新田　祐久
水着《みずぎ》着《き》て職員室《しょくいんしつ》は素通《すどお》りす　樋笠　文

鑑賞
身《み》にひしと乙女《おとめ》の頃《ころ》の水着《みずぎ》きる　赤松　蕙子
子供を連れての久しぶりの海水浴に、未婚のころの水着を着た。「身にひしと」は複雑な表現。乙女時代がよみがえったようにも、少し太めになった身体をきつく締めつけるようにもとれる。青春から遠ざかる哀感もあろう。

海月《くらげ》　水母《くらげ》　鰹《かつお》の烏帽子《えぼし》

解説　海月と書いてくらげと読む。名前のとおり海面に映る月影のごとく波間に漂う。多くは寒天質で半透明、半円球に近い落下傘形の傘を開閉して泳ぐ。傘のまわりに多数の触手が垂れている。傘の直径が一メートルほどもある越前《えちぜん》くらげ、四〇センチあまりの備前くらげは、干して食用にする。形が烏帽子に似ているので鰹の烏帽子と呼ばれるくらげは、長い触手を持ち、これに刺されると激痛を伴うことから、別名電気くらげともいわれる。激毒を持つものに、赤くらげ・あんどんくらげなどがあり、土用波の立つころ浮遊し水泳者を悩ますことが多い。

白雲《はくうん》の影《かげ》きれぎれの海月《くらげ》かな　暁　台
わだつみに物《もの》の命《いのち》のくらげかな　高浜　虚子

掌《て》にとればすすりなくよな海月《くらげ》かな　鈴木　鵬于
くらげ浮《う》く海《うみ》の日《ひ》なたの影《かげ》もなし　森川　暁水
裏返《うらがえ》るさびしさ海月《くらげ》くり返《かえ》す　能村登四郎
鑑賞 海《うみ》に還《かえ》す水母《くらげ》の傷《きず》は海《うみ》が医《いや》す　津田　清子
深手を負った水母が波打ち際に打ち上げられている。手当てをしようにも水母のことだから手の施しようがない。さもあらばあれ「水母の傷は海が医す」と、母なる海に水母を委ねる。作者の人生に対する諦観《ていかん》でもあろうか。

夜《や》光《こう》虫《ちゅう》（やくわう ちゆう）

解説 幻想的で美しい名を持つが、原生動物の一種である。直径が一ミリほどの円球形で、蓮《はす》の葉のような形をしている。一本の長い触手を出し、ゆっくりと動かして浮遊する。淡紅色であるが、群集するときは海水が赤く見えるほどである。水温などで多量に発生すると臭気を発して赤潮となる。これが発生すると魚介類は酸欠状態となり、窒息して死ぬ。牡蠣《かき》や真珠の養殖などに多大の被害を与えることもある。体内に発光体を持ち、夜間は波間に漂いながら青白い光を放つ。全国各地の沿岸で夏の夜に多く見られる。

更《ふ》けて発つ名《な》残《ご》《り》の佐《さ》渡《ど》の夜《や》光《こう》虫《ちゅう》　鈴鹿野風呂
夜《や》光《こう》虫《ちゅう》闇《やみ》をおそれて光《ひか》りけり　久保田万太郎
夜《や》光《こう》虫《ちゅう》しばらくの銅《ど》鑼《ら》かしましく　阿波野青畝
仄《ほの》かにも渦《うず》ながれゆく夜《や》光《こう》虫《ちゅう》　橋本多佳子
夜《や》光《こう》虫《ちゅう》てのひらばかり昏《く》れずして　岸田　稚魚
鑑賞 一《いち》湾《わん》の縁《ふち》のかなしみ夜《や》光《こう》虫《ちゅう》　鷹羽　狩行
旅先の海岸で眺めた夜光虫であろうか。波間に漂う夜光虫の光が、作者を幻想の世界に連れてゆく。一湾を縁どる夜光虫のかなしみが、作者の胸にも妖しく美しく燃え続けたことであろう。

舟《ふな》虫《むし》

解説　海岸や岸壁・舟揚げ場などに群がってすむ虫で、背面は黄褐色または暗褐色で小判形。わらじ虫とよく似ている。長い触覚を持ち、人の足音などに対しすばやく四散して物陰にひそむ。夏の産卵期には無数に繁殖して活動する。ときには船底などをかじって穴をあけることもあるという。冬の間は岩陰などにひそんで冬を越す。夏の海辺に欠かせぬ虫である。といっても、舟虫は甲殻類に属している節足動物であるから、えびや蟹《かに》の兄弟分といえよう。体長は三センチあまり、胸脚が発達しているため、走るのがきわめて速い。

舟虫《ふなむし》や岸濁《きしにご》らせて走《はし》る波《なみ》　三宅　孤軒
一方《いっぽう》へ徐々《じょじょ》に舟虫潮《ふなむししお》が追《お》ふ　篠田悌二郎
足《あし》すべるまじく舟虫踏《ふなむしふ》むまじく　不破　博
満《み》つる潮《しお》ぞくぞくと舟虫《ふなむし》を生《う》む　川島彷徨子
舟虫《ふなむし》や蜑《あま》が手《て》かけて通《かよ》ふ岩《いわ》　米沢吾亦紅
舟虫《ふなむし》の風《かぜ》の形《かたち》となりて散る　岸田　稚魚

鑑賞　岩壁《がんぺき》の万《まん》の舟虫吾《ふなむしあ》を目守《まも》る　細川　加賀

身軽で敏捷《びんしょう》な舟虫の大群との対決である。一歩踏み出したとたんに、万の舟虫は四散するにちがいない。舟虫の無数の目が自分一人を凝視している。岩壁の上での、息づまるような一瞬である。一気に詠まれて力強い。

浜木綿《はまゆう》（はまゆふ）　浜万年青《はまおもと》

解説　ヒガンバナ科の常緑多年草。関東地方南部から西の海岸の砂地に自生するが、葉や花を見るために栽培もされる。浜木綿の名の「浜」は浜辺の意だが、「木綿《ゆう》」とは、楮《こうぞ》などの皮をはぎ、その繊維を蒸し水に浸したのち裂いて糸としたもの。祭りのときに榊《さかき》につける幣《ぬさ》に用いた。浜木綿の茎の基部が葱《ねぎ》を太くしたような感じになっていて、それが木綿《ゆう》を巻いたように見えるというわけである。別名浜万年青は葉が万年青に似ているからで、新しくつけられた名前である。夏、六弁の白く非常に細い花弁を持つ花をつけ、秋に結実する。小笠原《おがさわら》などの暖地では本州の二倍近い二メートルもの高さに育つことがある。リコリンを含む有毒植物で、食べると中毒症状を呈する。

暁《あかつき》の浜木綿《はまゆう》の香《か》をひとり占《し》む　鈴鹿野風呂
浜木綿《はまゆう》に流人《るにん》の墓《はか》の小《ちい》ささよ　篠原鳳作
少女《しょうじょ》まづ脚《あし》みづみづし浜《はま》おもと　香西照雄
浜木綿《はまゆう》の白《しろ》きかんざし月《つき》に濡《ぬ》れ　瀧　春一
はまゆふは真夜《まよ》の灯台《とうだい》にほはしむ　阿波野青畝

鑑賞 浜木綿《はまゆう》にさへぎるもののなき夕焼《ゆやけ》　高橋金窗

砂浜に生えている浜木綿に一面の夕焼けが及ぶ。夕焼けをさえぎるものはなに一つない。葉も茎も、もちろん白い花もしばらくは茜色に染まって、まったく違う花のような趣を見せた。

避《ひ》暑《しょ》

解説 都会の暑さを避けて、涼を求めて海辺・高原・湖・山などに出かけること。三、四日の短い旅行から、一夏中、別荘や旅館に逗留《とうりゅう》することも含めてよい。最近は、会社も夏休みの期間を設けているので、その間を利用して出かける家族連れも多い。避暑も大衆化して、各地の避暑地の混雑ぶりも伝えられる。夏の終わり近くになって、人々がしだいに去ってゆく避暑地の寂しさを、避暑名残《ひしょなごり》と呼んでいる。

ナプキンの糊《のり》のこはさよ避暑《ひしょ》の荘《そう》　日野　草城
その橋《はし》に人《ひと》の集《あつ》まる避暑地《ひしょち》かな　五十嵐播水
みづうみにひかりをゆだね避暑期去《ひしょきさ》る　飯田　龍太
けふもまた浅間《あさま》の灰《はい》や避暑《ひしょ》の宿《やど》　山口　青邨
避暑客《ひしょきゃく》の最後《さいご》の客《きゃく》となりにけり　藤田　昌子
教会《きょうかい》のミサも寂《さび》れぬ避暑《ひしょ》の果《は》て　桜木　俊晃

鑑賞　椅子《いす》の脚砂《あしすな》におちつき避暑家族《ひしょかぞく》　桂　信子

家族そろって海の別荘に来た。二、三日たって庭の卓も椅子も砂地に落ち着いた。「おちつき」は椅子の安定感だけではない。避暑地の生活にもなれてきた家族を表現している。自分の別荘とはいえ、最初は旅行者の気分がある。

帰省《きせい》

解説　都会で生活している人が、夏期休暇を利用して懐かしい故郷へ帰ることをいう。その中でもまだ独立していない学生が親元を離れて生活して夏休みに故郷へ帰ることが、もっとも帰省にふさわしいといえよう。また、迎える親の心待ちに望む背景も考えるべきであろう。交通が便利、短縮されて帰省の感は薄れつつある。長時間の汽車旅でやっと帰り着く感慨も薄れた。最近は、旧盆（秋）などに家族を連れて帰省するのも増え、帰省列車・帰省バスも繰り出す年中行事化の傾向がある。

帰省《きせい》して母《はは》の白髪《しらが》を抜《ぬ》きにけり　日野　草城
帰省子《きせいし》に父《ちち》の医学《いがく》の古《ふる》びたり　五十嵐播水
さきだてる鵞鳥《がちょう》踏まじと帰省《きせい》かな　芝　不器男
帰省子《きせいし》を籠《かご》の小鳥《ことり》のいぶかれる　青柳志解樹
ぐんぐんと山《やま》が濃《こ》くなる帰省《きせい》かな　黛　執
うみどりのみなましろなる帰省《きせい》かな　髙柳　克弘

鑑賞　帰省列車《きせいれつしや》に若《わか》き駅夫《えきふ》の指差称呼《しさしようこ》　上野　路山

ふるさとへ帰省列車は超満員で発車する。その混雑をものともしないのは、帰郷の喜びからであろう。列車の発車合図をする若い駅員にもふるさとがあるであろう。ひたすら働く姿には、かすかな感傷も。

土用《どよう》　土用入《どよういり》　土用明《どようあけ》

解説　各季節の終わりの十八日間をいい、わが国で定めた雑節の一つだが、通常は夏の土用だけが使われる。七月二十日ごろからの十八日間、夏の終わりとはいっても暑い盛りの時期で、農耕上も重視されたのであろう。土用入の日を土用太郎、第二日を土用次郎、第三日を土用三郎と呼び、土用三郎の日の天候によって豊図を占ったりした。土用鰻《どよううなぎ》はよく知られているが、**土用蜆**《どようしじみ》を食べ、効能があるといって**土用灸**《どようきゆう》をすえる。また、このころに草木が芽を吹くこともあり、**土用芽**《どようめ》といわれる。土用の終日を土用明という。

人声《ひとごえ》や夜《よ》も両国《りようごく》の土用照《どようで》り　一茶

午近《ひるちか》く土用《どよう》の雲《くも》の起《おこ》りけり　石井　露月

目鏡《めがね》研《と》ぐ土用三郎《どようさぶろ》の海女《あま》ふたり　阿波野青畝

河原茶《かわらちや》の伸《の》びて風立《かぜた》つ土用《どよう》かな　岡本癖三酔

淡《あわ》きは濃《こ》き父土用過《ちちどようす》ぎにけり　長谷川双魚

鑑賞　子《こ》を離《はな》す話《はなし》や土用《どよう》せまりけり　石橋　秀野

病重くなって母である自分のもとから子を遠ざけなければならぬ思いである。土用という暦日が悲痛な響きを持つ。作者は「蟬時雨子は担送車に追ひつけず」の句を最後に逝った。

虫《むし》干《ぼし》　虫払《むしばらい》　風入《かざい》れ　土用干《どようぼし》　曝書《ばくしょ》

解説　梅雨が終わってから、土用の晴天を選んで衣類・書画・調度などを、黴《かび》や虫害を防ぐために陰干しにして外気に触れさせることをいう。風入れと呼んで寺社では、年一回宝物類を土用干しをしながら展観させることもある。曝書は書画・書籍などのときにいう。衣類を衣紋竹《えもんだけ》に吊《つ》るして縁側に掛け連ねるのはよく見かける。なお、梅雨のころ、湿気を防ぐため蒼朮《そうじゅつ》（おけらの根を乾燥させたもの）を焚《た》くといって、家内をいぶり煙らす風習もある。

なき人《ひと》の小袖《こそで》も今《いま》や土用干《どようぼし》　芭蕉
人声《ひとごえ》にも傷《いた》む虫干曼陀羅図《むしぼしまんだらず》　きくちつねこ
虫干《むしぼし》に増《ふ》えず減《へ》らざる母《はは》の衣《きぬ》　橋本美代子
土用干《どようぼし》たたみ即《すなわ》ち形見《かたみ》分《わ》け　山下ふさを
はさみたるスヰスのはがき書《しょ》を曝《さ》らす　松尾いはほ
乏《とぼ》しき書《しょ》曝《さら》す己《おのれ》を曝《さら》すかに　井桁白陶

鑑賞　漢籍《かんせき》を曝《さら》して父《ちち》の在《あ》るごとし　上田五千石
曝書はなかなかやっかいなものだが、一冊一冊の本にも思い出があり、懐かしいことに出会うこともあろう。父の遺した蔵書、とりわけ漢籍の多いのを見るにつけて、漢学を愛した父がまだ存命している錯覚に陥る。

紙《し》魚《み》　衣魚《しみ》　雲母虫《きららむし》

解説　糊《のり》づけをした衣類や書籍・紙類・羊毛製品などを食い荒らす害虫である。体が銀白色のうろこに覆われ、きらきらと光って見えるので雲母虫と呼ばれる。尾毛が三本あり、体の形が魚に似ているため、衣魚《いぎょ》・白魚《はくぎょ》・蛃魚《へいぎょ》などと書く。紙魚の語源は湿虫《しめむし》または湿気虫《しけむし》からきたといわれる。古書などに多く見られる唐草模様のような食いあとは紙魚のものではなく、死番虫《しばんむし》のしわざである。ナフタリン・樟脳《しょうのう》、その他の薬品などを用いて駆除する。

書《しょ》の紙魚《しみ》の一行《いちぎょう》にある大事《だいじ》かな　尾崎　迷堂
ひもとける金槐集《きんかいしゅう》のきららかな　山口　青邨
白日《はくじつ》に紙魚《しみ》を払《はら》ひてかなしめり　大野　林火
ひらく書《しょ》の紙魚《しみ》を払《はら》へば文字《もじ》欠《か》くる　井沢　正江
しみじみと紙魚《しみ》天金《てんきん》にまみれゐる　鷹羽　狩行

鑑賞　紙魚《しみ》の跡舟《あとふね》をならべし如《ごと》くなり　京極　杞陽

蔵書や衣類に思いがけない紙魚の跡を見つけることがある。作者はその紙魚跡があたかも小舟が並んでいるようだと、感じ入っているのである。「舟」の比喩が醜い紙魚の跡を詩に昇華させている。

梅干《うめぼし》　梅干《うめほ》す

解説　青梅《あおうめ》を塩漬けにして数日で梅酢ができる。その中から梅だけを取り出し、簀《す》の子・莚《むしろ》・笊《ざる》などに並べて天日《てんぴ》に干す。ふたたび、赤紫蘇《あかじそ》を入れた梅酢に漬けなおす。昼間は干し、夜は漬け、数回繰り返すと多年の貯蔵に耐える梅干ができる。「三日三晩の土用干し」といわれて、夜露にあてる場合もある。酸っぱい匂いを漂わせる梅を干す作業を指した句が多く詠まれている。

梅干は梅酒と並んで日本の風土と生活の知恵から生まれた健康食品であり、日常の食生活に欠かせない。**梅酢《うめず》・梅漬《うめづけ》・梅莚《うめむしろ》。**

梅干《うめほ》すや庭《にわ》にしたゝる紫蘇《しそ》の汁《しる》　正岡　子規
戸《と》を閉《し》めて寝《ね》る干梅《ほしうめ》の力《ちから》満つ　西東　三鬼
梅干《うめほ》して地《ち》の明《あか》るさのつづくなり　榎本冬一郎
梅《うめ》を干《ほ》すほとりに何時《いつ》も母《はは》の影《かげ》　古賀まり子
梅漬《うめつ》けてあかき妻《つま》の手《て》夜《よ》は愛《あい》す　能村登四郎

鑑賞
語《かた》りかけむばかり干梅裏返《ほしうめうらがえ》す　西川　保子

干梅を裏返して、日に当ててやる作業である。「語りかけむばかり」には、一つ一つの梅の実をいとおしむように、裏返してゆく老婆の動作が表れている。「語りかけむ」という比喩は、老婆の誠実さを示して的確だ。

土用浪《どようなみ》

解説　夏の土用のころに、太平洋沿岸で、それほど風がないのに高波の起こる現象である。海鳴りの聞こえる場合もある。晴れて暑い日に多いので、海水浴ができずがっかりさせるが、二、三日たつとまた平穏になり、泳げるようになる。遠い南方洋上の台風から発したうねりだという。八月下旬から九月にかけては台風シーズンに入るので、高波も多くなり、本格的な土用浪といえる大波が押し寄せるようになる。

海《うみ》の紺白《こんしろ》く剝《は》ぎつつ土用波《どようなみ》　瀧　春一
土用浪海《どようなみうみ》よりも吾《われ》つかれ果《は》て　山口波津女
船窓《せんそう》の小《ちい》さき景色《けしき》土用波《どようなみ》　三浦　葵水
土用波杭《どようなみくい》打ちこんで馬《うま》つなぐ　村上しゆら
土用波夕日《どようなみゆうひ》の力《ちから》まだのこる　桜井　博道
土用波《どようなみ》一角《いっかく》崩《くず》れ総崩《そうくず》れ　本井　英

鑑賞
土用波《どようなみ》わが立《た》つ崖《がけ》は進《すす》むなり　目迫　秩父

崖の上に立って、眼下の大海に進んで来る土用波を見ている。荒波の激しさに、その進んで来る速さと荒々しさに、自分の立っている崖の方が前進しているような—ちょうど船の舳先《へさき》に立っているときのように—そんな錯覚に陥る。自己を中心に据えた詠みぶりが、独特である。

土《ど》用《よう》鰻《うなぎ》

解説　夏の土用の丑《うし》の日に、鰻を蒲焼《かばや》きにしたものをいう。夏の体力が衰えるのを補う活力源の食べ物として、万葉のころからの言い伝えがある。土用の丑と蒲焼きの関係は、平賀源内《ひらがげんない》が宣伝したとの伝説もあるが、この習慣は江戸期からのもので、鰻を開いて串《くし》にさして焼き、たれをつける食べ方には、いかにも庶民の味わいがある。なお山《さん》椒《しょう》を用いるのは鰻の毒を消すためだという。鰻がもっともよく獲れるのは夏で、季節の点でも一致している。現在は、養殖が発達しているが、高価で高級化している。関西は腹を開き、関東は背を開くの違いはまだある。**鰻《うなぎ》の日《ひ》**。

土《ど》用鰻《ようなぎ》店《みせ》ぢゆう水《みず》を流《なが》しをり　阿波野青畝

遣《や》り過《す》ごす土《ど》用鰻《ようなぎ》といふものも　石塚　友二

魚籠《びく》のまま土《ど》用鰻《ようなぎ》の到来《とうらい》す　亀井　糸游

藪《やぶ》から棒《ぼう》に土《ど》用鰻丼《ようなどん》はこばれて　横溝　養三

土《ど》曜鰻《ようなぎ》 息子《むすこ》を呼《よ》んで食《く》はせけり　草間　時彦

鑑賞　家長《かちょう》われ土《ど》用鰻《ようなぎ》の折提《おりさ》げて　山崎ひさを

そろそろ猛暑に入る土用の日、鰻の折を土産に提げて帰宅する。「家長われ」の自負がそうさせるのだろう。家族への心遣いもさることながら、自ら家長としての自信を確かめる足どりであるようだ。

香《こう》水《すい》（かうすゐ）

解説　ジャスミン、ヘリオトロープ、ローズ、ヴァイオレット、リリーなどの植物の花・葉・根・皮・種などから採取した香料をアルコールに溶解した化粧品。夏は、汗の匂いや体臭を消すために女性が多く用いる。身だしなみとして常用することもある。

首・襟元・胸・耳の後ろなどに施し、衣服・ハンカチにもつけることがある。人ごみにいてもほのかに香るところにおくゆかしさがあり、上品な夏の涼味を感じさせる。日本古来のものには、匂袋《においぶくろ》・掛香《かけこう》というものがある。

香水《こうすい》の香《か》ぞ鉄壁《てつぺき》をなせりける　中村草田男
香水《こうすい》にふるき記憶《きおく》のかへりし夜《よ》　篠田悌二郎
ゆきずりの香水《こうすい》の香《か》ぞ憂《うれ》ひに似《に》　榎本冬一郎
香水《こうすい》の香《か》のこりゐて憎《にく》みけり　木下　夕爾
教師《きょうし》には要《い》らぬ香水《こうすい》ポケットに　樋笠　文
香水《こうすい》のなかなか減《へ》らぬ月日《つきひ》かな　岩田　由美

鑑賞　香水《こうすい》の一滴《いってき》づつにかくも減《へ》る　山口波津女
残り少なくなった香水に、「あら、もうこんなに少なくなってしまった」という驚きがある。小瓶であるから、使えば減るのは早いのが当然。しかし、一回にほんの少量しか使わないのに、減るのが早過ぎると感じるのだ。愛用品を惜しむ気持ちも表れている。

天瓜粉《てんかふん》（てんくわふん）　汗《あせ》しらず

解説　汗疹《あせも》を防ぐため、黄烏瓜《きからすうり》の根から作った澱粉《でんぷん》の白い粉末。吸湿性があり、湯から上がったときなど、パフでたたいてつけ、肌ざわりをよくするもので、いかにも夏向きのものである。もともと子供用だが、娘や主婦なども愛用して、首のまわりを白くしている姿で夕涼みなどに出ているのを見かけると、ほっとくつろぎの気分を味わわせてくれる。真っ白になるまでふんだんにうちふられた幼児もほほえましい。最近は、亜鉛華《あえんか》を用いたシッカロールといわれるものが多い。

鏡《かがみ》にも手《て》のあと白《しろ》し天瓜粉《てんかふん》　岡本　松浜

晩年《ばんねん》の子《こ》を鍾愛《しょうあい》す天瓜粉《てんかふん》　日野　草城
みめよくてにくらしき子《こ》や天瓜粉《てんかふん》　飯田　蛇笏
睡《ねむ》たさのうなじおとなし天瓜粉《てんかふん》　水原秋桜子
天瓜粉《てんかふん》まだ土《つち》知らぬ土踏《つちふ》まず　古賀まり子
天瓜粉《てんかふん》しんじつ吾子《あこ》は無一物《むいちぶつ》　鷹羽　狩行

鑑賞　湯上《ゆあが》りの子《こ》をうらがへし天瓜粉《てんかふん》　中村　秋晴

湯上がりの子に、天瓜粉を真っ白に打ちつけていく。顔のまわりから始まって、全身へと。「うらがへし」の無造作な表現には、手なれた母親のすばやい動作を示しているが、全身真っ白に仕上げられていく子供のようすも感じられる。

夏《なつ》瘦《やせ》　夏負《なつまけ》

解説　暑さに弱い人は、夏には食欲が減退して体重が減る。そのことを夏瘦せという。頰《ほお》や、眼のあたりにやつれが見える夏負けの人を見たりする。そのために、万葉の時代から、夏には鰻《うなぎ》を食べて夏負けをしのぐなどといわれてきたのである。しかし、中には夏は体調が絶好調という人もいて、汗をかきながらもりもりと食を進める人がいる。夏負けの人にはうらやましい限りであろう。

夏瘦《なつやせ》のわが骨《ほね》探《さぐ》る寝覚《ねざめ》かな　蓼　太
夏瘦《なつやせ》や心《こころ》の張《は》りはありながら　高浜　虚子
夏瘦《なつや》せて豪雨《ごうう》の音《おと》を聞《き》きゐたり　皆川　盤水
夏瘦《なつや》せてすでに少女《しょうじょ》の面影《おもかげ》なし　岡田　日郎
夏負《なつま》けをせぬ気《き》の帯《おび》を締《し》めにけり　鈴木真砂女
夏《なつ》まけの妻子《さいし》を捨《す》てしごとき旅《たび》　能村登四郎

鑑賞　夏瘦《なつや》せて嫌《きら》ひなものは嫌《きら》ひなり　三橋　鷹女

今年も夏瘦せが始まった。無理をしても食べないと身体に毒だと勧められても、嫌いなものは絶対に口にしないと意地でも食べない。食べられない自分に対するいらだちとなって飛び出したことばであろう。

夕《ゆう》顔《がお》（ゆふがほ）

解説　この花は夏の夕方に開いて翌朝はしぼむので夕顔の名があるが、朝顔や昼顔はヒルガオ科であるのに対し、夕顔はウリ科の蔓《つる》性一年草である。『源氏物語』の「夕顔の巻」や、『枕草子《まくらのそうし》』にも描かれており、古くから愛された花であることがわかる。しかし、秋にできる実のほうは「いとをかしかりぬべき花の姿に、実のありさまこそいとくちをしけれ」と『枕草子』にあるようにあまり喜ばれなかった。この果実の肉を厚さ二ミリの細長いひも状に削って乾燥し、干瓢《かんぴょう》として食用にするのは鎌倉・室町時代以降のことである。精進《しょうじん》料理や鮨《すし》などには欠かせぬものになった。なお、瓢簞《ひょうたん》は夕顔の変種である。

夕《ゆう》がほや鼠《ねずみ》の伝《つた》ふ軒《のき》のつま　闌更

夕顔《ゆうがお》のひらきか〻りて襞深《ひだふか》く　杉田　久女

淋《さび》しくもまた夕顔《ゆうがお》のさかりかな　夏目　漱石

夕顔《ゆうがお》のあまりに軒《のき》を暗《くろ》うせり　松瀬　青々

夕顔《ゆうがお》や恋《こい》の遊《あそ》びも終《おわ》りとす　加藤三七子

鑑賞　夕顔《ゆうがお》の花《はな》の月夜《つきよ》となれるはや　高須　茂

棚の夕顔が咲きはじめた。すでに夕月は昇り、まさに夕顔の花の月夜というべき世界が現れた。「なれる」の「る」は完了の意味を表し、あわせて、なってしまっているという状態をも表現する。

蒲《がま》

蒲《がま》の花《はな》　御簾草《みすぐさ》

解説　沼や池の浅いところに自生するガマ科の多年草。菖蒲《しょうぶ》に似た葉の間から一、二メートルの花茎を出して、盛夏のころ上部に黄色の雄花、その下に接して緑褐色の雌花を密生する。その形状からアメリカではキャッツテイルというおもしろい名前が付いている。晩夏のころ、雌花は雄花がしぼんだ後も**蒲《がま》の穂《ほ》**となって残り、晩秋になるとそれが熟れて蒲の穂絮《ほわた》が微風に誘われて飛ぶさまは美しい。この穂絮は火傷《やけど》や外傷を痕形もなく治すといわれ、因幡《いなば》の白菟《しろうさぎ》が大国主命《おおくにぬしのみこと》の言いつけに従って蒲の穂にくるまって傷を治した話はわが国最初の医療に関する記述であった。花粉も止血剤や利尿剤として使われ、茎や葉は蓆《むしろ》の材料となる。茎で簾《すだれ》を作るので御簾草の別名もある。

蒲《がま》の穂《ほ》やたまたま遠《とお》き薄日射《うすひざし》　北原　白秋
蒲《がま》の穂《ほ》やはだしのままに子《こ》の育《そだ》つ　池内たけし
湿原《しつげん》の日《ひ》は蒲《がま》の穂《ほ》にとどまれり　宮下　翠舟
古利根《ふるとね》の今《いま》の昔《むかし》の蒲《がま》の花《はな》　草間　時彦
蒲《がま》の穂《ほ》の打《う》ち合《あ》ふ薄《うす》き光《ひかり》かな　髙田　正子

鑑賞　たち直《なお》るいとまもなけれ風《かぜ》の蒲《がま》　島田みつ子
風にひれ伏す蒲である。「いとま」は暇のこと。風に吹かれて寸時も立ち直れぬ柔らかい蒲のさまを言い取った句である。若い蒲の穂も混じっていよう。

睡《すい》蓮《れん》（すゐれん）　未草《ひつじぐさ》

解説　世界の熱帯および温帯に約四十種ほどあることが知られている水生の多年生植物であるが、日本に自生する睡蓮はもっとも耐寒性の強い未草と呼ばれるもののみである。これは未《ひつじ》の刻、つまり午後二時ごろから開花するというのでこの名があるといわれるが、じつは朝から開花を始めてこのころ咲きそろうのである。花期は夏で、直径五センチばかりの白い可憐《かれん》な花である。花が蓮《はす》に似て、夕方閉じて翌朝また開くところから睡蓮という。現在は明治の初めに渡来した外国種の栽培が多く、それらは北米産や欧州産なので正しくは西洋睡蓮と呼ぶべきものである。未草と違って、白・黄・紫・青・赤・桃色など花色に富み、花形も大きい。

睡蓮《すいれん》や人語《じんご》のごとく鳴《な》きし鳥《とり》　原　月舟

睡蓮《すいれん》や鯉《こい》の分《わ》けゆく花二《はなふた》つ　松本たかし

睡蓮《すいれん》をもたげし水《みず》のうねりかな　鷲谷七菜子

漣《さざなみ》の吸《す》ひ込まれゆく未草《ひつじぐさ》　西村　和子

鑑賞　睡蓮《すいれん》の隙間《すきま》の水《みず》は雨《あめ》の文《あや》　富安　風生

睡蓮の池に水の輪をなして降る細い雨。夏空を映していた葉や花の隙間の水面は、雨の文（模様）が占めて、ひとときの涼を呼ぶのである。

蓮《はす》の花《はな》

蓮《はす》　はちす　蓮華《れんげ》　白蓮《びやくれん》
紅蓮《べにはす》

解説　スイレン科の多年生水草。花が終わって果実となるころ、花托《かたく》に蜂《はち》の巣に似た穴があることから古くははちすと呼ばれ、平安時代以来これが短縮されてはすになった。夏、香りのある美しい花をつける。花弁は十六枚がふつうで、朝開いて夕方閉じる動作を繰り返し、四日目に散る。仏教では西方《さいほう》浄土は神聖な蓮の池とされ、わが国でも仏教伝来とともに各地で栽培が広がった。インドあたりが原産地で、古い時代に中国から渡来したといわれるが、六、七千万年前の白亜紀の化石として日本からも出ているので、もともと野生していたという説もある。昭和二十六年に千葉県検見川《けみがわ》の二千年前の土層から大賀一郎によって発掘された蓮の種子が発芽して、一躍この植物の強い生命力が有名になった。地下茎は蓮根《れんこん》で食用にするが、果実も食べられる。

蓮《はす》の香《か》や水《みず》をはなるる茎《くき》二《に》寸《すん》　蕪　村

夕立《ゆうだち》の来《く》べき空《そら》なり蓮《はす》の花《はな》　芥川龍之介

蓮咲《はすさ》くや月《つき》に在所《ざいしょ》の朝《あさ》けぶり　北原　白秋

利根川《とねがわ》のふるきみなとの蓮《はちす》かな　水原秋桜子

興亡《こうぼう》や千万《せんまん》の蓮《はす》くれなゐに　山口　青邨

鑑賞　蓮剪《はすき》つて畳《たたみ》の上《うえ》に横倒《よこだお》し　村上　鬼城

供華にするためか、生け花か、ともかくみごとに咲いている蓮の花を剪ってきたのである。大柄な花を抱きかかえるようにして持ち来て、畳の上に横たえた。畳の上の蓮華はひときわ印象鮮やかだ。

茄子《なす》　なすび

解説　ナス科。インド原産の食用植物で、温帯ではふつう一年草だが熱帯では低木のような多年草となる。五世紀以前に西域《さいいき》から中国に渡来し、日本への伝来は八世紀ごろといわれる。夏に結実する野菜なのでナツミがナスビになり、さらにナスと省略されたという説がある。伝来当初から煮物や漬け物加工が行われ、胡瓜《きゅうり》とともに夏の重要な野菜としての地位を占め続けている。現在はハウス栽培により年中出回っているが、夏の太陽光線を十分浴びていないものは茄子独特の紺《こん》の色素が定着しきれず、煮るとすっかり色が落ちてしまうことがある。別に着色しているわけではないので心配はない。ミョウバンを加えた湯に通したり、漬けるとき釘《くぎ》を入れておいたりするとこの色素は定着する。

採《と》る茄子《なす》の手籠《てかご》にきゆァとなきにけり　飯田　蛇笏

桶《おけ》の茄子《なす》ことごとく水《みず》をはじきけり　原　石鼎

茄子《なす》もぐや海荒《うみあ》れてゐて日《ひ》の出《い》づる　岩木　躑躅
すずめらに青波《あおなみ》しぶき茄子《なす》畑《ばたけ》　飯田　龍太
朝市《あさいち》や捥《も》ぎしばかりの茄子《なす》並《なら》べ　田中　蘇水
初茄子《はつなすび》水《みず》の中《なか》より跳《は》ね上《あ》がる　長谷川　櫂

鑑賞

茄子《なす》の紺緊《こんしま》り野良着《のらぎ》の中学生《ちゆうがくせい》　飴山　実

茄子畑の光景であろう。茄子の実はいわゆる茄子紺の色に染まり、それがさらに深い色に落ち着いてきている。収穫に当たる人の中に、うら若い者がいる。野良着を着た中学生だ。野良着の色もみずみずしい。

御《み》祓《そぎ》

夏越《なごし》の祓《はらえ》　水無月祓《みなづきはらえ》　御祓川《みそぎがわ》

解説　六月三十日に行われた神事である。古くは六月と十二月の晦日に大祓《おおはらえ》が行われていたが、十二月の方はすたれ、六月だけの行事になった。古くから宮中をはじめ一般の神社でも行われて、神道《しんとう》の中心の行事としてたいせつなものである。**形代**《かたしろ》という白紙で作った人形《ひとがた》に名を記し、息を吹きかけて、それを神官が祓を行って川へ流し、けがれをはらうのである。また、**茅**《ち》**の輪**《わ》という茅《かや》で作った輪形を拝殿の前や鳥居《とりい》のところなどに設け、神官がくぐったあとに続いて一般の参詣者《さんけいしゃ》もくぐり、災厄をはらう。この形代と茅の輪は現在も行われており、それを中心に夏越の祓が行われる。麻の葉を切って幣《ぬさ》として祓草《はらえぐさ》として流す、麻の葉流しをする地方もある。川岸に臨時の祭壇を設けて行う場合は、それを川社《かわやしろ》と呼んでいる。ともかくこうして、心身のけがれをはらい除くのである。

吹《ふ》く風《かぜ》の中《なか》を魚《うお》飛《と》ぶ御祓《みそぎ》かな　芭蕉
雨雲《あまぐも》の烏帽子《えぼし》に動《うご》く御祓《みそぎ》かな　正岡　子規
夕闇《ゆうやみ》は加茂《かも》にとく濃《こ》き御祓《みそぎ》かな　岸　風三楼
形代《かたしろ》にかけたる息《いき》のあまりけり　綾部　仁喜

まつすぐに汐風《しおかぜ》とほる茅《ち》の輪《わ》かな　名取　里美

鑑賞　山《やま》へ紙《かみ》ひらひらとんで御祓《みそぎ》かな　宇佐美魚目

神官を中心に御祓の行事が取り行われている。その最中に、風に乗って白紙がひらひらと、山の方へ飛んだのである。緑の中を飛ぶ白紙に、夏の祓らしいすがすがしさが感じられる。

向日葵《ひまわり》（ひまはり）　日車《ひぐるま》　日輪草《にちりんそう》

解説　キク科植物の中で最大の一年草。十六世紀の初め、インカ帝国を滅ぼしたスペイン人によってヨーロッパに持ち帰られ、その種子は油を搾ることができるし、またそのまま炒《い》って食用ともなる有用な植物として北欧・東欧の食糧飢饉《ききん》を救った。この花を国花とするソ連をはじめアルゼンチン、ルーマニアなどでは現在も大形の品種が盛んに栽培されている。「太陽について回る花」という伝説がその名称の由来とされているが、強烈な夏の太陽のもとに咲き誇る姿には、その連想ももっともと思わせるものがある。好んで向日葵を描いたゴッホの墓にはこの花が植えてあり、詣《もう》でる画家たちがその種をもらって帰ることがはやったという。

日《ひ》を追《お》はぬ大向日葵《おおひまわり》となりにけり　竹下しづの女

向日葵《ひまわり》の蕋《しべ》を見《み》るとき海消《うみき》えし　芝　不器男

黒《くろ》みつつ充実《じゆうじつ》しつつ向日葵立《ひまわりた》つ　西東　三鬼

向日葵《ひまわり》や信長《のぶなが》の首斬《くびき》り落《お》とす　角川　春樹

向日葵《ひまわり》の百万力《ひやくまんりき》の黄《き》なりけり　加藤　静夫

鑑賞　向日葵《ひまわり》を支《ささ》へし棒《ぼう》も傾《かたむ》けり　桜井　博道

向日葵は花も茎もたくましい大柄な植物である。黄金色の花を楽しませてくれたが、花期も終わるころとなるとさすがに重みに耐えかねて、支えの棒もろともに傾きはじめる。

百日草《ひやくにちそう》（ひやくにちさう）

解説　キク科の一年草。メキシコが原産地だがアメリカ合衆国で品種改良が進んだ園芸植物である。花色も紅・白・黄・紫・橙《だいだい》などの変化に富む。咲き方も一重咲き、八重咲きの区別のほかに、大輪・中輪・小輪、またダリア咲きとカクタス咲きなどの系統もあって、その名のとおり七月末から九月にかけて長い花期を保ちながらわれわれの目を楽しませてくれる。

尼寺《あまでら》やすがれそめたる百日草《ひやくにちそう》　軽部烏頭子
心濁《こころにご》りて何《なに》もせぬ日《ひ》の百日草《ひやくにちそう》　草間時彦
園守《そのも》りに百日咲《ひやくにちさ》きし百日草《ひやくにちそう》　草村素子
百日草《ひやくにちそう》毎日《まいにち》の花《はな》怠《おこた》らず　遠藤梧逸
ああ今日《きょう》が百日草《ひやくにちそう》の一日目《いちにちめ》　櫂未知子

鑑賞　これよりの百日草《ひやくにちそう》の花一《はなひと》つ　松本たかし
いよいよ百日草の花が咲きはじめた。その感慨を「花一つ」と言い収めたのである。真夏から残暑までを延々と咲き続ける百日草ならではの趣であろう。

玫瑰《はまなす》

解説　バラ科の落葉低木。太平洋側では茨城県以北、日本海側では鳥取県以北の海岸に生え、北海道ではとくに名高い。羽状複葉の葉を互生し、茎・葉にとげがある。五月下旬から六月にかけて、直径七センチほどの紅紫色の五弁の花を開く。わが国のバラの仲間のうち野生種としてはもっとも花が大きくて美しい。この花は香りが強いので摘んでバラ油や香水の原料にする。初秋、果実は赤く熟し、食べると甘酸っぱい。この味が梨《なし》のようだというので浜梨《はまなし》という名が付いた。東北地方でシをスのように発音するのでハマナスという名称が広がったといわれる。この実にはビタミンCとカロチンが含まれており、薬酒やジャムなどに加工できる。根にはタンニンを含み、その皮を煮出して染料を作る。秋田八丈はこれで染めたものである。

野《の》の花《はな》の玫瑰《はまなす》濃《こ》きに旅《たび》ゆけり　山口　誓子

はまなすや親潮《おやしお》と知《し》る海《うみ》の色《いろ》　及川　貞

玫瑰《はまなす》を噛《か》めば酸《す》かりき何《なに》を恋《こ》ふ　加藤　楸邨

玫瑰《はまなす》や靴《くつ》を小脇《こわき》の声《こえ》透《とお》る　佐藤　鬼房

玫瑰《はまなす》や色《いろ》なき海《うみ》のよこたはる　岡村　浩村

鑑賞　玫瑰《はまなす》や今《いま》も沖《おき》には未来《みらい》あり　中村草田男

玫瑰の咲いている砂浜に立って、遠く海の沖の方を見やると明るく輝いている。かつて少年だったころ、何度こうやって沖に未来を感じたことか。沖は今も変わらずに輝き続けている。

鷺《さぎ》 草《そう》（さぎさう）

解説　ラン科の多年草。本州・中国・九州に分布し、日の当たる原野の湿地に自生している。高さ三〇センチ内外。七月ごろ茎の頂に径三センチくらいの白い花をつけるが、その形がいかにも白鷺が舞い立つさまを思わせるのでこの名がある。夏になるとよく小さな鉢に植えて花屋の店頭で売っている。この花をしみじみと見ていると、神はなにゆえこのような形の花をお作りになったかと不思議な思いにとらわれる。清楚《せいそ》・可憐《かれん》、この花の右に出るものは少ない。それゆえ、しぼんでくると黄ばんでひとしお哀れである。

鷺草《さぎそう》や風《かぜ》にゆらめく片足《かたあし》だち　三宅　嘯山

さぎ草《そう》の鷺《さぎ》の嘴《はし》さへきざみ咲《さ》く　皆吉　爽雨
鷺草《さぎそう》の鷺《さぎ》は二羽《にわ》連れ二羽《にわ》の露《つゆ》　石原　八束
一鉢《ひとはち》の鷺草《さぎそう》に風《かぜ》あまるなり　稲垣　郭公
鷺草《さぎそう》にかげなきことのあはれなり　青柳志解樹

鑑賞 風《かぜ》が吹《ふ》き鷺草《さぎそう》の皆飛《みなと》ぶが如《ごと》　高浜　虚子

風にゆらめく鷺草は、まさに中空を飛ぶ鷺の姿を思わせる。鷺草の、あまりにも鷺草らしい場面をとらえて陳腐に堕ちないのは、句の後半の強い調子による。

百日紅《ひゃくじつこう》　さるすべり

解説 ミソハギ科の落葉高木で、高さ三〜七メートル。夏から秋にかけて百日もの間赤い花が咲いていているというので百日紅というが、百日というのは誇張で実際にはせいぜい四十日くらいである。和名さるすべりは、猿もすべるほど肌がつるつるしているからと言いならわされているが、さるは猿でなく「すべる」意の古語とする説もある。肌がなめらかなのは淡紅紫色の幹の樹皮が部分的に薄く剝《は》げるからである。中国原産で、時期は不明だが日本にも古く渡来した。園芸品種には白・紫の花もある。枝の先に三センチ前後の小さい六弁花が群がって咲くので、いずれも美しい。庭木として植えるほか、材を農具の柄やステッキ、家具や民芸品の材料にする。高く伸びた木は切って皮つきのまま床柱《とこばしら》になる。

さるすべり美《うつく》しかりし与謝《よさ》郡《こおり》　森　澄雄
被爆被曝悼《ひばくひばくいた》みをしろばなさるすべり　鍵和田秞子
百日紅《ひゃくじつこう》この叔父《おじ》死《し》せば来《こ》ぬ家《いえ》か　大野　林火
百《ひゃく》日《じつ》紅《こう》雀《すずめ》かくるる鬼瓦《おにがわら》　石橋　秀野
百日紅学問《ひゃくじつこうがくもん》日々《ひび》に遠《とお》ざかる　相馬　遷子

鑑賞 女《おんな》来《く》と帯纏《おびま》き出《い》づる百日紅《ひゃくじつこう》　石田　波郷

波郷の青春俳句として知られた句。「女」が訪ねて来た。自分の部屋へ上げたくないので、自分の方から帯をまきながら表へ出た。百日紅の花咲く夏の日、独身の男臭さが漂う。

病葉《わくらば》

解説　夏、木の葉がたまたま紅葉のように赤く、あるいは黄色に変色して落ちるものがある。むしばまれたり病んだりして朽ちるのである。これを病葉という。他の葉が青々と照り輝いているのでなにか哀れを誘うものがある。木全体に広がることはまれであり、また万一そうなった木は病葉という概念からはみ出し、木そのものの病気ということになる。

病葉《わくらば》の歯朶《しだ》にあたりて落《お》ちにけり　京極　杞陽
病葉《わくらば》や歳月《さいげつ》つもる塔《とう》の層《そう》　桂　樟蹊子
病葉《わくらば》のいささか青《あお》み残《のこ》りけり　野村　喜舟
病葉《わくらば》の飛《と》び来《き》て固《かた》し教師《きょうし》の手《て》　石田　勝彦
病葉《わくらば》を降《ふ》らす木《き》に手《て》を当《あ》てにけり　七田谷まりうす

鑑賞　病葉《わくらば》や大地《だいち》に何《なん》の病《やまい》ある　高浜　虚子

しきりに病葉が目につく。一つの種類の木ではなく、あの木この木に病葉がある。地そのものになにか異変があるのではないか。ふとそのような不安の影が胸をよぎったのである。

河童忌《かっぱき》

我鬼忌《がきき》　龍之介忌《りゅうのすけき》

解説　七月二十四日。小説家芥川龍之介の忌日。明治二十五年（一八九二）東京生まれ。東大在学中より小説を書く。理知的で技巧的、芸術至上主義の行き方で、多くの名作を残した。昭和二年（一九二七）、服毒自殺した。三十六歳。死の年に『河童』の作があり、好んで河童の絵をかいたので、河童忌と呼んで親しまれている。また、俳号を我鬼といい、句集に『澄江堂句集』がある。

河童忌《かつぱき》や水《みず》の乱《みだ》せし己《おの》が影《かげ》　石川　桂郎
河童忌《かつぱき》と気付《きづ》きしよりの星《ほし》の声《こえ》　鍵和田秞子
我鬼忌《がきき》は又我誕生日《またわがたんじようび》菓子《かし》を食《く》ふ　中村草田男
枡酒《ますざけ》に我鬼忌《がきき》の鼻《はな》を濡《ぬ》らしけり　木内　彰志

鑑賞　河童忌《かつぱき》の庭石暗《にわいしくら》き雨夜《あまよ》かな　内田　百閒
庭石の暗い雨夜は、誰でもしんとした死の淵《ふち》のようなところへ引きこまれそうなけはいがある。おりしも河童忌なのである。

秋近《あきちか》し　秋隣《あきどなり》

解説　暑熱に苦しむ人々にあって、秋近しと感じる思いはまた格別な喜びがある。どちらかというと立秋近くに灼《や》けつくような酷暑の日が続く日本では、酷暑の中に秋のけはいがある。秋《あき》を待《ま》つという気持ちはとくに実感がある。

秋近《あきちか》き心《こころ》の寄《よ》るや四畳半《よじようはん》　芭　蕉
恙《つつが》なき下山《げざん》の顔《かお》や秋近《あきちか》し　篠原　温亭
秋近《あきちか》き水底草《みなそこぐさ》の乱《みだ》れかな　島田　五空
三尺《さんじやく》の桐《きり》も広葉《ひろは》に秋近《あきちか》し　喜谷　六花
馬刺《ばさし》食《く》ふ木曾《きそ》の真闇《まやみ》や秋近《あきちか》し　有馬　朗人

鑑賞　暁《あかつき》の雲《くも》をさまらず秋近《あきちか》し　佐藤　紅緑
雲がおさまらないというのであるから、湧き立ち流れる雲が慌ただしい動きを見せるのである。この雲の動きは、もうさわやかな秋のけはいを告げているように思えたのであろう。

夜《よる》の秋《あき》

解説　夜だけに秋めいた感じのすることをい

う。昼間はまだまったく夏の盛りの夜にふと混じる秋の感じであって、秋の夜ではない。

夜《よる》の秋檜《あきひ》山《やま》に町《まち》の行《ゆ》きどまり　大野　林火
小夜《さよ》ふけて鍋釜《なべかま》洗《あら》ふ夜《よる》の秋《あき》　稲垣きくの
夜《よる》の秋《あき》わが書架《しょか》貧《まず》しとはいはず　森田　峠
夜《よ》の秋《あき》のパン屋《や》パンこね帰路《きろ》照《て》らす　西垣　脩
幼子《おさなご》のいつか手《て》を曳《ひ》き夜《よる》の秋《あき》　飯田　龍太

鑑賞
西鶴《さいかく》の女《おんな》みな死《し》ぬ夜《よる》の秋《あき》　長谷川かな女

この場合の死は、もちろん非業の死である。悲しい運命の死を迎える女たちを西鶴の小説の中に思いやっている。それが女の運命への思いとなり、しのびよる秋への思いにつながる。

晩《ばん》夏《か》　夏深《なつふか》し　夏《なつ》の果《はて》　夏行《なつゆ》く

解説　暦の上の夏の終わりは、暑さは極まる候であるが、草木も繁茂が終わり衰えを見せる。烈日も盛りを過ぎて、夏去り行くの感慨がある。夏の果て・夏行くということを惜しむ気持ちは、とくに若者の間に強い。

紅《あか》くして黒《くろ》き晩夏《ばんか》の日《ひ》が沈《しず》む　山口　誓子
林中《りんちゅう》の石《いし》みな病《や》める晩夏《ばんか》かな　木下　夕爾
晩夏《ばんか》の旅家鴨《たびあひる》のごとく妻子《さいし》率《い》て　北野　民夫
どれも口美《くちは》し晩夏《ばんか》のジャズ一団《いちだん》　金子　兜太
晩夏光《ばんかこう》バットの函《はこ》に詩《し》を誌《しる》す　中村草田男

鑑賞
扉《と》を押《お》せば晩夏《ばんか》明《あか》るき雲《くも》よりなし　野澤　節子

外出すべく扉を押して出れば、もう夏も終わりの明るい空と明るい雲が見える。重苦しい炎天の去ってしまった夏の果て、これよりの希望の日々を明るい雲に感じ取ったのであろう。

秋

秋

秋は爽涼《そうりょう》、春と同じ気温でも暑熱去って爽快な感じと受け取る。花も多い季節であるが、大気が澄み、月の季節とされる。まだそれほど夜は長くないが、夜長として、月明や虫の音を楽しむ夜に風趣がある。秋（あき）の語源は「あかる」「あかき」といい、植物の黄熟、とくに稲の成熟の時期のことという。種を蒔《ま》いた春に対し、秋は収穫の時期といってよいであろう。五穀の豊かに実る時期であっても、実れば終わる寂しさがこの季節の情である。五穀のうち麦は夏に実るが、それを麦秋と呼んで、そこに秋の情趣をしのんでいる。

この季節も、東洋の暦では、立秋（八月八日ごろ）から立冬（十一月七日ごろ）前までで、一般の観念の九月・十月・十一月、西洋の暦の秋分より冬至前日までに比べてかなり早い。秋は早いといっても、気持ちの上でも炎暑の中に秋のけはいを早く感じ取りたい思いがある。また、盆の行事が一般に月遅れの八月十五日前後に行われるので、行事の上の秋は今日でも早い。

立秋《りっしゅう》（りっしう）　秋立《あきた》つ　秋《あき》に入《い》る　秋来《あきく》る

解説　二十四節気の一、太陽黄経一三五度の日で八月七日か八日ごろ。日本の大半の地域では、まだこれから暑さが続くが、気象上も夏型気圧配置が一時的に衰えることにより、雲や風の様相に秋のけはいのしのびよってくるのが感じられる。古歌の「秋来ぬと目にはさやかに見えねども風の音にぞ驚かれぬる」もこの日の思いをよく表明している。秋立つという思いには心改まるところがあるので、**今朝《けさ》の秋《あき》・今日《きょう》の秋《あき》**なども詠まれる。

馬買《うまか》ひの小笠《こがさ》に秋《あき》の立《た》つ日《ひ》かな　白　雄
立秋《りっしゅう》の草《くさ》のするどきみどりかな　鷲谷七菜子
そよりともせいで秋《あき》たつことかいの　鬼　貫
秋立《あきた》つや川瀬《かわせ》にまじる風《かぜ》の音《おと》　飯田　蛇笏
秋立《あきた》つや畳《たたみ》に分《わか》つ旅《たび》の米《こめ》　斎藤　玄
愛憎《あいぞう》を母《はは》に放《はな》ちて秋《あき》に入《い》る　桂　信子

鑑賞　秋立《あきた》つや身《み》はならはしのよその窓《まど》　一　茶

たまたま立秋を旅先で迎えた句である。秋立つという季節の移り行きへの感傷は、またわが身の定住のない生活を振り返らせる。他人の窓にあることは、思えばもうならわしのように身についたことだという。

桐一葉《きりひとは》　一葉落《ひとはお》つ

解説　秋の訪れとともに、風もないのにふわりと桐の大きな葉が舞い散ることがある。これを桐一葉といい、単に一葉《ひとは》ともいう。古歌に詠われた一葉草《ひとはぐさ》というのもこのことである。桐一葉ということばは中国の古典『淮南子《えなんじ》』にある「一葉《いちよう》落ちて天下の秋を知る」ということばがもとになってできた。これは、梧桐《あおぎり》の一葉の落ちるのを見て秋の来たことを知るという意味だが、事物の兆しを見て衰亡を推し量ることを比喩《ひゆ》的に表現した一節である。

夕暮《ゆうぐ》れやひざをいだけば又一葉《またひとは》　一　茶
桐一葉《きりひとは》月光《げっこう》噎《むせ》ぶごとくなり　飯田　蛇笏
月明《げつめい》や落《お》ちてひさしき桐一葉《きりひとは》　金尾梅の門
静《しず》かなる午前《ごぜん》を了《お》へぬ桐一葉《きりひとは》　加藤　楸邨
夜《よ》の湖《うみ》の暗《くら》きを流《なが》れ桐一葉《きりひとは》　波多野爽波
たひらかに落《お》ちて一葉《ひとは》や草《くさ》の上《うえ》　軽部烏頭子

鑑賞　桐一葉《きりひとは》日当《ひあ》りながら落《お》ちにけり　高浜　虚子

非常に明快な句である。季題の趣そのままの句であるといってもよい。その中にも、「日当りながら」に虚子の息吹はある。秋の日ざしを浴びつつゆるやかに舞い落ちるさまを、おおらかなリズムに乗せて詠った。

星月夜《ほしづきよ》　ほしづくよ

解説　月のない夜、秋はよく晴れた空が澄んでいるので、満天の星の明かりがまるで月夜であるかのように思われる。その夜の趣を星月夜といい、その光り澄む趣の星を**秋《あき》の星《ほし》**という。

星月夜《ほしづくよ》さびしきものに風《かぜ》の音《おと》　楓　橋
われの星《ほし》燃えてをるなり星月夜《ほしづくよ》　高浜　虚子
子《こ》のこのみ今《いま》シューベルト星月夜《ほしづくよ》　京極　杞陽
星月夜《ほしづくよ》生駒《いこま》を越《こ》えて肩冷《かたひ》ゆる　沢木　欣一
星月夜《ほしづくよ》小銭遣《こぜにつか》ひて妻充《つまみ》てり　細川　加賀

鑑賞　砂山《すなやま》をのぼりくだりや星月夜《ほしづくよ》　日野　草城

のぼりくだるというので、ちょっとした砂山と思われる。のぼれば海の見える砂丘であろうか。そのさえぎるもののない天地に澄んだ星月夜の明るさはたえなるものに思われる。

七夕《たなばた》

七夕祭《たなばたまつり》　星祭《ほしまつり》　星迎《ほしむかえ》　星合《ほしあい》
星今宵《ほしこよい》　七夕竹《たなばただけ》　七夕流《たなばたなが》し

【解説】陰暦七月七日。またその日の行事をいう。現在は陽暦七月七日に行うところもあるが、梅雨明けの前なので、星の見えぬことが多い。この行事は中国で古くからあった牽牛《けんぎゅう》星と織女《しょくじょ》星の伝説が日本に入ってきて、一方わが国に昔からあった棚機《たなばた》つ女《め》の信仰に合流したといわれている。七日の朝に芋の葉の露で墨をすって、願い事を短冊《たんざく》に書いて笹竹《ささだけ》に結ぶ。梶《かじ》の葉に書くという古い言い伝えもある。七夕の終わったあとは川や海へ流す。七夕流しという季語もある。

七夕《たなばた》やまだ指折《ゆびお》つて句《く》をつくる　秋元不死男
七夕《たなばた》を流《なが》すや海《うみ》に祈《いの》りつつ　大野　林火
七夕竹《たなばただけ》惜命《しゃくみょう》の文字《もじ》隠《かく》れなし　石田　波郷
一夜《いちや》経《へ》て七夕笹《たなばたざさ》の古《ふ》りにけり　岸　風三楼
乳張《ちちは》りて牛《うし》が鳴《な》きだす星祭《ほしまつり》　日原　傳

【鑑賞】七夕《たなばた》や髪《かみ》ぬれしまま人《ひと》に逢《あ》ふ　橋本多佳子
星逢う今宵、自分も人に逢う。しかも「髪ぬれしまま」逢うのである。情熱的な、なまなましい女の姿を、彷彿《ほうふつ》とさせる。それは、七夕にぴったりの情景といえる。

天《あま》の川《がわ》（あまのがは）

銀河《ぎんが》　銀漢《ぎんかん》

【解説】よく澄んだ夜空に薄雲のように、また銀砂をまいたように帯状に輝く星群である。秋の夜空の澄んでいるときとくに明らかに美しく眺められる。銀河系宇宙の無数の星の数多い層を見透したもので、この宇宙の円環をなすさまが帯状に見えるのだと科学的に説明されるが、この夜空を仰ぐとだれでも七夕の伝説のような夢の世界にみちびかれる。

荒海《あらうみ》や佐渡《さど》に横《よこ》たふ天《あま》の川《がわ》　芭　蕉

妻《つま》二《ふ》夕《よ》夜あらず二《ふ》夕《よ》夜の天《あま》の川《がわ》　中村草田男

彼《か》の世《よ》より光《ひか》りをひいて天《あま》の川《がわ》　石原　八束

うすうすとしかもさだかに天《あま》の川《がわ》　清崎　敏郎

遠《とお》く病《や》めば銀河《ぎんが》は長《なが》し清瀬村《きよせむら》　石田　波郷

鑑賞　米提《こめさ》げてもどる独《ひと》りの天《あま》の川《がわ》　竹下しづの女

寡婦として女手ひとつで子を育てた作者の生きんがための必死の気持ちがにじみ出ている。生きるための米をかかえ戻る独りの寂しさ。しかしその独りにもったいないほどきらびやかな天の川である。

盂蘭盆《うらぼん》　盂蘭盆会《うらぼんえ》　盆《ぼん》

解説　一般に七月十三日から十五日まで行う仏事で、祖先の魂を祭る。都会では新暦で行うことが多く、地方では旧暦で行ったり、月遅れの八月十三日～十五日のところが多い。その行い方も地方により異なるが、一般には仏壇の前に盆棚とか魂棚《たまだな》とか呼ぶ祭壇を設け、その精霊棚《しょうりょうだな》（祖霊を祭る棚）に真菰《まこも》を敷き、野菜や果物を供え、盆花を飾る。茄子《なす》の牛や瓜《うり》の馬を飾り苧殻《おがら》の箸《はし》を置く。十三日夕方迎火《むかえび》を焚《た》き、十五日の夕方か十六日に送火《おくりび》を焚く。盆の間に僧侶を招いて読経してもらい、霊を弔う。盆の供物は十六日に流して終わりとなる。**盆棚《ぼんだな》・魂《たま》棚《だな》・精霊棚《しょうりょうだな》・茄子《なす》の牛馬《ぎゅうば》・瓜《うり》の牛馬《ぎゅうば》。**

御仏《みほとけ》はさびしき盆《ぼん》とおぼすらん　一　茶

島人《しまびと》の盆《ぼん》の晴着《はれぎ》は簡単着《かんたんぎ》　清崎　敏郎

どことなく水音《みずおと》のして盆《ぼん》の町《まち》　岡本　眸

盆《ぼん》の雨《あめ》ほとけの父母《ふぼ》と暮《く》らしけり　西嶋あさ子

かくつよき門火《かどび》われにも焚《た》き呉《く》れよ　飯島　晴子

鑑賞　山川《やまがわ》に流《なが》れてはやき盆供《ぼんぐ》かな　飯田　蛇笏

山間を流れる川は急流が多い。そんな山間の村での盆供流しは、ゆっくりと祖先を思いやる間もなく、速く流れて行ってしまう。盆供の流れゆく速さに、心が動揺し、胸を打たれたのである。

墓参《はかまい》り（はかまゐり）

墓参《ぼさん》　展墓《てんぼ》　掃苔《そうたい》　墓洗《はかあら》う

解説　春や秋のお彼岸や故人の命日にも墓にお参りするが、単に墓参りというときは、盆の墓参をいう。盆の近くに墓の掃除をし、苔《こけ》を掃き、水を打ち、供物をそなえ、香煙を立てる。あらかじめ墓掃除をしておいて、盆の期間中に墓参りをするのが正式であろう。盆提灯《ぼんちょうちん》をともすところもある。

城山《しろやま》の桑《くわ》の道照《みちて》る墓参《ぼさん》かな　杉田　久女

むらさきになりゆく墓《はか》に詣《まい》るのみ　中村草田男

墓参《はかまい》り遥々《はるばる》来《き》しが永《なが》くゐず　山口波津女

牛飼《うしか》ひに道《みち》よけらるる墓参《はかまい》り　細見　綾子

墓参《はかまいり》とてうつし世《よ》のはかなごと　西村　和子

野分中《のわきなか》つかみて墓《はか》を洗《あら》ひをり　石田　波郷

鑑賞　墓洗《はかあら》ふ汝《なれ》のとなりは父《ちち》の座《ざ》ぞ　角川　源義

子供の墓を洗っているのである。「おまえの隣は、この父親が死後に座を占めるから、寂しくても待っていてくれ」と言いながら、自分より早く旅立ってしまった子の墓を洗う、父情が哀切である。その作者も今はもう亡い。

踊《おどり》（をどり）

盆踊《ぼんおどり》　踊子《おどりこ》　踊《おどり》の輪《わ》　踊唄《おどりうた》　踊櫓《おどりやぐら》

解説　盆踊りのこと。盆の前後に、村の広場、社寺の境内、町筋などに集まり踊り唄うことである。元来は祖先の霊を供養することから発生したものだが、現在ではその意味も失われている。ふつうは踊櫓を中心にして、その周囲を回るようにして踊る輪踊りの形式だが、町筋を唄い踊り流してゆく（阿波《あわ》踊りなど）のもある。踊りはいずれも簡単な手振りの繰り返しで、容易に参加できるようになっていて唄も民謡・新作音頭が主である。都会地では、時期も場所もまちまちだが、年々盛んになる傾向がある。団地などの盆踊りには、民俗芸能が現代にも継承されて行く一つの姿を示しているようである。盆踊りの夜景の美しさに人々も華やいだ気分で一夜を踊《おど》る。

人《ひと》の世《よ》のかなしきうたを踊るなり　長谷川素逝
いくたびも月《つき》にのけぞる踊《おどり》かな　加藤三七子
づかづかと来《き》て踊子《おどりこ》にささやける　高野　素十
一《ひと》ところ暗《くら》きを過《す》ぐる踊《おどり》の輪《わ》　橋本多佳子
佐渡《さど》は夜《よ》の踊《おど》る衣裳《いしょう》も波《なみ》の色《いろ》　田中　鬼骨
老《お》い払《はら》ひ死《し》を払《はら》ひして踊《おど》りの手《て》　文挾夫佐恵

鑑賞　踊《おど》り子《こ》となりて二夜《ふたよ》の手《て》ぶりかな　北村　昭子

ふるさとへ旧盆に帰った。懐かしいものとの再会。夜の盆踊りもそれだ。たかぶる気持ちに浸り踊り続ける。「二夜の手ぶり」は、すっかり娘時分に戻った手なれた踊りになっている自分に気がついたのである。

流《りゅう》灯《とう》（りうとう）　灯籠流《とうろうなが》し　精霊流《しょうりょうなが》し

解説　盆の十六日の夕方、川や海へ灯籠を流す行事である。盆の供物や飾り物を載せて、真菰《まこも》や麦わらで作った舟を流すのが、精《しょう》霊舟《りょうぶね》を送る行事であるが、それに火をともしたものもあり、灯籠だけを流すものもある。だんだんと観光化してきて、見せるための盛大な灯籠流しも行われるようになった。

流燈《りゅうとう》や一《ひと》つにはかにさかのぼる　飯田　蛇笏

空《そら》の闇水《やみみず》の闇《やみ》濃《こ》し流燈会《りゅうとうえ》　高橋淡路女
流《りゅう》燈《とう》のあと月光《げっこう》を川流《かわなが》す　大野　林火
流燈《りゅうとう》の終《つい》のひとつを闇《やみ》が追《お》ふ　能村登四郎
燈籠《とうろう》のよるべなき身《み》のながれけり　久保田万太郎

鑑賞　西開《にしひら》くままに流燈西《りゅうとうにし》へ行《ゆ》く　山口　誓子

河口、または入り江のようなところだろう。水が西の方角へ開けた地形になっている。流燈は地形に沿って西の方へ流れてゆく。西方《さいほう》浄土へ向かっているのである。

終戦記念日《しゅうせんきねんび》

終戦日《しゅうせんび》　敗戦忌《はいせんき》
敗戦日《はいせんび》

解説　八月十五日。昭和二十年のこの日に日本はポツダム宣言を受諾して、太平洋戦争は終了した。敗戦忌ともいう。戦争の過ちを繰り返さぬよう、平和への誓いを新たにすべき日なのである。

終《しゅう》戦日《せんび》妻子《さいし》入《い》れむと風呂洗《ふろあら》ふ　秋元不死男
川《かわ》を見《み》て老人《ろうじん》立《た》てり終《しゅう》戦日《せんび》　林　徹
敗戦日《はいせんび》空《そら》が容《い》れざるものあらず　石田　波郷
終《しゅう》戦忌《せんき》杉山《すぎやま》に夜《よ》のざんざ降《ぶ》り　森　澄雄
正座《せいざ》してわれの八月十《はちがつじゅう》五日《ごにち》　齋藤　美規
いつまでもいつも八月十《はちがつじゅう》五日《ごにち》　綾部　仁喜

鑑賞　緑《みどり》なき都会《とかい》ひろがり終《しゅう》戦日《せんび》　下村　非文

終戦記念日。作者は都会の一隅に立って街を見ている。緑の乏しい街が見るかぎり続いている。戦争の終わった日のあの焦土の姿はもうどこにもないが、緑の樹木のないのは昔も今も同じである。作者は満たされぬ思いで街を見ている。

秋《あき》の蝉《せみ》

秋《しゅう》蝉《せん》　残《のこ》る蝉《せみ》

解説　盛夏の間鳴き続けた蝉が秋になってもまだ鳴いていることがある。これを秋の蝉または秋蟬という。早くから鳴きはじめた油蟬・熊蟬《くまぜみ》・みんみん蟬はもとより、初秋になって鳴きはじめる蜩《ひぐらし》・法師蟬《ほうしぜみ》・ちっち蟬などを含めた総称である。蜩は哀調を帯びた鳴き声でカナカナと鳴くため、かなかななともいう。夜明けや日暮れ、雨後によく鳴く。法師蟬は夏の終わりを告げる蟬でオーシイツクツクと鳴く。小泉八雲は「旅先で死んだ筑紫《つくし》の姫が秋蟬となり、筑紫恋しと鳴く」と伝えている。もっとも秋にふさわしい蟬はちっち蟬で、松林などでチッチ、チッチと鳴いている小さな蟬で、十一月ごろまで声が聞かれることもある。蟬声はしだいに衰えながら冬蟬、寒蟬となるのである。

仰《おお》のけに落《お》ちて鳴《な》きけり秋《あき》の蟬《せみ》　一　茶

啼《な》きやめてぱた〳〵死《し》ねや秋《あき》の蟬《せみ》　渡辺　水巴

秋蟬《しゅうせん》のこゑ澄《す》み透《とお》り幾山河《いくさんが》　加藤　楸邨

蜩《ひぐらし》や暮《く》るるを嘆《なげ》く木々《きぎ》の幹《みき》　日野　草城

ひぐらしのこゑのなかより夕日去《ゆうひさ》る　田中　鬼骨

かなかなのかなかなと鳴《な》く夕《ゆう》べかな　清崎　敏郎

鑑賞

うちまもる母《はは》のまろ寝《ね》や法師蟬《ほうしぜみ》　芝　不器男

作者は夭折《ようせつ》のため寡作であるが、結晶度の高い珠玉の句を遺した。掲出句は伊予を出郷する前の句である。うたた寝の老いた母を見守る耳に、法師蟬が効果音を奏でる。柔軟な感性のうかがえる句であり、調べも美しい。

残《ざん》暑《しょ》

残《のこ》る暑《あつ》さ　秋暑《あきあつ》し　秋暑《しゅうしょ》

解説　立秋後の暑さである。秋の涼気に触れた体にはしのぎがたい暑さで、この時期に残暑見舞いをする習慣もある。余寒に対する語で、この暑さは稲の生育には欠かせない。

牛部屋《うしべや》に蚊《か》の声闇《こえくら》き残暑《ざんしょ》かな　芭蕉
降《ふ》り足《た》らぬ残暑《ざんしょ》の雨《あめ》や屋根《やね》の塵《ちり》　永井荷風
朝夕《あさゆう》がどかとよろしき残暑《ざんしょ》かな　阿波野青畝
秋《あき》あつし亀甲泥《きつこうどろ》をのせて這《は》ふ　横山白虹
吊革《つりかわ》に手首《てくび》まで入《い》れ秋暑《あきあつ》し　神蔵器

鑑賞　秋暑《あきあつ》く人住《ひとす》み壊《こぼ》つ異人館《いじんかん》　小林康治
明治のころ、外国人のために建てられた煉瓦造りの館であろうか。もう住んでいる人も異人ではあるまい。その崩れかかった中にまだ誰か住んでいる。この異様な建物の残暑は重苦しい。

新涼《しんりょう》（しんりやう）　秋涼《しゅうりょう》　秋涼《あきすず》し

解説　秋になって天地すべてがどことなく涼気を帯びてくるのをいい、初秋《しょしゅう》とか新秋《しんしゅう》といった感じとも通じるところがある。語感はそれらの季語よりもっと爽快《そうかい》な響きがある。単に「涼し」とか、あるいは朝や夕また風などを限定して「涼し」とするのは、「暑し」に対する語で、暑さあってこそ感じる夏のものである。

秋涼《あきすず》し手毎《てごと》にむけや瓜茄子《うりなすび》　芭蕉
新涼《しんりょう》や白《しろ》きてのひらあしのうら　川端茅舎
新涼《しんりょう》の水《みず》の浮《う》かべしあひるかな　安住敦
新涼《しんりょう》の身《み》にそふ灯影《ほかげ》ありにけり　久保田万太郎
新涼《しんりょう》の夜《よ》の橋《はし》ひとり前後《ぜんご》なし　石塚友二
新涼《しんりょう》やはらりと取《と》れし本《ほん》の帯《おび》　長谷川櫂

鑑賞　新涼《しんりょう》や豆腐《とうふ》驚《おどろ》く唐辛《とうがらし》　前田普羅
白い豆腐に唐辛をぱっと散らすと、その朱がいかにもよく効いて、それだけでもぴりっとした辛さを感ずる。これも秋新たな涼しさが生気を呼び戻したのである。豆腐が驚くといって、新涼に驚いている作者である。

稲《いな》妻《ずま》(いなづま)　稲光《いなびかり》

解説　雷鳴も雨もなく、晴れた夜空を鋭く電光が走るのをいう。秋の夜の遠くの空によく見かける。この光が走っては稲が実るという俗説からこの名が付いたという。

いなづまや堅田《かただ》泊《どま》りの宵《よい》の空　蕪村
稲妻《いなずま》はかかはりもなし字《じ》を習《なら》ふ　及川貞
稲妻《いなずま》のゆたかなる夜《よ》も寝《ぬ》べきころ　中村汀女
稲妻《いなずま》や夜《よ》も語《かた》りゐる葦《あし》と沼《ぬま》　木下夕爾
いなびかりひとと逢《あ》ひきし四肢《しし》てらす　桂信子

鑑賞　いなびかり北《きた》よりすれば北《きた》を見《み》る　橋本多佳子

稲妻のぱっと光り去った方向をしばらく見ている思いである。その方向がたまたま北であるというより、北のもう寒冷な地の寂《せき》寥《りょう》にひかれる心がこの稲妻への思いを深めている。

流《りゅう》星《せい》(りうせい)　流《なが》れ星《ぼし》　星飛《ほしと》ぶ　夜這星《よばいぼし》

解説　夜空に急に現れ、一瞬に通過して消える光体である。星というが、もちろん星ではなく、惑星間の空間に運動している粒子が地球の大気内に飛びこんで空気との摩擦によって灼熱《しゃくねつ》発光するものであり、多くは燃えきってしまうが、燃え残って地上に到達するものもあり隕石《いんせき》という。地球がこの粒子の多い空間に近づくと流星群といわれるほど多く見える。その多い時期は八月中ごろである。実際は平行して落下してくるのが、地上からは放射状に観察され、その中心点の星座の名をとって何々座流星群と呼ばれる。また周期的に年によって流星雨というような激しい現象もある。こうした天体現象ではあるが、夜空を仰いでいるとよく認められ、自分ひとりに流れ落ちる星かと思われ、人々がこれに凶兆や吉兆を感じるのも不思議ではない。

流星《りゆうせい》や旅《たび》の一夜《ひとよ》を海《うみ》の上《うえ》　下村ひろし
流星《りゆうせい》の使《つか》ひきれざる空《そら》の丈《たけ》　鷹羽　狩行
西《にし》に遠国《おんこく》北《きた》に遠国《おんこく》星流《ほしなが》る　佐野まもる
鼻《はな》さきに伊賀《いが》の濃闇《こやみ》よ流《なが》れ星《ぼし》　大野　林火
星飛《ほしと》びしあとに黄《き》の星紅《ほしべに》の星《ほし》　相馬　遷子

鑑賞　地《ち》の力充《ちからみ》つ流星《りゆうせい》を容《い》れしより　柴田白葉女

流星を大地が受け容れたと感じ取ったのであろう。そして、わがよりどとする大地の力のみなぎるのを感じたのである。流星は確かに天地の雄大さを思い直させるものである。

芙蓉《ふよう》

解説　観賞用に庭園や花壇によく植えられるアオイ科の落葉低木だが、暖地以外では冬の間地上部は枯れるので、園芸的には宿根草として扱われる。初秋のころ、淡紅色の美しい五弁の花を開くが、一日でしおれてしまう。花の大きさは一〇センチ内外である。白い花の咲くもの、八重咲きのものもあり、八重咲きの中には、朝は白色で午後になると淡紅色、夜は紅色に変わり、翌朝になってもしぼまない酔芙蓉《すいふよう》という変わった品種がある。芙蓉は沖縄県・九州・中国に自生するが、日本へは古く中国から渡来したと考えられている。花を見て楽しむほか、芙蓉の樹皮は製紙用となる。

月満《つきみ》ちて夜《よる》の芙蓉《ふよう》のすわりけり　暁　台
ゆめにみし人《ひと》のおとろへ芙蓉咲《ふようさ》く　久保田万太郎
残月《ざんげつ》やひらかむ芙蓉十《ふようとお》あまり　水原秋桜子
逢《あ》ひにゆく袂《たもと》触《ふ》れたる芙蓉《ふよう》かな　日野　草城
白芙蓉《しろふよう》ふたたび交《かわ》す厚《あつ》き文《ふみ》　野澤　節子
薬師寺《やくしじ》に月待《つきま》ちをれば芙蓉閉《ふようと》づ　山田　孝子

鑑賞　歳月《さいげつ》や亡師《ぼうし》さながら芙蓉《ふよう》に病《や》む　石田　波郷

波郷の最初の師は、郷里松山での五十崎古郷であった。胸を病んで昭和十年九月に逝去。歳月を隔てて、今自分も亡き師と同じやまいを病んでいる。師の忌日が巡ってくる、芙蓉の花咲く九月の切々たる感慨。

木槿《むくげ》

解説　アオイ科の落葉低木。シリアあたりの原産であるが、平安時代に中国から薬用植物として伝わったらしい。白花品種の蕾《つぼみ》を乾かしたものを胃腸カタルや下痢の薬に用い、木の皮にも同様の効果があるという。木の肌は灰色でまっすぐに立つ性質があり、初秋、直径五、六センチの五弁花を開く。この花は美しいが朝開いて夕方にはしぼんでしまうので、「槿花《きんか》一朝《いっちょう》の夢」と栄華のはかなさに例えられた。花の色は紅紫色がふつうだが、白色のほかピンク・黄色などの園芸品種が生まれており、八重咲きのものもある。韓国ではこの花を国花にしている。

道《みち》のべの木槿《むくげ》は馬に喰《く》はれけり　芭　蕉
木槿《むくげ》咲《さ》く籬《まがき》の上《うえ》の南部富士《なんぶふじ》　山口　青邨
木槿垣《むくげがき》明治の作家《さっか》ここに住《す》みし　大橋越央子
墓地《ぼち》越しに街裏《まちうら》見ゆる花木槿《はなむくげ》　富田　木歩
一日《いちにち》のまた夕暮《ゆうぐれ》や花木槿《はなむくげ》　山西　雅子
底紅《そこべに》の咲《さ》く隣《となり》にもまなむすめ　後藤　夜半

鑑賞　亡《な》き父《ちち》の剃刀《かみそり》借りぬ白木槿《しろむくげ》　福田　蓼汀

朝、ひげをそるとき、亡き父の愛用していた剃刀に手を伸ばした。自分の剃刀がないから、というのではあるまい。窓辺に咲いて間もない白い木槿の花が見えている。そのすがすがしさが、亡き父の剃刀を選ばせたのである。

鳳仙花《ほうせんか》（ほうせんくわ）　つまくれない　つまべに　染指草《せんしそう》

解説　ツリフネソウ科の一年草。インド、マレーあたりの原産で、『枕草子《まくらのそうし》』にこの名が見えており、平安時代に渡来したらしい。こぼれ種で毎年育つので道端や庭に広く植えられる。花は葉腋《ようえき》から吊《つ》り下がり、横を向いて咲く。色は赤・紫・黄・白・絞りなどがあり、八重咲きの品種もある。紅色の花びらを絞って女の子が爪《つめ》を染めて遊んだところから、つまくれない・つまべに・染指草という別名がある。果実は熟すとちょっとした刺激でもはじけて黄褐色の丸い種子をはじき飛ばすので、この花には「私に触れないで下さい」という花言葉がついている。

鳳仙花《ほうせんか》散《ち》るとき雲《くも》は飛《と》んでをり　井上　日石
汲《く》み去《さ》つて井辺《いべ》しづまりぬ鳳仙花《ほうせんか》　原　石鼎
独《ひと》り居《い》の仮寝《かりね》いましむ鳳仙花《ほうせんか》　水原秋桜子
鳳仙花《ほうせんか》いまをはぜよとかがみよる　太田　鴻村
鳳仙花《ほうせんか》がくれに鶏《とり》の脚《あし》あゆむ　福永　耕二

鑑賞　かそけくも喉鳴《のどな》る妹《いも》よ鳳仙花《ほうせんか》　富田　木歩

「妹」はこの句では実のいもうと。貧苦の生活のうちに胸を病んだ妹が、静かな寝息を立てているが、よく聞くとその病のために鳳仙花咲く秋の真昼間をかすかに喉の奥が鳴っているのだ。

白粉花《おしろいばな》　おしろい　夕化粧《ゆうげしょう》

解説　ペルーあたりの熱帯アメリカ原産の多年草で、早くも江戸時代に日本へ渡来した。ふつう一年草として広く栽培されるが、野生化したものも見られる。固く黒い小豆《あずき》粒大の種子の中の胚乳《はいにゅう》をつぶすと白粉状になるのでこの名がある。また、夕方から美しく咲き出すので夕化粧の別名がある。白粉花は夕方咲く花には珍しく、花色は赤・白・黄・絞りと華やかである。花は翌朝しぼむ。秋もふけて気温が低くなると日中も咲いている。熱帯の花ブーゲンビレアも白粉花の遠い親戚である。

白粉花《おしろいばな》の闇《やみ》の匂《にお》ひのたちこめし　深見けん二
白粉《おしろい》の花《はな》に遊《あそ》ぶや預《あずか》り子《こ》　松瀬　青々
おしろいの花《はな》あふれでて藪《やぶ》だたみ　木津　柳芽
白粉花《おしろい》や路地《ろじ》の人情《にんじょう》こまやかに　樋口玉蹊子
おしろいが咲《さ》いて子供《こども》が育《そだ》つ路地《ろじ》　菖蒲　あや

鑑賞
露《つゆ》のおしろい跨《また》がんとしてくつがへす　山口　青邨

細やかに露を置いて茂っている白粉花を跨ごうとしてひっかけてしまった。露も花もしとどにこぼれる。そのさまを「くつがへす」と表現したのである。

朝《あさ》顔《がお》（あさがほ）　牽牛花《けんぎゅうか》　蕣《あさがお》

解説　ヒルガオ科の一年生蔓草《つるくさ》。中国南西部やヒマラヤ山麓《さんろく》が原産地であろうかといわれる。中国では宋《そう》の時代からこの種子を薬用に供し、だいじな牛を牽《ひ》いて薬草の朝顔にかえた故事から牽牛子《けんぎゅうし》（子は実のこと）・牽牛花の名が起こった。日本へは千二百年前、遣唐使が薬用として種子を持ち帰ったのが最初で、粉末にして緩下薬・峻《しゅん》下《げ》剤として用いた。江戸時代以降、観賞用として広く栽培され、幕末にはジャパニーズ・モーニンググローリーの名で欧州にまで伝わった。現在は園芸的にも進歩し、原種は淡い藍色《あいいろ》であるがさまざまの朝顔が見られる。園芸品種としては変化朝顔と大輪朝顔に大別される。四国や九州の暖地に自生する野朝顔は渡来当時の朝顔に似て小さいという。

朝顔《あさがお》に我《われ》は飯《めし》くふ男《おとこ》かな　芭蕉
朝顔《あさがお》や一輪《いちりん》深《ふか》き淵《ふち》のいろ　蕪村
朝顔《あさがお》や濁《にご》り初《そ》めたる市《いち》の空《そら》　杉田久女
朝顔《あさがお》の終《つい》の一花《いっか》は誰《た》も知《し》らず　福田蓼汀
身《み》を裂《さ》いて咲《さ》く朝顔《あさがお》のありにけり　能村登四郎

鑑賞　朝顔《あさがお》の紺《こん》の彼方《かなた》の月日《つきひ》かな　石田波郷

朝顔の鮮やかな紺の花がみずみずしく咲きつらなっている。それに目をこらす作者は、朝顔の紺の彼方に果てしなく広がる未来の月日を見てとっているのだ。「の」で畳みかけてゆく手法も鮮やか。

大《だい》豆《ず》(づだい)　豆《まめ》　畦豆《あぜまめ》　大豆《だいず》引《ひ》く

解説　マメ科の一年草。中国東北部から華北にかけてが原産地で、野生の野豆《のまめ》から栽培作物としてしだいに発達してきた植物である。中国では四千年前から栽培され、五穀の一つとして重要視された。日本へは弥生《やよい》時代に渡来していたらしく、『古事記』や『日本書紀』にすでに大豆の名が見えている。未成熟大豆、つまり枝豆にするために夏のうちに収穫するものもあるが、煮豆・炊《い》り豆のほか、納豆・豆腐・味噌《みそ》・醬油《しょうゆ》などの原料になるものは秋に収穫するものが大部分である。しかし、近年は国内の生産量が減少の一途をたどっている。アメリカにはヨーロッパ経由のほかに中国や日本から十九世紀に導入され、同国は今や世界最大の大豆生産国になっている。これには黒船のペリー提督が幕末に日本の大豆の種子を本国に持ち帰ったことも一役買っているはずである。そのアメリカから大量に大豆を買いつけているわが国の現状は、やはり異常といってしかるべきであろう。

畦《あぜ》豆《まめ》に鼬《いたち》の遊《あそ》ぶ夕《ゆう》べかな　村上　鬼城
豆引《まめひ》くやむなしく青《あお》き峡《かい》の空《そら》　相馬　遷子
豆殻《まめがら》を干《ほ》して飛鳥路《あすかじ》ただねむし　加藤　楸邨
日向《ひなた》へと飛《と》び散《ち》る豆《まめ》を叩《たた》きけり　森田　峠
奥能登《おくのと》や打《う》てばとびちる新大豆《しんだいず》　飴山　實

鑑賞
豆《まめ》打つや豆殻色《まめがらいろ》の帽《ぼう》かむり　酒井　鱒吉

大豆は根から引き抜き、乾かして棒で打つ。そうやってさやから実を取り出し、さらに天日に干してはじめて貯蔵に耐える大豆となる。農家の庭先で、豆殻のほこりにまみれながら、大豆を打つのである。

大根蒔《だいこんま》く　だいこまく

解説　大根の種蒔きには春蒔きと秋蒔きとがあるが、大根が、おでん・風呂吹《ふろふき》・煮物や、沢庵《たくあん》漬けにされる冬季がもっとも美味とされるので、大根の種蒔きは秋季となっている。八月中旬から九月中旬の一雨あとが好適とされている。物種蒔くは春の時期に集中しているが、秋蒔きのものには他に、牛蒡蒔《ごぼうま》く・菜種蒔《なたねま》く・紫雲英蒔《げんげま》く・芥菜蒔《からしなま》く・豌豆《えんどう》植う・蚕豆《そらまめ》植うなどとある。

大根蒔《だいこま》く日《ひ》より鴉《からす》を憎《にく》みけり　河東碧梧桐
てのひらをかへすごと雨《あめ》となる大根蒔《だいこまき》　広江八重桜
遠《とお》くから来《き》てゐる風《かぜ》や大根蒔《だいこま》く　見市　六冬
大根蒔《だいこま》く三浦半島《みうらはんとう》晴《は》れし日《ひ》に　草間　時彦
さめやすき夕映《ゆうばえ》の海《うみ》大根蒔《だいこま》く　遠藤寛太郎
うしろから山風《やまかぜ》来《く》るや菜種蒔《なたねま》く　岡本癖三酔

鑑賞
掌《て》の種《たね》を吹《ふ》きたしかめて大根蒔《だいこま》く　久保田茅子

大根の種には未成熟で殻ばかりの種も混じっている。それを取り除くため息を吹きかけると、ほこりとともに飛び散って、てのひらには小粒ではあるが充実した種だけが残る。「たしかめて」にはそれが表れている。

赤《あか》のまんま　赤《あか》のまま　犬蓼《いぬたで》　蓼《たで》の花《はな》

解説　秋に紅色の穂をつけるタデ科一年草の犬蓼のことで、赤のまま・赤まんまともいう。花穂を赤飯になぞらえた名である。子供がままごと遊びに使う野草で、各地の原野、道端にふつうに見かける。犬蓼の名は食用になる柳蓼《やなぎたで》に対して役に立たぬ蓼という意味だが、その犬蓼がタデ科植物の中でもっとも親しみのある名で呼ばれているわけである。他に、秋に花をつけるものに、**花蓼《はなたで》・大犬蓼《おおいぬたで》・細葉《ほそば》蓼《たで》・桜蓼《さくらたで》・ぼんとく蓼《たで》・大毛《おおけ》蓼《たで》**その他があり、総称して蓼の花といい、秋の季題である。

手《て》にしたる赤《あか》のまんまを手向草《たむけぐさ》　富安　風生

女童《めわらわ》のにほひのふつと赤《あか》のまま　大石　悦子

食《た》べてゐる牛《うし》の口《くち》より蓼《たで》の花《はな》　高野　素十

子《こ》に低《ひく》く傘《かさ》さしかくる蓼《たで》の花《はな》　林　翔

花蓼《はなたで》の撩乱《りょうらん》として暮《く》れんとす　佐藤　春夫

鑑賞　長雨《ながあめ》のふるだけ降《ふ》るやあかのまま　中村　汀女

秋の長雨。秋霖《しゅうりん》ということばもある。秋は案外降雨量の多い季節なのだ。春の長雨なら桜を濡らしもしようが、秋ならさしずめあかのまんまか。この花は雨風に吹かれても散る気づかいはない。

カンナ

解説　カンナ科の春植え球根植物。熱帯アメリカ・熱帯アジア・アフリカなどに五十余種も産し、根を食用にするカンナもあるが、日本では広く花壇などに植えられる観賞植物である。江戸時代中期に渡来したカンナは檀特《だんどく》と呼ばれており、これは原種に近いもので貧弱な花しかつけない。今日見られるものはいろいろなカンナの交配種で、明治以後ヨーロッパで改良された品種が多数輸入された。花は七月から十一月ごろまで咲き続け、赤・橙《だいだい》・黄・白・絞りなどの色がある。葉にも緑色のほか赤銅《しゃくどう》色になるものがある。

法廷《ほうてい》や八朔《はっさく》照《で》りのカンナ見《み》ゆ　飯田　蛇笏

女《おんな》の唇《くち》十《とお》も集《あつ》めてカンナの花《はな》　山口　青邨

鶏《とり》たちにカンナは見《み》えぬかもしれぬ　渡辺　白泉

耳《みみ》の如《ごと》くカンナの花《はな》は楽《がく》に向《む》く　田川飛旅子

峡《かい》の町《まち》にカンナを見《み》たり旅《たび》つづく　川崎　展宏

鑑賞

一群《いちぐん》のカンナが怺《こら》ふヘリコプター　後藤　昌治

数株のカンナが花開いている広場にヘリコプターが発着する。回転する翼の猛烈な風にカンナはなぎ倒されそうになりながら必死に怺えている。現代文明の一端をとらえつつ、花の哀れを詠った。

芭《ば》蕉《しょう》（うばせ）

解説　延宝九年（一六八一）の春に俳人松尾《まつお》宗房《むねふさ》の草庵《そうあん》の庭に弟子の李下《りか》が芭蕉を植えて以来、草庵の主はこの植物を愛し、ついに松尾芭蕉と号するに至った。この芭蕉はバショウ科の多年草で、古く原産地中国から渡来した観葉植物。地下に巨大な根茎があり、暖地では常緑を保つが、日本の関東以北で栽培すると冬は地上部が枯れてしまう半耐寒性植物である。花は夏に開く鳥媒《ちょうばい》花《か》で、日本には適当な媒鳥が見当たらないので結実することはめったにない。初夏、堅く巻いたまま伸びほぐれる新葉を芭蕉の巻葉と称し、そのさまを玉巻く芭蕉・玉解く芭蕉と美化していう。葉は約二メートルほどにも伸びて秋風に音を立てるようになる。この葉は非常に傷みやすく、やがて葉脈に沿って裂け、**破《や》れ芭蕉《ばしょう》**となる。なお、江戸時代に平仮名で芭蕉を表記する場合、「はせを」とすることが多い。

独居《ひとりい》や芭蕉《ばしょう》をたたく雨《あめ》の音《おと》　二葉亭四迷
わが斬《き》るに大《おお》き芭蕉《ばしょう》の従《したが》へり　相生垣瓜人
芭蕉《ばしょう》葉《ば》の雨音《あまおと》の又《また》かはりけり　松本たかし
芭蕉《ばしょう》破《や》れ雲八方《くもはっぽう》にみだれけり　長倉閑山
破芭蕉《やればしょう》一気《いっき》に亡《ほろ》びたきものを　西村和子

鑑賞　舷《ふなべり》のごとくに濡《ぬ》れし芭蕉《ばしょう》かな　川端茅舎
おそらくしとどに露に濡れた芭蕉の葉である。その趣を、形容ではなく「ごとく」を用いた直喩で表現した。例えに用いたものは「舷」（船の側面）。意表を衝く新鮮な比喩となっている。

不知火《しらぬい》（しらぬひ）　竜灯《りゅうとう》

解説　九州の八代海《やつしろかい》と有明海《ありあけかい》で、陰暦八月一日前後の深夜、午前二、三時ごろに、大小無数の明るい火が明滅し、離合するのをいう。海上一面に、横に広がるというが、それの正体が不明ということで、不知火と呼ばれてきた。古く景行《けいこう》天皇が筑紫《つくし》の国に巡狩のとき、怪火が現れ、火主がわからないことから、「しらぬひ」が筑紫の枕詞《まくらことば》になったと『風土記《ふどき》』にも出てくる。不知火の原因については、夜光虫とか漁火《いさりび》とか燐光《りんこう》とか諸説があったが、実際は干潟《ひがた》の漁火が元で起こる蜃気楼《しんきろう》のような現象だということである。

不知火《しらぬい》を見《み》るべく旅《たび》のひとりなる　吉武玲子
不知火《しらぬい》の夜《よ》を繚乱《りょうらん》と炎《も》えつづく　牧野麦刃
不知火《しらぬい》の燃《も》ゆらむ有明海《ありあけかい》眠《ねむ》れず　村瀬さつき
不知火《しらぬい》を見《み》てなほ暗《くら》き方《ほう》へゆく　伊藤通明
不知火《しらぬい》を見《み》てよりどつと船《ふね》の酔《よ》ひ　檜紀代

鑑賞

不知火《しらぬい》を見《み》る丑《うし》三つの露《つゆ》を踏《ふ》み　野見山朱鳥

丑三つはおよそ今の午前三時ごろ、万物が眠りにおち幽霊とか怪しげなものが現れる時刻。この丑三つということばで巧みに深い味を加えている。

二百十日《にひやくとおか》（にひやくとをか）　厄日《やくび》

解説　立春から数えて二百十日目の日、九月一日ごろに当たり、台風襲来の時期で稲の開花期でもあることから、この日を無事に過ぎさせることを願う習慣が農家の人たちに起こったのであろう。この日のことを厄日としている。実際には大きな台風は、この日よりややあとの二百二十日《にひやくはつか》ごろに襲来した例が多く記録されている。これらの日が暦の上に記されるようになったのは、稲作の無事への農家の切なる願いのためであったろう。

日照年《ひでりどし》二百十日《にひやくとおか》の風《かぜ》を待《ま》つ　素　堂

二百十日《にひやくとおか》城《しろ》を照明《しょうめい》して安《やす》し　佐野まもる

二百二十日《にひやくはつか》月《つき》あたたかに肱《ひじ》てらす　金尾梅の門

たらちねと湯《ゆ》にゐる二百十日《にひやくとおか》かな　中川　宋淵

遠嶺《とおね》みな雲《くも》にかしづく厄日《やくび》かな　上田五千石

鑑賞

風少《かぜすこ》し鳴《な》らして二百十日《にひやくとおか》かな　尾崎　紅葉

「少し」というのであるからそれほど強い風ではあるまい。それでも、さすがに二百十日、聞けば風のうなり行く音がする。迅速に秋進み行く思いも深まるのであろう。

台《たい》風《ふう》　台風圏《たいふうけん》　台風裡《たいふうり》　台風眼《たいふうのめ》

解説　南洋や南支那海《みなみしなかい》に発生し、夏から秋にかけて、日本列島やアジア東部を襲う熱帯低気圧で暴風雨を伴う。その中心付近の最大風速が毎秒一七メートル以上のものをいう。それに達しないものは「弱い熱帯低気圧」と呼ばれる。本来は「颱《たい》」の字を当てるが、中国の福建省や台湾地方で大風のことをいい、「颶《ぐ》」はそのもっと強力なものをいう。この大風（タイフーン）を西洋人がtyphoonと音訳し、逆輸入されて颱風になったともいう。台風は赤道近くの洋上から放出される水蒸気をエネルギー源とする巨大な空気の渦巻きで、その渦巻きの中心付近に暴風雨をもって移動する。大きさ直径一〇〇〇キロ以上に及ぶ台風圏を持ち、ときには大災害をもたらす。その中心には台風の眼があり、直径二〇キロから五〇キロくらいであるが、その区域内では風は弱く雲が切れ、青空が見えたりすることもある。

颱風《たいふう》のあとしんとして月《つき》ゆがむ　日野　草城
台風《たいふう》来《く》屋根《やね》石《いし》の死石《しにいし》はなし　平畑　静塔
颱風《たいふう》の夜《よ》の小机《こづくえ》に膝《ひざ》つゝしむ　千代田葛彦
先《さき》んじて風《かぜ》はらむ草《くさ》颱風圏《たいふうけん》　遠藤若狭男
錦鯉《にしきごい》静《しず》かに泳《およ》ぎ台風裡《たいふうり》　望月　稔

鑑賞　颱風《たいふう》を卑小《ひしょう》なる風追《かぜお》うて行《ゆ》く　相生垣瓜人

災害をあちこちに残して過ぎ去った台風のあと穏やかな風の漂う日和となる。快い風であるが、荒れを極めて去る颱風に比べて卑小と軽んじたくなる。人間界をほのかに風刺した句である。

野分《のわき》　野《の》わけ

解説　野を草を吹き分ける風の意で、秋の強風のこと。古くは台風という用語はなかったので、台風を含めて秋の強風はすべて野分であった。今日では、台風のように雨を伴うことはなく、ただ野を吹き荒らす疾風を呼ぶことが多い。

吹《ふ》きとばす石《いし》は浅間《あさま》の野分《のわき》かな　芭蕉

鶏《にわとり》の吹《ふ》き倒《たお》さるゝ野分《のわき》かな　松瀬青々

藪《やぶ》の月一瞬《つきいっしゅん》ありし野分《のわき》かな　松本たかし

長靴《ながぐつ》に腰埋《こしう》め野分《のわき》の老教師《ろうきょうし》　能村登四郎

野分先《のわきま》づ月《つき》の光《ひかり》を吹《ふ》きはじむ　斎藤玄

鑑賞　死《し》ねば野分《のわき》生《い》きてゐしかば争《あらそ》へり　加藤楸邨

「述懐」と題した連作の一。戦後の反省の思いをこめている。戦争で死んでいった人たちの霊を吹きまくる野分と一体になっているかに思いつつ、生きて互いに傷つけあう自分たちを省みている。

芋《いも》嵐《あらし》

解説　さといも畑一面の芋の葉に吹きつける強い風をいう。野分ほどに荒れなくても、楯《たて》の形をして柔らかい芋の葉は裏返りやすく、葉裏を白く見せて波立っているさまは嵐めいている。同じ趣の季語に黍嵐《きびあらし》がある。

芋嵐《いもあらし》土手《どて》ゆく人馬《じんば》吹《ふ》きさます　菅裸馬

芋《いも》あらし道化《どうけ》て人《ひと》の死《し》を忘《わす》る　三橋鷹女

化粧《けしょう》水掌《すいて》に滴《した》たらす芋嵐《いもあらし》　柴田白葉女

みささぎのみそなはす田《た》の芋嵐《いもあらし》　亀井糸游

雀《すずめ》らの乗《の》つてはしれり芋嵐《いもあらし》　石田波郷

鑑賞　案山子翁《かかしおう》あちみこちみや芋嵐《いもあらし》　阿波野青畝

風にふりまわされて案山子があっちを向いたりこっちを向いたりしている。哀れに落ちぶれた姿の案山子であるが、作者は案山子翁と敬称している。芋嵐の俳味のよく効いた句である。

夜《よ》長《なが》　長《なが》き夜《よ》

解説　日永《ひなが》が春、短夜《みじかよ》が夏であると同じように、夜長は秋、短日《たんじつ》は冬の季題と定められている。正確に昼夜の時間差からいえばもっとも夜の長いのは冬至であるが、夜長というのも詩的な情趣である。夜業や読書に親しむによい気候となる秋にしみじみ夜の長さを感じるからである。

夜《よ》長人《ながびと》たのしみて書《か》く手紙《てがみ》かな　楠目橙黄子
よそに鳴《な》る夜《よ》長《なが》の時《と》計《けい》数《かぞ》へけり　杉田久女
一燈《いっとう》を残《のこ》し夜《よ》長《なが》の仕《し》事《ごと》終《お》ふ　高浜年尾
北山《きたやま》の夜《よる》の長《なが》さを杉《すぎ》育《そだ》つ　細見綾子
妻《つま》がゐて夜《よ》長《なが》を言《い》へりさう思《おも》ふ　森　澄雄
長《なが》き夜《よ》のところどころを眠《ねむ》りけり　今井杏太郎

鑑賞 狂女《きょうじょ》なりしを召使《めしつか》はれて夜長《よるなが》し　平畑静塔

作者は精神科医。おそらくそこで治療を受けていた病院に、そのまま雇われている女のことを詠ったのであろう。ただこの囲いの中で青春を過ごし、年重ね行く一女性の行く末を思っている。「夜長し」の季題は奥深い。

灯火《とうか》親《した》し（とうくわしたし）　灯下《とうか》親《した》し

解説 秋涼の日が続き、夜も長くなると読書に団欒《だんらん》に燈火が親しまれることをいう。もともとは韓愈《かんゆ》の「符読ム二書ヲ城南ニ一」の詩の中に「燈火《とうか》稍《ようやく》可《ベシ》レ親《したシム》」とあるところからできた季語で、読書の秋にも通ずる。秋の夜のさわやかさ、静かさは、物を考えたり、書を読むのにも好適で、しかも、澄明な感じのする秋の灯《ひ》の美しさに親しみを覚える。秋《あき》の灯《ひ》よりも人の心の通った季語となっている。

酒《さけ》止《や》めていよいよ燈火《とうか》親《した》しめり　村上霽月
且《か》つ忘《わす》れ且《か》つ読《よ》む灯火《とうか》亦《また》親《した》し　相生垣瓜人
燈火《とうか》親《した》し草稿《そうこう》の燈《ひ》にぬくむさへ　大野林火
燈火《とうか》親《した》し握《にぎ》り飯食《めしく》ふひとりなり　牛山一庭人
燈火《とうか》親《した》し声《こえ》かけて子《こ》の部屋《へや》に入《い》る　細川加賀
燈火《とうか》親《した》しもの影《かげ》のみな智慧《ちえ》もつごと　宮津昭彦

鑑賞　窓《まど》それぞれ人《ひと》あり燈火親《とうかした》しめり　大橋越央子

秋の夜の明るく澄んだ燈は、人を恋しくさせる力がある。燈のともった部屋は見えない人物まで想像させる。それぞれの人が明るい燈火のもとで、自分と同じように秋の夜を楽しみながら、書を読む姿まで浮かぶのだ。

夜《や》学《がく》

夜学生《やがくせい》　夜学子《やがくし》

解説　夜、勉学する青少年のために学校に夜間部（定時制）を設けてある。昼の学校とほとんど同じ教科内容になっているが、秋の季語に扱われるのは、燈火親《とうかした》しといわれる秋の夜の勉学に適した季節感と、夜学の灯も秋の夜はことに澄んで美しく見えるからであろう。勤労学生・苦学生というイメージを持ちながらも、夜学教師と夜学生の交流の場面は、昼間の学校教育には見られない信頼しあう美しい姿を見ることがある。

悲《かな》しさはいつも酒気《しゆき》ある夜学《やがく》の師《し》　高浜　虚子
音《おと》もなく星《ほし》の燃《も》えゐる夜学《やがく》かな　橋本　鶏二
翅《はね》青《あお》き虫《むし》きてまとふ夜学《やがく》かな　木下　夕爾
夜学生《やがくせい》麵麭《パン》買《か》ふ大《おお》き闇《やみ》負《お》ひて　森本　柿郷
灯《ひ》に遠《とお》き席《せき》から埋《う》まり夜学生《やがくせい》　今瀬　剛一
夜学子《やがくし》に壁《かべ》の箴言《しんげん》古《ふ》りにけり　吉井　莫生

鑑賞　夜学生《やがくせい》顔《かお》昏《くら》くして水《みず》を飲《の》む　岩崎　健一

水飲み場の昏さの中で、水を飲む一場面に夜学生を象徴的にとらえている。「顔昏く」には恵まれない夜学の生活がある。しかし「水を飲む」には力強さ、青年のひたすらに生きる姿がある。決して同情を誘う姿ではない。

夜《よ》なべ

夜仕事《よしごと》　夜業《やぎょう》

解説　夜が長くなって、すっかり涼しくなるとしぜん仕事に熱が入り、いつまでも灯りの下を離れないで夜の更けるのを忘れてしまう。夜なべの語感には、母親が繕《つくろ》い物をする姿や、職人が仕事に打ちこむ姿、農家の冬仕度・藁仕事《わらしごと》など連想される。秋の日は短く、つい夜にまで仕事を持ちこむことも夜なべになる原因だが、工場の残業などには季節感は薄い。しかし、秋の夜が一番働きやすいことを考えると、工場の灯が煌々《こうこう》とついている風景にも味わいがある。

眠《ねむ》りこけつつ尚止《なおや》めぬ夜《よ》なべかな　高浜　虚子
お六櫛《ろくぐし》つくる夜《よ》なべや月《つき》もよく　山口　青邨
夜《よ》なべしにとんとんあがる二階《にかい》かな　森川　暁水
夜業人《やぎょうにん》にベルトたわたわたわたわす　阿波野青畝
熔接手袋《ようせつてぶくろ》大きく置《お》かれ夜業果《やぎょうは》つ　小島　忠郎
夜業日々《やぎょうひび》いつまで母《はは》に炊《かし》ぎさせ　鈴木　栄子
ドラマに泣《な》き母《はは》の夜《よ》なべのはかどらず　山崎　美白

鑑賞　ドラマ好きの母、人情話にもろい母。昔は夜遅くまでせっせと手を休めずに働いた母。もう夜なべなどしなくてもよいと思うのだが、このごろは年老いたせいかすっかり涙もろくなられた。手仕事ものろくなられたようだ。

夜食《やしょく》

解説　秋の夜長に、昼間のし残した仕事を夜まで続けて夜なべをすることが多い。そのようなときにしぜんと空腹をおぼえて軽い食事をとることをいう。ことに、農家や職人などが夜更け、談笑しながら夜食をとる風景が一般的だが、それに限らず昔から受験生や、勤労者などがとるのも夜食のうちに入れてよい。一人ぼそぼそととる寂しさもあれば、団欒《だんらん》しながらとさまざまな雰囲気を持っている。この季語には秋の夜長の気分が背景にある。

面《おも》やつれしてがつがつと夜食《やしょく》かな　高浜　虚子
夜《や》食《しょく》とる後姿《うしろすがた》の足《あし》重《かさ》ね　福田　蓼汀
夜《や》食《しょく》たのし女《おんな》は女坐《おんなずわ》りして　金盛仁平舎
鉄灼《てつや》きし手《て》のにほふなる夜食《やしょく》かな　土山　紫牛
黙々《もくもく》と人《ひと》のうしろに夜食《やしょく》かな　大森　雅村
脇役《わきやく》のかたまつてとる夜食《やしょく》かな　角川　春樹

鑑賞　夜《や》食《しょく》して良書《りょうしょ》に似《に》たる友多《ともおお》し　山田みづえ

ある会合を終わった後、夜食に及んだ。会合の成果があがればあがるほど、夜食も楽しいものになる。自分の気がつかない発想に驚いたり、知識を与えられたり、刺激を受けたり、良書に似た良友に囲まれた夜食は楽しい。

花野《はなの》

花野原《はなのはら》　花野道《はなのみち》　花野風《はなのかぜ》

解説　千草《ちぐさ》の花の咲き乱れている野のことである。秋もたけなわのころになると、秋の野草がさまざまの花や穂をつけて風になびく。山の裾野《すその》などの広々したところでは一面に野草が咲いて美しい。人工的に作られた花壇や花畑と違って、野生の美であり、やがて枯れてゆく前の一時の華やぎがあって、どこか寂しさも感じられる。すでに中世の和歌や連歌のころから、秋季の語として使われており、俳諧《はいかい》でも古くから愛好されてきた語である。

松葉《まつば》掻《か》く人《ひと》かすかなる花野《はなの》かな　信　徳
天渺々笑《てんびょうびょうわら》ひたくなりし花野《はなの》かな　渡辺　水巴
ひと息《いき》に日《ひ》の沈《しず》みたる花野《はなの》かな　鷲谷七菜子
雲表《うんぴょう》にグライダーゐる花野《はなの》かな　森田　峠
友情《ゆうじょう》をこゝろに午後《ごご》の花野《はなの》径《みち》　飯田　蛇笏

鑑賞　花野《はなの》やはらか移動文庫《いどうぶんこ》の車輪過《しやりんす》ぎ　平畑　静塔

花野には確かに「やはらか」という形容にぴったりの情趣がある。「移動文庫の車輪」がきしみながら、ゆっくりと通り過ぎて行った。「移動文庫」の重い存在感が際立ち、花野はいよいよ美しい。

秋《あき》の七草《ななくさ》

解説　山上憶良《やまのうえのおくら》の和歌「秋の野に咲きたる花を指折りてかき数ふれば七種《ななくさ》の花」「芽子《はぎ》の花尾花葛花瞿麦《おばなくずばななでしこ》の花女郎花《おみなえし》また藤袴《ふじばかま》　朝《あさ》貌《がお》の花《はな》」（『万葉集』巻八）以来、秋の野に咲く花の代表として親しまれている。朝顔は今日では桔梗《ききょう》のことといわれ、萩《はぎ》・芒《すすき》・葛・撫子《なでしこ》・女郎花・藤袴・桔梗の七種の草をいうわけである。いずれも薬用・食用その他の実用面において上代人の生活と深くかかわっていた草花で、実用・観賞の両面から選ばれたものであることを忘れてはならない。憶良にならって新七草を選定した人もおり、昭和に入ってから某《ぼう》新聞社が文学者たちに現代の秋の七草を選ばせて発表したこともあったが、憶良の選んだ七草をしのぐことはできなかった。

門外《もんがい》の秋《あき》の七草《ななくさ》苑《その》に見《み》ず　瀧　春一
子《こ》の摘《つ》める秋七草《あきななくさ》の茎短《くきみじか》か　星野　立子
眼《め》にかぞふ秋《あき》の七草《ななくさ》何《なに》かなし　浦野　芳南
秋七草《あきななくさ》欠けるものなし山《やま》は晴《は》れ　小川濤美子
秋《あき》の七草《ななくさ》揺《ゆ》るるものより数《かぞ》へたる　鍵和田秞子
病《や》むもよし病《や》まば見《み》るべし萩芒《はぎすすき》　吉川　英治

鑑賞　馬《うま》に敷《し》く褥草《しとねぐさ》にも萩桔梗《はぎききょう》　富安　風生

「萩桔梗」と詠みおさめ、言外にその他の草を思わせるので、こういう作品も秋の七草の例句として取り上げた。農家か牧場で飼う馬の褥（寝るときに敷くもの）に、無造作に混じる秋草のはっとする美しさ。

芒《すすき》　薄《すすき》　花芒《はなすすき》　十寸穂《ますほ》の芒《すすき》　鷹《たか》の羽《は》芒《すすき》

解説　中国および日本原産のイネ科の多年草で、日本全土の日当たりのよい山野に自生する。秋の七草の一つに数えられる。今も地方によっては残る古名「萱《かや》」は屋根を葺《ふ》く材料として用いられる名で、萱葺《かやぶ》き屋根の萱とは芒のことである。芒は秋の野山に趣を添えるだけでなく、実用の面でも日本人の生活に深くかかわった植物で、屋根の他、炭俵・草履・縄・簾《すだれ》・箒《ほうき》の材料となり、若葉を家畜の飼料とした。根茎を乾燥し煎《せん》じると解熱剤にもなる。花穂のようすから**尾花**《おばな》と呼ばれ、そのとくに大きなものを十寸穂の芒という。秋の生け花の材料としても重要視され、ふつうの芒のほかに葉の細い糸芒《いとすすき》、葉に矢羽の斑《ふ》のある鷹の羽芒などが用いられるが、俳句ではおしなべて芒として詠う。**芒原**《すすきはら》・**芒野**《すすきの》。

散《ち》る芒《すすき》寒《さむ》くなるのが目《め》に見《み》える　一茶
この道《みち》の富士《ふじ》になりゆくすすきかな　河東碧梧桐
妙高《みょうこう》の大扉《おおと》ぞ暮《く》るる芒《すすき》かな　秋元不死男
花薄《はなすすき》風《かぜ》のもつれは風《かぜ》が解《と》く　福田蓼汀
出《で》かゝりし油《あぶら》のやうな芒《すすき》の穂《ほ》　川崎展宏

鑑賞　をりとりてはらりとおもきすすきかな　飯田蛇笏
芒の持つ美しさを、「はらりとおもき」に描ききった。一本の芒のしなやかさ、穂の豊かさ、その他あらゆる感じを、あるかなきかの重量感に置き換えた。それはまた、ひらがなのやさしさにも通うといえよう。

撫子《なでしこ》

解説　ナデシコ科の多年草。この花は花期が長く、六月ごろから咲きはじめ九月ごろまで咲くので、常夏《とこなつ》ともいわれた。近代人の目をもって観察すれば夏の花になるかもしれないが、『万葉集』で山上憶良《やまのうえのおくら》が秋の七草を詠みこんだ歌の中に登場して以来、どうしてもこれは秋の花としての文学的な伝統を背負ってしまっている。また、「河原《かわら》撫子」「大和《やまと》撫子」という別名もあるが、大和撫子は中国産の唐《から》撫子すなわち石竹《せきちく》に対しての名称である。ナデシコの名の由来は「撫《な》でし子」で、古くこの可憐《かれん》な花が愛のシンボルとなり、それが母性愛を象徴するものにまで高まったからだといわれる。撫子の仲間の浜撫子・高嶺《たかね》撫子・深山《みやま》撫子なども日本が原産地である。欧米で母の日の贈り物にするカーネーション（夏の季題）も撫子の一種。

なでしこや海《うみ》の夜明《よあ》けの草《くさ》の原《はら》　河東碧梧桐

壺《つぼ》に挿《さ》して河原撫子《かわらなでしこ》かすかなり　田村木国

撫子《なでしこ》やただ滾々《こんこん》と川流《かわなが》る　山口青邨

茎《くき》ながき撫子《なでしこ》折《お》りて露《つゆ》に待《ま》つ　篠田悌二郎

撫子《なでしこ》や吾子《あこ》にちいさき友達出来《ともだちでき》　加倉井秋を

鑑賞　なでしこのふしぶしにさす夕日《ゆうひ》かな　成美

撫子の茎は対生する葉の付け根が節目となって、やや武骨にふくれる。それがまた清楚《せいそ》な花とよく調和するから不思議だ。おおらかに撫子の特徴をとらえた句。

桔《き》梗《きょう》（ききやう）　桔梗《きちこう》

解説　キキョウ科の多年草。秋の七草の一つに数えられる。キキョウ・キチコウはともに漢名の音読みによる。青みがかった紫色の清楚な花が愛されて栽培されるが、わが国各地に自生するほか温帯アジアに広く分布し、韓国ではトラジと呼ばれる。根茎にキキョウサポニン、イヌリンなどの有効成分を含み、漢方では桔《き》梗《きょう》根《こん》を排膿《はいのう》・去痰《きょたん》薬として使用する。これは正月の屠蘇《とそ》酒にも加え、また痰を止める薬として新薬の原料にも応用されている。食用としては、若い茎葉を茹《ゆ》でて和《あ》え物・油いために、根を漬け物・揚げ物・煮物などにする地方がある。若い茎葉も根も、ともに煮てから乾燥してたくわえ、野菜の少ない時期に取り出して食用にすることもあり、山間の地方の代表的な有用植物であった。

膝《ひざ》折《お》りて牛《うし》が水呑《みずの》む花桔梗《はなききょう》　松井　葵紅
桔梗《きちこう》やまた雨《あめ》かへす峠口《とうげぐち》　飯田　蛇笏
桔梗《きちこう》の露《つゆ》きびきびとありにけり　川端　茅舎
桔梗《きちこう》や男《おとこ》も汚《けが》れてはならず　石田　波郷
桔梗《きちこう》や信《しん》こそ人《ひと》の絆《きずな》なれ　野見山朱鳥
桔梗《きちこう》の五稜《ごりょう》ぷつくり明日《あす》ひらく　矢島　渚男

鑑賞

青萱《あおがや》の一《ひと》すぢかかる桔梗《ききょう》かな　深川正一郎

青紫色に開ききったみずみずしい桔梗の花に、一筋の青萱、つまりすすきの葉が垂れかかっている。青萱もまた美しい緑色である。秋の野のさわやかなひとときである。昼の虫もかすかに鳴いていよう。

葛《くず》

葛《くず》の葉《は》　真葛《まくず》　葛《くず》の花《はな》　真葛原《まくずはら》

解説 日本全土に自生するマメ科の蔓《つる》性多年草。秋風にひるがえる白い葉裏、紅紫色の蝶形花《ちょうけいか》が房なすさまにはさすがに風情がある。しかし、それ以上に日本人の生活と深いかかわりを持った草であることを忘れてはならない。茎の繊維で織った葛布《くずふ》を昔は狩衣《かりぎぬ》や袴《はかま》に作った。今日でも襖《ふすま》や窓掛けなどに用いている。根は澱粉《でんぷん》に富んでいるので葛粉《くずこ》を製す。現在も奈良県吉野地方が葛粉の産地として名高い。乾燥させた根を漢方では葛根《かっこん》といい、煎《せん》じて飲めば、解熱・解毒・滋養に効果がある。その他、葉や茎は牛馬の飼料となり、根は強力に張るので自然の土《ど》留《ど》めになる。葛は明治のはじめにアメリカに渡り、家畜の飼料やダムの土壌保全などに利用されている。向こうでも日本名そのままにクズと呼ばれているそうである。

相寄《あいよ》りて葛《くず》の雨《あめ》きく傘《かさ》ふれし　杉田　久女
葛《くず》咲《さ》くや嬬恋村《つまごいむら》の字《あざ》いくつ　石田　波郷
葛《くず》の根《ね》を干《ほ》して聖蹟《せいせき》守りにけり　宮下　翠舟
葛《くず》の花来《はなく》るなと言《い》つたではないか　飯島　晴子
葛《くず》の花《はな》むかしの恋《こい》は山河《さんが》越《こ》え　鷹羽　狩行

鑑賞
あなたなる夜雨《よさめ》の葛《くず》のあなたかな　芝　不器男

「二十五日仙台につく　みちはるかなる伊予の我が家をおもへば」と前書きがある。「あなた」はあちら、向こうの意。旅の途中見た夜雨の葛の、さらにはるかの「あなた」、つまり故郷伊予を思う句となっている。

萩《はぎ》

白萩《しらはぎ》　山萩《やまはぎ》　野《の》萩《はぎ》　小《こ》萩《はぎ》　こぼれ萩《はぎ》
乱《みだ》れ萩《はぎ》　萩原《はぎわら》

解説　『万葉集』に百四十一首も詠われた秋の七草を代表する植物だが、萩の仲間のほとんどは草ではなく、マメ科の落葉低木である。古株から芽を出すので「生《は》え芽《き》」と呼ばれていたのがハギとなったという。単に萩といえば山萩のことで、日本各地にあるほか朝鮮・中国にも分布している。萩は家畜の飼料になり、この茎を刈り取ったものを垣根や小屋の屋根にし、また筆の軸にする。葉を茶の代わりに煎《せん》じて飲んだ記録もある。現在、観賞用に庭などに植えられるのは一般に宮城《みやぎ》野《の》萩《はぎ》である。その他、円《まる》葉萩《ばはぎ》・蒔絵萩《まきえはぎ》などがあり、栽培変種も多いが、俳句ではすべて萩として詠うのがふつうである。

萩《はぎ》の風何《かぜなに》か急《せ》かるる何《なに》ならむ　水原秋桜子

低《ひく》く垂《た》れその上《うえ》に垂《た》れ萩《はぎ》の花《はな》　高野素十

萩見《はぎみ》ながら病母《びょうぼ》と墓《はか》の話《はなし》など　能村登四郎

白萩《しらはぎ》や出羽《でわ》の日暮《ひぐ》れは林檎色《りんごいろ》　吉田鴻司

手《て》に負《お》へぬ萩《はぎ》の乱《みだ》れとなりしかな　安住敦

鑑賞

白露《しらつゆ》をこぼさぬ萩《はぎ》のうねりかな　芭蕉

はらはらと花さえ咲きこぼす萩の枝が、今は美しい白露をためて、ほのかな夕風にゆるやかにそよぐ。白露はこぼれる寸前の危うさをもって、萩の花や葉を彩る。美しい句だ。

露《つゆ》

白露《はくろ》　露《つゆ》の玉《たま》　露《つゆ》けし　露《つゆ》しぐれ

解説　地面や草や木の葉などに凝結した水滴で、秋の風のない晴れた夜には例外なく発生して、朝日に輝く景は美しい。地表面の温度が冷却放射されて、それに接する大気の水蒸気の露点温度（暖かい湿った空気ならこの温度はかなり高い）以下に下がると、そこに水蒸気が水の玉になってつく。雲が低く覆う夜や風の夜は放射された熱がまた地表面に戻されて冷えきらない。秋は、夜の更け行くとともにもう露けしという感じがあり、草の葉は夜露を結ぶ。おびただしい朝露が草木の葉から滴るさまは時雨の降る感じにも似て露しぐれという。晩秋には露も見るからにさむざむとして露寒《つゆさむ》を感ずる。地表面がときに〇度以下にもなるとうっすらと凍結して露霜《つゆじも》（水霜《みずじも》・秋の霜）となり、地表の温度がはじめから〇度以下の気候になれば水蒸気は直ちに霜として昇華凍結する。秋のうちは日が昇ればかなり暑く、露の草むらはうそのように乾いてしまって、まさしく露の世のはかなさを教えてくれる。

芋《いも》の露《つゆ》連《れん》山《ざん》影《かげ》を正《ただ》しうす　飯田　蛇笏

金剛《こんごう》の露《つゆ》ひとつぶや石《いし》の上《うえ》　川端　茅舎

人行《ひとゆ》きし跡《あと》の無数《むすう》よ露《つゆ》しとど　斎藤　玄

白露《しらつゆ》や死《し》んでゆく日《ひ》も帯締《おびし》めて　三橋　鷹女

露《つゆ》けさの一《ひと》つの灯《ひ》さへ消《き》えにけり　岡本　松浜

鑑賞

蔓踏《つるふ》んで一山《いちざん》の露動《つゆうご》きけり　原　石鼎

山路を行きながら、足元にはい下がっている蔓を知らないで踏みひっかけたのであろう。その蔓が意外なところまで連なって草木の露をこぼした。その動かんばかりの露に山の全容の秋色をとらえて一句を成した。

虫《むし》

虫時雨《むししぐれ》　昼《ひる》の虫《むし》　残《のこ》る虫《むし》　すがる虫《むし》

解説　秋に鳴く虫の音は古くから人々に愛され親しまれてきた。単に虫といえば、草むらなどで鳴いている虫をいう。その種類も多いが、よく知られているものはキリギリス科の**螽蟖**《きりぎりす》・**馬追**《うまおい》・**轡虫**《くつわむし》や、**蟋蟀**《こおろぎ》・**鈴虫**《すずむし》・**松虫**《まつむし》・**鉦叩**《かねたたき》・**邯鄲**《かんたん》・**草雲雀**《くさひばり》などがある。都会周辺でも、蟋蟀や鉦叩などは聞くことができる。多くの虫が音を合わせて鳴くことを虫時雨という。夜店などでは**虫売**《むしうり》が出て**虫籠**《むしかご》に入れたものを売る。夜が更けるといっそう音が澄むが、昼間でも鳴いている。これを昼の虫という。万葉のころには、松虫と鈴虫の呼び名が逆になっていた。松虫は別名ちんちろりん、草雲雀は朝鈴、轡虫はがちゃがちゃ、馬追はすいっちょとかすいとなどと呼ばれる。虫の秋・虫の宿・虫の闇《やみ》など広く使われる。盛りを過ぎて鳴き細る虫を、すがる虫・残る虫ともいい、去りゆく秋の感がひとしお深い。

行水《ぎょうずい》の捨《す》てどころなき虫《むし》の声《こえ》　鬼　貫
窓《まど》の燈《ひ》の草《くさ》にうつるや虫《むし》の声《こえ》　正岡　子規
其中《そのなか》に金鈴《きんれい》をふる虫一《むしひと》つ　高浜　虚子
雨音《あまおと》のかむさりにけり虫《むし》の宿《やど》　松本たかし
山裾《やますそ》に沈《しず》む基地《きち》の灯《ひ》虫《むし》の宿《やど》　村田　脩
虫《むし》の戸《と》を叩《たた》けば妻《つま》の灯《ひ》がともる　古舘　曹人

鑑賞 母《はは》と寝《ね》る一夜《ひとよ》ゆたかに虫《むし》の声《こえ》　栗生　純夫

『科野路《かのじ》』所収。命期の近い老母を看取りながら過ごす一夜の虫の音である。「ゆたかに」が、母の無限の愛と安らぎを感じさせる。この句のあとに続く「やがてやむ嗚《お》咽《えつ》虫声りんりんと」は、その終焉《しゅうえん》の虫の音である。

蟋蟀《こおろぎ》（こほろぎ）　ちちろ　ちちろ虫《むし》

解説 蟋蟀は初秋から晩秋のころまで鳴き続ける。昼間は縁の下や石の下や草むらなど暗いところに隠れて鳴く。蟋蟀の種類のうち大きいものはえんま蟋蟀で、みつかど蟋蟀とおかめ蟋蟀は雄の顔面が角状に突き出している。つづれさせ蟋蟀は衣服の破れを繕《つくろ》い「肩刺せ、すそ刺せ」と鳴くといわれてこの名が付いた。『万葉集』や『古今集《こきんしゅう》』の中に蟋蟀ときりぎりすの名が逆用されている用例が見られる。ちちろは蟋蟀の別名である。雄は左右の前翅《ぜんし》を合わせ、コロコロとかリ、リ、リ、リと澄んだ声で鳴く。

こほろぎのこの一徹《いってつ》の貌《かお》を見《み》よ　山口　青邨
蟋蟀《こおろぎ》が深《ふか》き地中《ちちゅう》を覗《のぞ》き込《こ》む　山口　誓子
こほろぎの畳《たたみ》を跳《と》ぶは流寓《るぐう》めく　安住　敦
蟋蟀《こおろぎ》に覚《さ》めしや胸《むね》の手《て》をほどく　石田　波郷
粥《かゆ》すする匙《さじ》の重《おも》さやちちろ虫《むし》　杉田　久女
ひとり臥《ね》てちちろと闇《やみ》をおなじうす　桂　信子

鑑賞 子《こ》なければ畳傷《たたみいた》まずちゝろ虫《むし》　河野緋佐子

秋灯の下で作者はふと、傷みの少ないわが家の畳に目を落とす。夫と二人きりの静かな生活と、子供のいない寂しさが「畳傷まず」の否定語にこめられている。蟋蟀の声が、その寂寥感《せきりょうかん》をさらに深めているようだ。

螽蟖《きりぎりす》　ぎす　機織《はたおり》

解説　体は褐色または緑色で、羽には黒い紋がある。体長は約四センチ。螽蟖の語源はキリキリと鳴く声に、虫や鳥の名に付けるスという語がついたものであるという。螽蟖と蟋蟀《こおろぎ》は昔は名前が逆用されていた。有名な芭蕉の句の「むざんやな甲《かぶと》の下のきりぎりす」も、ここでいう螽蟖と異なる。鳴く音がギィーッ・チョンと区切って鳴くので、機織虫という古名もある。盛夏のころ草むらなどでよく鳴いているが、初秋ごろには鳴かなくなる。籠《かご》の虫として子供たちによく飼われる。

淋《さび》しさや釘《くぎ》にかけたるきりぎりす　芭　蕉
きりぎりす鳴《な》かねば青《あお》さまさりける　日野　草城
きりぎりす時《とき》を刻《きざ》みて限《かぎ》りなし　中村草田男
一湾《ひとわん》の潮《うしお》しづもるきりぎりす　山口　誓子
漕《こ》ぎやめて湖岸近《こがんちか》しやきりぎりす　上田五千石
はたおりの子《こ》を負《お》ひたればあはれなり　山口　青邨

鑑賞　きりぎりす青《あお》きからだの鳴《な》き軋《きし》る　野澤　節子

鳴く虫の中でもとくによくわかる声で鳴くきりぎりす。それこそ全身をふりしぼるようにして鳴く。「鳴き軋る」が、鳴き方を心憎いまでに言い当てている。キリキリもギースも、文字では表すことのできない軋んだ音である。

蓑《みの》虫《むし》　鬼《おに》の子《こ》

解説　蓑蛾《みのが》の幼虫である。種類により蓑の材料や大きさが違う。木の細い枝や葉や蕊《しべ》などに細い糸をからませて器用に蓑を作り中にすむ。雄の幼虫は羽化して蛾《が》になるが、雌は羽も触角もなく蛆《うじ》のような形のまま蓑の中で一生を過ごす。ときおり蓑から出て新芽や若葉を食い、蓑に入ったまま移動する。卵は四月ごろ孵《かえ》って幼虫になるが、すぐに蓑作りにかかる。別名を鬼の子という。『枕草子《まくらのそうし》』第四十段、虫について記された文章の中の「蓑虫、いとあはれなり。鬼のうみたりければ……」からきたものといわれている。また、「八月ばかりになれば、『ちちよ、ちちよ』と、はかなげに鳴く、いみじうあはれなり」とあるが、蓑虫は鳴かず、他の虫の鳴く音と混同されたものであろう。

蓑虫《みのむし》の音《ね》を聞《き》きに来《こ》よ草《くさ》の庵《いお》　芭蕉
蓑虫《みのむし》の父《ちち》よと鳴《な》きて母《はは》も無《な》し　高浜　虚子
蓑虫《みのむし》のあたたまりゐる夕日《ゆうひ》かな　原　石鼎
蓑虫《みのむし》や滅《ほろ》びのひかり草《くさ》に木《き》に　西島　麦南
蓑虫《みのむし》の蓑《みの》のなげきも聞《き》き飽《あ》きぬ　篠田悌二郎
蓑虫《みのむし》のはるけくも地《ち》に着《つ》かむとす　山口　誓子

鑑賞　蓑虫《みのむし》の蓑《みの》の雨《あめ》ほす朝日《あさひ》かな　籾山　梓月

蓑は茅または菅《すげ》などの茎葉を編んで作った雨具で、古くから用いられた。この句は、昨日の雨にとっぷりとぬれた蓑を、蓑虫が宙にぶら下がり、まぶしい朝日に向けて干しているというユーモラスな句である。

蟷螂《かまきり》　とうろう　いぼむしり

解説　蟷螂《とうろう》はかまきりの漢名である。かまきりの性質はたけだけしく、斧《おの》を振り上げて抵抗するため「隆車（りっぱな車）に向かう蟷螂の斧」という表現があるほどである。語源は、鎌《かま》を持ったきりぎりすが略されてかまきりと呼ばれるようになったという。色は、季節や種類によって異なるがふつうは緑色か黄褐色。頭は三角形で複眼が突き出し、自由に回して物を見ることができる。鎌でいぼをむしらせるというのでいぼむしりという古名もある。かまきりは卵塊を泡のような粘液で包むが、乾くと麩《ふ》に似た卵《らん》嚢《のう》となる。地方によってはこれを鬼が麩などと呼ぶ。卵は六月ごろ孵《かえ》り、親そっくりの姿をした若虫が続々と糸を引いて出てくる。交尾後の雄が雌に食われるのは、かまきりに限ったことではないが、形が大きいためとくに目につくのであろう。

高足《たかあし》にかまきり歩《ある》き荒《あ》るる海《うみ》　西村　公鳳
蟷螂《かまきり》は馬車《ばしや》に逃《に》げられし馭者《ぎよしや》のさま　中村草田男
息詰《いきつ》めて見《み》る蟷螂《とうろう》の食《く》ふものを　右城　暮石
かりかりと蟷螂蜂《とうろうはち》の皃《かお》を食《は》む　山口　誓子
振向《ふりむ》きし蟷螂《とうろう》の目《め》は灯《ひ》の色《いろ》に　加藤知世子
蟷螂《とうろう》の禱《いの》れるを見《み》て父《ちち》となる　有馬　朗人

鑑賞　蟷螂《とうろう》の翔《と》びて怒《いか》りををさめけり　加藤かけい

「蟷螂の痩せたるも、斧を持ちたるほこりよりその心いかつなり」と横井也有《やゆう》の『百虫譜』にもある。この句は誇り高い蟷螂が、自らその斧を納めて翔び、自らの怒りを納めているのである。人生的な感懐でもあろうか。

敬老《けいろう》の日《ひ》(けいらうのひ)

老人《ろうじん》の日《ひ》　年寄《としよ》りの日《ひ》

解説　九月の第三月曜日。国民の祝日の一つで、多年にわたり社会に尽くしてきた老人を敬愛し、その長寿を祝う。老人のための慰安会や、敬老会・老人ホーム慰問など、公の行事や個人の敬老が行われている。

敬老《けいろう》の日《ひ》のわが周囲《しゆうい》みな老《お》ゆる　山口　青邨
敬老《けいろう》の日《ひ》や老樫《おいがし》に暗《くら》む家《いえ》　瀧　春一

老人《ろうじん》の日《ひ》喪《も》服《ふく》作《つく》らむと妻《つま》が言《い》へり　草間　時彦
としよりの日《ひ》や父恨《ちちうら》み母愛《ははあい》す　秋元不死男
生《い》き抜《ぬ》いて年寄《としより》の日《ひ》にかく集《つど》ふ　山畑　禄郎

鑑賞　着膨《きぶく》れて敬老《けいろう》の日《ひ》の俄寒《にわかざむ》　水原秋桜子

敬老の日にたまたま不順な気候で、急に寒さを感じた。あわてて着膨れる。われながら年寄りじみたかっこうだと苦笑する感じがある。それが、敬老の日なのでとくに心を動かしたのである。

月《つき》

秋《あき》の月《つき》　初月《はつづき》　二日月《ふつかづき》　三日月《みかづき》
新月《しんげつ》　夕月《ゆうづき》　宵月《よいづき》　弦月《げんげつ》　弓張月《ゆみはりづき》

解説　古来大いに詩歌に詠まれた自然の風物は雪月花であり、月は本来は四季それぞれのものであるが、これを秋におき、ただ月といえば秋の月、秋の趣とされている。それは、花が春、雪が冬に対しているだけでなく、四季いずれよりも秋に月はさやけく清く仰がれるためであろう。月にかかわるさまざまの表現がみなそれぞれ趣のある秋の季題となっている。陰暦八月の初めから初月・二日月・三日月または新月、それから夕方出て夜には沈んでしまう夕月・宵月が弦月（弓張月・五日の月）ころまで続く。**月《つき》の秋《あき》・月夜《つきよ》**ともいい、**月白《つきしろ》**は月の出に空がほの明るくなることをいう。

月天心《つきてんしん》貧《まず》しき町《まち》を通《とお》りけり　蕪　村
月光《げっこう》にいのち死《し》にゆくひとゝ寝《ね》る　橋本多佳子
やはらかき身《み》を月光《げっこう》の中《なか》に容《い》れ　桂　信子
月《つき》の人《ひと》のひとりとならむ車椅子《くるまいす》　角川　源義
かろき子《こ》は月《つき》にあづけむ肩車《かたぐるま》　石　寒太

鑑賞　月明《つきあか》し家《いえ》を定《さだ》めしばかりにて　百合山羽公

これからの定住の家をここと決めて、その家に対した思いであろう。わが家と定めた屋根の上に昇ってくる月は、あらためてこんなにも明るいものかと思い直しているのであろう。

名月《めいげつ》

明月《めいげつ》　望月《もちづき》　満月《まんげつ》　今日《きょう》の月《つき》
月今宵《つきこよい》　芋名月《いもめいげつ》

解説　陰暦八月十五日、この仲秋十五日の月はもっとも明るく澄んで美しい月として観《かん》月《げつ》・月見《つきみ》の宴が開かれる。芒《すすき》を飾り、団子や栗・枝豆・芋など季節のものを供えて月を祭る風習が広く行われている。この日を待って前夜を待宵《まつよい》といい、小望月《こもちづき》といって名月を眺め賞する気持ちを備えるのである。秋といっても、このごろになって爽涼《そうりょう》の気分も深まり、草の花、風や虫の音など、周囲の風物全体が月の明澄さを楽しむのにふさわしい気分になってくるのである。これに比べて秋はじめての満月（陰暦七月十五日）は地方によっては今日でも盆会《ぼんえ》の行われる時期の月であり盆《ぼん》の月《つき》と呼び、故人供養の背景の月であり、月そのものを賞美する趣ではない。十五夜以後、十六夜《いざよい》は名月よりやや遅く「いさよふ月」としてその情趣を味わう。十七日は、さらに遅れるので立って待つ立待月《たちまちづき》、十八日は座して待つので居待月《いまちづき》、十九夜は寝ながら待つ寝待月《ねまちづき》（臥待月《ふしまちづき》）、二十日は更待月《ふけまちづき》、それ以後は月の出ない闇を宵闇《よいやみ》としてその情趣を味わっている。とくに宵闇は、夕闇に続く宵の闇を指すだけでなく、季題となるときは月に関連して使われることに注意したい。これらはすべて月を賞美する心の生み出した微妙な情趣を含むものなのである。なお十五《じゅうご》夜《や》・良夜《りょうや》は名月のある夜のことをいうが、待宵・十六夜はそれぞれの夜とその夜の月とどちらをも指す。

名月《めいげつ》や池をめぐりて夜《よ》もすがら　芭　蕉
名月《めいげつ》をとつてくれろと泣《な》く子《こ》かな　一　茶
けふの月馬《つきうま》も夜道《よみち》を好《この》みけり　村上　鬼城
厨子《ずし》の前望《まえもち》のひかりの来《き》てゐたり　水原秋桜子
十五夜《じゅうごや》の雲《くも》のあそびてかぎりなし　後藤　夜半

鑑賞　鯛《たい》は花《はな》は見《み》ぬ里《さと》もあり今日《きょう》の月《つき》　西　鶴

鯛の料理・桜の花、そういう華やかなものは目にすることのできないひなびた里もあろう。そんなわびしい里であっても、いや、わびしい里でこそ今日の名月は明るく照りわたることであろう。

無《む》月《げつ》

解説　十五夜に曇り空のため名月が隠れて出ないことをいう。月を仰ぐことはできないが、満月の明るさがどことなく漂っている。無月でも、これが雨となると雨月《うげつ》となり、その雨を月《つき》の雨《あめ》と呼んで名月を惜しみ寂しむ気持ちをこめている。

楼上《ろうじょう》の七八人《しちはちにん》の無月《むげつ》かな　野村　喜舟
うづくまる猫《ねこ》の宵寝《よいね》も無月《むげつ》かな　松本たかし
舟底《ふなぞこ》を無月《むげつ》の波《なみ》のたたく音《おと》　木村　蕪城
いくたびか無月《むげつ》の庭《にわ》に出《い》でにけり　富安　風生
草踏《くさふ》んで獣通《けものとお》りし無月《むげつ》かな　廣瀬　直人

鑑賞　誰《たれ》かゆく無月《むげつ》の芝《しば》のややあをし　桂　樟蹊子

良夜というのに雲厚く眺める月はない。月あればよき広い庭であろうか、その芝生を誰か歩いて行く。そう思って眺めると、無月といっても満月の夜、芝にはほのかな青さが見えるのであろう。

芋《いも》

里芋《さといも》　芋畑《いもばたけ》

解説　単に芋といえば、俳句では里芋を指すので注意を要する。東南アジア原産の多年草で太平洋一帯に広がり、〝タロ〟といって主食的に用いられた。日本へも古代に伝えられたが、稲の伝来よりも早かったのではないかという説もある。開花期は秋だが、温帯ではまれにしか花をつけない。十月上旬ごろ根茎を掘って食用にする。親芋専用の品種を八頭《やつがしら》という。また子芋を皮付きのまま蒸したものを衣被《きぬかつ》ぎといって仲秋の名月に供える。里芋に対して、野生の芋の意味で名付けられた**山芋**《やまいも》をはじめ、芋の仲間には他に**馬鈴薯**《ばれいしょ》（じゃがいも）・**甘藷**《かんしょ》（さつまいも）・**自然薯**《じねんじょ》（やまのいも）・**薯蕷**《ながいも》・**何首烏芋**《かしゅういも》などがある。これらは単に芋とせず、それぞれ具体的に句に詠みこんで秋の季題とする。

星《ほし》のとぶもの音《おと》もなし芋《いも》の上《うえ》　阿波野青畝

ひえびえと雲嘆《くもなげ》かるる芋《いも》の空《そら》　梶井枯骨

芋畑《いもばた》や下葉《したば》の露《つゆ》の日《ひ》もすがら　西島麦南

地《ち》の底《そこ》の秋見届《あきみとど》けし子芋《こいも》かな　長谷川零余子

芋煮《いもに》えてひもじきままの子《こ》の寝顔《ねがお》　石橋秀野

鑑賞 芋《いも》の葉《は》の八方《はっぽう》むける日《ひ》の出《で》かな　石田波郷

「むける」の「る」は存続の助動詞で、「向いている」の意。芋畑の里芋のおびただしい広葉に訪れている夜明けのさまである。その一枚一枚の葉に、朝露、いわゆる「芋の露」が輝く。

衣《きぬ》被《かつぎ》

解説 里芋《さといも》の子芋を皮をむかずにそのまま茹《ゆ》でたもの。茹であがったものを塩や醤油《しょうゆ》をつけて、食べる。皮をかぶったままで出され、食べるときに、着けている衣《きぬ》を脱がすようにしてむくところから、衣被ぎという名が生まれた。八月十五夜の月見に供えるものの一つであるが、夜食などに出されて風流で味わいのある食べ物である。

ほこほこと歯《は》にやさしさや衣被《きぬかつぎ》　河野　静雲
衣《きぬ》かつぎにも頃《ころ》あひや撰《え》りて食《た》ぶ　中村　汀女
今生《こんじょう》のいまが倖《しあわ》せ衣被《きぬかつぎ》　鈴木真砂女
子《こ》にうつす故里《ふるさと》なまり衣被《きぬかつぎ》　石橋　秀野
何《なん》となく独《ひと》り身《み》をかし衣被《きぬかつぎ》　山田みづえ
昨日《きぞ》の暑《しょ》のあとかたもなき衣被《きぬかつ》ぎ　佐久間宵二

鑑賞 衣被《きぬかつぎ》地の味噌《みそ》なれば出《だ》されけり　舘野　翔鶴

茹であがった里芋の小芋には、見た目にも野趣の味わいがある。塩をふりかけて食べるのだが、郷に入りては郷に従えにならって、その土地の味噌を所望した。味噌には風土の味わいがある。その土地の人々の情も伝わるようだ。

子規忌《しきき》　糸瓜忌《へちまき》　獺祭忌《だっさいき》

解説 九月十九日。正岡《まさおか》子規の忌日である。子規は慶応三年（一八六七）愛媛県松山生まれ。本名は常規《つねのり》。喀血《かっけつ》して子規と号した。病軀《びょうく》にもめげず、日本派の俳句、根岸派の短歌と、両方面に活躍し、明治の俳句・短歌の革新をなしたことはよく知られている。東京根岸の子規庵《しきあん》で、明治三十五年（一九〇二）三十六歳で没した。田端《たばた》の大龍寺に葬られた。辞世の句に糸瓜を詠んだので、糸瓜忌という。別号を獺祭書屋主人といったので、獺祭忌とも呼ぶ。

草花《くさばな》を皆句《みなく》に作《つく》り子規忌《しきき》かな　野村　喜舟
糸瓜忌《へちまき》や俳諧帰《はいかいき》するところあり　村上　鬼城
枝豆《えだまめ》がしんから青《あお》い獺祭忌《だっさいき》　阿部みどり女
健啖《けんたん》のせつなき子規《しき》の忌《き》なりけり　岸本　尚毅

鑑賞 同病《どうびょう》の集《よ》りてわらへる子規忌《しきき》かな　石田　波郷

子規も波郷も結核に冒された。病院で同病の仲間が集まって子規忌に句会などをしている。「わらへる」というところに、かえって寂しさが感じられる。

霧《きり》　狭霧《さぎり》　霧襖《きりふすま》

解説　大気中に微小粒子の水滴が浮遊して、先方が見通せなくなる現象で、川・湖・海などに発生しやすい。気象上では視程一キロ未満（一キロ以上の距離にある物がぼやけて見えなくなる）になると、霧が発生したとする。よく光が当たると肉眼でも水滴が認められ、風の流れによってそれらが乱れて動きまわるさまも見ることができる。こうした霧そのものをも美しいものとして狭霧と雅称され、山霧・川霧・夕霧・朝霧などと多くの呼び方で詩歌に詠みこまれている。霞《かすみ》とは気象上には区別なく、また昔は春秋ともに霧とも霞ともいったが、のちに春は霞、秋は霧とするようになった。霧は、水蒸気の量が十分で、さらに空気が冷却することにより発生するので、なんといっても秋が霧の季節である。霧襖といわれるほど深く立ちこめると、それだけで地上も草木も家屋も濡《ぬ》れるほどになり、さらには細かな霧雨となって降るようにさまざまな趣の霧は秋の風物に欠かせない。

白樺《しらかば》を幽《かす》かに霧《きり》のゆく音《おと》か　水原秋桜子

ランプ売《う》るひとつランプを霧《きり》にともし　安住　敦

霧《きり》の夜《よ》のひとつ灯《ひ》さげて牧舎《ぼくしゃ》出《い》づ　石橋辰之助

街燈《がいとう》は夜霧《よぎり》にぬれるためにある　渡辺　白泉

霧《きり》の奥《おく》より母《はは》の声《こえ》谿《たに》の声《こえ》　原　裕

鑑賞　かたまりて通《とお》る霧《きり》あり霧《きり》の中《なか》　高野　素十

霧が深く、また霧の動きも早い山頂であろうか。その霧の動き、ただ霧ばかりを実によく描写しきっている句である。写生もここまでくると霧そのものの心もとらえ得ている。

蜻《と》蛉《んぼ》　せいれい　あきつ　やんま　赤蜻蛉《あかとんぼ》

解説　蜻蛉は晩春から秋まで見られるが、昔から秋の季題とされている。中でも赤蜻蛉と呼ばれる小形の蜻蛉は、秋を象徴する風物の一つに数えられている。種類が多く、よく知られているものには麦稈《むぎわら》蜻蛉（雌）・塩辛《しおから》蜻蛉（雄）、大形のやんまなどがある。銀やんまは蜻蛉とりの対象として子供たちに人気があり、盆近くに飛ぶ精《しょう》霊《りょう》蜻蛉などがある。別名をあきつともいい「秋之虫《あきのむし》」の意で、『日本書紀』にも見られる。蜻蛉は飛坊《とびぼう》とか、飛羽《とびば》の意から転じたものといわれる。蜻・蛉・蜓などは、一字で蜻蛉の意を持つが二字を合わせて蜻蛉・蜻蜓《やんま》と書く。速力も速く、飛びながら蚊《か》や蠅《はえ》、うんかなどを捕食する益虫である。幼虫はやごといい、水中で生活する。

蜻蛉《とんぼう》やとりつきかねし草《くさ》の上《うえ》　芭　蕉
とどまればあたりにふゆる蜻蛉《とんぼ》かな　中村　汀女
肩《かた》に来《き》て人懐《ひとなつ》かしや赤蜻蛉《あかとんぼ》　夏目　漱石
赤蜻蛉《あかとんぼ》筑波《つくば》に雲《くも》もなかりけり　正岡　子規
赤《あか》とんぼ夕暮《ゆうぐれ》はまだ先《さき》のこと　星野　高士

鑑賞　蜻蛉《せいれい》に空《そら》のさざなみあるごとし　佐々木有風
繊細な詩情の流れる句である。軽やかに飛び舞う蜻蛉の姿から、空にもさざなみがあるようだと感じるのであるが「空のさざなみあるごとし」と、感懐を一気に詠み下していて力強い。

秋彼岸《あきひがん》

解説　秋分《しゅうぶん》（九月二十一日ごろ）を中日とした七日間をいう。わが国の雑節の一つで、仏事を修するなども春の彼岸と同じである。このころから涼しくなるが、気温は春の彼岸より高い。

秋《あき》彼《ひ》岸《がん》地《ち》上《じょう》の者《もの》に香《こう》煙《けむ》る　秋沢　猛
砂《すな》ふめば砂《すな》のきらめき秋彼岸《あきひがん》　大津　希水
ひとごゑのさざなみめける秋彼岸《あきひがん》　森　澄雄
秋彼岸《あきひがん》てのひら出《だ》して羽毛《うもう》享く　波多野爽波
菩提樹《ぼだいじゅ》に雲《くも》浮く秋《あき》の彼岸《ひがん》かな　山崎　秋渓

鑑賞 石塔《せきとう》に彫《ほ》れしわが字《じ》や秋彼岸《あきひがん》　木津　柳芽

誰かの供養のために建てた石塔の字か、あるいは自分のためか、わが字が明らかに石に彫り刻まれた。これを目にするのは秋彼岸の日、なにか悠久の彼岸を思う心境にある。

穴《あな》まどひ　秋《あき》の蛇《へび》　蛇穴《へびあな》に入《い》る

解説 寒くなると蛇は穴に入って冬眠する。ふつうは春の彼岸に出て、秋の彼岸に入るといわれるが、実際に穴に入るのは仲秋の終わりごろである。穴惑いの惑うは迷うという意味で、彼岸過ぎてもまだ穴に入らずさまよっている蛇のことをいう。俳句独特の季語で、秋の蛇というよりはどことなく鈍で哀れな蛇の姿を想像できよう。

今日《きょう》も見《み》る昨日《きのう》の道《みち》の穴《あな》まどひ　富安　風生
金色《こんじき》の尾《お》を見《み》られつつ穴惑《あなまどい》　竹下しづの女
穴惑《あなまどい》芦《あし》にからまる日和《ひより》かな　阿波野青畝
秋《あき》の蛇《へび》去《さ》れり一行《いちぎょう》詩《し》のごとく　上田五千石
蛇穴《へびあな》に入《い》る今年《ことし》もう旅《たび》はなし　大野　林火
穴《あな》に入《い》る蛇《へび》あかあかとかがやけり　沢木　欣一

鑑賞 穴惑《あなまどい》水《みず》をわたりて失《う》せにけり　日野　草城

水辺に残っていた穴惑いが、秋水を泳ぎ渡る姿に作者の眼が向けられている。不吉なものとして嫌われている蛇であるが、一心に水を泳いでのがれる姿は哀れである。この季節の寂しさが穴惑いの失せた水辺に漂っている。

雁《かり》

がん　かりがね　初雁《はつかり》　雁渡《かりわた》る
落雁《らくがん》

解説　冬季に日本に渡ってくる雁のうちもっとも多いのは真雁《まがん》と菱喰《ひしくい》である。ともに大形で色は灰褐色、脚は短く、偏平《へんぺい》な嘴《くちばし》を持つ。真雁はユーラシア大陸や北米北部で繁殖し日本に渡来する。昼間は池や干潟《ひがた》や海上などで休み、日が暮れると田や池でえさを取る。菱喰は好んで菱の根や茎を食うところから名付けられた。別名を沼太郎という。真雁よりやや大形で、シベリア方面で繁殖したものが渡来する。雁は編隊を組んで渡り、直線になったり、V型になったりして飛ぶ。これを**雁列《がんれつ》・雁行《がんこう》・雁《かり》の棹《さお》**などと呼ぶ。古来、雁《かり》が音《ね》といい、鳴く声が賞された。グァーン、グァーンとも、カリカリとも鳴く。落雁は空から下りる雁をいう。初雁の見られるのは十月ごろであり、翌年の春までとどまったのち、北方に去る。

雁《かり》鳴《な》いて大粒《おおつぶ》な雨《あめ》落《おと》しけり　大須賀乙字
雁《かりがね》の声《こえ》のしばらく空《そら》に満《み》ち　高野素十
雁《かり》の数渡《かずわた》りて空《そら》に水尾《みお》もなし　森　澄雄
雁《かり》ゆきてまた夕空《ゆうぞら》をしたたらす　藤田湘子
雁《かりがね》や残《のこ》るものみな美《うつく》しき　石田波郷
みな大《おお》き袋《ふくろ》を負《お》へり雁渡《かりわた》る　西東三鬼

鑑賞
雁啼《かりな》くやひとつ机《つくえ》に兄《あに》いもと　安住　敦

『古暦』所収。敗戦直後の作である。一面を焦土と化した東京の空を雁が鳴きながら渡ってゆく。古びた机に頭を寄せあう子供たち。生きていることの喜びが、ささやかな家庭生活を通してほのぼのと感じられる。

燕《つばめ》帰《かえ》る（つばめかへる）

帰燕《きえん》　去《い》ぬ燕《つばめ》　秋燕《しゅうえん》
残《のこ》る燕《つばめ》

解説　燕のうち温帯と亜寒帯のものは渡りをする。とくに北半球北部のものは長距離を渡る。日本には春渡ってきてすみ繁殖するが、秋になると大海を越えて南下し、中国南部やフィリピン、ニューギニア方面で冬を過ごす。渡り鳥は前年繁殖した場所に戻ってくるのがふつうであるが、長途の旅で命を落とすものや、環境の変化により安住の地を失うなど、かならずしも一定していない。秋燕は、渡り去るまでの燕。時期を過ぎても残っているものを残る燕という。近年は、暖地を求めて残る越冬燕も増えている。身近な鳥であるため、帰燕・秋燕には名残を惜しむ寂しさが感じられる。

ひたすらに飯《めし》炊《た》く燕《つばめ》帰《かえ》る日《ひ》も　三橋　鷹女
ある晴《は》れた日《ひ》につばくらめかへりけり　安住　敦
破船《はせん》より翔《た》ちて帰燕《きえん》に加《くわ》はれり　鷹羽　狩行
頂《ちょう》上《じょう》や淋《さび》しき天《てん》と秋燕《しゅうえん》と　鈴木　花蓑
高波《たかなみ》にかくるる秋《あき》のつばめかな　飯田　蛇笏
篁《たかむら》に一《いっ》水《すい》まぎる秋燕《あきつばめ》　角川　源義

鑑賞　燕《つばめ》去《さ》つて丘《おか》のあをぞらのこりけり　赤城さかえ
『浅蜊の唄』の第一部「うみべのうた」所収。逗子小坪湘南サナトリウム時代の作品。後に見られる社会革新的な激しさを持つ句と趣を異にする。残された丘と青空が、去りゆく燕を見送った寂寥《せきりょう》感をいっそう濃くしている。

曼珠沙華《まんじゅしゃげ》

彼岸花《ひがんばな》

解説　ヒガンバナ科の多年草。秋の彼岸のころ人里に咲き乱れ、彼岸花の名がある。曼珠沙華は梵語《ぼんご》の赤花の意味で、『法華経《ほけきょう》』

の中にあることば。葉を出す前に花茎を伸ばし開花するので「まず咲き」といい、それが仏教と結びつけられたという興味ある一説もあるが、いずれにしても寺院の境内や墓地などに多く生えるところからの命名であろう。稲作の伝来とともに古く中国から渡来したと考えられているが、揚子《ようす》江《こう》沿岸に自生するものは結実するのに反し、日本の曼珠沙華は種子ができず地下の球根によって殖える。その球根を掘り出して砕き、水によくさらせば有毒成分のリコリンが流れ去るので飢饉《ききん》のときなどの非常食になった。まれに白い花をつけるものがある。

曼珠沙華《まんじゆしやげ》消《き》えたる茎《くき》のならびけり　後藤　夜半
曼珠沙華《まんじゆしやげ》抱くほどとれど母恋《ははこい》し　中村　汀女
曼珠沙華《まんじゆしやげ》落暉《らつき》も蘂《しべ》をひろげけり　中村草田男
つきぬけて天上《てんじよう》の紺曼珠沙華《こんまんじゆしやげ》　山口　誓子
西国《さいごく》の畦《あぜ》曼珠沙華《まんじゆしやげ》曼珠沙華《まんじゆしやげ》　森　澄雄
曼珠沙華《まんじゆしやげ》どれも腹出《はらだ》し秩父《ちちぶ》の子《こ》　金子　兜太

鑑賞 土堤《どて》刈《か》つてより二日目《ふつかめ》の曼珠沙華《まんじゆしやげ》　飴山　実

曼珠沙華はある日急に咲く。大地からいきなり花茎を伸ばし、紅蓮《ぐれん》の炎のような花をつける。開花予告がなくて、すぐさま花を見せるすばやさを、「二日目」と具体的にいったのである。

鶏頭《けいとう》　鶏頭花《けいとうか》

解説 熱帯アジア原産のヒユ科の一年草。花の形を雄鶏《おんどり》のとさかに見たててこの名があるが、漢名も鶏冠花《けいかんか》という。古く中国から渡来したが、万葉時代は韓藍《からあい》と呼ばれ、草染めの染料にしたことがうかがわれる。現在は観賞用にさまざまな品種が栽培されている。鶏頭とは別種だが、同じヒユ科の**葉《は》鶏頭《げいとう》**も熱帯アジア原産で、花期が長く秋の遅くまで咲き続けるので、「しぼまぬ恋」という花言葉がついている。平安時代に渡来した。花は緑色で小さく目立たないが、夏の終わりから秋にかけて黄・淡黄・鮮紅・狐色などの美しい葉をつけ、秋もふけると紅葉して鮮やかな色になる。別名**雁来**《がんらい》**紅**《こう》、和名を**かまつか**という。「雁《かり》を待ち紅《あか》く染まる」ということばを縮めるとかまつかになるという。

鶏頭《けいとう》の十四五本《じゅうしごほん》もありぬべし　正岡　子規
大鶏頭紅《おおけいとうべに》のはげしくしづかなる　河野　静雲
鶏頭《けいとう》の白《しろ》からんまで露微塵《つゆみじん》　山口　青邨
鶏頭《けいとう》を三尺《さんじゃく》離《はな》れもの思《おも》ふ　細見　綾子
鶏頭《けいとう》をたえずひかりの通《とお》り過《す》ぐ　森　澄雄
葉鶏頭《かまつか》のいただき躍《おど》る驟雨《しゅうう》かな　杉田　久女

鑑賞　鶏頭《けいとう》を抜《ぬ》けばくるもの風《かぜ》と雪《ゆき》　大野　林火
枯れて骨のようになった鶏頭を抜いて、庭の隅で焚こうとするのである。鶏頭もいよいよ終わった。このあとくるものは冬の季節風と雪ばかりだという思いが胸を占める。「風と雪」はもちろん厳しい冬の象徴だ。

秋《あき》の海《うみ》　秋《あき》の波《なみ》　秋《あき》の浜《はま》

解説　秋、高く晴れわたった空の下、さわやかに広がる海である。秋も初めのころは、まだ海水の表面温度も高く、夏の名残があるが、それでも人出は少なく、浜辺は寂しい感じがする。台風シーズンが過ぎる十月中旬から、さらに十一月に入ると、寒流が勢いを増し、海は急に秋らしく、深い色になる。空気が澄んでいるので、視界がよく、中村草田男の「秋《あき》の航《こう》一大紺円盤《いちだいこんえんばん》の中《なか》」のように、海は大きな紺の円盤のような張りつめた美を感じさせる。夜の漁火《いさりび》もはっきりして美しい。陰暦八月十五日満月の大潮の満潮を初潮《はつしお》という。葉月潮《はづきじお》・望《もち》の潮《しお》などとも呼ぶ。台風のときの高い潮が高潮《たかしお》である。秋《あき》の潮《しお》。

町裏《まちうら》に汽車《きしや》がつきゐて秋《あき》の海《うみ》　中村　汀女
浦浦《うらうら》の隈《くま》の隈《くま》まで秋《あき》の海《うみ》　山口　誓子
砂嚙《すなか》んで果《は》つるほかなし秋《あき》の波《なみ》　鈴木真砂女
今立《いまた》てる一白波《ひとしらなみ》や秋《あき》の海《うみ》　京極　杞陽
展覧会《てんらんかい》の屑《くず》を積《つ》み出《だ》す秋《あき》の海《うみ》　渡辺　春蕨

鑑賞
みをつくし遙々《はるばる》つゞき秋《あき》の海《うみ》　高浜　虚子

「みをつくし」は通行する船に水路を知らせるために立てたくいのこと。夏ならば人出でにぎわって、くいなどしみじみと見るような雰囲気はない。静寂を取り戻した秋の海のみおつくしは心にしみるものがある。

秋刀魚《さんま》　さいら

解説　秋刀魚は秋を代表する魚である。幼魚は八月ごろ寒流に乗って北海道方面に来遊するが、産卵のため本州沿いに南下し、晩秋のころは銚子《ちょうし》沖付近に姿を見せる。太平洋岸では千葉県以北が主な漁場とされ、主として流し刺し網で獲る。相模灘《さがみなだ》以南に回遊するものは産卵後で味が劣る。体長約三〇センチ、名のごとく刀に似て細身。背部は鉛青色、腹部は銀白色である。秋は脂肪が多く味もよいので名前に秋の字がついている。関西ではさいらという。塩焼きにして柚子《ゆず》をかけ、大根おろしで食べるほか、バター焼きなどにして食べる。大漁期の秋刀魚が銀鱗《ぎんりん》をひらめかして水揚げされるさまは壮観で、市場は活気に満ちあふれる。

さんま焼《や》くけむりのなかの一人《ひとり》かな　久保田万太郎
秋刀魚《さんま》買《こ》うてうらぶれ戻《もど》る風《かぜ》の中《なか》　伊東　月草
火《ひ》だるまの秋刀魚《さんま》を妻《つま》が食《く》はせけり　秋元不死男
秋刀魚《さんま》食《く》ひ出世《しゆっせ》無縁《むえん》の口拭《くちぬぐ》ふ　福田　蓼汀

風《かぜ》の日《ひ》は風吹《かざふ》きすさぶ秋刀魚《さんま》の値《ね》　石田　波郷
遠方《をちかた》の雲《くも》に暑《しょ》を置《お》き青《あお》さんま　飯田　龍太

鑑賞　秋刀魚《さんま》黒焦《くろこ》げ工場《こうじょう》の飯大盛《めしおおも》りに　山崎ひさを
何十人もの工員がつどう食堂風景であろうか。健康な汗にまみれたあとの旺盛な食欲。どんぶりの大盛り飯に添えられたのは、真っ黒焦げの秋刀魚一匹。リズムは破調でぎごちないが、かえってにぎにぎしい昼食時のざわめきを思わせる。

鰯雲《いわしぐも》　鱗雲《うろこぐも》　鯖雲《さばぐも》

解説　青空に小さな雲片が斑紋《はんもん》をなして広がり、もう秋だという思いでこれを仰ぐ人は多い。さざなみのようでもあり、また魚鱗《ぎょりん》や鯖の斑紋に似たものもある。この雲が出ると、鰯の大漁があるというので、この名がある。雲の分類上では絹積雲《けんせきうん》（巻積雲）に当たるが、高積雲にもこの現象があり、対応ははっきりしない。

鰯雲《いわしぐも》旅《たび》を忘《わす》れしにはあらず　橋本多佳子
ボート来《き》て崩《くず》るる影《かげ》や鰯雲《いわしぐも》　飯田　和子
教室《きょうしつ》は教師《きょうし》の砦《とりで》いわし雲《ぐも》　樋笠　文
鰯雲人《いわしぐもひと》に告ぐべきことならず　加藤　楸邨
海《うみ》に出《で》てだんだん鰯雲《いわしぐも》らしく　小圷　健水

鑑賞　鰯雲日《いわしぐもひ》かげは水《みず》の音迅《おとはや》く　飯田　龍太
山村の光景である。日かげはもう秋深まり寒気さえ感じるほどであろう。そこを秋になって、水量の増した用水が流れ去る。鰯雲広がるもとになにもかも迅速に季節を進めている思いがする。

鮭《さけ》　初鮭《はつざけ》

解説　鮭という呼び名には、鮭・鱒《ます》（桜鱒）のほかに、紅鮭・銀鮭・ますのすけ・樺太《からふと》鱒などの総称である場合と、塩鮭にした鮭のみを指す場合と二とおりある。多くは北半球中部以北に分布し、原則として海で育ち産卵のために川を上る。かつては秋から冬にかけて北海道や東北方面では鮭漁が盛んであった。しかし、乱獲や水の汚染、開発などのため鮭の漁場も急激に減り、産卵地の川へ帰ってくるものはごくわずかになった。鮭の一生は波乱に富む。秋から冬にかけて産まれた卵は、約二カ月で稚魚になる。しばらくは川で過ごすが春になると海へ下る。ベーリング海域を時計の針と逆回りの回遊を続けながら成長し、約四年たった秋に産卵地の川へ戻ってくる。川をさかのぼりはじめると絶対に食物をとらず、一日平均一四キロの速さで上流へさかのぼる。生殖期の雄は顎《あご》骨が鉤《かぎ》状に曲がるため鼻曲がりと呼ばれる。産卵地に着くと、雌は尾ひれで穴を掘り三〇〇〇〜四〇〇〇粒の卵を産み、雄がその上に精子をかけて砂や小石で隠す。産卵を終えた雌雄はともに食物をとらず、色あせて死ぬ。現在では人工孵《ふ》化が行われている。北海道では鮭を秋《あき》味《あじ》と呼ぶ。鮮魚よりも燻製《くんせい》や塩鮭とし、鮞《はららご》から作るイクラや筋子《すじこ》は珍重されている。

初鮭《はつざけ》は慮外《りよがい》しらずにのぼりけり　言水
みちのくの鮭《さけ》は醜《みにく》し吾《あ》もみちのく　山口　青邨
鮭飯《さけめし》のほの赤味《あかみ》さすぬくみかな　大野　林火
鉄橋《てっきょう》を夜汽車《よぎしゃ》が通《とお》り鮭《さけ》の番《ばん》　草間　時彦
さざなみの光《ひか》りは空《そら》へ鮭《さけ》のぼる　花谷　和子
一塊《いっかい》のくろがねとなり鮭《さけ》のぼる　菅原　関也

鑑賞
鮞《はららご》をぬかれし鮭《さけ》が口《くち》を開《あ》け　清崎　敏郎

産卵のためにのみ生まれてきたような鮭の一生である。絶食状態で川をさかのぼり、命がけで卵を産む。この鮭は無念にも途中で捕獲され、そのうえ、たいせつな鮞まで抜き取られてしまう。あぜんとしているのは鮭の方である。

鯊《はぜ》

鯊日和《はぜびより》　鯊《はぜ》の秋《あき》　鯊《はぜ》の潮《しお》

解説　鯊釣りとして知られているのは真鯊。釣り人に馬鹿鯊とあなどられるほど初心者にもよく釣れる魚である。体長は二〇センチくらい、口が広く、体色は淡黄色で胸鰭《むなびれ》も黄色い。内湾や川口にすみ、秋彼岸のころから海に下る。秋晴れを鯊日和ともいう。産卵を終わったものも秋にはよく肉がついて美味である。昔から「彼岸中日の鯊は中気の薬」といわれ、この日から鯊釣りを始めた。よく釣れるので鯊の秋などという。東京では今年生まれた鯊を「でき」といい、越年のものを婆はぜと呼ぶが、関西方面ではふるせとか、爺《じい》はぜという。てんぷらや甘露煮《かんろに》・佃煮《つくだに》・吸い物などにする。

川《かわ》はぜや十《とお》に足《た》さるる海老《えび》の中《なか》　野　坡
ひらひらと釣《つ》られて淋《さび》し今年鯊《ことしはぜ》　高浜　虚子
鈎呑《かぎの》みし鯊《はぜ》の呆《ぼ》け顔誰《がおだれ》かに似《に》る　岡本　圭岳
さきほどの雲《くも》に子《こ》が出来《でき》鯊日和《はぜびより》　皆吉　爽雨
日曜《にちよう》につづく旗日《はたび》や鯊《はぜ》の秋《あき》　五十嵐播水
水中《すいちゅう》に石段《いしだん》ひたり鯊《はぜ》の潮《しお》　桂　信子

鑑賞　潮《しお》さして鰭《ひれ》よろこべり魚籠《びく》の鯊《はぜ》　水原秋桜子

はじめて釣竿を持った人にも喜んで見参する人なつっこい魚である。小柄な魚だからよけいに鰭が目立つ。魚籠の鯊にも潮が満ちてくるが、まず喜んでいるのは鯊の鰭だというとらえ方が、童心豊かでいかにも楽しい。

竹《たけ》の春《はる》

解説　竹はふつうの植物と違って春に繁殖の時期を迎える。そのころは地下茎から出る竹の子の方に養分をまわすので親竹は衰え、「竹の秋」を迎える。しかし秋になると竹の子の生長した若竹もりっぱな竹となり、親竹も青々と茂りを見せる。これを竹の春と呼ぶのである。竹伐《き》る時期もこのころが選ばれている。また、竹はめったに開花せず、もし花をつけると間もなく実を結んで枯死するといわれるが、その時期がだいたい秋なので**竹《たけ》の花《はな》・竹《たけ》の実《み》**も秋の季題である。

京《きょう》といへば嵯峨《さが》と思《おも》ほゆ竹《たけ》の春《はる》　角田　竹冷
うしろよりわが名呼《なよ》ばるる竹《たけ》の春《はる》　原　コウ子
坂《さか》かけて夕日《ゆうひ》美《うつく》し竹《たけ》の春《はる》　中村　汀女
竹《たけ》の春水《はるみず》きらめきて流《なが》れけり　成瀬桜桃子
鐘楼《しょうろう》にあがれば陽《ひ》あり竹《たけ》の春《はる》　高橋　勝朗
爆心《ばくしん》や蘇生《そせい》の竹《たけ》の竹《たけ》の春《はる》　林　薫

鑑賞　広島と長崎に落とされた原爆のあとには、百年のあいだ草も生えぬといわれた。しかし、事実は次々にたくましく草木はよみがえった。爆心地にさえ、今はさやさやとよみがえった竹が春を迎えているのだ。

竹伐《たけき》る

解説　「竹八月に木六月」ということばがあり、竹は陰暦八月、木は六月が伐採の好時期とされている。したがって、現在は十月ごろとなる。この時期は、竹の春ともいわれて竹は青々として充実していて美しく、また、このとき伐った竹には虫がつかないとされている。なお、竹は三年以下のものを伐採すると竹林が衰えるという。

竹《たけ》を伐《き》る節《ふし》りんりんと遠《とお》き雲《くも》　山口　草堂
一日《いちにち》や竹《たけ》伐《き》る響《ひびき》竹山《たけやま》に　松本たかし
竹伐《たけき》つて横《よこ》たふ青《あお》さあらたまり　皆吉　爽雨
竹山《たけやま》に竹伐《たけき》り倒《たお》し人見《ひとみ》えず　能村登四郎
騒《さわ》ぐ竹《たけ》この一本《いっぽん》を伐《き》らんとす　鈴木六林男
荒海《あらうみ》へ竹伐《たけき》る響《ひび》き落《お》ちゆけり　渡辺　恭子

鑑賞　竹《たけ》を伐《き》る音《おと》きのふよりふかくなる　千賀　静子

竹山の竹を伐る音が今日も聞こえる。昨日よりさらに奥深いところから聞こえる。それが「深くなる」であろう。同時に、山深く伐り進んだことも表現されているが、竹を伐る澄んだ音が明瞭に遠くから届くことも示された。

草《くさ》の花《はな》　千草《ちぐさ》の花《はな》

解説　秋の山野や庭先に茂ったさまざまの雑草・草花の花のことである。秋の七草のような名のある花も野生の名も知らぬ花も含めていう。それらの草は概して可憐《かれん》で小さい花をたくさんつける。その種類の多いところから千草の花ともいう。また草の花の咲き乱れる野を花野と称する。花のまだ終わらぬうちから穂が出て実を結ぶものもあり、やがて花の数が減るころは**草《くさ》の穂《ほ》**や**草《くさ》の実《み》**が色づいて種子がこぼれ落ちるようになる。**秋草《あきくさ》**はやや広い意味の季題で、秋に花をつける草の姿をいう。穂の出た草、花の咲いている草、優美に、あるいは醜く茂っている草のさまなどをも含めた言い方である。

名《な》はしらず草毎《くさごと》に花《はな》あはれなり　杉　風
門《もん》ありて国分寺《こくぶじ》はなし草《くさ》の花《はな》　梅　室
牛《うし》の子《こ》の大《おお》きな顔《かお》や草《くさ》の花《はな》　高浜　虚子
水《みず》あれば濯《そそ》ぐひとあり草《くさ》の花《はな》　軽部烏頭子
音《おと》のして海《うみ》は見《み》えずよ草《くさ》の花《はな》　木下　夕爾

鑑賞

草《くさ》の花《はな》ひたすら咲《さ》いてみせにけり　久保田万太郎

久保田万太郎らしい一句。副詞「ひたすら」はやはり俗語であろうし、「咲いてみせ」たという言いまわしにも俗謡の趣がある。しかし、路傍にあって可憐なるものへ寄せるまなざしは深い。

秋海棠《しゅうかいどう》（しうかいだう）

解説 中国原産のシュウカイドウ科の多年草。日陰の湿ったところでよく発育し、四〇〜六〇センチの高さになる。海棠（バラ科、花は春）に花色が似て秋に咲くのでこの名がある。日本へは江戸時代の寛永年間に渡来したといわれるが、観賞用に広く栽植され、八月末ごろから開く淡紅色の美しい花が秋を彩る。また、ところによっては野生化しているのを見ることもある。年々地下茎から株を増してゆくが、花の終わったあと葉腋《ようえき》にできた肉芽（むかご）が地面に落ち、これからも新しい苗ができる。園芸品種には白花のもの、葉に斑《ふ》の入ったものなどがある。ベゴニアは秋海棠の仲間で、どことなく似通ったところがある。

臥《ふ》して見《み》る秋海棠《しゅうかいどう》の木末《こずえ》かな　正岡　子規
刈《か》り伏《ふ》せて節々《ふしぶし》高《たか》し秋海棠《しゅうかいどう》　原　石鼎
病《や》める手《て》の爪《つめ》美《うつく》しや秋海棠《しゅうかいどう》　杉田　久女
秋海棠《しゅうかいどう》一本《いっぽん》ありて雨《あめ》を愛《あい》す　山口　青邨
襖絵《ふすまえ》は裾古《すそふ》りにけり秋海棠《しゅうかいどう》　水原秋桜子

鑑賞

うなだれて花恋《はなこ》ふ花《はな》よ秋海棠《しゅうかいどう》　渡辺　水巴

秋海棠の花は、透きとおるほどのごく淡い紅色の花びらが楚々と垂れて美しいが、どことなく寂しげな花である。その感じを「うなだれて花恋ふ花」と具体化した。

竜《りん》胆《どう》（りんだう）

解説　リンドウ科の多年草。山野の日当たりのよい場所に自生し、紫色の可憐《かれん》な花をつける。清少納言《せいしょうなごん》は『枕草子《まくらのそうし》』に、「竜胆は枝さしなどもむつかしけれど、異花《ことはな》どもみな霜枯れたるに、いとはなやかなる色合ひにてさし出でたる、いとをかし」と、この花だけが秋の遅くまで咲き誇るさまを書きとめている。リンドウの名は漢名竜胆《りゅうたん》の訛《なま》ったもので、竜葵《りゅうき》（イヌホオズキ）に葉が似ていて、しかも根が胆《きも》のように苦いことに由来し、古い時代に使われた和名衣也《えや》美久佐《みぐさ》は病のときに薬になる草という意味であった。ともに薬草としての名称で、この根は主に健胃剤として使用される。欧州のアルプス地方に自生する竜胆はゲンチアナ・ルテアといい、同様に薬用にするという。ただし、花は黄色、草丈は人の背丈を越すほどに伸び、根も巨大である。

竜胆《りんどう》を畳《たたみ》に人《ひと》のごとく置《お》く　長谷川かな女
竜胆《りんどう》や嶺《みね》にあつまる岩《いわ》の尾根《おね》　水原秋桜子
子《こ》へ供華《くげ》のりんだう浸《ひた》す山《やま》の瀬《せ》に　及川　貞
竜胆《りんどう》の花踏《はなふ》まれあり狩《かり》の場《にわ》　山口　誓子
稀《まれ》といふ山日和《やまびより》なり濃竜胆《こりんどう》　松本たかし

鑑賞　竜胆《りんどう》を見《み》る眼《め》かへすや露《つゆ》の中《なか》　飯田　蛇笏
四辺すべて露の降りている晩秋の庭であろうか。作者がたたずめばおのずからひしひしと露に囲まれてしまう。その露の中に作者の凝視の眼を投げ返す。蛇笏の眼光、竜胆をとらえて離さない。

コスモス　秋桜《あきざくら》

解説　ギリシア語「コスモス」は調和・善行・装飾・名誉・宇宙などの意があるとい

う。その意味は知らずとも秋を咲き盛るキク科の一年草コスモスは美麗という他はない。秋に咲く草花は夏の強烈な日ざしが衰え日照時間が短くなるにつれて開花する、いわゆる短日性植物であるが、コスモスは茎が倒れてもまたそこから発根するという丈夫な草である。明治の中期に異国からもたらされた花だが、原産地がメキシコであることをすっかり日本人が忘れてしまうほど短期間に日本の風土に根づいた。秋咲く美しい花（桜）という意味から秋桜という和名を有する。園芸品種が多数あり、大輪咲き・早咲き・八重咲きのものなどが知られ、しかも家庭でたやすく栽培できる草花として好まれている。コスモスとは別種で大正初期に日本へ入った**黄花《きばな》コスモス**も晩夏から初秋にかけてよく見かけることができる。

晴天《せいてん》やコスモスの影《かげ》撒《ま》きちらし　鈴木　花蓑
青空《あおぞら》に手《て》あげてきるや秋桜《あきざくら》　五十崎古郷
コスモスなどやさしく吹《ふ》けば死《し》ねないよ　鈴木しづ子
コスモスのまだ触《ふ》れ合《あ》はぬ花《はな》の数《かず》　石田　勝彦
コスモスの押《お》しよせてゐる厨口《くりやぐち》　清崎　敏郎

鑑賞 秋桜《あきざくら》連峰《れんぽう》よべに雪着《ゆきき》たり　金尾梅の門

コスモスの色とりどりに咲き乱れている庭へおり立つと、遠く眺められる山脈はゆうべのうちに雪が降り積もって朝日にうっすらと白く輝いている。連峰はすでに冬の訪れを迎えたのだ。

露《つゆ》草《くさ》　蛍草《ほたるぐさ》

解説 ツユクサ科の一年草。いたるところの山野・路傍に生え、晩夏から初秋にかけて藍色《あいいろ》のさわやかな花をつける。この花は、早朝開いて午後にははかなくしぼんでしまうので露草という名がある。帽子花《ぼうしばな》・蛍草《ほたるぐさ》・青花《あおばな》などの別名があり、また古い時代には花弁をしぼった汁を布につけて染めたので着草《つきくさ》と呼ばれ、月草の字が当てられた。この染料は水につけるとすぐ落ちてしまうので、花同様にはかないものである。しかし、この性質を利用して現在も京都の友禅染《ゆうぜんぞめ》の下絵を描くのに使われている。これには露草の変種で花の大きい大帽子花《おおぼうしばな》が用いられ、琵琶湖《びわこ》のほとりで栽培されている。露草はまた乾燥して解熱薬や利尿薬として民間で使われた。若い葉は茹《ゆ》でて食用になる。

露草《つゆくさ》の瑠璃《るり》をとばしぬ鎌試《かまだめ》し　吉岡禅寺洞
露草《つゆくさ》の露《つゆ》ひかりいづまことかな　石田　波郷
露草《つゆくさ》や生徒《せいと》朝《あさ》のみ聴耳《ききみみ》立て　香西　照雄
露草《つゆくさ》も露《つゆ》のちからの花《はな》ひらく　飯田　龍太
くきくきと折《お》れ曲《まが》りけり蛍草《ほたるぐさ》　松本たかし

鑑賞　露草《つゆくさ》に奪《と》らる目《め》終夜《しゅうや》徹《てっ》し来《き》て　佐藤　鬼房
昨夜一晩、どうしても片付けなければならぬ仕事があって、眠らなかった。徹夜明けの目を庭の草へ移すと、露草の淡い紺色の花が露にぬれてりんりんと開いている。その色が目にしみるのである。

蕎麦《そば》の花《はな》

解説　タデ科の一年草。アジアの北中部原産で、日本へは朝鮮を経て渡来し、十世紀ごろから栽培されはじめた。涼しい気候の山地に適し、やせ地でもよく生育する。蕎麦は栽培する時期によって秋ソバと夏ソバに大別され、秋ソバは立秋の前後に蒔《ま》いて十、十一月に収穫、夏ソバは五、六月に蒔いて夏の間に収穫する。わが国では秋ソバが多く作られ、単に蕎麦といえばこの方を指す。

茎は高さ五〇〜九〇センチ、上部で分かれて秋に白い小花を多数つける。一つの花の寿命は一日くらいの短さだが、かわるがわる咲いて三十〜四十日も咲き続けるので、蜜蜂《みつばち》の蜜源植物として重要視される。花の終わったあとにできる実をひいて蕎麦粉《そばこ》を作り食用にするが、実の殻も蕎麦殻といって枕《まくら》につめて利用されている。

山畑《やまばた》や煙《けぶ》りのうへのそば畠《ばたけ》　蕪村
山《やま》の上《え》の月《つき》に咲《さ》きけりそばの花《はな》　村上鬼城
そばの花山傾《はなやまかたむ》けて白《しろ》かりき　山口青邨
発《た》ちてすぐ汽車山《きしややま》がかり蕎麦《そば》の花《はな》　長谷川素逝
雪渓《せつけい》を来《き》し水走《みずはし》り蕎麦《そば》咲《さ》ける　石橋辰之助
蕎麦《そば》の花杣人《はなそまびと》の歌風《うたかぜ》に乗《の》り　中尾寿美子

鑑賞

蕎麦《そば》を刈《か》る天《てん》のもつともさみしき頃《ころ》　児玉南草

晩秋、十一月ごろの田園の風景。あるいは山畑であるかもしれぬ。その方が「天のもつともさみしき頃」にふさわしいだろう。澄みわたった天空の寂しさは、刈られつつある蕎麦の紅の茎の色を対極に置くのだ。

糸瓜《へちま》

解説　ウリ科の一年生蔓草《つるくさ》。日本へは江戸時代初期に中国から渡来した栽培植物で、夏の日よけをかねて棚作りにする。果実は長大で長さ三〇〜六〇センチ、長糸瓜《ながへちま》という一種は一メートル以上もある。成熟した果実は繊維がよく発達しているので、水に浸して果肉と種子を取り去り、浴用のたわしや靴の中敷きにする。これは工業用の濾過《ろか》材にもなり、かつて世界中の重油の濾過装置に日本産の糸瓜が使用された。果実の若いものは食べられ、鹿児島県などでは食用として栽培している。また、茎を地上五〇センチくらいのところで切り、瓶に差しこんでおくと水が取れる。これが糸瓜水《へちますい》、別名美人水で昔から化粧水として使われるが、飲めば咳《せき》止めや利尿の効果がある。ヘチマの名は糸瓜の訓読みイトウリのイが抜けてトウリとなり、トはイロハのへとチの間にあるところから生じたという。

堂守《どうも》りの植《う》ゑわすれたる糸瓜《へちま》かな　蕪村
雨風《あめかぜ》の糸瓜《へちま》の水《みず》も流《なが》されぬ　石田波郷
ぶら下《さ》がる糸瓜《へちま》の間《あい》の人《ひと》の顔《かお》　佐藤漾人
糸瓜棚《へちまだな》をこごみ癖《ぐせ》して出勤《しゅっきん》す　小川千賀
青《あお》へちま仁王《におう》の舌《した》のほどはあり　高嶋茂
今日《きょう》の空水《そらみず》の音《おと》して糸瓜垂《へちまた》れ　原裕

鑑賞
をととひの糸瓜《へちま》の水《みず》も取《と》らざりき　正岡子規

明治三十五年九月十八日に記した絶筆三句のうちの一句。十五日は糸瓜の水を取るならわしなのだが、危篤の子規を抱えた正岡家はそれどころではなかったのだ。咳を鎮める糸瓜の水も、すでに子規にはむなしかった。

鬼灯《ほおずき》（ほほづき）　酸漿《ほおずき》　鬼燈《ほおずき》

解説　ナス科の多年草。自生もあるが、ふつう観賞用に栽培される。この花の萼《がく》は、花の終わったあとも落ちずに異常な発育をし、ついに袋状になって果実を包む。萼が蔕《へた》として残る植物は多いが、果実そのものを包むのは鬼灯の仲間だけである。果実の中身をもみ出し、女の子が口に含んで舌と頬《ほお》の内側で圧《お》して鳴らして遊ぶ。和名ホオズキは、すなわち「頬突き」の意とするのが一般だが、ホオという亀虫《かめむし》の一種がこの葉を好むので「ホオ着き」、また果実が火のように赤いところから「火々付《ほほづき》」が語源とする説もある。漢方では根を酸漿根《さんしょうこん》と呼んで、茎や葉とともに、咳《せき》止めや解熱の薬にする。

果肉は苦いが子供の疳《かん》の薬になるといって食べさせる地方もある。

鬼灯《ほおずき》や子《こ》の眼《め》のがれし二《ふ》た袋《ふくろ》　阿部みどり女
鬼灯《ほおずき》の相触《あいふ》れてこそ蝕《むしば》めり　松原地蔵尊
ほほづきに女盛《おんなざか》りのかくれなし　河野多希女
鬼灯《ほおずき》の熟《う》れて袋《ふくろ》の中祭《なかまつり》　檜　紀代

鑑賞 鬼灯《ほおずき》を地《ち》にちかぢかと提《さ》げ帰《かえ》る　山口　誓子

茎に赤い実も葉もついた鬼灯を二、三本求めて家に帰る。茎の根本の方を手に持ち、葉末を下に提げて歩く。男手に持つ鬼灯なのだ。

唐辛子《とうがらし》（たうがらし）　蕃椒《とうがらし》

解説 メキシコを中心とする熱帯アメリカ原産。香辛料の胡椒《こしょう》を求めて西に航海したコロンブスは目的地インドに着く代わりに新大陸アメリカにたどり着き、そこで胡椒以上に強い辛味を持った唐辛子を発見した。西暦一四九三年にスペインに持ち帰られた唐辛子は以後約百年の間に全世界に広まり、日本へも十六世紀後半にタバコとともに伝来している。ナス科の植物で、温帯では高さ五〇センチ内外の一年草だが、熱帯では人の背丈ほどもある樹木状の多年草になるという。辛味成分カプサイシンの多少によって辛味種と甘味種があり、辛味種の果実は成熟すると赤色になる。これを単に唐辛子と称しているが、多数の栽培品種がある。主に香辛料として食用にされるが、薬用にも応用される。甘味種のうちで大きな果実を結ぶ品種にピーマンがある。

干《ほ》しあげて漆《うるし》びかりや唐辛子《とうがらし》　浅井　啼魚
炎《も》ゆる間《ま》がいのち女《おんな》と唐辛子《とうがらし》　三橋　鷹女
枯《か》れきつて真《しん》の紅《べに》湧《わ》く唐辛子《とうがらし》　加藤知世子
那《な》須《す》野《の》過ぐ芒《すすき》のあとの唐辛子《とうがらし》　森　澄雄

吊《つる》されてより赤《あか》さ増《ま》す唐辛子《とうがらし》　森田　峠
はらわたもなくて淋《さび》しや蕃椒《とうがらし》　正岡　子規

鑑賞 今日《きょう》も干《ほ》す昨日《きのう》の色《いろ》の唐辛子《とうがらし》　林　翔

唐辛子の実は採取したのちむしろに並べて日に干したり、軒下につるして干したりして、保存のきくいわゆる唐辛子となる。干して著しく色が変化するわけではないが、静かな変質が徐々に営まれているのだ。

貝割菜《かいわりな》（かひわりな）

解説 アブラナ科の大根や蕪《かぶ》などを蒔《ま》いてから間もなく芽ばえたようすをいう。ふたばといわれる二枚の子葉が開いた形が、ちょうど二枚貝が殻を開くさまに似ているのでこの名ができた。これらの種は畑の畝《うね》にびっしり蒔くので、生長するに従って適当に間引いてまばらにしてやらないと順調に発育しない。こうやって抜かれた菜は間引《まびき》菜または摘《つ》み菜《な》といって出荷されるが、八百屋の店頭ではカイワリとかカイワレと書かれた札が立っているのを見ることもある。お浸し・和《あ》え物・汁の実などにして食べる。

籠《かご》の目《め》にからまり残《のこ》る貝割菜《かいわりな》　富安　風生
やや伸《の》びて貝割菜《かいわりな》とは言《い》ひがたし　荒川ひろし
間引菜《まびきな》や指《ゆび》もて指《ゆび》の土《つち》おとす　向井　雅夫
捨《す》て置《お》きし間引菜《まびきな》雨《あめ》に立《た》ち上《あ》がる　棚山　波朗

鑑賞 ひらひらと月光《げっこう》降りぬ貝割菜《かいわりな》　川端　茅舎

夕べの貝割菜の畑に、おりからの月の明かりが降り注ぐ。萌え出たばかりの柔らかな貝割菜に、月光もひらひらと舞うかのようである。

玉蜀黍《とうもろこし》（たうもろこし）　唐黍《とうきび》　もろこし

解説 イネ科の一年草だが、果実の形状からはとてもイネ科植物とは思えない。玉蜀黍の祖先と認められる植物はすでに原産地の中央アメリカでも失われてしまっており、いまだに世界のどこからも見つかっていない。紀元前二千年ごろから近縁の植物と交雑したり、それが選別されたりして現在のような形をなすようになったと考えられている。一四九二年にアメリカにたどりついたコロンブスがキューバでこの植物を見つけてスペインへもたらし、またたく間に世界中で栽培されるようになった。日本へは天正七年（一五七九）、織田信長《おだのぶなが》の時代にポルトガルの宣教師が長崎に持ってきたのがはじまりとされるが、明治初年に改めてアメリカから改良品種が導入された。滋養分に富み焼いたり茹《ゆ》でたりして食べる。別名唐黍《とうきび》、また、とうもろこしを略してもろこしともいうが、それらは厳密にいうと両方とも蜀黍《もろこし》すなわち高黍《たかきび》のことである。

時化《しけ》過《す》ぎぬ玉蜀黍《とうもろこし》もさも疲《つか》れ　富安　風生

貧農《ひんのう》の軒《のき》たうもろこし石《いし》の硬《かた》さ　西東　三鬼

海峡《かいきょう》を焦《こ》がしとうもろこしを焼《や》く　三谷　昭

とうもろこし畑《はたけ》の揺《ゆ》れが空《そら》にまで　仲村　青彦

もろこしを焼《や》くひたすらになつてゐし　中村　汀女

鑑賞　鎮魂《ちんこん》や玉蜀黍《とうもろこし》の葉擦《はず》れの墓《はか》　加藤かけい

墓地に隣して玉蜀黍の植えてある畑がある。人の背丈をはるかに越えて青々と生長し、実をはぐくんでいる。聞けば、さやさやと一日葉擦れの音を立てている。死者のみか、己の魂をも鎮めているかのごとき音だ。

木犀《もくせい》　金木犀《きんもくせい》　銀木犀《ぎんもくせい》　薄黄木犀《うすぎもくせい》

解説　モクセイ科の常緑樹。原産地の中国から江戸時代に渡来し、庭木として広く植えられている。高さ三、四メートル、仲秋のころ甘い香りを漂わせる小花を多数つける。白い花が咲くものを銀木犀と呼び、橙色《だいだいいろ》の花を開くのが金木犀である。雌雄異株で、日本に植えられているのは花つきのいい雄木ばかりなので結実しない。繁殖は接ぎ木などの方法による。金木犀に似ている薄黄木犀は結実が見られるという。木犀の名は正式には銀木犀を指すが、一般には右の三種の総称のように使われている。幹の肌の紋様が犀《さい》という動物の皮に似ているところから出た名であるといわれる。この木は非常に緻密《ちみつ》で堅く、算盤《そろばん》の珠や印鑑の材、家具などに使う。

金《きん》星《せい》は低《ひく》く木《もく》犀《せい》芬《ふん》芬《ぷん》と　山口　誓子
木《もく》犀《せい》が匂《にお》ふ蔭《かげ》より日《ひ》向《なた》より　古屋　秀雄
天《てん》つつぬけに木《もく》犀《せい》と豚《ぶた》にほふ　飯田　龍太
金《きん》木《もく》犀《せい》風《かぜ》の行《ゆく》手《て》に石《いし》の塀《へい》　沢木　欣一
見《み》えさうな金《きん》木《もく》犀《せい》の香《か》なりけり　津川絵理子

鑑賞　木犀《もくせい》の香《か》や年々《としどし》のきのふけふ　西島　麦南

毎年毎年、季節をたがえず木犀は花をつけ、芳香を漂わせる。自然のこの絶妙のサイクルのしくみを、人はいまだ十分に察知できているとはいいがたい。俳句は造化の神に仕える詩といえないだろうか。

爽《さわ》やか　さやけし

解説　秋の爽快《そうかい》さをいう。秋は空気も澄み、万物がよどみなくはっきり見える感じがする。また乾燥した空気は気持ちがよい。その涼しさをとくにいえば爽涼《そうりょう》となる。

夢《ゆめ》のあと追《お》うて晴《はれ》なり爽《さわ》やかに　阿部みどり女
爽《さわ》やかに山近《やまちか》寄《よ》せよ遠眼鏡《とおめがね》　日野　草城
瀬《せ》に入《い》れば四方《よも》に波《なみ》あり爽《さわや》かな　池内友次郎
爽《さわ》やかやからだにかすかなる浮力《ふりょく》　日下野由季
さやけくて妻《つま》とも知《し》らずすれちがふ　西垣　脩

鑑賞　さわやかにおのが濁《にご》りをぬけし鯉《こい》　皆吉　爽雨

なにかに驚いたか、身を翻したためにまとったおのが濁りである。しかし、その躍動も一瞬で、鯉は静かに濁りを抜け出て、濁りもまた水底に沈んで、あたりの秋意はいっそうさわやかになった。

冷《ひや》やか　秋冷《しゅうれい》　冷《ひ》ゆる

解説　爽《さわ》やかな涼気になじんでいた日もいつしか朝夕などはやや冷たさを覚えるようになる。冷たいといえば冬であるが、このひえびえとしてくる感じは秋である。畳に座ったり、壁や器物に触れたりするとき、そのひんやりした感じは強い。**朝冷《あさび》え・夕《ゆう》冷《び》え**などとも用いる。今日では冷酷ほどではないが人情の薄いことを「冷やかな態度」などという評語に適切な感じとして生きているが、涼から冷への気温の微妙な移動には適切に用いられているであろうか。

暁《あかつき》のひややかな雲流《くもなが》れけり　正岡　子規
ひややかに人住《ひとす》める地の起伏《きふく》あり　飯田　蛇笏
冷《ひや》やかに壺《つぼ》をおきたり何《なに》も挿《さ》さず　安住　敦
冷《ひや》やかに机辺《きへん》昏れたり俄《にわ》かにも　足羽　雪野
紫陽花《あじさい》に秋冷《しゅうれい》いたる信濃《しなの》かな　杉田　久女

鑑賞　冷《ひや》やかに鰯《いわし》捕《と》りたる網《あみ》洗《あら》ふ　萩原　麦草

鰯のおそらくかなりの大漁があったあとの網が洗われているのである。もうそこにはぴちぴち跳ねる鰯の活気も漁師たちの活気もない。ただ秋の冷やかさのみが漂う。

水澄《みずす》む（みづすむ）

解説　秋になって、ひえびえと澄んだ感じの水を**秋《あき》の水《みず》・秋水《しゅうすい》**と総称している。そしてとくに感覚的に澄みきった感じを表現するのに、水澄むという。池・沼・湖・河川などばかりではなく、井戸や水がめの水も、台所での器の水までも澄んだ感じがする。台風や大雨で水の濁る時期が終わり、秋も深まると、実際に水が澄んで、底深くまで見えたりするものである。空気が澄んでいるので、水に映る物もまた、澄みきって見える。**秋澄《あきす》む**という季題もある。

さゞなみをたゝみて水《みず》の澄《す》みにけり　久保田万太郎
水《みず》澄《す》みて金閣《きんかく》の金《きん》さしにけり　阿波野青畝
水《みず》澄むや人《ひと》はつれなくうつくしく　柴田白葉女
水《みず》澄《す》みて恋《こい》する瞳《ひとみ》がよくのぞく　加藤知世子
水《みず》澄《す》みて四方《よも》に関《せき》ある甲斐《かい》の国《くに》　飯田　龍太

鑑賞
水《みず》といふ水澄《みずす》むいまをもの狂《ぐる》ひ　上田五千石

水という水が澄む秋の清澄さの中に、誰でも心身ともに澄みわたりそうなときである。ところが人間の世界では、そうばかりもいかない。「もの狂ひ」つまり乱心の人が一人。時節がらかえって哀れ深いのである。

九月尽《くがつじん》（くぐわつじん）

解説　秋の彼岸も過ぎて、暑さも去りいよいよ秋深まって九月が終わるが、もとは陰暦九月の終わることで秋の終わりに当たる。三月尽《さんがつじん》（春）と並べて古くから用いられたのは、それぞれ春・秋を惜しむ気持ちあってのことであろう。古句に詠まれたものには、暮秋の感じをこめて味わうべきであろう。また、今日でもただ何月尽とすれば季語となると解してはならない。

九月尽《くがつじん》はるかに能登《のと》の岬《みさき》かな　暁　台
雲表《うんぴょう》に山々《やまやま》ならび九月尽《くがつじん》　福田　蓼汀
少年《しょうねん》の商才《しょうさい》かなし九月尽《くがつじん》　楠本　憲吉
山《やま》の墓訪《はかと》ふ人《ひと》もなく九月尽《くがつじん》　石垣　辰生
九月《くがつ》逝《ゆ》く新聞《しんぶん》に米乾《こめほ》して妻《つま》　光永　峡関

鑑賞
雨降《あめふ》れば暮《く》るる速《はや》さよ九月尽《くがつじん》　杉田　久女
秋深まる九月尽の夕べの感じがよくとらえられている。まだ日短ではないが、日のつまりようはとくに雨降る日に強く感じたのであろう。日暮れも速く、月日の歩みもまた速いとの思いもこもっている。

秋高《あきたか》し　天高《てんたか》し

解説　大気がよく澄み空を高いと感じる、その秋の趣をいう。ことに秋霖《しゅうりん》の時期も過ぎると十月下旬ごろにこの感じは深い。

秋高《あきたか》し小諸城《こもろじょう》址《し》に吾遊子《われゆうし》　鈴鹿野風呂
少年《しょうねん》に海《うみ》は海彦《うみひこ》秋高《あきたか》し　田村　木国
秋高《あきたか》し空《そら》より青《あお》き南部富士《なんぶふじ》　山口　青邨
鳶《とび》の輪《わ》に斬《き》り込《こ》む烏《からす》秋高《あきたか》し　茂　恵一郎
我《われ》ありロダンの男《おとこ》あり天高《てんたか》し　阿波野青畝

鑑賞
痩馬《やせうま》のあはれ機嫌《きげん》や秋高《あきたか》し　村上　鬼城
秋というのに痩せた馬、分不相応にも大きな荷を運んでいるありさまであろうか。その重荷に悲しんでおらず、よい機嫌で歩んでいることがかえって哀感を誘う。天高き秋に働く馬の哀れをとらえた。

馬肥《うまこ》ゆる　秋《あき》の駒《こま》

解説　「雲浄くして妖星《ようせい》落ち、秋高くして塞《さい》馬肥《ば》えたり」(『唐詩選』杜審言《としんげん》)より出たことばである。「馬肥ゆる」はまた、気候のよい秋の季節の形容として用いられている。秋は大気も澄みわたり、馬糧も豊富になるため、馬も元気がよくなって肥える。通俗的にならぬように季語を用いたい。

牧《まき》の馬肥《うまこ》えにけり早雪《はやゆき》や来《こ》ん　高浜　虚子
馬肥《うまこ》ゆるみちのくの旅《たび》けふここに　山口　青邨
曲《まが》り家《や》に可愛《かわい》がられて馬肥《うまこ》ゆる　大橋越央子

馬肥《うまこ》えて雲《くも》の高《たか》ゆく湖畔村《こはんむら》　木村あきら
腹打《はらう》つにまがねの応《こた》へ馬肥《うまこ》ゆる　木谷　島夫
大陸《たいりく》の果《はて》なき沃土《よくど》馬肥《うまこ》ゆる　山田　弘子

鑑賞 馬肥《うまこ》えぬ叩《たた》きめぐりて二三人《にさんにん》　橋本　鶏二

馬喰《ばくろう》であろうか。馬の値ぶみにやってきた二、三人が、代わる代わる肥えた馬の背をたたきながら品定めをしている景である。「叩きめぐりて」が、人と馬の姿をよく表しており、肥えた馬のつややかな肌が見えるようである。

秋《あき》風《かぜ》　秋風《しゅうふう》　秋《あき》の風《かぜ》

解説 秋風といっても、とくに定まった風向きもなく、吹き方も強く弱くさまざまであるが、古来、詩歌に多く詠まれている。やはり、秋から冬へ、冷気も加わり、草木も衰えて行くため、風もことさら身に沁《し》みて哀れをそそるためであろう。爽籟《そうらい》とは秋風の爽《さわ》やかな響きをとくにいう。また、金風《きんぷう》というが秋は五行説では金に当たるためである。俗に「秋風が吹く」というと男女間などの愛情のさめるたとえに使われるが、これも「秋《あき》」と「飽《あき》」とをひっかけたものではあるが、秋風のうら寂しい情趣も加わって、なかなかうがったたとえになっている。

秋風《あきかぜ》や藪《やぶ》も畠《はたけ》も不破《ふわ》の関《せき》　芭蕉
十団子《とおだご》も小粒《こつぶ》になりぬ秋《あき》の風《かぜ》　許六
ひとり膝《ひざ》を抱《だ》けば秋風《あきかぜ》また秋風《あきかぜ》　山口　誓子
秋風《あきかぜ》や書《か》かねば言葉《ことば》消《き》えやすし　野見山朱鳥
秋風《あきかぜ》や寄《よ》れば柱《はしら》もわれに寄《よ》り　鷹羽　狩行

鑑賞 秋風《あきかぜ》の吹《ふ》きわたりけり人《ひと》の顔《かお》　鬼貫

「野径に遊ぶ」という前書きをつけてあるが、「人の顔」と結んでいるところがおもしろい。野をわたり人の顔に吹きつけて秋風のわびしさは極まる思いがするが、それをさらりと叙して軽妙である。

秋《あき》の声《こえ》（あきのこゑ）　秋声《しゅうせい》　秋韻《しゅういん》

解説　古歌には風の音や砧《きぬた》打つ音を秋の声と詠んだものがあるが、秋にはなんの物音の響きにも敏感になる。その秋のけはいをいう。大気が澄んでいるためか、遠くの音も聞こえてきてもの寂しくしみじみした思いになる。

灯《ひ》を消して夜《よ》を深《ふこ》うしぬ秋《あき》の声《こえ》　村上　鬼城
寺掃《てらは》けば日《ひ》に日《ひ》にふかし秋《あき》の声《こえ》　中川　宋淵
草《くさ》の穂《ほ》のゆるるともなし秋《あき》の声《こえ》　村上牧秋子
砂《すな》ふめば砂《すな》の声《こえ》とも秋《あき》の声《こえ》　妹尾　芳江
秋声《しゅうせい》は何《いず》れの窓《まど》に多《おお》からむ　相生垣瓜人

鑑賞
大瀑布《だいばくふ》ひとすぢ秋《あき》の声《こえ》を添《そ》ふ　篠田悌二郎

大瀑布のごうごうたる音に包まれて、その音の中にあって秋の声を聞いたというのである。絶えることのない瀑布の轟音、それはそれとして秋なれば添う声のひとすじを確かめたのであろう。

秋《あき》の暮《くれ》　秋《あき》の夕《ゆう》

解説　秋の夕暮れのことで、清少納言《せいしょうなごん》が『枕《まく》草子《らのそうし》』で春の曙《あけぼの》に対して「秋は夕暮」と賞《ほ》めてから、多くの詩歌に詠まれてきた。春の曙よりもはるかに多くの歌に句になり、また秀吟《しゅうぎん》に接することも多い。**秋《あき》の日《ひ》**は暮れやすく「釣瓶《つるべ》落《お》とし」といわれるように慌ただしく日が落ち、そこに『枕草子』にもあるように「風の音むしのねなど、はたいふべきにあらず」という景物も添えられて、なにか人の世を思わせるひとときなのであろう。そのためか、この季題に託して自分の生涯の思いを表明した句は多い。なお、秋の終わり、秋の暮れることは、暮の秋であり、これは暮の春、暮春ほどには詠まれていない。

この道《みち》や行《ゆ》く人《ひと》なしに秋《あき》の暮《くれ》　芭　蕉
まつすぐの道《みち》に出《い》でけり秋《あき》の暮《くれ》　高野　素十
秋《あき》の暮《くれ》大魚《たいぎょ》の骨《ほね》を海《うみ》が引《ひ》く　西東　三鬼
足《あし》もとはもうまつくらや秋《あき》の暮《くれ》　草間　時彦
あやまちはくりかへします秋《あき》の暮《くれ》　三橋　敏雄
牛《うし》の眼《め》に雲《くも》燃えをはる秋《あき》の暮《くれ》　藤田　湘子

鑑賞

我《わ》が肩《かた》に蜘蛛《くも》の糸張《いとは》る秋《あき》の暮《くれ》　富田　木歩

幼時に足を悪くして歩けなかっただけでなく、病弱で寝たままの暮らしに耐えねばならなかった作者である。「病臥」という前書きがあり、自分の肩に糸をひく蜘蛛を見て、自分の運命を諦観している思いがこめられている。

秋《あき》の雨《あめ》　秋雨《あきさめ》

解説　秋に降る雨は、低温を伴って長雨になりやすく、陰気な感じである。九月上旬から十月中旬にかけて、真夏の亜熱帯高気圧が南へ退き、寒帯高気圧が北から張り出して、その境にいわゆる秋雨前線が停滞する。梅雨に似た気象配置で、これに台風の接近があると大雨になるので梅雨期より雨量の多い地方もあり、**秋霖《しゅうりん》**・**秋黴雨《あきついり》**といった長雨になって**秋出《あきで》水《みず》**をひき起こすこともある。天高く**秋麗《あきうらら》**といった明るい季節の暗い反面である。どちらかといえば、秋は雨になりやすく天気は悪い時季で、心浮き立たぬ、沈んだわびしい日が続く。

芝居《しばい》見《み》る後《うしろ》侘《わ》びしや秋《あき》の雨《あめ》　太　祇
三日《みつか》降《ふ》れば世《よ》を距《へだ》つなり秋《あき》の雨《あめ》　水原秋桜子
秋《あき》の雨《あめ》しづかに午前《ごぜん》終《おわ》りけり　日野　草城

秋《あき》の雨《あめ》まことに石《いし》をぬらしけり　中川　宋淵

秋雨《あきさめ》の瓦斯《ガス》が飛《と》びつく燐寸《マッチ》かな　中村　汀女

鑑賞　秋雨《あきさめ》や灯影《ほかげ》に添《そ》うて町《まち》ありく　池内たけし

秋の雨の道を歩いていると足元をさまざまの灯が照らしている。そんなに暗い道でなくても灯影に灯影にとたどり歩いてしまう。灯恋しく思わせるのも秋夜のせいであろう。

秋《しゅう》　思《し》（しし）

解説　秋のころのもの思いにふけること、秋の情懐をいう。その思いの底には「もののあはれは秋こそまされ」という人生のしみじみした哀れや、寂しさがあろう。「千々《ちぢ》にもの思ふ」「心づくしの秋」と秋にはもの思いにふけることが多いことからできた季語で、観念的な意の世界である。これに似た季語には、秋意《しゅうい》があり、自然の中にある秋のけはい、秋の風情を感じ取ることを指している。秋愁は、春愁《しゅんしゅう》に比べて秋と愁いがつきすぎてあまり用いられない。

永劫《えいごう》の涯《はて》に火《ひ》燃《も》ゆる秋思《しゅうし》かな　野見山朱鳥

ガラス屑《くず》しみみと踏《ふ》むも秋思《しゅうし》なる　楠本　憲吉

この秋思《しゅうし》五合庵《ごごうあん》よりつききたる　上田五千石

秋思《しゅうし》添《そ》ふ竹林《ちくりん》に入《い》る歩《ほ》のはじめ　田中　萱子

文庫本《ぶんこぼん》ほどの秋思《しゅうし》をもて余《あま》す　北沢　瑞史

篁《たかむら》の秀《ほ》の吹《ふ》かれ立《た》つ秋意《しゅうい》かな　轡田　　進

鑑賞　頬杖《ほおづえ》に深《ふか》き秋思《しゅうし》の観世音《かんぜおん》　高橋淡路女

如意輪観世音であろう。その頬にあてた手を思惟手という。その姿は、いかにももの思いにふけっているさまである。「深き」は観世音から受けた感じであるが、見ている作者自身が魅せられて深い愁思に引きこまれたことも示している。観世音を写して自分をも表現している。

赤《あか》い羽根《はね》　愛《あい》の羽根《はね》

解説　毎年十月一日から一ヵ月間行われる共同募金運動で、寄付した人に受領証として渡す赤い色の羽根である。受け取った人は胸や襟につける。駅前や繁華街でこの募金運動が始まると、十月になったことを感じるほどに、定着し、なじみになっている。昭和二十二年秋、フラナガン神父の勧めで始まったという。集まった金は社会福祉協議会によって、社会事業の各団体に有効に配られている。

赤《あか》い羽根《はね》つけらるる待《ま》つ息《いき》とめて　阿波野青畝
赤《あか》い羽根《はね》つけてどこへも行《ゆ》かぬ母《はは》　加倉井秋を
駅頭《えきとう》の雨滝《あめたき》なせり愛《あい》の羽根《はね》　水原秋桜子
若《わか》ければ胸高《むねたか》く挿《さ》す愛《あい》の羽根《はね》　池田　秀水

鑑賞　教《おし》へ子《ご》の赤《あか》き羽根《はね》なり重《かさ》ね挿《さ》す　能村登四郎

教え子たちの駅前募金に応じて一本羽根を胸に挿す。また他の教え子が赤い羽根を重ね挿すことになった。教え子との交流がほほえましい。

運動会《うんどうかい》（うんどうくわい）

解説　天高く空気の澄む秋はスポーツに適し、学校は九月に入ると運動会の準備に入る。運動会は明治以後、体力鍛練を目的にして学校教育の中で行われてきたが、最近では、会社や地域・各団体などが行うレクリエーションを兼ねた楽しい催しにもなっている。しかし、運動会といえば小学校の行事という印象が強い。万国旗に飾られ、マーチの流れる会場に、小学一年から六年の成長の過程がまざまざと見られる光景は楽しい。入学式（春）・卒業式（春）・春の遠足と並んで学校の四大行事の一つである。

運動会《うんどうかい》少女《しょうじょ》の腿《もも》の百聖《ひゃくきょ》し　秋元不死男
運動会《うんどうかい》今金色《いまこんじき》の刻《とき》に入《い》る　堀内　薫
運動会授乳《うんどうかいじゅにゅう》の母《はは》をはづかしがる　草間時彦
運動会土《うんどうかいつち》に坐《すわ》るをためらはず　阪口弧灯
手庇《てびさし》に子《こ》を追《お》ひかけて運動会《うんどうかい》　土生重次
運動会午後《うんどうかいごご》へ白線引《はくせんひ》き直《なお》す　西村和子

【鑑賞】雪来《ゆきく》るぞと運動会《うんどうかい》を山見下《やまみお》ろす　秋沢　猛

山のふもとの村の小学校の運動会。にぎやかに繰り広げられる光景に比べて、山はもうすっかり冬のけはいだ。運動会がすむと、足早にくる冬の寂しい村になってしまう。雪国の秋の短さを存分に楽しむ人々が浮かび上がる。

菌《きのこ》　茸《たけ》　茸山《たけやま》　茸飯《きのこめし》

【解説】樹上生のものと地上生のものとがあり、とくに樹上生の形態からキノコ（木の子）の名が付いたと思われる。葉緑素を含有せぬ下等植物だが、カビなどと対比すれば比較的進化した高等菌《きん》類である。日本では総数約千五百種もあり、そのうち三百種ほどがなんらかの形で食用になるという。**初《はつ》茸《たけ》・松茸《まつたけ》・椎茸《しいたけ》・しめじ・榎茸《えのきだけ》**など、食用となるきのこは秋のものである。反面、有毒なきのこは三十種、その中でも人間を死に至らしめる猛毒は七種あるといわれるが、季節や地域によっても成分に微妙な差を生じる場合があり、「縦にきれいにさけるものは無害だ」などと素人判断でむやみに食べると、とんでもない中毒症状を呈することがある。

さびしさや菌《きのこ》のかさの窪《くぼ》たまり　道　彦
朽木《くちき》に高《たか》く赤《あか》き菌《きのこ》の輝《かがや》けり　原子公平
食《く》へぬ茸光《たけひか》り獣《けもの》の道《みち》せまし　西東三鬼
茸山《たけやま》の茸《たけ》の孤《こ》独《どく》に囲《かこ》まるる　三谷　昭

在《あ》りし日《ひ》の父《ちち》の小膝《こひざ》や茸飯《きのこめし》　石塚　友二
椎茸《しいたけ》のぐいと曲《ま》がれる太《ふと》き茎《くき》　林　徹

鑑賞 爛々《らんらん》と昼《ひる》の星見《ほしみ》え菌《きのこ》生え　高浜　虚子

昭和二十二年、疎開していた長野県の小諸《こもろ》を引き上げる直前に作られた句。山の秋気は澄み、昼まだ日も傾かぬうちに輝く星が一つ見えている。火星である。地には菌があちらこちらに頭をもたげている。

新《しん》米《まい》　今年米《ことしまい》　早稲《わせ》の飯《めし》

解説 今年収穫した米をいう。地方から早場《はやば》米《まい》が積み出されるのは九月下旬で、十月には町に出回って、新米を炊いた味のよい軟らかい早稲の飯に接することができる。新米と聞いただけで美しく白く輝く飯に新鮮さを感じるものである。以前は農家などでは秋祭りを新米で祝ったもので、その感謝のために一升ずつ持って神社や寺院へ参る風習もあった。新米が出はじめると、去年の米は古米《こまい》となり、さらに一昨年の米は古々米《ここまい》という。

馬渡《うまわた》す舟《ふね》にこぼるるや今年米《ことしまい》　几　董
新《しん》米《まい》の其《その》一《ひと》粒《つぶ》の光《ひかり》かな　高浜　虚子
新米《しんまい》といふよろこびのかすかなり　飯田　龍太
新《しん》米《まい》の俵《たわら》きりりとうす緑《みどり》　高橋　柿花
最《も》上川《がみがわ》新米舟《しんまいぶね》のつぎつぎに　鈴木　貞二
病《や》む母《はは》の粥《かゆ》にまづ炊《た》く今年米《ことしまい》　根岸　善雄

鑑賞 新《しん》米《まい》のつめたさ掌《てのひら》より流《なが》す　川本　臥風

「つめたさ」に新米の特徴がとらえられた。白色の冷たい光に、しぜんと心の引き締まる思いになる。掌にすくってはさらさらと流す行為は、感触の快さを味わうとともに、神聖なものに触れる感動がそうさせるのだ。

新《しん》酒《しゅ》

新走《あらばしり》　今年酒《ことしざけ》　早稲酒《わせざけ》

解説　その年に収穫された米で醸造された酒のことをいう。現在では、濁酒《どぶろく》以外には寒《かん》造《づくり》（冬）といって年内に醸造される清酒はない。昔は、自家製として新米《しんまい》をすぐに醸造したので、古俳諧の伝統を守り今年酒・早稲酒・新走などと呼ばれて、語意からも俳句では今でも秋に扱っている。新酒ができてもまだ残っている前年の酒は古酒《こしゅ》となってしまう。

鬼貫《おにつら》や新酒《しんしゅ》の中《なか》の貧《ひん》に処《しょ》す　蕪村
ある時《とき》は新酒《しんしゅ》に酔《よ》うて悔多《くいおお》き　夏目漱石
三輪山《みわやま》の月《つき》をあげたる新酒《しんしゅ》かな　石嶌岳
とつくんのあとくとくと今年酒《ことしざけ》　鷹羽狩行
古酒《こしゅ》酌《く》んで職《しょく》に諍《あらそ》ふこころなし　清水基吉

鑑賞
小百姓《こびゃくしょう》の新酒《しんしゅ》の馬《うま》をひきにけり　村上鬼城

今年も新酒ができた。馬に背負わせて町へ出掛けるのだが、豊年の年の農閑期の小百姓のいきいきとした表情も見えてくるようだ。馬をひく足どりを想像したい。酒を自由に造っていた昔。

稲《いね》

稲穂《いなほ》　稲田《いなだ》　秋《あき》の田《た》　稲《いね》の香《か》
稲《いね》の秋《あき》

解説　イネ科の一年草。インド東部、東南アジアを中心とする熱帯の原産で、タイでは早くも紀元前四千年の昔に栽培された痕跡がある。中国を経て日本に伝来した年代はまだつきとめられていないが、縄文後期に渡来したとの説もある。北部九州に渡来後しだいに東進し、千年くらい前に東北地方でも作られるようになった。北海道で稲作が行われるのは明治以降である。もともと熱帯の作物だから温帯の日本はかならずしも稲にとって好ましい環境ではなく、栽培にあたっては熱帯では考えられない多くの工夫と手間を要した。結果的にはそのことが日本の米作りの技術を世界最高の水準に押し上げ、ひいては日本人の生活様式や精神文化を形成してきたといっていい。ふつう水田に栽培されるが、畑に作られる**陸稲**《おかぼ》もある。稲には粳《うるち》と糯《もち》の二種類があって、粳は白米として常食し、糯《もち》は餅や赤飯を作る米である。成熟の早晩によって**早稲**《わせ》**・中**《なか》**稲**《て》**・晩稲**《おくて》の別があるが、中稲がもっとも多い。多数の改良品種が開発され、その数四千に迫るといわれるが、現在では各地方に適した三百種ほどが栽培されている。**稲**《いね》**の花**《はな》は八、九月に開き、早稲は九月上旬、ふつうは十月ごろに実が熟す。暖地では一年に二回作る場合もある。

稲孕《いねはら》みつつあり夜間飛行《やかんひこう》の灯《ひ》　西東　三鬼
中学生《ちゅうがくせい》朝《あさ》の眼鏡《めがね》の稲《いね》に澄《す》み　中村草田男
稲負《いねお》ふや左右《さゆう》にはしる山《やま》の翼《よく》　加藤　楸邨
刈《か》るほどにやまかぜのたつ晩稲《おくて》かな　飯田　蛇笏
杉山《すぎやま》の影《かげ》の来《き》てゐる晩稲刈《おくてかり》　草間　時彦

鑑賞
早稲《わせ》の香《か》や分《わ》け入《い》る右《みぎ》は有磯海《ありそうみ》　芭　蕉
『奥の細道』の途次、越中（富山県）から加賀（石川県）へ越える倶利伽羅峠《くりからとうげ》の頂上に立って、今まで歩いてきた早稲田を振り返り、かつ頂上から見える白浪の有磯海の印象をまとめた句。

蝗《いなご》
稲子《いなご》　螽《いなご》

解説　バッタ科に属し、稲の大害虫として知られている。体長は三センチくらい。幼虫のころより稲田にすみ、稲の葉を食って成長する。八月ごろに成虫となり、水田や草原に出て稲をはじめ各種の植物の葉を食する。最近は殺虫剤による駆除を行うため減少している。蝗は蛋白質《たんぱくしつ》・鉄分・ビタミンA・B_1・B_2・Cに富み栄養価が高いため、東北方面や長野県下では食用とした。炒《い》ったり、つけ焼きにするため、農家では暇をみて蝗取りに出かける。

刈跡《かりあと》の薄《すすき》にすがるいなごかな　蓼太

わが袖《そで》にきてはねかへるいなごかな　正岡子規

わが影《かげ》の邪魔《じやま》な日《ひ》ざしや蝗《いなご》とり　五十崎古郷

手拭《てぬぐい》で縫《ぬ》ひたる袋《ふくろ》蝗《いなご》捕《と》り　滝沢伊代次

ざわざわと蝗《いなご》の袋《ふくろ》盛上《もりあ》がる　矢島渚男

一斉《いっせい》に顔《かお》かくしける螽《いなご》かな　阿波野青畝

鑑賞

コスモスに遊《あそ》ぶ蝗《いなご》も潮来《いた》宿《こじゅく》　富安風生

古来、稲の害虫として目の敵にされてきた蝗である。その蝗が今日は田を離れて潮来宿のコスモスと遊んでいるという。潮来吟行の句であろうが、いかにも優しく作者の蝗に対する温かい目が感じられる。

ばった　蟿螽《はたはた》　螇蚸《けいれき》　きちきち

解説　草食性の昆虫で後脚が発達しているうえに後翅《こうし》が広いため、跳躍力や飛翔力《ひしょうりょく》を持つ。体は緑色または褐色で、草原に多い。丸くて太った感じのいなご型と、すらりと細長いおんぶばった型とがある。**殿様《とのさま》ばっ**たは飛翔力があり、中には五〇メートル以上も飛ぶものもある。飛ぶときはハタハタという音を出す。**精霊《しょうりょう》ばった**の雄もよく飛び、羽の音がキチキチと聞こえる。ばったのことをはたはたとか、きちきちと呼ぶのは羽の音からきたものである。**おんぶばっ**たは、雄が雌より小さく、交尾のときは雌に負われたように見えるためこの名がある。螇蚸・飛蝗《ひこう》などは、ばったの別名である。

寂《さび》しさの極《きわ》みに青《あお》き螇蚸《ばった》とぶ　橋本多佳子

しづかなる力満《ちからみ》ちゆき蝗蚸《ばった》とぶ　加藤　楸邨
ばつた跳《は》ね島《しま》の端《はし》なること知《し》らず　津田　清子
はたはたや退路絶《たいろた》たれて道初《みちはじ》まる　中村草田男
はたはたはわぎもが肩《かた》を越《こ》えゆけり　山口　誓子

鑑賞　きちきちのあがりつぐなる眩《まぶ》しさよ　岸　風三楼

まぶしい秋天を背景にして、数十メートルの飛翔力を持つばったが、次から次へと飛び立つ。作者はその都度ばったの行方に目をやるのであるが、なんとまぶしいことであろうか。明るく心弾む句である。

案山子《かがし》　かかし

解説　竹・藁《わら》を材料にして人の形を作り、蓑《みの》笠《かさ》をつけ、弓矢などを持たせて鳥獣をおどし、その害を防ぐためのものである。稲穂をつけた田の中に、各農家、おもいおもいの工夫をこらしたものが立つ。顔にへのへのもへじを書いたり、古着を着せたりして、思わず微苦笑させられるものもある。もと「かがし」は毛皮や魚頭を焼いてその悪臭《あくしゆう》によって害を防いだので、これを嗅《か》がしといったのが語源であるとされている。他に鳴子《なるこ》・鳥威《とりおど》しなど、鳥獣を追い払うための道具がある。

御所柿《ごしよがき》にたのまれ貌《がお》のかがしかな　蕪　村
夕空《ゆうぞら》のなごみわたれる案山子《かがし》かな　富安　風生
みちのくのつたなきさがの案山子《かがし》かな　山口　青邨
倒《たお》れたる案山子《かがし》の顔《かお》の上《うえ》に天《てん》　西東　三鬼
あけくれをかたぶき尽《つく》す案山子《かかし》かな　安東　次男

鑑賞　某《それがし》は案山子《かがし》にて候雀《そろすずめ》どの　夏目　漱石

ユーモアあふれる案山子に接した作者の、喜々とした表情が伝わってくる。思わず案山子の表情をまねて雀を驚かす身振りを、狂言の口調に託して表現した。堅苦しいイメージの漱石の一面、おどけを見せた好ましさがある。

鹿火屋《かびや》　鹿火《かび》　鹿火屋守《かびやもり》

解説　秋も深まり、山奥のえさが乏しくなると、鹿《しか》・猪《いのしし》などが山を下りてきて畑の作物を荒らす。その害を防ぐために火を焚《た》き、動物が嫌う獣皮などをくすぶらせて臭《にお》いで追い払う。その火を鹿火といい、その番小屋を鹿火屋、番人を鹿火屋守といっている。最近ではめったに見られないが、山奥の夜を寝ずの番をすることは、寂しい仕事であったろう。この他に、**鹿垣《ししがき》・猪垣《ししがき》**（畑に柵や石垣を造って侵入を防ぐ）などもある。

鹿火屋守天《かびやもりてん》の深《ふか》きに老《お》いんとす　上甲　平谷
焚《た》きそめて火柱《ひばしら》なせる鹿火《かび》にあふ　皆吉　爽雨
鹿火匂《かびにお》ひきたりて宇陀《うだ》のみち細《ほそ》し　広島　芳水
猪垣《ししがき》の破《やぶ》れしところ犬通《いぬとお》る　秋庭　貞子
猪垣《ししがき》の几帳《きちょう》面《めん》なる出入口《でいりぐち》　井上　弘美

鑑賞　淋《さび》しさに又銅鑼《またどら》うつや鹿火屋守《かびやもり》　原　石鼎
晩秋の山国の畑を荒らす獣を見張る仕事は不気味なものである。冷ややかな夜のすさまじさも加わって、一人で寝ずの番をする淋しさに、つい獣を驚かす銅鑼を打ち鳴らしては自分を慰めている。

落鮎《おちあゆ》　下《くだ》り鮎《あゆ》　秋《あき》の鮎《あゆ》　錆鮎《さびあゆ》　渋鮎《しぶあゆ》

解説　秋も中ごろになると、上流で成長した鮎は中流の川底で産卵するため、群れをなして川を下る。これを落鮎とか下り鮎という。産卵をすませた鮎は体力の消耗により皮膚が赤錆色《あかさびいろ》になるので錆鮎・渋鮎などと呼ばれる。また、川を下る途中で淵《ふち》にとどまって過ごすとまり鮎もいる。衰えた鮎は海に下ってその一生を終える。下《くだ》り簗《やな》は落鮎を捕らえるしかけで、上流から流れてくる鮎を捕らえる。

鮎《あゆ》落《お》ちていよいよ高《たか》き尾上《おのえ》かな　蕪村
落《おち》鮎《あゆ》の落《お》ちゆく先《さき》に都《みやこ》あり　鈴木鷹夫
落《おち》鮎《あゆ》の早瀬《はやせ》の向《む》ふ風《かぜ》の村《むら》　北沢瑞史
鮎《あゆ》落《お》ちて水《みず》もめぐらぬ巌《いわお》かな　芝不器男
鮎《あゆ》落《お》ちて美《うつく》しき世《よ》は終《お》わりけり　殿村菟絲子
秋《あき》鮎《あゆ》や宿《やど》も瀬《せ》も古《ふ》る千《ち》曲川《くまがわ》　水原秋桜子

鑑賞　落《おち》鮎《あゆ》の皮《かわ》のゆるびて大《おお》いなる　草間時彦

落ちゆく鮎の哀れさが「皮のゆるびて」の語に感じられる。作者は、容色ともに兼ね備えた若鮎の姿を思い描きながら落鮎に対する。鮎の衰えは、錆びた肌の色と、皮のゆるびと、スマートさを失った姿に歴然と現れていた。

渡《わた》り鳥《どり》　鳥渡《とりわた》る　小《こ》鳥来《とりく》る

解説　秋の季題とされる渡り鳥は、北方から渡来するものをいう。雁《かり》・鴨《かも》・鶫《つぐみ》・鶸《ひわ》・あとりなどで、群れをなして渡ってくる。このときは、雲が動くように見えるので鳥雲《ちょううん》といい、風のように聞こえる羽音を鳥風《とりかぜ》という。わが国に立ち寄る冬鳥は、主としてシベリア方面で夏に繁殖したものが南下し、中国東北部や中国を経由して日本に飛来する。多くはそのまま日本にとどまり、春まで山林や水辺にすみ、暖かくなるとまた北へ帰っていく。鴫《しぎ》や千鳥などは、わずかな期間だけ羽を休めるが、南下していく旅鳥である。

雀《すずめ》らも真似《まね》してとぶや渡《わた》り鳥《どり》　一茶
渡《わたり》鳥《どり》仰《あお》ぎ仰《あお》いでよろめきぬ　松本たかし
鳥《とり》わたるこきこきこきと罐切《かんき》れば　秋元不死男
人《ひと》はみな旅《たび》せむ心鳥《こころとり》渡《わた》る　石田波郷
新宿《しんじゅく》ははるかなる墓碑《ぼひ》鳥渡《とりわた》る　福永耕二

鑑賞　渡《わた》り鳥《どり》みるみるわれの小《ち》さくなり　上田五千石

みるみるうちに遠ざかってゆくのは渡り鳥の方であるが、見送っている自分の体までがしだいに縮小されていくような錯覚を生む。「みるみる」の語が、渡り鳥の飛翔《ひしょう》のダイナミックな感じをよくとらえている。

色鳥《いろどり》

解説　秋にはいろいろの小鳥が渡ってくる。また、それらの中には羽色の美しいものが目につく。この両方を合わせて色鳥という。あとり・まひわ・ひたき・のどま・ましこなどは色彩が鮮やかで美しい。春の囀《さえず》りに対し、秋は色彩の美しさを愛《め》でて名付けられたものである。

色鳥《いろどり》に乾《かわ》きてかろし松《まつ》ふぐり　原　石鼎

色鳥《いろどり》や書斎《しょさい》は書物《しょもつ》散らかして　山口　青邨

色鳥《いろどり》の啄《ついば》みをるは隠《かく》れなき　水原秋桜子

雨《あめ》の庭《にわ》色鳥《いろどり》しばし映《うつ》りゐし　中村　汀女

色鳥《いろどり》の枝《えだ》うつるいろこぼれけり　高橋　潤

鑑賞　色鳥《いろどり》やケーキのやうなベビー靴《ぐつ》　轡田　進

色鳥の美しさに、かわいいベビーカラーの幼児靴が配されていて、童話のような世界を作りだす。かわいいベビー靴ならば、小鳥の脚にも合うかも知れない。晩婚の作者の父性愛が感じられる句である。

鵙《もず》

百舌鳥《もず》

解説　高い梢《こずえ》に止まり、鋭い声でキイーキイーと鳴きたてる鵙の声は、秋の風物としてよく知られている。春や冬でも鳴くが、もっとも鳴き声が目立つので秋の季とする。続けて鳴くので、百舌鳥とも書く。日本全土にすむが、北日本には夏だけしかおらず秋は暖地に帰り、本州中部以西では一年中見られる留鳥《りゅうちょう》である。山地で繁殖したものは秋に平野へ下りてくる。食肉性の鳥で嘴《くちばし》が鋭く先が鉤《かぎ》のようになっているため、昆虫のほか、ねずみ・かえる・いもり・とかげなども捕らえ、樹の枝に刺す。これを**鵙《もず》の贄《にえ》**とか、**鵙《もず》の早贄《はやにえ》**という。これは、冬季に備えてえさをたくわえるためで、古いものから順に食べる。秋はとくに縄ばりを守るためによく鳴く。秋日和を**鵙日和《もずびより》**とか**鵙《もず》の晴《はれ》**として用いることもある。

百舌鳥《もず》なくや入日《いりひ》さし込《こ》む女松原《めまつばら》　凡兆
かなしめば鵙金色《もずこんじき》の日《ひ》を負《お》ひ来《く》　加藤楸邨
たばしるや鵙叫喚《もずきょうかん》す胸形変《きょうぎょうへん》　石田波郷
子《こ》がなくて白《しろ》きもの干《ほ》す鵙《もず》の下《した》　桂信子
鵙《もず》の贄《にえ》癌《がん》の齢《よわい》の来《き》つつあり　草間時彦
百舌《もず》に顔《かお》切《き》られて今日《きょう》が始《はじ》まるか　西東三鬼

鑑賞　殺戮《さつりく》もて終《お》へし青春《せいしゅん》鵙猛《もずたけ》る　松崎鉄之介
戦中派の中年の述懐である。「殺戮」は、むごく人を殺すこと。鵙のたけり声を耳にしながら、作者は自分の青春を振り返り、いくさの中に果てた若き日の姿をいとおしむ。ほろ苦い感傷がすでに中年期を過ぎた胸によみがえる。

鶫《つぐみ》　ちょうま

解説　ツグミ科の鳥は種類が多い。黒鶫や眉《まみ》白《じろ》のように秋に南方へ去る夏鳥もいれば、赤腹鶫《あかはらつぐみ》のように秋に山地から平野に下りるもの、虎鶫《とらつぐみ》のように秋に本州北部の山地で繁殖し、秋は中部以南や低地で越冬する漂鳥などいろいろある。秋に大群となって渡来するものは、鶫・白腹などである。背面は茶褐色、胸は黄白色で黒い斑点《はんてん》がある。冬季はキーキーと二声地鳴きする。地上をすばやく歩行するので、関東地方では鳥馬《ちょうま》という方言で親しまれている。肉が美味で鶫焼きなどにするが、現在は霞網《かすみあみ》による捕獲が禁じられ非狩猟鳥とされている。

鶫《つぐみ》鳴《な》く尾上《おのえ》の松《まつ》は明《あ》けにけり　万　子
碧落《へきらく》に見《み》えて鶫《つぐみ》の群《むれ》なるべし　岡本　圭岳
鶫《つぐみ》飛《と》び雲脱《くもぬ》げる山脱《やまぬ》がぬ山《やま》　水原秋桜子
鶫《つぐみ》死《し》て翅拡《はねひろ》ぐるに任《まか》せたり　山口　誓子
宿《やど》の子《こ》と鶫《つぐみ》焼《や》く炉《ろ》をかこみつつ　石橋辰之助
鶫《つぐみ》来《く》るふもとの村《むら》の赤子《あかご》かな　大峯あきら

鑑賞 串《くし》の火《ひ》を吹《ふ》つ消《け》したぶる鶫《つぐみ》かな　皆吉　爽雨

鶫焼きを賞味している句である。まるまると肥えて脂の乗った鶫がろばたで焼かれている。串に燃え移った炎のままの鶫であり、野趣をそそる。作者の気取りのない食べ方が「火を吹つ消したぶる」の表現にうかがわれる。

啄木鳥《きつつき》　けらつつき　けら

解説 小げら・赤げら・青げらなど、啄木鳥の種類は多い。木の幹に縦に止まりやすい四本の趾《あしゆび》は、前後二本ずつに分かれ鋭い鉤《かぎ》爪《つめ》がある。また、長い尾で体を支え、鋭くとがった嘴《くちばし》で幹をたたき穴をあける。舌の先端にも鉤があるため、中の虫をたやすく引き出して食う。木を啄《ついば》む鳥の意で啄木鳥というほか、けらつつき（虫けらをつつくの意）・てらつつき・けらなどと呼ばれる。幹を掘って作った穴にすむ。青げらの雄は頭の頂が赤く、帽子をかぶったように見えるため、赤頭巾・赤しゃっぽなどの名がある。ほとんど留鳥であるが、森の落葉を促す啄木鳥のトレモロは、秋の季にふさわしいものといえよう。

木《き》つつきや漆《うるし》が原《はら》の夕日《ゆうひ》かげ　蕪　村

こもり音《ね》に啄木鳥《きつつき》叩《たた》くまた叩《たた》く　原　石鼎
啄木鳥《きつつき》や落葉《おちば》をいそぐ牧《まき》の木々《きぎ》　水原秋桜子
啄木鳥《きつつき》に山家《やまが》の裏戸《うらど》破《やぶ》られぬ　馬場移公子
雲一《くもひと》つなし啄木鳥《きつつき》に弾《はず》みつく　太田　土男
山雲《さんうん》にかへす谺《こだま》やけらつつき　飯田　蛇笏

鑑賞 木《き》つつきの死《し》ねとて敲《たた》く柱《はしら》かな　一　茶

『文化句帖』所収。江戸生活の中で、もっとも貧窮をきわめたころの句である。父の死と肉親の離反などによる孤独感が一茶を死へ誘惑する。啄木鳥の柱をたたく音が、死の訪れを暗示するように、夜ごと怪しく聞こえてくるのである。

木《こ》の実《み》

木《こ》の実《み》落《お》つ　木《こ》の実《み》降《ふ》る
木《こ》の実《み》独楽《ごま》　木《こ》の実《み》拾《ひろ》う

解説 秋に実を結ぶ木々の果実を総称していう。ただしあまり大きな実や果物として利用する実はそれぞれまた別の季題であり、団栗《どんぐり》を含めて椎《しい》・榧《かや》・橡《とち》などの、細かくて硬い実を指すのである。これらの実が熟してしぜんに落ちるさまを木の実落つ・木の実降るといい、秋晴れの雑木林などでそれを拾ってきて、子供の玩具《おもちゃ》にする。木の実独楽はその代表格である。

吹《ふ》き降《ぶ》りの淵《ふち》ながれ出《で》る木《こ》の実《み》かな　飯田　蛇笏
木《こ》の実《み》ほし椎《しい》にはしばみくるみ栗《くり》　中　勘助
老《お》いの手《て》をひらけばありし木《こ》の実《み》かな　後藤　夜半
よろこべばしきりに落《お》つる木《こ》の実《み》かな　富安　風生
香取《かとり》より鹿島《かしま》はさびし木《こ》の実《み》落《お》つ　山口　青邨

鑑賞 木《こ》の実《み》降《ふ》る石《いし》に座《すわ》れば雲去来《くもきょらい》　杉田　久女

しきりに木の実降る秋晴れの林の中。石に腰を下ろして雲を見ると、雲は青空に往き来する。地上の自然の変化のただ中にいて、天空の自然の変化を見る。秋愁にとらわれた一日の、つかのまの明るさ。

秋《あき》の芽《め》

秋芽《あきめ》

解説　春に萌え出る芽に比べればまことに取るに足りないものであるが、本来は秋に芽吹かぬはずの木の芽や草の芽が出ることをいう。植物は自然のしくみで最適の時期に芽を出すように制御《せいぎょ》されているのだが、温度や水分などがその時期に似通ったときがあると、たまたま少数は芽を吹いてしまうことがある。もちろん十分生長することはない。気をつけて自然を見ていないとわからないことで、このようなところにも美を見いだして詠おうとするのが俳句なのである。

あかあかと薔薇《そうび》の秋《あき》の新芽《しんめ》かな　木下　尚江

池《いけ》に伐《き》り込《こ》みし柳《やなぎ》や秋芽《あきめ》吹《ふ》く　秋元　白汀

どうだんに秋芽《あきめ》の立《た》ちしうすぐもり　星野麦丘人

鑑賞　牡丹《ぼうたん》の秋芽《あきめ》につきし蕾《つぼみ》かな　高野　素十

たまたま秋芽が生長して蕾までつけた。ついに花開くことなき蕾であろうのに。

林《りん》檎《ご》

解説　バラ科の落葉高木または低木。コーカサス、小アジア地方が原産地で、古代民族の移動によって古くヨーロッパ一円に広がった。古い時代の林檎はピンポン玉程度の、渋くて酸っぱい実なので生食に適さず、サイダーか林檎酒にされた。現在のような果物用品種は十六世紀にイギリスで発達し、十九世紀にアメリカで大果の美味な現代品種が育成された。中国へは六世紀に西域《さいいき》を経て伝わっており、また中国原産の林檎も栽培されていた。日本へは遅くとも九世紀には中国から渡来し、以後これを林檎もしくは和林檎というのである。しかし、明治に入ってから、主として北アメリカから多数の西洋品種が導入されて以来、在来の和林檎は果物としての地位を失った。現在は西洋林檎を指して単に林檎という。

林檎《りんご》嚙《か》む歯《は》に青春《せいしゅん》をかがやかす　西島　麦南

星空《ほしぞら》へ店《みせ》より林檎《りんご》あふれをり　橋本多佳子

空《そら》は太初《たいしょ》の青《あお》さ妻《つま》より林檎《りんご》受《う》く　中村草田男

刃《は》を入《い》るる隙《すき》なく林檎《りんご》紅潮《こうちょう》す　野澤　節子

林檎《りんご》一個《いっこ》掌《て》にありこの世《よ》に何遺《なにのこ》す　寺田　京子

鑑賞

独房《どくぼう》に林檎《りんご》と寝《ね》たる誕生日《たんじょうび》　秋元不死男

不死男は昭和十六年二月、戦時下とはいえ俳句史上稀有の新興俳句事件に連座して特高警察に逮捕・連行され、以後二年間を拘置所に過ごした。獄舎に迎えた、憤怒も静かなるみずからの誕生日。

石榴《ざくろ》　みざくろ

解説　ザクロ科の落葉小高木。秋に紅色に熟した果実の口が裂けて、淡紅色の多数の種子があらわになる。この部分を食用とするが、液汁は甘酸っぱい。ペルシアからインド北西部にかけての原産で、三世紀に伝来した中国では仲秋の名月祭に欠くことのできない重要な果物となった。日本へは平安時代末期から鎌倉時代にかけて中国から渡来したものと思われる。しかし、わが国では果物としてより花木として改良され、梅雨のころ開く赤い花を賞する。白・淡紅・朱・絞りなどの色の栽培種もあり、とくに八重咲きのものを花石榴と呼んでいる。果樹としての栽培は山梨県に多いが、葡萄《ぶどう》のついでに出荷する程度である。ヨーロッパでは果物として食べるほか、カクテル酒の重要な材料となっている。

玉《たま》の歯《は》を見《み》せて笑《わら》へる柘榴《ざくろ》かな　青木　月斗
露人《ろじん》ワシコフ叫《さけ》びて石榴《ざくろう》打ち落《おと》す　西東　三鬼
身辺《しんぺん》に割《さ》けざる石榴《ざくろ》置《お》きて愛《め》づ　山口　誓子
ひやびやと日《ひ》のさしてゐる石榴《ざくろ》かな　安住　敦
虚空《こくう》にて見《み》えざる鞭《むち》が柘榴《ざくろう》打つ　桂　信子

鑑賞　熟《う》れそめて細枝《ほそえ》の撓《しな》ふ柘榴《ざくろ》かな　西島　麦南

柘榴の実は熟れて紅くならないとなかなか気付かない。枝が細いこと、実の重みで撓うことも、このように詠まれてみるとなるほどと改めて認識する。

梨《なし》

ありの実《み》

解説　バラ科の落葉高木。果実を指す場合、「子」を加えて梨子と書くのが正式だが、「梨」一字で通用している。それほど古くから身近な果物として存在していたということがいえる。平安朝の女房詞《にょうぼうことば》では「無しの実」に聞こえて縁起が悪いので「有りの実」という言い方が考え出されている。中国梨および幕末に伝来した西洋梨以外の、いわゆる日本梨はわが国の野生のものが改良されてできたもので、明治以降アメリカやヨーロッパに輸出されて栽培が試みられた。しかし、気候条件が適さず、いまだに日本国内でしか収穫されていない。明治二十年代後半、神奈川県で偶然にできた長十郎は赤梨の代表として普及した。それより五、六年早く千葉県松戸市で発見された二十世紀は病害に弱く栽培が困難な種類であったが、品種改良を重ねて緑梨《みどりなし》の代表となるに至った。

梨子《なし》の葉《は》に鼠《ねずみ》の渡《わた》るそよぎかな　園　女
梨《なし》を分《わ》け病人《びょうにん》のことたづねけり　大野　林火
妹《いも》が歯《は》をさくと当《あ》てたる梨白《なししろ》し　清水　基吉

梨売《なしう》りの頬照《ほおて》らし過《す》ぐ市電《しでん》の燈《ひ》　沢木欣一
孔子《こうし》一行衣服《いっこういふく》で赭《あか》い梨《なし》を拭《ふ》き　飯島晴子
梨食《なしく》うてすつぱき芯《しん》にいたりけり　辻桃子

鑑賞　梨《なし》むくや甘《あま》き雫《しずく》の刃《は》を垂《た》るる　正岡子規
梨は水分の多い果物で、ナイフを当てて皮をむくと水気が滴り落ちる。果糖・蔗糖《しょとう》・葡萄糖《ぶどうとう》などの糖分を豊富に含んだ水だ。刃を垂れる雫にすでに甘味を感じ取っているのは、いかにも果物好きの子規らしい趣。

檸檬《れもん》

解説　インド原産のミカン科高木であるが、カリフォルニアとシシリー島が現在の主産地で、日本で売られている檸檬にはカリフォルニアのサンキスト出荷組合のマークがついているものが多い。柑橘《かんきつ》類のうちではもっとも耐寒性の弱いものの一つで、夏冬の温度差の少ない温暖なところでは四季を通じて花が開き、一年中が果実の収穫時期になる。明治初期に米国サンフランシスコ領事館からこの苗木を送ってきて以来、日本でも栽培が始まったが、風土・気候が適せず、今もって生産は伸びていない。広島県を中心とする日本の檸檬は晩秋に一回だけ収穫されるものがほとんどで、柚子《ゆず》などに準じて俳句では秋の季題にしているが、サンキスト印しか知らない人には無縁のことである。

いつまでも眺《なが》めてゐたりレモンの尻《しり》　山口青邨
レモン切《き》るより香《か》ばしりて病《やまい》よし　柴田白葉女
ほろびゆくスバルよ檸檬《れもん》しぼりつぐ　三谷昭
嵐《あらし》めく夜《よ》なり檸檬《れもん》の黄《き》が累々《るいるい》　楠本憲吉
朝市《あさいち》のレモンの香《か》より明《あ》けにけり　倉田春名

鑑賞　れもん熟《う》れ鳩《はと》の輪海《わうみ》に偏《かたよ》れり　中戸川朝人

檸檬栽培は瀬戸内海の島々に多い。輪を描いて飛び回っている鳩の眼下の、青く穏やかな海。シシリーを囲む地中海の風景に置き換えてみてもいい。

柿《かき》

甘柿《あまがき》　渋柿《しぶがき》　木守柿《きもりがき》

解説　柿は中国や朝鮮にも分布するが、日本でもっとも発達した果樹である。果実を食用とするため古くから栽培され、優良品種が作られた。渋柿が元来の柿で、渋を抜いて甘くするか干柿《ほしがき》にすれば食べられる。蜂《はち》屋《や》・富士《ふじ》・西条《さいじょう》・衣紋《えもん》・会津身不知《あいづみしらず》・平核無《ひらたねなし》・四ツ溝《よみぞ》・横野《よこの》などが渋柿の代表品種。甘柿は鎌倉時代以後の改良品種で、現在は御所《ごしょ》・富有《ふゆう》・次郎《じろう》・禅寺丸《ぜんじまる》などがよく知られている。アカキミ（赤き実）がカキの語源だとする説もあるほどで、柿の美しい朱紅色の実は日本の秋を感じさせるが、十九世紀に日本から各地に伝わり、南フランス・米国カリフォルニア・ブラジルなどで果樹園栽培もされているという。生食のほか未熟の果実から柿渋を取り、また柿酢を作る。蔕《へた》は漢方の生薬《しょうやく》に、材は家具や器具の材料として利用される。

山柿《やまがき》の一葉《ひとは》もとめず雲《くも》の中《なか》　飯田　蛇笏
潰《つ》ゆるまで柿《かき》は机上《きじょう》に置《お》かれけり　川端　茅舎
朝《あさ》の柿潮《かきうしお》のごとく朱《しゅ》が満《み》ち来《く》　加藤　楸邨
青竹《あおだけ》が熟柿《じゅくし》のどれにでも届《とど》く　飯田　龍太
人減《ひとへ》つて村《むら》ぢゅうの柿熟《かきじゅく》すなり　水田　光雄

鑑賞　三千《さんぜん》の俳句《はいく》を閲《けみ》し柿二《かきふた》つ　正岡　子規

「三千」は多くのという意味。たくさんの投句稿に目を通し、ようやく選をしおえた。ほっとした気持ちで好物の柿を二つ食べたのである。高浜虚子の小説『柿二つ』はこの句をふまえている。

無花果《いちじく》

解説　クワ科の落葉果樹。アラビア南部原産で、有史以前から栽培化され世界中に広まった植物である。とくにキリスト教圏では楽園の果物として親しまれた。無花果と書くが、花は花托《かたく》が肥大した壺形《つぼがた》の内側に並ぶので外から見えないだけである。イチジクの語は、ペルシア語アンジー（anjīr）が中国に入って「映日」の字を当てられ、インジクォ（映日果）といわれたのが、十七世紀、日本に伝来したときさらに転音した。当初は薬用が目的で、茎や葉などを切ると出る白い乳液は痔《じ》や疣《いぼ》に効き、乾燥した葉を煎《せん》じて飲むと駆虫効果がある。また、最近の研究では血圧降下作用があることもわかった。

無花果《いちじく》を手籠《てかご》に湖《うみ》をわたりけり　飯田　蛇笏

無花果《いちじく》食ふ月《つき》に供《そな》へしものの中《なか》　石田　波郷

いちじくに母《はは》の拇指《おやゆび》たやすく没《ぼっ》す　桂　信子

無花果《いちじく》の割《わ》るといふにはやはらかき　川崎　展宏

鑑賞　いちじくのけふの実《み》二《ふた》つたべにけり　日野　草城

庭の隅に植えておのずから実を結ぶ無花果であろう。熟しはじめた実をもいで、二つ味わったのだ。滋養になることを十分知っているから。

葡《ぶ》萄《どう》(ぶだう)　葡萄園《ぶどうえん》　葡萄棚《ぶどうだな》

解説　ブドウ科の蔓性《つるせい》落葉木。日本では主に果実を生食する果物として第五位、二十数万トンの生産量があるのみだが、全世界では五千数百万トンにのぼり、果樹としてはナンバーワンである。主産地はヨーロッパで、大部分はワインやブランデーなどの醸造用にする。欧州葡萄の原産地はコーカサス、カスピ海地方で、この地域では紀元前二十世紀に栽培および醸造の痕跡《こんせき》があるという。エジプト、ギリシアを経て紀元前一世紀には欧州に広がった。日本へは東回りで十二世紀初めに中国から甲州にもたらされ、江戸時代から甲州葡萄として著名になった。明治以後、欧州から入った品種は温室栽培として各地に広まった。北米大陸にはまた別種のアメリカ葡萄が野生しており、コロンブス以後、それが逆に欧州に伝わって両種の交配種が作られた。現在わが国で栽培されている葡萄の主要品種は、明治以後に導入された欧米の交配種が基本になっている。

黒葡萄天《くろぶどうてん》の甘露《かんろ》をうらやまず　一茶

黒《くろ》きまで紫《むらさき》深《ふか》き葡萄《ぶどう》かな　正岡　子規

くゞり摘《つ》む葡萄《ぶどう》の雨《あめ》をふりかぶり　杉田　久女

一房《ひとふさ》に秤傾《はかりかたむ》く葡萄《ぶどう》かな　吉屋　信子

葡萄《ぶどう》食《く》ふ一語《いちご》一語《いちご》の如《ごと》くにて　中村草田男

亀甲《きっこう》の粒《つぶ》ぎつしりと黒葡萄《くろぶどう》　川端　茅舎

鑑賞　葡萄《ぶどう》垂《た》れ下《さが》る如《ごと》くに教《おし》へたし　平畑　静塔

葡萄の実はおのずから房をなして垂れ下がる。熟せばまたおのずから人の目に触れ、手に取るところとなる。あたかもその葡萄のように、人に物を教える際は自然にありたいものだ、と至難のわざを念じるのである。

通草《あけび》　通草《あけび》の実《み》　三葉通草《みつばあけび》

解説　アケビ科の蔓性《つるせい》の落葉低木。山野に自生する。葉は五枚ずつ掌状に開く。四月ごろ淡紫色の花穂を垂れるが、雌雄異花でつけ根の方の一～三花が雌花である（「通草の花」は春の季題）。茎の導管が太くて皆通じているというので「通草」の名があるが、この茎を干して煎《せん》じると利尿・鎮痛・通経などに薬効がある。和名アケビは実が秋になると熟して縦に裂け、淡白色の果肉が露出するさま、つまり「開《あ》け実《み》」から起こったという。単に通草といえばこの実のことをいうのである。果肉は食べると甘い。果皮も炒《いた》めて食べられる。また新芽も食用となる。葉が三枚の三葉通草は蔓が太くならず、通草細工に使われる。

葉隠《はがくれ》に色《いろ》づきそめし通草《あけび》かな　阿部　次郎
林《はやし》ゆく雨《あめ》や通草《あけび》がぬれしのみ　水原秋桜子
滝風《たきかぜ》に吹《ふ》きあらはれし通草《あけび》かな　増田手古奈
雲一朶通草《くもいちだあけび》は口《くち》を割《わ》りにけり　中原　道夫
通草蔓《あけびつるひ》引けり女《おんな》に加勢《かせい》して　茨木　和生
あけびの実山《みやま》に風塵《ふうじん》立つ日《ひ》なり　山田麗眺子

鑑賞　口《くち》あきて通草《あけび》は泣《な》けり霧《きり》の中《なか》　殿村菟絲子

通草の実は熟すと果皮が二つに裂け、中の果肉が現れる。そのさまを「口あきて泣く」ととらえた句である。一面に立ちこめる霧の中だからこそ、泣くという表現がふさわしい。女性らしい感性の句だ。

椿《つばき》の実《み》

解説　直径三センチほどの丸い実。厚い果皮はつやつやとしており、日焼けした面は暗紅色となる。秋にしぜんに熟して破れ、中から褐色の大きな種子が二、三個出る。この種子から採れる椿油はきわめて良質のもので、最上の食用油となり、また髪油にも用いられる。昔は貴重な不老延年の食品とされた。

杖《つえ》に切《き》つて実《み》は捨《す》てて行《ゆ》く椿《つばき》かな　闌　更
午《ひる》の雨椿《あめつばき》の実《み》などぬれにけり　松瀬　青々
机上《きじょう》にてひとり割《わ》れたる椿《つばき》の実《み》　加藤　楸邨
椿《つばき》の実《み》拾《ひろ》ひためたる石《いし》の上《うえ》　勝又　一透

鑑賞 実椿《みつばき》は虚子《きよし》の眼《まなこ》ぞ盗《と》るべからず　磯貝碧蹄館

鎌倉、寿福寺の虚子の墓所にも椿の木がある。葉がちに赤く照り輝く実に、虚子の穏やかなうちにも鋭さを秘めた眼光を感じたのだ。

新松子《しんちぢり》　青松毬《あおまつかさ》

解説 松は初夏のころ花を開くが、その雌花が松毬《まつかさ》になる。黒松や赤松の松毬が成熟して種子を飛ばすようになるのは年を越えた翌年の秋で、茶褐色になった松毬がそうである。新松子というのは今年できたばかりの青松毬のことで、青くしまっていていかにもみずみずしい感じがする。

新松子《しんちぢり》野点《のだて》の釜《かま》を煙《けむ》らしぬ　青木月斗
よき宿《やど》の波《なみ》はとどろに新松子《しんちぢり》　菅裸馬
老松《おいまつ》の裾《すそ》の小松《こまつ》の新松子《しんちぢり》　草間時彦
新松子《しんちぢり》嘗《かつ》ては父母《ふぼ》へ挙手《きょしゅ》の礼《れい》　磯貝碧蹄館
ひとの嬰《こ》をふはりと抱《だ》きぬ新松子《しんちぢり》　嶋田麻紀
松笠《まつかさ》の青《あお》さよ蝶《ちょう》の光《ひか》り去《さ》る　北原白秋

鑑賞 新松子《しんちぢり》父《ちち》を恋《こ》ふ日《ひ》としたりけり　石田波郷

青くしまった松毬を目にして、ついに一日父を恋う思いが胸中を離れなかった。新松子には父子に相通う、男だけが持つ志の象徴といった趣がある。「恋ふ」とは、父の人生と己の生き方を自らに問うことなのだ。

烏《からす》瓜《うり》

解説 秋になると烏が好んでこの赤い実を食べるので烏瓜の名があるというが、実の色から唐朱瓜《からすうり》が語源とする説もある。本州・四国・九州、それに朝鮮・中国に自生するウリ科の蔓草《つるくさ》。烏瓜の花は真夏の夜しか開かないので人目につきにくいが、雌雄異株で、エビガラスズメという蛾《が》が夜中雄花と雌花を飛び回って花粉媒介をする。晩秋、鶏の卵ほどの大きさの実が熟して赤くなる。この実から搾った汁はひびやあかぎれの妙薬となり、また婦人の化粧水として用いられた。乾燥した根は煎《せん》じて飲めば黄疸《おうだん》を癒し利尿に効ありとされ、種子は産婦の乳の出を促すという。烏瓜の一種で黄色の実をつける黄烏瓜《きからすうり》というのがあるが、この根から製した澱粉《でんぷん》の白色の粉末が本来の天瓜粉《てんかふん》で、小児のあせもばかりでなく大人も使っていた薬品である。

つる引《ひ》けば遙《はる》かに遠《とお》しからす瓜《うり》　酒井抱一
烏瓜蔓《からすうりつる》に曳《ひ》かれて下《お》り来《きた》る　篠原温亭
濡《ぬ》れそむる蔓一《つるひと》すぢや鴉瓜《からすうり》　芥川龍之介
白《しろ》き蔓《つる》白《しろ》き枯葉《かれは》の烏瓜《からすうり》　後藤夜半
とどかねば無性《むしょう》に欲《ほ》しき烏瓜《からすうり》　猪俣千代子

鑑賞

烏瓜一《からすうりひと》つ見《み》いでてあまたある　千代田葛彦

烏瓜の赤い実がここらあたりにあるはずだが、と思って探してみる。一つ気付くと、その蔓を目でたどると、あちらにもこちらにもあることがわかる。

松手入《まつていれ》

解説　十月ごろ、松は新葉が完全に伸びきり古葉《ふるば》が赤くなってくると、古葉を取り去り余分の芽は剪《き》り、樹形を整える。これを松手入れという。庭木の中でも松の手入れは難しい。庭師が来て、梯子《はしご》をかけて丹念に手入れするのは時間のかかる仕事だ。害虫が登らないように幹に菰《こも》がかけられて手入れが完了すると、みちがえるほどさっぱりとする。いかにも松は風格を感じさせてくれる。

いろいろの雲流《くもなが》れくる松手入《まつていれ》　山口青邨

百枚《ひゃくまい》の障子《しょうじ》を開《ひら》き松手入《まつてい》れ　遠藤　梧逸
松手入《まつてい》れせし家《いえ》あらむ闇《やみ》にほふ　中村草田男
きらきらと松葉《まつば》が落《お》ちる松手入《まつていれ》　星野　立子
まつすぐに物《もの》の落《お》ちけり松手入《まつていれ》　森田　峠
松手入《まつていれ》すみたる松《まつ》を見《み》てまはる　村田　橙重

鑑賞　松手入《まつてい》れする声落《こえお》ちる枝落《えだお》ちる　辻田　克巳

朝から庭の松の木に上がった職人は、丹念に手入れをしてゆく。時々はさみの音がして、切られた枝が落ちてくる。聞きなれない空の方角からの人声に、「声落ちる」と表現して、松手入れの職人の仕事ぶりを明瞭に示した。

秋祭《あきまつり》　村祭《むらまつり》　在祭《ざいまつり》

解説　春祭りで豊作を祈ったのに対し、秋祭りは穀物の実りを感謝し、神にも供えてともに喜ぶものである。だから秋祭りといっても実際には収穫の終わった十一月ごろに行うところが多い。十一月では寒くなってしまう地方では、あらかじめ収穫の前祝いをすることになる。仲秋から晩秋にかけて、村々で行われる秋祭りは、収穫の豊かさと、冬のくる前の気持ちの華やぎから、楽しい行事になっている。

老人《ろうじん》と子供《こども》と多《おお》し秋祭《あきまつり》　高浜　虚子
幟《のぼり》立《た》ち何《なん》にもなくて秋祭《あきまつり》　富安　風生
つたへ古《ふ》る獅子舞唄《ししまいうた》や秋祭《あきまつり》　水原秋桜子
面《めん》買《こ》うて大《おお》き眼《め》の穴《あな》秋祭《あきまつり》　皆吉　爽雨
石段《いしだん》のはじめは地《じ》べた秋祭《あきまつり》　三橋　敏雄

鑑賞　秋祭《あきまつり》少女《しょうじょ》メッキの指輪《ゆびわ》買《か》ふ　五所平之助

メッキでできたおもちゃの指輪を買って、それが金の指輪のように楽しく、夢のある少女時代。それも秋祭りの雰囲気の楽しさからのものである。

重《ちょう》陽《よう》（ちょうやう）　重九《ちょうきゅう》　菊《きく》の節句《せっく》

解説　陰暦九月九日、五節句の一つである。陽の数の九が重なるので、重九とか重陽とか呼ぶのである。漢詩によく詠まれているように、昔中国で盛んな行事であったのが、日本に入ってきて宮廷の行事として取り行われ、詩歌を成して菊の宴を開いた。菊の花びらを浮かべて酒を飲むという菊酒《きくざけ》は、邪気をはらい命が延びるといわれる。現在ではそれほど広くは行われていない。

草《くさ》の戸《と》や日暮《ひぐれ》てくれし菊《きく》の酒《さけ》　芭　蕉
重陽《ちょうよう》や椀《わん》の蒔絵《まきえ》のこと〴〵し　長谷川かな女
重陽《ちょうよう》の山里《やまざと》にして不二《ふじ》立《た》てり　水原秋桜子
重陽《ちょうよう》の膳《ぜん》なる豆腐《とうふ》づくしかな　藤本美和子
籾蔵《もみぐら》の戸《と》が開《あ》いてゐる重九《ちょうく》かな　宮岡　計次

鑑賞　重《ちょう》陽《よう》の雨《あめ》が叩《たた》けり真《ま》葛《くず》原《はら》　有働　亨

九月九日、おめでたい重陽の日なのに、葛が一面に生い茂った原っぱに、激しい雨が降り注いでいるばかり。葛の葉は広く大きいので、雨が叩くという表現がふさわしい。現代の、寂しい重陽である。

菊《きく》　大菊《おおぎく》　中菊《ちゅうぎく》　小菊《こぎく》

解説　キク科の多年草。日本を代表する花であり、皇室の紋章（天皇家は十六花弁八重菊、皇族は十四花弁裏菊）にもなっているので日本古来の花と思われがちだが、野生の菊（野菊と総称する）の何種類かが古く中国で交配されて今日の菊の祖先ができ、奈良時代末期から平安時代にかけて渡来したものである。陰暦九月九日の重陽の節句に菊の酒を飲み、菊の花を煎《せん》じて飲む風習は同じく中国伝来のものだが、菊の花が鉄分を多く含み、強壮・造血作用があるからである。その他にも頭痛をなおし咳《せき》を止める効果があり、菊も当初は薬用植物であった。しかし花の美しさが平安貴族の心をとらえ、藤原《ふじわら》家の全盛時代に菊の栽培が流行し全国に広まった。庶民の間では江戸時代に一般化し、現在まで続いている。花の大きさから大菊・中菊・小菊に大別されるが、その他の形質や姿勢によって無数の品種がある。秋が深まって咲き残っているのを**残菊**《ざんぎく》、晩秋に咲き出す品種を**晩菊**《ばんぎく》と称し、それぞれ咲き盛る菊にはない趣を有している。なお、料理菊の栽培も行われており、秋の八百屋の店頭に黄色の彩りを添えている。

黄菊白菊《きぎくしらぎく》そのほかの名《な》は無くもがな　嵐　雪
あそばする牛《うし》さへ菊《きく》の匂《にお》ひかな　北　枝
有《あ》る程《ほど》の菊抛《きくな》げ入《い》れよ棺《かん》の中《なか》　夏目　漱石
わがいのち菊《きく》にむかひてしづかなる　水原秋桜子
菊日和《きくびより》暮れてすなはち菊月夜《きくづきよ》　福田　蓼汀
腹当《はらあて》の紺《こん》のゆゆしき菊師《きくし》かな　野見山朱鳥
白菊《しらぎく》のあしたゆふべに古色《こしょく》あり　飯田　蛇笏
しらぎくの夕影《ゆうかげ》ふくみそめしかな　久保田万太郎
地《ち》にふれてより残菊《ざんぎく》とよばれけり　岩岡　中正

鑑賞　白菊《しらぎく》の目《め》に立《た》てて見《み》る塵《ちり》もなし　芭　蕉

白菊の清らかで優雅なさまを詠いあげた句であるが、実は元禄七年九月、弟子の園女の家に招かれて都合九人で巻いた連句の発句である。床に飾られた白菊にことよせた、主人園女への挨拶の句である。

鑑賞　菊咲《きくさ》けり陶淵明《とうえんめい》の菊咲《きくさ》けり　山口　青邨

中国、六朝《りくちょう》時代の詩人、陶淵明はこよなく菊を愛し、「帰去来辞」「飲酒」などの詩に詠った。陶淵明ゆかりの菊に対する賛歌である。

菊人形《きくにんぎよう》（きくにんぎやう）　菊細工《きくざいく》

解説　菊の花や葉を衣装にして作った人形のことをいう。有名狂言の舞台面を再現したり、人気俳優や、昔物語の主人公などの人形を作りあげる。豪華で、見る人を圧倒するほどのみごとさがある。江戸時代から菊細工として伝統を受け継ぎ、明治期には本郷団子坂が有名で、漱石《そうせき》の『三四郎』にも登場して、その当時の人出のにぎわいぶりがよくわかるが、今はない。地方では、福島二本松、大阪枚方《ひらかた》などが今でも盛大である。最近は菊花展《きつかてん》などにも姿を現して各地で行われているようである。

さびしさや懐《ふとこ》ろ見《み》える菊人形《きくにんぎよう》　増田　龍雨
菊人形《きくにんぎよう》たましひのなき匂《にお》ひかな　渡辺　水巴
菊人形《きくにんぎよう》　鎧《よろい》は殊《こと》に朱《しゅ》を連《つら》ね　久米　三汀
菊《きく》あつく着《き》たり義経《よしつね》菊人形《きくにんぎよう》　山口　青邨
菊人形《きくにんぎよう》白《しろ》きつまさき見《み》えてよし　百合山羽公
菊人形《きくにんぎよう》逢瀬《おうせ》を照《て》らし出《だ》されたる　大串　章

鑑賞
菊人形《きくにんぎよう》泣《な》き入《い》る声《こえ》のなかりけり　西島　麦南

この菊人形は、歌舞伎の子別れの名場面であろうか。よよと泣き崩れる母の姿が、みごとに菊の花によって再現されている。真に迫った表情、その美しさゆえに、泣き声が聞こえないのはむなしい。

菊《きく》膾《なます》

解説　菊の花びらを茹《ゆ》でて、三杯酢に和《あ》えて食べる。これを菊膾という。食用菊・料理菊として栽培されている種類に、阿房宮《あぼうきゆう》（黄色）・かしろ（ピンク）などがあり、それぞれ香りも、味もよい。観賞している菊の花を思いながら、菊を食べるという趣向が働く風雅なものである。「もってのほか」

（皇室の紋である菊を食べることから）「思いのほか」（観賞用の菊が意外においしいことから）などの方言で呼ばれている種類もある。

蝶《ちょう》も来《き》て酢《す》を吸《す》ふ菊《きく》の酢和《すあ》へかな　芭蕉
少《すこ》しばかり酒《さけ》たしなむや菊膾《きくなます》　村上　鬼城
菊膾《きくなます》喉《のど》もと過《す》ぎてかをりけり　山口　草堂
菊《きく》なます色《いろ》をまじへて美《うつく》しく　高浜　年尾
菊膾《きくなます》てふやさしきを重《じゅう》の隅《すみ》　細見　綾子
口中《こうちゅう》に風《かぜ》ほろにがく菊膾《きくなます》　上谷　昌憲

鑑賞　一《ひと》ときの華《はな》やぎとせむ菊膾《きくなます》　村越　化石

菊の花を食べることに、一種の微妙な心理が働くもの。菊膾の風味を味わうと同時に、心もおのずから風雅に傾くのである。静かに続けられた会話も、一時は菊の花の話題にも及んで、食膳も華やぐ気分になるもの。

野菊《のぎく》

解説　野菊は野生の菊の総称であり、別に野菊と名づけられた特定の草花があるのではない。一般には淡い紫色の嫁菜《よめな》の花が野菊と思われているが、紫色の野紺《のこん》菊、黄色の油菊・粟黄金菊《あわこがねぎく》・磯菊《いそぎく》、白色の竜脳菊《りゅうのうぎく》・浜《はま》菊《ぎく》・小《こ》浜菊《はまぎく》・野路菊《のじぎく》・柚《ゆう》ケ菊《ぎく》など、多くのものがある。とくに栽培されるものではないが、いずれも可憐《かれん》な趣を持つ小さな花で、秋の山野に風情を添える（ただし、浜菊は草丈一メートル、花も大きい）。

足元《あしもと》に日《ひ》の落《お》ちかかる野菊《のぎく》かな　一茶
蝶々《ちょうちょう》のおどろき発《た》つや野菊《のぎく》の香《か》　前田　普羅
はなびらの欠《か》けて久《ひさ》しき野菊《のぎく》かな　後藤　夜半
しがらみに少《すこ》し浪立《なみた》つ野菊《のぎく》かな　篠田悌二郎
金網《かなあみ》に吹《ふ》きつけらるる野菊《のぎく》かな　岸本　尚毅

鑑賞　頂上《ちょうじょう》や殊《こと》に野菊《のぎく》の吹《ふ》かれをり　原　石鼎

山の頂に着いてみると、野菊が風にそよぐさまが強く作者の胸を打った。ほかのものも吹かれているのに、「殊に」野菊の可憐さが目をひいたのだ。「頂上や」という詠い出しが大胆で軽やかだ。

後《のち》の月《つき》　十三夜《じゅうさんや》　豆名月《まめめいげつ》　栗名月《くりめいげつ》

解説　陰暦九月十三夜の月、八月の十五夜の月に対して後の月という。また十五夜を芋《いも》名月《めいげつ》というのに対して、栗名月・豆名月といい、同じく季節のものを供えて祭る。十三夜の月でもあり、時候も夜はかなり寒く、もの寂しい趣が愛好される月見である。

雨《あめ》の後《のち》の栗名月《くりめいげつ》やひろひもの　貞　室
芭蕉《ばしょう》まだ破《やぶ》れずにあり後《のち》の月《つき》　五十嵐播水
肉屋《にくや》閉《と》づ十三夜《じゅうさんや》月雲《づきくも》に残《のこ》し　大野　林火
竹寺《たけでら》の竹《たけ》のはづれの十三夜《じゅうさんや》　岸田　稚魚

鑑賞　静《しず》かなる自在《じざい》の揺《ゆ》れや十三夜《じゅうさんや》　松本たかし

木曾谷に沿う山宿での作である。その宿の炉端にあって、炉の上に下がる自在かぎのかすかな揺れに趣を感じている作者である。今夜は後の月の日と思う心が、山宿の趣をさらに懐かしくさせている。

砧《きぬた》

解説　冬仕度として、衣服用の麻・楮《こうぞ》・葛《くず》の布地は洗うと固くなるので柔らげるために、木盤の上に置いて木槌《きづち》で打つ。この布を打つ道具および打つことを砧という。また干した洗濯物を柔らげるために打つということもある。漢詩や和歌にも詠まれた古い伝統のある秋の季語で、そのいずれも、秋風や、秋の寂しさの中で聞く砧を打つ音である。現在ではほとんど聞かれないが、藁《わら》砧《きぬた》（藁を打つ）はまだ農家で行われている。

碪《きぬた》打《う》ちて我《われ》にきかせよ坊《ぼう》が妻《つま》　芭蕉
しるしらぬ里《さと》なつかしや小夜《さよ》砧《きぬた》　白雄
山《やま》かげの月未《つきいま》だなる砧《きぬた》かな　嶋田青峰
湖《みずうみ》に響《ひび》きて消《き》ゆる砧《きぬた》かな　松根東洋城
ほとほととうちてやみけり宵砧《よいきぬた》　村山葵郷

鑑賞　ともし火《び》と砧《きぬた》の音《おと》のほか洩《も》れず　後藤比奈夫
夜ごと寒さの募るころ、山のふもとの村では冬じたくが始まる。砧を打つ音も、暗やみに洩れる土間の灯もますます寂しくなる。やがて来る冬を前にした村の風景を「ほか洩れず」に表したのだ。

朝《あさ》寒《ざむ》　朝寒《あささむ》し

解説　朝だけ気温が寒さを覚えるほど下がる秋の終わりの感じをいう。ほんのしばらくの間だけのはかない寒さで、日中は忘れてしまう寒さである。冬の朝の寒さではない、寒き朝・寒い朝といえば冬の季題となる。

朝寒《さむ》や旅《たび》の宿《やど》たつ人《ひと》の声《こえ》　太祇
朝寒《あさざむ》や青菜《あおな》ちらばる市《いち》の跡《あと》　正岡子規
朝寒《あさざむ》の撫《な》づれば犬《いぬ》の咽喉《のど》ぼとけ　中村草田男
朝寒《あさざむ》の膝《ひざ》に日当《ひあた》る電車《でんしゃ》かな　柴田宵曲
朝寒《あささむ》く一言《ひとこと》を背《せ》に急《いそ》ぎけり　有原静子

鑑賞　くちびるを出《で》て朝寒《あさざむ》のこゑとなる　能村登四郎
誰かに声かけたのか、朝はじめての発声か、わが声が聞こえて行くのを微妙な動きのようにとらえている。これも朝寒という微妙な気温の変化を感じ取る心にしてとらえたものであろう。

夜《よ》寒《さむ》　宵寒《よいさむ》

解説　朝寒に対して、同じように夜だけの寒さを覚える秋の終わりの感じである。夜更かしして仕事をしたり、外出したりしたとき忍びよってくる寒さを覚えるもので、朝寒よりもしんみりした思いがこめられる。寒夜《かんや》という冬の夜の寒さであるが、寒気は厳しくなくても夜寒のほうが哀感を伴う。

病雁《びょうがん》の夜《よ》さむに落《おち》て旅《たび》ねかな　芭蕉

犬《いぬ》が来《き》て水《みず》のむ音《おと》の夜寒《よさむ》かな　正岡子規

あはれ子《こ》の夜寒《よさむ》の床《とこ》の引《ひ》けば寄《よ》る　中村汀女

母《はは》とわれ夜寒《よさむ》の咳《せき》をひとつづつ　桂信子

よこがほの夜寒《よさむ》のものを縫《ぬ》ひいそぐ　西山誠

モジリアニの女《おんな》の首《くび》の夜寒《よさむ》かな　山上樹実雄

鑑賞

鯛《たい》の骨《ほね》畳《たたみ》にひらふ夜寒《よさむ》かな　室生犀星

畳にというのであるから、膳《ぜん》のものをかたづけたあとにこぼれていた鯛の小骨であろうか。夜もかなり遅い食事のこぼれた骨を拾うわびしさ、そんなとき夜寒の忍びよるのを確かに覚えたのである。

冷《すさ》まじ

解説　冷やかの強い感じであるが、まだ寒いというほどでもない、秋深まるころの感じをいう。現代の日用語では、凄《すご》いと同じに恐ろしいほど、驚くべきことと程度の高低のはなはだしいのをいう。本来は、荒れてもの寂しい感じをいい、調和なく興ざめする景物をいうときにも用いられた。季節的な意味は俳句独特な用い方ではあるが、まだ秋の景物を残しながら荒涼としてくる自然の感じを冬のそれよりもすさまじとしたからであろうか。

山畑《やまはた》に月《つき》すさまじくなりにけり　原石鼎

冷《すさ》まじや天竜《てんりゅう》くだる女《おんな》ゐて　萩原麦草

見《み》えて来《き》て根室《ねむろ》の灯《ひ》なり冷《すさま》じや　石塚友二

冷《すさ》まじや句《く》集《しゅう》開巻《かいかん》に別離《べつり》の句《く》　安住敦

冷《すさま》じや机《つくえ》の上《うえ》に川《かわ》の音《おと》　草間　時彦

鑑賞　すさまじき垂直《すいちょく》にして鶴佇《つるた》てり　斎藤　玄

大空を舞い降りてきた鶴が、すっくと立った感じをとらえて「垂直にして」といったものであろう。この鶴の細身に「すさまじ」という冷えを作者は覚えたのである。

そぞろ寒《さむ》

解説　秋も深まってきて、うっすらと感じる寒さである。まだ寒いとはいえない、やや寒い、うすうすと寒い感じであるので、**やや寒《さむ》・うそ寒《さむ》**ともいう寒さである。そのまだ寒さとは覚えないで感じるところを「そぞろ」といい、それとなく肌に覚える感じからは**肌寒《はださむ》**という。

庭隅《にわすみ》を透《す》ける日射《ひざし》やそぞろ寒《さむ》　武田　鶯塘

榛《はん》の木《き》に三日月《みかづき》かかるそぞろ寒《さむ》　宮下　翠舟

やや寒《さむ》の壁《かべ》に無髯《むぜん》の耶蘇《ヤソ》の像《ぞう》　中村草田男

うそ寒《さむ》の身《み》をおしつける机《つくえ》かな　渡辺　水巴

流木《りゅうぼく》をわたる鼠《ねずみ》やうそ寒《さむ》き　加藤知世子

鑑賞　そぞろ寒《さむ》鶏《とり》の骨《ほね》打《う》つ台所《だいどころ》　寺田　寅彦

鶏の骨をたたき刻んで料理している台所であろう。あの鈍い包丁の音がしている。しのびよる寒さ、ひんやりした台所、そぞろ寒いという感じは確かによくとらえられている。

身《み》に入《し》む

解説　秋冷を身にしみて感じること。一般に、身にしみて思う、身にしみて聞くなどと深く思いこみ感銘することをいう。それを秋冷についてもいったものであるが、しだいにただ「身に入む」といえばこの秋の季感を指すようになった。このことばの起こりからも、気温の感じに心境的な響きの加わったものになっている。

野《の》ざらしを心《こころ》に風《かぜ》のしむ身《み》かな　芭蕉
佇《たたず》めば身《み》にしむ水《みず》のひかりかな　久保田万太郎
身《み》に入《し》むや林《はやし》の奥《おく》に日《ひ》当《あた》りて　岡本眸
身《み》に入《し》むや汁粉《しるこ》にしづむ玉《たま》ひとつ　橋本榮治

鑑賞　身《み》にしむや亡《な》き妻《つま》の櫛《くし》を閨《ねや》に踏《ふ》む　蕪村

櫛を踏む、それも亡き妻のものであり、またその妻との思いがこもる閨の間である。身にしむ秋気、心にひやりと伝わるものがあろう。

蘆《あし》刈《かり》　刈蘆《かりあし》

解説　晩秋から冬にかけて、枯れ一色になった蘆が刈られてゆく。刈り取る作業を蘆刈という。刈られた蘆は、屋根《やね》葺《ふ》きに使われたり、葭簀《よしず》にされたりする。河口の洲《す》で生い茂った蘆原を遠景に見たりするが、近づいてみると意外に高くてたくましいのに驚く。最近は蘆刈機もできている。和歌・俳《はい》諧《かい》にも詠まれた伝統季題の一つである。蘆《あし》刈人《かりびと》が暖を取るために刈蘆を焚《た》くことを蘆《あし》火《び》というが、それも詩情のある美しいものである。

津《つ》の国《くに》の減《へ》りゆく芦《あし》を刈《か》りにけり　後藤夜半
蘆刈《あしかり》のしたたり落《お》つる日《ひ》を負《お》へる　篠田悌二郎
見《み》られゐて芦刈《あしかり》ゆつくり芦《あし》を負《お》ふ　能村登四郎
芦刈《あしかり》や日《ひ》のかげろへば河流《かわなが》る　森澄雄
行暮《ゆきく》れて利根《とね》の芦火《あしび》にあひにけり　水原秋桜子
蘆《あし》の火《ひ》の美《うつく》しければ手《て》をかざす　有働木母寺

鑑賞　また一人《ひとり》遠《とお》くの蘆《あし》を刈《か》りはじむ　高野素十

蘆刈りの遠景に一人の人間を置いて安定した風景句になった。しかし、広々とした叙景の中に「刈りはじむ」の表現で、遅々と進められる蘆刈の作業が的確に描写されたのである。さらに、寂しい詩情のある風景になった。

敗荷《やれはす》　破《や》れ蓮《はちす》

解説　夏の間、池を覆って青々と茂っていた蓮の葉が、秋風とともに破れはじめ、だんだん見すぼらしい姿になってゆく。そのさまを敗荷というのだが、「荷」はハスの葉を意味する字なので、この季題の場合はこの字を使うのがふつうである。**蓮《はす》の実《み》**が熟れて飛ぶのも敗荷のころである。ちなみにいえば、「蓮」はハスの実を意味する字とされている。なお、「枯蓮《かれはす》」は冬の季題であるので注意されたい。

破蓮《やれはす》の葛西《かさい》や風《かぜ》のひびきそめ　水原秋桜子
見《み》てゐたる敗荷《やれはす》に風起《かぜおこ》りけり　大久保橙青
敗荷《やれはす》や旅《たび》の暇《いとま》のおのが影《かげ》　石田　波郷
敗荷《やれはす》や夕日《ゆうひ》が黒《くろ》き水《みず》を刺《さ》す　鷲谷七菜子
ふれ合《あ》はずして敗荷《やれはす》の音《おと》を立《た》て　深見けん二

鑑賞　敗荷《やれはす》や仔細《しさい》に見《み》れば流《なが》れ水《みず》　野村　喜舟

「仔細に」は、くわしく、ことこまかにの意味。敗荷の池は水量もだんだん落ち、よどんで動きもないようだが、まことひそやかに水は流れているのである。

栗飯《くりめし》

解説　栗の実の殻を剝《む》き、渋皮をとって、飯に炊きこんだものをいう。栗の甘味がほどよく調和して、美味で、秋の味覚の一つである。このころの炊きこみ飯には、**松茸《まつたけ》飯《めし》・零余子飯《ぬかごめし》**などがある。それぞれに味わいのあるものだが、栗飯は子供にも好かれ、運動会《うんどうかい》などの弁当にふさわしい。松茸飯は、風味を味わう上品ないかにも大人の飯という感じがある。零余子飯は野趣に富んではいるが、あまり作られていない。いずれも秋の季節感を十分に示してくれる。

栗飯《くりめし》によんでもらひし月夜《つきよ》かな　嶋田　青峰
栗飯《くりめし》のまつたき栗《くり》にめぐりあふ　日野　草城
栗飯《くりめし》にする栗剝《くりむ》いてをりしかな　安住　敦
栗飯《くりめし》を子《こ》が食《く》ひ散《ち》らす散《ち》らさせよ　石川　桂郎
栗《くり》飯《めし》や夜《よる》は山《やま》から霧《きり》が来《く》る　宇山　薫風
栗《くり》ごはんおひおひ母《はは》のこと話《はな》す　角　光雄

鑑賞
栗飯《くりめし》のあたたかく人《ひと》を発《た》たせけり　長谷川かな女

栗飯には、人の温情に似通う味わいがある。ちらっとのぞく栗の色にも温かさが伝わる。決して上品な食べ物ではないが、季節の風趣に心を配った主人の好意に感謝しながら、温かい気持ちになって人は家を去るのだ。

団《どん》栗《ぐり》

解説　厳密にいえば団栗は櫟《くぬぎ》の実を指すが、広く晩春から初夏にかけて花を開くブナ科ナラ属の木々の果実を総称して団栗という。団栗には一年生と二年生の別があり、小《こ》楢《なら》・水楢《みずなら》・粗樫《あらかし》・柏《かしわ》・楢樫《ならがし》などの果実はその年の秋に熟す一年生の団栗だが、櫟・あべまき・姥目樫《うばめがし》などは冬を越して二年で大きく生長する団栗がなり、翌年の秋に熟す。二年生に比べて一年生のものは、俗に袴《はかま》と呼ぶ殻斗《かくと》が貧弱である。縄文時代の遺跡から壺《つぼ》や甕《かめ》に入ったまま炭化した団栗が発見されており、採取や保存の容易さから古くは食用にしたことがうかがえる。しかし、澱粉《でんぷん》質に富むが渋味が強く、食べ物としては発達しなかった。

団栗《どんぐり》や倶利迦羅《くりから》峠《とうげ》ころげつつ　松根東洋城
しののめや団栗《どんぐり》の音《おと》おちつくす　中川　宋淵
団栗《どんぐり》のもつ力《ちから》もて水《みず》にごす　勝又木風雨

どんぐりの山《やま》に声澄《こえす》む小《しょう》家族《かぞく》　福永　耕二

鑑賞　団栗《どんぐり》の己《おの》が落葉《おちば》に埋《うも》れけり　渡辺　水巴

団栗のなる木は落葉樹であり、果実が落ちるとまもなく葉を落とす。地に落ちた団栗を同じ木の葉で覆う。これも自然の摂理の一つである。

胡桃《くるみ》

鬼胡桃《おにぐるみ》　姫胡桃《ひめぐるみ》　手打胡桃《てうちぐるみ》
沢胡桃《さわくるみ》

解説　クルミ科の落葉高木。クルミという名は褐色の殻に覆われた実をクロミ（黒実）と呼んでいたのが訛《なま》ったもの。硬い殻を割って中の子葉を取り出し、食用とする。脂肪油約五〇パーセントを含み、美味で栄養価が高い。古くから野菜の胡桃和《くるみあ》えとして親しまれ、また菓子や餅《もち》の材料とされる。子葉はさらに咳《せき》止めなどの薬効もある。日本に昔から自生するのは鬼胡桃と姫胡桃だが、ともに殻が硬く厚いため栽培は少ない。長野・新潟・東北地方で多く栽培されているのは十八世紀に中国または朝鮮から渡来した手打胡桃で、これは殻が薄く手で砕いても割れるのでこの名がある。野生種の沢胡桃の実は食用にならない。

ひと死《し》して小《しょう》説了《せつおわ》る炉《ろ》の胡桃《くるみ》　橋本多佳子
鬼胡桃割《おにくるみわ》れぬを石《いし》と思《おも》ひ見《み》る　山口波津女
胡桃割《くるみわ》る聖書《せいしょ》の万《まん》の字《じ》をとざし　平畑　静塔
胡桃割《くるみわ》るこきんと故郷《こきょうかぎ》鍵あいて　林　翔
胡桃割《くるみわ》る胡桃《くるみ》の中《なか》に使《つか》はぬ部屋《へや》　鷹羽　狩行

鑑賞　胡桃振《くるみふ》ればかすかに応《こた》ふ信濃《しなの》の音《ね》　能村登四郎

信濃の旅のみやげにと持ち帰った、殻のついたままの胡桃の実を、耳近く振ればからからと音をたてる。そのわびしい音に過ぎ去った旅を思い、信濃の霧をあらためて恋うるのである。

ゐのこづち《いのこずち》

解説　ヒユ科の多年草。道端や藪《やぶ》など、いたるところに生じる。茎の高さは五〇〜一〇〇センチ、夏から秋にかけて枝の先に穂をなして淡い緑色の小花をたくさんつけるが、美しい花ではない。花が終わると刺《とげ》のある実になり、これに触れる動物や人間の衣服などについて遠くまで運ばれる。花よりもこの実のほうが印象が強いので、俳句でもいのこずちといえば、ふつう実のときのいのこずちをいうのである。根を干したものを漢方で牛膝《ごしつ》といい、利尿剤や鎮痛剤にし、また婦人病にも効果があるという。いのこずちの名は「豕槌《いのこつち》」で、節の太い茎を豕（いのししの意）の膝頭《ひざがしら》に見たてていうのであろうといわれる。古くは節高《ふしだか》・駒《こま》の膝と呼ばれた。

ゐのこづちひとのししむらにもすがる　山口　誓子
ゐのこづち喜々《きき》と飛《と》びつく良夜《りょうや》明《あ》け　野澤　節子
一日《いちにち》の野辺《のべ》のたのしさゐのこづち　島村桐花女
ゐのこづち夢《ゆめ》の中《なか》までとりつかれ　村上喜久子
ゐのこづち淋《さび》しきときは歩《ある》くなり　西嶋あさ子

鑑賞　ゐのこづち小犬《こいぬ》もつけてゐたりけり　神山　杏雨

秋晴れに誘われて散歩に出た。気がつかないうちに、ズボンのすそにいのこずちが付いていた。あとさきになってついて来た小犬の背にもいのこずちがいくつも付いている。よい休日だった。

稲《いね》刈《かり》　稲車《いなぐるま》　稲舟《いなぶね》

解説　早いところでは八月下旬、遅いところでは十一月中旬には稲は刈られてしまう。田植えとは違うせわしさに農家は追われる。

種蒔《たねま》き・田搔《たが》き・早苗《さなえ》取《と》り・田植え・田草《たぐさ》取《と》りという労働の果てに、黄金色《こがねいろ》に熟れた稲穂を刈る仕事は重労働ではあるが、喜びが感じられる。**落水**《おとしみず》（田の水を落として田を乾かす）をして晴天の日を選んで気の遠くなるほどの稲田を刈る風景は、日本の農村の収穫期の象徴と思われる。暗くなりかけた道で刈った稲を満載した稲車に出合うときには、今年も豊年でよかったという気持ちになる。刈ることも運ぶことも機械化が進んでいるが、稲車・稲舟という古いことばには詩情があって捨てがたい。稲束は**稲架**《はざ》にかけて干されて、**稲扱**《いねこ》きされてゆくのである。

稲刈《いねか》つて飛鳥《あすか》の道《みち》のさびしさよ　日野　草城
稲刈《いねかり》のいつもうしろに湖《うみ》の蒼《あお》　河野　南畦
立山《たてやま》に初雪《はつゆき》降《ふ》れり稲《いね》を刈《か》る　前田　普羅
稲刈《いねか》つて鳥入《とりい》れかはる甲斐《かい》の空《そら》　福田甲子雄
庭《にわ》に来《き》てつひに崩《くず》れし稲車《いなぐるま》　青木就一郎
峡深《かいふか》き月《つき》の蔵王《ざおう》へ稲架《はざ》幾重《いくえ》　吉川　菰丈

鑑賞　稲刈《いねか》つてだんだんひろきうしろかな　松尾　睦月

稲刈りの遅々としたはかどりを「だんだん」に表した。しかし、刈り進む時間の経過は、刈られた後ろの広さに現れているのだ。それを確かめると、ますます休むのも惜しい気持ちになって刈り進むのだ。

刈田《かりた》

解説　秋になって、稲穂を垂れた田が稲田・秋の田である。その稲を刈ったあとの田を刈田という。切り株だけが残って一面広々とした感じになり、寂しい。農家の子供たちの遊び場にもなる。しばらくして切り株にまた新しく青い芽が出、茎が伸びるのを穭《ひつじ》という。一面にそれが出た田は**穭田**《ひつじだ》である。時には花をつけることもある。刈田《かりた》原《はら》・刈田《かりた》道《みち》・刈田《かりた》風《かぜ》・刈田《かりた》面《づら》。

鶏《とり》むしる男《おとこ》に見《み》られ刈田《かりた》行《ゆ》く　大野　林火

じよんがらの三味《しやみ》ひく刈田《かりた》あるばかり　豊山　千蔭

男《おとこ》行《ゆ》く刈田《かりた》の影《かげ》の湿《しめ》りつつ　野澤　節子

ごつごつと刈田《かりた》を猫《ねこ》の渡《わた》りけり　日原　傳

鑑賞　うつくしき松《まつ》に遇《あ》ひけり刈田来《かりたき》て　京極　杜藻

色彩を失った刈田は寂しい。その刈田を歩いてきて、たまたま見た松の木の緑色がとくに美しく見えた。刈田の寂しさがいちだんと感じられる。

落《おち》穂《ぼ》　落穂《おちぼ》拾《ひろ》い

解説　稲を刈り終わったあとの田や畦《あぜ》、あるいは道端などに落ちている稲穂のことである。農家では一粒といえども米はだいじにするので、落穂拾いはけっこうだいじな仕事で、昔は老人や子女が腰をかがめて落穂を拾い集めるさまをよく目にしたが、稲作をも軽視する近来の日本の農政のもとでは、うち捨てられたままの落穂を見かけることもまれではなくなった。西洋では落穂は麦である。

落穂《おちぼ》拾《ひろ》ひ日《ひ》あたる方《かた》へあゆみゆく　蕪村

あしあとのそこら数《かず》ある落穂《おちぼ》かな　召波

両《りょう》の手《て》にひろひ溜《た》めたる落穂《おちぼ》かな　村上　鬼城

落穂《おちぼ》拾《ひろ》ひ殉教《じゅんきょう》の島《しま》いまも貧《まず》し　成瀬桜桃子

鑑賞　地《ち》を隠《かく》しゐし一房《ひとふさ》の落穂《おちぼ》拾《ひろ》ふ　鷹羽　狩行

「一房の落穂」、新鮮で温かい言い方だ。それが「地を隠し」ていたという。落穂に注がれた作者の慈愛のまなことといえるであろう。

藁《わら》塚《づか》　にお　藁鳰《わらにお》

解説　刈り取られた稲が、稲架《はざ》（稲城《いなき》）で十分干されて、稲扱《いねこ》き（実をもぐ作業）されて藁束が残る。その新藁《しんわら》を田畑に積んだものを藁塚という。地方によって積み方もいろいろだが、円筒形に積まれるのがもっとも多い。車窓から見える藁塚は、古代の家を連想させる。積まれた藁もいろいろなものに利用されながら、しまいには姿を消してしまう。冬田《ふゆた》に半ばくずれかかった藁塚があるのは寂しい。藁塚を「にお」と呼んだり、「藁鳰」と呼ぶ地方もある。

藁《わら》塚《づか》のおなじ姿《すがた》に傾《かたむ》ける　軽部烏頭子
けふ寒《さむ》き藁塚《わらづか》に手《て》をさし入《い》れぬ　中村草田男
藁塚《わらづか》に一《ひと》つの強《つよ》き棒挿《ぼうさ》さる　平畑静塔
藁塚《わらづか》は集《あつま》つて墓《はか》ちらばつて　鷹羽狩行
旅《たび》の帰路《きろ》亡《ほろ》ぶ藁塚《わらづか》晴《は》るる家《いえ》　原　裕
うづくまるあまたの藁塚《にお》の一《ひと》つかな　富安風生

鑑賞　ばらばらに立《た》つ藁塚《わらづか》の意志《いし》ならず　茨木和生
田の刈られた殺風景な中、あちらこちらに藁塚が立っている。似通った形だが、それぞれ別の傾きをもっている。「意志ならず」は藁塚のばらばらに立った姿だが、それを立てた人々の別々の意志が働いていることを示した。

障子《しようじ》貼《は》る（しやうじはる）

解説　冬仕度のために、古障子を貼り替えることをいう。夏の間、はずしてあった障子は、秋風の立つころになると入れられる。そのときなどに、古障子の貼り替えをすることが多い。**障子洗《しようじあら》い**（川・池・井戸などで水に浸して、古い紙を剝《は》ぎとる）をして乾かした障子に新しい紙を貼ると面目一新して、家の中がにわかに明るくなり、冬の用意が整う。最近では、正月準備のために歳末に行うようであるが、秋の障子貼るの季語には古い時代の生活周期が感じられる。

障《しょうじ》子張《は》つて月《つき》のなき夜《よ》のしづかなり　久保田万太郎
きくきくとゆるむ骨《ほね》あり障《しょうじ》子貼《は》る　三浦恒礼子
障《しょうじ》子洗《あら》ふやすぐの本流《ほんりゅう》水迅《みずはや》し　野村喜舟
障《しょうじ》子洗《あら》ふ桟《さん》ごとに水《みず》ふくれ来《き》て　藤原たかを
みづうみに四五枚《しごまい》洗《あら》ふ障《しょうじ》子かな　大峯あきら

鑑賞
障《しょうじ》子貼《は》る妻《つま》との会話《かいわ》さかのぼる　軽部烏頭子

障子を貼り替える仕事は、過去をふりかえらせるものらしい。生活の積み重ねの上にあるからであろう。貼り上げて行く妻と、昔の思い出話に及ぶのは自然である。

梅《うめ》擬《もどき》　梅嫌《うめもどき》　落霜紅《らくそうこう》

解説　モチノキ科の落葉低木で高さ二、三メートル。葉の形や大きさを梅に擬《なぞら》えてこの名がある。五、六月ごろ薄紫色の花を群生するが、晩秋から初冬にかけて小球形の赤い果実を結ぶ。その美しさを賞《め》でて庭木・盆栽・生け花によく使われる木である。落葉後、寒さが深まるといよいよ冴《さ》えて美しいところから、漢名を落霜紅という。雌雄異株なので雌株だけ植えても結実しない。また、変種に白い実の白梅擬がある。同じ秋の季題で**蔓梅擬**《つるうめもどき》というのがあるが、これはニシキギ科の蔓性落葉低木。果実は球形で淡緑黄色に熟し、三裂して黄赤色の種子を現すこぶる美しい木である。

残《のこ》る葉《は》も残《のこ》らず散《ち》れや梅《うめ》もどき　凡兆
いしぶみに大梅擬《おおうめもどき》わだかまる　片岡奈王
洞《とう》然《ぜん》と白《はく》昼《ちゅう》の庭《にわ》梅《うめ》もどき　飯田蛇笏
立山《たてやま》に雪《ゆき》の来《き》てゐるうめもどき　大嶽青児

鑑賞 横向ける小鳥《ことり》の嘴《はし》に梅《うめ》もどき　岡安　迷子

木の実をついばみに来ている小鳥が、一瞬真横を向いたとき、そのくちばしにはさんだ赤い梅擬の実が鮮やかに見えた。美しい句である。

柚子《ゆず》　柚《ゆ》　青柚《あおゆ》

解説 中国原産のミカン科の常緑小高木だが、耐寒性が強く、北は福島県相馬郡まで栽培される。初夏、白色五弁の花を開き、秋に果実は直径六センチくらいに育って初冬から春にかけて黄色に熟す。緑色の未熟な果実は皮の小片を吸い物や酢の物に用いる。果汁は果実酢として調味料に用いられるが、ユズの名の起こりはこの柚酢《ゆす》にあるという。柚子の雑種に徳島県の**酢橘**《すだち》、大分県の**芳酢**《かぼす》、九州各地の**木酢**《きず》があり、古くからそれぞれの土地の特産物となっているが、いずれも柚子より小形である。

柚子《ゆず》の村少女《むらしょうじょ》と老婆《ろうば》ひかり合《あ》ふ　多田　裕計
もらひたる柚《ゆず》にも峡《かい》の日《ひ》のぬくみ　木下　夕爾
夕厨《ゆうくりや》柚子《ゆず》の香《か》充ちて母《はは》をらず　野澤　節子
柚子《ゆず》の香《か》の動《うご》いてきたる出荷《しゅっか》かな　西山　睦
洛北《らくほく》も果《はて》なる家《いえ》の柚《ゆ》の木《き》かな　高田　蝶衣

鑑賞 柚子買《ゆずか》ひしのみ二人子《ふたりご》を連《つ》れたれど　石田　波郷

かわいい盛りの男女二人の子を連れて町中へふらりと散歩に出た。いくばくかの小銭はふところにあるが、結局八百屋の店頭で香り豊かな柚子を買い求めたなりで帰ってきた。

秋深《あきふか》し　深秋《しんしゅう》　秋《あき》さぶ　秋闌《あきた》ける

解説 すっかり秋色深まるころをいうが、秋も終わり**冬近し**《ふゆちか》の感が強く万象ことごとくはかない思いになる。秋の三カ月を分けて初秋《しょしゅう》・仲秋《ちゅうしゅう》・晩秋《ばんしゅう》とすれば、仲秋に秋たけなわの感じがあるが、深秋というともう秋果つの思いが強い。秋終わるころの感じは、春の場合の暮春ほどにはあまりいわれないが、**暮《くれ》の秋《あき》・暮秋《ぼしゅう》**という季語がある。

秋深《あきふか》き隣《となり》は何《なに》をする人《ひと》ぞ　芭蕉
秋深《あきふか》しふき井《い》に動《うご》く星《ほし》の数《かず》　幸田露伴
秋深《あきふか》きことにこと寄《よ》せ話《はな》すかな　星野立子
画家《がか》去《さ》りて白樺《しらかば》のこる秋深《あきふか》し　大島民郎
年輪《ねんりん》の円《えん》や楕円《だえん》や秋深《あきふか》む　宇多喜代子

鑑賞 彼《かれ》一語《いちご》我《われ》一語《いちご》秋深《あきふか》みかも　高浜虚子

お互いにただ一語ずつ言って、またそのまま相対していて心も満ち足りた仲であろう。ここで言いあったのは深まる秋のことか、そうでなくてもしみじみと深秋、さらに人生の秋の味をかみしめる思いがする。

紅葉《もみじ》（もみぢ）

夕紅葉《ゆうもみじ》　むら紅葉《もみじ》　谿紅葉《たにもみじ》
紅葉山《もみじやま》

解説 秋も深まるころ、落葉樹の葉が緑色から赤く変わることをいう。とりわけ楓《かえで》の仲間は美しいので紅葉といえば楓のことと思われがちだが、**柿紅葉《かきもみじ》・桜紅葉《さくらもみじ》・漆紅葉《うるしもみじ》・満天星紅葉《どうだんもみじ》・雑木黄葉《ぞうきもみじ》**にも見捨てがたい美しさがある。紅葉した葉が日に照り輝くのを**照葉《てりは》**という。鮮やかな紅葉を見せるのは昼と夜の温度差の激しい山間部や北国で、最低気温が八度を割ると紅葉が始まり、五、六度で全盛を迎えるといわれる。また、葉が黄色に変わる櫟《くぬぎ》や銀杏《いちょう》などもやはりもみじと呼び、**黄葉《もみじ》**の字を当てる。草の中で葉が美しく変色するものを**草紅葉《くさもみじ》**という。**初紅葉《はつもみじ》・薄紅葉《うすもみじ》**。

山《やま》くれて紅葉《もみじ》の朱《あけ》をうばひけり　蕪村

きらきらと紅葉《もみじ》まばゆし藪《やぶ》の中《なか》　正岡　子規
障子《しょうじ》しめて四方《よも》の紅葉《もみじ》を感《かん》じをり　星野　立子
何《なに》も居《い》ぬ紅葉《もみじ》おのれをにぎやかに　飯田　龍太
夕紅葉《ゆうもみじ》とみに水音《みずおと》澄みわたり　鈴木　花蓑
この樹登《きのぼ》らば鬼女《きじょ》となるべし夕紅葉《ゆうもみじ》　三橋　鷹女

鑑賞

濃紅葉《こもみじ》に涙《なみだ》せき来《く》る如何《いか》にせん　高浜　虚子

「せき来る」は「急き来る」で、感慨のあまり思わず涙を目にためたというのである。敗戦後一年を経た昭和二十一年、虚子の父ゆかりの福岡県秋月《あきづき》城下に得た句であることが、この急調子のよるところである。

紅葉狩《もみじがり》（もみぢがり）　紅葉見《もみじみ》　観楓《かんぷう》

解説　晩秋、紅葉の名所を尋ね歩き、その美を観賞することをいう。すなわち、紅葉見ということであるが、語感からすれば、山へ深く入りこみ探し歩くという行為が含まれよう。謡曲「紅葉狩」の印象などからも風雅な伝統を持った季語である。春の桜狩《さくらがり》と同じであろう。もみじは、木々が紅葉《こうよう》、黄葉《もみじ》することを総じていう。楓《かえで》の紅葉《もみじ》はことに美しいので、紅葉は楓を指すことが多い。この場合雑木《ぞうき》黄葉《もみじ》を探し歩くのではなく、やはり楓の燃えるような紅葉にめぐり合うための行為と考えた方が趣深い。

紅葉見《もみじみ》や用意《ようい》かしこき傘《かさ》二《に》本《ほん》　蕪　村
紅葉見《もみじみ》や顔《かお》ひやひやと風渡《かぜわた》る　闌　更
一瀑《いちばく》の疾《と》く昃《ひかげ》れる紅葉狩《もみじがり》　富安　風生
絶壁《ぜっぺき》の下《した》のみちゆく紅葉狩《もみじがり》　西村　麦風
峡《かい》の日《ひ》にまぶたぬらして紅葉狩《もみじがり》　太田　鴻村
水音《みずおと》と即《つ》かず離《はな》れず紅葉狩《もみじがり》　後藤比奈夫

鑑賞

宿《やど》とりて月《つき》にも遊《あそ》び紅葉狩《もみじがり》　上林白草居

紅葉の谷へ一泊で出かけた。一日を燃えるような紅葉の美しさに浸って、冷えこむころ、宿についた。夕食のあとすっかり夜になった山の端にみごとな月がかかっている。思わず風流づくしの一日に感動し、月を眺めている。

紅葉鮒《もみじぶな》（もみぢぶな）

解説　山々が紅葉に彩られる晩秋のころ、琵《び》琶湖《わこ》にすむ源五郎鮒の鰭《ひれ》が美しい紅色となる。近江《おうみ》地方では古くから紅葉鮒と呼んでいる。源五郎鮒は特有の形をした平鮒で、もとは琵琶湖から流れ出す水系の特産であった。晩秋から冬にかけて鮒はもっとも美味といわれる。桜鯛《さくらだい》・紅葉鱮《たなご》などとともに美しい季題である。

紅葉鮒《もみじぶな》色《いろ》とりどりに重《じゅう》の物《もの》　高浜　虚子
薄墨《うすずみ》の鱗《うろこ》の金《き》ンや紅葉鮒《もみじぶな》　松根東洋城
少年《しょうねん》の魚籠《びく》軽《かる》からず紅葉鮒《もみじぶな》　田村　木国
磐石《ばんじゃく》の上《うえ》に現《あら》はれ紅葉鮒《もみじぶな》　黒田桜の園
紅葉鮒《もみじぶな》風《かぜ》のさざ波《なみ》馳《は》せちがひ　岡本まち子

鑑賞　紅葉鮒《もみじぶな》ひらめき野川《のがわ》すめりけり　山口　草堂
横井也有『百魚譜』にも「紅葉の名をかざした鮒」の語が見える。季節の移り変わりにつれて美しい紅色の鰭を持つ鮒が、ひらめきながら泳いでゆく。秋の野川の清澄な気が感じられる句である。

錦木《にしきぎ》

解説　ニシキギ科の落葉低木。紅葉が美しいところからこの名が起こった。山野に自生する木だが、古来紅葉を見るため庭木とされ、また生け花の材料にされる。この木の枝はコルク質の翼《よく》が縦にできる特性を持っており、その形状は矢羽を思わせる。なお錦木の花は夏の季題で、五、六月ごろ七ミリほどの淡い黄緑色の四弁花を多数つける。

この小花がうっすらと地に散り敷くさまもそれなりに美しいが、花はあまり人に知られていない。果実は晩秋熟し、紅葉とともに鮮やかな黄赤色を見せる。

錦木《にしきぎ》やこがれて霜《しも》の門《もん》に立《た》つ　朱　拙

袖《そで》ふれて錦木《にしきぎ》紅葉《もみじ》こぼれけり　富安　風生

錦木《にしきぎ》のもの古《ふる》びたる紅葉《もみじ》かな　後藤　夜半

深寝《ふかね》して錦木《にしきぎ》紅葉《もみじ》きはまりぬ　加藤三七子

錦木《にしきぎ》や鳥語《ちょうご》いよいよ滑《なめ》らかに　福永　耕二

鑑賞　錦木《にしきぎ》や野仏《のぼとけ》も夜《よ》を経《へ》たまひぬ　森　澄雄

錦木の美しい紅葉が朝日を受けていちだんと鮮やかであり、日陰の葉にはまだ露が残る。野仏も露に濡れた色をして夜を経たさまをしているのである。

蔦《つた》

蔦《つた》かずら

解説　ブドウ科の蔓性《つるせい》落葉木。巻きひげの先に吸盤があり、木や石に巻きついて生長する。この性質を利用してコンクリートの壁面や石垣などにはわせ、葉を楽しむ。夏の間はいかにも青々としているので「青蔦」という季題になる。夏に黄緑色の花を開き秋に実を結ぶが、秋の紅葉がなんといっても美しく人目をひく。空気の関係か都会地ではさほど鮮やかではないが、山地でははっとするほど真っ赤な**蔦紅葉**《つたもみじ》を見ることがある。その紅葉の美しさを愛《め》でて**紅葉**《もみじ》**蔦**《づた》**・錦蔦**《にしきづた》の別名がある。秋ふけて落葉の際、まず葉だけが落ち葉柄は残るという性質がある。ツタという名は「伝う」から来ているといわれる。古名は甘葛《あまずら》。昔、太い茎を切って汁を採取し、煮つめて甘味料を作ったからである。

夜《よ》に入《い》れば灯《ひ》のもる壁《かべ》や蔦《つた》かづら　太　祇

欠《か》け欠《か》けて蔦《つた》のもみぢ葉《ば》つひになし　富安　風生

蔦紅葉《つたもみじ》巌《いわ》の結界《けっかい》とざしけり　大野　林火

磐石《ばんじゃく》に紅《べに》ひとすぢの蔦紅葉《つたもみじ》　菊山　京女

鑑賞

桟《かけはし》や命《いのち》をからむ蔦《つた》かづら　芭　蕉

『更科紀行《さらしなきこう》』に出る句。「桟」は木曾街道の上松と木曾福島の間の断崖にかかっていた桟道で、命限りに絡みついている蔦紅葉の哀れにも美しいさまを詠嘆した句である。

黄落《こうらく》（くわうらく）

解説　銀杏《いちょう》や櫟《くぬぎ》などの木の葉が黄色にもみじして落ちるのをいう。ひたすら落葉するさまではなく、黄ばみつつある葉の中に早くも散りゆくものがあるさまをいうのである。また地に落ちている葉を指していうこともある。赤くなる紅葉は葉のつけねに離層が形成されて、葉でできた炭水化物が茎の方へ流れて行かなくなったために、それが葉の中にたまりすぎて赤い色素が合成されるのに対し、葉が黄色に変色するのは葉緑素が分解するところから始まるといわれる。しかし、これもやはりもみじといい、黄葉と書くのである。

黄落《こうらく》の旅《たび》より帰《かえ》り白髪《しらが》ふゆ　細見　綾子

日《ひ》の当《あた》るところ馬寄《うまよ》り黄落《こうらく》す　村山　古郷

黄落《こうらく》や風《かぜ》の行手《ゆくて》に地獄門《じごくもん》　宮下　翠舟

黄落《こうらく》といふこと水《みず》の中《なか》にまで　鷹羽　狩行

ここに来《き》て死《し》ねよと山河《さんが》黄落《こうらく》す　籏　こと

日々《ひび》黄落《こうらく》しさきの世《よ》の現《あらわ》はる　田中　裕明

鑑賞

磔像《たくぞう》に四囲《しい》の黄落《こうらく》とどまらず　横山　白虹

教会の礼拝室に掲げてあるイエス・キリストの磔《はりつけ》の像を想像する。荘厳な雰囲気に浸りつつ磔像を仰ぐと、秋の日ざしのこぼれる窓にはらはらと黄落はやまない。外へ出てみると四辺みな黄落の木々であった。

鹿《しか》

小鹿《おじか》　小男鹿《さおじか》　鹿《しか》の声《こえ》　妻恋《つまこ》う鹿《しか》
鹿笛《しかぶえ》

解説　古くから、妻恋う鹿の鳴く声の哀れさを愛《め》でて、鹿を秋のものとしている。わが国にすむ鹿は小形で、雄の角には四本の枝があるのが特徴である。夏と冬では毛色も異なる。夏毛は明るい栗色で白い斑点《はんてん》が目につくが、冬は灰褐色となり斑点が消える。交尾は十、十一月ごろで雄は雌を求めてヒヨヒヨヒューヒューともの哀《がな》しい声で長鳴きする。また、雄は雌を争い角を合わせて戦う。春季には角が落ち、袋角《ふくろづの》が生える。やがて成長した角は表面の皮がとれはじめるが、樹の幹でこすってとるため樹木を傷つけることが多い。昔は、鹿垣《ししがき》・鹿火屋《かびや》・鹿《しし》おどし（添水）などにより害を防いだ。鹿笛は、猟人が鹿狩りのときに用いる笛をいう。すずか・すがる・紅葉鳥《もみじどり》など、古名も多い。

びいと啼《な》く尻声《しりごえ》悲《かな》し夜《よる》の鹿《しか》　芭蕉
雄鹿《おじか》の前吾《まえわれ》もあらあらしき息《いき》す　橋本多佳子
鳴《な》く鹿《しか》のこゑのかぎりの山襖《やまぶすま》　飯田龍太
制服《せいふく》の少女《しょうじょ》あふれて鹿《しか》の奈良《なら》　加藤三七子
神《かみ》に灯《ひ》をあげて戻《もど》れば鹿《しか》の声《こえ》　正岡子規

鑑賞　まだ角《つの》があり恋《こい》があり雄鹿駈《おじかか》く　金子無患子
若い雄鹿に対する憧憬の念が「まだ角があり恋があり」の措辞に表れている。「あり」の語を重ねることにより若さが強調されている。妻恋いの季節の雄鹿の姿態がよくとらえられ、リズムも軽快である。

猪《いのしし》

（ゐのしし）　しし　野猪《やちょ》　瓜坊《うりぼう》

解説　豚の原種といわれ豚とよく似ているが、頭や口が長く毛深い。雄は鋭い牙《きば》を持ち、怒ると毛を逆立てて突進する。昼間は、土を掘って作った寝屋《ねや》にかたまってすみ、夜になると猪道《ししみち》を通って出歩く。鼻を使って器用に地面を掘り田畑を荒らす。とくに、甘藷《かんしょ》や稲は被害を受けることが多いため、農家では猪垣《ししがき》・猪罠《ししわな》を作り、冬季には猪狩りをして退治する。子の背中に瓜のような縦縞《たてじま》があるため、地方によっては瓜坊と呼ぶ。猪は多産で一度に十四ほどの子を産む。旧暦十月の亥《い》の日に亥子《いのこ》餅《もち》を作って多産を祈る風習もここからきている。猪の肉は、山鯨《やまくじら》とか、ぼたんなどと呼ばれ珍重されている。鹿と同じく、秋の田畑を害する獣として秋の季に入っている。

猪《いのしし》の寝《ね》に行《ゆく》かたや明《あけ》の月《つき》　去来
猪《しし》罠《わな》や大台《おおだい》ケ原《はら》雲《くも》の上《へ》に　神保　素海
内臓《わた》ぬかれたる猪《いのしし》のなほ重《おも》し　津田　清子
猪《いのしし》の腸《はらわた》あらふ瀬《せ》波《なみ》かな　飯島　晴子
手《て》負猪谷《おいじしたに》の底《そこ》まで落《お》ちゆけり　唐沢　武人
猪《しし》の出《で》ることを静《しず》かに話《はな》しをり　後藤　夜半

鑑賞　猪荒《ししあ》れて畳《たたみ》のごとき稲田《いなだ》かな　岡田　耿陽

田畑の害獣として悪名の高い猪である。豊穣を前にした稲田に夜々群れをなしてやってくる。その猪が荒れほうだいに荒らして帰った稲田の跡が、まるで畳でも延べたように平らになっているという、ぶぜんとした句である。

末枯《うらがれ》

解説　秋深くなって草の葉が末の方から枯れはじめることをいう。落葉樹の紅葉のように草も美しく色づくものがあり、これを草《くさ》紅葉《もみじ》というが、末枯はそのような鮮やかな色彩感はなく、寂しい枯れ色の見えはじめることを指すのである。中にはまだ一、二輪のすがれた花を掲げている草があり、それがかえって冬の訪れの近いことを思わせもする。

何《なに》草《ぐさ》の末《うら》枯《がれ》草《ぐさ》ぞ花《はな》一《ひと》つ　暁台

ひかり飛《と》ぶものあまたあり末枯《うらが》るる　水原秋桜子

末枯《うらがれ》の陽《ひ》よりも濃《こ》くてマッチの火《ひ》　大野林火

末枯《うらがれ》も置《お》くわが影《かげ》も日《ひ》のぬくみ　林翔

末枯《うらが》れてをり休《やす》み田《た》の一二枚《いちにまい》　清水基吉

末枯《うらが》るるあからみがめの来《き》し浜《はま》も　大石悦子

【鑑賞】海底《かいてい》のごとくうつくし末枯《うらが》るる　山口青邨

海底のごとく、とは大胆な比喩だ。それに続けて、「うつくし」という断定。草紅葉まじる末枯の野は、青邨の詩精神のうちでみごとに変容した。飛び交う赤とんぼは魚群、彼方の山塊は海底のいわお。

行《ゆく》秋《あき》

【解説】秋が過ぎ去って行こうとするのをいう。冬に入るこの候はとくにわびしく、秋惜《あきお》しむは春惜しむとはまた違って感慨深い。

蛤《はまぐり》のふたみに別《わか》れ行《ゆ》く秋《あき》ぞ　芭蕉

行秋《ゆくあき》や我《われ》には多《おお》き草木《くさき》の句《く》　尾崎迷堂

行《ゆ》く秋《あき》の撰《え》りて揃《そろ》はぬ足袋《たび》ばかり　米沢吾亦紅

ゆく秋《あき》やふくみて水《みず》のやはらかき　石橋秀野

逝《ゆ》く秋《あき》の急流《きゅうりゅう》に入《い》る水《みず》のこゑ　鷲谷七菜子

【鑑賞】行秋《ゆくあき》の耳《みみ》かたむけて音《おと》はなし　高木晴子

行く秋を思う心境にあって、ふとなにか物音に耳を澄ませて聞きたい気持ちになったのであろう。あらためて聞く耳に物音はしない、秋行く寂しさを思うばかりである。

冬

冬

冬は寒冷、万物蕭条《しょうじょう》と枯れ尽くす季節で、花のない時期といってよい。西洋の暦で、この時期にクリスマスや一年の初めがおかれたのは、これらの祭りを花なき季節の花にしたいためであろうともいわれる。わが国では、この季節の風趣は雪である。枯れ木に花を咲かすようにと讃《たた》えられる雪はこの季節の花である。一方で、寒流とシベリアからの季節風の影響で、日本の冬の豪雪・空《から》っ風《かぜ》など、寒気はきわめて厳しいものがある。ただし、西洋のように高緯度ではないため、日照りの乏しい暗い冬にはならない。冬日和・雪晴れはむしろ明るく輝かしい。

この季節も、東洋の暦では、立冬（十一月七日ごろ）から立春（二月四日ごろ）前までで、一般の観念の十二月・一月・二月、西洋の暦の冬至より春分前日までに比べてかなり早い。十一月は小春と呼ばれて独特な暖かい冬の月であり、二月の冷えこみは寒中より厳しいこともある。冬（ふゆ）の語源は「冷ゆ」であろうという。

立《りっ》冬《とう》　冬立《ふゆた》つ　冬《ふゆ》に入《い》る　冬来《ふゆきた》る

解説　二十四節気の一、太陽黄経二二五度の日で十一月七日か八日ごろ。日本の大半の地域では、まだ晩秋の気象であるが、地方により初霜・初氷の報を聞くことも多くなる。日ざしも弱く、日暮れも早くなり、とくに朝など思わぬ冷気に身のひきしまることがある。**今朝《けさ》の冬《ふゆ》**とはそのような思いを持つ立冬の朝を指していう。

立《りっ》冬《とう》の月出《つきで》遅《おく》れぬ雑《ぞう》木《き》山《やま》　星野麦丘人
水底《みなぞこ》より冬立《ふゆた》つ湖《うみ》や諏《す》訪《わ》の神《かみ》　吉田冬葉
冬《ふゆ》に入《い》る山国《やまぐに》の紺《こん》女《じょ》学《がく》生《せい》　森　澄雄
海辺《うみべ》の町両《まちりょうて》 手をひろげ冬《ふゆ》が来《く》る　岡本　眸
跳箱《とびばこ》の突《つ》き手《て》一瞬《いっしゅん》冬《ふゆ》が来《く》る　友岡子郷

鑑賞　冬《ふゆ》に入《い》る照《て》れる所《ところ》へ水捨《みずす》てて　細見綾子

今朝は冬と思いつつ水を外に捨てに出たのであろう。捨て水も寒々として、思わずやや日の照った明るい所を選んで捨てたのであろうか。立冬の微妙な寂しさの心理的な表現である。

初《はつ》冬《ふゆ》　初冬《しょとう》　冬初《ふゆはじ》め

解説　初冬・仲冬・晩冬と分けた冬季の初めである。陰暦の十月、陽暦では十一月で小春日和の続く暖かい日が多く、まだふつうには冬ということばは交わされない。春・夏・秋でもいえるが、「初春」は新年に使われ、初夏・初秋の場合はそれらしき気候の動きはかなり早い。野山もまだ秋の装いであるが、田畑の収穫も進んでどことなく寂しくなる趣で冬は迫ってくる。

初《はつ》冬《ふゆ》や竹切《たけき》る山《やま》の鉈《なた》の音《おと》　夏目漱石
初《はつ》冬《ふゆ》や野《の》の朝《あさ》はまだ草《くさ》の露《つゆ》　尾崎迷堂
初《はつ》冬《ふゆ》や雀《すずめ》があるく地《ち》の硬《かた》さ　伊佐渓輔

浪々《ろうろう》のふるさとみちも初冬《しょとう》かな　飯田　蛇笏

山頂《さんちょう》に羽虫《はむし》とぶ日《ひ》の冬《ふゆ》はじめ　篠田悌二郎

初冬《はつふゆ》の竹緑《たけみどり》なり詩仙堂《しせんどう》　内藤　鳴雪

鑑賞　石川丈山の山荘である詩仙堂での作である。初冬といえば、まだ紅葉などもちらほら見えるころであるが、竹の緑だけにしぼって冬のけはいと、詩仙として住んだ故人の高潔さをしのんでいる。

神無月《かんなづき》　かみなづき　神有月《かみありづき》

解説　陰暦十月の異称。もとは新穀により酒をかもす醸成月《かみなしづき》の意であったと思われるが、語源については諸説ある。現在では、八百《やお》万《よろず》の神々が出雲《いずも》の大社に集まるので、出雲の他は神無しになるという意に定まった感がある。この時期の西風を神々の旅と結びつけて神渡《かみわたり》などという。出雲の国では神有月となる。

禅寺《ぜんでら》の松《まつ》の落葉《おちば》や神無月《かんなづき》　凡兆

噴煙《ふんえん》に月出《つきで》て旅《たび》も神無月《かんなづき》　飯田　蛇笏

青空《あおぞら》と海原《うなばら》の紺《こん》神無月《かんなづき》　阿部みどり女

反故焚《ほごた》いて膝《ひざ》のぬくもる神無月《かんなづき》　大石　悦子

神在《かみおわ》す月《つき》の出雲《いずも》へ寝台車《しんだいしゃ》　大屋　達治

宮柱《みやばしら》太《ふと》しく立《た》ちて神無月《かんなづき》　高浜　虚子

鑑賞　神無月の、神の留守なる社と思えば、ただ宮柱太くと思いみたのであろうか。それよりも、社のようすをこまごまといわず、おおらかにとらえて、初冬の引き締まった気分を出している。

神《かみ》の留守《るす》　神《かみ》の旅《たび》　神送《かみおくり》　神迎《かみむかえ》

解説　陰暦十月には日本中の神々が出雲大社《いずもたいしゃ》に集まるという伝説がある。陰暦の十月のことを神無月《かんなづき》というのはそのためだという説が有力である。元来、日本の神は農業に結びついているので、春来て秋には帰るということであったのが、いつからか一ヵ月間だけ留守をするようになった。九月の末日か十月の一日に神は出雲へ出かけ、十月の末日か十一月一日にまた、村々や家へ帰ってくるのだという。それを神の旅といっている。出雲へは縁結びの相談のために行くのだという信仰がある。この神の旅の信仰はすでに鎌倉時代には存在したといわれ、それ以前からかもしれない。神々が村や家から旅立つ当日やその前夜には、神を見送る行事が行われ、それを神送りという。そして神が村々を留守にする陰暦十月を、神の留守といっている。そのころは季節的にも木々が落葉し、なんとなくあたりが寂しい感じのときであり、神域も寂寥《せきりょう》としてわびしい感じがする。いかにも神の留守という語がふさわしい雰囲気である。神の留守の間を守っているのは、恵比須《えびす》神や荒神《こうじん》様だという。一ヵ月たつと神々が出雲から帰ってくるのを迎える。そのときはまた、迎える行事があり、それを神迎えといっている。

留守《るす》のまにあれたる神《かみ》の落葉《おちば》哉《かな》　芭蕉
神《かみ》の留守《るす》こうこうと風《かぜ》のある樹《き》かな　久米三汀
琴箱《ことばこ》の蓋《ふた》がずりゐて神《かみ》の留守《るす》　後藤夜半
踏《ふ》む石《いし》も大杉《おおすぎ》も古《ふ》り神《かみ》の留守《るす》　小川濤美子
峰《みね》の神旅立《かみたびだ》ちたまふ雲《くも》ならむ　水原秋桜子

鑑賞　通《かよ》ひ路《じ》の一礼《いちれい》し行《ゆ》く神《かみ》も留守《るす》　松本たかし

いつも通る道なので、いつものようにお宮に一礼してゆく。しかし今は神の留守、お参りしてもしかたがないのだが。氏神様を中心に生活している村人の姿がよく表れている。

炉《ろ》開《びらき》

解説　寒さが気になりだして、家々が炉を開いて防寒の用意をすること。昔は、陰暦十月朔日《ついたち》または亥《い》の日に、炬燵《こたつ》を出したり、囲炉裡《いろり》を開いた。亥の日を選ぶのは火を防ぐ意味の俗信があった。現在は、各家庭が思いのままに行っている。茶道でも、風炉《ふろ》名残《なごり》（春・夏・秋の間に使用した風炉と別れを惜しむ茶会）を行い、一冬の間の茶室の炉を開く。したがって、炬燵・囲炉裡を開くと、茶道の炉を開くを識別して鑑賞しなければならない。

炉《ろ》開《びらき》や宇治《うじ》から届《とど》く宇治《うじ》の水《みず》　巌谷　小波
炉《ろ》開《ひら》いて人《ひと》を讃《たた》へん心《こころ》かな　原　石鼎
炉《ろ》開《ひら》いて重《おも》き火箸《ひばし》を愛《あい》しけり　後藤　夜半
一片《いっぺん》の炭《すみ》のねむれる炉《ろ》を開《ひら》く　服部　京女
火《ひ》の色《いろ》に今昔《こんじゃく》はなし炉《ろ》をひらく　神尾　季羊

鑑賞　炉《ろ》をひらく火《ひ》のひえびえともえにけり　飯田　蛇笏

今日炉を開いた。長い間閉ざされていた炉は、縁の下の湿気を含んで灰も温《ぬく》みを失った色で、しらじらとしている。灰を乾燥させるために、早速火を焚いたが、火は冷たい色の炎を上げはじめたのである。

酉《とり》の市《いち》

一《いち》の酉《とり》　二《に》の酉《とり》　三《さん》の酉《とり》
酉《とり》の市《まち》　お酉《とり》さま　熊手《くまで》市《いち》
おかめ市《いち》

解説　十一月の酉の日に行われる鷲《おおとり》神社の祭りである。十一月初酉が一の酉、次を二の酉、三番目が三の酉であるが、三の酉はある年とない年がある。三の酉まである年は火事が多いと言い伝えられている。鷲神社はあちこちにあるが、東京台東《たいとう》区千束《せんぞく》の鷲神社が代表的である。どこでも盛り場の神社の境内に酉の市は立ち、庶民の開運の神として信仰され、とくに商売繁盛を願う祭りとなっている。神社の参道両側に縁起物を売る店がずらりと並ぶ。おかめの面をつけた熊手《くまで》が売られ、頭《かしら》の芋《いも》が売られる。おかめの面ばかりでなく、大福帳や千両箱・入り船、その他をきらびやかにつけた熊手もあり、お参りの人々で混雑し、たいそうなにぎわいをみせる。大きな熊手が売れると、手じめをして威勢がよい。大小さまざまある熊手を買って帰った商家では、店頭や神棚に飾っておく。

酉《とり》の市到《いちいた》りも着《つ》かず戻《もど》りけり　数藤　五城
しむる手《て》のあざやかさ聞《き》け酉《とり》の市《いち》　阿波野青畝
豆餅《まめもち》の豆《まめ》だくさんや酉《とり》の市《いち》　龍岡　晋
ひとの家《いえ》を更《ふ》けてたちいで酉《とり》の市《いち》　石田　波郷
たかだかとあはれは三《さん》の酉《とり》の市《いち》　久保田万太郎
遠《とお》くゐて衿《えり》に風《かぜ》きく三《さん》の酉《とり》　渡辺　桂子
かつぎ持《も》つ裏《うら》は淋《さび》しき熊手《くまで》かな　阿部みどり女

鑑賞　夕日《ゆうひ》いま灯《ひ》よりも淡《あわ》し三《さん》の酉《とり》　作間　正雄

その年最後のお酉様でにぎわっている。夕方、縁起物を売る露店に、いちはやく灯がともると、急に華やいだ雰囲気になる。ふと見るとその後方はるかに、淡く寒そうに夕日が沈んでゆく。光を失ったような夕日に、すっかり冬めいた三の酉の風情を感じる。

茶《ちゃ》の花《はな》

解説　茶は葉を飲用とするツバキ科の常緑低木。チベットから中国南西部の山岳地帯の原産で、インドの野生種には一五メートルに達するものがあるという。中国では紀元前十世紀の周代にすでに薬用とされ、日本へは八世紀の天平時代にやはり薬用として伝わったらしい。僧栄西《えいさい》が十二世紀前半に宋《そう》から種子をもたらし、宇治に栽植させたのが日本における茶の本格的なはじまりといわれる。緑茶は新茶を蒸して手でもみ乾燥させたもの。抹茶は新茶を臼《うす》でひいて粉末にしたもの。十分発酵させて乾燥させると紅茶になり、半発酵でやめると烏竜《ウーロン》茶などの中国茶となる。花は晩秋から初冬にかけて、白色の五弁で中心に金色の蕊《しべ》を多数持ち、芳香を放ちながらやや下向きに咲く。そのころの茶畑の美しさも捨てがたい。

茶《ちゃ》の花《はな》の乾《かわ》ききつたる昼《ひる》の色《いろ》　桃　隣

古茶《ふるちゃ》の木《き》散《ち》るさかりとてあらざりき　飯田　蛇笏

茶《ちゃ》の花《はな》も崖《がけ》も静《しず》かにこぼれゐる　水原秋桜子

茶《ちゃ》の花《はな》は雄蘂《おしべ》の奢《おごり》 日《ひ》は沈《しず》む　中村草田男

茶《ちゃ》の花《はな》や母《はは》の形見《かたみ》を着《き》て捨《す》てず　大石　悦子

茶《ちゃ》が咲《さ》けり田舎教 師《いなかきょうし》の大《おお》き瞳《め》よ　星野麥丘人

鑑賞

茶《ちゃ》の花《はな》やかくて霜降《しもふ》り畦潰《あぜつい》え　篠田悌二郎

「かくて」は、このようにしての意味。白いさざんかにも似た美しい花を茶の木がつけるころになると、やがて冬も深まる。瑞《みず》穂《ほ》を垂れていた稲田は、一面の切り株の中に藁塚《わらづか》を少し残すばかりとなった。

山茶花《さざんか》（さざんくわ）　茶梅《さざんか》　姫椿《ひめつばき》　小椿《こつばき》

解説　ツバキ科の常緑小高木。四国・九州・屋久島《やくしま》・琉球に自生があるという。野生のものは一重で白色の花だが、花木として庭園に栽培されるものは白・淡紅・紅・紅白混じったもの、八重咲きのものなど種類がいくつもある。山茶花と書くのはサザンカの音に適当な漢字を当てたもので、ほんとうは茶梅の字が正しいとされている。椿とよく似ているので、姫椿・小椿ともいうが、椿が春咲くのに対し山茶花は初冬の庭を美しく飾る花である。葉も椿よりやや小さく、花に香気のあるところからも椿と区別できる。観賞以外では、種子から油をとり、これは髪油に用いる。幹を農具や大工道具の柄などに用いたりする。

山茶花《さざんか》の長《なが》き盛《さか》りのはじまりぬ　富安　風生
山茶花《さざんか》の散《ち》りしく月夜《つきよ》つづきけり　山口　青邨
山茶花《さざんか》は咲《さ》く花《はな》よりも散《ち》つてゐる　細見　綾子
山茶花《さざんか》に魚板《ぎよばん》もやさし女寺《おんなでら》　石川　桂郎
山茶花《さざんか》の咲《さ》き散《ち》り咲《さ》きて今日《きょう》暮《く》るる　文挾夫佐恵
山茶花《さざんか》に日当《ひあた》れば恋得《こいえ》しごとし　轡田　進

鑑賞　山茶花《さざんか》や嫁《とつ》ぐ人《ひと》ある夕《ゆう》べの灯《ひ》　森田　たま

明るくともしびをつけている家をかいま見ると、一目でそれと知れる嫁入りの諸道具が並んでいる。この家の娘さんの嫁ぐ日も間近なのだ。山茶花もまたそれをことほぐかのごとく盛りを迎えている。

柊《ひいらぎ》の花《はな》（ひひらぎのはな）

解説　モクセイ科の常緑樹。山地に自生するが、庭木として植えられる。高さ三メートルくらいであまり大きくならない。ヒイラギの語源は「疼《ひいら》ぎ」（痛むの意）で、この葉のふちが牙《きば》のようにとがって触ると痛いからである。葉のふちに刺《とげ》があるのは木が若い証拠で、老木になるとなめらかな葉になるものもあり、中には一本の木なのにトゲのある葉とない葉を共生するものもある。初冬、白色でよい匂いを放つ小花をつける。その後実を結ぶが、熟すのは翌年の七月ごろである。柊は木犀《もくせい》とごく近い種類で花も同じころ開き、しぜんに交配して「柊木犀《ひいらぎもくせい》」という植物を生じさせることがある。これは柊に比べて葉の切れこみが細かくて数が多い。

柊《ひいらぎ》の花《はな》にかぶせて茶巾《ちゃきん》干《ほ》す　阿部みどり女
柊《ひいらぎ》の花《はな》や掃《は》かれし土《つち》の匂《にお》ひ　大野　林火
柊《ひいらぎ》の花《はな》のむかうの幼年期《ようねんき》　石田　郷子
粥《かゆ》すくふ匙《さじ》の眩《まぶ》しく柊《ひいらぎ》咲《さ》く　長谷川かな女
人《ひと》の言葉《ことば》肯《うべな》ふべしや柊《ひいらぎ》咲《さ》く　京極　杜藻
父《ちち》とありし日《ひ》の短《みじか》さよ花柊《はなひいらぎ》　野澤　節子

鑑賞 柊《ひいらぎ》の花《はな》に何《なに》喰《は》む神《かみ》の雞《とり》　久米　三汀

この句の助詞「に」は軽い意味しかなく、「柊の花の咲いている下あたりで」という雰囲気を示すのである。神社で飼われている鶏が、境内でしきりになにかついばむのだが、人の目にはなにがあるとも思えないのだ。

八手《やつで》の花《はな》

解説 八手はウコギ科の常緑低木。江戸時代の図説百科辞典『和漢三才図会《わかんさんさいずえ》』の中で、著者の寺島良安《りょうあん》はこの木の漢名が不明であると記している。それもそのはずで、この植物は日本列島の太平洋側では、福島県南部以南、日本海側では能登半島以南の暖地にのみ自生し、沖縄まではあるのだが中国にはないのである。小笠原諸島にも自生があり、元来は南国のものらしいが、冬の寒さにも負けず繁茂する丈夫な植物である。初冬、やや黄色がかった小花を球状につけ、白い実となったまま年を越して、翌年の春に黒く熟す。江戸時代中期、オランダ医として来日したスウェーデンのツンベルクが長崎で見た八手をヨーロッパに紹介して以来、彼《か》の地での栽培が起こったといわれる。

たんねんに八手《やつで》の花《はな》を虻《あぶ》舐めて　山口　青邨
寒《さむ》くなる八《や》ツ手《で》の花《はな》のうすみどり　甲田鐘一路
いつ咲《さ》いていつまでとなく花八手《はなやつで》　田畑美穂女
遺書未《いしょいま》だ寸伸《すんの》ばしきて花八《はなや》つ手《で》　石田　波郷

花《はな》八《や》つ手生《で》き残《のこ》りしはみな老《お》いし　草間　時彦
みづからの光《ひか》りをたのみ八《や》ツ手咲《でさ》く　飯田　龍太
鑑賞 花《はな》八《や》つ手《で》日《ひ》蔭《かげ》は空《そら》の藍《あい》浸《し》みて　馬場移公子

八つ手は玄関の植えこみなど、わりあいに日照りの少ない場所に植えられることが多い。そういう日陰からのぞく冬晴れの空の色は、かえってしみじみとしたものを感じる。冬空に八つ手の花のほのかな黄緑色が映える。

石蕗《つわ》の花《はな》（つはのはな）

解説 正式にはつわぶきの花というが、俳句では略して呼ぶ。石蕗は本州中南部から台湾の一部にかけて分布するキク科の常緑多年草で、海浜地に多く野生がある。葉が蕗《ふき》に似ているが艶《つや》があるので「艶蕗《つやぶき》」、あるいは厚みがあるので「厚葉蕗《あつはぶき》」からこの名が起こったという。晩秋から冬にかけて花茎を伸ばし、菊に似た黄金色の一重咲きの花をつける。葉・花ともになかなか美しいので観賞用に植えるが、蕗と同様に葉柄は食用になる。根茎は河豚《ふぐ》や鰹《かつお》の中毒の薬となる。葉の青汁を飲んでも魚毒に効果があるという。また、打撲・火傷などにも生の葉の汁が効くという。ヘキセナールという抗菌作用のある成分を含んでいるからである。

水《みず》浴《あ》びに下《お》りし鴉《からす》や石《つ》蕗《わ》の花《はな》　長谷川零余子
蝶《ちょう》の黄《き》を淡《あわ》しと思《おも》ふ石《つ》蕗《わ》の花《はな》　五十嵐播水
黄《き》なる蝶《ちょう》放《はな》ちて石《つ》蕗《わ》のいよよ黄《き》に　松尾いはほ
石《つ》蕗《わ》に虻《あぶ》来る日《ひ》よ四辺《しへん》澄《す》みわたり　星野　立子
家《いえ》に居《い》る事《こと》の尠《すくな》し石《つ》蕗《わ》終《おわ》る　松崎鉄之介
つはぶきはだんまりの花嫌《はなきら》ひな花《はな》　三橋　鷹女
鑑賞 石《つ》蕗《わ》咲《さ》いていよいよ海《うみ》の紺《こん》たしか　鈴木真砂女

石蕗の黄色の花がまばゆいばかりに咲いた。日の光を浴び、まだ飛び回っている虫たちが訪れて、冬の華やかさを見せている。このころ、海の色は一段と落ち着きを見せて、晴れて穏やかな日も続く。

大《だい》根《こん》

解説　アブラナ科の一、二年草。パレスチナ・コーカサスの原産と考えられ、古く東西に広まった。東方に伝えられた大根は中国で著しく分化・発達したが、中国のものは水分が少なく澱粉《でんぷん》の多い系統である。十世紀ごろ日本に伝来してからは、さらに日本人の食生活に合う主要な野菜としておびただしい改良品種が作り出された。巨大な球形の桜島大根や長さ一メートル以上もある細い守口《もりぐち》大根をはじめ、練馬《ねりま》・宮重《みやしげ》・聖《しょう》護院《ごいん》など多数の種類があり、大根は日本でもっとも発達を遂げた野菜となった。古くは「おおね」と呼び、また「すずしろ」といって春の七草の一つに数えられる。近年は品種を選べば一年中収穫できるが、ふつうは秋に蒔《ま》いて冬に収穫する。原産地から西へ伝わって欧州で改良されたのが小形の廿日《はつか》大根である。

生《い》き馬《うま》の身《み》を大根《だいこん》でうづめけり　川端　茅舎
死《し》にたれば人来《ひとき》て大根《だいこ》煮《た》きはじむ　下村　槐太
大根《だいこん》をさげて富士山《ふじさん》見《み》てゐたり　新田　次郎
大根《だいこ》負《お》ふ腰《こし》入《い》れ直《なお》し荒磯《ありそ》道《みち》　岸田　稚魚
ひつ提《さ》げて大根《だいこ》抜《ぬ》き身《み》の如《ごと》くにぞ　石塚　友二
身《み》を載《の》せて桜島大根《さくらじまだいこん》切りにけり　朝倉　和江

鑑賞　流《なが》れ行《ゆ》く大根《だいこん》の葉《は》の早《はや》さかな　高浜　虚子

上流に大根を洗う農家の営みがあるのであろう、小川の流れに乗って一枚の新しい大根の葉が流れて行く。あたりの冬枯れの景色の中で、その緑は鮮やかな印象をとどめた。焦点を絞りに絞った写生の句である。

蜜柑《みかん》

解説　紀国屋文左衛門《きのくにやぶんざえもん》が荒天をおして蜜柑を満載した船を江戸へ回送し、五万両の金を儲《もう》けた話は有名である。これは今いう紀州蜜柑で、明治の中ごろまで蜜柑といえばこれのことであった。しかし紀州蜜柑は小形でしかも種子が一袋に二、三個はあるのが嫌われ、明治以後は種子がほとんどない温《うん》州《しゅう》蜜柑が主流となった。この蜜柑は中国原産と思われがちだが、十八世紀に彼《か》の地から帰朝した僧侶《そうりょ》が持ち帰った柑橘《かんきつ》の種子を鹿児島県長島に着船したおりに蒔《ま》いたものの中から偶然に良質のものが生じたのがもとで、この英名をサツマオレンジというのはその間の事情をよく伝えている。

雀《すずめ》瘦す危篤《きとく》の母《はは》に置《お》く蜜柑《みかん》　石川　桂郎
をとめ今《いま》たべし蜜柑《みかん》の香《か》をまとひ　日野　草城
つぶらにて雪《ゆき》の信濃《しなの》に伊予蜜柑《いよみかん》　森　澄雄
死後《しご》も日向《ひなた》たのしむ墓《はか》か蜜柑山《みかんやま》　篠田悌二郎
蜜柑山奥《みかんやまおく》へ奥《おく》へと江《え》をいだく　長谷川素逝
淡路《あわじ》より白《しろ》き波来《なみく》る蜜柑山《みかんやま》　徳本　映水

鑑賞　蜜柑摘《みかんつ》み昔《むかし》は唄《うた》をうたひしに　山口波津女

蜜柑栽培の農家が、昔は総出で摘み取りにあたった。そこには心と心の通いあった労働歌・民謡があった。いつのころからか、それは単なる労働となり、唄は消えた。時代の移り変わりというにはあまりに寂しい。

芭蕉忌《ばしょうき》（ばせうき）　時雨忌《しぐれき》　桃青忌《とうせいき》　翁忌《おきなき》

解説　陰暦十月十二日。俳人松尾《まつお》芭蕉の忌日である。元禄《げんろく》七年（一六九四）、大阪御堂《みどう》筋《すじ》の花屋仁左衛門《はなやにざえもん》方で病没した。五十一歳だった。遺骸《いがい》は遺言《ゆいごん》で近江《おうみ》の義仲寺《ぎちゆうじ》に葬られた。上方《かみがた》の旅の途中、食べた物にあたって発病し、多くの門弟に見守られつつ没したのである。陰暦十月は時雨月ともいい、時雨が降りはじめる季節である。しかも芭蕉は時雨の情趣を愛していた。芭蕉忌を時雨忌と呼ぶのは、芭蕉にふさわしい。また、芭蕉は桃青と号していたことがあるので桃青忌ともいい、芭蕉翁の翁をとって翁忌とも呼んで親しみの情を表している。俳諧《はいかい》を高度の文芸とし、蕉風を樹立した芭蕉は多くの人に慕われ、現在でも各地で芭蕉忌が修されている。

ばせを忌《き》と申《もう》すも只《たつた》一人《ひとり》かな　一　茶
芭蕉忌《ばしようき》を一日《ひとひ》おくれてしぐれけり　加藤　楸邨
時雨忌《しぐれき》や林《はやし》に入《い》れば旅《たび》ごころ　石田　波郷
桃青忌夜《とうせいきよ》は人《ひと》の香《か》のうすれけり　飯田　蛇笏
ものしりのどつと集《あつ》まる翁《おきな》の忌《き》　宇多喜代子

鑑賞　吾《わ》が齢《よわい》とどく芭蕉《ばしよう》の忌日《きじつ》かな　後藤　夜半
五十一歳で死去した芭蕉である。自分の年齢も、もう芭蕉の年齢に達してしまったことを思う。芭蕉の生涯を思い、偉大な業績を思い、同年齢として、しみじみともの思う芭蕉忌である。

七五三《しちごさん》の祝《いわい》（しちごさんのいはひ）　七五三《しちごさん》

解説　十一月十五日に、男児は三歳と五歳、女児は三歳と七歳の祝いをする。神社にお参りをし、千歳飴《ちとせあめ》を買う。その後、祝い物を贈られた親戚や知人のところに回礼する。この行事は、ずいぶん昔から近世の初めごろまで宮中とか貴族の間などで行われていた、三歳の髪上げ、五歳の袴着《はかまぎ》・深曾木《ふかそぎ》、九歳の紐《ひも》直しなどがひとまとめにされて、十一月十五日に行われるようになり、一般社会にも普及したといわれる。すでに天保《てんぽう》年間に氏神《うじがみ》参りの風俗が華美に過ぎると、お上《かみ》から注意があって、武家ではかえってすたれたというが、現在ではデパートの商魂にのって、はでになっている。なにしろ長い伝統のある行事なので、時代や階級、地方などによって、祝う年齢や祝い方も少しずつ違いが見られた。しかしいずれも、幼児が一人の子供として社会的に認められるための風習であり、それまで成長したことを喜び、今後の健やかさを祈る行事であったのだろう。**髪置**《かみおき》とは昔、二、三歳ごろまで髪をそっていたのを、はじめて髪をたくわえる式である。**袴着**《はかまぎ》とは男児が五歳になってはじめて袴をはく祝いである。**帯**《おび》**解**《とき》とは女児が七歳になって着物の付け紐《ひも》を除いて、はじめて帯を使いはじめる祝いである。どれも儀式の後で氏神に参詣《さんけい》したもので、今では七五三にその名残がある。

行《ゆ》きずりのよそのよき子《こ》の七五三《しちごさん》　富安　風生
母《はは》と子《こ》とまれに父《ちち》と子《こ》七五三《しちごさん》　大橋桜玻子
七五三《しちごさん》の飴《あめ》も袂《たもと》もひきずりぬ　原田　種茅
白粉《おしろい》の鼻筋《はなすじ》ありぬ七五三《しちごさん》　青木　若水
池《いけ》の鴨《かも》しづかに遠《とお》く七五三《しちごさん》　加畑　吉男
花嫁《はなよめ》を見上《みあ》げて七五三《しちごさん》の子《こ》よ　大串　章

鑑賞　子《こ》が無《な》くて夕空《ゆうぞら》澄めり七五三《しちごさん》　星野麦丘人

子を持つ親にとって七五三の日は晴れやかにうれしい日である。子よりも親の方が喜んでいる感じもする。年々華美になる七五三の行事を、子のない立場から詠んでいる。「夕空澄めり」に、どこか寂しく、しかしすでに落ち着いた心境がうかがわれる。

大根《だいこん》干《ほ》す　だいこ干《ほ》す　干大根《ほしだいこん》

解説　沢庵漬《たくあんづ》けにするために大根を天日に干

すことをいう。水分が抜けた大根ほど、甘味が出ておいしい沢庵になるという。畑から大根を抜き、野川・井戸などで洗って四、五本束ね、または十本ぐらい梯子《はしご》状に連ねて縛ったのを、日当たりのよい農家の周囲や樹木、田の架木などに掛け連ねて干す。真っ白な大根の並んだ景観はまぶしいほどに美しい。日がたつにつれて、艶《つや》を失い、皺《しわ》ができ、やがて黄ばんでくると干し上がりである。その間十日前後である。いよいよ冬も深まった感を覚えるのはこのころである。**大根引《だいこんひき》・大根洗《だいこんあら》う**。

遠《とお》き家《や》のまた掛《か》け足《た》しし大根《だいこ》かな　松本たかし
干大根《ほしだいこ》無傷《むきず》の月《つき》の照《て》りに来《く》る　平畑静塔
飢《う》ゑし日《ひ》ありきこずゑまで掛大根《かけだいこ》　鷹羽狩行
校外《こうがい》の生木《なまき》につづく掛大根《かけだいこ》　鈴木亭麓
真白《まっしろ》な掛《かけ》大根《だいこん》の一日目《いちにちめ》　太田土男

鑑賞　干大根《ほしだいこ》の力抜《ちからぬ》けたり蔵《くら》の西《にし》　望月皓二

土蔵の西側に干された大根は、もうすっかり水分を失って、しなしなになっている。「力抜けたり」がその状態であろう。あんなにみずみずしく、太い大根であったのに、なんという変わりようか。西日がよく当たるせいだ。

切干《きりぼし》

解説　大根を細く切って干したものをいう。その切り方に各地特有のものがあってまちまちだが、細かく千切りにした「千切干《せんぎりぼし》」、縦に細長く切った「割干《わりぼし》」、機械で糸のように切った「白髪切干《しらがきりぼし》」などと多いが、「角切干《かくきりぼし》」「輪切干《わぎりぼし》」などもある。大きさによって違うが、二日から七日くらいで干し上がる。保存食の一種だが、調理法は、三杯酢や、木《き》の芽味噌和《めみそあ》え・味噌汁の具・油揚げとの煮つけなどがある。また、はりはり漬けは切干を酢醤油《すじょうゆ》に漬けたものである。切干を干している風景も、切干の料理にも、農村の厳しい生活が感じられ、また鄙《ひな》びた味わいがある。

切干《きりぼし》やいのちの限《かぎ》り妻《つま》の恩《おん》　日野　草城

切干大根《きりぼしだいこ》ちりちりちぢむ九十九里《くじゅうくり》　大野　林火

切干《きりぼし》の香《か》にゐてもののなつかしき　勝又　一透

切干《きりぼし》も金星《きんせい》もまだあたらしく　大峯あきら

切干《きりぼし》や百戸《ひやっこ》に充《み》たぬ浦泊《うらどま》り　北沢　瑞史

鑑賞 切干《きりぼし》の夜目《よめ》にも白《しろ》く浦貧《うらまず》し　鈴木　泊舟

昔ほど振るわない漁のために、村もすっかりさびれてしまった。これから、厳しい長い冬を越さなければならない村。あちらの家、こちらの家の軒下に夜目にも白く浮き上がって見える切干が、少しずつだが干されている。

沢庵漬《たくあんづけ》　大根漬《だいこんつ》ける

解説 冬になると農家では大根干しが始まる。十日ほど干されるとまったく姿を消してしまう。それは沢庵漬けにされるからである。干し大根を塩・糠《ぬか》で漬けこむのだが、ふつうは大きな樽《たる》に、大根をぎっしり敷きつめ、間ごとに塩と糠を適当に配合する。積み重ねたあと重石《おもし》を載せて置くが、二十日くらいで食べられるようになる。大根の種類、塩加減、糠、重石によって味が決まるが、それぞれ家庭の工夫が見られる。沢庵漬けの名の由来は、臨済宗の沢庵和尚考案によるとも、また貯蔵するところから「たくわえ漬け」が訛《なま》ったものともいう。なお、大根を使った漬け物は他に**千枚漬**《せんまいづけ》・**べったら漬**《づけ》などがある。

沢庵漬洗《たくあんづけあら》はんとする手《て》が真白《ましろ》　京極　高忠

沢《たく》庵《あん》や家《いえ》の掟《おきて》の塩《しお》加《か》減《げん》　高浜　虚子
沢庵《たくあん》を漬《つ》けたるあとも風荒《かぜあ》るる　市村究一郎
釣宿《つりやど》は沢庵《たくあん》漬《づけ》に飯《めし》しろく　中島　花楠
高値《たかね》口実《こうじつ》に沢庵《たくあん》を漬《つ》けざりし　高野　典子
雪嶺《せつれい》のこぞりて迫《せま》る大根《だいこ》漬け　駒形白露女

鑑賞 運《はこ》ばれてすぐに沢庵石《たくあんいし》と呼《よ》ぶ　加倉井秋を

沢庵を漬けるためには、大きな石が必要。河原から運ばれた石が、おけの上にどっかと載せられた瞬間、沢庵漬けの重石になった。さっきまで河原に並んでいたただの石が、この家では沢庵石としてなくてはならぬ存在になったのだ。

茎《くき》漬《づけ》

解説 大根・蕪《かぶら》の葉や茎の塩漬け。樽《たる》に入れ塩を加え重石《おもし》を載せて数日で漬かる簡便な漬け物である。いくらか酸味を生じたものにも捨てがたい味がある。漬け物は長い歳月をかけた庶民の生活の知恵が作り上げた味わいのあるもので、もともと食料の保存・貯蔵法として生まれたものである。したがって、夏と冬に多い。冬季は食べ物の少なくなる時期を迎えて貯蔵する意味が強い。この茎漬は、もっとも質素な生活の中から生まれたものだが、愛される味わいがあろう。

茎漬《くきづけ》の氷《こおり》こごりを歯切《はぎ》れかな　一茶
君見《きみみ》よや我手《わがて》いるるぞ茎《くき》の桶《おけ》　嵐雪
手《て》が覚《おぼ》えゐる茎漬《くきづけ》の塩加減《しおかげん》　塩見　道子
ひと日経《ひへ》てすこし傾《かし》ぎぬ茎《くき》の石《いし》　伊藤　純
夜《よ》は凍《いて》の力加《ちからくわ》はり茎《くき》の石《いし》　大竹きみ江

鑑賞 茎漬《くきづけ》に霰《あられ》のやうに塩《しお》をふる　細見　綾子

おけいっぱいに大根の葉を漬けている。「霰のやうに塩をふる」は、塩が大根の青い葉にぱらぱらとまかれる音と、その白さを表したが、同時に冬が足音を速めてやって来ることも表現している。

鷹《たか》

鷹渡《たかわた》る　隼《はやぶさ》

解説　ワシタカ科に属する鳥のうち小・中形のものを鷹、大形のものを鷲《わし》という。蒼《あお》鷹《たか》・熊鷹《くまたか》・隼《はやぶさ》・沢鵟《ちゅうひ》・差羽《さしば》など種類が多い。このうち冬鳥は沢鵟・隼・雀鷂《つみ》で、差羽と八角鷹《はちくま》は夏鳥、他は季節に関係がなく見られる。猛禽《もうきん》でどの種類も嘴《くちばし》が鋭く曲がり、脚が強い上に鋭い爪《つめ》を持つ。飛翔《ひしょう》が速く、とくに視力は人間が用いる双眼鏡以上といわれる。このため、古来は鷹狩りに使われてきた。また、その偉容が貴ばれ、絵画などに多く描かれている。鷹の語源を「猛《たけ》」からきたとするほか、飛翔の速さを指す「速《とく》」の意であるという説もある。

鷹一《たかひと》つ見付《みつ》けてうれし伊良古崎《いらござき》　芭　蕉

鷹《たか》のつらきびしく老《お》いて哀《あわ》れなり　村上　鬼城

鷹《たか》の目《め》の佇《たたず》む人《ひと》に向《むか》はざる　高浜　虚子

天山《てんざん》の夕空《ゆうぞら》も見《み》ず鷹老《たかお》いぬ　藤田　湘子

鷹《たか》の目《め》に荘厳《しょうごん》の黄《き》や奥熊野《おくくまの》　宇多喜代子

滑翔《かっしょう》のちからを貯《た》めて鷹渡《たかわた》る　能村　研三

鑑賞　鳥《とり》のうちの鷹《たか》に生《う》まれし汝《なんじ》かな　橋本　鶏二

作者は「鷹」が好きで、鷹を詠んだ佳句が多い。中でもこの句は「数ある鳥のうちで、お前はよくぞ鷹として生まれてきたなあ」と、手放しで鷹を絶賛している。鷹に寄せる愛情の深さがうかがえる。

小《こ》春《はる》

小六月《ころくがつ》　小春日《こはるび》　小春日和《こはるびより》

解説　小六月ともいい、陰暦十月の異名であるが、俳句ではそのころの晴れた暖かい日の小春日・小春日和のことも含ませている。

西の方から移動性高気圧がゆっくり張り出してくる気象現象のもたらすもので、厳しい冬になる前の温和な日和である。この季語にはその温和さを喜びいとしむ気持ちがある。もっと冬が進んだあとでは、**冬暖**《ふゆあたたか》とか**冬**《ふゆ》**ぬくし**という。

海《うみ》の音《おと》一日《いちにち》遠《とお》き小春《こはる》かな　暁　台
一人行《ひとりゆ》き二人畦《ふたりあぜ》ゆく小春《こはる》かな　水原秋桜子
遠回《とおまわ》りして生《い》きてきて小春《こはる》かな　永　六輔
小春日《こはるび》や笑《わら》ひの渦《うず》のなかに母《はは》　石嶌　岳
玉《たま》の如《ごと》き小春日和《こはるびより》を授《さず》かりし　松本たかし

鑑賞　小春《こはる》の旅長《たびなが》き汀《なぎさ》に終《おわ》りけり　大野　林火

旅ももうここで終わるという日、長い汀を歩いていた。やや湾曲しているであろう長い汀、この快い道程に小春日和はまったくふさわしい。穏やかな人生の旅をも思わせる。

冬晴《ふゆばれ》

冬日和《ふゆびより》　冬《ふゆ》うらら　冬麗《とうれい》

解説　冬の好晴をいうが、初冬のころは小春または小春日和というので、もうかなり寒気厳しくなってからの好晴といってよい。寒さにしばられた人々には、思いがけない賜物のようにも感じられる日和である。

天照《あまて》るや梅《うめ》に椿《つばき》に冬日和《ふゆびより》　鬼　貫
冬晴《ふゆは》れて那須野《なすの》は雲《くも》の湧《わ》くところ　渡辺　水巴
冬晴《ふゆばれ》の空《そら》が来《き》てゐる机辺《きへん》かな　草間　時彦
冬晴《ふゆばれ》や土鈴《どれい》は個々《ここ》の音《おと》をもち　瓜生　和子
冬麗《とうれい》や赤《あか》ン坊《ぼう》の舌乳《したち》まみれ　大野　林火
寒晴《かんばれ》やあはれ舞妓《まいこ》の背《せ》の高《たか》き　飯島　晴子

鑑賞　冬晴《ふゆばれ》をすひたきかなや精一杯《せいいっぱい》　川端　茅舎

もうなにも望むものもなく、ただ病臥に耐えなければならぬ境地にあって、切々の願いを吐露したものである。呼吸困難の続く病者のこういう表現は、かえって生命のいとおしさを強く訴える。

帰《かえ》り花《ばな》（かへりばな）

返《かえ》り花《ばな》　忘《わす》れ花《ばな》　帰《かえ》り咲《ざき》
狂《くる》い咲《ざき》

解説　冬、その花の開花期でないのに、一輪二輪と時節はずれに開く草木の花をいう。時ならぬ花を小春日和《こはるびより》に見るとなにか心楽しいものがある。しかし本咲きと違って飽くまでも狂い咲きであり、花数も少ないので侘しく寂しい感じがすることは否めない。木蘭《もくれん》や藤《ふじ》などは、その年の花が咲き残っていて冬の暖かい日に改めて咲くのだが、桜や山吹などは帰り花といっても事実は次の年に咲くべき花が早く開いてしまうのであって、帰り花が多くつくとそれだけ翌年のその草木の花数は寂しくなるのである。

梨棚《なしだな》や潰《つい》えんとして返《かえ》り花《ばな》　水原秋桜子
日《ひ》あたりてまことに寂《さび》し返《かえ》り花《ばな》　日野　草城
返《かえ》り花《ばな》三年《みとせ》教《おし》へし書《しょ》にはさむ　中村草田男
返《かえ》り花《ばな》きらりと人《ひと》を引《ひ》きとどめ　皆吉　爽雨
返《かえ》り花《ばな》風吹《かぜふ》くたびに夕日《ゆうひ》澄《す》み　飯田　龍太
人《ひと》の世《よ》に花《はな》を絶《た》やさず返《かえ》り花《ばな》　鷹羽　狩行

鑑賞　帰《かえ》り花《ばな》母《はは》の言《こと》の葉《は》詩《し》に近《ちか》し　加藤知世子

帰り花に目をとめて思わずこぼした母の何気ないことば。無心に謙虚に発せられたことばのうちに、母自身気づかぬ詩情がある。十七音の詩に日々心を砕く作者は、はっとして心に聴きとめたのである。

紅葉散《もみじち》る（もみぢちる）

解説　秋の季題に「紅葉且《か》つ散る」というのがある。これから紅葉しようとする木がある一方、すでに散りはじめるものがある。また一本の木が紅葉しながらはらはらと散りはじめる。そのような趣を示したことばである。しかし、この「紅葉散る」の方は、すっかり紅葉を終えて、ひたすら散り急ぐさまをいうのである。川の面に散って流れ去り、また池の底に沈んだのが水を透かして見えていることもあるが、多くは地上に美しく散り敷き、初冬の山野や庭を飾る。その散って落《ち》ちている紅葉を**散紅葉**《ちりもみじ》という。

ぬり樽《だる》にさつと散つたる紅葉《もみじ》かな　一　茶
ちる紅葉鞍馬《もみじくらま》の杉《すぎ》の木の間《こま》より　村上　霽月
夜《よ》の塔《とう》を風音《かざおと》越ゆる散紅葉《ちりもみじ》　水原秋桜子
散《ち》るのみの紅葉《もみじ》となりぬ嵐山《あらしやま》　日野　草城

鑑賞
紅葉《もみじ》散る旅《たび》の衣《ころも》の背《せ》に肩《かた》に　五十嵐播水
旅中、感慨あり。風に散るのではない、おのずからこぼれる紅葉がしきりにおのれにふりかかるのだ。旅愁の極みというべきであろう。

落《おち》葉《ば》

落葉焚《おちばたき》　落葉掻《おちばかき》　落葉籠《おちばかご》

解説　落葉樹は晩秋から冬にかけてことごとく葉を落とし、冬の休眠に入る。秋の間美しく紅葉《もみじ》していた葉も、そうでなく初めから褐色に変化して落ちる葉も、すべて落葉である。風もないのにひらひらと舞い落ちる葉、吹き出した風に急に散る葉、それぞれに冬の訪れを感じさせる。また、すでに散って地上に落ちている葉も落葉といい、しばらくたつと乾いて**枯葉**《かれは》となり、カサカサと鳴る音は寂しい。落葉を掃き寄せて焚《たき》火《び》をしたり、籠に集めて堆肥《たいひ》を作る材料にしたりする。特定の木の落葉を詠むときは、柿落葉・朴《ほお》落葉・銀杏《いちょう》落葉などとする。

水底《みなそこ》の岩《いわ》に落《お》ちつく木《こ》の葉《は》かな　丈　草
白日《はくじつ》は我《わ》が霊《れい》なりし落葉《おちば》かな　渡辺　水巴
むさしのの空真青《そらまさお》なる落葉《おちば》かな　水原秋桜子

爛々《らんらん》と虎《とら》の眼《まなこ》に降《ふ》る落葉《おちば》　富沢赤黄男
手《て》が見《み》えて父《ちち》が落葉《おちば》の山歩《やまある》く　飯田　龍太
白《しろ》き手《て》の病者《びょうしゃ》ばかりの落葉《おちば》焚《たき》　石田　波郷

鑑賞　落葉《おちば》して木々《きぎ》りんりんと新《あたら》しや　西東　三鬼
葉を落とすことは、落葉樹が完全に冬の休眠期に入ることを意味する。だが、来る春に備えて萌ゆるべき芽は怠りなくはぐくまれている。再生の活力を秘めて、木々はくろぐろと冬を迎えるのである。

木《こ》の葉髪《はがみ》

解説　十月（陰暦）の木の葉髪という諺《ことわざ》がある。木の葉が落ちるころの寂しい季節と、人々の沈みがちな気分が一体になって、髪の毛の抜けることに気のつきやすいことを表現している。たしかに、いくらか余計に髪も抜ける時期らしい。観念的な雰囲気を持った季語と味わったらいかがであろうか。人生の寂しさ、人間の孤独感など深層心理を象徴するように作っている俳句が多い。

木《こ》の葉髪《はがみ》泣《な》くがいやさにわらひけり　久保田万太郎
木《こ》の葉髪《はがみ》文芸《ぶんげい》永《なが》く欺《あざむ》きぬ　中村草田男
音《おと》たてて落《お》つ白銀《はくぎん》の木《こ》の葉髪《はがみ》　山口　誓子
木《こ》の葉髪《はがみ》背《そむ》き育《そだ》つ子《こ》なほ愛《あい》す　大野　林火
一《ひと》つ櫛《ぐし》使《つか》ふ夫婦《ふうふ》の木《こ》の葉髪《はがみ》　松本たかし
そのむかし恋《こい》の髪《かみ》いま木《こ》の葉髪《はがみ》　鈴木真砂女

鑑賞　木《こ》の葉髪《はがみ》指《ゆび》の先《さき》より夢《ゆめ》逃《に》ぐる　奥野　久之
ふと抜け落ちた髪をつまみあげた指の先、そこに自分の現実を見たのである。それが「指の先より夢逃ぐる」である。決して夢などみているわけではない。現実を見せつけられたときに、大げさに表現してみたくなるもの。

凩《こがらし》　木枯《こがらし》

解説　気象的には冬の北西季節風であるが、初冬のころに木の葉を吹き散らし枯らすのをいう。北風というほど厳しくはないが、冷たく乾いたもの寂しい風である。

凩《こがらし》の果《はて》はありけり海《うみ》の音《おと》　言　水

凩《こがらし》や海《うみ》に夕日《ゆうひ》を吹《ふ》き落《お》とす　夏目　漱石

凩《こがらし》の吹《ふ》きさきはまりし海《うみ》の紺《こん》　深見けん二

木《こ》がらしや目刺《めざし》にのこる海《うみ》のいろ　芥川龍之介

海《うみ》に出《で》て木枯《こがらし》帰《かえ》るところなし　山口　誓子

こがらしの樫《かし》をとらへしひびきかな　大野　林火

鑑賞　こがらしや市《いち》にたづきの琴《こと》をきく　白　雄

「たづき」とは業・生業で、生きて行くための仕事である。優雅に楽しむ琴ではなく、市中に出て物乞いをする人のひく琴であろう。こういう人たちに吹きすさぶ凩はことに哀れである。

時雨《しぐれ》　しぐるる　村時雨《むらしぐれ》　片時雨《かたしぐれ》　小夜時雨《さよしぐれ》

解説　晴れたり、降ったり、断続して定めなく降る冬の雨をいう。冬の初めごろに多い。秋も晩秋になると、夏の夕立のように強くなく、さっと降ってさっとあがる通り雨がある。これが時雨の先ぶれであり秋時雨として区別している。その冬はじめての時雨を**初時雨**《はつしぐれ》という。四季それぞれ違った降り方をする日本の雨のうちでも、時雨はとくに詩歌になじみの深い雨である。ひとつには、このような特徴の雨が京都によく降るためでもあり、山から山へ移動して片側は降って片側は晴れている。そんな雨の閑寂さが愛されたためであろう。京都の北山時雨などは昔から名高い。時雨の語源は「過ぐる」とか、強い風をともなう荒天に降る雨の意で「しくるい」（「し」は風の古語）からともいう。中国では、立冬後に降る雨のことを液雨《えきう》といい、これが時雨に当たるようであるが、漢詩の題材にはあまり聞かれない。芭蕉はその代表的な俳諧集《はいかいしゅう》『猿《さる》蓑《みの》』の巻頭に、「初《はつ》しぐれ猿《さる》も小蓑《こみの》をほしげなり」の句を置き、この句が集の名にもなっている。時雨の趣を重んじていたことがわかる。陰暦十月はこの雨がよく降るので**時雨月**《しぐれづき》ともいわれる。時雨はその降り方によって片時雨・村時雨（叢時雨《むらしぐれ》）などともいわれ、また夜に降る時雨を好んで小夜《さよ》時雨《しぐれ》という。

初《はつ》しぐれ猿《さる》も小蓑《こみの》をほしげなり　芭蕉
水《みず》にまだあをぞらのこるしぐれかな　久保田万太郎
しぐるるや駅《えき》に西口《にしぐち》東口《ひがしぐち》　安住敦
うつくしきあぎとあへり能登時雨《のとしぐれ》　飴山實
きらきらと京《きょう》が時雨《しぐれ》れてをりにけり　稲畑廣太郎

鑑賞　食堂《じきどう》に雀《すずめ》鳴《な》くなり夕時雨《ゆうしぐれ》　支考

当時は食堂といえば、禅寺の建物のひとつ。静粛《せいしゅく》が保たれ、魚板を打って食事の時を知らせるだけであとは物音もない。軒うつ夕時雨のかすかな音に混じり、雨さけてひそむ雀が鳴く。閑寂な趣がよく出ている。

冬《ふゆ》構《がまえ》（ふゆがまへ）　冬囲《ふゆがこい》

解説　冬を迎えるにあたり、家の内外を問わず、防寒・防雪・防風のための設備をしたり、手入れをすることといっさいをいう。北国では、北窓塞《きたまどふさ》ぐ、目貼《めばり》する、風除《かざよ》け、雪囲いなど怠れない防備策であろう。関東近辺でも、公園の樹木に藁苞《わらづと》をかぶせて霜害を防いだり、水道管に藁を巻いて凍結を防ぐことも見かける。寒冷地では、墓石が凍《い》てて割れるのを防ぐために藁を覆う墓囲《はかがこ》いなどをするところがある。いずれにしろ、寒さに立ち向かう人々の防衛策であるが、冬用意と同じように、冬に対する心構えの意味で使うのも自由であろう。北国では、この冬構えをすませると、戸外に出ている人の姿もめっきり少なくなり、暗く厳しい冬に入る。

一《ひと》つ戸《と》や雀《すずめ》はたらく冬《ふゆ》がまへ　曾良
冬構《ふゆがまえ》墓《はか》をかこうてしんみりす　佐野良太
冬構《ふゆがまえ》落人村《おちうどむら》と世《よ》にはいふ　長谷川素逝
石垣《いしがき》の高《たか》さ湖国《ここく》の冬構《ふゆがまえ》　友岡子郷
金魚田《きんぎょだ》の覆《おお》ひしのみの冬構《ふゆがまえ》　渡辺みかげ
海見《うみみ》ざるごとくに冬《ふゆ》を構《かま》へけり　金尾梅の門

鑑賞　飛騨《ひだ》に向《むか》ふ軒《のき》みな深《ふか》し冬《ふゆ》がまへ　室生犀星

北アルプスは俗称で、正式には飛騨山脈という。日本の屋根といわれる高い嶺々も雪をかぶった。これからが厳しい季節だ。深い軒を持った家々は、どっしりとして、冬のやってくるのを待ちかまえているようにも思える。

網《あ》代《じろ》

網《あ》代木《じろぎ》　網《あ》代床《じろどこ》

解説　網代は網の代用という意味で、川・湖・入り海などに竹・小柴《こしば》・木などを網のように組み合わせて水中に立て連ねて魚を誘い入れ、その終わりの所に笯《ど》（魚が入ったら出られない仕組みの竹編みの籠《かご》）をかけて置き、その中に集まった魚を捕獲する。その番人を網代守《あじろもり》という。日本古来の素朴な漁法の一つで、『延喜式《えんぎしき》』にも氷魚《ひうお》を捕る装置として出ている。『万葉集』以来、和歌の世界でも好まれて詠まれている。宇治川・田上川《たなかみがわ》などは有名。捕る魚も氷魚に限らなくなり、芭蕉の『鹿島紀行《かしまきこう》』には利《と》根川《ねがわ》の布佐《ふさ》で鮭《さけ》の網代のことが書かれている。日本伝統季題の一つである。

網代木《あじろぎ》のそろはぬかげを月夜《つきよ》かな　白　雄
親《おや》のおやの打《うち》し杭也《くいなり》あじろ小屋《ごや》　一　茶
宇治山《うじやま》に残《のこ》る紅葉《もみじ》や網代《あじろ》もる　高浜　虚子
古歌《こか》よりも尚《なお》そのかみの網代《あじろ》かな　尾崎　迷堂
古利根《ふるとね》の水減《みずへ》りをりし網代《あじろ》かな　小原　牧水
水浅《みずあさ》きところ日《ひ》あたる網代《あじろ》かな　対中いずみ

鑑賞
蘆深《あしふか》く人《ひと》も網代《あじろ》も隠《かく》れけり　石井　露月

遠景の網代に働く人を描写した句である。作者の移動によって枯れ蘆原が視界をさえぎって、網代も人も見えなくなった。「蘆深く」には距離感があるが、もの寂しい川の情景と、消えてしまった風景を想像させ続ける効果がある。

短日《たんじつ》

日短《ひみじか》　暮早《くれはや》し　暮易《くれやす》し
日《ひ》つまる

解説　夜長であれば、日短であるわけであるが、夜長が秋であるのに短日は冬とされている。春・夏の日永・短夜と同じ関係にある。日短しという感じは、やはり冬至迫っての思いであり、年の暮れも近く日の短さは慌ただしい気持ちにさせる。日ざしも乏しく寒さもひしひしと加わるわびしさが短日という思いにこもっている。日常の会話では「日がつまる」という言い方がふつうで、「日もつまって」という挨拶《あいさつ》にお互いのいたわりがこもる。

日短《ひみじか》かやかせぐに追《お》ひつく貧乏神《びんぼうがみ》　一　茶
短日《たんじつ》の梢《こずえ》微塵《みじん》にくれにけり　原　石鼎
短日《たんじつ》やされど明《あか》るき水《みず》の上《うえ》　久保田万太郎
短日《たんじつ》の空《そら》よりはづす小鳥籠《ことりかご》　文挟夫佐恵

短日《たんじつ》の顔《かお》ふりむけば陽《ひ》の虜《とりこ》　原　裕

暮《く》れはやし高波浜《たかなみはま》の子守唄《こもりうた》　石原　八束

鑑賞　短日《たんじつ》のいまはなやかやはや灯《とも》り　池内友次郎

日が短くなると街中でも寂しいものである。そんな街の繁華なところであろうか、日が短いため早くから照明され、夕べと気付くときはもう華やかになっている。しかし、その華やかさの中には哀愁もある。

冬《ふゆ》日《ひ》　冬日影《ふゆひかげ》

解説　冬の太陽のことをいう。その光、冬日影をいう場合もあるが、多くは日輪そのものをいう。光も鈍く弱いのでまともに仰がれ、また日も低いので思いがけないところ、居間の中からも眺められることがある。**冬《ふゆ》日向《ひなた》**はその冬日影が豊かに射して明るくなっているところをいい、そこを求めて日向ぼこをする人が集まる。冬日に独特のほのぼのとした懐かしさがある。春日は春ののどかな一日を指すことも多いが、冬の寒い一日を指すときは**冬《ふゆ》の日《ひ》**といい、また別のわびしい感じがある。

冬《ふゆ》の日《ひ》や馬上《ばじょう》にこほる影法師《かげぼうし》　芭　蕉

大仏《だいぶつ》の冬日《ふゆひ》は山《やま》に移《うつ》りけり　星野　立子

飛騨《ひだ》の山冬日《やまふゆび》とわれが今日《きょう》は越《こ》ゆ　岡田　日郎

冬《ふゆ》の日《ひ》の海《うみ》に没《い》る音《ね》をきかんとす　森　澄雄

冬《ふゆ》の日《ひ》や臥《ふ》して見《み》あぐる琴《こと》の丈《たけ》　野澤　節子

鑑賞　旗《はた》のごとなびく冬日《ふゆび》をふと見《み》たり　高浜　虚子

「旗のごと」とは意外な比喩であるが、冬の日輪がふとそのように見えたのである。雲かなにかのせいか、一条に横になびく日、それは冬の日の弱くはかない感じをとらえている。

顔見世《かおみせ》（かほみせ）

歌舞伎顔見世《かぶきのかおみせ》　面見世《つらみせ》　足揃《あしぞろえ》

解説　江戸時代に、京都・大阪・江戸の各劇場で、十一月興行の歌舞伎を顔見世といった。これは、毎年十月に劇場と役者とが一年間の契約を結んだので、十一月興行のときに、新しく契約した役者の顔ぶれを、見物の人たちに披露したからである。劇場や役者にとっては、一年間の門出《かどで》となる興行なのでたいせつであり、各劇場では特有の古くからのしきたりに従って、特別の出し物を見せて盛大に気勢をあげた。ひいき客も役者に酒樽《さかだる》や醬油《しょうゆ》・炭などを贈り、山のように積み上げて、芝居茶屋の軒先に飾ったという。それをまた見物する人たちが集まり、いっそう顔見世の気分を盛り上げた。こういう風習や、顔見世の形式は明治になってから行われなくなったが、現在、京都の南座《みなみざ》で、十二月に顔見世興行といって、東西合同の一座を組んで、昔のおもかげを残している。当代の人気役者がずらりと並ぶので、東京の方からも、京都まで見物に出かける人が少なくない。

顔見世《かおみせ》や酔《よ》うてしまひし連《つ》れもあり　岡村　柿紅

顔見世《かおみせ》のまねき見《み》て立《た》つ手をつなぎ　富安　風生

顔見世《かおみせ》や名《な》もあらたまる役者《やくしゃ》ぶり　水原秋桜子

顔見世《かおみせ》の前景気《まえけいき》とはなりにけり　日野　草城

顔見世《かおみせ》や百合根《ゆりね》はふつくらお弁当《べんとう》　草間　時彦

鑑賞　退《ひ》け待《ま》ちて妻《つま》のあとより顔見世《かおみせ》へ　鈴木　花蓑

会社の退け時を待ちかねて、顔見世へかけつける。妻の方は一足先に出かけている。人気の高い顔見世ならではの雰囲気がよく出ている。

木菟《みみずく》（みみづく）　ずく　大木葉木菟《おおこのはずく》

解説　梟《ふくろう》の仲間のうちもっとも多く見られる種類は大木葉木菟で、俗称をみみずくという。羽色が枯れ色に似た黄褐色であるためこの名があり、耳羽を持っている。四季を通じて日本にいる。木菟のうち、木葉木菟は羽色もよく似ているがやや小さく、仏法僧の声と混同された。青葉木菟は青葉季に渡来する。これには耳羽がなく、小形で羽の色も黒い。大木葉木菟以外はいずれも夏季に属する。木菟の字は、耳羽の形が兎《うさぎ》に似ているところからきたものである。夜行性のものが多いが、中には昼間から活動するものもいる。低山帯の木の洞などに巣を作り、小鳥や鼠《ねずみ》などを捕食する。夜は低い声でポーッポーッと鳴く。

みゝつくは人《ひと》に頭巾《ずきん》をぬはせけり　其角

木兎《みみずく》のほうと追《お》はれて逃《に》げにけり　村上鬼城

木菟《みみずく》の耳《みみ》をのぞいてゆきし子ら　森賀まり

山《やま》の童《こ》の木菟《ずく》捕《とら》へたる閧《とき》あげぬ　飯田蛇笏

木兎《ずく》さびし人《ひと》の如《ごと》くに眠《ねむ》るとき　原石鼎

鑑賞　木菟《ずく》の森《もり》やまびこ昼《ひる》をねむりけり　西島麦南

夜になると森にすむ木菟がポーッポーッと鳴く。やまびこの方も木菟をまねて一晩中ポーッ、ポーッと声を返す。木菟の森では、昼間はやまびこも眠っているという発想がおもしろい。メルヘンの森でもあろうか。

水《みず》鳥《とり》（みづとり）　浮寝鳥《うきねどり》

解説　大部分を水上で生活する鳥の総称である。この中には白鳥・鴨《かも》・雁《かり》・鷗《かもめ》・都鳥・千鳥のように、秋に渡ってきて春帰るものが多いが、鳰《にお》・鵞鳥《がちょう》・家鴨《あひる》などのように季節と関係のないものも含まれる。浮寝鳥は、水上に浮かんだまま首を後方に曲げ、翼の間に嘴《くちばし》をうずめて眠っているものをいう。川・湖・海などで冬を過ごす水鳥の姿がよく見られる。

水鳥《みずとり》のおもたく見《み》えて浮《うき》にけり　鬼貫

水鳥《みずどり》やむかふの岸《きし》へつういつい　惟然

山《やま》かげや水鳥《みずとり》もなき淵《ふち》の色《いろ》　原石鼎

水鳥《みずどり》のあさきゆめみし声《こえ》こぼす　青柳志解樹

燦爛《さんらん》と波荒《なみあ》るるなり浮寝鳥《うきねどり》　芝不器男

山影《やまかげ》を日暮《ひぐれ》とおもひ浮寝鳥《うきねどり》　鷹羽狩行

鑑賞　水鳥《みずとり》のしづかに己《おの》が身《み》を流《なが》す　柴田白葉女

水に浮き、水に眠り、水とともに春までの時を過ごす水鳥である。ときに静かな水の流れに身を委ねて流されはしても、それはあくまでも自らの意志で「身を流す」のである。作者の人生に対する諦観《ていかん》が水鳥の姿をとおしてうかがえる。

鴨《かも》　鴨渡《かもわた》る

解説　鴨の種類は多く、一部を除いてみな冬鳥である。池や湖沼にすむ淡水鴨と、海にすむ海鴨とに分けられる。淡水鴨の主なものは真鴨（青頸《あおくび》）・軽鴨・小鴨・巴鴨《ともえ》・鴛鴦《おしどり》などがあり、穀類や水草を食する。海鴨と比べて味が優れているため重要な猟鳥とされる。海鴨には、星羽白・金黒羽白・鈴鴨・黒鴨などがあり、魚介類を主食とする。鴨の通う道は一定していて、沼から田畑に飛び立つときは峰《みね》をすれすれに越えて飛ぶ。これを尾越《おごし》の鴨《かも》という。鴨猟には銃のほか、張り網や高縄などが用いられる。宮内庁では年中行事の一つとして鴨猟が行われている。

海暮《うみく》れて鴨《かも》の声《こえ》ほのかに白《しろ》し　芭蕉

水底《みなそこ》を見《み》て来《き》た顔《かお》の小鴨《こがも》かな　丈草

海《うみ》に鴨《かも》発砲《はつぽう》直前《ちよくぜん》かも知《し》れず　山口　誓子
鴨《かも》うてばとみに匂《にお》ひぬ水辺草《みずべぐさ》　芝　不器男
抜《ぬ》け目《め》なささうな鴨《かも》の目《め》目《め》目《め》目《め》目《め》目《め》　川崎　展宏

鑑賞
鴨群《かもむ》るるさみしき鴨《かも》をまた加《くわ》へ　大野　林火

晩秋から初冬にかけて渡来した鴨は、池や堀などに群れてすむ。その数は日ごとに増えていくが、いくら増えたところで鴨の寂しさに変わりがあろうはずはないという、作者自身の主観がよく表れている。

寒《さむ》し　寒《さむ》さ　寒気《かんき》

解説　冬の気温低下を身体に感じる表現であり、日常よく使われ、夏の暑さに対するものである。単に身体的感覚だけでなく、心理的にもさまざまな対象に即してとらえられる感じである。寒い気流の流出によって周期的に襲う寒さがあり、寒波《かんぱ》といわれる。急激な寒さは、農作物や人畜にも寒害をもたらすこともある。

塩鯛《しおだい》の歯《は》ぐきも寒《さむ》し魚《うお》の店《たな》　芭蕉
うづくまる薬《くすり》のもとの寒《さむ》さかな　丈草
鞍《くら》とれば寒《さむ》き姿《すがた》や馬《うま》の尻《しり》　河東碧梧桐
日雀《ひがら》来てすぐ去《さ》る寒《さむ》き日《ひ》なりけり　水原秋桜子
水《みず》のんで湖国《ここく》の寒《さむ》さひろがりぬ　森　澄雄
帰《かえ》り来《き》て別《わかれ》の寒《さむ》さの灯《ひ》をともす　岡本　眸

鑑賞
水枕《みずまくら》ガバリと寒《さむ》い海《うみ》がある　西東　三鬼

作者自身がつけた注に「海に近い大森の家、肺浸潤の熱にうなされていた」とある。水枕の感じをガバリと片かなで、そして場面は寒い海に転回する。それが口語表現であるのも新しく、現代的感覚で寒さをとらえた。

冷《つめ》たし　冷《ひ》ゆ

解説　寒さを直接に皮膚に感じる感覚で、気象上では寒冷という冬季の気候を表現するものである。日常では、四季を通じてもっと一般的な感覚的表現になっており、寒冷の気候には「冷ゆ」（冷える）という場合が多い。さらにひしひしと冷えこむ寒さには底冷《そこび》えという表現もある。

手《て》が顔《かお》を撫《な》づれば鼻《はな》の冷《つめ》たさよ　高浜　虚子
生前《せいぜん》も死後《しご》もつめたき箒《ほうき》の柄《え》　飯田　龍太
底冷《そこび》えに水音《みずおと》のしてゐたるかな　猿山　木魂
冷《つめ》たさよ仰臥《ぎょうが》の涙耳《なみだみみ》に入《い》る　森崎はつ子
働《はたら》いて耳《みみ》を冷《つめ》たく戻《もど》りけり　西嶋あさ子

鑑賞　あまりに手《て》冷《つめ》たきことの恥《はず》かしく　成瀬正とし
わが手が確かに冬の冷たさを帯びていたのである。冷たい空気の中にあって、人の手も冷たいのはしかたないことなのであるが、作者はその冷たくあることにふと負い目のようなものを感じた。

息白《いきしろ》し　白息《しろいき》

解説　気温が低く、空気の冷たい朝など、吐く息が白く見える。温かい息に含まれている水蒸気が、冷気に触れて一瞬に細かい水滴になって白く見える現象である。空気が乾燥して、低温であればあるほど、白く濃く見える。冬の朝、白息を吐きながら急ぐ人々の姿には、充実した生活感が感じられ、馬や犬などの白い息には生命力の強さを感じるものである。

人《ひと》の老《おい》美《うつく》しく吐《は》く息《いき》白《しろ》く　富安　風生
息白《いきしろ》く問《と》へば応《こた》へて息白《いきしろ》し　稲畑　汀子
息白《いきしろ》しおのれかばへばかばふほど　西山　誠
白《しろ》き息《いき》ゆたかに朝《あさ》の言葉《ことば》あり　西島　麦南
白息《しろいき》を掌《て》にかけて今日《きょう》はじまりぬ　石田　波郷
身籠《みごも》りてより白息《しろいき》の濃《こ》くなれり　木内　怜子

鑑賞
中年《ちゅうねん》の華《はな》やぐごとく息白《いきしろ》し　原　裕

中年という時期は、社会・家庭にあっても前向きに生きる姿勢を要求される。「息白し」は充実感の象徴、そして中年を飾るにふさわしいもの。また、人生のもっとも充実した時期を迎えたことを「華やぐ」と表現したのである。

枯《かれ》木《き》　裸木《はだかぎ》

解説　落葉樹が冬になって葉が落ち尽くし、枯れ果てたように見える木のことをいうのであって、ほんとうに枯死した木のことではない。葉を落として幹や枝があらわになった姿に着目して裸木という言い方もある。枯木の枝を枯枝《かれえだ》、枯木の立ち並んだ群れを枯木立《かれこだち》という。特定の木の枯れたさまを示す場合は、枯銀杏《かれいちょう》・枯欅《かれけやき》・枯藤《かれふじ》、または銀杏枯《いちょうか》る・欅枯《けやきか》る・藤枯《ふじか》るなどのように用いる。冬木《ふゆき》・冬木立《ふゆこだち》はもう少し意味が広く、常緑樹をも含めた季題であるとされているが、それでもやはり葉を落とした木々のイメージが強い。一句の響きの中で、枯木か冬木かどちらかふさわしい方を選んで用いるというのが実際の使われ方であろう。

斧《おの》入れて香《か》におどろくや冬木立《ふゆこだち》　蕪　村
鶲《ひたき》来て色作《いろつく》りたる枯木《かれき》かな　原　石鼎
枯木《かれき》らは枯《か》れし高《たか》さをきそひけり　成瀬桜桃子
父母《ふぼ》の亡《な》き裏口《うらぐちあ》開いて枯木山《かれきやま》　飯田　龍太
裸《はだかぎ》木の誰《だれ》もが触《ふ》れたがるところ　藤本美和子
枯《か》れゆけばおのれ光《ひか》りぬ冬木《ふゆき》みな　加藤　楸邨

鑑賞
しづかなるうごき枯木《かれき》のくりかへす　瀧　春一

人は枯木をしみじみと見ることをめったにしない。ああ、枯木が立っている、と一瞬目を止めるのみである。だが、冬晴れの日中、葉を落とした枯木は風に揺れて飽くまでも静かな動きを見せ続けているのである。

冬《ふゆ》枯《がれ》　枯《か》るる

解説　草と木とを問わず、野山や路傍や庭のすべてが枯れ尽くしたさまをいう。見るものいっさいが枯れ一色といった大きな風景を指す場合もあるし、一本の草木についていう場合もある。**霜枯**《しもがれ》も同じ情景をいう季題だが、冬枯が乾燥しきった感じなのに対し、霜枯は霜に濡《ぬ》れながら枯れを深めてゆくといった趣がある。

冬《ふゆ》がれや平等院《びょうどういん》の庭《にわ》のおも　鬼貫
この枯《か》れに胸《むね》の火放《ひはな》ちなば燃《も》えむ　稲垣きくの
わが山河《さんが》いまひたすらに枯《か》れゆくか　相馬遷子
なかぞらの鳩《はと》や大学《だいがく》枯れ果《は》てぬ　石田波郷
枯《か》れ果《は》てて川《かわ》の真中《まなか》は流《なが》れをり　山上樹実雄
枯《かれ》すすむ木《き》と草《くさ》となく香《こう》ばしき　片山由美子

鑑賞　水音《みずおと》の縷々《るる》と通《かよ》へり枯《か》るる中《なか》　清崎敏郎

あたりの風景がすべて枯れを深め、豊かだったせせらぎの音もさすがに細くなった。「縷々」は細く絶えず続くさまをいう語だが、「縷々思いを述べる」などと使われる。涸れざらんとする水音の意志を聴け。

冬《ふゆ》ざれ　冬《ふゆ》ざるる

解説　冬の風物が荒れ果ててもの寂しいさまになっていることをいう。草木が枯れるだけでなく、海も山も、また建物もすべて荒れたさまを見せる。それらの風物と、またその荒れさびれようの進む季節とを指す。

大石《おおいし》や二《ふた》つに割《わ》れて冬《ふゆ》ざるる　村上鬼城
冬《ふゆ》ざれの沖《おき》の夕焼陸《ゆうやけりく》へは来《こ》ず　赤城さかえ
冬《ふゆ》ざれや瀬音《せおと》ま近《ちか》く湯《ゆ》にひたる　角川源義
冬《ふゆ》ざれや石《いし》を掘《ほ》りては石《いし》を舁《か》き　青柳志解樹

冬《ふゆ》ざれや文字《もじ》なくて足《た》る時計塔《とけいとう》　丸茂ひろ子

鑑賞　冬《ふゆ》ざれやつぎはぎしたる村《むら》の橋《はし》　松藤　夏山

村といってもなかなか渡る人の多い橋なのであろう。つぎはぎしても補強せねばならない。このぶざまにもつぎはぎした橋も含めてそこら一帯の冬ざれ、寂しさの極みである。

枯《かれ》草《くさ》

解説　枯れている野山や庭の草を一般的にいうことばである。冬も青々としている草や、枯れかかってはいるがまだ緑のところもある草をも含めていう場合は**冬草**《ふゆくさ》である。一面に枯草が広がっているさまを**草枯**《くさがれ》という。なお、特定の草の枯れたさまを示すときは、**枯蘆**《かれあし》・**枯真菰**《かれまこも》・**枯薊**《かれあざみ》・**枯鶏頭**《かれけいとう》などといわねばならない。

枯草《かれくさ》にただあるものの棒《ぼう》の切《き》れ　広江八重桜

枯《かれ》草《くさ》にほのと櫟《くぬぎ》の月明《つきあか》り　廣瀬　直人

草々《くさぐさ》の呼《よ》びかはしつつ枯《か》れてゆく　相生垣瓜人

青天《せいてん》にただよふ蔓《つる》の枯《か》れにけり　松本たかし

枯《か》れ果《は》てて鶏頭《けいとう》は紅《べに》失《うしな》はず　沢木　欣一

鑑賞　草枯《くさがれ》や海士《あま》が墓《はか》皆《みな》海《うみ》に向《む》く　石井　露月

小高い丘の中腹などに、よくこういう一群の墓がある。海に働く人たち（海士）は、遠い昔から自分たちの墓をこうやって作ってきた。冬、日の当たる枯草の中からどの墓石も海を望んでいるのである。

枯《かれ》葎《むぐら》

解説　葎は植物学的には金葎《かなむぐら》というクワ科の一年生蔓草《つるくさ》のことで、道端や荒地に茂る雑草である。茎は強くて長く伸び、他の物にからみつく。単に葎といえばこの金葎のことで、夏の季題となる。古歌に詠われた八重葎もこれを指していると考えられる。葎というだけでも荒れ果てた感じを与えるが、枯葎はこの葎が物にからみついたまま見る影もなく枯れ果てたさまをいうのである。しかし、現実には金葎に限定せず、ぼうぼうと茂みになった雑草の枯れたさまをも含めて枯葎としている場合も多いようである。

枯《か》れ枯《か》れて嵩《かさ》のへりたる葎《むぐら》かな　高浜　虚子
酔眼《すいがん》を瞠《みひら》きみひらき枯葎《かれむぐら》　石川　桂郎
ものの影《かげ》ばさと置《お》きたる枯葎《かれむぐら》　木下　夕爾
枯葎《かれむぐら》とくとくと鳴《な》る坂泉《さかいずみ》　角川　源義

鑑賞　あたたかな雨《あめ》が降《ふ》るなり枯葎《かれむぐら》　正岡　子規

枯れ果てた葎の庭に、冬のある日、あたたかな雨が降る。寒々と冬の景色を深めていた眼前の風景が、しばらく生き生きと輝くかのごとくだ。

枯尾花《かれおばな》（かれをばな）　枯芒《かれすすき》　冬芒《ふゆすすき》

解説　冬の枯れた芒のこと。枯芒・冬芒といっても同じことである。尾花は花穂を雄《おん》鶏《どり》の尾に見立てた言い方で、芒の別名である。大正時代にはやった「おれは河原の枯芒」と歌う『船頭小唄《せんどうこうた》』では、枯芒ははかない世の中を象徴するものであった。葉も穂も枯れを尽くして立っている姿はまさにそうだが、芒は地下の根茎から翌年の春にふたたび芽を吹く多年草で、事実はかなりしぶとい植物である。なお芒の仲間に常磐《ときわ》芒《すすき》という一種があり、これは常緑の草で冬も葉は緑を失わないので寒芒《かんすすき》とも呼ばれる。

枯《かれ》々《かれ》て光《ひかり》を放《はな》つ尾花《おばな》哉《かな》　几董
さざなみは影《かげ》をつくらず枯尾花《かれおばな》　渡辺　水巴
枯尾花《かれおばな》夕日《ゆうひ》とらへて華《はな》やげる　稲畑　汀子
枯芒《かれすすき》刈りふせてありことごとく　久保田万太郎

うちなびき音《おと》こそなけれ枯芒《かれすすき》　川端　茅舎
枯芒《かれすすき》ただ輝《かがや》きぬ風《かぜ》の中《なか》　中村　汀女

鑑賞　我《われ》も死《し》して碑《ひ》に辺《ほとり》せむ枯尾花《かれおばな》　蕪　村

蕪村は洛東の金福寺《こんぷくじ》に芭蕉庵を再興した。この句の前書きは「金福寺芭蕉翁墓」とある。死後、自分もここに墓を建ててもらいたい、芭蕉翁の碑のそばにいて、来る冬ごとに、ともに眼前の枯尾花を見るゆえに――。

枯蓮《かれはす》　蓮枯《はすか》る

解説　秋の深まりとともに破れ傷んだ蓮の葉は、やがて冬に入ると枯れて水に沈み、穴のあいた実の残骸《ざんがい》、枯れ尽くして折れ曲がった葉柄などが水面に残って哀れを極める。冬の荒涼たる風景の中でも、とくに蓮池のさまは印象深いのであるが、それなりの美しさというものはある。このころ、蓮田では排水して蓮根《れんこん》を掘る仕事が始まる。

枯蓮《かれはす》に昼《ひる》の月《つき》あり浄瑠璃寺《じょうるりじ》　松尾いはほ
蓮枯《はすか》れて夕栄《ゆうばえ》うつる湖水《こすい》かな　正岡　子規
ひとつ枯《か》れかくて多《おお》くの蓮枯《はすか》る　秋元不死男
蓮枯《はすか》れて支《ささ》へなき日《ひ》がしたたれり　藤田　湘子
揺《ゆ》るるものぶら下《さ》げて蓮枯《はすか》れにけり　三村　純也

鑑賞　枯蓮《かれはす》のうごく時《とき》きてみなうごく　西東　三鬼

枯れ果ててただじっとうなだれている蓮池の蓮。そこに一陣の風が吹いた。枯蓮はいっせいに動き出した。枯蓮そのもの、枯蓮以外の何物でもないものの存在感が、この句にはある。

枯芝《かれしば》

解説　芝はイネ科の多年草。野芝《のしば》・大芝《おおしば》・地《じ》芝《しば》などの別名があり、日当たりのよい路傍・草地・牧場などにふつうに生える。高《こう》麗芝《らいしば》は本州以南の暖地に自生し、やや小形で繊細な感じである。両種とも造園用に栽培され、改良品種も多い。枯芝はそれらの枯れたさまの総称で、野生の芝の枯れたのにも庭園の芝生《しばふ》の枯れたのにもいう。

枯芝《かれしば》に日向《ひなた》たのしむ椅子《いす》並《なら》ぶ　遠藤　梧逸
身《み》に一《いっ》ぱい枯芝《かれしば》つけて若返《わかがえ》る　右城　暮石
よき傾斜《けいしゃ》せる枯芝《かれしば》に腰《こし》おろす　山口波津女
枯芝《かれしば》にかがやく髪《かみ》を誰《だれ》も持《も》つ　宍戸富美子
枯芝《かれしば》をゆくひろびろと踏《ふ》み残《のこ》し　望月　周
飛《と》び石《いし》は斜《なな》めに芝《しば》は枯《か》れにけり　芥川龍之介

鑑賞 枯芝《かれしば》にいのるがごとく球据《たます》ゆる　横山　白虹

この枯芝は球技場のフィールド。ラグビーの試合の一場面を句にしたもの。ゴールをねらうためのプレースキックを行うために、枯芝にボールを据える。まさしくゴールへ向かってくれ、と祈る気持ちで。

枯《かれ》菊《ぎく》　菊枯《きくか》る

解説 秋に豪華を競い、あるいは可憐《かれん》を誇った菊だけに、冬に枯れしおれるさまはいっそうあわれ深い。刈り取ってこれを焚《た》くと、ほのかな香りがあるのもまたあわれである。農家が食用菊の畑を刈り取るのもこのころのことである。

枯菊《かれぎく》になほ愛憎《あいぞう》や紅《べに》と黄《き》と　久保より江
枯菊《かれぎく》にかむさり枯《か》るるものあり　松本つや女
枯菊《かれぎく》と言捨《いいす》てんには情《なさけ》あり　松本たかし
枯菊《かれぎく》となりてのちの日数《ひかず》かな　安住　敦
枯菊《かれぎく》を焚《た》く美《うつく》しき焔《ほのお》揚《あ》げ　池上浩山人
菊《きく》の鉢《はち》もたれあひつつ枯《か》れにけり　川上　梨屋

鑑賞 枯菊《かれぎく》のもゆる火中《ほなか》に花触《はなふ》れあふ　天野莫秋子

枯菊を焚く。その淡い炎の中で、茎は火に

焦がれて身もだえ、花と花が触れあった。炎の花として、枯菊は昇天する。弟橘比売《おとたちばなひめの》命《みこと》の「燃ゆる火の火中《ほなか》に立ちて問ひし君はも」（『古事記』）の歌に通う味わいがある。

枇杷《びわ》の花《はな》（びはのはな）

解説　枇杷はバラ科の常緑小高木。初冬、十一月から十二月にかけて花を開く。五弁の白い花が枝の先端にできる花房に密につくが、人の背丈よりはるかに高いところの小花なのであまり目立たない。この花を飛び回る適当な昆虫は見当たらず、目白などの鳥によって媒介される鳥媒花である。翌年の初夏のころ実を結び、水分の多い果物となる。ビワの名は漢名をそのまま音読みしたヒワからという説と、果実または葉の形が楽器の琵琶《びわ》に似ているからという説に分かれているが、かつては果実の小粒で丸いものをヒワ、大粒の楕円形《だえんけい》のものをビワと言い分けており、長崎県では今もこう区別している。なお、葉の裏面の毛を取り去ったものを煎《せん》じて漢方薬にする。

枇杷《びわ》の花《はな》しきりに落《お》つる日《ひ》なりけり　石原　舟月
蜂《はち》のみの知《し》る香放《かはな》てり枇杷《びわ》の花《はな》　右城　暮石
裏口《うらぐち》へ廻《まわ》る用向《ようむ》き枇杷《びわ》の花《はな》　山崎ひさを
枇杷《びわ》咲《さ》いて長《なが》き留守《るす》なる館《やかた》かな　松本たかし

鑑賞　花枇杷《はなびわ》や一日《いちにち》暗《くら》き庭《にわ》の隅《すみ》　岡田　耿陽

枇杷の木は例外なく庭の奥まった隅に植えられる。ひそやかに花盛りを迎えても、飽くまで寂しい花盛りなのである。

冬《ふゆ》萌《もえ》

解説　木の芽や草の芽が、早くも冬の日を浴びて萌え出していることをいう。多くの植物が冬の姿をしている中に、寒さに強い性質のものが芽を吹いているさまは、小さいものながら印象的である。**冬芽**《ふゆめ》または**冬芽**《とうが》は、樹木の芽についていう季題で、落葉樹は冬になると葉を落として休眠するが、翌春萌えるべき芽は秋にはすでに用意されていて、固い鱗《うろこ》のようなもので覆われて冬を越す。常緑樹も冬芽を持つが、落葉樹ほどには目立たない。

冬萌《ふゆもえ》や五尺《ごしゃく》の溝《みぞ》はもう跳《と》べぬ　秋元不死男
冬萌冴《ふゆもえさ》ゆ調子《ちょうし》昂《たか》めるよいとまけ　加藤知世子
冬萌《ふゆもえ》や海《うみ》と平《たい》らに仔牛《こうし》の背《せ》　須並一衛
雲割《くもわ》れて朴《ほお》の冬芽《ふゆめ》に日《ひ》をこぼす　川端茅舎
冬芽《ふゆめ》へだてて日輪《にちりん》と薄《うす》き胸対《むねたい》す　中島斌雄
大《おお》いなる栃《とち》の冬芽《ふゆめ》を見《み》し旅《たび》ぞ　富谷春雷

鑑賞

冬萌《ふゆもえ》や鉄路《てつろ》跨《また》げば鉄匂《てつにお》ふ　山田晩水

「鉄路跨げば」とあるから、踏切のようなところではなく、むき出しの鉄道の線路をまくら木を踏みつつ跨ぐのであろう。乾燥した空気の中でほのかに鉄が匂う。しかし線路の傍にはもう芽を出している草がある。

風呂吹《ふろふき》

解説　大根や蕪《かぶら》を厚さ三センチくらいに輪切りにし、昆布をだしにして茹《ゆ》でたものに、胡麻《ごま》を加えた練《ね》り味噌《みそ》をかけて食べる。大根・味噌も熱くて吹いて食べるところから、風呂の火を吹くのに似ているという説と、漆職人が漆の乾かない風呂（仕事場）に大根の茹で汁を吹きかけるとよく乾くところから、煮られた不要の大根を利用してできた料理との両説がある。その味付けなどにそれぞれ工夫があるが、柚子《ゆず》の香のする味噌と、柔らかい大根の味が生かされた風趣は、冬の夜にふさわしい。**蕪蒸**《かぶらむ》しは、蕪を蒸籠《せいろう》で蒸したものに葛餡《くずあん》をかけたもの。

風呂《ふろ》吹《ふき》の一《ひと》きれづゝや四十人《しじゅうにん》　正岡　子規
風呂《ふろ》吹《ふき》にとろりと味噌《みそ》の流《なが》れけり　松瀬　青々
風呂《ふろ》吹《ふき》に杉箸《すぎばし》細《ほそ》く割《わ》りにけり　高橋淡路女
風呂《ふろ》吹《ふき》や妻《つま》の髪《かみ》にも白《しろ》きもの　軽部烏頭子
風呂《ふろ》吹《ふき》や誠実《せいじつ》は愚《おろ》かなるまでに　福田　蓼汀
風呂《ふろ》吹《ふき》に舌《した》一枚《いちまい》の困《こま》るなり　中原　道夫

鑑賞
風呂《ふろ》吹《ふき》の湯気《ゆげ》の中《なか》なる師弟《してい》かな　永田　青嵐

風呂吹の熱い湯気に取り囲まれた師と弟子。風呂吹には、通いあう人の心にも似た温かみがある。趣深いその味わいに、師と弟子は多くを語りあわないが、その固い結びつきをいっそう緊密にしてゆくようだ。

雑《ぞう》炊《すい》（ざうすゐ）　おじや

解説　本来は、糝《こなかき》という穀類の粉末を熱湯で掻《か》いたもので、**蕎麦掻**《そばがき》のような形で残っているが、後には水を加えて増水《ぞうすい》となったという説がある。現在ふつうに行われているのは、残り汁と冷や飯を炊《た》き合わせたものや、粥《かゆ》のように米から仕立てて、魚介・蔬《そ》菜《さい》などを混ぜて煮こんだものをいう。保温食であるところから冬季のものとされている。鍋料理《なべりょうり》の残り汁に飯を加えたものなどは、雑炊の名のとおりで調味も具もきまりがないのが特徴であろう。なお、おじやとも呼ばれるのは、「煮える」という意味の女房詞《にょうぼうことば》である。

雑炊《ぞうすい》にぬくもり親子《おやこ》水入《みずい》らず　清原　枴童
唇《くちびる》を芹雑炊《せりぞうすい》が焦《こ》がしけり　前田　普羅
雑炊《ぞうすい》や田舎《いなか》の夜《よる》は寝《ね》るばかり　浜口　今夜
若《わか》き父《ちち》となり雑炊《ぞうすい》を吹《ふ》き凹《くぼ》ます　三谷　昭
雑炊《ぞうすい》や頬《ほほ》かゞやきて病家族《やみかぞく》　石田　波郷

鑑賞
雑炊《ぞうすい》をよろこぶ我《われ》は戦中派《せんちゅうは》　森田　峠

今の子供たちには、雑炊のイメージは貧し

さであろう。そのとおり、決して上品なものではない。しかし、戦中戦後の飢餓を経験した人にはぜいたくで、懐かしい思い出がある。当時、喜々と食べたその味わいを今でも忘れていない。

葱《ねぎ》　根深《ねぶか》　葉葱《はねぎ》

解説　ユリ科の多年草。中国西部の原産と推察され、中国では約二千二百年前から栽培されていたと考えられる。日本へは朝鮮を経て十世紀までに渡来していたであろうとされるが、現在もっとも原始的なものを含めいろいろな種類が存在しており、中国からたびたび異なったタイプの葱が伝えられたものと思われる。日本の葱は大きく分けると二つの系統があり、一つはほとんど株分かれしない根深とか深葱といわれるもので、柔らかく白い葉鞘部《ようしょうぶ》を食用にする。もう一つは株分かれを繰り返し、きわめて多くの葉を生じる葉葱または千本葱《せんぼんねぎ》といわれるもので、緑の葉の部分も食用にする。

ここにても荒海《あらうみ》のひびきねぎ畑《ばたけ》　中塚一碧楼

楚々《そそ》として象牙《ぞうげ》のごとき葱《ねぎ》を買《か》ふ　山口　青邨

買物籠葱《かいものかごねぎ》がつき出《で》て見《み》えにけり　吉屋　信子

夢《ゆめ》の世《よ》に葱《ねぎ》を作《つく》りて寂《さび》しさよ　永田　耕衣

白葱《しろねぎ》のひかりの棒《ぼう》をいま刻《きざ》む　黒田　杏子

根深掘《ねぶかほり》ひとすぢの香《か》を土中《どちゅう》より　木附沢麦青

鑑賞　易水《えきすい》にねぶか流《なが》るる寒《さむ》さかな　蕪　村

秦《しん》の始皇帝を亡き者にしようと燕《えん》の太子丹は荊軻《けいか》という者をさし向ける。丹と荊軻は易水（川の名）のほとりで別れた。だが、暗殺は成功せず、のち燕も秦もともに滅んだ。この史実をふまえた空想の句である。

根深汁《ねぶかじる》　葱汁《ねぎじる》

解説　葱を具にした味噌《みそ》汁のこと。葱は消化液の分泌をよくし、神経衰弱・不眠症・発汗などに効用がある。しかも冬、霜のかぶるころからおいしくなる。熱い味噌汁を吹きながら、葱の半煮えの風味が愛されるのは冬の朝にもっともふさわしいといえよう。葱も関西は白根よりも青葉を多く食べ、関東では白根のみを食べる風習がある。根深は葱の別名ではあるが、根を深くして白根の部分を多くして作ることからの呼び名である。この時期、他に蕪汁《かぶらじる》・大根汁《だいこんじる》などがある。

乱世《らんせい》と濁世《じょくせ》といづれ根深汁《ねぶかじる》　安藤　次男
裏山《うらやま》に風《かぜ》鳴《な》る夜《よる》の根《ね》深《ぶか》汁《じる》　佐藤伊久雄
一人《ひとり》づつ起《お》きる子供《こども》や根深汁《ねぶかじる》　本田あふひ
老《お》いてなほ漁師《りょうし》たくまし根深汁《ねぶかじる》　鈴木真砂女
根深汁《ねぶかじる》一日《ひとひ》寝《ね》込《こ》めば世《よ》に遠《とお》し　安住　敦
根深汁《ねぶかじる》ぬるしかろんぜられしかな　小林　康治

鑑賞　生涯《しょうがい》の居《きょ》を得《え》て熱《あつ》き根深汁《ねぶかじる》　大須賀浅芳

新しい住居を得て、恐らく生涯この家を離れることもあるまい。そう思うと、自分の一生も見えてきたようだ。平々凡々と暮らしたことを納得するように、この日もいつものように熱い根深汁をすすって朝が始まる。

白菜《はくさい》

解説　アブラナ科の一、二年草。冬場の野菜として漬け物や鍋物《なべもの》には欠かせない白菜だが、意外と来歴は新しく、明治を迎えるまで日本人は白菜の味を知らなかった。東南アジア・近東方面の原産と考えられるが、古く中国に伝わって発達し華北地帯で現在の結球白菜として改良された。この株が明治初期にもたらされ、愛知で栽培されたのがはじめである。その後、日清《にっしん》・日露戦争の際、中国に出征して白菜を知った人々が種子を持ち帰り、各地に栽培が広がった。また仙台では独自に種子を輸入し、松島白菜として出荷するなど現在では野菜として大根に次ぐ生産がある。種類も多く、山東白菜・三河島菜《みかわしまな》・広島菜・大阪菜もこの仲間で、いずれも各種のビタミンを含み淡泊な味が好まれている。

洗《あら》ひ上《あ》げ白菜《はくさい》も妻《つま》もかがやけり　能村登四郎
藁《わら》をもて結《ゆ》はれ白菜玉《はくさいたま》いそぐ　石塚　友二
白菜《はくさい》の葉《は》のやはらかし聖家族《せいかぞく》　加藤かけい
白菜《はくさい》を割《わ》る激浪《げきろう》を前《まえ》にして　大野　林火
真二《まふた》つに白菜《はくさい》を割《わ》る夕日《ゆうひ》の中《なか》　福田甲子雄

鑑賞
白菜《はくさい》の山《やま》に身《み》を入《い》れ目《め》で数《かぞ》ふ　中村　汀女

山のように積んだ白菜の中に入って、五、十、十五と大ざっぱに目で数をかぞえてゆく。白菜の出荷風景である。白菜の束を数えている人の息も白い。

干《ほし》菜《な》
懸菜《かけな》　吊菜《つりな》　干葉《ひば》

解説　秋の終わりから初冬にかけて、収穫した大根・蕪《かぶ》の葉を首の部分から切り取って、軒先などに吊るして天日に干して干菜を作る。味噌《みそ》汁の具にしたり、また干菜風呂《ほしなぶろ》といって湯の中に入れる。干菜風呂は身体が温まるとされ、冷え症の人、老人のために立てる。冬、野菜の欠乏する時期の栄養を考えての生活の知恵であろうが、いかにも質素に生活してきた農村を感じさせる。干菜のある風景などに出合うと寒村ということばがふさわしいと思えるものだ。

かけそめし日《び》からおとろふかけ菜《な》哉《かな》　一　茶

かりそめにかけし干菜《ほしな》のいつまでも　高浜　虚子
あばら家《や》の青々《あおあお》かけし干菜《ほしな》かな　田中　王城
貧《まず》しくて干菜《ほしな》の縄《なわ》の大《おお》たるみ　木下　夕爾
干菜《ほしな》袋《ぶくろ》抱《かか》へてじつと風呂《ふろ》の中《なか》　藤波　銀影

鑑賞　干菜《ほしな》落《お》ちて塀《へい》にもどさん人《ひと》もなし　吉岡禅寺洞

この村に入って来て、まだ誰にも会わない。冬の山村ではよくあることで、無人の村とさえ思えることがある。塀に掛けてある干菜が、ところどころ道に落ちたままになっているのを見ても、そう思えるのだ。寒村風景。

寄《よせ》鍋《なべ》

解説　魚介・鶏肉・野菜などを適当に切って入れ、酒・味醂《みりん》を加えて醤油《しょうゆ》で薄く味付けした煮汁で煮こむところから、寄鍋の名がある。季節に応じた材料を豊富に使ったり、ありあわせのもので間にあわせたりして贅《ぜい》沢《たく》にも簡単にもできる。鍋料理の特徴は、煮あがったものをそばから食べること、同じ鍋を皆がつつきあうところにおのずから親しみのわくもので、冬の夜の団欒《だんらん》にはもってこいのものである。この時期、牛《ぎゅう》鍋《なべ》・河豚《ふぐ》鍋《なべ》・鮟鱇《あんこう》鍋《なべ》・牡蠣《かき》鍋《なべ》・桜鍋《さくらなべ》（馬肉）・猪鍋《ししなべ》・紅葉鍋《もみじなべ》（鹿肉《ししにく》）と鍋料理の多いのはいずれも、体を温めるからであろう。

舌《した》焼きてなほ寄《よ》せ鍋《なべ》に執《しゅう》しけり　水原秋桜子
寄《よ》せ鍋《なべ》の大《おお》きな瀬戸《せと》の蓋《ふた》を開《ひら》く　星野　立子
寄《よせ》鍋《なべ》に睦《むつ》みて忘《わす》る過《す》ぎしこと　鷲谷七菜子
顔《かお》揃《そろ》ふまで寄《よ》せ鍋《なべ》の蓋《ふた》とらず　南迫　享秋
寄《よせ》鍋《なべ》や母《はは》にまゐらす小盃《こさかずき》　山本　涼女
寄《よせ》鍋《なべ》にもつとも遠《とお》き席《せき》当《あた》る　中原　道夫

鑑賞　寄《よ》せ鍋《なべ》に夜汽車《よぎしゃ》の友《とも》の座《ざ》を残《のこ》す　野尻　正子

再会を喜んだ友人どうしは別れがたい。つ

いに夜の寄せ鍋の宴にまで及んだ。遠来の友は名残を惜しんで途中退座して行った。宴たけなわになるにつれて、一つだけ残された座は寂しい。夜汽車に揺られて帰る友の顔が眼に浮かぶ。

おでん

解説　古くは豆腐を串刺《くしざ》しにしてあぶって、味噌《みそ》をつけたものを田楽《でんがく》と称した。次いで蒟蒻《こんにゃく》を用い、菜飯田楽《なめしでんがく》（春）が流行してから、蒟蒻やその他大根・竹輪・はんぺんと種類を増して串に刺して煮こまれるおでんになった。現在では串を使わずに、各種のタネが豊富に、たっぷりとした煮汁で煮こまれるようになった。醬油《しょうゆ》で濃く味付けしたものを関東煮《かんとうだき》、塩・薄口醬油で薄味にしたのを上方風《かみがたふう》と区別されている。おでんの元祖焼き田楽は、木《き》の芽《め》田楽《でんがく》（春）などとなって残っている。焼き田楽に菜飯、おでんに茶飯（茶に塩味）がならいになっている。冬の夜の町のおでん屋の屋台に寄って熱燗《あつかん》で暖を取るのは、いまでも愛され続けている。

おでん酒《ざけ》あしもとの闇濃《やみこ》かりけり　久米　三汀
おでんやの無頼風流《ぶらいふうりゅう》忘れめや　佐野まもる
採点簿《さいてんぼ》かくしにふれしおでん酒《ざけ》　能村登四郎
おでん食《く》ふ短《みじか》き莨《たばこ》捨てもせず　吉田北舟子
おでん屋《や》に同《おな》じ淋《さび》しさおなじ唄《うた》　岡本　眸
おでんやの長《なが》き箸《はし》より湯気立《ゆげた》ちぬ　亮本　滄浪

鑑賞　泊《と》むるべくおでんの酒《さけ》を買《か》ひ足《た》しぬ　細野　嘉一

おでんを囲んだ懐旧談は、酒が入ってとどまるところを知らない。「どうだい、今夜は泊まって行けよ」「ようし、酒を買って来て飲み直しだ」の声が聞こえる。おでんに酒は、冬の夜の人の心を温めてくれる雰囲気があるのだ。

焼《やき》芋《いも》　焼芋屋《やきいもや》

解説　ひとくちに焼芋（さつまいも）といっても、その焼き方にはいろいろある。町の曳《ひ》き売りで見かけるものは、細かい石の中で焼く「石焼芋」、壺《つぼ》で焼く「壺焼芋」が多い。鉄鍋《てつなべ》に胡麻塩《ごましお》を撒《ま》いて皮をむいた薄切りの芋の蒸し焼きの「西京焼《さいきょうやき》」、油で揚げてシロップをつけ、ごまをまぶす「大学芋《だいがくいも》」などがある。また、焚火《たきび》や囲炉裡《いろり》で焼いたものもすべて焼芋という。「九里四里《くりより》うまい十三里半《じゅうさんりはん》」の誇張や、「八里半《はちりはん》」といって栗《くり》（九里）に近い表現をした焼芋屋の行灯《あんどん》は明治以後の冬の風物詩にもなった。焚火の煙にむせて、黒焦げになった焼芋の皮をむくのも郷愁がある。

芋《いも》を焼《や》く藁火《わらび》明《あか》りや糸車《いとぐるま》　岡本癖三酔

焼藷《やきいも》を買《か》ふ三日月《みかづき》の出《で》てをりし　加畑吉男

焼芋《やきいも》の固《かた》きをつつく火箸《ひばし》かな　室生犀星

橋《はし》の灯《ひ》にすがり石焼芋《いしやきいも》を売《う》る　山口三郎

大川《おおかわ》に残《のこ》り火《び》捨《す》つる焼芋屋《やきいもや》　渡辺大年

焼芋屋《やきいもや》行《い》き過《す》ぎさうな声《こえ》で売《う》る　後藤立夫

鑑賞　詩貧《うたまず》し掌《て》に焼芋《やきいも》の熱《あつ》さのせ　成瀬桜桃子

自分の作品の不出来を嘆く心が、「詩貧し」である。しばらくは忘れていようと、熱い焼芋を手にのせたのだが、その伝わってくる熱さは、自分の嘆きにも似ていることに気がついた。詩才の貧しさと焼芋の取り合わせに俳諧味もちらっとのぞく。

湯《ゆ》豆腐《どうふ》

解説　昆布をだしにした白湯《さゆ》に、適当な大きさに切った豆腐を入れて煮立ったところを、付け醤油《じょうゆ》で食べる。刻み葱《ねぎ》・鰹節《かつおぶし》・海苔《のり》・

唐辛子《とうがらし》を薬味にした付け醤油を入れた器を、豆腐を煮る鍋《なべ》に入れて置いて、豆腐をそこにくぐらせて食べるのもあれば、各人で付け醤油を別にしておくのもある。夏の冷奴《ひややっこ》に対して冬の湯豆腐と、ともに庶民に親しまれるあっさりした味わいのものである。豆腐の煮加減は、沈んでいた豆腐が煮えて浮き上がったところが食べごろという。また、京都は今でも豆腐の美味なところで、禅宗の寺などで湯豆腐を食べさせるところが多い。

湯豆腐《ゆどうふ》やつれ添《そ》うてほゞ五十年《ごじゆうねん》　岩木　躑躅

湯豆腐《ゆどうふ》やいのちのはてのうすあかり　久保田万太郎

湯豆腐《ゆどうふ》にうつくしき火《ひ》の廻《まわ》りけり　萩原　麦草

湯豆腐《ゆどうふ》や男《おとこ》の嘆《なげ》ききくことも　鈴木真砂女

湯豆腐《ゆどうふ》の箸《はし》より逃《に》げてひとりかな　岩下ゆう二

鑑賞　湯豆腐《ゆどうふ》やわが家《や》のごとく旅《たび》の宿《やど》　横井　迦南

旅先の宿で夕食に湯豆腐が出た。湯豆腐で晩酌をする自分には、その親しさがうれしくなる。酔いが回るにつれ、いつしか旅にいることも忘れて、わが家にいる気分になっている。湯豆腐にはそのような味わいがある。

玉子酒《たまござけ》　卵酒《たまござけ》

解説　酒を煮立てたところへ、鶏卵をといて入れたもので、人によっては砂糖で味付けをしたりする。酒が煮立ったときマッチの火で蒸発するアルコールを燃やす方法もあるが、酒精分を少なくする方法である。風邪気味のときには発汗作用をし、体を温める**寝酒**《ねざけ》として適している。下戸《げこ》（酒の飲めない人）や、女性などにもよい。他に、**生姜酒**《しょうがざけ》（熱燗《あつかん》の酒におろした生姜を落とす）も冬の夜の寒いときなどたしなむものである。

親《おや》も子《こ》も酔《よ》へばねる気《き》よ卵酒《たまござけ》　太　祇
玉子酒《たまござけ》つくる老《お》い母《はは》だけの知慧《ちえ》　瀧　春一
玉子酒《たまござけ》すすり還暦《かんれき》来つつあり　岸　風三楼
母《はは》の瞳《め》にわれがあるなり玉子酒《たまござけ》　原子　公平
雄《お》ごころのなかなか起《お》きず玉子酒《たまござけ》　伊藤　白潮
卵酒《たまござけ》妻子《さいし》見守《みまも》る中《なか》に飲《の》む　高木　良多

鑑賞
玉子《たまご》酒《ざけ》神《しん》父《ぷ》在《ざい》日《にち》四《し》十《じゅう》年《ねん》　景山　筍吉

いつも黒い服に身を包んだ厳格な神父さんが玉子酒を召し上がるのがおもしろい。在日して四十年、すっかり日本の風習が身について、母国語よりも日本語が得意になられたよう。「風邪には玉子酒が一番よ」と洒脱《しゃだつ》で流暢《りゅうちょう》な日本語のことばも聞こえる。

山眠《やまねむ》る　眠《ねむ》る山《やま》

解説　冬の山がもの寂しく、静まっているようすをいう。春は「山笑ふ」、夏は「山滴る」、秋は「山粧《よそお》ふ」、冬は「山眠る」と形容されている。山を擬人化した表現がユーモアもあり、よく冬山の感じを出している。

冬《ふゆ》の山《やま》・枯山《かれやま》・雪山《ゆきやま》。

南面《なんめん》に残《のこ》せる放馬《ほうば》山眠《やまねむ》る　皆吉　爽雨
雪嶺《せつれい》を点《てん》じ山々《やまやま》眠《ねむ》りけり　大野　林火
神《かみ》の山《やま》仏《ほとけ》の山《やま》も眠《ねむ》りけり　福田　蓼汀
木《き》も草《くさ》もいつか従《したが》ひ山眠《やまねむ》る　桂　信子
落石《らくせき》の余韻《よいん》を長《なが》く山眠《やまねむ》る　片山由美子
眠《ねむ》る山或日《やまあるひ》は富士《ふじ》を重《かさ》ねけり　水原秋桜子

鑑賞
あらぬ噂《うわさ》も田舎《いなか》はきびし山眠《やまねむ》る　八幡城太郎

あらぬ噂だなどと一笑に付すわけにはいかない。冬の田舎では話題も少なく、すぐに広まって、厳しい非難に遭う。そんな人間世界のめんどうな営みに対して、自然の山は、そしらぬ顔で眠っている。対比が巧みである。

枯《かれ》野《の》　枯原《かれはら》　枯野道《かれのみち》　枯野宿《かれのやど》　枯野人《かれのびと》

解説　冬になって一面に荒涼とした寂しい野原を、冬野・冬の原という。その冬野の草も木も枯れ果てた感じをとらえて、とくに枯野といっている。霜が降りる日、雪の覆う日もあろうが、枯野というイメージは、枯れ果てた草の上を寒い風が吹き抜けてゆく、蕭条《しょうじょう》とした風景であろう。あたりが枯れているので、道があらわに見え、点在する家も目につき、人の姿も心をひく。枯野道・枯野宿・枯野人などといっている。ところで冬枯れの野原の寂しい趣は、中世以来、和歌の世界でもすでに詠まれていたが、枯野という季語はとくに江戸時代の俳人たちに好まれたようである。その一頂点をなしているのが、芭蕉の有名な「旅《たび》に病《や》んで夢《ゆめ》は枯《かれ》野《の》をかけ廻《めぐ》る」であろう。自己の生涯の終わりに当たって、その心を託したのが、枯野であった。

旅《たび》に病《や》んで夢《ゆめ》は枯野《かれの》をかけ廻《めぐ》る　芭　蕉
蕭《しょう》条《じょう》として石《いし》に日《ひ》の入《い》る枯野《かれの》かな　蕪　村
遠山《とおやま》に日《ひ》の当《あた》りたる枯野《かれの》かな　高浜　虚子
枯野《かれの》はも縁《えん》の下《した》までつゞきをり　久保田万太郎
夜《よ》を帰《かえ》る枯野《かれの》や北斗《ほくと》鉾《ほこ》立《だ》ちに　山口　誓子
枯野《かれの》行《ゆ》く一点《いってん》となりつくすまで　鷲谷七菜子
火《ひ》を放《はな》つ心《こころ》を持《も》ちて枯野《かれの》行《ゆき》　筑紫　磐井

鑑賞　火《ひ》を焚《た》くや枯《かれ》野《の》の沖《おき》を誰《たれ》か過《す》ぐ　能村登四郎
火を焚いている。その向こうに広々と寂しく枯野が広がっている。そのはるかな遠方を誰かが通り過ぎてゆく。それは実景とも考えられるが、むしろ作者の心の中に広がるイメージの世界、心象風景ではないだろうか。不思議な、現代人の孤独感のようななものがある。

熊《くま》　羆《ひぐま》　黒熊《くろくま》　月輪熊《つきのわぐま》　熊《くま》の子《こ》

解説　日本産の熊は羆と黒熊（月輪熊）の二種類である。羆は北海道に生息し、大形のものは四〇〇キロをこえる。性質が荒く人畜を手でなぐり殺すので恐れられている。黒熊は全身黒で喉《のど》の下に三日月形の白毛があるので月輪熊ともいう。本州中部から東北にかけて生息し、四国や九州にもわずかにいる。体重は一二〇キロと小柄であるうえに、性質もわりあいおとなしいので観光熊として飼育されたりする。晩秋ごろより洞穴に入り、水も食物もとらずに冬ごもりをするが、他の動物の冬眠と違い眠りは浅く体温も変化しない。**熊穴《くまあな》に入《い》る**とか**穴熊《あなぐま》**などという。雌はこの間に子を産んで育てる。

熊撃《くまう》てばさながら大樹倒《たいじゆたお》れけり　松根東洋城
五六日《ごろくにち》狙《ねろ》うて熊《くま》を斃《たお》しけり　野村喜舟
熊撃《くまう》つて雪《ゆき》に曳《ひ》きゆく声《こえ》のあり　三宅句生
熊《くま》の皮干《かわほ》して戸板《といた》に余《あま》りけり　松本たかし
熊《くま》の出《で》た話《はなし》わるいけど愉快《ゆかい》　宇多喜代子
熊《くま》の子《こ》が飼《か》はれて鉄《てつ》の鎖《くさり》舐《な》む　山口誓子

鑑賞　熊《くま》の前大《まえおお》きな父《ちち》でありたしよ　横溝養三

動物園に飼われている巨大な熊を前にしての述懐であろうか。父は誰もみな子から畏敬の念をもって仰がれることを望んでいる。父権が年々失われてゆく風潮の中で、「大きな父でありたし」と願うのは作者一人に限るまい。

冬《とう》　眠《みん》

解説　冬季寒冷の期間中、ある種の動物は食物もとらず運動もやめて不活発な状態になる。これを冬眠という。体温が外気の温度に左右される変温動物の蛇《へび》・蜥蜴《とかげ》・蛙《かえる》・亀《かめ》などは完全な冬眠に入り、地中や水底で一冬を過ごす。蝙蝠《こうもり》・針鼠《はりねずみ》などの哺乳類《ほにゅうるい》にも見られる。栗鼠《りす》・熊《くま》などは冬ごもりで、擬似冬眠ともいわれ、ときどき目を覚まして食物をとったりする。いずれも秋に大量の脂肪分をたくわえ、少しずつ消費しながら冬を過ごす。

地震《じしん》来て冬眠《とうみん》の森《もり》ゆり覚《さ》ます　西東　三鬼
冬眠《とうみん》の土中《どちゅう》の虫《むし》につながり寝《ね》る　大野　林火
金色《こんじき》の蛇《へび》の冬眠《とうみん》心《こころ》足《た》る　加藤　楸邨
冬眠《とうみん》の蝮《まむし》のほかは寝息《ねいき》なし　金子　兜太
南無帰命《なむきみょう》　冬眠《とうみん》の亀《かめ》もくちなはも　上村　占魚
草《くさ》の根《ね》の蛇《へび》の眠《ねむ》りにとどきけり　桂　信子

鑑賞
獰猛《どうもう》と記《しる》され鰐《わに》の冬眠《とうみん》す　山口波津女

獰猛は荒くたけだけしいの意である。鰐は爬虫類に属するので、冬季には体温が下がって活動できなくなり冬眠する。「獰猛」と書かれた標示をぶら下げて冬眠し続ける鰐の姿が、いかにもこっけいである。

狩《かり》

猟解禁《りょうかいきん》　狩猟《しゅりょう》　猟犬《りょうけん》　猪狩《ししがり》　鹿狩《ししがり》

解説　山野に入って鳥・獣などを捕獲することを狩猟という。職業となっている猟と、スポーツ猟とがある。狩が冬季になっているのは、秋から冬にかけて渡り鳥が来る、留鳥（地鳥）の雛《ひな》も成長する、鹿《しか》・猪《いのしし》が餌《え》をあさって人里近く現れることで冬季が好適とされているからであろう。現在、狩猟法があって捕獲の禁じられている鳥獣と、乱獲防止で猟期を決められている。猟期はほぼ十一月十五日から翌年三月十五日とされている。冬枯れの山中では、雉《きじ》・山鳥《やまどり》・雁《かり》・小綬鶏《こじゅけい》・鶫《つぐみ》などの鳥類、穴熊《あなぐま》・鼬《いたち》・

狐《きつね》・狸《たぬき》・鹿・猪・貂《てん》・むささび・栗鼠《りす》などが主である。沼地・河川・湖・海べりでは、鴨《かも》・水鶏《くいな》・鷭《ばん》・鴫《しぎ》などが主である。山野深く分け入る猟、水べりの枯れ葦《あし》の中を歩く猟や舟を出しての猟といろいろある。また熊や猪などは大勢の勢子《せこ》（獣を追い出す人夫）を使っての大がかりな猟や、兎網《うさぎあみ》を仕掛けて兎を追いこむ猟とさまざまで、猟銃《りょうじゅう》を使ったり、猟犬・網・罠《わな》などを使用した猟と幅広い。昔は狩といえば、**鷹狩**《たかがり》（ならした鷹に捕獲させる）であったが、現在では宮内庁にその方法が保存されているにすぎない。猟に関することばはすべて冬の季語と考えてよい。なお、冬の夜専門猟師が一人で犬を連れて、山中に獣猟に出掛けるのを**夜興引**《やこひき》という。主に毛皮を取る目的であった。

たちざまにぬくみはらへり狩《かり》の犬《いぬ》　原　裕

勢子《せこ》の手《て》も縄《なわ》もまつすぐ犬《いぬ》はやる　田畑　比古

行《ゆ》きずりの銃身《じゅうしん》の艶《つや》猟夫《りょうふ》の眼《め》　鷲谷七菜子

一湾《いちわん》をたあんと開《ひら》く猟銃音《りょうじゅうおん》　山口　誓子

ひかり来《き》しは猟銃音《りょうじゅうおん》のあとの鳩《はと》　石川　桂郎

【鑑賞】猟男《さつお》のあと寒気《かんき》と殺気《さつき》ともに過《す》ぐ　森　澄雄

冬の山中ですれ違った猟師。肩にかけた銃身の冷たい光、絶えず周囲に細心の注意を払う冷静さ。獣よりも人が恐ろしく感じられる。人間が通り過ぎるというより、寒さと殺気がすりぬけていったようにも思える。

笹《ささ》鳴《なき》　笹子《ささご》鳴《な》く

【解説】俳句ではその年に生まれた鶯《うぐいす》の幼鳥を笹子（鶯子《ささご》）という。晩春から夏まで山中で繁殖した鶯は、秋から冬にかけて親子でえさを求めて平地に下りてくる。藪《やぶ》や木の枝を移りながらチャッチャッと地鳴きをする。これを笹鳴きまたは笹子鳴くという。笹鳴きは笹子だけでなく親鶯も同じ鳴き方をする。人里近くの藪や人家の庭などでよく聞かれる。

笹鳴《ささなき》に清閑《せいかん》とのみ言《い》ひがたく　富安　風生
笹鳴《ささなき》や水《みず》のゆふぐれおのずから　日野　草城
笹鳴《ささなき》に逢《あ》ふさびしさも萱《かや》の原《はら》　加藤　楸邨
笹鳴《ささなき》に枝《えだ》のひかりのあつまりぬ　長谷川素逝
木《き》の影《かげ》も笹鳴《ささなき》も午後《ごご》人恋《ひとこい》し　石田　波郷
笹鳴《ささなき》の声《こえ》のみどりにさす日《ひ》かな　飯田　龍太

鑑賞
笹鳴《ささなき》や芝庭《しばにわ》にある乳母車《うばぐるま》　島村　元

芝庭に置かれてあるのは乳母車。枝移りして遊ぶ冬鶯が一羽。人物は誰ひとり見えないが、ここに登場する家族はおよそ見当がつく。明るいホームドラマの一場面を思わせる句で、笹鳴が効果の役目を果たしている。

都鳥《みやこどり》　百合鷗《ゆりかもめ》

解説　学名は百合鷗でカモメ科の冬鳥である。雅名の都鳥は『伊勢物語《いせものがたり》』の一節にある在《あり》原業平《わらのなりひら》の歌「名にし負はばいざ言問はん都鳥」によりいっそう有名になった。東京では隅田川《すみだがわ》の名物とされているが、皇居の外《そと》濠《ぼり》や東京湾・多摩川《たまがわ》などにも群れ集まっている。翼は淡灰色で他は白色、嘴《くちばし》と脚が赤いのでよく目につく。千鳥の仲間に同名の鳥がいるので気をつけたい。

塩《しお》にしてもいざことづてん都鳥《みやこどり》　芭蕉
昔男《むかしおとこ》ありけりわれ等《ら》都鳥《みやこどり》　富安　風生
都鳥《みやこどり》船《ふね》には船《ふね》の一家族《いちかぞく》　山谷　春潮
都鳥《みやこどり》とらへし波《なみ》に浮《うか》びけり　中村　汀女
都鳥狂女《みやこどりきょうじょ》のあはれ今《いま》もあり　池内友次郎
百合鷗《ゆりかもめ》よりあはうみの雫《しずく》せり　対中いずみ

鑑賞　ももいろの雲《くも》あれば染《そ》み都鳥《みやこどり》　山口　青邨

名も姿もともに美しい水鳥である。その都鳥がおりからのあかね雲に羽を染め、薄桃色の衣装をまとって舞っている姿であろうか。川面に浮いているようにもとれるが「雲あれば染み」の措辞から、雲の浮く空に舞う姿と解したい。

冬《ふゆ》の海《うみ》　冬《ふゆ》の浜《はま》

解説　冬の海は北国と南国とではかなり異なったようすを見せる。南国の海は晴天が多く、風こそ寒く波が荒いけれども、潮の色も紺青《こんじょう》に濃く美しく、明るさもある。鷗《かもめ》などの鳥も飛び交うし、出漁船も見られる。しかし一方北国の海こそ、冬の海というにふさわしい。暗く荒涼として、雪雲が重く垂れこめている。悪天候の日が多いので、吹雪となることも多い。波は荒々しいし、風はすべてを凍《い》てつかせようと襲いかかる。船は浜に引き揚げられており、家々の周囲は風よけの垣をめぐらし、人々はひたすら閉じこもって春を待つ。すさまじいのが冬の海の姿である。**冬《ふゆ》の波《なみ》・冬《ふゆ》の潮《しお》。**

ひとり帰《かえ》すうしろに夜《よる》の冬《ふゆ》の海《うみ》　篠田悌二郎
鷺《さぎ》とんで白《しろ》を彩《いろ》とす冬《ふゆ》の海《うみ》　山口　誓子
磯山《いそやま》はかもめのねぐら冬《ふゆ》の海《うみ》　島村　茂雄
やあといふ朝日《あさひ》へおうと冬《ふゆ》の海《うみ》　矢島　渚男
一望《いちぼう》の冬海《ふゆうみ》金粉《きんぷん》打ちたしや　中村草田男
冬《ふゆ》の波《なみ》冬《ふゆ》の波止場《はとば》に来《き》て返《かえ》す　加藤　郁乎

鑑賞　冬海《ふゆうみ》の水中《すいちゅう》海女《あま》の髪《かみ》ひらく　古屋　秀雄

寒い凍てつくような冬の海、そこへもぐってゆく海女。その髪が水中にひらいた。即物的に見えたままを、「髪ひらく」といっているだけであるが、痛々しいほどの美がそこにあって、一瞬息をのむような感動がある。冬の海だからこそである。

河《ふ》豚《ぐ》　ふく　ふくと　ふぐと

解説　河豚の種類は多いが、食用にされるものは真河豚・虎河豚《とらふぐ》などである。河豚料理の本場といわれる下関《しものせき》では、虎河豚が使われている。河豚の肝臓と卵巣にはテトロドトキシンと呼ばれる毒素が含まれており、とくに産卵期のころはもっとも毒性が強いので菜種河豚《なたねふぐ》と呼ばれ敬遠された。現在は、調理の試験を行ったうえで認可を与えているため、危険が少なくなった。肉は美味で、刺し身・ちり・汁物にして賞味される。鰭《ひれ》を強い火で焦がし熱燗《あつかん》の清酒を注いで飲む鰭酒は通人に喜ばれている。ふくと・ふぐとは古名である。外敵にあうと腹をふくらませて怒るところから、ふくれる魚としてふくといわれたという。関西や九州方面では濁点をつけず、ふくと呼ぶ。

ふぐ食《く》うてわかるゝ人《ひと》の孤影《こえい》かな　飯田　蛇笏
鰒《ふぐ》食うて夜《よ》の影《かげ》わかつ風《かぜ》の中《なか》　西島　麦南
先《ま》づ煮立《にた》つふぐのしらこを箸《はし》にせよ　角川　源義
河豚《ふぐ》食うて仏陀《ぶつだ》の巨体見《きょたいみ》にゆかん　飯田　龍太
箱河豚《はこふぐ》の鰭《ひれ》は東西南北《とうざいなんぼく》に　森田　峠
玄海《げんかい》の浪間《なみま》に釣《つ》れる河豚《ふぐと》かな　野村　喜舟

鑑賞　河豚《ふぐ》食ひしその翌《あく》る日《ひ》も剃《そ》らぬ髭《ひげ》　榎本冬一郎

河豚は「鉄砲」という名で呼ばれるほど、食べればよくあたったものである。作者も前夜は大いに河豚を賞味したのであるが、なんとなく気がかりでならない。不安な気持ちが「翌る日も剃らぬ髭」によく表れている。

河豚汁《ふぐじる》　ふぐと汁《じる》

解説　河豚の身を入れた味噌汁《みそしる》のこと。河豚の身を幾度も水洗いして切り、塩を加えた酒につけておき、薄味の味噌汁に入れる。河豚は内臓の毒と、淡泊な美味を併せ持ったもので、中毒死を恐れながらも通人に愛好され、安価なところから庶民に喜ばれるものであった。芭蕉も「ふく汁《じる》や鯛《たい》もあるのに無分別《むふんべつ》」と句を作り、「あら何《なん》ともなやきのふは過《す》ぎてふくと汁《じる》」といって魅力ある河豚に惹《ひ》かれてスリルを味わっている。河豚鍋《ふぐなべ》を、関西では「てっちり」というが、河豚のことを食べると毒にあたって死ぬところから「鉄砲」と称しているので、その名がある。鯨汁《くじらじる》・狸汁《たぬきじる》などもあり、いずれも暖を取る冬の食べ物である。

あら何《なん》ともなやきのふは過《す》ぎてふくと汁《じる》　芭蕉

逢《あ》はぬ恋思《こいおもい》切夜《きるよ》やふぐと汁《じる》　蕪村
ふぐと汁《じる》ひとり喰《くら》ふに是非《ぜひ》はなし　白雄
河豚汁《ふぐじる》や今宵《こよい》は乳《ちち》も濃《こ》くあらむ　赤松蕙子
伝法《でんぼう》となりゆく宴《えん》やふぐと汁《じる》　小坂順子
河豚鍋《ふぐなべ》や酒《さけ》も名《な》ざしのなじみ客《きやく》　片山鶏頭子

鑑賞　唇《くち》の端《は》の痺《しび》れて足《た》りぬ河豚汁《ふぐとじる》　関谷嘶風

毒をすべて取り除いた河豚でも、決して箸をつけない人もいる。一命を賭す危険もあるのに、食通は毒をわずかに利かせてくれと調理人に注文する。唇のあたりにしびれを感じる程度が、たまらなく魅力のあるものらしい。

鮟鱇《あんこう》(あんかう)　琵琶魚《びわぎよ》

解説　海底二〇〇メートルくらいの岩礁や泥砂にすむ深海魚である。昼間は海底に沈んで静止し、ほとんど泳ぐことがない。頭上にある背鰭《せびれ》の刺《とげ》が触手に変わっていて、小魚を誘って捕食する。夜は海面近くまで浮上してえさをとる。扁平《へんぺい》な体の大部分は頭で、口が広く、歯が鋭いのが特徴である。冬季には、わりあい浅い所へ移ってくるので底引き網などで獲る。見かけによらず冬季は美味で、**鮟鱇鍋**《あんこうなべ》などにして賞味する。背骨もなく柔らかいので、切るときは吊《つ》るしておいて切る。これを鮟鱇の吊るし切りという。漢名を華臍魚《かせいぎょ》・老婆魚《ろうばぎょ》・綏魚《じゅぎょ》などと呼ぶ。琵琶魚は形から付けられた名であろう。

鮟鱇《あんこう》の愚《ぐ》にして咎《とが》めなかりけり　村上　鬼城
鮟鱇《あんこう》もわが身《み》の業《ごう》も煮《に》ゆるかな　久保田万太郎
とめどなき大鮟鱇《おおあんこう》の涎《よだれ》かな　岡田　耿陽
身《み》を削《そ》がれゆく鮟鱇《あんこう》の眼《め》ありけり　牧野　寥々
罪科《つみとが》もなき鮟鱇《あんこう》の吊《つる》し切《き》り　三橋　敏雄
吊《つる》されし鮟鱇何《あんこうなに》か着《き》せてやれ　鈴木　鷹夫

鑑賞　鮟鱇《あんこう》の骨《ほね》まで凍《い》ててぶちきらる　加藤　楸邨
楸邨《しゅうそん》の代表句の一つである。「ぶちきらる」がなんとも哀れで痛ましい。骨の髄まで凍てついた鮟鱇は、あのぐにゃぐにゃの鮟鱇とは似もつかぬ姿となりはて、無残な最後を遂げるのである。作者の病臥起伏時期の作品である。

鱈《たら》

真鱈《まだら》　すけとう鱈《だら》　鱈場《たらば》　鱈船《たらぶね》
鱈網《たらあみ》

解説　わが国で産する鱈には、真鱈とすけとう鱈がある。別名を大口魚といわれるほど口が大きく、貪食《どんしょく》で、魚介類をむさぼり食うため、胸の部分がふくらんでいる。真鱈に比べて、すけとう鱈は体が細長い。わが国で市販されているものは、ほとんどすけとう鱈である。別名を明太魚《めんたいぎょ》または明太といい、朝鮮の東海岸に多い。日本海沿岸のうちでは、富山・新潟方面で多く獲れる。鱈漁の最盛期は、十二月から三月の厳冬期で、鱈場《たらば》は鱈船《たらぶね》でにぎわう。延縄《はえなわ》や刺し網・底引き網などの鱈網《たらあみ》を張って漁獲する。冬は鱈ちりや鱈汁にして食するが、干し鱈や塩鱈・棒鱈などにするほか、肝臓から肝油を採る。卵巣を塩漬けにしたものは鱈《た》子《こ》・紅葉子《もみじご》・明太子《めんたいこ》と呼ばれて珍重されている。

薄月《うすづき》の鱈《たら》の真《ま》白《しろ》や椀《わん》の中《なか》　松根東洋城
鱈《たら》うまき季節《きせつ》の越《こし》の海鳴《うみな》れる　橋本　花風
こぼれたる鱈《たら》は足蹴《あしげ》にされ凍《い》てぬ　小池　次陶
品書《しながき》の鱈《たら》といふ字《じ》のうつくしや　片山由美子
能越《のうえつ》の山《やま》わかちなき鱈場《たらば》かな　大橋越央子
鱈舟《たらぶね》のつひに帰《かえ》らぬ怒濤《どとう》満つ　竹内　活水

鑑賞
灯《ひ》に寄《よ》りて食《く》ふべく鱈《たら》を人《ひと》も買《か》ふや　細見　綾子

安価で寒い夜の鍋物として愛される鱈である。作者は自分が買おうとしている鱈を他の人も買っていることに親近感を覚える。「灯に寄りて食ふべく」の措辞が、鱈鍋を囲む景にもっともふさわしく、心のぬくもる思いがする。

乾《から》鮭《ざけ》　干鮭《からざけ》

解説　塩が十分に使えない時代、北海道・青森・秋田など鮭の多く獲れるところでは、貯蔵のために、鮭の内臓を取り除いて、塩を振らずに干すことで処理した。それが乾鮭である。燻製《くんせい》に似て美味なものができていた。芭蕉も「富貴は肌肉《きにく》を喰《く》らひ、丈夫は菜根を喫す、予は乏《まず》し。」と題して、「雪《ゆき》の朝独《あしたひと》り干鮭《からざけ》を噛得《かみえ》たり」の句を作っている。現在のように高価ではなく、貧乏人の食べ物であったことがわかる。最近、鮭はほとんど塩を用いて処理されて、**塩鮭**《しおざけ》（新巻《あらまき》・塩引《しおびき》）になっているが、野趣に富んだ昔の味が失われているのは惜しい。

乾鮭《からざけ》をたたいてくわんと鳴《な》らしけり　村上　鬼城
乾鮭《からざけ》にはじめての刃《は》をあてんとす　福田　蓼汀
乾鮭《からざけ》の片身《かたみ》削《そ》がれて煤《すす》けけり　水内　鬼灯
乾鮭《からざけ》の処刑《しょけい》の縄《なわ》を口《くち》に尾《お》に　井沢　正江
乾鮭《からざけ》を叩《たた》けば棒《ぼう》の音《ね》すなり　棚山　波朗
乾鮭《からざけ》の下顎《したあご》強《つよ》くもの言《い》へり　嶋田　麻紀

鑑賞　乾鮭《からざけ》の開《あ》けたる口《くち》に言《げん》ありや　和田　暖泡

鮭の口の大きいこと。決して面相がよいとはいえないが、もの解りのよい老人のような風貌がある。乾鮭はぶらさげられて、身を削がれながら食べられてゆく。半ば開きかげんの鮭の口は、なにかもの申すようにも見えて哀れだ。

海鼠《なまこ》

海鼠舟《なまこぶね》　海鼠突《なまこつき》　酢海鼠《すなまこ》

解説　「本朝には神代よりすでにこれあり」と『和漢三才図会《わかんさんさいずえ》』に記されている海鼠であるが、不気味な棘皮《きょくひ》動物の一つである。食用とされるのは真海鼠で、体色により金海鼠《きんこ》・赤海鼠《あかこ》・黒海鼠《くろこ》・虎海鼠《とらこ》に分類される。浅海にすみ、体形は円頭状でやや扁平《へんぺい》。口のまわりに多くの触手があり、これで泥をかき集め、微生物を食する。冬季はとくに美味とされ、網を用いたり、小形の海鼠舟を傾け、箱眼鏡《はこめがね》などでのぞきながらヤスで突いて獲る。これを海鼠突という。酢海鼠にして食べるほか、煮上げて干したものを中華料理に用いる。これを海参《いりこ》という。腸を塩辛《しおから》にしたものを**海鼠腸**《このわた》といい、酒客に珍重される。日本海沿岸で多く獲れる。

いきながら一《ひと》つに氷《こお》る海鼠《なまこ》かな　芭蕉

尾頭《おかしら》のこゝろもとなき海鼠《なまこ》かな　去来
憂《う》きことを海月《くらげ》に語《かた》る海鼠《なまこ》かな　召波
海鼠《なまこ》喰《く》ふ歯《は》のおとろへを妻《つま》も言《い》ふ　西島麦南
心萎《こころな》えしとき箸《はし》逃ぐる海鼠《なまこ》かな　石田波郷
海鼠切《なまこき》りもとの形《かたち》に寄《よ》せてある　小原啄葉

鑑賞 古妻《ふるづま》や馴《な》れて海鼠《なまこ》を膳《ぜん》に上《の》ぼす　嶋田青峰

膳に上った海鼠を見て、作者はふと若き日の妻の姿を思い出す。あのころは、海鼠に触れることさえできなかった妻が、いつのまにかなれた手つきで料《りょう》るようになったなあと思う。老妻に対する愛情が明るく詠われている。

牡《か》蠣《き》

解説 二枚貝であるが、蛤《はまぐり》や浅蜊《あさり》と異なって片側の殻が平らになっている。また、幼虫が石や木につくと自由に運動することができない。塩の弱い海岸の石垣や岩礁に付着しているので手鉤《てかぎ》で取る。これを牡蠣打《かきうち》という。現在は各地の牡蠣田や牡蠣棚で養殖されている。とくに、松島湾・伊勢湾《いせわん》・的《まと》矢湾《やわん》・広島湾・瀬戸内海・有明海・浜名湖などが主産地である。肉はグリコーゲンを含み、冬季はことに美味である。生牡蠣にレモン汁をかけて食べるほか、酢牡蠣・牡《か》蠣《き》鍋《なべ》・フライ・牡蠣飯など、調理法もいろいろある。五月から八月にかけては産卵期で味も劣る。中毒はこれとは関係なく、汚染や腐敗が原因といわれている。欧米ではRのつかぬ月を禁食とする習慣がある。

牡蠣《かき》がらや磯《いそ》に久《ひさ》しき岩一《いわひと》つ　河東碧梧桐
日輪《にちりん》は筏《いかだ》にそゝぎ牡蠣《かき》育《そだ》つ　嶋田青峰
松島《まつしま》の松《まつ》に雪《ゆき》ふり牡蠣《かき》育《そだ》つ　山口青邨
牡蠣《かき》そだつ静《しず》かに剛《つよ》き湾《わん》の月《つき》　柴田白葉女
冷《つめ》たさをもて滑《なめ》らかに酢牡蠣《すがき》かな　松根東洋城

酢《す》牡蠣《かき》喰《た》べけむりのごとき雨《あめ》に遭《あ》ふ　吉田　鴻司

鑑賞 牡蠣《かき》の酢《す》に和解《わかい》の心《こころ》曇《くも》るなり　石田　波郷

いったんは和解しようと心に決めた相手は、妻であろうか、友人であろうか。長い間の確執が胸に一抹のかげりを落としている。のど元をすべり落ちていく牡蠣の感触と、作者の心理面の屈折とが「心曇る」の語に隠微にこもっている。

綿虫《わたむし》　大綿《おおわた》　雪螢《ゆきぼたる》　雪婆《ゆきばんば》

解説 あぶら虫（ありまき）の一種で、白い綿のようなもので身を包んで飛ぶ微小な虫である。綿虫または大綿と呼ぶ。風のない静かな日に雪が舞うように空中を飛ぶ。雪のくるころに舞うので、北国ではこれを雪虫と呼ぶ。しかし、雪虫というのは蚊《か》に似た別の種であるので混同せぬようにしたい。綿虫を雪螢とか雪婆という地方もある。

綿虫《わたむし》やむらさき澄《す》める仔牛《こうし》の眼《め》　水原秋桜子
いつも来《く》る綿虫《わたむし》のころ深大寺《じんだいじ》　石田　波郷
綿虫《わたむし》を見失《みうしな》ひまた何《なに》失《うしな》ふ　林　翔
綿虫飛《わたむしと》ぶ古《ふる》い映画《えいが》の色《いろ》でとぶ　岡本　眸
喪《も》の列《れつ》の深息《ふかいき》が呼《よ》ぶ綿虫《わたむし》か　橋本　榮治
大綿《おおわた》は手《て》に捕《と》りやすしとれば死《し》す　橋本多佳子

鑑賞 綿虫《わたむし》の瑠璃《るり》とどまれる指《ゆび》の先《さき》　沢木　欣一

雪とまがうように、ふわふわと宙に舞う綿虫。雪螢の名が似つかわしいほど幻想的に浮遊する。この句、作者の指の先端に止まった綿虫が瑠璃色であることに目をみはる。暮色の中で見た綿虫であろうか。

冬《ふゆ》の蜂《はち》　冬蜂《ふゆばち》　凍蜂《いてばち》

解説 蜂は夏から秋にかけて交尾をし、雄は死に、雌だけが生き残って越冬する。初冬のころ飛んでいる蜂は動きがにぶく、夏の日の元気さは見られない。日だまりの土や石の上をよろめきながら歩いたり、じっとして動かずにいる姿は哀れである。冬籠《ふゆごも》りを終えた雌は、初春のころ一匹だけで巣を作り、卵を産む。蜜蜂《みつばち》だけは雌雄そろって冬を過ごす。

冬《ふゆ》の蜂勢《はちきお》ひを玻璃《はり》にとりもどし　阿部みどり女

冬《ふゆ》の蜂《はち》おさへ掃《は》きたる箒《ほうき》かな　高野　素十

冬《ふゆ》の蜂脚長《はちあしなが》く垂《た》れ陽《ひ》に酔《よ》へり　内藤　吐天

ふたたび見《み》ず柩《ひつぎ》の上《うえ》の冬《ふゆ》の蜂《はち》　山田みづえ

冬《ふゆ》蜂《ばち》の死《し》と闘《たたか》へる巌《いわ》の上《うえ》　野見山朱鳥

冬蜂《ふゆばち》の創《きず》つく騎士《きし》のごとく這《は》ふ　岡部六弥太

鑑賞　冬蜂《ふゆばち》の死《し》にどころなく歩《ある》きけり　村上　鬼城

鬼城の代表句の一つ。耳聾《じろう》と極度の貧困とに苦しんだ作者の自画像ともいえよう。蜂の生命が作者自身と一体になり、写生力の確かさを示す。数え年五十一歳のときの句で、老残のわが身に対する哀憐の情につながっている。

冬籠《ふゆごもり》

解説　雪の多い地方では、冬構え・冬用意をして戸外へ出なくても暮らせるようにして、家に籠って冬を過ごすことを冬籠という。老人が囲炉裡《いろり》などに当たり、世間を疎《うと》んじている隠世的な雰囲気を想像させるが、それだけではない。比較的暖かい地方でも冬の間の外出は少ない。その程度の軽い意味でも用いる場合もある。元来は、『万葉集』にも「冬籠《ふゆごもりはる》　春さりくれば」とあるように、春の枕詞《まくらことば》として用いられているが、冬の草木が活動を停止している期間を表現して、次にくる芽を「発《は》る」という「春」の枕詞になったのである。自然を詠んだ古典のことばが、俳句に受け入れられて人事に扱われてできあがった季語である。

冬籠《ふゆごも》りまたよりそはん此《この》はしら　芭蕉
薪《まき》をわるいもうと一人《ひとり》冬籠《ふゆごもり》　正岡子規
死《し》んでゆくものうらやまし冬《ふゆ》ごもり　久保田万太郎
夢《ゆめ》に舞《ま》ふ能《のう》美《うつく》しや冬籠《ふゆごもり》　松本たかし
背《せ》に触《ふ》れて妻《つま》が通《とお》りぬ冬籠《ふゆごもり》　石田波郷
象《ぞう》を呑《の》む蛇《へび》の話《はなし》や冬籠《ふゆごもり》　高野ムツオ

鑑賞　アトリエへ人《ひと》を入《い》れずに冬籠《ふゆごもり》　小西須麻

冬は人が訪ねてくることも少ない。それを幸いに、日当たりのよい画室に籠ったまま絵を描き続ける。それを冬籠と自認しているのだ。「人を入れず」は人を拒否しているのではない。冬籠の境地を楽しむことばであろう。

炭《すみ》

解説　木炭のこと。燃焼の際に煙の出ないところから、昔は日常の生活の火力にだいじな役目を果たして、家庭の暖房にはことに欠かせないものであった。最近は、ガス・石油などが火力の主力になって、各家庭からは炭俵《すみだわら》もまったく姿を消してしまった。火鉢に真っ赤におこった炭火に当たることも遠い昔のことになっているが、現在でも一部の料亭や茶の湯の炉《ろ》に用いられている。炭火《すみび》・埋火《うずみび》・消炭《けしずみ》・炭斗《すみとり》・炭売《すみうり》・炭焼《すみやき》と冬季の季語には炭に関係したものが多く扱われていることでも、昔の生活が炭に負っている部分が多かったことが知られる。樹種・製法・用途によって種類は多い。家庭用のものは、黒炭と白炭、硬炭と軟炭に分け、また雑丸《ぞうまる》・雑割《ぞうわり》・楢丸《ならまる》・楢割《ならわり》・楓丸《かえでまる》など樹種によっての呼び名もある。茶の湯で使うものに枝炭《えだずみ》・花炭《はなずみ》などがある。

更《ふ》くる夜《よ》や炭《すみ》もて炭《すみ》を砕《くだ》く音《おと》　蓼　太
学問《がくもん》のさびしさに堪《た》へ炭《すみ》をつぐ　山口　誓子
粉炭《こなずみ》のよく起《お》きてゐる灰《はい》の中《なか》　星野　立子
木曾《きそ》のなあ木曾《きそ》の炭馬並《すみうまなら》び糞《ま》る　金子　兜太
しづけさに加《くわ》はる跳《は》ねてゐし炭《すみ》も　鷹羽　狩行
炭《すみ》よけれ手摑《てづか》みなるが尚《なお》よけれ　宇多喜代子

鑑賞　なが性《さが》の炭《すみ》うつくしくならべつぐ　長谷川素逝

炭をつぎたしているのだ。その炭の並べ方にも、人の性格が表れるものだ。美しく、きちょうめんに並べられた炭に、妻の誠実な人柄がにじみ出ている。その妻をいとおしむように見ている作者の眼が伝わってくる。

炭《た》団《どん》

解説　粉炭《こなずみ》・屑炭《くずずみ》を粉末にして藁灰《わらばい》・布海苔《ふのり》（接着用）を混ぜて練り固め、ボール大の団子状にして乾燥させたもの。昔は、薪炭商が、路傍に並べ干しているのを見かけたものである。火持ちがよく、炬燵《こたつ》・行火《あんか》の火に多く利用されていた。似たものに豆炭《まめたん》があるが、材料は石炭屑で作られているので、火力は炭団よりも強く、煮炊《にた》きや工業用などに利用されていた。炭団・豆炭ともに最近は見かけなくなったが、炭団のほのぼのとした保温力は冬の夜には欠かせないものであった。

炭団法師《たどんほうし》火《ひ》桶《おけ》の窓《まど》から窺《のぞ》けり　蕪　村
片側《かたがわ》はまだくらやみの炭団《たどん》かな　赤木　格堂
炭団法師《たどんほうし》潜《ひそ》むやと灰《はい》かきにけり　大須賀乙字
詩仙堂道《しせんどうみち》に干《ほ》さるゝ炭団《たどん》かな　小杉　余子
昼《ひる》からの日《ひ》ざしに乾《かわ》くたどんかな　荻野忠治郎
美《うつく》しき月夜《つきよ》の屋根《やね》に炭団干《たどんほ》す　菖蒲　あや

鑑賞　寄《よ》り合《お》うて焔《ほのお》上《あ》げゐる炭団哉《たどんかな》　青木　月斗

炭団の火がさかんにおきているさまを詠ったもの。黒くて丸い姿が親しまれて、炭団法師などと呼ばれている。「寄り合うて」は炭団を擬人化して扱い、肩を寄せあって仲良く焔をあげていると見てとったのである。

炭《すみ》焼《やき》　炭焼小屋《すみやきごや》

解説　木炭を作ること、または作る人を指す。多くは山間の谷間をのぞむ所に**炭竈**《すみがま》があり、粗末な番小屋がある。木を蒸し焼きにして木炭を作るのだが、一回に五昼夜から七昼夜はかかる。焼け具合を煙の色で見分け、次の材料の調達をしたりするので、寝泊まりしなければならない。夏のころから炭焼きに入るが、農閑期の冬がもっとも多い。農家の自家用、副業・専業とあったが、最近は需要も少なくなり炭焼きは減少した。それでも、まれに冬の山間に入ると澄んだ空に炭焼きの紫煙が立ち上るのを見かける。できあがった炭を運び下ろすのに、**炭負**《すみおい》**女**《め》・**炭車**《すみぐるま》・**炭馬**《すみうま》などと表現した風俗も今では見かけなくなった。日本の製炭法は進んでいて、ふつうは土で竈を築き、その中に炭材を詰めこみ火をつける。炭材に火が回り炭化して赤熱したところで土竈を密閉して、火を消してやる。それが不完全燃焼と揮発分を取り除く作用をして、炭ができあがる。これを黒炭・土竈炭《どがまずみ》という。他に土と石で竈を築き、さらに高熱で処理するものがあり、それは白炭《しろずみ》・石竈炭《いしがまずみ》といわれる。

炭竈《すみがま》に手負《ておい》の猪《しし》の倒《たお》れけり　凡兆

炭《すみ》を焼《や》く長《なが》き煙《けむり》の元《もと》にあり　中村草田男

炭焼《すみやき》が軍手《ぐんて》を山《やま》と買《か》ひて来《き》し　皆川盤水

炭竈《すみがま》の火《ひ》を蔵《ぞう》したる静《しず》かかな　松本たかし

炭負《すみおい》の地《ち》を摑《つか》まねば立《た》ちあがれず　増田達治

鑑賞　どかと腰据《こしす》ゑて一生炭《いっしょうすみ》を焼《や》く　本宮　鼎三
山間の炭小屋で働くことは、一般には想像の及ばない生活があろう。世間と隔絶した厳しさを見てとったが、堂々と自信をもって一生炭を焼き続ける。世俗にはまったく無関心のように……。開き直りの姿勢にも見えるのだが。

焚《たき》火《び》　朝焚火《あさたきび》　夕焚火《ゆうたきび》　夜焚火《よたきび》

解説　暖を取るため戸外で火を焚《た》くことをいう。屋外で働く人は朝焚火を囲んで一日が始まり、夕焚火をして仕事が終わるといってもよい。寺社などの落葉焚《おちばたき》や、各家庭では燃えるものを集めて処理する焚火であったり、また魚屋などが店頭で威勢よく火を焚いて景気づけたり、また野や畑などに煙をあげている遠景の焚火など句材になることが多い。焼き芋を作る子供たちの集まりになったり、近隣の人々の立ち話の場所となる焚火は、冬の火の持つ魅力からであろう。朝焚火・夕焚火・夜焚火には時間的な表現と同時に、火の色の違いも表現されていると考えるべきであろう。

焚火《たきび》かなし消《き》えむとすれば育《そだ》てられ　高浜　虚子
とつぷりと後《うしろ》暮れゐし焚火《たきび》かな　松本たかし
焚火番《たきびばん》ほとほとねむくなりにけり　石橋辰之助
湖《みずうみ》に焚火《たきび》を捨《す》てて去《さ》りにけり　上野　泰
焚火《たきび》して戻《もど》るや遠《とお》く来《き》しおもひ　上田五千石
軍港《ぐんこう》をあぶり出《だ》したる焚火《たきび》かな　中村　和弘

鑑賞　嫁《とつ》ぐ子《こ》の焚火《たきび》に投《な》げしものや何《なに》　高本　時子
庭へ出てきた娘は、焚火の中へなにかを投げ捨てた。そして、その物が燃え尽きるまで、じっと見つめている姿に、もうすぐ結婚する娘が、なにか秘密めいたものを消却して、忘れ去ろうとしているふうにも見えるのだった。

榾《ほだ》

榾火《ほだび》　榾明《ほだあかり》　榾《ほだ》の宿《やど》　榾《ほだ》の主《ぬし》
榾《ほだ》の家《いえ》

解説　囲炉裡《いろり》などに用いる焚《た》きものをいう。掘り起こした木の根株や、割れない木塊のようなものを指す。「ほだ」とは火立《ほたて》からきた読みで、その読みも字もいかにもふさわしい。火力も強く、火持ちもよいので何日も炉の中で火を絶やさない。夜眠るときは灰をかぶせて埋火《うずみび》にして置き、翌日灰を取り除いて燃え続けさせたりする。榾が俳句の季語になっているのは、山村の冬の生活を端的に表現して風趣があるからであろう。榾を焚いてくれる人を榾の主、またその家を榾の家と呼ぶのは、謡曲「鉢《はち》の木《き》」にも通じる親しみをこめてのことばであろう。

いちはやく燃《も》えてかひなし榾《ほだ》の蔦《つた》　白　雄
火《ひ》燃《も》えねば淋《さび》しと榾《ほだ》の主《あるじ》振り　名和三幹竹
大榾《おおほだ》をかへせば裏《うら》は一面火《いちめんひ》　高野　素十
榾《ほだ》足《た》して夜《よる》はやさしき髭《ひげ》の父《ちち》　木附沢麦青
連想《れんそう》の深《ふか》み深《ふか》みへ榾《ほだ》を足《た》す　能村　研三
化《ばけ》さうな茶釜《ちゃがま》もあるや榾《ほだ》の宿《やど》　尾崎　紅葉

鑑賞　大榾《おおほだ》の骨《ほね》ものこさず焚《た》かれけり　斎藤　空華
炉にどっかと座っていた大きな榾、何日もくすぶりながらもとうとう燃え尽きた。「骨ものこさず」は跡形をまったく残さずということを表現したが、こぶだらけの榾には、がんこそうな燃えない骨があるようにも思えての連想であろう。

囲炉裏《いろり》（ゐろり）

炉明《ろあかり》

解説　農家では大きい炉を切り開いて、薪《まき》や榾《ほだ》（木の根株などを乾燥させたもの）などを焚《た》き、煮炊《にた》きや暖房のために使用している。本来、炉とは茶の湯の炉を指していうが、現在では囲炉裏のこともいう。したがって、古俳諧《こはいかい》では炉といえば茶の湯の炉であることを注意されたい。煤《すす》けた天井から自在鉤《じざいかぎ》が下がり、煮炊きする鍋《なべ》がかかり、炉火《ろび》を囲んでの食事や団欒《だんらん》のつどいは、冬の農家の生活の中心となる場所である。炉辺の語らいに、昔話・土地の風習、あるいは今日の話題など、次の世代へ受け継がれてゆく自然な姿がある。炬燵《こたつ》も囲炉裏もそのような役目も果たしているといえる。

大原女《おはらめ》の足投《あしな》げ出《だ》して囲炉裏《いろり》かな　召　波

百年《ひやくねん》の煤《すす》もはかずに囲炉裏かな　高浜　虚子

犬《いぬ》の顔《かお》なでつゝ炉《ろ》辺閑話《へんかんわ》かな　野村　泊月

炉《ろ》のあるじ耳《みみ》うとくして聞《き》きたがる　河野　静雲

いちにちのたつのがおそい炉《ろ》をかこむ　長谷川素逝

大《おお》き炉《ろ》に招《まね》かれて子《こ》のかしこまる　大串　章

悲《かな》しみに喜《よろこ》びに寄《よ》る大炉《たいろ》かな　山本作治朗

鑑賞　燃えさかる火を囲んでは、悲しみを語りあい、喜びごとにつどう大炉は、その家のすべてのことを知っている。家族の団欒の場であり、家庭の中心の場なのだが、悲と喜を対照的に扱って大炉の存在を象徴したのだ。

暖《だん》房《ぼう》（だんばう）

暖炉《だんろ》　ストーブ　スチーム　ヒーター

解説　室内を温めることをいう。暖炉・ストーブなどのように直接その装置を指していう場合もあるが、暖房の場合は、温められている場所を指すと思えばよい。したがって、ビル全館・家庭の一室・電車・自動車などとその場所はさまざまである。その装置も、スチーム・電熱・温風・温水であったりして場所によって異なったものが用いられる。

煖《だん》房《ぼう》や株主《かぶぬし》集《つど》ふ椅子《いす》を置《お》く　山口　誓子
暖房《だんぼう》にくもるメロンの銀《ぎん》の匙《さじ》　岩城のり子
ゆるやかに海《うみ》がとまりぬ暖房車《だんぼうしゃ》　加藤　楸邨
身《み》ひとつの旅《たび》すぐ睡《ねむ》く暖房車《だんぼうしゃ》　菖蒲　あや
とうろりと睡魔《すいま》盛《も》らるる暖房車《だんぼうしゃ》　松尾　隆信
スチームにともに凭《よ》るひと母《はは》に似《に》し　石田　波郷

鑑賞　煖房《だんぼう》のぬくもりをもち鍵一房《かぎひとふさ》　有馬　朗人

外出から戻ってきた手に受けた鍵の一房に、ぬくもりがあった。金属の冷えを感じさせない驚きがあった。鍵の一房を通じて、煖房のよくきいた室内を想像させ、外気との温度差を示したものである。ぬくぬくと温まっている鍵とはおもしろい。

炬《こ》燵《たつ》　切炬燵《きりごたつ》　置炬燵《おきごたつ》

解説　日本独特の座る生活様式が生んだ暖房装置である。部屋の中に炉《ろ》をきって、上部が格子《こうし》になった櫓《やぐら》を掛け、その上に蒲団《ふとん》を覆って暖を取るのを切炬燵（掘り炬燵）という。また櫓の底の部分に板を張り、火容《ひいれ》を置いて、持ち運び移動のできるものを置炬燵という。炭・炭団《たどん》・豆炭などの火を用いた。最近は電気炬燵が普及しているが、冬の夜の家族の団欒《だんらん》、食事などは炬燵をよりどころにつどう楽しい場所を作ってくれる。老人や子供たちがいっしょになって心の通いあう場所であったり、請じ入れられた客もしぜんと打ち解ける雰囲気も持っている。昔は陰暦十月の亥《い》の日を「炉開《ろびらき》」と称して、その日から炬燵を出す風習があった。

住《すみ》つかぬ旅《たび》のこゝろや置火燵《おきごたつ》　芭　蕉
句《く》を玉《たま》と暖《あたた》めてをる炬燵《こたつ》かな　高浜　虚子
横顔《よこがお》を炬燵《こたつ》にのせて日本《にほん》の母《はは》　中村草田男
炬燵《こたつ》より跳《と》ぶ吾子《あこ》全身《ぜんしん》にて受《う》ける　沢木　欣一
切札《きりふだ》のひらりと出《で》たる炬燵《こたつ》かな　津川絵理子
姨捨《うばすて》の深雪《みゆき》の底《そこ》の炬燵婆《こたつばば》　藤岡　筑邨

鑑賞 夜《よ》の炬燵《こたつ》いつも母《はは》ゐて入《い》りやすし　増田　達治

母のそばにいることとの親しさに、つい炬燵に寄ることをいったもの。年少のころから、夜の炬燵には常に、縫い物・つくろい物をしながらいる母のイメージがある。いくつになってもその懐かしさ・親しさに接すると心はくつろぐのだ。

湯《たん》婆《ぽ》　湯《ゆ》たんぽ

解説 陶器・金属・良質のゴムでこしらえた亀甲型《きっこうがた》の容器に、熱湯をいれて保温に使うもの。主に寝床を温めるもので、ねこ行火《あんか》のように火を用いないので、老人や幼児のために重宝がられている。最近は、電熱保温器などが普及して、湯婆も物置きの奥にしまわれたままになっている。やがて、容器を見ただけでは、なにに利用されたのかわからないまでになってしまうだろう。寒い朝、まだ温かさの残っている湯婆の湯を洗顔に用いたことも懐かしい。中国語では湯婆子と書き、音はタンポである。

先《ま》づよしと足《あし》でおし出《だ》すたんぽかな　一　茶
寂寞《じゃくまく》と湯婆《たんぽ》に足《あし》をそろへけり　渡辺　水巴
湯婆《ゆたんぽ》や忘《ぼう》じて遠《とお》き医師《いし》の業《わざ》　水原秋桜子
ねる前《まえ》に湯《ゆ》たんぽ抱《いだ》き母《はは》まろし　能村登四郎
湯婆《ゆたんぽ》の冷《さ》めてしまひし重《おも》さかな　中原　道夫
ゆたんぽのぶりきのなみのあはれかな　小澤　實

鑑賞 湯《ゆ》たんぽについて寝《ね》にくる子供《こども》かな　笹原　耕春

独りで寝るのがまだ寂しい子。お母さんといっしょにと駄々をこねる。湯婆のぬくみに、安心して眠りなさいと教えこんだのだろうか。それが習慣になったように、湯婆を母がこしらえると、その後について床に就くのだ。

湯《ゆ》ざめ

解説 冬の入浴後は体があたたまっているので、少しぐらいの寒気にも平気でいられる。その油断から急にぞくぞくと寒けを感じることになる。それが湯ざめである。風邪をひく原因になるので注意したい。冬は就寝前の入浴がよい。せっかくあたたまった体が冷えて寒さを覚えるのはもったいない。日本人の生活感覚の微妙さを示している季語であろう。入浴が体を洗う行為だけではなく、休息のため、体をあたためることが習慣とされているからであろう。

化粧《けは》ふれば女《をんな》は湯《ゆ》ざめ知《し》らぬなり　竹下しづの女
星空《ほしぞら》のうつくしかりし湯《ゆ》ざめかな　松村　蒼石
漁火《いさりび》の見《み》ゆる一《ひ》ト間《ま》に湯《ゆ》ざめかな　池内たけし
湯《ゆ》ざめの顔《かお》薄倖《はっこう》にしてうつくしき　石原　舟月
わが部屋《へや》に湯《ゆ》ざめせし身《み》の灯《ひ》をともす　中村　汀女
湯《ゆ》ざめして遥《はる》かなるものはるかなり　藤田　湘子

鑑賞 湯《ゆ》ざめしてなほ書《か》きつづけゐる手紙《てがみ》　岩崎　照子

この手紙の内容が知りたくなる句である。湯上がりに書き出したが、次々に知らせたいことがわいてくる。湯ざめしても、なおひたすらに書き続けていく、せつせつと訴える調子の文面になってきていることも知られる。

風《か》邪《ぜ》

感冒《かんぼう》　流感《りゅうかん》

解説 冬はたいていの人が軽微な風邪をひく。

感冒ともいって、その症状も鼻汁が出、発熱・咳《せき》・痰《たん》・頭痛・咽喉《のど》の痛みなどとさまざまである。寒冷のために呼吸器の一部あるいは全部に障害を起こした状態のことで、鼻風邪から肺炎の重症に至るまで幅広く、あなどれない。体質的アレルギーによるものと、病原菌ビールスによるものとがある。流行性感冒（インフルエンザ）は伝染性が強く、毎年、いろいろの型のインフルエンザに悩まされて、街頭にマスクした人を見かけたり、学校・学級閉鎖《へいさ》などが報道される。大正初期のスペイン風邪は全世界に広がって、死亡者を大量に出したこともある。治療法も、症状を軽くするだけで、直接的治療の方法はまだ見つかっていない。症状の軽いうちに十分に睡眠・休養をとるのが最良とされている。

風邪《かぜ》の児《こ》の餅《もち》のごとくに頬《ほお》ゆたか　飯田　蛇笏

風邪《かぜ》の身《み》を夜《よ》の往診《おうしん》に引《ひ》きおこす　相馬　遷子

風邪《かぜ》気味《ぎみ》といふ曖昧《あいまい》の中《なか》にをり　能村登四郎

風邪《かぜ》に寝《ね》て母《はは》の足《あし》おと母《はは》のこゑ　馬場移公子

年寄《としより》は風邪《かぜ》引《ひ》き易《やす》し引《ひ》けば死《し》す　草間　時彦

迷惑《めいわく》をかけまいと呑《の》む風邪《かぜ》薬《ぐすり》　岡本　眸

鑑賞 風邪《かぜ》十日《とおか》世《よ》の速力《そくりょく》を感《かん》じをり　油布　五線

風邪をこじらせて十日も寝こんでしまった。その間も世間は歩み続けるのだ。病床にあって遠ざかった空白感から「速力を感じをり」として、世間の進み方がいっそう速力を速めだしていくという焦燥感にもなって表現している。

蒲《ふ》団《とん》

布団《ふとん》　干蒲団《ほしぶとん》　掛蒲団《かけぶとん》　敷蒲団《しきぶとん》
掻巻《かいまき》

解説 掛蒲団・敷蒲団・掻巻（綿入れの大きな着物）の類の総称で、衾《ふすま》・夜具のこと。

四季を問わず用いるが、とくに防寒用としてかかわりが深いので、**蒲団干す**《ふとんほ》などとともに冬の季語に入れられている。蒲《がま》の葉で編んだ座禅などに用いる円座が、蒲団の本来の意味とされている。中身は綿がふつうだが、藁蒲団《わらぶとん》・羽蒲団《はねぶとん》などがある。用途によって、背蒲団《せなぶとん》・腰蒲団《こしぶとん》・肩蒲団《かたぶとん》などの名称がある。いずれも冬の寒さと関係が深い。冬晴れの日、各家庭が蒲団を干している風景には落ち着いた生活ぶりが感じられる。

蒲団《ふとん》着《き》て寝《ね》たる姿《すがた》や東山《ひがしやま》　嵐雪
我骨《わがほね》のゆるぶ音《おと》する布団《ふとん》かな　松瀬青々
蒲団干す《ふとんほ》一《いち》ベランダが一世帯《いちせたい》　古橋桂花
恐《おそ》ろしき夢《ゆめ》みし蒲団干《ふとんほ》しにけり　広瀬東華
蒲団《ふとん》ほす家《いえ》の暮《くら》しのみられけり　西島麦南
名山《めいざん》に正面《しょうめん》ありぬ干蒲団《ほしぶとん》　小川軽舟

鑑賞
寝《ね》かさなき母《はは》になられし蒲団《ふとん》かな　岡本松浜
高齢とともに、体力が衰え、体が小さくなるのはわかっていること。しかし、かさばって大きく見えるはずの蒲団の母の寝姿が、あまりにも小さく見えた驚きに、すっかり母の年老いた姿を見た思いがしたのだ。

襖《ふすま》　唐紙《からかみ》

解説　本来は襖障子といって奥の間を仕切る建具であった。「障子」とは室内の仕切り、窓・縁側などに立てる建具をいっていたが、白い和紙を貼《は》ったものを明障子《あかりしょうじ》、厚紙を貼ってあるものを唐紙障子《からかみしょうじ》と区別され、現在では障子・襖（唐紙）となっている。屏《びょう》風《ぶ》・畳《たたみ》と並んで日本家屋の代表的な家具で、四季を通じて用いられるが、襖・障子とも夏ははずされて、秋の終わりからふたたび部屋に立てられたときには、冬に向かう気分がするもので、寒気を防ぎ、部屋を仕切る意味でも冬の襖の役目は大きい。なお、障子《しょうじ》も採光と保温を兼ねた点で冬季の扱いをされている。襖の絵柄は、日本の伝統美術である障屏画《しょうへいが》の流れをくんで室内装飾の役目をしている。

聴《き》きすます霙《みぞれ》襖《ふすま》の奥《おく》の声《こえ》　加藤　楸邨
夕映《ゆうばえ》のしばらく倚《よ》るは冬襖《ふゆぶすま》　角川　源義
襖《ふすま》より洩《も》るる嗚咽《おえつ》の幼《おさ》な声《ごえ》　天休　翼
次《つぎ》の間《ま》へ襖《ふすま》の松《まつ》のつづきをり　奥坂　まや
古屏風《こびょうぶ》の剝落《はくらく》とどむべくもなし　松本たかし

鑑賞
襖《ふすま》閉め吾《わ》れにかへりぬ帯《おび》を解《と》く　曾我部ゆかり

自分の部屋に戻って襖を閉めた。やっと一人になった。そして、自分を律するようにきつく締めていた帯を解くことによっても、吾れにかえった気分になってゆくのである。

綿《わた》入《いれ》　布子《ぬのこ》　綿子《わたこ》　小袖《こそで》

解説　着物の表と裏地のあいだに綿を入れて縫い合わせて仕立てたもので、木綿の綿入れを布子、真綿《まわた》のものを綿子といっている。また絹布の綿入れは小袖と呼んでいる。最近は着物さえもあまり着用されなくなっていて、これらのたぐいも姿を消しつつある。しかし、寒い地方などでは愛用されていて、縕袍《どてら》や掻巻《かいまき》と並んで日本の冬の衣装では欠かせない。いかにも冬の深まりを覚えさせるものである。最近のキルティングウェアは、洋服の綿入れといってよい。

訴《うった》へを直《じか》に聴《きく》也《なり》節《ふし》布子《ぬのこ》　許　六
綿入《わたいれ》の肩《かた》あて尚《なお》も鄙《ひな》びたり　河東碧梧桐
日《ひ》あたつて来《き》ぬ綿入《わたいれ》の膝《ひざ》の上《うえ》　臼田　亜浪
綿入《わたいれ》の内側《うちがわ》よごれ婆《ばば》ねむる　中山　純子
綿入《わたい》れや腰《こし》より老《お》いのきざす母《はは》　黒坂紫陽子
布子《ぬのこ》著《き》て仏《ほとけ》仕《つか》へをたのしみに　岡崎莉花女

鑑賞 綿《わた》入《いれ》の絣《かすり》大《おお》きく遊《あそ》びけり　金尾梅の門

風に吹かれて、刈田に出て遊ぶ子たちを遠景でとらえている。「大きく遊びけり」には綿入の模様の大きさと、遊ぶ動き、走ったり跳ねたりのようすを二重にして表現している。絣の柄の大きさで、ひなびた感じも示された。

毛《け》皮《がわ》（けがは）

解説 毛のついたままなめした獣皮の防寒具。襟巻《えりまき》・外套《がいとう》に用いられたり、敷物にしたりする。歴史は古く、『古事記』『万葉集』にも黒貂《くろてん》・鹿《しか》などの毛皮の名が出ている。衣装の原始の姿であろう。豹《ひょう》・貂・銀狐《ぎんぎつね》は高級品で、ミンク、チンチラなど輸入コートは、軽くて保温にも優れ、見た目の豪華さの点でも、女性を魅了している。毛皮は、女性ファッションから、山間生活者まで利用されていて、それぞれ優雅であったり、野性的であったり趣は違う。皮だけを用いたものは裘《かわごろも》（毛衣《けごろも》）・革《かわ》ジャンパーと称してやはり冬季に入れられている。

青《あお》き眼《め》のさびしき毛皮売《けがわうり》に逢《あ》ふ　中村若沙
包装《ほうそう》の中《なか》に毛《け》皮《がわ》の柔《やわら》かし　右城暮石
客去《きゃくさ》りしもとの毛皮《けがわ》に並《なら》べ置《お》く　中村汀女
毛皮夫人《けがわふじん》にその子《こ》の教師《きょうし》として会《あ》へり　能村登四郎
母《はは》のにほひせり毛皮《けがわ》の夫人前《ふじんまえ》に立《た》ち　田川飛旅子
ウインドの毛皮嘯《けがわうそぶ》くものとして　竹中弘明

鑑賞 野《の》に逢《あ》ひて聖者《せいじゃ》のごとし毛皮人《けがわびと》　井沢正江

野で行きあった毛皮を着た人。それは猟師であろうか。世間とかかわりがないという、無感動にも思える表情にふと恐れを抱く。しかし、すれちがったとき、その澄んだ眼に作者の恐れは消えた。近寄りがたい野性の中にある純朴さは神に近い。

着《き》ぶくれ

重《かさ》ね着《ぎ》　厚着《あつぎ》

解説　冬は寒気を防ぐため、誰もよけいに着物を重ねて着る。それを厚着とも重ね着ともいい、体がふくれて見えるのを着ぶくれという。年寄りの厚着はいかにもふさわしいものだが、若い人の着ぶくれは様《さま》にならないし、情けない感じがする。しかし、寒気の厳しい地方の人の着ぶくれた姿には、寒さに抗する生活者の実感がある。

着《き》ぶくれしわが生涯《しようがい》に到《いた》り着《つ》く　後藤　夜半
心《こころ》まで着《き》ぶくれをるが厭《いと》はるる　相生垣瓜人
着《き》ぶくれて齢《よわい》傾《かたむ》く思《おも》ひかな　村山　古郷
着《き》ぶくれて浴後子《よくごこ》の頬破《ほおやぶ》れさう　黒古　フク
着《き》ぶくれてビラ一片《いつぺん》も受《う》け取《と》らず　髙柳　克弘

鑑賞　馬跳《うまとび》や厚着《あつぎ》を知《し》らぬ路地《ろじ》の子《こ》ら　古賀まり子
空見《そらみ》るが仕事着《しごとき》ぶくれ塩田夫《えんでんふ》　草村　素子
塩田に働く人は、天候に左右される。それは潮を干す太陽が欲しいからだ。しぜんに空を見ることが習慣になる。冬の日照の短さから、なお晴れを待つことになる。着ぶくれて空を見上げているのは、願望の姿でもある。

冬《ふゆ》帽《ぼう》（ふゆぼう）

冬帽子《ふゆぼうし》

解説　冬にかぶる帽子。夏は日よけに、冬は防寒にと用いることが多いので、夏帽子《なつぼうし》・冬帽子《ふゆぼうし》で季語に入れられてある。最近、生地・色彩・型などに季節の移ろいを感じさせる帽子をかぶっている人を見かけると装飾用の性質が強くなっているようである。**防寒帽《ぼうかんぼう》**・**毛帽子《けぼうし》**も広い意味で冬帽ではあるが、別に扱った方がよい。冬帽に人生を見いだすような詠み方がされて以来、近代的季語の一つになったのであろう。明治・大正のころ、外套《がいとう》もソフト帽も黒系統のものが、都会の紳士の冬の姿であったことも懐かしい。

冬帽《ふゆぼう》の十年《とせ》にして猶属吏《なおぞくり》なり　正岡　子規
冬帽《ふゆぼう》を脱《ぬ》ぐや蒼茫《そうぼう》たる夜空《よぞら》　加藤　楸邨
何《なに》求《と》めて冬帽行《ふゆぼうゆ》くや切通《きりどお》し　角川　源義
癆咳《ろうぜき》の頬美《ほほうつく》しや冬帽子《ふゆぼうし》　芥川龍之介
別《わか》れ路《じ》や虚実《きょじつ》かたみに冬帽子《ふゆぼうし》　石塚　友二
くらがりに歳月《さいげつ》を負《お》ふ冬帽子《ふゆぼうし》　石原　八束

鑑賞 父在《ちちあ》りぬ冬帽壁《ふゆぼうかべ》にあるかぎり　片桐てい女
玄関に入ると、すぐ目につくのは父の黒いソフト。「ああ、父は帰っているな」と帽子で父の所在がわかる。すっかり分身になってしまっている帽子がこの壁にかかっている間、父はこの世にいるのだ。

マスク

解説 鼻・口を覆うために、ガーゼを折り畳んで、両耳に紐《ひも》でかけるようにしたもの。風邪《かぜ》の予防や、風邪の人が冷たい外気に触れないためにするものである。マスクをかけた人が目につきだすと、流感の時期が来たと思わされる。大正初期のスペイン風邪の流行から普及したものである。季節に関係なく用いる人もいるが、風邪は冬季が多いので、冬の季語となっている。マスクをかけた人を見ると、風邪をおしての憂鬱《ゆううつ》さや、うっとうしさが伝わってくるようである。

遠《とお》くよりマスクを外《はず》す笑《え》みはれやか　富安　風生
居眠《いねむ》れる乙女《おとめ》マスクに安《やす》んじて　京極　杞陽
マスクして北風《きたかぜ》を目《め》にうけてゆく　篠原　梵
マスクして隠《かく》さふべしや身《み》の疲《つかれ》　林　翔

マスクしてをる人《ひと》の眼《め》を読《よ》みにけり　上野　泰
投薬口《とうやくぐち》あけてマスクがものを言《い》ふ　岩崎　健一

鑑賞
マスクとつて話《はな》しの筋《すじ》を通《とお》しけり　増田　湖秋
風邪に悩まされ、うっとうしい気分で臨んだ対話も、誤解や、意思の疎通がうまく運ばない。なんとか説得したい。話の道筋を明確に伝えるために、ついにはマスクをはずし、風邪も忘れて高潮している姿が目に浮かぶ。

襟《えり》巻《まき》　首巻《くびまき》　マフラー

解説　首に巻きつけて寒さを防ぐもの。毛織物・毛皮・絹・綿布と素材も多種で、また酷寒用から暖冬用、服飾用とさまざまである。豪華な狐《きつね》の毛皮の襟巻、生活感のある手編み毛糸とその趣も違う。婦人の絹の薄《うす》地《じ》スカーフは、真四角のものを二つ折りにして首に巻いたり、頭を包むようにして用いられるアクセサリー風のものである。最近は襟巻よりもマフラーと呼ばれて親しまれている。ショールは和服用の肩掛《かたかけ》として区別している。

襟《えり》巻《まき》の狐《きつね》の顔《かお》は別《べつ》にあり　高浜　虚子
襟《えり》巻《まき》の中《なか》からのぞく野《の》の夕日《ゆうひ》　前田　普羅
伯林《ベルリン》の時《とき》の襟《えり》巻《まき》いまは派手《はで》　山口　青邨
襟《えり》巻《まき》の狐《きつね》くるりと手《て》なづけし　中原　道夫
マフラーに星《ほし》の匂《にお》ひをつけて来《き》し　小川　軽舟

鑑賞
風《かぜ》の子《こ》となるマフラーの吹流《ふきなが》し　上田五千石
「子供は風の子」、寒い風の日も子供は戸外で遊ぶ。遊びには、寒い風にも負けない魅力があるからだ。強い風に吹かれて、マフラーを吹流しのようになびかせながら、子供たちは遊び続けている。

手《て》袋《ぶくろ》　革手袋《かわてぶくろ》　手套《しゆとう》

解説　冬季、防寒保温のために手の指を覆うもの。手套とも呼ばれて、毛糸編・布製・革製とある。五指がそれぞれ独立しているものがふつうで、親指が独立して他の指はいっしょになっているミトンは、子供用に多い。寒さによっては内部に毛皮のついたもの、屋外労働用の毛皮つきの大きなものなど、それぞれ趣が違う。俳句では脱いだ手袋を擬人化して詠む方法が意外に多い。

手《て》袋《ぶくろ》の左《ひだり》許《ばか》りになりにける　正岡　子規

手《て》袋《ぶくろ》をはめ終《お》わりたる指《ゆび》動《うご》く　高浜　虚子

手《て》袋《ぶくろ》の十本《じゆつぽん》の指《ゆび》を深《ふか》く組《く》めり　山口　誓子

手《て》袋《ぶくろ》に五指《ごし》を分《わか》ちて意《い》を決《けつ》す　桂　信子

遠《とお》い夜景《やけい》へ手袋《てぶくろ》咥《くわ》へぬぐ青年《せいねん》　藤田　湘子

ふかふかの手《て》袋《ぶくろ》が持《も》つ通信簿《つうしんぼ》　井上　康明

鑑賞　海《うみ》に浮《う》く手《て》袋《ぶくろ》何《なに》を摑《つか》みしぞ　福田　蓼汀

手袋に限らず、帽子・靴などが捨てられてあるのを見ると、無残さに襲われる。それらは、人間の分身のように思えるからだ。海に浮かんだ手袋は、一体どんな人の手に、そしてどのような人生をつかんだのかを連想させる。

外《がい》套《とう》(ぐわいたう)　オーバー

解説　冬の防寒着の一。外出などの際に洋服の上に着るもので、オーバーともいう。厚手の保温性のよい生地で仕立てられてある。洋服輸入とともに、明治中期以後の新しい季語である。冬の季節と外套の結びつきに、人生を託し、境涯を示した俳句が非常に多いことも特徴であろう。外套・スプリングコート・雨着、すべてコートであるが、俳句の場合、**コート**といえば、婦人が和服の上に防寒着としてまとうものを指すことになっていたが、最近は着物用と限らず男女のコートを詠んだ句が多くなっている。男性の着物用のコートは二重廻《にじゆうまわ》し・マントである。

外套《がいとう》の裏《うら》は緋《ひ》なりき明治《めいじ》の雪《ゆき》　山口　青邨
聖十字《せいじゆうじ》かこむ黒外套《くろがいとう》四人《よにん》　大野　林火
外套《がいとう》の襟立《えりた》てて世《よ》に容《い》れられず　加藤　楸邨
外套《がいとう》のなかの生《な》ま身《み》が水《みず》をのむ　桂　信子
兵《へい》たりし父外套《ちちがいとう》を残《のこ》しけり　榎本　好宏
脱《ぬ》ぎ捨《す》てし外套《がいとう》の肩《かた》なほ怒《いか》り　福永　耕二

鑑賞 なほ壁《かべ》に外套《がいとう》疲《つか》れし姿《すがた》なす　岸田　稚魚

脱いで掛けてある外套は、帰ってきたときの疲れをまだとどめているようだ。あらためて自分自身の一日の疲れを思い知らせるようだ。古くなった外套は、私のすべてを知っている。人生で、今が一番苦しいときかもしれない。

懐手《ふところで》

解説 冬、和服の場合、袂《たもと》や胸もとにしぜんと手をしのびこませることがある。手の冷えを防ぐことよりも、寒さをいやがる行為や、無精者のすることとして見てくれのよいものではない。洋装の場合は、ポケットに手を突っこんでいるのが懐手にあたるが、やはり、和服の持つ季節感が働いた季語として受け取るべきである。

水鳥《みずとり》やマントの中《なか》のふところ手《で》　原　石鼎
ふところ手《で》こころ見《み》られしごとほどく　中村　汀女
蓬々《ほうほう》と隙間《すきま》だらけの懐手《ふところで》　野見山朱鳥
ふところ手入日《でいりひ》の赤《あか》さきはまれり　川上　梨屋
懐手人《ふところでひと》に見《み》られて歩《ある》き出《だ》す　香西　照雄
糶《せり》はじまるまでや女《おんな》も懐手《ふところで》　松崎鉄之介

鑑賞　決断《けつだん》をしてしばらくの懐手《ふところで》　福永　耕二

ある出来事に、優柔不断な態度であった自分にも、いよいよ立場を明らかにするべき時が来た。懐手などしていられないときだが、決断を下したあと、その結果を想定しながら、しばらくは懐手のままにいるのだ。

日向《ひなた》ぼこ

日向《ひなた》ぼこり　日向《ひなた》ぼっこ
日向《ひなた》ぼっこう

解説　冬の日向で、日光浴を兼ねて身体を暖めるのは気持ちがよい。心の中まで、暖められるようである。場所は、野原・土手下・縁側・路傍・ビルの屋上と風のない日《ひ》溜《だま》りならどんな所でもよい。病人や老人に限らず、会社の休憩時間の若い人や、路上に車座になった労働者たちの風景など、句材にはこと欠かない。日向ぼこの俳句の内容に生活の活動感がないのは否めない。むしろ逃避的な内容が多いのは、日向ぼこの行為に前向き（行動的）の姿勢がないからであろう。

うとうとと生死《せいし》の外《そと》や日向《ひなた》ぼこ　村上　鬼城
いくたびも日《ひ》を失《うしな》ひぬ日向《ひなた》ぼこ　後藤　夜半
ふところに手紙《てがみ》かくして日向《ひなた》ぼこ　鈴木真砂女
うしろにも眼《め》がある教師《きょうし》日向《ひなた》ぼこ　森田　峠
日向《ひなた》ぼこ不意《ふい》に悲《かな》しくなりて起《た》つ　岡本　眸

鑑賞　日向《ひなた》ぼこ婆動《ばばうご》かねば影焦《かげこ》げる　水口　郁子

日当たりのよい縁側の日向ぼこ。「影焦げる」に、じっと動かない婆の姿と、冬の日ざしが濃い影を作る特徴をとらえている。しかし、婆自身そのものが焦げてしまうほどに、十分に日を浴びている情景も思い浮かべたい。

毛《け》糸《いと》編《あ》む

解説　毛糸を編むのは、冬に限ったことではないが、できあがったその手触りの感じは冬にふさわしい。そろそろ寒くなるころ、冬物の用意に毛糸で編まれるのは、セーター・襟巻・手袋・靴下の類であろう。最近は編み機が家庭に普及してきたが、やはり手編みの方が趣深い。寸暇を惜しんで、電車の中や、縁側・炉辺《ろべ》・炬燵《こたつ》などで休みなく編み棒を操る女性の姿を見ると深まる冬と心の優しさが伝わってくるようだ。

ルノアルの女《おんな》に毛糸編《けいとあ》ませたし　阿波野青畝
毛糸編《けいとあ》み来世《らいせ》も夫《つま》にかく編《あ》まん　山口波津女
膝《ひざ》の上《うえ》が女《おんな》の世界《せかい》毛糸編《けいとあ》む　伊丹三樹彦
ある期待《きたい》真白《ましろ》き毛糸《けいと》編《あ》み継《つ》ぐは　菖蒲　あや
友《とも》だちがなく教室《きょうしつ》に毛糸編《けいとあ》む　大星たかし
編棒《あみぼう》をさせばおちつく毛糸玉《けいとだま》　栗生　純夫

鑑賞　毛糸編《けいとあ》む午後《ごご》の日《ひ》ざしが海《うみ》の帆《ほ》に　吉川　ヒデ

海の見える部屋での編み物。できあがるのを楽しみに、時を忘れて編み続けた。沖の白い帆は、すでに午後の日ざしを浴びて浮かんでいる。時間の経過が示されているが、平穏な、落ち着いた生活をも沖の白い帆に象徴的に表している。

藁仕事《わらしごと》

縄綯《なわな》う　筵織《むしろお》る

解説　冬の農閑期、農家は冬籠《ふゆごも》りの間に新藁《しんわら》を利用した製品を作る藁仕事に精を出す。俵・草履・藁沓《わらぐつ》・縄・筵・畚《もっこ》・蓑《みの》などを作る。日当たりのよい庭先や、荒天の日は土間で、藁砧《わらきぬた》で、藁束を叩《たた》き、藁を柔らかくして、そして編み上げていく姿は、いかにも農村の冬にふさわしい作業である。しだいに藁製品が姿を消しつつある今日では、藁仕事などもあまり見かけなくなってしまった。

山墓《やまはか》の夕日《ゆうひ》まぶしむ藁仕事《わらしごと》　河野　南畦
藁仕事《わらしごと》なくなりし父手《ちちて》が老《お》ゆる　内館　暁青
百尋《ひゃくひろ》といふ蛸壺《たこつぼ》の縄《なわ》を綯《な》ふ　森田　峠
人立《ひとた》ちて暗《くら》き戸口《とぐち》や縄《なわ》をなふ　関谷　涼雨
いちまいの莚《むしろ》にすぎぬ莚《むしろ》織《お》る　成田　千空
藁打《わらう》つ音《おと》はじまる雪《ゆき》はまだやまず　大野　林火

鑑賞
映画《えいが》よりもどりて藁《わら》を打《う》つ気《き》なく　田村　了咲

久しぶりに町へ映画を見に出掛けた。暗い夜道を長い時間かけて帰ってきたが、心の高ぶりは消えない。主人公になった思いで、次から次と映画の場面が浮かぶ。今夜は藁を打つなどつまらない現実には戻りたくないのだ。

紙《かみ》漉《すき》

紙漉場《かみすきば》

解説　ここでいう紙漉は、和紙が手作業で作り上げられる全工程をいう。植物の楮《こうぞ》・雁《がん》皮《ぴ》・三椏《みつまた》などの皮を剝《は》いで、蒸して乾燥させたものを、水に漬けて晒《さら》し、煮つめる。それをふたたび水に晒す。この繰り返しは不純物を取り去るためである。純白な紙を得るには、川晒しといって、さらに清流で二昼夜漬け漂白する。それを叩《たた》いて液状になった繊維を紙漉器《かみこしき》（簀《す》の子《こ》状の器）ですくう。それを貼《は》り板の上に広げて、天日で乾燥をする。紙漉が冬になっているのは、農家の副業として冬の農閑期に行われたことにもよるが、材料の腐敗しにくいことや、寒いときの水によって良質の紙ができるからである。寒さと清流の水が必要とされる作業は、冬の厳しい仕事である。漉く作業は女性が従事して**紙漉女**《かみすきめ》と呼ばれ、紙を干すなど複雑な工程は男性が受け持つ。**楮蒸**《こうぞむ》

す・三椏《みつまた》の皮剝《かわは》ぐなども季語となっている。

をちこちに夜《よ》紙漉《かみすき》とて灯《とも》るのみ　阿波野青畝
紙漉《かみす》きのこの婆死《ばばし》ねば一人減《ひとりへ》る　大野　林火
いくたびも水《みず》に皺《しわ》よせ紙《かみ》を漉《す》く　野崎ゆり香
漉《す》く紙《かみ》のまだ紙《かみ》でなく水《みず》でなく　正木ゆう子
紙漉女《かみすきめ》冬《ふゆ》百日《ひゃくにち》の手炉《しゅろ》ひとつ　石田　波郷
干紙《ほしがみ》に雪《ゆき》の白《しろ》さの乗《の》り移《うつ》れ　津田　清子

鑑賞 日々《ひび》水《みず》に顔《かお》をさらして紙漉女《かみすきめ》　直江るみ子

紙を漉く最後の工程。毎日、水に対面し、水をすくいあげるのだ。真冬の厳しい寒気の中で、着ぶくれた女たちはひたすらに水をすくい続ける。「顔をさらして」は顔を水に向けての意だが、顔が晒される意も含まれよう。

一茶忌《いっさき》

解説 陰暦十一月十九日、俳人小林一茶の忌日である。文政十年（一八二七）、郷里信州柏原《かしわばら》で、住家がその年火災にあったため焼け残りの土蔵の中で、中風発作のため没した。六十五歳だった。墓は柏原にある。三歳で生母を失い、八歳で迎えた継母と折り合いが悪く、早くから江戸へ出て俳諧《はいかい》を学び、父の没後、異母弟と遺産分けの争いをし、やっと郷里に帰り、五十二歳で妻を迎えたが、相次ぐ妻子の死など、不遇な一生であった。その庶民的な作風は、多くの人に敬愛されており、郷里では一茶忌が現在でも盛大に修されている。

一茶忌《いっさき》や大月夜《おおづきよ》とはよくもいひし　高浜　虚子
貧《ひん》すれば鈍《どん》の一茶《いっさ》の忌《き》なりけり　久保田万太郎
一茶忌《いっさき》や口《くち》やかましき人《ひと》ばかり　瀧井　孝作
一茶忌《いっさき》や雪《ゆき》とつぷりと夜《よる》の沼《ぬま》　角川　源義
一茶忌《いっさき》の雀《すずめ》四五羽《しごわ》のむつまじき　清水　基吉
一茶忌《いっさき》や我《われ》も母《はは》なく育《そだ》ちたる　上村　占魚

鑑賞
俳諧寺《はいかいじ》一茶忌《いっさき》あなたまかせかな　増田　龍雨

一茶の有名な句に、「ともかくもあなた任せの年の暮」がある。「あなた」というのは阿弥陀仏のことである。その一茶の句をふまえて、一茶忌に、いっさいを阿弥陀仏にお任せするといったのである。

北《きた》風《かぜ》　北風《きた》　朔風《さくふう》　寒風《かんぷう》

解説　日本の風向きは、夏は南風で冬は北風である。大陸の寒冷な高気圧帯から吹いてくる北西の季節風であるが、俳句また文芸一般でもただ北風、北吹くといっている。単に「冬の風」とはあまりいわないが、「北風」という方が身を切るような冷たい響きがある。寒風とは、その寒い感じをいう季語で、寒中の風・寒の風ではない。

北風《きたかぜ》やかなしき楽《がく》の曲《きょく》馬団《ばだん》　福田　蓼汀
北風《きたかぜ》にたちむかふ身《み》をほそめけり　木下　夕爾
北風《きたかぜ》を来《き》て花店《はなみせ》の香《か》の中《なか》に　大津　希水
北風《きたかぜ》の一瞬《いっしゅん》ふかく鳴《な》り止《や》みて　有働　亨
北風《きたかぜ》に吹《ふ》かれて星《ほし》の散《ち》らばりぬ　今井杏太郎

鑑賞
北風荒《きたあ》るる夜《よ》のそら耳《みみ》に子泣《こな》くこゑ　森川　暁水

北風吹き荒れる夜、どこかの家から子の泣く声が聞こえたように思ったが、そら耳であった。子の泣く声というところが、市井生活の中に好んで句の題材を求めた作者にふさわしい。

空《から》つ風《かぜ》　空風《からかぜ》

解説　乾燥しきった冬の寒い風で、関東地方に多く、上州の空っ風は有名である。それは、日本海側に雪を降らした北西季節風が山脈を越えて表日本側には乾いて吹き降ろしてくるからである。

吾《わ》が手《て》もて癒《い》えし子《こ》さはに空《から》ッ風《かぜ》　川畑　火川
何《なに》もかも叩《たた》いてゐたる空《から》つ風《かぜ》　猿山　木魂
ばらの実《み》になほ吹《ふ》き止《や》まぬ空《から》つ風《かぜ》　金子　翠雨
うしろより別《わか》れの言葉《ことば》空《から》つ風《かぜ》　岩沢　宣子
空風《からかぜ》の道《みち》ゆくは野良人《のらびと》ばかり　太田　鴻村

鑑賞　から風《かぜ》の吹《ふ》きからしたる水田《みずた》かな　桃　隣

それこそ空風を名物にしている上州の光景にしたいような、田の面の眺めである。もう水田の潤いはすっかりなくなった上を風が行く。空風そのものの姿が描き出された。

虎落笛《もがりぶえ》

解説　虎落とは、竹を荒く編んで作った垣根のこと、または枝をつけたままの竹を並べた物干し、あるいは高く設けた紺屋の干し場のことで、こがらしがこれに突き当たると笛の音に似た鋭い風音を発するのでこの名がある。今ではもっと広く、垣や柵《さく》などを吹き鳴らす冬の風音に用いられる。

ことごとく妻子《さいし》のまこともがり笛《ぶえ》　石原　舟月
虎落笛子《もがりぶえこ》をとられたる獣《しし》のこゑ　山口波津女
樹《き》には樹《き》の哀《かな》しみのありもがり笛《ぶえ》　木下　夕爾
もがり笛風《ぶえかぜ》の又三郎《またさぶろう》やあーい　上田五千石

鑑賞　一汁《いちじゅう》一菜《いっさい》垣根《かきね》が奏《かな》づ虎落笛《もがりぶえ》　中村草田男

厳冬のゆうげか、一杯の汁と一種類のおかずだけで足らせる貧しい食事、太平洋戦争も終わりのころの耐乏生活をしのばせる。そんな生活を描き出しても「奏づ」といわれると、荘厳な音楽のように生き行く力がわいてくる。

霜《しも》

霜晴《しもばれ》　霜雫《しもしずく》　霜《しも》の声《こえ》

解説　よく晴れて風のない夜明けの地上一面うっすらと覆う霜の景は身の引き締まる思

いにさせる。大気中の水蒸気が昇華してできた針状・板状の微粒の氷である。秋の露と同じ原因でできるが、地表面が摂氏〇度以下になったため急に氷結したものである。霜晴の輝くような朝空、日が昇ると軒や木の枝より霜雫が落ちて音を立てる。置き忘れたものなどに霜が降りているのも風情がある。一方で、霜は植物の葉などを凍結損傷させるので農作物への霜害は深刻である。霜とは直接には関係ないが**霜焼**《しもやけ》は寒さによる皮膚の表面の損傷である。**霜柱**《しもばしら》も俗には霜の現象と見られるが霜とは関係ない。地中の水分が凍結して地表面を押し上げたもので、関東地方の赤土によくできる。

里人《さとびと》のわたり候《そうろ》ふか橋《はし》の霜《しも》　宗因

霜《しも》つよし蓮華《れんげ》とひらく八《やつ》ケ嶽《たけ》　前田普羅

月光《げっこう》をさだかに霜《しも》の降《ふ》りにけり　松村蒼石

死《し》や霜《しも》の六尺《ろくしやく》の土《つち》あれば足《た》る　加藤楸邨

霜来《しもく》ると流《なが》れ澄《す》むなり街《まち》の川《かわ》　石塚友二

霜掃《しもは》きし箒《ほうき》しばらくして倒《たお》る　能村登四郎

初《はつ》霜《しも》や墨《すみ》美《うつく》しき古《こ》今集《きんしゆう》　大嶽青児

鑑賞　初霜《はつしも》や飯《めし》の湯《ゆ》あまき朝日和《あさびより》　樗良

食後、飯のわんに湯を入れて飲むのであろうか。ほのかな温もりを手に伝えて甘いと賞味されたのであろう。初霜あって寒ささらに一歩という日だが、霜晴れのよい日和が今日の幸せを約束しているようである。

霜《しも》夜《よ》

解説　よく晴れて風もなく、深い霜の降りる夜をいう。夜更けの庭土や垣に早くもうっすらと白く光る霜を見る夜のことである。**冬《ふゆ》の夜《よる》・寒夜《かんや》**の重々しく厳しい感じも、霜夜はとくに寒さは厳しいがほんのり美しい趣もある。

霜《しも》の夜《よ》のかさなり行《ゆ》くや雁《かり》の声《こえ》　丈　草
我骨《わがほね》のふとんにさはる霜夜《しもよ》哉《かな》　蕪　村
つやつやと柳に霜《しも》の降《ふ》る夜《よ》かな　暁　台
一《ひと》いろも動《うご》くものなき霜夜《しもよ》かな　岡田　野水
霜夜子《しもよこ》は泣《な》く父母《ふぼ》よりはるかなるものを呼《よ》び　加藤　楸邨
ナホトカに帰《かえ》る霜夜《しもよ》の船《ふね》の銅鑼《どら》　福田甲子雄

鑑賞
ひとつづつ霜夜《しもよ》の星《ほし》のみがかれて　相馬　遷子
いよいよ冷えて霜降る夜のけはいは確かなのである。この冷えきって行く夜気の感じを、星のひとつずつがみがかれると作者は感じ取った。鋭敏な作者の感覚がよく現れている。

雪《ゆき》囲《がこい》（ゆきがこひ）　雪垣《ゆきがき》　雪構《ゆきがまえ》　雪除《ゆきよけ》

解説　北国では雪害から守るために、家や庭木に外囲いをする。その方法は、家の周囲に丸太を組み立て、葭簀《よしず》や筵《むしろ》を垂らして吹雪を直接受けないように、吹き溜《だま》りができないようにする。そのことを雪囲・雪垣という。その他、雨戸・屋根を修理したり、垣根を補強することもあろう。雪の被害防止の心遣いいっさいを含めてよい。毎年、豪雪地が受ける雪の被害は大きい。社寺の高い雪囲、鉄路に柵《さく》を設けている風景は北国でしか見られないものだが、風土の生活季語として特殊性がある。

雪囲《ゆきがこ》ひしてある内《うち》を出《い》でず住《す》む　池内たけし
雪《ゆき》がこひ牛《うし》の首出《くびで》て一鳴《ひとな》きす　加藤　楸邨
雪囲《ゆきがこい》したり一縷《いちる》の灯《ひ》も洩《も》らさず　菅原多つを
荒《あら》縄《なわ》を男結《おとこむす》びに雪囲《ゆきがこい》　棚山　波朗
冬囲《ふゆがこい》一《ひと》つはづして柩通《ひつぎとお》す　小原　樗才

鑑賞
雪垣《ゆきがき》の湯小屋《ゆごや》の子《こ》らのくれなゐに　皆吉　爽雨
温泉の出る村の共同浴場は高い雪垣に囲まれている。雪国の白い肌の子供たちも、温泉にほてって美しいくれない色に染まった。雪の色の硬質な白さと、柔らかい肌のくれない色が対照的な美しさを見せている。

雪《ゆき》吊《つり》

解説　庭木・果樹などが雪の重みで折れる雪折れを防ぐため、幹に添って支柱を立て、そこから各枝に針金・縄を八方に張り渡して力を補強してやることをいう。庭園の松の木が傘状に縄を張り巡らしているのは風情がある。金沢の兼六《けんろく》公園の雪吊は有名だが、東京などでも見かけることがある。東北の果樹園のものは、雪害の厳しさをまざまざと伝えてくれる。風雅なものもあれば、厳しい自然の姿を見せたり、雪吊の風情もいろいろである。

雪吊《ゆきつり》やゆらりと浮《う》きし鯉《こい》の顔《かお》　村山　古郷

雪吊《ゆきつり》の縄しゆるしゆると投《な》げられし　岸田　稚魚

しだれざくら雪吊《ゆきつ》りをして透《す》きにけり　草間　時彦

雪吊《ゆきつ》りの縄《なわ》の香《か》に憑《つ》く夕明《ゆうあか》り　飯田　龍太

雪吊《ゆきつり》を見《み》てゐて背《せ》丈伸《たけの》びにけり　山田みづえ

その下《した》を掃き雪吊《ゆきつり》の仕《し》上《あ》がりぬ　片山由美子

鑑賞　雪吊《ゆきつり》の縄《なわ》あまた切《き》れ弥彦《やひこ》晴《は》れ　中田みづほ

降り続いた大雪に、果樹の雪吊をした縄も切れてむなしく垂れ下がっている。雪の重みに耐えられなかったのだ。雪晴の朝、雪を踏み踏み果樹園を見回る。その被害も大きい。遠い弥彦山にもあんなに雪が降ったのだ。

霙《みぞれ》

解説　雪と雨とが同時に降る現象で、雪が解けて雨混じりになって降るものをいう。夜にかけて気温が下がると雪になり、日中には雨に変わっていく。じめじめしてわびしい。

ゆで汁《じる》のけぶる垣根《かきね》やみぞれふる　一　茶
鶏《にわとり》の軒場《のきば》追《お》はるるみぞれかな　富田　木歩
しばらくの霙《みぞれ》にぬれし林《はやし》かな　中村　汀女
みぞるるやかはす言葉《ことば》のうらおもて　花田　春兆
野《の》をわれを霙《みぞれ》うつなり打《う》たれゆく　藤沢　周平

鑑賞

淋《さび》しさの底《そこ》ぬけてふるみぞれかな　丈　草

霙降る淋しさをふつうの淋しさのさらに深くにある底知れぬものととらえている。人生の孤独感ともいいたいが、「底ぬけて」という軽い表現に、孤独の極みの明るさのような境地がうかがわれる。

水涸《みずか》る（みづかる）

川涸《かわか》る　沼涸《ぬまか》る　池涸《いけか》る
滝涸《たきか》る

解説

冬になると雨量が少なく、河川や沼・池などの水が涸れがちになり、底があらわに見えるところも出てくる。滝なども落ちる水が少なくなって、ほそぼそとしてくる。完全に涸れつくさなくても、水量のごく少ないようすをも含めて、涸れるといっている。断水とか停電とか、生活への影響も大きい。水量が少なくなるといえば、夏に空《から》梅雨《つゆ》、続いての旱続《ひでり》きなどで水が涸れることがある。しかしそれはこの季語としての水涸るには関係がない。冬の川、冬の沼、冬の池、冬の滝などそれぞれ季語であり、冬の枯れ枯れになった寒々とした感じであるが、水涸れるという方は、とくに水に注目した言い方である。井戸《いど》涸《か》る・涸渓《かれだに》。

日《ひ》あたりに斧《おの》研《と》ぐ杣《そま》や水涸《みずか》る、　吉岡禅寺洞
昼《ひる》の月《つき》出《で》てゐて水《みず》の涸《か》れにけり　久保田万太郎
水涸《みずか》れて人《ひと》は禱《いの》りのあかつきを　三橋　鷹女
一橋《いちきょう》脚《きゃく》さびし涸川《かれかわ》もそこは鳴《な》る　大野　林火
川《かわ》なりに涸《か》れても水《みず》の曲《まが》るなり　石塚　友二

ライターの火《ひ》のポポポポと滝涸《たきか》るる　秋元不死男

鑑賞　涸《か》れ池《いけ》を出《で》て猟犬《りょうけん》の舌《した》つややか　有馬　暑雨

水が涸れて広々と底の見えるようになった池、万物枯れ尽くした冬景色である。その中から駆け出して来た猟犬が、長い舌を出し、せわしく息をしている。そのつややかな淡紅色の舌が、肉感的にぬれていて、周囲の枯れ色に際立ち、野性味を奪回している。

火《か》事《じ》（くわじ）

大火《たいか》　小火《ぼや》　類焼《るいしょう》　近火《きんか》
遠火事《とおかじ》　火事見舞《かじみまい》

解説　冬は空気が乾燥し、風の強い日が続き、しかも他の季節よりも火を使う機会が多いので、火災の起こりやすい季節である。江戸時代から「火事は江戸の華」といわれるほどに火事が多かった。人家の密集する町内では火の番を置いて、夜、拍子木を打って見回りをして、人々に火の用心を促し犯罪警戒をした。夜空を焦がす火事、煙だけで鎮火する火事、寒空の下の大火の跡、ビルの火事、山火事、海上の火事、都会や密集地では必ず焼死者を出す恐ろしい災害は現在でも多い。そして冬の時期がもっとも多い。

三度《さんど》火事《かじ》に逢《お》うて尚《なお》住《す》む神田《かんだ》かな　岡本　松浜
また青《あお》き夜天《よぞら》にかへる火事《かじ》の天《てん》　谷野　予志
暗黒《あんこく》や関東平野《かんとうへいや》に火事《かじ》一《ひと》つ　金子　兜太
しづく垂《た》る車体夜火事《しゃたいよかじ》を鎮《しず》め来《き》し　河島　紅樹
ガラス戸《ど》の遠《とお》き夜火事《よかじ》に触《ふ》れにけり　村上　鞆彦
火事見舞《かじみまい》あかつき近《ちか》く絶《た》えにけり　西島　麦南

鑑賞　火事《かじ》を見《み》るわが獣心《じゅうしん》は火《ひ》を怖《おそ》れ　古舘　曹人

遠く鳴る消防自動車のサイレンに、家の外へ出て見ると、火事はすでに遠い夜空を赤く染めている。思わず、ぞっとして立ちすくんだ私は、全身に震えの走るのを覚えた。獣たちのように、火を恐れる気持ちが強いのだ。

冬《とう》至《じ》　冬至《とうじ》粥《がゆ》　冬至《とうじ》南瓜《かぼちゃ》

解説　二十四節気の一、太陽黄経二七〇度で十二月二十二日ごろである。北半球では一年のなかで昼間が最短、夜間が最長の日である。これから日脚が伸び、太陽の復活してくる日のためか、冬至を祝う風習は多い。キリスト教のクリスマスの祝祭も冬至の祝祭に由来するという。日本でも、昔から冬至粥や冬至南瓜を食べ、柚子湯《ゆずゆ》を立てる習慣がある。

山国《やまぐに》の虚空日《こくうひ》わたる冬至《とうじ》かな　飯田　蛇笏
海《うみ》の日《ひ》のありありしづむ冬至《とうじ》かな　久保田万太郎
風雲《かざぐも》の少《すこ》しくあそぶ冬至《とうじ》かな　石田　波郷
ポストに手《て》さし入《い》れ冬至《とうじ》の日《ひ》が低《ひく》し　波多野爽波
玲瓏《れいろう》とわが町《まち》わたる冬至《とうじ》の日《ひ》　深見けん二
冬至《とうじ》南瓜《かぼちゃ》しくりと割《わ》れば妻《つま》が国《くに》　松本　旭

鑑賞　門前《もんぜん》の小家《こいえ》もあそぶ冬至《とうじ》かな　凡兆

冬至のころはまだ寒さも厳しくない。そして、陽気の戻るのを祝う習いもあり、寺ものんびり休んでいるのであろうか。柔らかな日ざしもあって、門前の店の人などもくつろぐさまがしのばれる。

柚《ゆ》子《ず》湯《ゆ》　冬至《とうじ》風呂《ぶろ》　冬至《とうじ》湯《ゆ》　柚《ゆ》風呂《ぶろ》

解説　冬至の日に、風呂の湯に柚子の実を入れて入浴する。町の銭湯でも家庭でも行っている。柚子はそのころちょうど実る。丸のままや輪切りにしたものなど、適当に風呂に入れるが、香りがよく、体が温まる。風邪を防ぐといわれている。冬至は一年中でもっとも日照時間が短いので生命力を旺《おう》盛《せい》にするための信仰もあったようである。南瓜《かぼちゃ》・粥《かゆ》・こんにゃくなどを食べる風俗も残っている。

さめかかる肌《はだ》に柚湯《ゆずゆ》の匂《にお》ひけり　長谷川かな女
柚子湯出《ゆずゆで》て慈母観音《じぼかんのん》のごとく立《た》つ　上田五千石
匂《にお》ひ艶《つや》よき柚子姫《ゆずひめ》と混浴《こんよく》す　能村登四郎
踵《かかと》磨《みが》く一《ひと》つの柚子《ゆず》に励《はげ》まされ　殿村菟絲子
器量《きりょう》良《よ》き柚子胸《ゆずむね》もとに長湯《ながゆ》せり　中嶋　秀子

鑑賞　柚子湯《ゆずゆ》して妻《つま》とあそべるおもひかな　石川　桂郎

冬至の日、柚子湯をたて、それに浸る。浮いている柚子に触れていると、気持ちが若やいでくる。妻と遊んでいるような、懐かしい思いになってくる。

蕪村忌《ぶそんき》　春星忌《しゅんせいき》

解説　陰暦十二月二十五日、俳人で画家でもあった与謝《よさ》蕪村の忌日である。天明三年（一七八三）六十八歳で病没した。墓は京都の金福寺にある。蕪村は享保《きょうほう》元年（一七一六）摂津国《せっつのくに》東成郡毛馬村《けまむら》に生まれ、本姓は谷口であったが、丹後《たんご》与謝の風光を愛して、与謝と改姓した。画俳両方の道に優れ、画は池大雅《いけのたいが》と技を競い、俳諧《はいかい》では芭蕉没後の俳壇に清新の気を吹きこみ、師の早野《はやの》巴《は》人《じん》の夜半亭《やはんてい》を継いで、天明期の中興俳壇の中心的存在であった。六十歳を過ぎてから、病気がちだったといわれる。画俳両方で別号を多く持っているが、春星もその一つであり、春星忌とも呼んでいる。明治になって正岡子規《まさおかしき》が蕪村を高く評価し、蕪村忌を根岸庵《ねぎしあん》で催したことなどから、金福寺その他で蕪村忌が修されている。

蕪村忌《ぶそんき》やさみしう挿《さ》して正木《まさき》の実《み》　村上　鬼城
うつくしき炭火《すみび》蕪村《ぶそん》の忌《き》たりけり　岸　風三楼

蕪《ぶ》村《そん》忌《き》や座《ざ》に漂《ひょう》泊《はく》の画《が》学《がく》生《せい》　中野　琴石
蕪《ぶ》村《そん》忌《き》の富《ふ》士《じ》真《ま》つ白《しろ》にあらはるゝ　滝沢伊代次
蕪《ぶ》村《そん》忌《き》の蒔《まき》絵《え》の金《きん》のくもりけり　鍵和田秞子
謝《しゃ》春《しゅん》星《せい》　星まつるに花《か》圃《ほ》の花《はな》もなし　水原秋桜子

鑑賞
瓶《かめ》に挿《さ》す梅《うめ》まだかたし春《しゅん》星《せい》忌《き》　大橋越央子

蕪村の臨終の作は「しら梅に明くる夜ばかりとなりにけり」である。陰暦十二月二十五日は、今の一月末ごろであろうか。寒も明けていないころで、あくまで蕪村の意識上の春であった。「梅まだかたし」に事実に添った嘆きが感じられる。

クリスマス

降《こう》誕《たん》祭《さい》　聖《せい》誕《たん》祭《さい》　聖《せい》夜《や》
聖《せい》樹《じゅ》　聖《せい》菓《か》

解説　キリストの誕生を祝う日で、十二月二十五日に行われている。キリストはベツレヘムの廏《うまや》で降誕されたが、その日は不明である。ローマ教会でこの日を降誕の祝日に決めた。もとは太陽の新生を祝う冬至の祭りから変わったといわれている。キリスト教ではたいせつな祝祭日として、その前夜から当日にかけて、教会や家庭で儀式が行われる。クリスマスの前夜をクリスマス・イブ（聖夜）といい、クリスマス・ツリー（聖樹）の樅《もみ》の木に飾りつけをし、灯《ひ》をともし、七面鳥を食べ、クリスマス・ケーキ（聖菓）を分ける。クリスマス・カードやクリスマス・プレゼントを贈りあい、楽しく明るく祝う。クリスマス・イブにはサンタクロースが来てくれるので、子供たちは靴下を用意する。白ひげ赤服のサンタクロースは北国からトナカイの橇《そり》に乗って少年少女のところへやってくる。煙突から入って贈り物を靴下に入れて行く。これは聖ニコラスという司教の名から起こったといわれている。現在は信徒でない者にも広く一般にこの行事が行われ、とくにクリスマス・イブには商店や酒場などにもクリスマス・ツリーが飾られ、にぎやかな祭りの日になっている。

神父《しんぷ》老《お》い信者《しんじや》吾《わ》れ老《お》いクリスマス　景山　筍吉
へろへろとワンタンすするクリスマス　秋元不死男
クリスマス羊《ひつじ》の役《やく》をもらひたる　西村　和子
雪道《ゆきみち》や降誕祭《こうたんさい》の窓《まど》明《あか》り　杉田　久女
聖夜《せいや》眠《ねむ》れり頸《くび》やはらかき幼《おさ》な子《ご》は　森　澄雄
子《こ》はいつか香水《こうすい》使《つか》ひそめ聖夜《せいや》　有働　亨

鑑賞 クリスマス馬小屋《うまごや》ありて馬《うま》が住《す》む　西東　三鬼

クリスマスの日である。キリストは馬小屋で降誕されたのだと思う。通りがかった馬小屋をのぞいてみる。当然のこととして馬が住んでいる。それでも、なぜかその馬も懐かしいような感じである。意表をついておもしろい句である。

師走《しわす》（しはす）　極月《ごくげつ》

解説 陰暦十二月の異称。今は陽暦十二月、歳末をいう語としてふつうに用いられている。語源は、為果《しは》つ月であり一年の終わりの物事をなし終えるという意であったと思われる。語感にも慌ただしい響きがあって、この月は師と呼ばれるような人々も東西に走り回るからという俗説がまことしやかに通用しているのもおもしろい。

何《なに》に此師走《このしわす》の市《いち》にゆくからす　芭蕉
石段《いしだん》の下《した》に師走《しわす》の衢《ちまた》あり　川端　茅舎
師走《しわす》はや妻《つま》に借《か》りたる銭《ぜに》かさむ　米沢吾亦紅
けだものの肉喰《にくく》ひ師走《しわす》の町《まち》に出《い》づ　福田　蓼汀
極月《ごくげつ》の人々《ひとびと》人々《ひとびと》道《みち》にあり　山口　青邨

鑑賞 酔李《すいり》白《はく》師走《しわす》の市《いち》に見《み》たりけり　几董

師走の人ごみの中に見た酔っぱらいを李白と見たてた句である。李白は唐の詩人で酒好きなことは有名。こうした連想のできる作者は蕪村の門下、師の文人趣味を受け継いでいるのであろう。

暦《こよみ》売《うり》

解説 この場合の暦は運勢暦、干支《かんし》九星《きゅうせい》の暦で、大神宮《だいじんぐう》・高島易断《たかしまえきだん》などで発行されるものである。翌年の運勢・吉凶・方角・農事に便利な陰暦も教えてくれる。迷信といわれながらも根強い人気がある。最近では歳末の街頭で立ち売りする姿は見かけないが、忙しく行き交う人の中で売り歩いたわびしい姿が昔の暦売りであった。最近では、年の市や縁日に出店が出ている程度である。暦というと日めくり暦・カレンダーを連想させる現在では異質になりつつある季語といえよう。

人《ひと》波《なみ》の流《なが》れやまぬに暦売《こよみうり》　富安　風生

市人《いちびと》にまじりあるきぬ暦売《こよみうり》　飯田　蛇笏

暦売《こよみうり》しばらく雨《あめ》をかぶりけり　村山　古郷

暦《こよみ》売《うり》夢《ゆめ》判《はん》断《だん》も取《とり》揃《そろ》へ　高浜　虚子

眩《まぶ》しからざる一灯《いっとう》をもて暦売《こよみうり》　藤田　湘子

あきらめて吾《われ》を離《はな》れし暦売《こよみうり》　黒坂紫陽子

鑑賞 暦《こよみ》売《うり》恋《こい》の二人《ふたり》を見送《みおく》れる　轡田　進

暦売の前に立った二人は恋人どうしか。暦を買い求めると、いそいそと立ち去った。運勢暦を開いて二人はなにを語りあうのか。そろそろ結婚の準備であろうか。幸せそうな後ろ姿をいつまでも見送っている暦売の哀歓が伝わってくる。

日記《にっき》買《か》ふ

解説 年末、書店に来年度の日記が並ぶ。新しい日記を買うのは、新年を迎える喜びの一つである。日記を書くのは、新しい月日への期待、人生記録、自分を見つめること、単なる備忘録であったりするが、古日記《ふるにっき》・日記果《にっきは》つにはしみじみした生活記録や、過去を振り返る愛着を感じさせる。日記を書くのは、習慣性と意志力が必要であろう。一年の節目となる暮れから新年にかけて、忙しい中にも新たな自分を見いだしたい気分になることがある。そして新しい年への期待感も手伝って、日記を買う人が多い。自由日記・家庭日記・文芸日記・懐中日記など種類も多い。カレンダー・家計簿と並んでいるのも歳末を感じさせる。

来年《らいねん》は嫁《とつ》ぐ日記《にっき》の厚《あつ》き買《か》ふ　久米　三汀
実朝《さねとも》の歌《うた》ちらと見《み》ゆ日記買《にっきか》ふ　山口　青邨
日記買《にっきか》ふ未知《みち》の月日《つきひ》に在《あ》るごとく　中村　秀好
日記買《にっきか》ふ頃《ごろ》となりけり彼女《かのじょ》いかに　森田　峠
ちぎられし頁《ページ》あちこち日記果《にっきは》つ　加藤三七子
友《とも》の訃《ふ》のあと白《しろ》のまゝ日記果《にっきは》つ　黒岩　有径

鑑賞
三日坊主《みっかぼうず》承知《しょうち》の上《うえ》の日記買《にっきか》ふ　渋沢　渋亭
どこの家にも、途中であきらめた余白の多い日記があるようだ。最初は意気ごんで長々と書きつけるが、しだいに行数が減り、空白になる。そうなるのも承知で日記を買うのは、新しい月日に期待するからであろう。それも私の年用意である。

年用意《としようい》

年《とし》の設《もうけ》　春支度《はるじたく》

解説　新年を迎えるため、いろいろな準備をするすべてのことをいう。煤掃《すすは》き・畳替え、神棚仏壇を清め、調度品・食器などを整えたり、家居の補修や塀・垣などの繕い、正月用の買い物に年の市へ出掛けたり、また松飾《まつかざ》り・注連張《しめは》りなど、正月料理や春著《はるぎ》を縫うことなど。その範囲は広いが、すべて正月を迎える喜びが心の張りとなって、歳末の忙しいさ中に行われるのは充実感がある。主婦が中心になって立ち働くのもふつうである。それは正月七日の間はなるべく体を動かさないようにして、正月をのんびりと楽しんで過ごせるようにとの用意である。

年用意《としようい》靄《もや》あたたかき日《ひ》なりけり　久保田万太郎
縄《なわ》の玉《たま》ころがつてゐる年用意《としようい》　高野素十
何《なん》にでも老《おい》のかけ声《ごえ》年用意《としようい》　小松月尚
しづかなるくらしの中《なか》の年用意《としようい》　小原牧水
年用意《としようい》町筋《まちすじ》清《きよ》くなりにけり　岩田元子
心《こころ》にも捨《す》つるものあり年用意《としようい》　山田弘子

鑑賞　一書買《いっしょか》ふことにて足《た》れり年用意《としようい》　佐々木麦童

世間や、家の年用意にかまうことなく、街へふらりと出掛けた作者は、立ち寄った書店で一冊の本を求める。やはり自分の性に合う読書でもすることが、正月を過ごすのにふさわしい。雑踏の中で、一人閑雅を楽しんでいる。

年《とし》の市《いち》

解説　新年用の品物を売る市をいう。正月の飾り類、家庭用品を売る小店が、社寺の境内に大市《おおいち》、町筋に小市《こいち》となって並ぶ。最近ではデパートなどにも特設売場ができてにぎわいを見せている。いずれも十二月半ばから大晦日《おおみそか》まで盛況を見せる。その年の景気不景気の反応が知れるのもこのときである。東京浅草寺《せんそうじ》境内に立つ大市が有名で、境内に所狭しと立った店々から、商人の掛け声のやりとりが聞こえると師走《しわす》の感慨がわく。年用意に余念のない買い物客、商人の表情にも時間に追われている感じがあり、慌ただしい歳末《さいまつ》風景を見せてくれる。

年《とし》の市《いち》線《せん》香《こう》買《かい》に出《い》でばやな　芭蕉
二人《ふたり》してこま〳〵と買《か》ふ年《とし》の市《いち》　村上鬼城
年《とし》の市絵《いちえ》本《ほん》ならべて一《ひと》むしろ　岡本松浜
父《ちち》の死《し》を泣《な》くまなく過《す》ぎぬ年《とし》の市《いち》　渡辺水巴
年《とし》の市《いち》籠《かご》が重《おも》くて猫《ねこ》背《ぜ》婆《ばば》　魚池静水
年《とし》の市《いち》階《かい》上《じょう》木馬《もくば》ひそかなる　中島たけし

【鑑賞】年《とし》の市《いち》白《はく》髪《はつ》の母《はは》漂《ただよ》へる　山田みづえ

年の市の雑踏に紛れた年老いた母。店から店へと立ち寄る姿を「漂へる」と表現した。忙しさに追われる姿ではなく、年の市を楽しむ風情である。しかも、すっかり白髪になられた母が、鮮明に浮き上がって見えるのだ。

羽子板市《はごいたいち》

【解説】豪華で、美しい色彩の羽子板が並んだ小店が立つ風景は、歳末の慌ただしい中に華やぎを添えてくれる。その売れ行きや、値段でその年の景気も知られる。客と売り手が相談して値段を決め、互いに手を打って納得するなど、昔ながらの風習も残っている。浅草観音《あさくさかんのん》の十二月十七、十八日が有名だが、歴史は古く江戸時代、貞享《じょうきょう》（一六八四―一六八八）ごろから年の市で売られはじめたものという。素朴な板切れであった羽子板が、現在のようにはでなものになったのは、歌舞伎役者《かぶきやくしゃ》の押し絵を飾って、当時の役者の評判を示すものが現れてからで、世間の婦女子の人気を集めた。現在のように歳末の風物詩として存在するだけではなく、娯楽と新年を迎える喜びに活況を呈したものであった。

うつくしき羽子板市《はごいたいち》や買《か》はで過《す》ぐ　高浜虚子
よその子《こ》に買《か》ふ羽子板《はごいた》を見《み》て歩《ある》く　富安風生
羽子板《はごいた》の八重垣姫《やえがきひめ》を抱《いだ》きゆく　菖蒲あや

ぬかるみに羽子板市《はごいたいち》をまぶしめり　鈴木　元
急《きゅう》に暗《くら》し羽子板市《はごいたいち》の裏《うら》に出《で》て　池田　秀水
写楽《しゃらく》のやうな顔《かお》で羽子板市《はごいたいち》へゆく　寺田　青香

鑑賞　羽子《はご》板市陰気《いたいちいんき》な古着市《ふるぎいち》も見《み》て　瀧　春一
庶民の街浅草、雷門から仲見世を経て観音さまの境内へと歳晩のにぎやかさ。こうこうとしたあかりに、ひときわ華やかな羽子板市が現れた。帰りがけ露店の古着屋も見かけた。その対照的な暗さに、人生の明暗を見る思いもするのだ。

煤《すす》払《はらい》（すすはらひ）　煤掃《すすはき》

解説　新年を迎えるために、家屋や調度の塵《じん》埃《あい》を掃き清める風習をいう。煤掃ともいわれている。昔は十二月十三日に行った。朝廷・幕府では年中行事の一つの儀式でもあった。商家でも奉公人の出替わりがあったりして重要な日とされていたが、現在は各家庭がそれぞれの日を決めて行っている。煤払いより大掃除の感じが強い。新聞で、東大寺の大仏殿などの煤払いが報道されると、そろそろわが家でもと思ったりする。煤竹売《すすだけうり》・煤籠《すすごもり》・煤湯《すすゆ》などの季語にも、当時のようすが知られるであろう。

煤《すす》はきは己《おの》が棚《たな》つる大工《だいく》かな　芭　蕉
煤掃《すすはき》てしばしなじまぬ住居《すまい》かな　許　六
寝《ね》かせたる時計《とけい》が鳴《な》るよ煤《すす》はらひ　加藤　松薫
煤《すす》の後華新《あとはなあた》らしき仏《ほとけ》かな　大橋桜坡子
煤掃《すすはき》の残《のこ》りの日《ひ》脚垣手入《あしかきてい》れ　嶋田　青峰
煤掃《すすはき》の覆面《ふくめん》の母子《ははこ》が仰《あお》ぐ　辻田　克巳

鑑賞　煤《すす》の湯《ゆ》の爪《つめ》のくれなゐよみがへる　大竹きみ江
汚れた体を湯につかって洗い清めることで、忙しく立ち働いた煤掃も終わる。充実感を味わいながら、ふだんよりもたんねんに洗ってゆく。爪の色もくれない色を取り戻した。心なしか、以前よりも美しくも見えるようだ。

歳暮《せいぼ》

【解説】歳末に、日ごろの交際のよしみを感謝しあって贈り物を交換したり、無事息災を祝うために親戚・知己・同僚などと酒宴を設けることをいうが、現在では物を贈ることのみ「お歳暮」と称している。師走の忙しい中、心ばかりの品物を持って日ごろの世話になった礼を述べて訪問する姿は心温かい。今でははでな品物がデパートからいきなり送られてきて、書信もついていない形式ばかりの贈答になっているのは心寂しい。正式には「歳暮の礼」である。

宵過《よいす》ぎの一村《いっそん》歩《ある》く歳暮《せいぼ》かな　一茶
ひたむきに歳暮使《せいぼづか》ひの急《いそ》ぐなり　岡本松浜
師《し》へ父《ちち》へ歳暮《せいぼ》まゐらす山《やま》の薯《いも》　松本たかし
北海《ほっかい》のことし貌《かお》よき歳暮《せいぼ》鮭《ざけ》　遠藤正年
歳暮《せいぼ》酒《ざけ》抱《かか》へて雨《あめ》の兆《きざ》す村《むら》　雨宮抱星
ときめきて紐解《ひもと》く歳暮子《せいぼこ》より来《き》し　村井昌子

【鑑賞】歳暮《せいぼ》鮭《ざけ》とけばこぼるる結《むす》び文《ぶみ》　阿部慧月

包みを解いて現れた歳暮鮭は遠い北海の顔をしている。「こぼるる」は結び文が飛び出したことだが、粗塩のこぼれることも暗示している。結び文の飛び出した効果は、贈り主が心をこめて鮭の荷造りをしているさまも連想させる。

年忘《としわすれ》　忘年会《ぼうねんかい》

【解説】年末、一年の無事息災を感謝しあい、親しい人たちが寄りあって宴席など設けることである。現在は、会社などが忘年会として、職場の一年の労苦をねぎらうことが主になっているようで、しかも酒興になりがちである。それも年忘れの一つではあろうが、しみじみと一年を振り返り語りあうことにほんとうの趣がある。一年を思い出すことによって、年を忘れることに意味があろう。

人《ひと》に家《いえ》を買《か》はせて我《われ》は年忘《としわす》れ　芭蕉

わかき人《ひと》に交《まじ》りてうれし年忘《としわすれ》　几董

死《し》にかけしこともありしが年忘《としわすれ》　正岡子規

膝抱《ひざだ》きて荒野《こうや》に似《に》たる年忘《としわす》れ　山田みづえ

またひとり海《うみ》を見《み》に出《で》る年忘《としわすれ》　黛執

月《つき》まぶし忘年会《ぼうねんかい》を脱《のが》れ出《で》て　相馬遷子

鑑賞

年忘《としわす》れ憶良《おくら》のごとく罷《まか》らむか　轡田進

忘年会の途中の退座は気が引けるもの。あの万葉時代の山上憶良が、「子が泣いて私の帰りを待っている。その子の母親（妻）も私を待っているので」の意の歌を残して宴席を逃れたことをまねして、お先に失礼しようか。

餅《もち》

解説　年の暮れに搗《つ》く新年の餅のことをいう。糯米《もちごめ》を蒸して、臼《うす》と杵《きね》で搗き上げるのだが、どこからか、餅を搗く杵音が聞こえはじめると「ああ、正月がやってくる」という実感にひたるもので、最近は機械の普及で簡便になってきて味気ない。「もち」という名は、粘り気があって、物に付着する黐《もち》からきたという。古い名では「もち飯《いい》」などがある。本来、餅は晴れの日（正月・節句・祭り・出産・年祝い・建築など）に使われるものだが、正月がもっとも縁あるものと考えてよい。その形により、鏡餅《かがみもち》・丸《まる》餅《もち》・伸餅《のしもち》（熨斗餅《のしもち》）・海鼠餅《なまこもち》・菱餅《ひしもち》がある。切り餅・欠き餅・霰餅《あられもち》は刻んだり、欠いたりしたもの。糯米の他に、黍《きび》・粟《あわ》・玉蜀《とうもろ》黍《こし》・葛《くず》・蕨《わらび》・橡《とち》・海苔《のり》などを混ぜて搗いたものもある。関東では、鏡餅以外は伸餅にして切り餅にするが、関西では、鏡餅以外に小さな丸餅を多く作る。

未来《みらい》ひとつひとつに餅焼《もちや》け膨《ふく》れけり　大野　林火
婚近《こんちか》き長子《ちょうし》に年《とし》の餅《もち》あまた　角川　源義
餅焼《もちや》く火《ひ》さまざまの恩《おん》にそだちたり　中村草田男
餅焼《もちや》くやちちははの闇《やみ》そこにあり　森　澄雄
のしもちはまだへなへなとしなひけり　吉屋　信子

鑑賞　父《ちち》が切《き》る餅真四角《もちましかく》に揃《そろ》ひけり　関谷　忠雄

伸餅を切るのは力のいる仕事、男が切る家庭も多い。真四角な切り餅が、測ったように正確な大きさで並んでゆくのは、父のきちょうめんな性格、着実な生活態度が感じられよう。家長たる父の風格も現れてくる。

年《とし》の暮《くれ》

歳暮《せいぼ》　歳末《さいまつ》　年末《ねんまつ》　歳晩《さいばん》
年《とし》の瀬《せ》　年《とし》の果《はて》　年暮《としく》るる

解説　十二月も押しつまった年の終わりをいう。一年の終わりの年末の整理で職場も忙しく、街は歳末大売出し、各家庭でも新年の準備と一日一日と慌ただしくなってくる。**年《とし》の内《うち》**というと、ややまだ日数にゆとりのある年末の感じである。**行《ゆ》く年《とし》**（年逝く・年歩む）は、同じ年の流れを、慌ただしい暮らしの中からやや超越して客観的に眺めている。

旧里《ふるさと》や臍《へそ》の緒《お》に泣《な》く年《とし》の暮《くれ》　芭蕉
日《ひ》のもとの人《ひと》の多《おお》さよ年《とし》の暮《くれ》　才麿
いさゝかの金欲《かねほ》しがりぬ年《とし》の暮《くれ》　村上　鬼城
青畳《あおだたみ》青《あお》く匂《にお》へる年《とし》の暮《くれ》　橘　棟九郎
父逝《ちちゆ》きしこの年《とし》の瀬《せ》の青《あお》き空《そら》　田中　鬼骨

鑑賞 いねいねと人《ひと》にいはれつ年《とし》の暮《くれ》　路　通

芭蕉の門人の中でも変わった言動の多かった作者の放浪生活の寂しさが素直に表明されている。年の暮れはどの家も忙しく、どこに行っても、「いねいね」（帰れ帰れ）と追われるのである。

年惜《としお》しむ（としをしむ）

解説 去って行く年に愛着し惜しむ気持ちである。年の暮れ・年歩むという季語の中にも、あらためて一年という歳月を回顧する思いがこめられ、年を擬人化して感傷的にもなっているが、年惜しむに至ってその感慨はとくに深い。

年惜《としお》しむひとりに墳墓《ふんぼ》あたたかく　石原　舟月

年惜《としお》しむ程《ほど》のよきことなかりけり　松崎鉄之介

離《はな》れ住《す》みて一《ひと》つの年《とし》を惜《お》しみけり　上村　占魚

音楽《おんがく》に涙湧《なみだわ》きたり年惜《としおし》む　沢木　欣一

指揮者《しきしゃ》への拍手《はくしゅ》に年《とし》を惜《お》しみけり　森田　峠

鑑賞 雨《あま》だれの大《おお》きなたまの年惜《としおし》む　安住　敦

「円覚寺《えんがくじ》」という前書きがある。山門のように大きな軒先からは雨だれも大きい。「たま」をクローズアップされたのでその思いがけない大きさがわかり、そのふくれ落ちるのをみつめながら年を惜しむ情もにじみ出る。

除《じょ》夜《や》（ぢょや）　年《とし》の夜《よ》

解説 一年の最終日、大晦日《おおみそか》（大三十日）の夜のこと、大年《おおとし》の夜であるが、単に年の夜ともいう。この夜のうちに、一年が去り、新しい一年を迎える年越《としこし》であり、また年越のさまざまな行事の催される夜である。

眠《ねむ》らんと除夜《じょや》の子《こ》が捲《ま》くオルゴール　石田　波郷

除夜《じよや》の妻白鳥《つまはくちよう》のごと湯浴《ゆあ》みをり　森　澄雄
除夜《じよや》過《す》ぐる清《すが》しき火種《ひだね》絶やすなく　野澤　節子
年《とし》の夜《よ》や家神《かしん》のごとく時計音《とけいおん》　吉田　鴻司

鑑賞 年《とし》の夜《よ》やもの枯《か》れやまぬ風《かぜ》の音《おと》　渡辺　水巴

除夜吹く風の音そのものをとらえたのである。なにもかも枯れて枯れきってしまうようなもの寂しい響きを「もの枯れやまぬ」と表現したのである。心の深い寂しさがにじみ出ている。

除夜《じよや》の鐘《かね》（ぢよやのかね）　百八《ひやくはち》の鐘《かね》

解説 大晦日の夜十二時から、日本全国の寺院でいっせいに撞《つ》く鐘の音である。百八の鐘を撞いて、人々の煩悩を除去しようというのである。余韻が静まってから次を撞くので、一時間ほどかかる。近年はラジオ・テレビで有名な鐘の音を放送する。京都の知恩院《ちおんいん》、大津《おおつ》の三井寺《みいでら》その他の名鐘を聞きながら、旧年を送り新年を迎える。しみじみと年の移りを思うひとときである。なお、百八という数は人間の煩悩（心身を悩まし乱す、迷いのもと）の数で、百八種あると仏教でいわれており、その百八の煩悩を一つずつ救うというのが除夜の鐘であるが、もとは寺院では朝夕百八回（略して十八回）鐘を打ち鳴らしたという。

恍《こう》として撞《つ》くらむ除夜《じよや》の鐘聞《かねき》こゆ　相生垣瓜人
旅《たび》にしていづかたよりぞ除夜《じよや》の鐘《かね》　福田　蓼汀
百方《ひやつぽう》に餓鬼《がき》うづくまる除夜《じよや》の鐘《かね》　石田　波郷
除夜《じよや》の鐘終《かねおわ》りし後《のち》も鳴《な》るごとし　富田　直治
山国《やまぐに》の山《やま》うごき出《だ》す除夜《じよや》の鐘《かね》　鷹羽　狩行

鑑賞 除夜《じよや》の序《じよ》の一韻老母《いちいんろうぼ》在《いま》すなり　池上　樵人

除夜の鐘といわずに「除夜の一韻」といったところが独特であり、その鐘の最初の一打を聞いたとき、「老母の在す」喜びと感激とからなった作品である。

寒《かん》

解説　寒《かん》の入《い》り（一月五日か六日）から寒《かん》の明《あ》け（二月四日ごろ）の前日までのおよそ三十日間をいう。二十四節気の小寒《しょうかん》・大寒《だいかん》を合わせた期間で、単なる「寒い」という季語とは違う。寒《かん》の内《うち》とか寒中《かんちゅう》といい、寒参《かんまいり》・寒灸《かんきゅう》などの風習がある。また、この期間に知人の安否を見舞う寒見舞《かんみまい》の習慣もある。

干鮭《からさけ》も空也《くうや》の痩《や》せも寒《かん》の内《うち》　芭　蕉
きびきびと万物寒《ばんぶつかん》に入《い》りにけり　富安　風生
大寒《だいかん》や転《ころ》びて諸手《もろて》つく悲《かな》しさ　西東　三鬼
大寒《だいかん》の埃《ほこり》の如《ごと》く人死《ひとし》ぬる　高浜　虚子
大寒《だいかん》の一戸《いっこ》もかくれなき故郷《こきょう》　飯田　龍太

鑑賞　現《うつ》し身《み》の寒極《かんきわ》まりし笑《わら》ひ声《ごえ》　岡本　眸

おかしくもなく笑い声をあげてしまうことがある。寒も極まるという日々、心は沈みがちである。そんなときの笑い声は自分でも理由がわからない。大いなる寂しさの極みの笑いか。

寒卵《かんたまご》

解説　寒中に生んだ鶏卵のこと。寒さの一番厳しいときに生んだものは、栄養価も高く、保存にも耐えるとされて珍重されて季語になったものである。冬の朝など、真っ白で硬質の手触りには身の引き締まるのを覚える。鶏卵は、牛乳とともに、ほとんどの栄養分を含んだ理想的食品である。最近は、養鶏卵が出回って栄養価・味の点でも落ちている。新鮮な卵は殻がざらざらして、日光・電灯に透かしてみると内部が半透明で明るく、古いものは殻に艶《つや》がありなめらかで、不透明で暗い。また水中に沈めると、新しい卵は横になるが、古いものは直立する。

手《て》にとればほのとぬくしや寒玉子《かんたまご》　高浜　虚子
大《おお》つぶの寒卵《かんたまご》おく襤褸《ぼろ》の上《うえ》　飯田　蛇笏
なほ温《ぬく》し妻《つま》が掌《て》へやる寒玉子《かんたまご》　軽部烏頭子
塗椀《ぬりわん》に割《わ》つて重《おも》しよ寒卵《かんたまご》　石川　桂郎
寒卵《かんたまご》二《ふた》つ置《お》きたり相寄《あいよ》らず　細見　綾子
寒卵《かんたまご》薔薇色《ばらいろ》させる朝《あさ》ありぬ　石田　波郷

鑑賞
その重《おも》さもて割《わ》り朝《あさ》の寒卵《かんたまご》　藤井　秀雄

単に寒卵を割ることを表現した句であるが、寒卵の持つ特徴がとらえられている。「重さ」は卵の重量と充実した中身をいったが、「もて割る」によってコツと割れる硬い響きと、手に受けた重みを伝える役目をしている。

寒《かん》鯉《ごい》（かんごひ）

解説　鯉は冬になって水温が下がると、水底の泥の中に身をひそめて動かず冬眠状態となる。池などで飼っている鯉も活発に動かず、えさなどもほとんどとらない。もともと活発な魚であるため、寒に耐える姿に冬の厳しさが感じられる。寒鯉は脂がのって美味なため、釣り人は寒さをいとわず出かける。野生では、利根《とね》川の野鯉、養殖のものでは信州の佐久《さく》鯉が有名である。洗鱠《あらい》や、鯉濃《こいこく》にして賞味する。

寒鯉《かんごい》の一擲《いってき》したる力《ちから》かな　高浜　虚子
手《て》どりたる寒《かん》の大鯉《おおごい》光《ひか》りさす　飯田　蛇笏
寒鯉《かんごい》の雲《くも》のごとくにしづもれる　山口　青邨
寒鯉《かんごい》はしづかなるかな鰭《ひれ》を垂《た》れ　水原秋桜子
寒鯉《かんごい》のしづかにむきをかへにけり　保坂　文虹
浮《う》いて来《き》し寒鯉《かんごい》にこゑかけにけり　細川　加賀

鑑賞 寒鯉《かんごい》を見《み》て雲水《うんすい》の去《さ》りゆけり　森　澄雄

寒鯉の身じろがぬ静けさに、雲水（行脚僧）が配されている。その雲水が黙って寒鯉を眺め、やがて立ち去ったとしかいっていないが、余情は深い。寒鯉の寂寞《じゃくまく》とした感じと、雲水の孤影が目に浮かぶようだ。

凍《こお》る（こほる）　凍《い》つ　冱《い》つ　凍《し》む

解説 「こおる」というと、水が凝結する、氷になることだけの意味に使うことが多いが、季題の「凍る」はもっと広い寒気の感じである。水分を多く含む土がこちこちになるのはもちろんのこと、岩や金物も寒気を帯びて凍っているように感じ取られる。空気も滞って凍る感じで、光も音も凍って、**月凍《つきい》つ**とか**鐘凍《かねい》つ**などともいう。

ものすべて凍《こお》る地上《ちじょう》へ羽毛《うもう》落つ　右城　暮石
凍《こお》らんとするしづけさを星流《ほしなが》れ　野見山朱鳥
草《くさ》の葉《は》に水《みず》とびついて氷《こお》りけり　大串　章
凍《い》てし夜《よ》の月《つき》の裏《うら》なる障子《しょうじ》かな　中西　舗土
凍港《とうこう》や旧露《きゅうろ》の町《まち》はありとのみ　山口　誓子

鑑賞 駒《こま》ヶ嶽《たけ》凍《い》てて巌《いわお》を落《おと》しけり　前田　普羅

甲斐《かい》の駒ヶ嶽の厳冬の景である。削ぎたった荒々しい山肌にはくずれ転落したままに大きな岩石がかかっている。寒気みなぎる酷烈な自然の中にして作者は眼前に巌がとどろき落ちるかのごとく詠じた。

冴《さ》ゆ

解説 冷えこむこと、寒さの極まった感じをいう。澄みとおるように冷気がみなぎり刺すような寒さのあることをいう。そんな夜を「冴ゆる夜」といい、月や星の光も寒気を持ち「月冴ゆる」「星冴ゆる」などといわれる。一般には季節感がなくなり、光や音が澄みきってはっきりすること、ひいては手際のよいことなどにも用いられるが、俳句では厳冬の寒気の表現である。

さゆる夜《よ》のともし火《び》すごし眉《まゆ》の剣《けん》　園　女

山辺《やまべ》より灯《ひとも》しそめて冴《さ》ゆるかな　前田　普羅

机上《きじょう》冴ゆけふ一日《いちにち》を拠《よ》らざりし　大野　林火

竹冴《たけさ》ゆる今日《きょう》鳥《とり》の影《かげ》いくつ過《す》ぎし　金子　篤子

満月《まんげつ》の冴《さ》えてみちびく家路《いえじ》あり　飯田　龍太

鑑賞 灯《ひ》の冴《さ》ゆる机《つくえ》の上《うえ》の夜半《やはん》かな　坂本四方太

机の上になにを置き、なにに対しているのであろうか。いずれにしても夜半になお、なにかせねばならず、机に座している身である。夜更けの灯の冴えに、厳しい寒気はひしひしと迫る。

三寒四温《さんかんしおん》（さんかんしおん）　四温《しおん》

解説 三日寒い日が続いたあと暖かい日が四日続くという意味で、寒暖の変化が周期的に起こること。中国東北部や朝鮮半島のことばで、冬の大陸高気圧の消長の周期に基づくものである。わが国では、はっきり周期的ではなくても、極寒に温暖な日の続く現象があり、外出を楽しむ人々が多い。

三寒四温《さんかんしおん》ゆゑ人《ひと》の世《よ》の面白《おもしろ》し　大橋越央子

雪原《せつげん》の三寒四温《さんかんしおん》浅間《あさま》噴《ふ》く　相馬　遷子

三寒《さんかん》の四温《しおん》を待《ま》てる机《つくえ》かな　石川　桂郎

胎中《たいちゅう》の胎児《たいじ》三寒四温《さんかんしおん》越《こ》ゆ　清水　基吉

三寒《さんかん》を安房《あわ》に四温《しおん》を下総《しもふさ》に　大屋　達治

鑑賞 白珠《しらたま》の四温《しおん》の星《ほし》のうるむなり　柴田白葉女

三寒あっても四温、このありがたさに夜空の星の光もうるむと感じ取ったのであろう。そのうるむほのぼのとしたものに、作者は「白珠の」という賛辞を呈したくなったのである。

悴《かじか》む

解説　寒気のため、手足、ことに手の指先などが感覚を失って自由にならないことをいう。凍傷《とうしょう》や、しびれと違って、硬直した状態をいう。吹雪や厳寒のときなど、顔面の表情も悴んで、ことばも満足に話せない状態になることもある。指先・手足・体全体の状態から、人の心理までを表現するのに使われている季語としてよい。

悴《かじか》める手《て》は憎《にく》しみに震《ふる》へをり　高浜　虚子
悴《かじか》みて心《こころ》ゆたかに人《ひと》を容《い》れ　富安　風生
かじかみて脚《あし》抱《だ》き寝《ね》るか毛《け》もの等《ら》も　橋本多佳子
心中《しんちゅう》に火《ひ》の玉《たま》を抱《だ》き悴《かじか》めり　三橋　鷹女
悴《かじか》みてちひさな嘘《うそ》が言《い》へぬなり　香西　照雄
悴《かじか》みて見知《みし》らぬ街《まち》を行《ゆ》くごとし　井沢　正江

鑑賞
悴《かじか》む手《て》をろがむごとく土器《どき》渡《わた》す　鳥越憲三郎

悴んだ自由にならない手で、貴重な土器を扱い、手渡す場面である。「をろがむごとく」は神を拝むようにという比喩。細心の注意を払い、絶対に落とせない緊張感のある行為と、土器への信仰に近い気持ちも表れた。

霰《あられ》　玉霰《たまあられ》

解説　雨の音より激しく屋根や地面を打つ、急に降り出して人を驚かす二ミリから五ミリほどの氷の粒、またその落下する現象をいう。気象上は、白色のもろい粒の雪あられと氷あられの別がある。ふつう、俳句その他の文芸でいわれるのは氷あられで、半透明の硬い氷の粒で、積乱雲にともない気温〇度以上のとき降る現象という。寒気厳しいために雨滴が凍って降る凍雨の一種であるが、白く散った球状の小粒の美しさから玉霰などという美称がある。また、染色・料理・菓子などの用語に広く愛称として使われている。霰には、その降り方の潔さと美しさから独特の情趣がある。

呼《よび》かへす鮒売《ふなうり》見《み》えぬあられかな　凡　兆
芦原《あしはら》の日《ひ》の中《なか》に降《ふ》るあられかな　阿部みどり女
霰《あられ》うつ一《ひと》つのこりて蟹売《かにう》る灯《ひ》　中戸川朝人
信濃《しなの》川《がわ》渡《わた》らんとして玉霰《たまあられ》　湯浅　桃邑
夕霰《ゆうあられ》枝《えだ》にあたりて白《しろ》さかな　高野　素十

鑑賞　我《が》善《ぜん》坊《ぼう》へ車引《くるまひ》き入《い》れふる霰《あられ》　河東碧梧桐

我善坊は東京の町の名、やや谷をなして狭い路地の町である。「車引き入れ」というのは狭い家並みの感じを表している。そんなところへぱらぱらと霰が降ってくる、芝居の一景のような趣である。

風《かざ》花《はな》

解説　晴れていながら、遠くで降っている雪が風に流されてひらひらと舞ってくることがある。この現象は風下の山麓《さんろく》地帯などによく見られ、裏日本に多い降雪がときには強風によって表日本側にも飛来するという。寒冷前線に当たり、気温が急に降下し突風が起こるといった厳しい気候の現象であるが、青空にまばらにちらつく雪片を花とも見たのは優雅である。

風花《かざはな》はすべてのものを図案化《ずあんか》す　高浜　虚子
風花《かざはな》の触《ふ》れしかば口結《くちむす》びけり　殿村菟絲子
風花《かざはな》やつききてそれし一少女《いちしょうじょ》　角川　源義
風花《かざはな》となりたる塔《とう》の二《ふた》つかな　星野麦丘人
晩鐘《ばんしょう》の風花《かざはな》となり消《き》えゆけり　有馬　朗人

鑑賞　風花《かざはな》の大《おお》きく白《しろ》く一《ひと》つ来《く》る　阿波野青畝

どこからともなく、ふっとわいたように来る風花の感じが、「大きく白く」によくとらえられている。寒いがよく晴れた空のもとの白い一つの雪片が印象的に表現されている。

雪起《ゆきおこ》し　鰤起《ぶりおこ》し

解説　雪国の冬の雷のこと。大雪の降る前やその最中に鳴るのでこの名がある。日本海側の地方は豪雪地帯として知られている。これは大陸からの寒冷な北西季節風がそれに比べて温暖な海面を通るので、対流が生じて厚い雪雲となるためである。この厚い積乱雲は雷を発生しやすい。北陸では寒鰤の獲れるころで、豊漁の前兆として鰤起しともいう。

炉《ろ》ごもりのこころ満《み》たざる雪起《ゆきおこ》し　飯田　龍太

海《うみ》にまづありて越後《えちご》の雪起《ゆきおこ》し　原　けんじ

北《きた》の空《そら》あやまたず鳴《な》る雪起《ゆきおこ》し　塚本　順杏

雪起《ゆきおこ》しとどろく牧《まき》のひろさかな　三宅　句生

佐渡《さど》の上《うえ》に日矢《ひや》旺《さか》んなり鰤起《ぶりおこ》し　岸田　稚魚

鑑賞　雪起《ゆきおこ》し恐《おそ》ろし加賀《かが》の冬《ふゆ》なつかし　西村　公鳳

幼時に暮らした土地は懐かしい。北陸の雪を起こす雷はさぞ恐ろしいものであろう。幼時を遠く思い出しても、あのものすごい地響きの恐怖はよみがえる。しかし、それが、そのままに懐かしい加賀の冬の日々の記憶に重なる。

雪《ゆき》

小雪《こゆき》　大雪《おおゆき》　根雪《ねゆき》　綿雪《わたゆき》　牡丹雪《ぼたんゆき》
小米雪《こごめゆき》　細雪《ささめゆき》　粉雪《こなゆき》　深雪《みゆき》　新雪《しんせつ》
風雪《ふうせつ》　飛雪《ひせつ》　吹雪《ふぶき》

解説　雪は雪月花の一。四季の景観を代表するもので、日本人の詩情と切り離すことのできない自然現象である。一方で、北陸から北海道にかけての日本海に面する地方は世界でもっとも降雪の多い地帯として知られ、この地方の人々の生活は雪と切り離せない。降っている雪、積もっている雪、その形態や状況などにより、さまざまな表現を持っており、雪にかかわることばをあげれば際限ないほどである。雪の成因はほぼ雨と同じであるが、低温のため大気中の水蒸気が氷の結晶となって雲より降下する現象で、雪の結晶には針状・平板状・樹枝状などさまざまあり、いくつかがくっつきあって雪片となって降ることが多い。かたまって結晶の原形のなくなった氷粒として降ると、雪あられである。雪の量はふつう積雪の深さで表されることが多い。一般に気温が低いと雪片は小さくさらさらとした粉雪となり、積もったものも風に飛ばされ吹雪となる。気温が高いと牡丹雪といわれるような大きな雪片にもなり、風に舞い落ちる景は華やかであり、風に吹かれ飛ぶ雪を一般に風雪とか飛雪という。積もってしまった雪は、もう結晶を失い氷粒になり、さらに圧縮されたものになるが、降雪量の多い地方ではその圧縮され積み重ねられたものに家も没するようになる。

ながながと川《かわ》一筋《ひとすじ》や雪《ゆき》の原《はら》　凡　兆
しんしんと雪降《ゆきふ》る空《そら》に鳶《とび》の笛《ふえ》　川端　茅舎
雪《ゆき》はげし抱《だ》かれて息《いき》のつまりしこと　橋本多佳子
降《ふ》る雪《ゆき》や明治《めいじ》は遠《とお》くなりにけり　中村草田男
落葉松《からまつ》はいつめざめても雪降《ゆきふ》りをり　加藤　楸邨
まだもののかたちに雪《ゆき》の積《つ》もりをり　片山由美子

鑑賞
いくたびも雪《ゆき》の深《ふか》さを尋《たず》ねけり　正岡　子規

「病中雪」と前書きした連作の一つで、かなりの大雪らしい外のようすをたびたび尋ねているのであろう。どのくらいの深さかと聞いては、変わりつつある外の景色を想像して心なぐさめている。

雪《ゆき》掻《かき》　除雪《じょせつ》　除雪車《じょせつしゃ》　ラッセル車《しゃ》

解説　雪が降り積もると、人々は家の戸口から道まで、さらに道が通行できるように雪を取り除く作業をする。雪の少ない地方の雪掻きには、やっかいがりながらも楽しむ風情も見られるが、雪の多い地方の雪掻きは冬の間の生活の一環となっている。近隣の人々の連帯的義務となっている厳しさがある。除雪車が夜どおし活動するものものしい風景も見られる。除雪できないところでは**雪踏**《ゆきふみ》といって、雪を踏み固めたり、屋根に積もった雪を取り除く**雪卸**《ゆきおろし》も行われる。取り除いた雪を捨てるために川まで運び出すなど、重労働な作業であることも忘れてはならない。

雪《ゆき》を掻《か》く隣《とな》りの音《おと》に起《お》きて掻《か》く　楠部　南崖
雪掻《ゆきか》くや乾《かわ》きし土《つち》を掘《ほ》りいだし　加藤　楸邨
雪掻《ゆきか》くや神《かみ》へ近《ちか》づく道《みち》として　小林　康治
家々《いえいえ》に主《ぬし》あり朝《あさ》の雪《ゆき》を掻《か》く　竹内　俊吉
歩《ある》くだけ生《い》きるだけの幅雪《はばゆき》を掻《か》く　寺田　京子
除雪車《じょせつしゃ》の地《じ》ひびき真夜《まよ》の胸《むね》の内《うち》　黒田桜の園

鑑賞　吹雪《ふぶ》く闇除雪夫《やみじょせつふ》の灯《ひ》の泳《およ》ぐ見《み》ゆ　石橋辰之助

吹雪の闇に、明日の鉄路を守る除雪夫が出動している。「灯の泳ぐ見ゆ」は除雪夫たちの持つカンテラ・懐中電灯のあかりが揺らいで見えるのだが、除雪夫自身が、吹雪の中で、泳ぐように立ち働く姿を想像しての表現である。

雪《ゆき》まろげ　雪遊《ゆきあそ》び　雪仏《ゆきぼとけ》　雪投《ゆきな》げ　雪釣《ゆきづり》

解説　雪遊びの一つで、雪のかたまりを転がし大きくしてゆく遊びである。これで雪達磨（雪仏）を作ったりする。雪を使う遊びはほかにもある。雪を丸めて雪礫を作って投げあう雪合戦（雪投げ）や、糸に木炭をぶらさげて、それを雪の面につけて雪を釣り上げる雪釣や、雪を丸めて赤い実南天で眼をつけて兎の形を作る雪兎などがある。

雪達磨《ゆきだるま》・雪合戦《ゆきがっせん》・雪兎《ゆきうさぎ》・雪礫《ゆきつぶて》。

君火《きみひ》をたけよきもの見《み》せむ雪丸《ゆきまる》げ　芭蕉
たれやらに似《に》し雪《ゆき》だるま見《み》て過《す》ぎる　伊東月草
雪《ゆき》だるま星《ほし》のおしやべりぺちやくちやと　松本たかし
雪達磨《ゆきだるま》眼《め》を喪《うしな》ひて夜《よる》となる　角川源義
雪合戦《ゆきがっせん》わざと転《ころ》ぶも恋《こい》ならめ　高浜虚子
靴紐《くつひも》をむすぶ間《ま》もくる雪《ゆき》つぶて　中村汀女

鑑賞
雪《ゆき》まろげ非番看護婦《ひばんかんごふ》も加《くわ》はりぬ　星野麦丘人

珍しい大雪に、朝から町では雪まろげが始まった。病院前での子供たちの雪転がしに、非番の若い看護婦ががまんしきれずにとうとう飛び出してきて加わったのだ。窓からは患者たちが、その光景に目を細めているのが連想される。

スキー

解説　雪の上を滑走する細長い板状の運動具のことをスキーというが、それを両足に固定させて滑るスポーツのこともいう。スケートと並んでスキーは、ウインタースポーツの花形として大衆に愛され、十二月末からは各スキー場とも混みあう。近年、空前のスキーブームを生んでいる魅力は、雪や自然の美しさと同時に、スピードとスリルに富んでいることであろう。さらに、滑降・回転・停止など技術の奥行きの深さを要求されることもあろう。自然との一体感を味わえることが、都会の若い人にますます魅力を与えているのであろう。十二月に入るとスキー列車も運転される。スキー用具も進歩して、風俗も年々華美になり大衆化して定着した。

貸《か》しスキー貸靴《かしぐつ》若《わか》さ借《か》りられず　津田　清子
太陽《たいよう》に吹《ふ》き込《こ》む飛雪《ひせつ》スキー場《じょう》　中西　碧秋
スキー帽脱《ぼうぬ》ぎ捨《す》てに炉《ろ》を囲《かこ》みけり　岡田　貞峰
星空《ほしぞら》を降《ふ》りくる雪《ゆき》にスキー穿《は》く　稲垣　黄雨
スケートの濡《ぬ》れ刃《ば》携《たずさ》へ人妻《ひとづま》よ　鷹羽　狩行
スケートの両手《りょうて》ただよひつつ止《と》まる　森賀　まり

鑑賞　雪挿《ゆきざ》しに長路《ながじ》のスキー休《やす》めあり　山口　誓子

スキーをはずして休憩するときは、雪に突きさして立てて置く。斜面を流れ出すのを防ぐためである。長路を来た人の休憩だが、スキーにも休憩を与えていると表現して、長路の距離と難所を連想させる効果があろう。

ラグビー

解説　ラグビー・フットボールの略で、サッカー（アソシエーション・フットボール）から派生した運動競技であり、英国が発生の地である。十五人ずつ二組みに分かれて、楕円形《だえんけい》のボールを奪いあい、相手のゴールに運びこんでトライをして得点を争う。ボールを抱えて走る敵にタックル（飛びつく）して倒したり、両チームがスクラムを組んで激しく押しあうなど、まさに男性的な勇壮なスポーツである。明治三十三年日本に伝わって今日に至っている。英国の国技でシーズンは冬季に行われるので、日本もそれに倣って冬季が多く、雪・雨にかかわらず競技を行っている。現在、正月を中心にラグビー競技は盛んで、サッカー、スキー、アイスホッケーなどと並んで、冬季の近代季語である。ラグビーが俳句に登場したのは昭和八年の山口誓子が最初である。

ラグビーや敵《かたき》の汗《あせ》に触《ふ》れて組《く》む　日野　草城
ラグビーのジャケツちぎれて闘《たたか》へる　山口　誓子
ラグビーのまぢかの拍手浴《はくしゅあ》びてかへる　波多野爽波
ラグビーの頬傷《ほおきず》ほてる海見《うみみ》ては　寺山　修司
ラガー等《ら》のそのかち歌《うた》のみじかけれ　横山　白虹
眉《まゆ》の根《ね》に泥乾《どろかわ》きゐるラガーかな　三村　純也

鑑賞　見舞《みま》ひて帰《かえ》る辺《へ》のラグビーの蹴《け》り強《つよ》し　八木林之助

病院に人を見舞った際の帰途、ラグビーの練習風景を見た。縦横に走り、倒れあい、ボールを高く蹴り上げる。その瞬間のたくましい力強さに目を見張った。弱々しい病人を見舞った直後だけに、その瞬間が印象的なのだ。

雪女郎《ゆきじょろう》（ゆきぢよらう）　雪女《ゆきおんな》　雪坊主《ゆきぼうず》

解説　雪国で雪の降る中に突然現れるという妖怪《ようかい》。白い衣を着た女の姿の雪の精という。東北の各地にさまざまの伝説があり、炉辺《ろべ》の話、民話などに神秘的ロマンチックに脚色されている。呼び名も雪入道・雪鬼・雪娘・雪婆などと多く、雪に閉じこめられて長い冬を過ごす人々が似たような幻想を抱くためであろう。

かく行《ゆ》けば平家《へいけ》も住《す》まじ雪女郎《ゆきじょろう》　阿波野青畝
雪女郎《ゆきじょろう》おそろし父《ちち》の恋恐《こいおそ》ろし　中村草田男
あやかしは美《は》しくあるべし雪女郎《ゆきじょろう》　向田　貴子
雪女《ゆきおんな》白糸滝《しらいとたき》に入《い》りしといふ　萩原　麦草
聖堂《せいどう》の固《かた》き扉《と》に泣《な》く雪《ゆき》をんな　佐野まもる

鑑賞　みちのくの雪深《ゆきふか》ければ雪女郎《ゆきじょろう》　山口　青邨

みちのく、東北地方の雪はまことに深い。もうただ雪深いとしかいいようもない。そんな山間に生まれる雪女郎の幻想、一句さらりと叙して気品あり、また不思議な美を現出した。

雪《ゆき》折《おれ》（ゆきをれ）

解説　降り積もった雪の重さに耐えきれず、竹や木が折れることをいう。見た目にさほどでなくとも、雪の重みはあなどれない。また太い木の枝が下に引っ張られる際に働く力も想像以上のものがある。静かに雪の重みが加わってついに折れ裂《さ》けるのである。庭木や果樹などの枝に雪吊《ゆきつ》りをし、これを防止する。

雪折《ゆきおれ》もきこえて暗《くら》き夜《よ》なりけり　蕪村
雪折《ゆきおれ》やひとすぢわたる蔓《つる》もどき　水原秋桜子
雪折《ゆきお》れの竹生《たけい》きてゐる香《か》を放《はな》つ　加藤知世子
雪折《ゆきおれ》の杉《すぎ》はもつともいさぎよし　青柳志解樹
雪折《ゆきお》れは百鬼《ひやっき》夜《や》行《ぎょう》の跡《あと》ならむ　松尾龍之介

鑑賞

杉《すぎ》の香《か》の雪折《ゆきお》れにきて佇《た》ち止《ど》まる　中西舗土

雪道を行くと、つんと鼻をつくような杉の真新しい香りが漂う。雪の重みで杉の大きな枝が折れ裂けていたのだ。一面の銀世界の、荘厳な一場面に出会った。

氷《こおり》（こほり）　厚氷《あつごおり》　氷面鏡《ひもかがみ》

解説　水はふつう気温〇度以下になると凍りはじめる。できるのが氷である。冬は寒いので、あちこちで氷が見られる。水道が凍るような日には、台所の桶《おけ》や瓶《かめ》などに満たしておいた水にも氷が張る。庭の池・沼・湖などにも氷が張る。北国や山国など寒い地方では、氷も厚くなり、上を歩いたり、スケートができたりする。湖の氷を割って釣りをする楽しみもある。**氷湖**《ひょうこ》や**氷海**《ひょうかい》である。北方では海も氷が張ってしまう。厳しい寒さのおりには滝までが、**凍滝**《いてたき》となる。

滝氷《たきこお》るともいう。河川が凍ってしまうと、その上に柴《しば》など敷いて、人や馬・車などを通行させる臨時の橋のように作ることが氷《こおり》橋《ばし》である。凍った面が鏡のように見えるのを氷面鏡という。

折《お》れ沈《しず》む竹《たけ》のうへなる氷《こお》りかな　闌更
あかつきや氷《こおり》をふくむ水白《みずしろ》し　白雄
山河《さんが》けふはればれとある氷《こおり》かな　鷲谷七菜子
悪女《あくじょ》たらむ氷《こおり》ことごとく割《わ》り歩《あゆ》む　山田みづえ
しつかりと見《み》ておけと瀧氷《たきこお》りけり　今瀬剛一
氷上《ひょうじょう》の一児《いちじ》ふくいくたる暮色《ぼしょく》　飯田龍太

鑑賞　氷上《ひょうじょう》を滑《すべ》りし礫《つぶて》とどまれり　丘本風彦

凍っている大きな池。岸から小石を投げる。石は氷の上に落ちて、しばらくは氷の上を滑って、やがて止まってしまう。子供たちの遊び。誰の投げた礫が一番遠くまで届いただろう。

氷柱《つらら》　垂氷《たるひ》

解説　軒のしずくが凍って、棒のように垂れ下がっているもの。雪国の軒廂《のきびさし》で、屋根の雪が解けて、そのしずくが凍りついて、何十本と氷柱が下がり、陽に輝いているときなどは、壮観である。先の方がとがっているので、氷の剣のようである。山中の木の枝や岩、崖《がけ》などにもできる。滝にもすだれのようにできたりする。七色に輝いて美しいときもある。垂氷は古い言い方、他に銀《ぎん》竹《ちく》などともいう。同じ字で氷柱《ひょうちゅう》というと、花氷《はなごおり》のことで、夏、大きな氷の中に草花などを凍結させた、装飾的な冷房用のものになる。

御仏《みほとけ》の御鼻《みはな》の先《さき》へつららかな　一茶
外《そと》に立《た》ちて氷柱《つらら》の我《わ》が家《や》侘《わび》しと見《み》　高浜虚子
みちのくの町《まち》はいぶせき氷柱《つらら》かな　山口青邨

氷柱《つらら》落《お》つ音《おと》に遅《おく》れて朝日《あさひ》来《く》る　篠田悌二郎
巌《いわ》つららぽつんと折《お》れて柩《ひつぎ》通《とお》す　岸田稚魚

鑑賞　みちのくの星入《ほしい》り氷柱《つらら》われに呉《く》れよ　鷹羽狩行

みちのく（東北）生まれの作者が、幼時を懐かしんで作ったメルヘンの世界である。「星入り氷柱」とは、ロマンがあって、郷愁を誘う美しい表現である。夏の花氷などが連想される。

避《ひ》寒《かん》

解説　冬の寒い一時期を、海べりの温暖な別荘や旅館、温泉地の旅館などに移り住んで、寒さを避けることである。夏季の避暑とは違ってにぎわいは見られない。老人や病人の多いのも避寒の特徴で、転地療養・湯治を兼ねているからであろう。最近では、年末から正月にかけて、家族が海岸や温泉地で過ごすことが流行しているが、それも含めてよいであろう。

鰤《ぶり》の船《ふね》避《ひ》寒《かん》の船《ふね》と着《つ》きにけり　皆吉爽雨
老《おい》二《ふた》人《り》塵《ちり》もあげずに避《ひ》寒《かん》宿《やど》　富安風生
避《ひ》寒《かん》宿《やど》菜《な》の花活《はない》けてありにけり　岡田耿陽
避《ひ》寒《かん》宿《やど》夏《なつ》のままなる籐《とう》椅《い》子《す》置《お》く　岡安迷子
何《なに》もなき海見《うみみ》つくして避《ひ》寒《かん》宿《やど》　桂信子
海《うみ》よりの雀《すずめ》が遊《あそ》ぶ避《ひ》寒《かん》宿《やど》　皆川盤水

鑑賞　湯《ゆ》づかれの虜《とりこ》となりし避《ひ》寒《かん》かな　小路紫峡

温泉宿への避寒は、朝に夕に温泉で体を温めながら一冬を過ごすもの。温泉もつかり過ぎると疲労を伴うものだ。すっかり湯疲れにとりつかれた自分だが、それでも寒さを覚えると、いそいそとして温泉に向かっている。

寒《かん》垢《ご》離《り》　寒行《かんぎょう》

解説　寒中に冷水を身に浴びて、神仏に祈願することをいう。寒行は寒中に寒さをがまんし苦行することで、寒垢離のように水垢《みずご》離《り》をとるばかりでなく、念仏を唱え、誦《ず》経《きょう》をなしたり、また、薄着《うすぎ》や裸・はだしで神社や寺に詣《もう》で、祈願をする。寒垢離《り》では水を浴びるだけでなく、滝に打たれたりする。昔は一般の人も祈願をこめて行ったが、現在では行者《ぎょうじゃ》が行うだけになった。また、社寺に参るばかりでなく、寒行僧は町へ出て、家の門に用意された桶《おけ》の水を浴びながら、修行したという。

鏘然《しょうぜん》と寒《かん》の水垢離《みずごり》ひびくなり　石田　波郷
寒垢離《かんごり》のしたたる人《ひと》とゆき交《か》へり　鈴木　白祇
しづかな熱気《ねつき》寒行《かんぎょう》後《あと》の僧《そう》にほふ　能村登四郎
寒行《かんぎょう》が歩《あゆ》むちひさき埃《ほこり》立《た》て　草間　時彦
寒行《かんぎょう》に蹤《つ》きて小暗《おぐら》き小名木川《おなぎがわ》　外川　飼虎

鑑賞　寒垢離《かんごり》に滝団々《たきだんだん》とひかり落《お》つ　山口　草堂
これは寒垢離で滝に打たれているところである。滝の水が、丸い、ひとまとまりずつになって、しかも光りながら落ちる。いかにも荒行という感じの、寒中の厳しい行者のありさまである。

寒稽古《かんげいこ》

解説　剣道・柔道・弓道などで武術の修業をする人々は、もっとも寒気の厳しい寒三十日間、早暁または夜陰、道場に集まって、激しい稽古を行って心身の鍛錬に努める。武術とは限らない、芸能なども含めてよい。さらに寒中には、他に寒復習《かんざらい》とか寒声《かんごえ》などがあって、音曲などの発声も寒中の厳しい中での鍛錬がよいとされて、激しい稽古をする。寒という字がかぶさっていると思わずも心も引き締まる思いがする。

渋《しぶ》引《ひ》きしごと喉《のど》強《つよ》し寒稽古《かんげいこ》　高浜　虚子
大《おお》ぶりの椀《わん》の湯漬《ゆづけ》や寒稽古《かんげいこ》　水原秋桜子
小《こ》つづみの血《ち》に染《そ》まり行《ゆ》く寒稽古《かんげいこ》　武原　はん
寒稽古《かんげいこ》膝《ひざ》ひしと寄《よ》せ娘の点前《てまえ》　藤木　治子
面《めん》取《と》れば窓《まど》明《あか》るみし寒稽古《かんげいこ》　杉山土留魚
切《き》りむすびたきひとのあり寒稽古《かんげいこ》　桂　信子

鑑賞 美少年《よかちご》を手玉《てだま》にとつて寒稽古《かんげいこ》　本田　一杉
よかちごは鹿児島方言。「手玉にとって」は自由自在に柔道の稽古をつけている姿である。寒稽古を通して少年を育てる心が伝わる。厳しくも愛情に満ちたものだ。美少年と美化した表現に少年のいきいきとした目が感じられる。

煮《に》凝《こごり》　煮凍《にこごり》

解説 冬、煮魚が冷えると煮汁とともに凝固してしまう。魚の骨のゼラチンの働きで、ゼリー状になる。いかにも家庭的で庶民の味わいのするものである。料理の場合は煮汁に葛粉《くずこ》や、寒天などを入れ型にはめて作る。色あいも上品で酒の前菜用（つまみ）に出される。どの魚も固まるが、鰈《かれい》・鮃《ひらめ》・小鯊《こはぜ》・すけそう鱈《だら》などがよく凝結し、風味もよい。また、肉類では鶏肉がよい。鮫《さめ》の皮の煮凝は、昔の駄菓子屋などで売られていた。舌にとけてゆく風味はなんともいえない。所帯じみた感じにも、また風趣の両面を持った季語である。寒鮒《かんぶな》を凍らせたものは凝鮒《こごりぶな》といわれて賞味される。

煮《に》凍《こごり》の出来《でき》るも嬉《うれ》し新世帯《しんじょたい》　正岡　子規
煮《に》こごりや昼《ひる》をかねたる朝《あさ》の飯《めし》　松尾いはほ
煮《に》凝《こご》りの魚《うお》の眼玉《めだま》も喰《く》はれけり　西島　麦南
煮《に》凝《こごり》や父在《ちちあ》りし日《ひ》の宵《よい》に似《に》て　草間　時彦
煮《に》凝《こごり》や海《うみ》まぎれゐる夜《よる》の方《かた》　坂口　匡夫
煮《に》凝《こごり》やにぎやかに星移《ほしうつ》りゐる　原　裕

鑑賞

煮凝《にこごり》に一宿《いっしゅく》の恩《おん》受《う》けにけり　吉井　莫生

夜更けに訪ねた友に、快く迎え入れられた。もうみな寝静まった後だからと、酒のさかなに煮凝を出してくれた。ごちそうの歓迎よりも、煮凝には家族同様に扱われた親しさがある。その好意がうれしかったのだ。

寒《かん》雀《すずめ》　ふくら雀《すずめ》　冬雀《ふゆすずめ》

解説　晩冬に見られる雀を指す。晩秋のころ穀類を飽食した雀がまるまると太り、冬季には脂がのって美味となるため食鳥として賞味される意も含まれるが、句に詠むときは前者が主である。ふくら雀は、寒気のため全身の羽毛をふくらませて、ふくれて見える雀、または、肥えてふくれた雀の子をいう。紋所《もんどころ》や模様、婦人の髪型、帯の結び方などにこの名があり、古くから用いられてきた。屋根や木の枝に止まり、厳しい寒気に耐える姿はいっそう親近感を抱かせる。

倉庫《そうこ》の扉《と》うち開《ひら》きあり寒雀《かんすずめ》　高浜　虚子

寒雀《かんすずめ》身《み》を細《ほそ》うして闘《たたか》へり　前田　普羅

寒雀《かんすずめ》顔見知《かおみし》るまで親《した》しみぬ　富安　風生

とび下《お》りて弾《はず》みやまずよ寒雀《かんすずめ》　川端　茅舎

寒雀《かんすずめ》身《み》にたそがれを浴《あ》び緊《しま》る　目迫　秩父

倒《とう》・裂《れつ》・破《は》・崩《ほう》・礫《れき》の街寒雀《まちかんすずめ》　友岡　子郷

鑑賞

寒雀《かんすずめ》少《すこ》しとびたるぬくとさよ　萩原　麦草

寒さに羽毛をふくらませた雀を見ると、こちらまで寒さを感ずるような気がする。人間が体を動かして温まるように、雀もちょっとだけ飛んでみた。作者自身の寒さも雀の飛翔《ひしょう》につれてほんの少しぬくもったに違いない。

凍《いて》蝶《ちょう》（いててふ）　冬《ふゆ》の蝶《ちょう》　蝶《ちょう》凍《い》つる

解説　蝶は厳冬期を除くすべての季節に目にすることができる。冬に入っても暖かい日には飛んでいるのを見かけることがある。
凍蝶は、寒さのために動かず、凍てついたようにじっとしている冬の蝶をいう。

凍蝶《いてちょう》の翅《はね》をさめて死《し》にけり　村上　鬼城
凍蝶《いてちょう》の落《お》ちくだけけり石《いし》の上《うえ》　高浜　虚子
凍蝶《いてちょう》に指《ゆび》ふるるまでちかづきぬ　橋本多佳子
冬《ふゆ》の蝶《ちょう》睦《むつ》む影《かげ》なくしづみけり　西島　麦南
冬蝶《ふゆちょう》の身《み》をひらきたる怒濤音《どとうおん》　斎藤　梅子
冬《ふゆ》の蝶《ちょう》吹《ふ》かるる翅《はね》を立《た》てとほす　西嶋あさ子

鑑賞　天日《てんじつ》を恋《こ》ひ凍蝶《いてちょう》のあがりけり　福田　蓼汀

厳冬に耐えていた凍蝶が、残りの力をふりしぼるように、ほろほろと太陽の彼方に舞い上がっていった。あるいは、凍蝶の昇天してゆく姿であったかもしれない。山で見た蝶であろうか。幻想的な美しく哀しい凍蝶である。

白《はく》鳥《ちょう》（はくてう）　スワン　大白鳥《おおはくちょう》

解説　白鳥は夏にアジアの北部で繁殖し、冬季に日本へ渡ってくる水鳥《みずとり》である。雁《かり》や鴨《かも》と同じ仲間であるが、大形で全身が純白、容姿が端麗である。わが国へ渡来するものは、大白鳥と白鳥の二種類であるが、大部分は大白鳥である。北海道・東北地方の湖沼に多く渡来するが、中でも新潟県阿賀野市水原《すいばら》にある瓢湖《ひょうこ》は、飛来地として天然記念物に指定されている。白鳥のうち、嘴《くちばし》のつけ根に瘤《こぶ》がある瘤白鳥は、渡ってきたものではなく、ヨーロッパなどで飼育されたものが輸入されたものであるから、季節とは関係がない。最近は各地で餌付《えつ》けをして白鳥を守る運動も盛んになってきた。このため、一時減少した飛来数も、やや増加しはじめている。

白鳥《はくちょう》といふ一巨花《いちきょか》を水《みず》に置《お》く　中村草田男
白鳥《はくちょう》の胸《むね》を濡《ぬ》らさず争《あらそ》へり　吉田　鴻司
千里《せんり》飛《と》び来《き》て白鳥《はくちょう》の争《あらそ》へる　津田　清子
白鳥《はくちょう》に餌《え》撒《ま》き声《こえ》掛《か》け男《おとこ》さびし　藤田　湘子
生《い》きて来《き》し汚《けが》れ白鳥《はくちょう》にもありし　今瀬　剛一

鑑賞　こころ忘《わす》れ来《き》しが白鳥《はくちょう》千羽《せんば》凍《い》つ　岸田　稚魚

「こころ忘れ来し」は、ぼんやりとあてもなくの意であろう。作者の視野に突如として千羽の白鳥が映しだされる。「千羽凍つ」に、感動が凝集されている。氷湖につどう白鳥の哀愁に満ちた声が響いてくるようだ。

千《せん》両《りょう》（せんりやう）　仙蓼《せんりょう》　実《み》千両《せんりょう》　草珊瑚《くささんご》

解説　センリョウ科の常緑低木。暖地の山林の下などに自生しているが、冬も鮮やかな緑を失わず、しかも珊瑚のような赤い実が美しいので庭園に栽培されており、まれに黄に熟する変種がある。この種子は果皮を除いて蒔《ま》かないと芽を出さない。千両の名は、藪柑子《やぶこうじ》の別名を百両というのに対してそれにまさるという意味で、縁起のよい植物としてお正月の切り花に多量に用いられる。ヤブコウジ科の**万両**《まんりょう》も千両によく似ていて、常緑で冬に赤い実を結ぶ。この千両と万両にさらにアカネ科の虎刺《ありどおし》という常緑低木を加えて、「千両・万両・在りどおし」の縁起で商家の庭などにそろって植えられることがある。

千《せん》両《りょう》や筧《かけい》の雫《しずく》落《お》ちやまず　水谷　浴子
千《せん》両《りょう》や大《たい》墨《ぼく》にぎる指《ゆび》の節《ふし》　長谷川かな女
千両《せんりょう》の実《み》をこぼしたる青畳《あおだたみ》　今井つる女
名《な》は千両《せんりょう》といふ明《あか》るくて寂《さび》しくて　有働　亨

大霧《おおぎり》のせまる軒端《のきば》や草珊瑚《くささんご》　小園三空坊

鑑賞 いくたび病《や》みいくたび癒《い》えき実《み》千両《せんりょう》　石田　波郷

作者は宿痾《しゅくあ》の肺結核のため、生涯のほとんどを病床に過ごした。「今生は病む生なりき鳥頭《とりかぶと》」という句ものこしている。つぶらな千両の実に、ふとこぼしたつぶやきのようなことばだが、万感がこもる。

葉牡丹《はぼたん》

解説 アブラナ科の多年草。ただし、園芸上は一年草として扱っている。葉そのものが美しく、牡丹の花のようだというので葉牡丹の名があるが、もとをただせばキャベツの変種を見つけて栽培・育種したもの。ヨーロッパ原産で、江戸時代にオランダ菜として渡来した当初はさほど美しいものではなく、以後日本で栽培改良して今日見るような色彩の変化に富む園芸品種を作り出したのである。鉢植えにしたり花壇に植えたりするが、水揚げがよく長持ちするので冬の生け花としても用いられる。本家のヨーロッパでは日本ほど改良が進んでおらず、食用や家畜の飼料にしているので、日本へ来て葉牡丹を見るとびっくりする外国人が多いという。

葉牡丹《はぼたん》よ心《こころ》の貧《まず》しきは富《と》めり　菅　裸馬

葉牡丹《はぼたん》の一枚《いちまい》いかる形《かたち》かな　原　石鼎

葉牡丹《はぼたん》にうすき日《ひ》さして来《き》ては消《き》え　久保田万太郎

葉牡丹《はぼたん》の渦《うず》一鉢《ひとはち》にあふれたる　西島　麦南

葉牡丹《はぼたん》を植《う》ゑて玄関《げんかん》らしくなる　村上喜代子

鑑賞 二株《ふたかぶ》の葉牡丹《はぼたん》瑠璃《るり》の色違《いろちが》ひ　西山　泊雲

鉢植えにして目を楽しませてくれる二株の葉牡丹であろうか。葉牡丹の色あいは微妙で、どちらにも混じっている瑠璃色は決して同一の瑠璃色を見せない。

寒菊《かんぎく》　冬菊《ふゆぎく》　霜菊《しもぎく》

解説　寒菊は野菊の一つに数えられる油菊《あぶらぎく》の一変種の名で、日当たりのいい山麓《さんろく》などに自生するキク科の多年草である。冬に小さな黄色の花が咲き、霜にあっても傷まないので栽培される。これをまた冬菊とも霜菊とも称するのである。しかし実際には他の品種で冬まで咲き残っている菊、たまたま冬に咲いた菊を総称して寒菊・冬菊としている例が多い。温室栽培の菊も広い意味ではこの中に含めなければならないであろう。

寒菊《かんぎく》や粉糠《こぬか》のかかる臼《うす》の端《はた》　芭　蕉
寒菊《かんぎく》にかりそめの日《ひ》のかげり果《は》つ　中村　汀女
寒菊《かんぎく》のくれなゐふかく昃《かげ》りけり　金尾梅の門
寒菊《かんぎく》や母《はは》のやうなる見舞妻《みまいづま》　石田　波郷
冬菊《ふゆぎく》の捨《す》てむとすれば匂《にお》ふなり　樋笠　文

鑑賞　冬菊《ふゆぎく》のまとふはおのが光《ひかり》のみ　水原秋桜子

庭の一隅にりりしく咲いているひとむらの冬菊。日ざしの陰にあって、そこだけがぽっと明るく輝いている。それは冬菊自身の放つ光なのだ。作者の心はその明るさに励まされた。

冬薔薇《ふゆばら》　冬薔薇《ふゆそうび》　寒薔薇《かんばら》　寒薔薇《かんそうび》

解説　冬に咲く薔薇のことで、とくに冬薔薇という品種があるわけではない。四季咲きの薔薇は冬にも花をつけるが、それに限らず冬の日ざしの中に咲き出る薔薇の総称である。あたりの枯れ色の中に、薔薇の木自身も冬めいた姿をしながら、数輪の花を開くさまなど、他の季節にはない冬独特の寂しい風情がある。しかし、現今は温室栽培で真冬でもみごとな花を咲かせることができ、鮮やかな花が出回っている。これをも冬薔薇と呼ばないわけにはいかないであろう。

ひらかんとする冬薔薇《ふゆばら》に天無風《てんむふう》　西島　麦南
思《おも》はずもヒヨコ生《うま》れぬ冬薔薇《ふゆそうび》　河東碧梧桐
咲《さ》きかけて尖《とが》る蕾《つぼみ》や冬薔薇《ふゆそうび》　小松　月尚
冬《ふゆ》さうびかたくなに濃《こ》き黄色《きいろ》かな　長谷川かな女
冬薔薇《ふゆそうび》紅《あか》く咲《さ》かんと黒《くろ》みもつ　細見　綾子
大寒《たいかん》の薔薇《ばら》に異端《いたん》の香気《こうき》あり　飯田　龍太

鑑賞 冬《ふゆ》ばらの影《かげ》まで剪《き》りしとは知《し》らず　長谷川秋子

庭の薔薇が冬の晴れ間に数輪の花をつけた。予期せぬ花だったので、うれしさに剪って室内に飾った。ところが、庭の薔薇の木が急に寂しくなった。花が消えただけではない、何かだいじなものを失った気がする。

水《すい》仙《せん》（すゐせん）

解説 ヒガンバナ科の多年草。北アフリカの地中海沿岸およびヨーロッパ南部に三十種以上も野生している。そのうちの一種、一本の茎に五～八個の花をつける房咲水仙《ふさざきすいせん》は、原産地カナリー島からヨーロッパ、イラン、中国を経て変化しながら発達したものが古く日本へ渡来し、各地の暖かい海岸地方に根をおろして野生化した。これは日本水仙《にほんすいせん》と呼ばれ、単に水仙という場合はこの日本水仙を指す。明治以後の輸入によらずわが国へ渡来した水仙はこの一種のみである。海岸沿いに野生するものは花が早く、正月の飾り花にされるが、内陸部で庭などに植えたものはやや遅れて開花する。いずれにしても冬の花で、雪の中に咲くというので雪中花とも呼ばれた。

水仙《すいせん》の束《たば》とくや花《はな》ふるへつつ　渡辺　水巴
海明《うみあか》り障子《しょうじ》のうちの水仙花《すいせんか》　吉川　英治

水《みず》かへて水仙《すいせん》影《かげ》を正《ただ》しけり　日野　草城
水仙《すいせん》や古鏡《こきよう》のごとく花《はな》をかかぐ　松本たかし
水仙《すいせん》の枯《か》れゆく花《はな》にしたがふ葉《は》　安住　敦
水仙《すいせん》は八重《やえ》より一重《ひとえ》孤《こ》に徹《てつ》す　西嶋あさ子

鑑賞　一茎《ひとくき》の水仙《すいせん》の花《はな》相《あい》背《そむ》く　大橋越央子

一茎の水仙の花は決して同じ方向を向いては花をつけない。いや、つけ得ない。ややうつむきがちに、それぞれ別の方向を向いて開く花なのだ。自明のことだが、自明のうちにひそむ不思議を詠い上げたといえよう。

麦《むぎ》の芽《め》

解説　麦を蒔《ま》くのは寒地では九月、暖地に行くに従い遅くなり、四国や九州では十一月がふつうである。翌年の初夏に収穫するので、畑や水田の裏作にたいへん都合のよい作物である。低温と乾燥に強く、周囲すべて冬枯れの景色の中で青々と芽を出す麦畑の印象は強烈である。小麦と大麦は古く渡来したのだが、八世紀ごろから本格的に栽培されるようになったといわれる。

山《やま》の上《うえ》麦《むぎ》の芽《め》出《い》でて畑《はた》となる　中村　汀女
麦《むぎ》の芽《め》や日々《ひび》余白《よはく》なる農日記《のうにっき》　小暮　輝晴
麦《むぎ》の芽《め》の凍土《いてつち》もろくなりにけり　田辺　正人
麦萌《むぎも》ゆる土《つち》こまごまと影《かげ》を生《う》み　福永　耕二

鑑賞　麦《むぎ》の芽《め》のしづかなる土厠《つちかわや》より　森　澄雄

厠のすぐ裏は畑になっていて、この間まで黒々とした土が見えるのみだった。今、整然とたくましく麦の芽が列をなして萌《も》えている。

日《ひ》脚《あし》伸《の》びる

解説　冬至が過ぎれば、一日一日少しずつ日照時間が伸びるのであるが、それをはっきりと覚えるようになるのは一月も半ば過ぎである。寒中とはいっても、ふと春近づく思いを抱くのと同じころの感じである。日照時間はこの時期を過ぎても夏至までますます伸びてくるのであるが、「日脚伸ぶ」の感じは日照の一刻ずつの伸びをいとおしむ寒さの中にあっての進みゆく季節への期待である。

日脚《ひあし》伸ぶ夕空紺《ゆうぞらこん》をとりもどし　皆吉　爽雨
顔《かお》よせて鏡《かがみ》のくもり日脚《ひあし》のぶ　石橋　秀野
日脚《ひあし》伸ぶ蓮田《はすだ》の果《はて》の恋瀬川《こいせがわ》　角川　源義
遠《とお》くまで歩《ある》きて日脚《ひあし》伸びにけり　雨宮きぬよ
こころまづ動《うご》きて日脚《ひあし》伸びにけり　綾部　仁喜

鑑賞 日脚《ひあし》のぶ電車《でんしゃ》にくらしの裏見《うらみ》られ　成瀬桜桃子

都心から発して郊外へ、住宅地を過ぎる電車の沿線には家裏を見せているところが多い。ちょっとした庭などもある。そこにもさまざまな生活、まぎれもなく春待つ暮らしのさまがある。

臘梅《ろうばい》（らふばい）　唐梅《からうめ》

解説　ロウバイ科の落葉低木で、高さはせいぜい三メートルである。中国から十七世紀前半にもたらされたもので、唐梅という別名がそれをよく物語っている。臘梅の名は、この花が臘細工のような形状であるからとか、臘月すなわち陰暦十二月ころに咲き出すからといわれている。厳寒のころ、葉がまだ出ないうちに二センチくらいの花を横向きにつける。外側の弁は黄色、内側は暗紫色を呈し、萼《がく》と花弁がはっきり識別できない。花には蘭《らん》にも似た芳香があり、よく盆栽仕立てにして愛好される。

臘梅《ろうばい》に雀《すずめ》の来啼《きな》く日和《ひより》かな　内藤　鳴雪

臘梅《ろうばい》のかをりやひとの家《や》につかれ　橋本多佳子
臘梅《ろうばい》や枝《えだ》まばらなる時雨《しぐれ》ぞら　芥川龍之介
蠟梅《ろうばい》の光沢《こうたく》といふ硬《かた》さかな　山上樹実雄
校倉《あぜくら》に蠟梅《ろうばい》の香《か》の古《ふる》びつつ　山田　弘子

鑑賞　臘梅《ろうばい》のつぼらに空《そら》の凍《い》てにけり　石原　舟月

臘梅のこまやかな黄色の花がどの枝にも咲き満ちている。その臘梅の上に広がる冬空は、雲に閉ざされて寒々と凍りついたようである。「つぼらに」はくまなく、まんべんなくの意味。

探梅《たんばい》　探梅行《たんばいこう》

解説　早梅を探って山野を歩き回るのが探梅・探梅行である。梅林などの観梅（春）とはまったく趣が違うところを注意されたい。まだ冬なのだが、山裾《やますそ》などの日当たりのいい所では、そろそろ梅が咲きはじめているのではなかろうかと想像しながら出掛けて行くのである。その風雅を求める心を優先させた季語である。探梅と読ませるのは比較的新しく虚子以後である。それまでは梅探ると使い、梅は古来「春を告げる花」であるから、梅を探ることによって春を見つけようという意味であったが、芭蕉の「うち寄《よ》りて花入探《はないれさぐ》れ梅椿《うめつばき》」に付句《つけく》は冬にせよという示唆を与えて、梅探るを冬季に定めている。「見る」から「探る」という心の深まりを指摘した芭蕉の面目がうかがえる。

香《か》を探《さぐ》る梅《うめ》に蔵《くら》見《み》る軒端《のきば》哉《かな》　芭　蕉
探梅《たんばい》の人《ひと》が覗《のぞ》きて井《い》は古《ふ》りぬ　前田　普羅
探梅《たんばい》やみささぎどころたもとほり　阿波野青畝
探梅《たんばい》や遠《とお》き昔《むかし》の汽車《きしゃ》に乗《の》り　山口　誓子
日《ひ》の当《あた》る方《ほう》へと外《そ》れて探梅行《たんばいこう》　鷹羽　狩行

鑑賞 探梅《たんばい》のこころもとなき人数《にんず》かな　後藤　夜半

探梅でもしようと話がもちあがったが、この二、三日寒さが厳しくなった。寒さがひびいたのか、待ち合わせの場所で落ち合った人数もほんの数えるほどである。これでは、行き先心細く思われてならないのだ。

佗《わび》助《すけ》

解説 ツバキ科の常緑低木。晩秋から早春にかけて、白い斑《まだら》の混じった紅色の一重の花が、いわゆるラッパ状に咲く。花弁はふつう五枚、まれに六枚のものもある。花の数もふつうの椿《つばき》のように多くはない。栽培はややむずかしいが、庭木や生け花として観賞され、その佗びた姿はとくに茶人に愛されてきた。豊臣秀吉《とよとみひでよし》の朝鮮出兵のおり、佗助という者が持ち帰ったというところからこの名が出たという説がある。

浮雲《うきぐも》やわびすけの花咲《はなさ》いてゐし　渡辺　水巴
佗助《わびすけ》のいまひとたびのさかりかな　中村　若沙
佗助《わびすけ》のひとつの花《はな》の日数《ひかず》かな　阿波野青畝
竹林《ちくりん》を逃《に》げし日《ひ》ざしの佗助《わびすけ》に　上村　占魚
佗《わび》助《すけ》の花《はな》の俯《うつむ》き加《か》減《げん》かな　星野　高士

鑑賞 佗助《わびすけ》の咲《さ》きかはりたる別《べつ》の花《はな》　富安　風生

佗助は花もその名も佗びたさまで、華やかな例句は見当たらない。この句も、鮮やかだが寂しい花数を詠んだもの。ひそと散り、ひそと咲き替わる花の趣。

室《むろ》咲《ざき》

解説 春に咲くはずの草木の花を、冬に温室の中で早く咲かせたものをいう。昔は蕾《つぼみ》を持った梅の枝を切り取り、炉火《ろび》を置いた室内または土蔵などに入れて開花させた。これを室の梅、室咲の梅といって珍重したが、今はガラス張りの温室やビニールハウスが普及し、さらに蒸気や電熱の装置を導入して、いろいろな草木を室咲として冬に開花させることができる。

室咲《むろざき》に苺《いちご》の花《はな》もあるあはれ　水原秋桜子
室咲《むろざき》や古《ふる》き調度《ちょうど》に埋《う》もれ住《す》む　島田みつ子
紅唇《こうしん》の濡《ぬ》るるがごとく室《むろ》の花《はな》　富安風生
室《むろ》の花室出《はなむろで》て風《かぜ》に吹《ふ》かれけり　佐藤東瓜
味方《みかた》にはならぬ人《ひと》なり室《むろ》の花《はな》　神野紗希

【鑑賞】室咲《むろざき》の花《はな》の工《たく》みの呆《ほう》けそめ　後藤夜半
非常に美しくまた精緻《せいち》な花を咲かせていた室咲の花も、しばらく部屋に飾っておいた間に衰えを見せはじめた。「呆く」はぼんやりする、ぼける意味である。

春《はる》隣《となり》

春近《はるちか》し　春信《しゅんしん》

【解説】春を期待する気持ちに、もう春がすぐそこに来ていると感じられるけはいをいう。厳しい寒さの中で、誰にも春は待ち遠しく、**春《はる》を待《ま》つ・待春《たいしゅん》**という季題も生まれてくる。野山のけはい、雨や風、日の光、なんにでも春の到来を感じ取るのである。

叱《しか》られて目《め》をつぶる猫春隣《ねこはるとなり》　久保田万太郎
春近《はるちか》き銀座《ぎんざ》の空《そら》を鷗飛《かもめと》ぶ　大谷句仏
時《とき》ものを解決するや春《はる》を待《ま》つ　高浜虚子
九十《きゅうじゅう》の端《はした》を忘《わす》れ春《はる》を待《ま》つ　阿部みどり女
春《はる》を待《ま》つおなじこころに鳥《とり》けもの　桂信子

【鑑賞】借《か》りし書《しょ》の返《かえ》しがたなく春隣《はるとなり》　松本たかし
借りた本はそのままに年を越して、とうとう返す機会を失うということはよくある。ふとそんな負い目を思いながら、会う機会を失った友を思い、あらためて春来る月日の歩みを思うのである。

節《せつ》分《ぶん》

解説　節の分岐点で、四季の移り目をいうが、室町時代から立春前日が重要視された。新しい春を迎える意味からであろう。今は節分といえば、立春前日（二月三日ごろ）だけを指す。新しい春のために悪魔をも追い払う行事が広く行われている。

節《せつ》分《ぶん》の人影《ひとかげ》大きく夜《よ》の障子《しようじ》　阿部みどり女
節《せつ》分《ぶん》や家《や》ぬちかがやく夜半《よわ》の月《つき》　水原秋桜子
節《せつ》分《ぶん》の夜《よ》空《ぞら》滴《したた》る眉《まゆ》の上《うえ》　村沢　夏風
節《せつ》分《ぶん》や田《た》へ出《で》て靄《もや》のあそびをり　森　澄雄
節《せつ》分《ぶん》や梢《こずえ》のうるむ楢林《ならばやし》　綾部　仁喜

鑑賞　節《せつ》分《ぶん》の火《ひ》の粉《こ》を散《ち》らす孤独《こどく》の手《て》　鈴木六林男
「火の粉を散らす」だけでは確かにはわからないが、たき火か、炭火か。いずれにせよ、火を育てている者に、とくにその手の所作に思いやった孤独だ。季節の分かれ目にして思う人生の寂寥《せきりよう》か。

追《つい》儺《な》（なつゐ）

なやらい　鬼《おに》やらい　豆撒《まめまき》　柊《ひいらぎ》挿《さ》す

解説　現在、節分の夜に行われている鬼やらいの行事で、悪疫を追い払うものである。もとは大晦日に行われた。中国では先秦《せんしん》時代、紀元前三世紀のころにすでに行われていたという。それが平安朝のころ、わが国にも伝わり、宮中において儀式として行われた。大舎人《おおとねり》が仮面をかぶり盾と矛とを持って鬼を追い、王卿《おうきよう》以下は桃の弓に葦《あし》の矢を放って追い払う行事であった。これは鎌倉時代末まで公の儀式となっていたという。のちに、神社・寺院で追儺式が広く行われるようになり、大晦日から節分の夜に日取りも変わった。現在では豆撒きの行事の方がよく知られている。大豆を炒《い》って、鬼打ち豆とし「福は内鬼は外」と連呼して、悪鬼を追い払う。この豆は年取り豆、福豆《ふくまめ》ともいい、年の数より一つだけ多く豆を食べるという風習も残っている。昔、大晦日に行われていた名残である。節分の行事としては他に、戸口に柊の枝を挿し、それに鰯《いわし》の頭を刺して鬼を追い払う風習がある。現在でも節分が近づくと、八百屋の店頭に柊の小枝が売られていたりする。柊の葉のとがっているのが鬼の目を刺し、鰯の悪臭に鬼が逃げるといわれている。

山国《やまぐに》の闇《やみ》おそろしき追儺《ついな》かな　原　石鼎
はじまりし追儺《ついな》神楽《かぐら》に夜鳥《やちょう》翔《た》つ　下村ひろし
硝子戸《ガラスど》を開《ひら》きて海《うみ》へ鬼《おに》やらふ　山口波津女
あをあをと星《ほし》が炎《も》えたり鬼《おに》やらひ　相馬遷子
赤鬼《あかおに》は日本《にっぽん》の鬼鬼《おにおに》やらひ　石田波郷

鑑賞　わが声《こえ》のふと母《はは》に似《に》て鬼《おに》やらひ　古賀まり子

「福は内鬼は外」と声をあげて豆を撒く。幼いころから母といっしょに鬼やらいをしたのであった。ふと気付くと、自分の声が母に似てきたと思う。母と同じ動作で、母と同じ声を出して、豆を撒いていたのである。

なまはげ　なもみ剝《は》ぎ

解説　秋田県男鹿《おが》半島の村々で、もとは陰暦正月十五日の夜行われた。現在は十二月三十一日の夜行われる。青年が笊《ざる》を用いて作った鬼の面をかぶり、藁《わら》のケダシを腰に巻き、藁靴をはいて、恐ろしい鬼の姿になり、大きな木製の刃物を下げ、箱の中に小さなものを入れて、からから鳴らし、二、三人一組みになって、家々を訪れる。「エダーガー（居るか）泣く子エダネガー」と子供をふるえあがらせ、「ナモミコはげたかはげたかよ、包丁コ研《と》げたか研げたかよ、小豆コ煮えたか煮えたかよ」などとも言って、家の中を踏み鳴らし荒々しく歩く。冬働かずに火のそばにばかりいる者の肌にできる火斑《ひがた》（ナモミ）を包丁で剝ぎ取り、小豆の煮えたのをつけて食ってしまうとおどかすのである。怠け者には恐ろしい鬼である。酒・餅《もち》・銭などを供せられて、次の家へ行く。子供は大人にすがり、物陰に逃げ隠れたりする。親が子の代わりにあやまってやったりする。神が仮装して現れるという古代信仰が、こういう形でおもかげを残しているのだと考えられる。

石垣《いしがき》にぶつかる波音《なみおと》生《なま》はげ来《く》る　小野　一壺
なまはげのひらたき蹠《あし》が踏《ふ》み鳴《な》らす　今田　拓
なまはげにしやつくり止《や》みし童《わらべ》かな　古川　芋蔓
なまはげ去《さ》り時雨《しぐれ》まじりに濤《なみ》の音《おと》　高橋　道人
なまはげに父《ちち》の円座《えんざ》の踏《ふ》まれけり　小原　啄葉

鑑賞　なまはげに庇《ひさし》の雪《ゆき》のどどと落《お》つ　出牛　青朗

なまはげの恐ろしい鬼がやってきた。その荒々しいようすに、まず庇の雪がどどーっと音をたてて落ちる。雪煙が立つ。雪国の夜の、まさに古代信仰が生きている感じがある。

かまくら

解説　旧暦の正月十二日から十五日まで行われる、雪で作った小屋での子供の行事である。秋田県横手《よこて》市が有名で、現在は二月十五、十六日に行われている。道路わきに雪を積み、それを掘って雪洞を作り、正面に祭壇を設けて、オスズサマと呼ぶ水神を祭る。供物《くもつ》をそなえ、灯明をともし、子供たちが集まって、餅《もち》を焼いて食べたり、甘酒を温めたりする。十五日の朝は、雪洞の前で火を焚《た》き、鳥追いの歌をうたう。雪洞の中は案外暖かく、灯明が明るく、雪国の夜の情趣があるので、子供たちの楽しい遊びだけでなく、観光的にも有名になっている。

身《み》半分《はんぶん》かまくらに入《い》れ今晩《こんばん》は　平畑　静塔

かまくらの灯《ひ》より人家《じんか》の灯《ひ》の貧《まず》し　岸　風三楼

かまくらのこぼれ灯道《びみち》に踏《ふ》みかがむ　上村　占魚

かまくらに坐《ざ》して幼《おさな》き想《おも》ひあり　勝田　千以

かまくらやうしろの闇《やみ》へ炭火《すみび》捨《す》つ　牧石　剛明

鑑賞 睫毛《まつげ》は蘂《しべ》かまくらの中《なか》あかあかと　成田　千空

かまくらの中には灯がともり、そこにいる子供（それは多分少女であろう）の睫毛が花の蘂のような感じである。長い睫毛が灯を受けて、ぱっちりと影を落としていたのであろう。全体にメルヘン的な情趣である。

新年

新年

新年は独特な季節である。この季節は自然の季節というより行事の季節といってよい。陰暦では、新年すなわち一年の初めを立春に合わせるようにしていたので、新年は同時に迎春であった。春を迎える喜びの中に、新年を迎える祝意もこめていたのである。陽暦になってからは、北半球では立春（二月四日ごろ）よりほぼ一か月も前に新年を迎えることになった。ところが、新年に結びついた迎春の気分は変わらず、「初春」とか「今朝の春」はまったく新年の季題としてとどまってしまった。また、「春着《はるぎ》」といえば、春服のことではなく、正月着のことである。

新年では、旧正月（陰暦による正月）の習慣が少ないので、まったく冬の季節の行事であるが、冬の他の行事とは区別される。新年に関連する季題は、季節の中の別の季節として、冬とは区別されることがならわしとなった。

去年《こぞ》今年《ことし》

解説　一夜明けて元日になれば、きのうは去年、たった一日の違いで去年と今年である。新年には、このたちまちにして年去り年来るという思いがどうしてもわいてくる。この新年に抱く時の流れの迅《はや》さへの深い感慨をこめて去年今年という。

此《この》うへの夢《ゆめ》は覚《おぼ》えず去年《こぞ》ことし　鳳　朗
檜葉垣《ひばがき》に深《ふか》き靄《もや》こめ去年今年《こぞことし》　遠藤　梧逸
去年《こぞ》もよし今年《ことし》もよくて眠《ねむ》りけり　萩原　麦草
大《おお》いなる闇《やみ》うごきだす去年今年《こぞことし》　桂　信子
巌奔《いわばし》り水《みず》は老《お》いざる去年今年《こぞことし》　千代田葛彦

鑑賞　去年今年《こぞことし》貫《つらぬ》く棒《ぼう》の如《ごと》きもの　高浜　虚子

月日は一本の棒のようにただ過ぎて行くという、抽象的な考えの表現のようであるが、新年の感慨を的確に言いきっている。飾り気のない大胆な表現が新年の句にふさわしいすがすがしさを持つ。

初《はつ》春《はる》　明《あけ》の春《はる》　今朝《けさ》の春《はる》

解説　陰暦では正月は立春をもとに定めていたので、正月を迎えることはほぼ春を迎えることと一致していた。今でもそのならわしが残って、「初春」と「今朝の春」は立春と切り離されて新年にいうことになっている。季節の春についてはこの語は用いられない。また「明の春」だけでなく、「春」も用い方により、「賀春」とか「吾子《あこ》の春《はる》」とすれば新年のことを指す。

目出度《めでた》さもちう位《くらい》なりおらが春《はる》　一　茶
たださへも見《み》るべき山《やま》を今朝《けさ》の春《はる》　涼　菟
初春《はつはる》の眩《まぶ》しきまでの田畑《たはた》かな　武石　茅
水《みず》うつて氷《こお》る戸口《とぐち》やけさの春《はる》　村上　鬼城
酒《さけ》もすき餅《もち》もすきなり今朝《けさ》の春《はる》　高浜　虚子

鑑賞　日《ひ》の春《はる》をさすがに鶴《つる》の歩《あゆ》みかな　其角

「今日の春」「日の春」も初春、元日のことである。なんでもめでたく思われる日にも、おおらかな鶴の歩みはことにふさわしい。さすがに気品ある鶴の歩みである。

元《がん》日《じつ》（ぐわんじつ）

解説　一年の最初の第一日ということで、一月一日のこと。あまり行事も行われなくなり、昔の情趣は薄れ、ひっそりと家庭にこもる習慣が多くなったが、やはり清新な気分で年の初めを祝う日である。とくに、その日の朝は**元朝**《がんちょう》・**元旦**《がんたん》、あるいは**大旦**《おおあした》といって家族そろって屠蘇《とそ》を汲《く》むなどして祝う。また、**歳旦**《さいたん》というと三が日も含めて年の初めの意もある。

元日《がんじつ》や神代《かみよ》のことも思《おも》はるる　守武
元日《がんじつ》やされば野川《のがわ》の水《みず》の音《おと》　来山
元日《がんじつ》や晴《は》れて雀《すずめ》のものがたり　嵐雪
元日《がんじつ》や手《て》を洗《あら》ひをる夕《ゆう》ごころ　芥川龍之介
元日《がんじつ》や分厚《ぶあつ》き海《うみ》の横《よこ》たはり　大串　章

鑑賞　元日《がんじつ》の田《た》ごとの畦《あぜ》の静《しずか》かな　阿波野青畝

小さく区切られた田であろう。冬の間の休んでいる田に畦だけがわずかに草も育てて、縦横につながり続いていく。その静かな畦をたどって初詣に行く人の姿もちらほら見えはじめる。

初《はつ》雀《すずめ》

解説　元日の雀をいう。日ごろ身近にいる雀であるが、新しい年を迎え、改まった心で眺めるとき、姿も囀《さえず》りもどこか明るく美しく感じられる。

初雀《はつすずめ》翅《はね》をひろげて降《お》りにけり　村上　鬼城

夢殿《ゆめどの》の救世《ぐぜ》の御前《おまえ》や初雀《はつすずめ》　松瀬　青々
箒目《ほうきめ》をしめらす雨《あめ》や初雀《はつすずめ》　大場白水郎
初雀《はつすずめ》地に降《お》りてまだ汚《けが》れなし　河野緋佐子
初雀《はつすずめ》嘴《くち》よりひかりこぼしけり　岸田　稚魚
初雀《はつすずめ》来てをり玉《たま》の水浴《みずあ》びに　島谷　征良

鑑賞　晴着《はれぎ》なき子《こ》どもも集《つど》へ初雀《はつすずめ》　香西　照雄

昔は子供の世界にも歴然とした貧富の差があり、晴着のない正月を迎える子供も多かった。この句は、そうした貧しい子供たちに向かって、温かく呼びかけている句である。一茶の句を思い出させる子と雀である。

初日《はつひ》

初日影《はつひかげ》　初日《はつひ》の出《で》

解説　元日の日の出であり、その日の光をいう。除夜の夜半に新年になるのであるが、やはり日の出を待って新しい年来るの感は深い。暗いうちに山上などでこの初日を迎える人も多い。その日の出直前の東天の茜《あかね》色《いろ》を**初茜**《はつあかね》といい、またその明け方を**初東雲**《はつしののめ》という。またこの初日の光によってほのぼのと明るくなってくるのを**初明り**《はつあか》という。

初日《はつひ》さす硯《すずり》の海《うみ》に波《なみ》もなし　正岡　子規
大《おお》いなる初日《はつひ》据《す》わりぬのぼるなり　原　石鼎
初日《はつひ》とどく広野《ひろの》の月《つき》の落《お》ちて行《ゆ》く　滝井　孝作
初日《はつひ》さす畦《あぜ》老農《ろうのう》の二本《にほん》杖《つえ》　西東　三鬼
初日射《はつひざし》この美《うつく》しき地球《ほし》に棲《す》む　桂　信子

鑑賞　地下電車《ちかでんしゃ》地《ち》へ出《で》て赤《あか》し妻《つま》へ初日《はつひ》　香西　照雄

地下鉄が地上に出て、またあらためて初日の明るさ華やかさを感じ取ったのである。電車も晴着の妻も赤い、地下から地上へ、さまざまの思いを抱かせる初日の輝きである。

初《はつ》空《ぞら》　初御空《はつみそら》

解説　元旦《がんたん》の空をいう。夜が明けた空はとくにこの日にあって清新なものと受けとめられる。天をあがめる気持ちから初御空とも呼びたくなってくる。

初《はつ》空《ぞら》や大淀《おおよど》川《がわ》の水《みず》の色《いろ》　青木　月斗
傷《きず》一《ひと》つ翳《かげ》一《ひと》つなき初御空《はつみそら》　高浜　虚子
残《のこ》る灯《ひ》のまだきらめきて初御空《はつみそら》　福田甲子雄
初御空《はつみそら》おほきな鳥《とり》を迎《むか》へけり　井上　弘美

鑑賞　初空《はつぞら》や青松《せいしょう》白砂《はくさ》ところがら　尾崎　迷堂

清浄な海岸としてとくに知られている地であろう。この地にふさわしい青松白砂であり、それも初空のもとにあればなおのことふさわしい。

初《はつ》凪《なぎ》

解説　元日の海の凪のことをいう。穏やかになぎわたる海に続いて人里や山野も風雨なく平穏な日和《ひより》のもとにあるので、広く元日の穏やかさととらえてもよい。

魚陣《ぎょじん》うつる初凪《はつな》ぎの空《そら》の鷗《かもめ》かな　大須賀乙字
初《はつ》凪《なぎ》の渚《なぎさ》ゆたかに撓《たわ》んだり　富安　風生
初《はつ》凪《なぎ》の岩《いわ》より舟《ふね》に乗《の》れといふ　川端　茅舎
初《はつ》凪《なぎ》やもののこほらぬ国《くに》に住《す》み　鈴木真砂女
初《はつ》凪《なぎ》の山《やま》ふところに水走《みずはし》り　原　　裕

鑑賞　初《はつ》凪《なぎ》や松《まつ》ばかりなる舞子《まいこ》浜《はま》　鈴鹿野風呂

舞子の浜の松原はよく知られているが、その他の眺められるすべての景を消去して「松ばかりなる」と言いきっている。白波穏やかな新春の浜の気分をよく伝えている句である。

御《お》降《さがり》

解説 おもに元日のことであるが、三が日に降る雨または雪のことをいう。風も晴れも元日は**初風**《はつかぜ》・**初晴**《はつばれ》と呼んでありがたく思うのと同じ気持ちで敬称したものであろう。

お降《さが》りや竹深《たけふか》ぶかと町《まち》のそら　芥川龍之介
お降《さが》りといへる言葉《ことば》も美《うつく》しく　高野　素十
御降《おさがり》やはるかな里《さと》に似《に》しと思《おも》ふ　高木　晴子
お降《さが》りのまつくらがりを濡《ぬ》らしけり　岸田　稚魚
お降《さが》りや杉《すぎ》の青《あお》さの中《なか》を降《ふ》る　秋篠　光広

鑑賞 お降《さが》りや竹深《たけふか》ぶかと町《まち》のそら　芥川龍之介
町の空というのであるから、竹といっても小さな藪《やぶ》であろう。それが正月の雨のもとに深々とおくゆかしく眺められる。雨に洗われた竹の新しい色を配して町空の正月気分をただよわせている。

淑《しゅく》気《き》

解説 新年を祝《ことほ》ぐ気持ちから、正月の天地の間には瑞祥《ずいしょう》の気がみなぎっているという感じを受ける。このめでたいけはいをいう。もちろん天文気象に特別な変化があるはずはないが、ただの雲でも**瑞雲**《ずいうん》と観念的にとらえる。

いんぎんにことづてたのむ淑《しゅく》気《き》かな　飯田　蛇笏
たづね来《き》し娘《こ》のしとやかに淑《しゅく》気《き》かな　高橋淡路女
雪《ゆき》に雪《ゆき》うつとりとして淑《しゅく》気《き》かな　斎藤　玄
淑《しゅく》気《き》いま崖《がけ》打つ波《なみ》の真《ま》柱《はしら》に　井沢　正江
灯台《とうだい》の淑《しゅく》気《き》おのづと沖《おき》にまで　大串　章

鑑賞 起《おこ》りそむる炭《すみ》の中《なか》より淑《しゅく》気《き》かな　増田　龍雨
これは良質の木炭の火であろう。火種吹いておこすと新しく加えた炭の間から澄んで燃えたってくる炎が生まれてきたのである。新春の心も澄ませる火のけはいである。

若水《わかみず》(わかみづ)　初水《はつみず》　若井《わかい》　若水迎《わかみずむかえ》　福水《ふくみず》

解説　元旦《がんたん》に汲《く》み上げる水のことをいう。歳神に供え、初手洗《はっちょうず》（手や顔を洗い浄める）に用い、口をすすぎ、雑煮《ぞうに》を作り、福沸《ふくわかし》（若水で湯にする）などにするめでたい水である。元旦の深夜一、二時に年男《としおとこ》（正月の家々の祭事を主として務める男）が井戸や川などに若水を汲みに行くのを若水迎えという。四国・九州では女が若水を汲むところがある。その土地によってしきたりは違うが、身なりを改め、厳粛な気持ちになり、注連縄飾《しめなわかざ》り・鏡餅《かがみもち》・米などを水神に供える風習は今でもある。九州では、元日早朝に年男が海水を汲んできて神に供える風習があり、**若潮**・**若潮迎**《わかしおむかえ》という。都会地など、水道ではこの行事はまったくないので、新年を迎えた水（神聖な力が宿る）に対する人々の思いも薄れている。

若水《わかみず》や一《ひと》つの桶《おけ》へ二《ふ》タ釣瓶《つるべ》　小杉　余子
若水《わかみず》や星《ほし》うつるまで溢《あふ》れしむ　原田　種茅
若水《わかみず》にざぶと双手《もろて》やはしけやし　星野　立子
蛇口《じゃぐち》より東若水《あずまわかみず》ほとばしる　平畑　静塔
若水《わかみず》へ四五歩《しごほ》の酔《よい》をかくしけり　石川　桂郎
若水《わかみず》をまづ頒《わか》ちけり藍《あい》の甕《かめ》　森田連雀子
一睡《いっすい》のあと暁闇《ぎょうあん》の若井《わかい》汲《く》む　福田甲子雄

鑑賞　隣人《りんじん》と闇《やみ》のつづける若井《わかい》くむ　本多　静江
元日の早暁、威儀を正して井戸から若水を汲むのは身の引き締まるものである。日ごろ見なれた家並みを見渡すのも、元日を迎えた改まった気分からである。同じ暗やみにまだ寝静まっている隣人に親しみもわく。やみの中にも連帯感は働いている。

初詣《はつもうで》(はつまうで)　初参《はつまいり》　初社《はつやしろ》

解説　元日に氏神《うじがみ》様や、その年の恵方《えほう》に当たる神社・寺院に参詣《さんけい》することで、恵方詣《えほうまいり》ともいう。恵方はその年の吉の方向である。初詣は恵方に限らず、日ごろから信仰している社寺に参詣する人も多い。元日の朝早く詣でるが、大晦日の夜半に出かけ、除夜の鐘の鳴り終わると同時にお参りする人も多い。そのため、電車・バスなど終夜運転したりする。とくに信仰心がなくても、年の初めに社寺に参詣するのは気持ちの引き締まるものである。特別に社殿に上がり、神官にお祓《はら》いをしてもらうのを**初祓**《はつはらい》、新年はじめに引くおみくじが**初御籤**《はつみくじ》である。

えりあしのましろき妻《つま》と初詣《はつもうで》　日野　草城

日本《にっぽん》がここに集《あつ》る初詣《はつもうで》　山口　誓子

日本《にっぽん》に松《まつ》と縄《なわ》あり初詣《はつもうで》　藤田　湘子

蒼穹《そうきゆう》を見《み》つめるちから初詣《はつもうで》　角川　照子

鑑賞　神慮《しんりよ》今《いま》鳩《はと》をたたしむ初詣《はつもうで》　高浜　虚子

鳩がいっせいに飛び立った。それを神様のお心によって飛び立ったのだと思った。いかにも初詣らしい光景である。

破魔弓《はまゆみ》　破魔矢《はまや》

解説　昔、破魔打《はまう》ちといって、正月に行う競技があった。それは、ハマと称する藁縄《わらなわ》で作った円形の的《まと》を、空中に投げ上げたり、転がしたりして、それを弓矢を用いて射るのである。その弓が破魔弓で、矢が破魔矢であった。主に男の子たちの正月の遊びであった。それが正月の祝いに贈答する破魔弓・破魔矢となり、さらに現在では諸所の神社で、厄除《やくよ》けとして初詣《はつもうで》の人に売られるようになった。

破魔弓《はまゆみ》や山《やま》びこつくる子《こ》のたむろ　飯田　蛇笏

病室《びようしつ》へ入《い》り来《き》破魔矢《はまや》の鈴鳴《すずな》らし　右城　暮石

子《こ》に破魔矢《はまや》持《も》たせて抱《いだ》きあげにけり　星野　立子

破魔矢《はまや》もて獅子《しし》身中《しんちゅう》の虫《むし》は射《い》よ　安住　敦

ほのと白《しろ》し破魔矢《はまや》作《づく》りの巫女《みこ》の手《て》は　石田　波郷

改札《かいさつ》を通《とお》る破魔矢《はまや》の鈴鳴《すずな》らし　重村　尚孝

鑑賞　白妙《しろたえ》の破魔矢《はまや》たづさへ男《お》の子《こ》なき　草村　素子

現在では初詣のときに、厄除けのお守りとして破魔矢を買ってしまう。でも考えてみれば、元来破魔矢は男の子を祝うための飾りであった。そう気が付いたとき、男の子を持たぬ寂しさがわき、嘆きとなった。

年《ねん》賀《が》

年始《ねんし》　年礼《ねんれい》　門礼《かどれい》　回礼《かいれい》　賀詞《がし》

解説　正月元日より三日までの間に、親戚・知人・近隣で新年の賀詞（祝いのことば）を述べあうことをいう。またその人々を年賀客・賀客・礼客などという。明治・大正のころのように紋付袴《もんつきはかま》・モーニングの礼装は少なくなったが、それでも盛装した姿で往来する風景は、新年を迎えたすがすがしい気分がある。また出入り商人、会社の得意先、取引先の年始回りは松の内の間行われている。最近では、年賀状もその一つであるが、ある団体が一堂に会して賀詞交換会などが行われ簡素化されていることも多い。門礼（門のところで礼を述べて帰る）・回礼（家々を回って礼を述べる）などもある。賀詞のことを御慶《ぎょけい》という。

廻《まわ》り道《みち》して富士《ふじ》を見《み》る年賀《ねんが》かな　五所平之助

汽笛長鳴《きてきながな》らす年賀《ねんが》の船同志《ふねどうし》　しかい良通

門礼《かどれい》や草《くさ》の庵《いお》にも隣《となり》あり　正岡　子規

廻礼《かいれい》や村内《そんない》ながら雪《ゆき》の坂《さか》　松根東洋城

若人《わこうど》らどかどかと来《き》て年祝《としほ》ぐも　大野　林火

靴大《くつおお》き若《わか》き賀客《がきゃく》の来《き》て居《い》たり　能村登四郎

鑑賞　各々《おのおの》の年《とし》を取《と》りたる年賀《ねんが》かな　高浜　虚子

新年を迎えた喜びに満たされた顔ではあるが、その弟子たちも年齢を重ねて風格さえ備わっている。その顔ぶれを見るにつけ、自分も年を取った実感に浸るものだ。悠揚と迎えている大虚子の姿が眼に浮かぶ。鎌倉、虚子庵は、虚子の生前年賀客で混みあったものである。

年《とし》玉《だま》　お年玉《としだま》　年《とし》の餅《もち》

解説 新年の贈り物のことをいう。現在では年始回りのときに持参する手拭《てぬぐい》や半紙など、またとくに子供に与える金銭や品物がお年玉として通例になっている。古く室町時代の武家では、男子に紙鳶《しえん》・毬杖《ぎじょう》・振々《ぶりぶり》・太刀・馬など、女子に羽子板・紅箱《べにばこ》などを贈っている。金銭が用いられるようになったのは、比較的新しいことである。年玉の風習は、各地方によってまちまちで、古くは餅であったらしく、家族の一人一人に与えられるものを年玉・年の餅という。九州では若水迎えの供え物（米を白紙に包んでひねったもの）、長野では小正月《こしょうがつ》の物作り（農作）に先立って作る宝珠形の餅が年玉であった。神に供えたものを下ろして、それをいただくことが年玉の性質であったと思われる。

年玉《としだま》を並《なら》べて置《お》くや枕元《まくらもと》　正岡　子規
年玉《としだま》を孫《まご》に貰《もら》ひて驚《おどろ》けり　相生垣瓜人
年玉《としだま》を妻《つま》に包《つつ》まうかと思《おも》ふ　後藤比奈夫
年玉袋《としだまぶくろ》男《お》の子《こ》女《め》の子《こ》と色違《いろたが》へ　角川　照子
一重瞼《ひとえまぶた》二重瞼《ふたえまぶた》へお年《とし》玉《だま》　大澤ひろし
かへらうといふ子《こ》にお年玉何《としだまなに》を　上村　占魚

鑑賞 年玉《としだま》を貰《もら》ひしおぼえなかりけり　細川　加賀
お年玉をねだられるのは、父親としてうれしさのあるもの。それはそれでよい。ふりかえってみると自分の少年時代はお年玉どころではなかった。貧しい時代がまるでうそのように思える。喜々とする子供を見るにつけ……。

賀《が》状《じょう》（がじやう）　年賀状《ねんがじょう》　年始状《ねんしじょう》　年賀葉書《ねんがはがき》

解説　年賀の意を記した書状をいう。回礼のできない遠隔の知人と年賀を交わす年賀葉書が盛んに行われている。回礼省略の意味もあろうが、正月の楽しみの一つとなっている。古い知友を見いだしたり、思いがけぬ人からの賀状を受け取り喜びを覚えたりする。年に一度だけ年賀状によって音信を続けるのも意味のあるもので、虚礼廃止というだけで片付けてはならない。十二月の忙しい中で、種々趣向を凝らしたものもあれば、簡単に走り書きのもの、印刷されたものもあるが、それぞれに誠意が感じられるものである。元日にどっさり届けられる年賀葉書を心待ちにするのは、どこの家でも見られることであろう。**初便《はつだよ》り**は、その年はじめての書簡その他音信をいうが、年賀状とはやや性格が違うであろう。

北国《きたぐに》の雪《ゆき》の匂《にお》ひの賀状《がじょう》くる　能村登四郎
賀状《がじょう》うづたかしかのひとよりは来《こ》ず　桂　信子
人去《ひとさ》りて賀状《がじょう》それぞれ言葉《ことば》発《な》す　角川　源義
連名《れんめい》の賀状《がじょう》はたのし子沢山《こだくさん》　小崎　弥生
賀状《がじょう》みな命惜《いのちお》しめと諭《さと》しをり　岡本　眸
一行《いちぎょう》の心《こころ》を籠《こ》めし年始状《ねんしじょう》　高浜　虚子

鑑賞　賀状《がじょう》の字走《じはし》りはやりて到《いた》りける　赤松　蕙子

束で届いた賀状の中で、見覚えのある筆跡が目に留まるものだ。才気走って、気の早い性格の表れた字に、ふと相手の顔まで目に浮かぶ。すると、その賀状もほかのものに比べて早く到着したように見えてくるものだ。

初《はつ》暦《ごよみ》　暦開《こよみびらき》

解説　旧年のうちに用意していた暦を、新年になって用いることを初暦という。また暦開きともいわれる。暦を見て未知の月日を前にして、新たな気持ちを少なからず抱くものである。最近は精巧に印刷された美しい絵や、写真の入ったカレンダーや、日めくりの類が多い。昔は、京都の大経師暦《だいきょうじごよみ》、伊勢神宮《いせじんぐう》の伊勢暦、伊豆三島《みしま》の三島暦があり、大経師暦は宮中へ献上された。また、花の咲く時節を四季の順に記した花暦《はなごよみ》、文盲のための絵暦《えごよみ》などもあって、それぞれが必要に応じての暦を用意したのである。

吉日《きちじつ》のつづいて嬉《うれ》し初暦《はつごよみ》　村上　鬼城
父《ちち》の座《ざ》のうしろに掛《か》けぬ初暦《はつごよみ》　佐藤　紅緑
初暦《はつごよみ》知《し》らぬ月日《つきひ》の美《うつく》しく　吉屋　信子
初暦《はつごよみ》めくれば月日《つきひ》流《なが》れそむ　五十嵐播水
初暦《はつごよみ》真紅《しんく》をもつて始《はじ》まりぬ　藤田　湘子

鑑賞　初暦《はつごよみ》めくりなまけてゐたりけり　倉田　春名
新しい暦をめくる行為は心弾むもの。そしてめくり続けたくなるもの。正月の来客、年賀で慌ただしく過ぎた四日、元日のままになっている日めくりに気が付いたのだ。そして、もう四日も過ぎたの感に打たれる。

年《ねん》酒《しゅ》　としざけ

解説　年始の客に勧める酒。まず一盃《いっぱい》だけは屠蘇《とそ》（年頭に用いる薬酒、延命長寿を願うもの）で祝い、そのあと酒に移る。本来は、数の子・ごまめなどを肴《さかな》にした簡素な風習であったが、最近は贅沢《ぜいたく》なごちそうに、そうとうな酒量に及ぶことが多い。年賀の挨《あい》拶《さつ》回りに対する祝いの酒でほどよく切り上げて、元日から訪問先で酔いつぶれる不作法なことは慎むべきであろう。昼間から年酒に頬《ほお》を赤く染めた人を見るのも正月の風景である。

山国《やまぐに》のこがね色《いろ》なる年酒《ねんしゅ》かな　原田　浜人
年酒《ねんしゅ》して負《ま》けトランプの父《ちち》や佳《よ》し　小山田抒雨
年酒酌《ねんしゅく》む赤子《あかご》のつむり撫《な》でながら　皆川　盤水
お年酒《ねんしゅ》や思《おも》ひの外《ほか》に深《ふか》き酔《よい》　藤永　誠一
息《いき》づかひしづかに父《ちち》の年《とし》の酒《さけ》　滝沢伊代次
年酒酌《ねんしゅく》むふるさと遠《とお》き二人《ふたり》かな　高野　素十

鑑賞　たわいなき年酒《ねんしゅ》の酔《よ》ひを見《み》られけり　速水　草女

正月は酒を勧められるもの。酒の弱い自分には苦手なものだが、正月気分で杯を傾けることになる。たった一、二杯の酒にも顔の赤くほてるのを感じる。酔いも回りはじめたようだ。正月気分のあふれた美しい酔いである。

雑煮《ぞうに》祝《いわ》ふ（ざうにいはふ）

雑煮《ぞうに》　羹《かん》を祝《いわ》う
雑煮餅《ぞうにもち》

解説　正月の三が日間祝う餅を羹《あつもの》（吸い物）にしたもの。家によって六日まで、七日粥《がゆ》以後は食べないなどとさまざまである。本来は、年迎えをする年越しの夜、神に供えたものを下ろして、煮こんで食べた名残であろう。一家こぞって無事息災を祝い、新年を迎えた喜びに満ちるものである。関東では焼いた切り餅に澄まし汁、関西では焼かない丸餅の白味噌《しろみそ》仕立てと分かれる。中にいっしょに煮こむ具は多彩である。その調理方法も各地方で特色のあるものだが、そのような地方色も薄れつつある。京阪から西国の丸餅は、各人の鏡餅の意味があり、身を祝うにふさわしい風習である。また関西では雑煮のことを古くは羹《かん》といい、羹を祝うなどと呼ばれていた。

三椀《さんわん》の雑煮《ぞうに》かゆるや長者《ちょうじゃ》ぶり　蕪村

長病《ながやみ》の今年《ことし》も参《まい》る雑煮《ぞうに》かな　正岡子規

何《なに》の菜《な》のつぼみなるらむ雑煮汁《ぞうにじる》　室生犀星

子《こ》ら遠《とお》くふたりに雑煮《ぞうに》余《あま》りけり　吉沢卯一

子《こ》のころの引《ひ》きながかりし雑煮餅《ぞうにもち》　森澄雄

空《そら》たかき風《かぜ》ききながら雑煮膳《ぞうにぜん》　臼田亜浪

鑑賞 仏間《ぶつま》まで岩海苔《いわのり》匂《にお》ふ能登《のと》雑煮《ぞうに》　杉山郁夫

北陸地方は信仰の厚い土地柄である。りっぱな仏間のある家も多い。岩海苔の風味の雑煮も、能登ならでは味わえないもの。その香が仏間にまで漂う。祖先ともども正月を祝う気分に包まれる。風土色の濃い作品である。

食《くい》積《つみ》（くひつみ）

重詰《じゅうづめ》　組重《くみじゅう》　食継《くいつぎ》
お手掛け

解説 年賀の客をもてなすために、重箱などに正月料理を詰め合わせておくことをいう。昆布巻・田作《たづくり》・きんとん、牛蒡《ごぼう》・人参・大根などの煮付け、膾《なます》・数《かず》の子《こ》など美しく詰められてある。客に限らず、家族も好みのものを取り皿に取って食べるのは、いかにも正月の雰囲気が漂う。**蓬萊**《ほうらい》（三宝に勝《かち》栗《ぐり》・野老《ところ》・穂俵《ほだわら》・蜜柑《みかん》などを積んだもの）を食積・食継と呼ぶところがある。が、蓬萊は長寿を祈る心から歳神への供えとして飾りになったので、やや性質が違う。静岡では「おくいつぎ」といってそれが訛《なま》って食積になったという説がある。また地方によっては主人が「お手をお掛けなさい」と客に勧めるので「お手掛け」ともいう。なお正月料理を「お節《せち》料理」というが、正月に限ったものではなく、五節句の際の料理をすべて指していう。

ほつほつと喰摘《くいつみ》あらす夫婦《ふうふ》かな　嵐雪
食積《くいつみ》にとき〳〵動《うご》く老《おい》の箸《はし》　高浜虚子
食積《くいづみ》に堅田《かただ》生《うま》れの諸子《もろこ》かな　阿波野青畝
食積《くいつみ》のみちのくぶりも母《はは》ゆづり　小竹よし生
食積《くいつみ》や日《ひ》がいっぱいの母《はは》の前《まえ》　山田みづえ
食積《くいつみ》やうから集《つど》ひてにぎやかに　山尾楽葉

鑑賞 食積《くいつみ》や今年《ことし》なすべきこと多《おお》く　轡田進

正月料理がぎっしり詰まった重箱には充実感がある。その家庭のありさまもうかがえよう。いよいよ盛んな年齢を迎えた主人には、なすべき多くのことが控えている。家長としての責任を見せられる思いもするのだ。

門《かど》松《まつ》

松飾《まつかざ》り　飾松《かざりまつ》　飾竹《かざりたけ》　門《かど》の松《まつ》

解説 新年に家の戸口や、門前に立てる一対の松のこと。歳末のうちから町などに、門松や竹飾りなどを見かけると、正月を迎える気分が増す。昔は十二月十三日、山から木を切って来てお松迎えをして飾られ、これを取り除く**松納《まつおさ》め**は関東では一月六日夕、関西では十四日夕と地方で異なる。正月に歳神を迎えるにあたり、その降臨の依代《よりしろ》（神が目印に降り、また宿るところ）であったらしい。また松に限らず、楢《なら》・椿《つばき》・朴《ほお》・栗《くり》・榊《さかき》・樒《しきみ》・椎《しい》なども用いるところがあり、松だけのもの、竹を添えたもの、竹を主としたものと風習の違いが多く見られる。宮中では門松を立てない。また、先祖の言い伝えで立てない旧家、まったく立てない土地もまれではなく、また宗旨によっても行わないこともある。

門《かど》松《まつ》やおもへば一夜《いちや》三十年《さんじゅうねん》　芭蕉
門《かど》松《まつ》のやゝ傾《かたむ》くを直《なお》し入《い》る　原石鼎
雪国《ゆきぐに》のありとも見《み》えず松飾《まつかざり》　長谷川かな女

大《おお》いなる門松《かどまつ》日本《にほん》の星宿《ほしやど》る　中村草田男

門《かど》松《まつ》もなく学生《がくせい》の寮《りょう》並《なら》ぶ　大島　民郎

松《まつ》立《た》てて空《そら》ほの〳〵と明《あく》る門《かど》　夏目　漱石

鑑賞 門松《かどまつ》や吾《わが》生《あ》れし街《まち》に子《こ》と来《き》たり　小浜　光吉

正月は、新しい日々への喜びと同時に、過去への回帰性をもたらすもの。生まれた街を訪れた作者の眼に、門松を立てた街は、みごとに昔を再現してくれた。父から子へ無言のうちに受け継がれるものがそこにはある。

飾《かざり》　お飾《かざり》　輪《わ》飾《かざり》

解説 注連《しめ》飾《かざり》をはじめ正月の飾り物を総称していう。その種類と飾られる場所も多い。注連縄の「しめ」は神の占有される場所を示すもので、飾類もすべてその意味があると考えてよい。神棚・門・戸口・床の間・竈《かまど》・井戸・便所など、工場・農家では機械・器具などにも輪飾りに供え餅《もち》・蜜柑《みかん》などを添えた簡単なもの、また自転車・自動車・舟などには輪飾りだけという簡単なものが多い。飾海老《かざりえび》は、本来伊勢《いせ》海老《えび》・鎌倉海老を茹《ゆ》でて、蓬萊台《ほうらいだい》・鏡餅・注連飾りなどに添えて飾るものだが、現在はほとんどが作り物である。神が占有されるだけではなく、日ごろの世話になっている報恩の意味がこめられていることを見逃してはならない。

つんとしてかざりもせぬやでかい家《いえ》　一　茶

一管《いっかん》の笛《ふえ》にもむすぶ飾《かざ》りかな　飯田　蛇笏

橙《だいだい》のたゞひと色《いろ》を飾《かざ》りけり　原　石鼎

門飾《もんかざりふ》吹きゆがめたる富士《ふじ》颪《おろし》　高浜　虚子

輪《わ》飾《かざり》の影月光《かげげっこう》に垂《た》れてあり　深見けん二

注連縄《しめなわ》の逞《たくま》しき縒《より》男《お》の子《こ》産め　鷹羽　狩行

鑑賞　輪飾《わかざり》をかけてもらひて傾《かし》ぐ墓《はか》　清崎　敏郎

海の見える丘の墓地。どの墓もみすぼらしい。傾いたものもあれば、欠けたものもある。しかし祖先への敬いは強い。輪飾をつけて、正月をいっしょに迎えることを喜ぶように、墓も一瞬傾いて見えたのだ。

鏡餅《かがみもち》　御鏡《おかがみ》　具足餅《ぐそくもち》　鎧餅《よろいもち》

解説　正月に供える二個一重ねにする餅のことをいう。円形、扁平《へんぺい》だが、形が鏡に似ているところからその名がある。正月に神仏に供え、また歯固《はがため》（齢《よわい》を固める意味で、正月三が日の特定の食物をいう）に用いたが、現在では床飾り（床の間に飾る）として、橙《だいだい》・串柿《くしがき》・昆布・楪《ゆずりは》・裏白《うらじろ》などを添えて飾られる。また武家では、床の間に甲冑《かっちゅう》を飾り、その前に供える鏡餅を具足餅とか鎧餅と称していた。鏡開きは、正月に歳神に供えた鏡餅を祝って食べることで、その日は地方によって異なり一定していない。ただ刃で切ることを忌み、槌《つち》などを用いて割ったので、開く、割るなどというのである。

かがみ餅《もち》母《はは》在《ま》して猶《なお》父《ちち》恋《こい》し　暁　台

伊予柑《いよかん》のよきを選《えら》びぬ鏡餅《かがみもち》　名和三幹竹

鏡餅《かがみもち》暗《くら》きところに割《わ》れて坐《ざ》す　西東　三鬼

つぎつぎに子等《こら》家《いえ》を去《さ》り鏡餅《かがみもち》　加藤　楸邨

赤子《あかご》泣《な》く家《いえ》の大《おお》きな鏡餅《かがみもち》　鷲谷七菜子

ひび割《わ》れをうしろへ廻《まわ》す鏡餅《かがみもち》　嶋田　麻紀

鑑賞　松山《まつやま》の風《かぜ》鏡餅《かがみもち》割《わ》りに来《く》る　福田甲子雄

ふくぶくしい鏡餅も日がたつにつれ、乾燥が目に見えてくる。ひびが入り、やがて大きな亀裂《きれつ》も生じてくる。今晩のように、裏山の松を鳴らして吹きすさぶ寒風に、鏡餅はたまりかねて大きな亀裂を作るに違いない。

歯《し》朶《だ》　裏白《うらじろ》　山草《やまぐさ》　穂長《ほなが》　諸向《もろむき》

解説　植物学的に正しくいうと、歯朶は隠花植物シダ属の総称だが、俳句では正月の飾りに使われる裏白のことで、新年の季題とする。裏白は暖地の山野に大群落をなして自生し、葉は常緑で表面は濃緑色、裏面は白色なので裏白の名がある。これを夫婦ともしらがの長寿になぞらえて、裏面を表にして飾るのである。また、歯朶の歯は齢《よわい》、朶は枝で、齢を延べるという意味もある。山草・穂長・諸向の名もある。

裏山《うらやま》に手《て》づから剪《き》りて歯朶《しだ》長《なが》し　富安　風生

歯朶《しだ》の上《え》に置《お》けば傾《かし》ぐよ小《こ》盃《さかずき》　高田　蝶衣

歯朶《しだ》の塵《ちり》こぼれて畳《たたみ》うつくしき　大峯あきら

裏白《うらじろ》や齢《よわい》かさねし父《ちち》と母《はは》　百合山羽公

鑑賞　裏白《うらじろ》の灯《とも》ればすこし枯《か》れてあり　太田　鴻村

青々としているように見える裏白も、あかあかとともしびをつけてみると、端の方から枯れが始まっているのだ。正月二日か三日の裏白であろう。

福寿草《ふくじゆそう》（ふくじゆさう）　元日草《がんじつそう》

解説　植物の中でもっとも福々しい名前を持っているキンポウゲ科の多年草。新年を祝う花として賞美されるので元日草ともいうが、ともに日本でつけられた名で、漢名は側金盞花《そくきんせんか》という。しかし、新暦の正月には人工による促成栽培でなければ花は開かない。自然の状態では一月末から二月にかけて地上すれすれに黄金色の花をつけ、日中開き、夕方しぼみながら徐々に茎を伸ばして大きくなる。葉は人参の葉に似ている。

初夏、地上部は枯れてしまって夏の間株は休眠し、十一月に地上に再び花芽を出す。養蚕地帯だった秩父《ちちぶ》地方では畑で桑の間作にこの花を栽培している。なお、福寿草は有毒植物で、薬学では根を強心剤に使うが素人《しろうと》が勝手に煎《せん》じて飲んだりすると危険である。

福寿草《ふくじゆそう》咲《さ》いて筆硯《ひつけん》多祥《たしよう》かな　村上　鬼城
福寿草家族《ふくじゆそうかぞく》のごとくかたまれり　福田　蓼汀
日《ひ》の障子《しようじ》太鼓《たいこ》の如《ごと》し福寿草《ふくじゆそう》　松本たかし
妻《つま》の座《ざ》の日向《ひなた》ありけり福寿草《ふくじゆそう》　石田　波郷
裏山《うらやま》にゐくぼの日《ひ》ざし福寿草《ふくじゆそう》　成田　千空

鑑賞
地《ち》に低《ひく》く幸《しあわ》せありと福寿草《ふくじゆそう》　保坂　伸秋

福寿草は地の花である。大地に近く、まるでここにこそ幸せがあると主張するかのように、金色の花弁を広げるのである。低きにありて、高き志を保つ福寿草の心を具現した一句といえよう。

春着《はるぎ》　正月小袖《しようがつこそで》　春襲《はるがさね》　春衣装《はるいしよう》

解説　正月に着るために新調した衣服、または正月用の晴れ着をいう。多くは婦人や子供の衣装を指すようである。新年はじめての着物を着ることは着衣始《きそはじめ》といって、古くは三が日のうち、吉日《きちじつ》に新しい冠・装束・衣装をつけて着始めの祝いをした。岡山・兵庫・香川など、正月や盆に着る着物を、「正月ご」「盆ご」という。ごは着物の意味である。東北・新潟ではせつ・せちもんという。年の節季に着る意であろう。仙台地方では、もちくい衣装と呼ぶ。この衣装を着るとき餅《もち》を食べるからであろう。

誰《た》が妻《つま》とならむとすらむ春着《はるぎ》の子《こ》　日野　草城
膝《ひざ》に来《き》て模様《もよう》に満《み》ちて春着《はるぎ》の子《こ》　中村草田男
ゆふぐれの手《て》もちぶさたや春着《はるぎ》の子《こ》　森　澄雄

礼深《れいふか》し春着《はるぎ》の帯《おび》をつよく緊《し》め　津田　清子
教《おし》へ子《ご》に逢《あ》へば春着《はるぎ》の匂《にお》ふかな　森田　峠
春着《はるぎ》着《き》てすこしよそよそしく居《お》りぬ　山田　弘子

鑑賞 春着《はるぎ》の子《こ》黒瞳《くろめ》いきいき畦《あぜ》を跳《と》ぶ　津田　清子

正月の晴れ着を着飾った女の子。日ごろのお転婆も神妙に、しおらしい物腰になるもの。しかし、それも一時だ。なれると遊びも平常に戻るのだ。畦道を春着を翻して飛び越すとき、いきいきと黒い澄んだ眼に戻っている。

手《て》毬《まり》

手鞠《てまり》　手毬唄《てまりうた》　手毬子《てまりご》
手毬《てまり》つく

解説 正月の女子の遊びの一つである。最近ではゴムのボールをついているのを見かけるが、それも少なくなりつつある。明治以後、西洋毬が入ってきてからは、よく弾むので立ってつくようになっている。それ以前は糸をきつくまきつけて、表面には美しい色糸を綾《あや》にかけたもので、弾みも悪く座ってつくもので、縁側などの日当たりのよいところで、手毬唄を口ずさみながらついたものである。蹴鞠《けまり》から応用されたものと考えられる古い遊びだが、毬も江戸期には工夫されて、芯《しん》に蛤殻《はまぐりがら》・砂などを入れて音が出るように、また鋸屑《おがくず》を包んで反発力を出させるなどしている。地方独特の手毬唄にはそれぞれ優れたものがある。

手毬唄《てまりうた》かなしきことをうつくしく　高浜　虚子
まり唄《うた》や二《に》百《ひゃく》を越《こ》せば男《おとこ》めき　前田　普羅
数《かず》といふうつくしきもの手鞠唄《てまりうた》　鷹羽　狩行
焼跡《やけあと》に遺《のこ》る三和土《たたき》や手毬《てまり》つく　中村草田男
手毬《てまり》つく十《とお》まで数《かぞ》ふことできて　成瀬桜桃子
琉《りゅう》球《きゅう》の木《も》綿《めん》かがりし糸手《いとて》毬《まり》　後藤　夜半

鑑賞　手毬《てまり》の子《こ》妬心《としん》つよきはうつくしき　石原　舟月

数え唄を口ずさみ、手毬をつき続けるのを競う遊び。女の子も熱中すると負けじ魂も出てくるもの。が、男の子のむき出しの闘志ではない。冷静を装いながらも、きらきらと眼が輝くたび、表情も美しさを増すようだ。

独《こ》楽《ま》

解説　正月に男の子が遊ぶ道具の一つで、高《こ》麗《ま》つぶりといったのを略してこまと呼ぶようになったといわれる。古く、中国・高麗《こま》(朝鮮)を経て入って来たもので、その種類も遊び方も多い。その原型は海螺独楽《ばいごま》(巻き貝を中途から切って蠟《ろう》や鉛《なまり》などを詰めた)であるらしい。現在はベーゴマなどといわれている。木の胴に、鉄や木の心棒がある博多独楽が一般的であるが、その胴に鉄の環《わ》をはめたものが鉄胴独楽。胴の側面に穴があって回りだすと音がするものを唐独楽《からごま》・半鐘独楽《はんしょうごま》・ごんごん独楽《ごま》という。指先でひねり回すもの、木の実や穴あき銭に竹ひごの芯《しん》を立てたものをひねり独楽・銭独楽などという。多くは長い紐《ひも》を巻きつけて抛《な》げ出すようにして回す。長く回し続けるために紐で叩《たた》くものを叩き独楽といっている。多くは、回り続ける寿命比べ、回っている独楽にぶつける当て独楽、相手をはじき飛ばしたり、綱渡りなどの曲どりをして遊ぶのである。

たとふれば独楽《こま》のはじける如《ごと》くなり　高浜　虚子
勝独楽《かちごま》のなほ猛《たけ》れるを手《て》に掬《すく》ふ　福田　蓼汀
独楽《こま》の紐長《ひもなが》くて童《わらべ》ひき切《き》れず　山口波津女
独楽打《こまう》つて夕日《ゆうひ》に紐《ひも》を垂《た》らしたる　大串　章
抛《なげう》てる独楽《こま》雀躍《じやくやく》とまはりけり　鈴木　貞雄

りんりんと独楽《こま》は勝負《しょうぶ》に行《い》く途中《とちゅう》 櫂 未知子

鑑賞 大木《たいぼく》に負独楽《まけごま》の子《こ》の凭《もた》れをり 上野 泰

ぶっつけあって独楽を叩きこわして競いあう遊び。自信を持ってのぞんだが、上には上がいるもの。愛用の独楽を失ったくやしさに、独り離れて大木に凭れて、まだ続けられている熱戦をうらやましく見守っているのだ。

追羽子《おいばね》（おひばね） 遣羽子《やりばね》 羽子《はね》つく 揚羽子《あげばね》

解説 男子の凧揚《たこあ》げに対し、女子の代表的な正月の遊戯の一つで、むくろじという木の実に鳥の羽根をつけたものを、長方形の板（羽子板）で二人で向かいあって送りあう。落とさないように競いあうもので、その打音の堅い音や、ゆっくり空に舞う羽子や、負けると顔に墨を塗られるなど、のんびりしたのどかな正月の雰囲気にぴったりである。一人で数え唄《うた》を口ずさみながらつくのを揚羽子という。もともとは羽子板を「胡《こ》鬼《き》板《いた》」、羽子を「胡鬼の子」といったところは、羽子板は簡素な白板であったが、元禄《げんろく》のころから、精巧に装飾して役者の似顔などの押し絵を施されるようになって現在に至っている。暮れに羽子板市が浅草観音《あさくさかんのん》で催される風景は美しい。

やり羽子《ばね》は風《かぜ》やはらかに下《くだ》りけり 支 考

大空《おおぞら》に羽子《はね》の白妙《しろたえ》とどまれり 高浜 虚子

羽子日和《ばねびより》さがす番地《ばんち》のまだ知《し》れず 久保田万太郎

羽子板《はごいた》の重《おも》きが嬉《うれ》し突《つ》かで立《た》つ 長谷川かな女

羽子板《はごいた》の役者《やくしゃ》の顔《かお》はみな長《なが》し 山口 青邨

つく羽子《はご》の天《てん》より戻《もど》る白《しろ》さかな 西宮 舞

鑑賞 追羽子《おいばね》にひねもす筑波《つくば》濃《こ》かりけり 原 裕

穏やかな正月。風もなく晴れ上がった追羽

子日和。遠い筑波山も青々と澄んで見える。羽子が宙に高く舞い上がるたび、山の青さの中を落ちてくるようだ。いつまでも追羽子の快い響きは打ち続けられる。

正月《しょうがつ》の凧《たこ》（しやうぐわつのたこ）

凧揚《たこあげ》　紙鳶《しえん》
いかのぼり

解説　正月、男の子が打ち興ずるものは、なんといっても独楽《こま》と凧であろう。単に凧というと春の季語になっているのは、もともと子供の遊びではなく、村と村の「凧合戦」という大人の年中行事が春行われたからであろう。年占いや、成功祈願・悪魔除《あくまよ》けなどの意味を持っていたのであろう。また、子供の成長を祝い、将来の幸福を祈ることもあり、三月・五月・盆など各地での行事もまちまちだが、平安以前から日本に入って来たもので、正月の子供の遊びになったのは江戸時代である。絵凧《えだこ》・字凧《じだこ》・奴凧《やっこだこ》・うなり凧《だこ》など種類も多く、呼び方も、たこ・いか・いかのぼり・はた・紙鳶などがある。

正月《しょうがつ》の凧《たこ》や子供《こども》の手《て》より借《か》り　百合山羽公
正《しょう》月《がつ》の凧《たこ》裏《うら》窓《まど》に漂《ただよ》へり　風間　加代
あやまちて正月《しょうがつ》の凧踏《たこふ》みしかな　小川　千賀
雲《くも》すべて独《ひと》りの凧《たこ》の尾《お》にみだれ　中村草田男
兄《あに》いもとひとつの凧《たこ》をあげにけり　安住　敦
初凧《はつだこ》の向《むか》ひの山《やま》にうなりあげ　飯山　修

鑑賞　なほのぼる意《い》のある凧《たこ》のとどめられ　野澤　節子

夕風がやや強くなりだした。高い空にまだまだ凧はあがっていくけはいだ。糸を伝わってくる凧の力で、それが知れる。残念ながら残り糸も少なくなってしまった。寒くもなりだした。凧糸も巻かれはじめた。

歌留多《かるた》

歌留多会《かるたかい》　歌《うた》かるた
いろは歌留多《かるた》

解説　かるたといってもその種類は多い。ポルトガル語のCartaが語源である。百人一首・いろは歌留多・花骨牌《かるた》・トランプまで含めて、カード遊びは正月には盛んに行われる。俳句の場合歌留多といえば、百人一首・いろはがるたを指すものと考えてよい。一般に行われるのは、小倉《おぐら》百人一首で、和歌を書いた読み札を読み手が朗読し、下句だけ書いた取り札を一同で取り競うのである。源平といって、二手に分かれて取りあうことが一般的である。明治・大正までは男女の交際の許される機会として盛んであった。一時すたれたが、最近やや復活の兆しが見えてきている。伝統のある風雅な遊びであるので、もっと隆盛になるのが望ましい。子供たちのいろは歌留多は、諺《ことわざ》をしぜんに覚える教訓的なものだが、最近は遊びに傾いたものが出回っている。正月、家族・友人どうしが夜の更けるのを忘れて歌留多に熱中するのはどこの家庭でもあることだろう。

加留多《かるた》とる皆美《みなうつく》しく負《ま》けまじく　高浜　虚子
かるた切《き》る心《こころ》はずみてとびし札《ふだ》　高橋淡路女
加留多読《かるたよ》む恋《こい》はをみなのいのちにて　野見山朱鳥
日本《にっぽん》の仮名《かな》美《うつく》しき歌留多《かるた》かな　後藤比奈夫
撥《は》ね飛《と》ばす一枚恋《いちまいこい》の歌《うた》がるた　加古　宗也
母若《ははわか》し百人一首諳《ひゃくにんいっしゅそら》んじて　篠田　吉広

鑑賞　かるた札《ふだ》うつくしからぬ小町《こまち》なり　下村　梅子

小倉百人一首の読み札に描かれた小野小町は、絶世の美女のほまれ高いのだが、小さく描かれてその表情も明瞭《めいりょう》ではない。他の女人の絵札と少しも変わらないのだ。美貌の小町の札をせっかく探しあてたのだが……。

絵《え》双六《すごろく》（ゑすごろく）　双六《すごろく》

解説　正月の子供の遊びで、大きな紙面に、絵を描いて区画を作り、骰子《さいころ》を振り目の数だけ「振り出し」から順次に進んで「上がり」に到達する早さを競うものである。多種あるがその主なものに、道中双六がある。東海道を江戸から京都までの各宿場を進むものである。一回休みや、飛び越してゆけるなどのルールが決められている。奈良朝以前に中国から渡来して、宮廷で盛んに行われた双六は、盤上の区切りに黒白の石を並べ、一本の筒に入れた骰子二個を盤上に振り出して石を進めるのを競う別種の競技で、今日はほとんど行われていない。

絵《え》双六《すごろく》都《みやこ》見ゆるに君《きみ》遅《おそ》し　渡辺　水巴

振《ふ》り出《だ》しに戻《もど》ることはさの絵双六《えすごろく》　七田谷まりうす

見《み》えてゐて京都《きょうと》が遠《とお》し絵双六《えすごろく》　西村　麒麟

ぱり〳〵と附録双六《ふろくすごろく》ひろげけり　日野　草城

双六《すごろく》の忍者《にんじゃ》の伊賀《いが》を一跳《ひとと》びに　下村ひろし

双六《すごろく》の振出《ふりだ》しといふ初心《しょしん》あり　後藤比奈夫

鑑賞　双六《すごろく》に負《ま》けし子《こ》膝《ひざ》にもどりけり　後藤美智子

兄・姉に交じって、双六遊びに目を輝かせていた子。ルールもまだ十分わかっていないが、負けることのくやしさだけは知っている。負けを宣告されると、くやしさと哀願に満ちた表情で親の膝に戻ってくるのだ。

獅子舞《ししまい》（ししまひ）　太神楽《だいかぐら》　竈祓《かまどはらい》　獅子頭《ししがしら》

解説　新年に、獅子頭をかぶり、笛・太鼓などで囃《はや》しながら家々を訪れて舞い歩くもので、万歳《まんざい》と並んで祝福芸能の一つである。獅子を威力霊獣、また遠来の神と考えて、その踊りの足踏みは悪疫災禍《あくえきさいか》を祓い、当年の幸せをもたらすとして家々は歓迎したものである。また火伏せのための竈祓ともいう。太神楽ともいうが、伊勢神宮の太神楽とは別種のもので、遊芸人がお祓いをして歩いたのでその名があるといわれる。その方法は塗りの獅子頭と唐草模様《からくさもよう》の布を垂らしたもので一人立《ひとりだち》（一人で獅子頭を使う）・二人立《ふたりだち》（一人は獅子頭と前足、他の一人は胴と後足を演ずる）が一般的に町で見かける。しかし、本格的なものは雌獅子《めじし》と雄獅子《おじし》一対、もしくは七、八頭で装束《しょうぞく》も凝っており、舞いも複雑である。子供の頭を噛《か》むまねなどをして厄払いをするのだが、東京などの正月の獅子は、町内の鳶職《とびしょく》などが臨時に務めるものが多く本格的なものではなくなっている。しかし正月らしい気分のあふれるもので、すたれてゆくのは惜しい。

獅子舞《ししまい》の橋《はし》に行《ゆ》き会《あ》ふきらびやか　久米三汀
獅子舞《ししまい》は入日《いりひ》の富士《ふじ》に手《て》をかざす　水原秋桜子
獅子舞《ししまい》の獅子《しし》の口《くち》より人《ひと》の声《こえ》　田川飛旅子
空澄《そらす》める日《ひ》や獅子舞《ししまい》の笛《ふえ》も澄《す》む　安住敦
顔《かんば》せにあてて吹《ふ》くなり獅子《しし》の笛《ふえ》　橋本鶏二
しばらくの畦《あぜ》をかつぎぬ獅子頭《ししがしら》　米沢吾亦紅

鑑賞 獅子頭《ししがしら》笛《ふえ》の音《ね》澄《す》めば眠《ねむ》りけり　山田恵子

獅子舞の一連の演技の描写。笛・太鼓の乱調子にあれほど荒れ狂っていた獅子も、今は一管の笛の音のもの悲しい調子に、おとなしく眠りに入るのだ。笛の音の魔力にあやつられて、あたかも生き物の生態を見せる演技に見ほれている。

嫁《よめ》が君《きみ》

解説 鼠《ねずみ》の呼び名である。ただし、正月の三が日に限り使われた忌詞《いみことば》である。昔から鼠は福の神とか、大黒様のお使いなどと呼ばれたので、正月にはこれをもてなす地方もある。飯や米粒、餅《もち》などを供え、食べ方でその年の吉凶を占った。地方によっては、嫁御《よめご》・嫁女《よめじょ》・嫁御前《よめごぜ》・姉様《あねさま》・お福《ふく》・娘《むすめ》などと呼び、鼠と呼ぶことを嫌う風習がある。

どこからか日《ひ》のさす閨《ねや》や嫁《よめ》が君《きみ》　村上　鬼城
侘《わ》び住《す》みて雪《ゆき》に早寝《はやね》や嫁《よめ》が君《きみ》　高橋淡路女
年《ねん》に一度《いちど》はものに臆《おく》すな嫁《よめ》が君《きみ》　中村草田男
ぬば玉《たま》の寝屋《ねや》かいまみぬ嫁《よめ》が君《きみ》　芝　不器男
一人起《ひとりお》きて居《い》るとも知《し》らず嫁《よめ》が君《きみ》　皆川　白陀
嫁《よめ》が君《きみ》この家《や》の勝手《かつて》知《し》りつくし　轡田　進

鑑賞
内陣《ないじん》を御《お》馬駈《うまが》けして嫁《よめ》が君《きみ》　小松　月尚

嫁が君というしとやかな名を与えられた正月の鼠が、あられもない姿で内陣（本尊や神体を安置してある本堂）を駆け回っているようすをユーモラスに描いている。「馬駈け」はくらべ馬で、いまの競馬のことである。

書初《かきぞめ》　筆始《ふではじめ》　試筆《しひつ》　吉書《きっしょ》

解説 新年はじめて書または絵をかくために筆をとること、またその書いたものをいう。現在はだいたい二日に行うものだが、慶賀にふさわしい字句を選んで書初をする。宮中では二日に吉書始《きっしょはじ》めの行事が行われる。江戸時代には正月五日寺子屋などで「寿」「福」などのめでたい文字を書かせたり、菅公《かんこう》の画像をかけ、恵方《えほう》に向かってめでたい詩歌の句を書いたのは、菅原道真《すがわらのみちざね》の遺徳にあやかってのことであろう。また試筆と記す場合は、自作の詩歌を書いたときである。書初を十五日の左義長の火で焼いて、その灰が高く上がると書道が上達するという言い伝えがある。

大津絵《おおつえ》の筆《ふで》の始《はじ》めは何仏《なにぼとけ》　芭蕉
書初《かきぞめ》や日《ひ》のさす方《かた》へ並《なら》べ行《ゆ》く　篠原温亭
書初《かきぞめ》の筆力《ひつりょく》今《いま》を盛《さか》りとす　矢田挿雲
描初《かきぞめ》やべたべた赤《あか》き鯛車《たいぐるま》　石田波郷
書初《かきぞ》めの幼《おさな》き息《いき》をしづかにも　大竹きみ江
書初《かきぞめ》や旅人《たびびと》が詠《よ》める酒《さけ》の歌《うた》　上村占魚

鑑賞 一波《ひとなみ》に消《き》ゆる書初《かきぞ》め砂浜《すなはま》に　西東三鬼

海を見に来た作者は、正月気分に乗じて砂浜に書初めをした。しかし、ひとたび波をかぶるとその字は無残にも消え去ってしまう。そのはかないありさまに、人生の哀歓に似たものを見つけ出している。果たして、なんという字を波は消したのだろうか。

買初《かいぞめ》（かひぞめ）　初買《はつかい》

解説 新年にはじめて物を買うこと。したがってその逆の売初《うりぞめ》（初売）もある。ふつうは二日にすることで、買初はおもに小売店で物を買う場合のことだが、その規模の大小もさまざまである。地方では初市《はついち》が立ち、そこで初商《はつあきない》が行われることもあろうし、また株の証券取引所や、問屋・魚河岸・青果市場などでも、初買いがあり、さまざまである。主婦が意識しないで買ったものが買初であったり、お年玉で子供が意中のものを買うのもまたそれである。

買初《かいぞめ》の小魚《こざかな》すこし猫《ねこ》のため　松本たかし
買初《かいぞめ》や買《か》ひ疲《つか》れたるをんなの瞳《め》　柴田白葉女
色足袋《いろたび》を買初《かいぞめ》に町《まち》ぬかるみて　細見綾子
買初《かいぞめ》にかふや七色唐辛子《なないろとうがらし》　石川桂郎
買初《かいぞめ》やななめにあがるアドバルン　久永雁水荘
初買《はつかい》や女少《おんなすく》なき魚市場《うおいちば》　長谷川湖代

鑑賞 ためらひつ我《わ》が物《もの》ばかり買初《かいぞめ》に　沢田しげ子

休む暇もないほど忙しかった正月から解放されて、主婦も買い物をして楽しむ気分になったのである。気がとがめながら、つい自分のものを買い求めている。正月気分と、解放されたゆとりがそうさせるのだろう。

初荷《はつに》

初荷舟《はつにぶね》　初荷馬《はつにうま》

解説　正月二日、卸問屋《おろしどんや》は取引先の店へ、注文の荷を初荷の札を貼《は》ったり、幟《のぼり》を立てて華やかに飾り、トラックなどで送りつけること。荷車が盛んに使われたころは、曳《ひ》く馬を紅白の布で飾り、馬もふだんより勇んで荷を曳く姿を見かけた。最近は二日とは限らないで、三日、四日と日は別に決まっていない。いかにも好景気を期待するかの活況を町に示して好ましい。

初荷《はつに》のせ索道山《さくどうやま》へかへりゆく　宮下　翠舟

セロリなど空港《くうこう》へ急《いそ》ぐ初荷《はつに》なり　岡田　貞峰

荒縄《あらなわ》を掛《か》ける初荷《はつに》に跨《また》がりて　瀬尾　天村

事務《じむ》の娘《こ》も揃《そろ》ひの襷《たすき》初荷出《はつにい》づ　早坂　萩居

一湾《ひとわん》の日《ひ》を曳航《えいこう》の初荷船《はつにぶね》　木内　彰志

おとなしくかざらせてゐぬ初荷馬《はつにうま》　村上　鬼城

鑑賞　初荷旗《はつにばた》言問橋《ことといばし》の風《かぜ》に乗《の》る　蒲　幾美

隅田川にかかる言問の大橋を越え、初荷車が往来する。荷車の時代、トラックの時代にも活況を呈する都会風景である。大川にさしかかると、初荷の旗がひときわ翻る。景気よく新年の商いが始動したことを示すように。

初湯《はつゆ》

初風呂《はつぶろ》

解説　新年はじめて風呂を立てて入ることである。銭湯では、大晦日は終夜湯を沸《わ》かし、元日は休み、二日が初湯《はつゆ》である。江戸の昔から大正ごろまで、各人が祝儀を包んで番台へさしだすならいになっていたが、これなどは当時の銭湯が庶民にとって、どれほどありがたい存在であったかがわかる。九州阿蘇《あそ》では、二日または三日の初湯を若湯《わかゆ》といって親しんでいる。この湯に入ると若返るとされている。元日の朝に風呂を立てる家もある。

わらんべの溺《おぼ》るるばかり初湯《はつゆ》かな　飯田　蛇笏
めでたさの初湯《はつゆ》まづわきすぎしかな　久保田万太郎
初湯《はつゆ》出《い》でて青年母《せいねんはは》の鏡台《きょうだい》に　三橋　鷹女
町《まち》ははや初湯《はつゆ》の太《ふと》き煙上《けむりあ》げ　中村　汀女
湯気《ゆげ》もろとも赤児量《あかごはか》る初湯出《はつゆで》て　中川　美亀
初風呂《はつぶろ》や花束《はなたば》のごと吾子《あこ》を抱《だ》き　稲田　眸子

鑑賞　初湯《はつゆ》出《で》て赤子《あかご》そのまま湯気菩薩《ゆげぼさつ》　中林美恵子

はじめての正月を迎えた赤子、初湯に十分温まって、ますます赤みを帯びた全身を湯気に包まれて上がってきた。気持ちよさそうな、邪心のない表情に、仏菩薩《ぼさつ》を連想した。湯気を上げた、かわいい小さな菩薩。みごとな比喩。

初鏡《はつかがみ》

解説　正月はじめて化粧する顔を映す鏡である。初化粧《はつげしょう》する華やぎのある顔を映す鏡であるが、句材として扱う場合は、その心を表現することが多い。かがみは、影見《かげみ》が訛《なま》ったものという。姿を映すことから転じて、心を正す規範としての意味を持ち、鑑《かがみ》（手本・いましめ）の意に派生していることを考えれば、心を映した句が多いのも当然といえよう。

初鏡《はつかがみ》すでにあらそふ子《こ》をかたへ　中村　汀女
初鏡《はつかがみ》娘《むすめ》のあとに母坐《ははすわ》る　日野　草城
初鏡老《はつかがみおい》をきびしとのみは見《み》ず　京極　杜藻
初鏡《はつかがみ》三十路《みそじ》恋《こい》なく咎《とが》もなし　小坂　順子

三面《さんめん》に三様《さんよう》の我《わ》れ初鏡《はつかがみ》　吉田　静子
膝《ひざ》に来《き》し子《こ》にも櫛当《くしあ》て初鏡《はつかがみ》　中村　明子
空容《そらい》れて旅《たび》の乙女《おとめ》の初鏡《はつかがみ》　大串　章

鑑賞　口紅《くちべに》をもつて点睛《てんせい》初鏡《はつかがみ》　下村　梅子

画竜点睛《がりょうてんせい》は竜を描いて、そのひとみを入れると竜はたちまち昇天したという故事。物事が最後にだいじな一点を書き加え完全に成就する意。新年はじめて鏡に向かって晴れ晴れとした顔に、口紅がひときわ赤く点じられて化粧は終わった。その気分が点睛に表れている。

稽古始《けいこはじめ》　初稽古《はつげいこ》

解説　新年はじめて種々の稽古事を行うことで、その種類も幅広く、柔剣道などの武術から、各種スポーツ・歌舞音曲の遊芸《ゆうげい》・生け花、最近のピアノ・バイオリン・バレーなどのレッスンも含めて、それぞれに応じて正月の雰囲気が漂うもので、気持ちを新たにした意気ごみや、和やかさなどとまちまちだが、一句の中になんの稽古をしているかを表すのに工夫しなければならない季語といえる。

三味《しゃみ》かかへ稽古《けいこ》はじめの妻《つま》となる　成瀬正とし
長廊下踏《ながろうかふ》みゆく稽古始《けいこはじめ》かな　西沢十七里
道場《どうじょう》に女下駄《おんなげた》あり初稽古《はつげいこ》　高橋淡路女
松蒼《まつあお》き切戸《きりど》くぐるや初稽古《はつげいこ》　佐野青陽人
初稽古《はつげいこ》赤《あか》き袱紗《ふくさ》の面《おも》に映《は》ゆ　田上さき子
初稽古膝打《はつげいこひざう》つてゐる五指《ごし》の反《そ》り　細谷智恵子

鑑賞　立《た》ちざまに面《めん》とられたり初稽古《はつげいこ》　村山初桜子

剣道の立ち合い、瞬間面を打ちこまれた。初稽古は今年の精進を誓って身も心も引き締まるのだが、正月の浮かれた気分が抜けないのを、見透かされたように面を取られた。はっと眼の覚めた思いに、心を締めなおすのだ。

初《はつ》夢《ゆめ》　貘枕《ばくまくら》　初寝覚《はつねざめ》

解説　正月二日の夜、あるいは節分の夜（昔の節分は正月）の夢をいう。めでたい初夢は一年中の幸運をもたらすの俗信から、それが吉夢《きつむ》であることを祈って枕の下に宝舟《たからぶね》の絵を敷いて寝る。また悪夢であったら、ただちに貘に食わせてしまえというので、貘枕といって貘の絵などを枕の下に敷いた。中国の伝説、夢を食う貘ということからであろう。夢は「一富士《いちふじ》、二鷹《にたか》、三《さん》なすび」といって富士の夢がもっともめでたく、鷹となすびがそれに次いでめでたいとされている。これは静岡の名物順という説もある。

初《はつ》夢《ゆめ》に古《ふる》郷《さと》を見《み》て涙《なみだ》哉《かな》　一茶

初夢《はつゆめ》の思《おも》ひしことを見《み》ざりける　正岡子規

初夢《はつゆめ》の吉《きち》に疑《うたがい》無《な》かりけり　松瀬青々

初夢《はつゆめ》の杜甫《とほ》と歩《ある》いてゐたりけり　吉田鴻司

初夢《はつゆめ》に見《み》し踊子《おどりこ》をつつしめり　森澄雄

初夢《はつゆめ》のなかをどんなに走《はし》つたやら　飯島晴子

初《はつ》ゆめのゆめの深《ふか》さに溺《おぼ》れをり　村沢夏風

鑑賞　夢の中では、初夢などと気が付くことはない。また、吉夢・凶夢の判断をするわけもない。夢にひきずられて、一喜一憂の連続から、やっと眼が覚めたのだ。その夢の深さに溺れこんで、汗までかいていることが想像されよう。

三《さん》が日《にち》

解説　一月の一日・二日・三日の総称。どこでもこの三日間は正月の特別な気分で過ごす習慣があり、官庁や会社も一般には休業となる。一日は元日というが、単に二日あるいは三日というと正月のそれを指すことになっている。二日は仕事始めの吉日とされ、商店では問屋から初荷を迎え、家庭では書初などをして祝う。三日は、皇居で元始祭があって、かつては国家の祭日とされていた。三日間それぞれ趣の違う正月気分がある。

履《くつ》脱《ぬぎ》の泥《どろ》もめでたし三《さん》ケ日《にち》　村上　鬼城
空《そら》澄《す》んで煤《ばい》烟《えん》も来《こ》ず三《さん》ケ日《にち》　北峰　青圃
風邪《かぜ》の身《み》に艶《つや》なく過《す》ぎし三《さん》ケ日《にち》　下村ひろし
ふるさとの海《うみ》の香《か》にあり三《さん》ケ日《にち》　鈴木真砂女
三《さん》が日《にち》ぬくし雀《すずめ》が尾《お》根《ね》に樹《き》に　富田　直治

鑑賞 三《さん》ケ日《にち》過《す》ぎたる鯖《さば》の味《み》噌《そ》煮《に》かな　草間　時彦

近ごろは三が日過ぎると、たちまち正月気分が去って常の暮らしに戻ってしまうような傾向がある。現代の潤いのなさかも知れないが、正月料理の膳が去っても、こうあらためて「鯖の味噌煮」といわれると、このほうがめでたく思われてくる。

御用始《ごようはじめ》　事務始《じむはじめ》

解説 各官公庁では一月四日、事務始めを行うことをいう。したがって民間では仕事《しごと》始《はじめ》として区別している。御用とは宮中または政府の用事である。一般の会社・銀行・工場なども四日には仕事始めをするところが多いが、この日はたいてい、年頭の挨拶《あいさつ》をし酒をくみかわすことに終わる。大工は鉋《かんな》だけを研ぎ、木こりは鋸《のこぎり》の目立てをし、農家は藁《わら》一把《いちわ》だけ打って、それを初仕事《はつしごと》といってあとはのんびりと過ごすならわしもあった。職場に晴れ着や日本髪姿の女子職員のいる風景には、いかにも正月気分のある和やかな空気が流れるのも楽しい。

御用《ごよう》はじめ出生届《しゅっしょうとどけ》ふところに　草村　素子

仕事始《しごとはじめ》とて人《ひと》に会《あ》ふばかりなり　大橋越央子
仕事始《しごとはじ》めの鉋屑《かんなくず》焚《た》き上《あ》げし　金尾梅の門
日《ひ》の色《いろ》のネクタイ仕事始《しごとはじめ》なり　松尾隆信
電話《でんわ》早《はや》吾《われ》を待《ま》ちゐし医務《いむ》始《はじめ》　五十嵐播水
司書《ししょ》若《わか》し和服《わふく》に慣《な》れず事務《じむ》始《はじめ》　加倉井秋を

鑑賞 御用始《ごようはじめ》鳰《にお》見《み》ることもその日《ひ》より　倉橋澄子
濠端《ほりばた》に近い官庁に勤める作者は、御用始の日、濠に来ている鳰を見つけた。正月気分の中で、すでに今年が始まる日常の生活風景を鳰に見いだした。鳰の水をくぐる風景が毎日通勤する作者を、楽しませてくれる。

出初《でぞめ》

消防《しょうぼう》出初式《でぞめしき》

解説 新年の初めに、各市町村の消防団が火消しの演習をして見せることである。一種の祭典になっており、出初式という。模擬火災を起こして、サイレンを鳴らし、消防車が出動したり、梯子《はしご》自動車による人命救助も行ったりする。そのあとで、伝統の梯子の曲乗りが披露され、見物人も多く集まる。行う日は各地それぞれであるが、東京では一月六日に行われている。この出初は江戸時代にすでに行われ、当時は正月二日、江戸四十八組の町火消しが、いでたちも真新しく、向こう意気を競って、勇ましくも心地よい見ものであった。

職《しょく》を得《え》し町《まち》の小《ちい》さき出初《でぞめ》かな　加倉井秋を
バス停《と》めて出初《でぞめ》の梯子《はしご》すでに夕日《ゆうひ》　橋本風車
出初式《でぞめしき》活力《かつりょく》のごと潮《しお》満《み》ちくる　加藤知世子
出初式《でぞめしき》ありたる夜《よる》の星《ほし》揃《そろ》ふ　鷹羽狩行
梯子《はしご》乗《のり》ま青《さお》き空《そら》がまはりけり　細川加賀

鑑賞 梯子《はしご》乗《の》りあはれ吹《ふ》かるる音《おと》聞《き》こゆ　花田春兆
出初では、梯子乗りがスタートである。若い衆が身軽に梯子に登り、頂上で曲乗りをする。見物人は息をのんで静まりかえる。その静かさの中に、空に鳴る風の音が聞こえて来る。梯子乗りが吹かれている風音である。

七《なな》種《くさ》　七草《ななくさ》

解説　正月七日に七種類の若菜を粥《かゆ》に入れて食べる風習がある。その行事を七種と呼び、その日のことも七種といっている。その粥が**七種粥**《ななくさがゆ》で、これを食べると万病を除くという中国の古いならわしがわが国に伝わり、広く全国に広がった。七種は、ふつう、芹《せり》・薺《なずな》・ごぎょう・はこべら・ほとけのざ・すずな・すずしろであるが、どの地方でもこれだけそろうわけもなく、若菜の中心は薺で、**薺粥**《なずながゆ》とも呼ぶ。若菜はわざと大げさに音を立てて叩《たた》いて刻むのを**七種打**《ななくさうち》・**薺打**《なずなうち》という。そのときに囃《はや》しことばを唱える風習も広く行われている。悪鳥を追い払うような唱えことばが多い。こんなふうに、若菜を刻みながら叩きはやすので、**七草**《ななくさ》**はやす**・**若菜**《わかな》**はやす**ともいう。

七種《ななくさ》やとんともいはぬ藪《やぶ》の家《いえ》　一茶
とけそめし七草粥《ななくさがゆ》の薺《なずな》かな　星野立子
八方《はっぽう》の嶽《たけ》しづまりて薺打《なずなうち》　飯田蛇笏
俎板《まないた》の染《そ》むまで薺打《なずなうち》はやす　長谷川かな女
薺打《なずなうち》つとぎれとぎれのむかし唄《うた》　小川匠太郎

鑑賞　七草粥川《ななくさがゆかわ》の明《あか》るさ背《せ》にのこり　友岡子郷

七草粥を食べると、その青々した色やほのかな香りから、春の到来を感じ、古くからの言い伝えや万病を除くということなど、明るい気分に包まれる。背にのこる川の明るさによって、その気持ちがよく表されている。

若菜《わかな》

若菜摘《わかなつみ》　粥草《かゆぐさ》　七草菜《ななくさな》

解説　中国で正月七日を「人日《じんじつ》」といい、七種の菜で羹《あつもの》（スープ）を作るならわしがあり、これが古く日本に伝わって、もとからあった農耕に関する行事にとってかわったり、また一部では合流したりして正月の七種粥の行事に定着した。若菜はこの七草の総称である。若菜摘みも、したがってもともと春から初夏にかけて田植えに先立って行われた行事が旧暦の正月に移されたもので、さらに現在の新暦では自然の状態で七種は生えそろうものではない。「せりなづな御形《ごぎょう》はこべら仏の座すずなすずしろこれや七種」といわれ、順に芹《せり》・薺《なずな》・母子草《ははこぐさ》・蘩蔞《はこべ》・田平子《たびらこ》・蕪《かぶ》・大根《だいこん》を指すのであろうとされている。そのうち一種、または二、三種を指して若菜という場合もある。

はつ若菜鯉《わかなこい》も切るべき日《ひ》なりけり　暁台

古鍋《ふるなべ》の中《なか》に煮《に》え立《た》つ若菜《わかな》かな　尾崎紅葉

俎《まないた》に到《いた》りし雪《ゆき》の若菜《わかな》かな　松根東洋城

籠《かご》の目《め》に土《つち》のにほひや京若菜《きょうわかな》　大須賀乙字

忌《き》にこもるこころ野《の》に出《い》で若菜摘《わかなつ》む　細見綾子

乏《とぼ》しさを言《い》はず若菜《わかな》の色愛《いろめ》でよ　文挾夫佐恵

鑑賞　黒潮《くろしお》と葭垣《よしがき》ひと重《え》若菜《わかな》つむ　皆吉爽雨

海岸の砂浜に、飛砂を防ぐための葭垣が作られている。その葭垣の内側で若菜を摘む。磯辺に摘む若菜を、磯若菜という言い方もする。一重の葭垣の向こうは冬の黒潮が白い波を立てて寄せている。

人日《じんじつ》

人《ひと》の日《ひ》　霊辰《れいしん》

解説　正月七日のこと、五節句の一。中国で古くより、元日より八日までをそれぞれ鶏《とり》・狗《いぬ》・豕《ぶた》・羊・牛・馬・人・穀にあてたことによるという。霊辰というのは、人が万物の霊長であるのによる。七日正月《なぬかしょうがつ》といって、六日の夜から七日の朝にかけて、さまざまな行事があり、なかでも七種粥《ななくさがゆ》がもっとも一般的である。

人日《じんじつ》のこころ放《はな》てば山《やま》ありぬ　長谷川双魚

人日《じんじつ》や遠《とお》きところに靄籠《もやこも》り　長谷川浪々子

人日《じんじつ》の寝坊《ねぼう》日雇《ひやとい》 落葉《おちば》かく　岩田昌寿

賀状《がじょう》 机辺《きへん》に散つて人日《じんじつ》たよりなし　石原八束

人日《じんじつ》の小鳥《ことり》来てゐる庭《にわ》の木々《きぎ》　小谷キミヱ

鑑賞 人日《じんじつ》の雪山《ゆきやま》ちかき父母《ふぼ》の墓《はか》　石原舟月

正月に墓参りする人は多い。作者も新年も七日の日に父母の墓参りをしたのであろう。それも雪深い山のほとりの墓、人日にもうでたことに思いを深くしている。

寝正月《ねしょうがつ》（ねしやうぐわつ）

解説 元旦《がんたん》または新年の休みをどこへも出掛けず家にこもっていたり、寝て過ごすことをいう。家庭の主婦も、年賀の客が来ないかぎり、夫や子供を送り出すこともないので、朝寝をしてのんびり過ごせる。また歳末の目の回るほどに忙しい思いをした人は休養をかねて寝て過ごすこともあろう。若い人が正月休みを利用してスキー場で正月を過ごすこととは対照的である。病気で正月を寝て暮らすことを縁起をかついで寝正月ということもある。元日に寝ることを寝《いね》積《つ》むという。昔は正月三が日は寝《いね》るということばを忌んで、寝と稲が同じ訓なので積むを用いた。起きるのを寝挙《いねあぐ》るといった。

松風《まつかぜ》もつのればわびし寝正月《ねしょうがつ》　高田蝶衣

寝正月《ねしょうがつ》せめて敷布《しきふ》の新《あたら》しく　野村喜舟

次《つぎ》の間《ま》に妻《つま》の客《きゃく》あり寝正月《ねしょうがつ》　日野草城

けもの鍋《なべ》こと〳〵煮《に》えて寝正月《ねしょうがつ》　石橋秀野

寝正月《ねしょうがつ》定めこんで妻《つま》はや五十《ごじゅう》　清水　基吉

古《ふる》きよき俳句《はいく》を読《よ》めり寝正月《ねしょうがつ》　田中　裕明

鑑賞 寝正月《ねしょうがつ》して隠君子然《いんくんしぜん》とあり　三溝　沙美

初もうでに年賀に、世間が華やいでいるときにひきかえ、訪れる客もないわが家。寝正月を決めこんだ自分は、世間から遠ざかる気分になるものだ。それが「隠君子然」である。たまには、人に会わない気分を楽しむようにも見える。

鷽《うそ》替《かえ》（うそかへ）

解説 福岡県の大宰府《だざいふ》天満宮で一月七日に行われたのが初めで、現在、東京の亀戸《かめいど》天神でも一月二十五日に行われ、他でも行われている神事である。鷽という、雀《すずめ》よりやや大きい鳥を型どった大・小の木製の玩具に、昨年の罪けがれを託して送り捨て、代わりに今年の幸運を招く金の鷽を替えあてようとするもの。参詣人《さんけいにん》は手に手に鷽を持って、「替えましょ替えましょ」と唱えながら、互いに鷽の交換をし、神社から出す金の鷽がまぎれこんでいるのを替えあてようとする。本物の金の鷽をあてた人が、幸運を授かるというのである。現在では参詣人のおとり替えはせず、社務所で売っている鷽を求めて帰る。神棚に上げて防火のまじないにするという。

然《しか》らざる手《て》のうちへ鷽替《うそかえ》へにけり　阿波野青畝

鷽替《うそかえ》のいとちさき鷽《うそ》もらひけり　石田あき子

鷽《うそ》替《かえ》に楠《くす》の夜空《よぞら》は雪《ゆき》こぼす　野見山朱鳥

鷽替《うそか》へてそくばくの運《うん》あるごとし　大沢ひろし

人《ひと》の世《よ》の袂《たもと》に替《か》へし鷽《うそ》はあり　福田　蓼汀

鑑賞 鷽《うそ》替《かえ》のかけ声《ごえ》渦《うず》を育《そだ》て居《お》り　河野　静雲

参詣人が手に手に鷽を持って、その交換を

するのだが、最初のかけ声で、だんだんと人の流れができて、人の渦が大きくなってゆく。その人波がよく感じられる。

餅《もち》花《ばな》　繭玉《まゆだま》　稲穂《いなほ》　団子花《だんごばな》

解説　小正月《こしょうがつ》の飾り物の一。正月十四日に飾ることが多い。柳とかみずきなどの小枝に、紅白の小さい餅や、丸い団子などを刺して飾り、花の咲いたようにして、神棚近くの柱などに飾りつける。これを餅花・団子花・花飾り・花餅などといい、その形が稲の穂が垂れた形なので、餅穂・稲穂の餅などと呼ぶ地方もある。豊作を祈る意味があったのであろう。飾りつける団子を繭の形にして、繭の豊かな収穫を祈ったのが繭玉であろう。これはあとで、どんど焼きであぶって食べたり、雑煮《ぞうに》に入れたりするところが多い。東京では繭玉《まゆだま》といって、新年の縁起物として、神社で売っている飾り物がある。柳の枝に繭ほどの餅、玩具の小判や宝船、大福帳・骰子《さい》などをきらびやかにつけてある。家で神棚に供え、財宝・家運の繁栄を祈るのである。

餅花《もちばな》や夕月《ゆうづき》はやも軒《のき》の端《は》に　山口　青邨
餅花《もちばな》の下《した》にもどりて客疲《きやくづかれ》　後藤　夜半
餅花《もちばな》のなだれんとして宙《ちゆう》にあり　栗生　純夫
餅花《もちばな》やもつれしままに静《しず》まれる　松本たかし
餅花《もちばな》やかたまりうごく山《やま》の雲《くも》　岸田　稚魚
まゆ玉《だま》のことしの運《うん》のしだれける　久保田万太郎

鑑賞　餅花《もちばな》や不幸《ふこう》に慣《な》るゝこと勿《なか》れ　中村草田男

紅白の小さい餅で飾られた餅花を神棚の近くに飾りつけると、部屋が明るく華やかになり、なんとなく希望がわいてくる。不幸に慣れることなく、常に希望を持って、前向きに生きてゆきたいと思うのである。

松《まつ》の内《うち》

注連《しめ》の内《うち》　松七日《まつなぬか》

解説 門松を立ててある期間をいう。ふつうは七日までであるが十五日までという慣習もある。この期間は注連飾りも残されていて、新年の挨拶《あいさつ》も交わされる。この期間が過ぎて門松や注連飾りが取り払われることを松明《まつあけ》・注連明《しめあ》きといい、それから松過《まつすぎ》になるが、しばらくは正月気分の余波がある。

草《くさ》の戸《と》や立出《たちい》でみれば松《まつ》の内《うち》　士　朗
幕《まく》あひのさゞめきたのし松《まつ》の内《うち》　水原秋桜子
松《まつ》の内《うち》相見《あいみ》ゆこと美《うつく》しく　後藤　夜半
藁《わら》で焚《た》く風呂《ふろ》が沸《わ》き立《た》ち松《まつ》の内《うち》　西村　公鳳
更《ふ》けて焼《や》く餅《もち》の匂《におい》や松《まつ》の内《うち》　日野　草城
木場《きば》の橋《はし》いくつ越《こ》え来《き》ぬ松《まつ》の内《うち》　石田　波郷

鑑賞 松《まつ》の内《うち》社前《しゃぜん》に統《す》べし舳《へさき》かな　杉田　久女

海辺の社であろうか。松の内は漁を休んで舟をつないでいる港の社であろう。浜にきれいに舳を並べて休む舟たちもまたこの社の氏子のようである。「統ぶ」というのは、この舟たちを支配しているのも社の神であるからと思う。

左《さ》義《ぎ》長《ちょう》（さぎちやう）

どんど　とんど　飾焚《かざりた》く

解説 正月に行われる火祭りの行事である。正月十四日夜から十五日朝にかけて行われるのが多い。左義長がいつごろから行われたのかよくわかっていないが、古く朝廷で行われ、清涼殿《せいりょうでん》の庭で、青竹を焼いて天皇の書かれた吉書を天に上らせ、また青竹に扇を結びつけて燃やしたりしたという。近代で一般的なのは、新年の松飾りや注連《しめ》飾りなどを集め、村や町全体の行事として、浜や河原や広場などで、中央に青竹やかなり太い木を立て、その周囲に、集めた飾りなどを積み上げて焼くものである。そのとき書初を燃やし、高く燃え上がると上達するといって喜ぶ。吉書揚《きっしょあげ》である。餅や団子を焼いて食べたりもする。子供たちが中心の行事になっているところも多い。とんど、どんどと呼ぶのは、囃《はや》しことばだったという説がある。

どんど焼《や》きどんどと雪《ゆき》の降《ふ》りにけり　一茶
左義長《さぎちょう》や婆《ばば》が跨《また》ぎて火《ひ》の終《しまい》　石川　桂郎
左義長《さぎちょう》の燃《も》えあがるものなくなりぬ　加藤三七子
雪空《ゆきそら》へ吸《す》ひあげらるるどんどかな　矢島　渚男
飾焼《かざりや》く焔《ほのお》の中《なか》に海《うみ》の色《いろ》も　山口　青邨

鑑賞　天《あめ》の下人《したひと》の小《ちい》さきとんどかな　金尾梅の門

一村あげての大がかりなどんど焼きであろう。燃え上がって盛んな火の勢いは、原始のころを思わせる。天の下にはどんどの火柱ばかり。そこにつどっている人々のなんと小さなことだろう。

鳥総松《とぶさまつ》

解説　正月の門松《かどまつ》を取り払うことを松納めとか松取る、門松取るなどというが、そのとき、門松を取ったあとの穴に、その松の枝先を折って、立てておく。それを鳥総松といっている。鳥総とは、昔、木こりが木をきったとき、その梢《こずえ》の一枝をその株に立てて、山神を祭ったものをいったという。すでに『万葉集』に「鳥総立て……」という語が出てくる。この鳥総松が根づくと縁起がよいなどといわれている。

犬去《いぬさ》れば別《べつ》の犬来《いぬく》る鳥総松《とぶさまつ》　大橋越央子
よらで過《す》ぐしるべの門《かど》や鳥総松《とぶさまつ》　高橋淡路女
鳥総松家近《とぶさまついえちか》くして酔《よ》ひの出《い》づ　原田　種茅
宵《よい》の灯《ひ》に赤《あか》き灯《ひ》もあり鳥総松《とぶさまつ》　中村草田男
風《かぜ》はたと絶《た》えし月夜《つきよ》の鳥総松《とぶさまつ》　福田甲子雄

鳥総立《とぶさた》て小《ちい》さき母《はは》を愛《あい》しをり　三橋　敏雄

鑑賞　旅果《たびは》てぬわが家《や》の門《もん》も鳥総松《とぶさまつ》　中島　斌雄

まだ門松の立っている門を出て旅をしてきたのだが、数日を経て家へ戻る途中、家々の門松は取り払われていた。そうして、自宅も鳥総松になっていた。旅をしているうちに松も過ぎたのだなと思った。

鏡開《かがみびらき》　鏡割《かがみわり》

解説　正月の歳神《としがみ》に供え飾った鏡餅《かがみもち》を祝って雑煮《ぞうに》にしたり、汁粉にして食べること。その際、鏡餅を刃物を使わないで、槌《つち》などで叩《たた》き割ることを開くといっている。切るということばを忌んでのことである。鏡開きの日は正月十一日が多いが、四日、六日にしてあるところもある。もともと、武家では、男は甲冑《かっちゅう》・鎧《よろい》に、女は鏡台に供えた鏡餅を下ろして、刃柄《はつか》祝う、初顔《はつがお》祝うと称して、はつかにかけて二十日に行った。しかし、のち三代将軍家光の忌日二十日を避けて、十一日になったものという。現在では東京小石川の講道館の柔道の昇段式のあと、お汁粉を食べて祝う鏡開きが盛大である。

伊勢海老《いせえび》のかがみ開《びらき》や具足櫃《ぐそくびつ》　許　六

手力男《たぢからお》かくやと鏡《かがみひら》開きけり　京極　杜藻

相撲取《すもうとり》の金剛力《こんごうりき》や鏡割《かがみわり》　村上　鬼城

傍観《ぼうかん》す女手《おんなで》に鏡餅《かがみもち》割《わ》るを　西東　三鬼

罅《ひび》に刃《は》を合《あわ》せて鏡餅《かがみもち》ひらく　橋本美代子

鑑賞　身《み》を以《も》ってひらくわが道鏡《みちかがみわり》割　轡田　進

鏡餅の頑強な固さには当惑するところ。「身を以って」は渾身《こんしん》の力をこめて割る行為であるが、おのずから自分の道を開くにも、それに似た努力が必要なのだとの願いが感じられる。

小《こ》正月《しょうがつ》（こしやうぐわつ）　上元《じょうげん》　望正月《もちしょうがつ》

解説　元日に始まる大正月に対して、十四日の夕から十五日、十六日にわたり正月の行事をする期間をいう。地方によって異なり二十日までを含める土地もある。昔の暦が望の日を月はじめとしていたことによるが、農耕生活に関連する正月行事は小正月に多い。餅《もち》をついたり団子を作って祝う習慣がある。また、松の内には家にあって忙しい女が十五日より年始の回礼をする習慣もあり、これを女正月《おんなしょうがつ》という。

松《まつ》とりて世《よ》ごころ楽《たの》し小《こ》正月《しょうがつ》　一茶
あたたかく暮《く》れて月夜《つきよ》や小《こ》正月《しょうがつ》　岡本圭岳
煮《に》こんにやくつるりと食《く》へば小《こ》正月《しょうがつ》　松本旭
置《お》き去《ざ》りの貨車《かしゃ》に牛鳴《うしな》く小《こ》正月《しょうがつ》　青木泰夫
女正月集《おんなしょうがつつど》ひて洩《も》れもなかりけり　山崎ひさを
塩味《しおあじ》の醤油味《しょうゆあじ》のと女《め》正月《しょうがつ》　鷹羽狩行

鑑賞　衰《おとろ》ふや一椀《いちわん》おもき小《こ》正月《しょうがつ》　石田波郷
小正月というのであるから、そんな大そうな祝いの膳ではなかろう。その一椀の重さを手にして、ただごとでない身の衰えを感じ取った。そんな衰えの月日を思うのも小正月なればである。

成人《せいじん》の日《ひ》　成人祭《せいじんさい》　成人式《せいじんしき》

解説　戦後にできた国民の祝日の一。一月の第二月曜日。以前は十五日に固定されていた。成人（満二十歳）になった男女を祝福する日である。昭和二十三年七月制定公布された。この日、市町村単位で成人式やレクリエーションの会など、それぞれ趣向を凝らした行事が催されている。昔の藪入《やぶい》りである。

よそほひて成人《せいじん》の日《ひ》の眉《まゆ》にほふ　猿山木魂

帆柱《ほばしら》に成人《せいじん》の日《ひ》の風鳴《かぜな》れり　原田　青児
成人《せいじん》の日《ひ》ぞ大雪《おおゆき》もたのもしき　細川　加賀
成人式終《せいじんしきお》へ一冊《いっさつ》の本《ほん》を買《か》ふ　岩崎　健一
袂《たもと》もて成人《せいじん》の娘《こ》にぶたれけり　椎橋　清翠

鑑賞　八方《はっぽう》の嶺吹雪《みねふぶ》きをり成人祭《せいじんさい》　福田甲子雄

八方を嶺にとり囲まれた盆地の成人祭である。その嶺々がちょうど吹雪く日なので、成人になった若き男女への祝福とともに、その前途の険しさへの思いやりが、暗示的に表現されている。

初天神《はつてんじん》

解説　一月二十五日、菅原道真《すがわらのみちざね》を祭った天満宮の初縁日である。東京の亀戸《かめいど》天神ではこの日鷽替《うそか》えの神事があり、大阪の天満宮では、着飾った芸妓《げいぎ》が宝恵籠《ほえかご》に乗る行事があり、社務所ではこの日　雷除《かみなりよ》けのお札を出す。菅公は大宰府《だざいふ》に左遷されて憤死し、その霊が雷となって朝廷を悩ましたので、北野天神に祭られたと伝えられているからである。各地の天満宮もにぎわう。境内では天神花《てんじんばな》・天神旗《てんじんばた》といって、紅白の梅の造花の枝に小判などを飾った縁起物を売る。天神様は学問の神として尊敬され、昔は寺子屋で尊像を掛けていたというが、現在では入試合格を祈る学生たちが参詣《さんけい》している。前日の二十四日を宵天神《よいてんじん》、翌日の二十六日を残《のこ》り天神《てんじん》という。

日《ひ》おもてに雀《すずめ》群れたり初天神《はつてんじん》　柴田白葉女
初天神黒《はつてんじんくろ》き運河《うんが》を越《こ》えて来《き》ぬ　村山　古郷
雨《あめ》となる初天神《はつてんじん》の篝《かがり》かな　秋沢　烏川
紅《べに》すこし初天神《はつてんじん》といひて濃《こ》く　上村　占魚
杖《つえ》ついて初天神《はつてんじん》へ一長者《いちちょうじゃ》　三木彦兵衛
宵天神晩学《よいてんじんばんがく》の願《がん》ねむごろに　草村　素子

鑑賞
初天神《はつてんじん》友《とも》みな遠《とお》くなりしかな　星野麥丘人

初天神がめぐってくると、子供のころ、皆で天神様の境内に集まり、それぞれ願い事をしたり、お祭り気分で楽しく語らいあったりしたことが思い出される。その友だち皆、それぞれ遠く隔たってしまったことだ。

実朝忌《さねともき》　金槐忌《きんかいき》

解説　陰暦一月二十七日、源実朝《みなもとのさねとも》の忌日である。実朝は源頼朝《よりとも》の第二子として建久三年（一一九二）八月九日に生まれた。将軍職につき、右大臣《うだいじん》にも進んだが、承久元年（一二一九）一月二七日、鎌倉鶴岡八幡宮《かまくらつるがおかはちまんぐう》に参詣《さんけい》し、甥《おい》の公暁《くぎょう》によって殺された。二十八歳であった。実朝は文学史の上で歌人として名高く、家集『金槐和歌集』を遺《のこ》している。「箱根路《はこねじ》をわが越《こ》えくれば伊豆《いず》の海《うみ》や沖《おき》の小島《こじま》に波《なみ》のよるみゆ」「大海《おおうみ》の磯《いそ》もとどろによする波《なみ》われてくだけて裂《さ》けて散《ち》るかも」などよく知られている。その悲劇的生涯と、その時流を抜きん出た秀歌とによって、多くの人々から愛惜され、墓のある鎌倉の寿福寺で、二月同日に実朝忌が修されている。

鎌倉《かまくら》に実朝忌《さねともき》あり美《うつく》しき　高浜虚子
引《ひ》く波《なみ》に貝殻《かいがら》鳴りて実朝忌《さねともき》　秋元不死男
松籟《しょうらい》の武蔵《むさし》ぶりかな実朝忌《さねともき》　石田波郷
病《や》む窓《まど》に伊豆《いず》の海《うみ》あり実朝忌《さねともき》　木村蕪城

鑑賞
口衝《くちつ》いていづる和歌《わか》あり実朝忌《さねともき》　後藤夜半

今日実朝忌と気付くと、ふと口をついて出るいくつかの実朝の秀歌がある。実朝の和歌は多くの人々に、愛唱され続けているのである。

入門歳時記付録

歳時記への導き

村田　脩

読み物としての歳時記

われわれはどこで歳時記に出会うかというと、おそらく俳句を試みてはじめて歳時記を手にしたという人が多いであろう。俳句を試みはじめると、俳句には季題を入れねばならぬ、しかも季題それぞれの特有の情趣も生かされねばならぬといった必要から、歳時記にそれこそ首っ引きになってしまうのがふつうである。そういう人たちには、歳時記はあまりにも明らかな必要性をもって現れてくるのである。そのため、皮肉にも俳句詠みが歳時記そのもののおもしろさを知らないことも多い。俳句を試みる気のない人が、偶然の機会に歳時記に接して、そのおもしろさのとりこになることがある。そうした人から、外国生活の間に歳時記に慰められたとか、無人島に一冊の本しか持っていけないとしたら必ず歳時記を携えるといった発言が生まれてくるのである。

歳時記とは、歳時——一年中のおりおり——を記したもので本来は俳句の手引き書とは限られない。すべてのものを一年中のおりおりという配列のもとに編成すれば森羅万《しんらばん》象《しょう》が歳時記に取りこまれてくる。歳時としての移り変わりのもとに、ひとつところに執着しないで、淡々と眺める心さえあれば、すべては歳時記にそれぞれの位置を占めるようになるのである。事実、「……歳時記」といった書名で、科学書とも随想ともつかぬ読み物が多く読まれていることは興味深い。

以上のように「歳時記」という語には俳句に限定されない意味はあるが、「歳時記」という名の書物はもちろん俳諧《はいかい》の歴史の所産である。明治以前では、『俳諧歳時記』（馬琴撰《せん》、一八〇三年）またそれに増補を加え改訂した『俳諧歳時記栞草《しおりぐさ》』（青藍撰、一八五一年）が一般に流布しよく知られたものであった。さらに、歳時記の形をなした書はもっと古く、『山の井』（季吟《きぎん》撰、一六四八年）が最初であるという。そこには、俳諧の題となる季節の風物の主要なものすべてをあげ、配列し、解説を施してある。季題の配列とその解説という歳時記の現在の形式はすでにできあがっているといえよう。そして、この古い形の歳時記を見れば、俳諧の季題はもともと和歌の題、歌題の発展したものであることを明らかにしている。そう考えると、『万葉集』の巻第十の目録はもうそれだけで歳時記の原型をなしていたとも思われてくるのである。いずれにしても、すべてを歳時記に取りこむ意識は、和歌・連歌・俳諧の流れの中に育ってきたことは疑いない。歳時の物象になることは、詩歌に詠じられる季題となることである。すべての物象は、ある文学的意図のもとに、歳時記にくみこまれてくる。このように、歳時の記録に文学的意図が深くはいりこんでしまっていること、これが実は歳時記を読み物としておもしろくしているだいじな要素なのである。

日本の生活と季節

短歌・俳句という日本の詩歌の歴史の中に歳時記が生まれてきたことは確かであるが、詩歌が日本において季節の歌になったことには、その基盤に日本の風土の特色が存するからである。日本の気象には四季がある。もちろん、温帯にある他のどの文明圏にも、春・夏・秋・冬の区別はあって、環境の季節的変化は人間生活に深いかかわりを持っている。だが、日本の四季は自然の変化であると同時に人間の心のうつろいを表す表現になっている。だが、日本の季節ほど、四季の移り変わりが明瞭《めいりょう》でかつ微妙でもあるところは少ないのではなかろうか。このような風土になじんだ日本人は、人間の心のすべてを、その照りかげりも、浮き沈みも、ことごとく四季の現象に託することを自然に身につけてきたのであろう。落花のはかなさなしに、人生の無常を思惟《しい》することには、日本人の心はなれていない。

微妙な季節的変化のある生活環境に置かれた日本人には、生活の実際上の必要からも四季の変化を感知し、それに対処せねばならなかった。諏訪湖《すわこ》に「お神渡《みわた》り」という現象がある。それは氷結した湖上に一夜のうちに割れひびが走り、そこに氷が盛り上がる現象である。これを諏訪大明神のお渡りになったあとと考えて名付けられたものである。もっともこの現象は世界の他の地でも見られ、科学的にも説明され、とくに神秘ではない。これを神の足跡として吉凶の占いに用いたのは迷信であろう。そうではあっても、この現象が年々に遅速あり方向の差異ありとして、それが年々の気候すなわち作物の豊凶にも関連ありと考えた古人の知恵は注目に値する。季節の移り変わりは毎年間違いなく繰り返されるが、またわずかな狂いもある。自然にとってはわずかな狂いが人間生活ではだいじになる。その狂いも大いなる秩序の中ではゆるぎのない正確な自然の運行であって、人間はその自然の意を感知しなければならないと経験的にさとっていたのではなかろうか。諏訪湖のお神渡りの観測記録のもっとも古いものは応永四年（一三九八年）という。それ以後六百年間に及ぶ記録があり、そのような長い連続気象観測記録は世界にも例がない。

二宮尊徳（一七八七―一八五六）は、広く大衆の指導者として名声をあげた思想家であった。彼に対する大衆の支持は、他の多くの場合のような宗教的帰依ではなかった。彼の実際的判断の的確さが、多くの農民を彼の支持者にしたのである。彼の判断のもとには鋭い自然観察があった。そして、その観察に彼が忠実であったのは、四季の運行を少しも狂わせることなく進めている大自然への確信があったからである。天保《てんぽう》年間、全国的な飢《き》饉《きん》のあった年の夏、彼は村人に食料以外の作物を畑から引きあげ、粟《あわ》・稗《ひえ》などを植えさせている。それは、土用の空がなんとなく秋めいていたこと、新茄子《なす》を食べてそれに秋茄子の味があったことなどから、天候の不順を予感して凶年のための用意を心に決めたのだという。苦情をいって棉《わた》畑を引きあげなかった農民もあった。しかしその秋、せっかくの棉も実らず、尊徳の予測の確かさに誰もが信服せざるを得なかった。

二宮尊徳は四季の諷詠《ふうえい》を楽しむ風流人ではなかった。彼のような実務家にして、四季の微妙な移り変わりに敏感であったことは日本人の生活と季節との深いつながりを教えるものではなかろうか。

気象学と歳時記

日本の四季の運行の確かさということから、ふたたび歳時記に話題を転じたい。四季の運行に大法則があるという事実は歳時記を支えているが、四季の物象の科学的な配列がそのままに歳時記になるということではない。歳時記は、その原型ともいえる『万葉集』巻第十の目録に見られるように、四季全編を構成するために全体的調和と統一が考えられている。たとえば、その秋の部に「雁」とか「鹿」が配されているのは明らかに美的構想力が働いているといえよう。四季はすでに詩情を通して眺められ、一連の絵巻を展開させているのである。卑俗な例であるが、歳時記で「日永」は春、「夜長」は秋である。それが、気象上の事実ではそれぞれ夏であり冬であることはまったく明らかなことである。歳時記の季は、人間のさまざまな願いや思いのこめられた季であり、それはやはり長い歴史を経てきた客観的事実に他ならない。それは決して単なる計数的な観測によって訂正されたり、配列替えされるべきものではなかろう。むしろ、こうした歳時記上の季の事実を尊重する気象学があってもよい。そして、実際にそういう試みがなされていて、「日本の四季や、日々の天気の移り変わりを、そこに住む人々がどう受けとめ、どう評価していたか、また現在どう評価しているかを調べ、それを分析する立場の学問があってもいいはずである。人間くさい気象学であり、気象歳時記学、または気象風土評価学とでも名付けられるべき分野である。」（関口武『気象歳時記』山と渓谷社刊）という。「霞《かすみ》」も「霧」も、気象学上には区別できない現象であり、そのため「霞」という気象の術語はない。この区別されないという事実が、霞と呼ばれ霧と呼ばれてかもし出す情趣の上でははなはだ大きな違いがある。この大きな違いがある事実の上に、歳時記上の季の現象の配列と統一がなされているのである。

歳時記上の季を単に自然現象とだけ受けとめると、場合によっては滑稽《こっけい》なことも起こりかねない。ある時、俳句仲間たちによって野鳥観察の会が試みられた。山上の目的地で野鳥研究者の説明を聞いたのであるが、これは秋の一日であった。その研究者は第一に、この時季になぜこのような会を開いたのかと質問した。われわれは、なぜと問われると、「小鳥」「色鳥」といった季題が秋であるからとしか答えようがなかった。多くの野鳥の声を聞き、姿を見に山に来るのなら、春から初夏にかけてが一番であるという。思うに、俳句の季題の「小鳥」は人里に来る小鳥であり、日本の自然において小鳥が多いという現象を指しているのではない。また、秋渡ってくる鳥が群れをなして来るため、それを見かける機会も多いからであろう。そのため、ただ単に「渡り鳥」といえば秋の季になっている。「小鳥」や「色鳥」が秋の季になっているのは、「渡り鳥」を秋としたことと関連して歳時記にくみこまれたものなのであろう。このように、歳時記には歳時記独特の秩序があって季題の世界を構成しているのである。それはもちろん人間が勝手に立てた秩序ではないが、自然そのものの秩序でもない。

季題の重さ

歳時記独特の秩序ということにふれたが、次に個々の季題の独自性について考えてみたい。歳時記を構成する一つ一つの季題も、季節の現象を表す言語表現であるという以上の広く深い背景を持っている。「花」は春、そしてふつうは「さくら」のこと、「月」は秋といった季題の中でも頂点をなす季題については、もういろいろのことが述べられている。しかし、それだけでなく、すべての季題が、それぞれに季題となり得るだけの背景を持っている。歳時記が、四季の運行の移り変わりの微妙さをとらえた人間の創造的所産であるならば、季題の一つ一つも人間の創造物である。

そうした創造物としての季題の性質をとらえるためには、季題から気象学や生物学の術語であること以上の意味を感知できなければならない。「霞」と「霧」が気象学の術語であること以上の情趣の世界をはらんでいることはすでに述べた。季題から季題としての独自性をどれほど読みとれるか、一例として「夜寒」と「寒夜」をあげたい。「夜寒」は秋であり、「寒夜」は冬であるが、歳時記に通じていない人でこれを読みとることはかならずしも容易なことではない。「梅」は花であるが、「桃」は実であるというと、かなり多くの人がまごつく。桃の花を指すには「桃の花」または「花桃」という。梅には「花梅」という語がない代わりに「実梅」の語があり、桃には「実桃」の語はない。これらを、ふつうは季題の約束としているが、これは単に便宜的に決められた約束ではない。

季題の約束ということを、非文学的な制約のように考える人がいるが、それは約束という語のきわめて表面的な意味にとらえられているからであろう。「梅は花」「桃は実」という約束が成立するためには、四季の運行にかかわりそれを評価してきた人間の生活がある。季題の約束は歴史的に形成されてきたものであり、一つ一つの季題は人間の歴史をその背景に持っている。

歳時記といえば、ふつう俳句のものであるが、これまでほとんど俳句とのかかわりについては述べなかった。それは、歳時記そのものの性質を明らかにすることで、かえって俳句そのもののありかたを明らかにしたいと考えたからである。四季の狂いのない運行、それに基づく人間の創造としての季題・歳時記、これを背景にして俳句は生まれるべくして生まれた文芸である。俳諧連句は今日あまり行われないが、俳句は多く句会で作られる。その意味で、今日でも俳句は「座」の文学である。そのことは、俳句が歳時の詩であること、そして季題には必然的に、ある約束性を伴うということに由来するのではなかろうか。歳時記そのものとは本来無関係であってもよいが、俳句はどう作られているか、俳句をどう作ったらよいかということの探求は、歳時記をよりいっそう深く理解する道であろう。

句会について

樋笠　文

(1)　句会とは

俳句の勉強法の一つに句会があります。句会は、決められた日時に同じ場所に集まった人たちが句を作り、互選や講評などを行う会です。はじめて俳句を学ぼうとする人は、入門の手引きや俳句雑誌を読み、一人で勉強することもたいせつですが、句会に参加して直接指導者や先輩から学ぶ方が早く上達します。

各結社や俳句雑誌、職場などでは定例句会が行われていますので、誰でも自由に参加することができます。

(2)　句会の種類

句会には、決められた日時に行う月例句会のほかに、季節や行事などに合わせて行う会があります。新年句会、観月句会など、行事や四季の風物を中心にして行われる会がそれです。

また、人数も、気の合った人たちが数人集まって開く小句会もあれば、何百人もの人たちが集まる大句会などいろいろあります。

いずれにしても、句友たちが親しみながら学びあうことが句会のねらいといえるでしょう。

(3)　句会の形式

句会の形式は、それぞれの会により多少の違いがありますので、ここでは一般的な形式について述べましょう。

まず句会の日時と場所、締め切り時間が示されています。次に、俳句をどんな方法で作って出すかが決められています。この方法に、**兼題**《けんだい》・**席題**《せきだい》・**嘱目**《しょくもく》・**当季雑詠**《とうきざつえい》などがあります。

兼題は、前もって出されていた季題をもとにして句を作りこれを出句します。季題は三つぐらいずつ出すことが多く、「蜜柑《みかん》」「枯野《かれの》」「風邪《かぜ》」などという季題が、あらかじめ知らされていますので、その季語を入れた句を投句します。同じように、出題された季語を使って句を作る方法の一つに席題があります。

席題は、兼題と違って、前もって季題を知ることができません。当日の句会に参加してはじめて季題がわかるのです。句会の席上で題が出ることから、これを席題といいます。先にあげた兼題を学校の宿題に例えるならば、こちらはさしずめ当日の試験問題ということができるでしょう。

兼題や席題のように出された季語を用いて俳句を作る方法を**題詠**《だいえい》といいます。いずれも、決められた枠《わく》の中で作句する方法ですが、これに対して、もう少し自由な作句のしかたに、嘱目と、当季雑詠とがあります。

嘱目とは、目にふれたものを詠うということです。句会の当日に、会場のまわりで目にしたものの中から、自由に季語を選んで句を作ればよいのです。前に述べた席題と違い、目の前にあるものや身辺のものを対象としてとらえればよいのですから作りやすいでしょう。

当季雑詠は、当季（その会の行われる季節）の季語を自由に選んで句を作ることをいいます。もし、春でしたら、歳時記の春の部に収められている季語の中から、自分が詠みたいと思うものを選んで作ればよいのです。題詠と違い、多くの季語の中から自分の詠みたいものを選択できるのですから、初心者にはいちばん作りやすい方法といえるでしょう。月例句会などで、もっとも多く行われています。

こうして作られた句を、決められた数だけ**出句**《しゅっく》します。投句の数は句会の人数により一定していませんが、五句から十句以内くらいがふつうです。

各自が作った句は、小さな短冊《たんざく》の紙（切短冊）に一句ずつ別々に書き、会場に用意された投句箱の中に入れます。投句用紙には作者名は書かず、句だけを記入します。記入に当たっては、誰にもよくわかるように楷書《かいしょ》で正しくはっきりと書くことがたいせつです。

こうして全員の投句が終わると、幹事は投句箱の中から切短冊を取り出し、よく混ぜ合わせます。これを各人の投句数だけの枚数を全員に配り、もう一度きれいに書き直してもらいます。これを清記《せいき》といいます。書き直すことにより、お互いの筆蹟がわからなくなり、より公平な選句ができるようにするためです。

清記は、清記用紙と呼ばれる紙に五、六句ずつまとめて記入します。投句のときと同様に、間違いなく句を写し取り、正しくはっきりと書くことがたいせつです。せっかく作った句が、清記者の誤記や脱字により、意味のわからない句になってしまうことがよくあるからです。楷書ではっきりと書かれた清記を見ると、その句までがすばらしく見えるように思われます。自分の句をだいじにするのと同じように、人の句もたいせつに扱うよう心がけねばなりません。

こうして書かれた清記用紙は、幹事の手元に集められて一枚ずつに番号がつけられます。最後の番号には「五十六番止」のように、終わりを表す「止」の印が付けられます。ここまでが句会の準備段階です。

さて、いよいよこれから句会が始まります。句会の指導者を中心にして、出席者全員がロの字形に並んで着席します。全部の句稿は、指導者から順に左方向へ一枚ずつ配ります。全部配り終わったところで選句《せんく》に移ります。今度は、自分のもらった句稿の中から良いと思われるものを抜き書きして、右隣の人に回します。いつも左隣の人から受け取った句稿の選をして右へ回すことを繰り返し、全部の句稿の選句を終わります。なれないうちは、多くの句の中からどの句を選べばよいか迷うことでしょう。前もって予選した中から句数を絞って提出する方法もありますが、修練を積んでいくと限られた時間内に秀句を見つけ出せるほど選句眼ができてきます。初めは真剣に句を選び、自分の好みに合ったものを選句するよう心がけることです。

選句は、三句選・五句選というように句数が決められていますので、選句用紙に姓号を書き、選んだ句とその番号を忘れずに記入して幹事に提出します。このように互いに句を選びあうことを**互選**《ごせん》といいます。

こうして提出された選句は、句会の中の一人が読みあげて発表します。これを**披講**《ひこう》といいます。披講者はふつう学識経験や句歴も豊富で、発音や発声のはっきりした人が当たります。披講者はまず、自分の選句を読みあげた後、全員の選句を発表します。披講者に自分の句が読みあげられたときには、すぐに自分の姓号を名乗りあげなくてはなりません。句会に参加した人たち全員に聞こえるように、はっきりと名乗ることです。初心者の中には、恥ずかしがって小さな声で言ったり、名乗りを忘れたりする人もいるようです。これは、自分の句を選んでくれた人に対しても礼を失することになるのですから、恥ずかしがらずにはっきりと名乗りをあげることです。披講者や記録係は、必要に応じて作者名を選句用紙の中に記入することがあります。このときに、姓号が聞き取れないと正しく記録することができませんので気をつけましょう。

互選の披講が終わると、指導者の選句の披講と講評が行われます。当日の作品の中から優れた句が取り上げられるのですから、どんな句が、どんな理由で選ばれたのかを聞き、各自の選句に対する参考とすることができるし、鑑賞のしかたや、句のポイントについても指導を仰ぐことができます。また、不備な句についてどの点がまずいのかを直接教えてもらえるチャンスでもあります。指導者や先輩の人たちの指導を謙虚に受けとめ、これからの作句や鑑賞の上に生かすよう心がけることです。句会は、投句から選句まですべてが俳句の勉強につながるのですから、つねに、真剣な態度で臨まねばなりません。

(4)　句会に臨む態度

句会に出席してお互いに競いあうことは、俳句の修業の上で欠くことができません。しかし、句会に臨む態度や心構えによっては、単なる社交の場としての役割しか果たすことができませんので、娯楽気分だけに終始せぬよう心がけねばなりません。

句会に臨んで気をつけることは、自分の句がどれだけ選ばれたかということだけでなく、どの句が、誰に選ばれたかを知ることです。得点や順位だけにこだわったり、句会向きのする作品ばかり作ったり、選者の選びそうな句ばかり出す人も中にはいます。しかし、選句や作句の能力は一様ではありませんし、句の良さは得点だけで評価できるものではありませんから、成績ばかりにこだわらぬようにしたいものです。

また、優れた句を真剣に選ぶこともたいせつです。多くの句の中から、限られた時間内に秀句を選ぶことは容易なことではありません。選句を見れば、その人の作句の力がわかるとさえいわれるほどです。自分の選んだ句はどうであったか、他の人の選や、指導者の選と比べてみることも勉強になるでしょう。

吟行《ぎんこう》のように、外に出て目にふれた自然を素材にして句を詠んでも、表現はまちまちです。句会では、人の作った句の中から、自分が表現できなかった発見や発想、技法などを学び取ることもできるでしょう。こうした積み重ねをすることにより、句も上達し、選句眼もしだいに養われてくるのです。

句会の水準を高めるためには、指導者の指導力に依存するだけでなく、お互いが自覚を高めあうことがたいせつです。よい環境の中で研修し、精進しあう気風を失わぬよう心がければ、その進歩も著しく、句会の効用を十分に果たすことができるでしょう。

総索引

総索引

一、この索引は本題及び傍題・異名・別名、解説文中のゴシック体で示した季題をすべて収録した。
一、配列は五十音順、現代仮名づかいに統一した。
一、＊のついた語は本題を示したものである。

あ

あいすきゃんでえ**アイスキャンデー**　夏二九二
あいすくりいむ**アイスクリーム**　夏二九二
あいのはね**愛の羽根**　秋四一五
あおあし**青蘆**　夏二三一
＊あおあらし**青嵐**　夏二四〇
＊あおい**葵**　夏二〇〇
＊あおうめ**青梅**　夏二一四
＊あおがえる**青蛙**　夏二一〇
あおがき**青柿**　夏一七九
あおがや**青萱**　夏二三一
あおきふむ**青き踏む**　春九六
＊あおさぎ**青鷺**　夏二五二
あおじそ**青紫蘇**　夏二一五
＊あおすすき**青芒**　夏二三一
＊あおすだれ**青簾**　夏二五四
＊あおた**青田**　夏二六〇
あおたかぜ**青田風**　夏二六〇
あおたどき**青田時**　夏二六〇
あおたなみ**青田波**　夏二六〇
あおたみち**青田道**　夏二六〇
あおとかげ**青蜥蜴**　夏二四九
あおね**青嶺**　夏二七〇
あおば**青葉**　夏一七九
あおまつかさ**青松毬**　秋四三六
＊あおむぎ**青麦**　春一三九
あおやぎ**青柳**　春一三三
あおゆ**青柚**　秋四五六
＊あかいはね**赤い羽根**　秋四一五
あかとんぼ**赤蜻蛉**　秋三八六
あかのまま**赤のまま**　秋三五九
＊あかのまんま**赤のまんま**　秋三五九
あがり**上蔟**　夏一七五
あがりだんご**上蔟団子**　夏一七五
あき**秋**　秋三四二
あきあつし**秋暑し**　秋三五〇
あきうらら**秋麗**　秋四一三
あきおしむ**秋惜しむ**　秋四六四
＊あきかぜ**秋風**　秋四二一
あきくさ**秋草**　秋三九七
あきくる**秋来る**　秋三四三
あきざくら**秋桜**　秋三九九
あきさぶ**秋さぶ**　秋四五六
あきさめ**秋雨**　秋四一三
あきすずし**秋涼し**　秋三五一
あきすむ**秋澄む**　秋四〇九
＊あきたかし**秋高し**　秋四一〇
あきたける**秋闌ける**　秋四五六
あきたつ**秋立つ**　秋三四三
＊あきちかし**秋近し**　夏三三八
あきつ　秋三八六
あきついり**秋黴雨**　秋四一三
あきでみず**秋出水**　秋四一三

あきどなり秋隣　夏三三八
あきにいる秋に入る　秋三四三
＊あきのあめ秋の雨　秋四二三
あきのあゆ秋の鮎　秋四三三
＊あきのうみ秋の海　秋三九一
あきのかぜ秋の風　秋四二一
＊あきのくれ秋の暮　秋四二三
＊あきのこえ秋の声　秋四二三
あきのこま秋の駒　秋四一〇
あきのしお秋の潮　秋三九二
＊あきのせみ秋の蟬　秋三四九
あきのた秋の田　秋四一八
あきのつき秋の月　秋三八〇
＊あきのなくさ秋の七草　秋三六九
あきのなみ秋の波　秋三九一
あきのはま秋の浜　秋三九一
あきのひ秋の灯　秋三六五
あきのひ秋の日　秋四二三
あきのへび秋の蛇　秋三八七
あきのほし秋の星　秋三四四
あきのみず秋の水　秋四〇八
＊あきのめ秋の芽　秋四二八
あきのゆう秋の夕　秋四一二
＊あきひがん秋彼岸　秋三八六
＊あきふかし秋深し　秋四五六
＊あきまつり秋祭　秋四三八
あきめ秋芽　秋四二八
あきをまつ秋を待つ　夏三三八
あけのはる明の春　新六〇七
あげばね揚羽子　新六二七
＊あけび通草　秋四三四
あけびのみ通草の実　秋四三四
あげひばり揚雲雀　春 七六
あけやすし明易し　夏一九五
＊あさがお朝顔　秋三五六
あさがお蕣　秋三五六
あさがおまく朝顔蒔く　春 八三
あさがすみ朝霞　春 九五
＊あさぐもり朝曇　夏三〇四
あさごち朝東風　春 五九
あさざくら朝桜　春一三三
＊あさざむ朝寒　秋四四四
あささむし朝寒し　秋四四四
あさすず朝涼　夏二七七
あさすずみ朝涼　夏二八三
あさたきび朝焚火　冬五三二
あさにじ朝虹　夏二六三
＊あさね朝寝　春一四七
あさびえ朝冷え　秋四〇八
＊あざみ薊　春一六一
あさやけ朝焼　夏三〇八
あしかび葦牙　春 八一
＊あしかり蘆刈　秋四四七
＊あじさい紫陽花　夏一九九
あしぞろえ足揃　冬四九三
あしのきり蘆の錐　春 八一
＊あしのつの蘆の角　春 八一
あしのめ蘆の芽　春 八一
＊あしび馬酔木　春一五一
あしび蘆火　秋四四七
＊あじろ網代　冬四九〇
あじろぎ網代木　冬四九〇
あじろどこ網代床　冬四九〇
＊あせ汗　夏二七九
あぜあおむ畦青む　春 五二
あせしらず汗しらず　夏三三六
あせてぬぐい汗手拭　夏二八〇
＊あせぬぐい汗拭　夏二八〇

*あぜぬり畦塗　春一五八
あせばむ汗ばむ　夏二七九
あぜまめ畦豆　秋三五七
あせも汗疹　夏二七九
あぜやく畦焼く　春四五
あつかん熱燗　冬五一一
あつぎ厚着　冬五四二
あつごおり厚氷　冬五八四
*あつし暑し　夏二五四
あとずさり　夏二三五
あなぐま穴熊　冬五一六
*あなまどい穴まどい　秋三八七
あぶらぜみ油蟬　夏三二一
あぶらでり油照　夏三〇五
あぶらな油菜　春一三九
あまがき甘柿　秋四三三
あまごい雨乞　夏三二〇
あまちゃ甘茶　春一二四
*あまのがわ天の川　秋三四五
*あめんぼう水馬　夏三三三
あやめ渓蓀　夏一九四
*あゆ鮎　夏三二七
あゆつり鮎釣　夏三三八
あゆのこ鮎の子　春六六
あゆのやど鮎の宿　夏三三八
*あらい洗膾　夏二九八
あらいがみ洗い髪　夏二八五
あらいごい洗鯉　夏二九八
あらいすずき洗鱸　夏二九八
あらいだい洗鯛　夏二九八
あらう荒鵜　夏三三八
あらばしり新走　秋四一八
*あられ霰　冬五七六
*あり蟻　夏三三四
ありあなをいず蟻穴を出ず　春五八
*ありじごく蟻地獄　夏三三五
ありづか蟻塚　夏三三四
ありのとう蟻の塔　夏三三四
ありのとわたり蟻の門渡り　夏三三四
ありのみありの実　秋四三〇
ありのみち蟻の道　夏三三四
あれちまつよいぐさ荒地待宵草　夏二五八
あわせ袷　夏一六九
あわゆき淡雪　春五六
*あんご安居　夏一七七
*あんこう鮟鱇　冬五三三
あんこうなべ鮟鱇鍋　冬五二〇・五三三
*あんずのはな杏の花　春一一四

い

いいすたあイースター　春九四
*いいだこ飯蛸　春八八
いいだこ望潮魚　春八八
いかづち　夏二六一
いかのぼり　新六二八
*いきしろし息白し　冬四九七
いけかる池涸る　冬五五六
いざよい十六夜　秋三八一
*いずみ泉　夏二七五
いずみどの泉殿　夏二八一
いそあそび磯遊び　春一三〇
いそがに磯蟹　夏三〇七
いたすだれ板簾　夏二五四
*いたどり虎杖　春一〇四
いちげ一夏　夏一七七

*いちご苺　夏二四六
*いちじく無花果　秋四三三
いちのうま一の午　春　三八
いちのとり一の酉　冬四七〇
いちばんちゃ一番茶　春一五五
いちやずし一夜鮨　夏二九七
いちょうかる銀杏枯る　冬四九八
*いっさき一茶忌　冬五五〇
いつ凍つ　冬五七四
いつ冱つ　冬五七四
いてかえる凍返る　春　四三
いてたき凍滝　冬五八四
*いてちょう凍蝶　冬五八九
いてばち凍蜂　冬五二七
いどかる井戸涸る　冬五五六
いとゆう糸遊　春　九六
いなぐるま稲車　秋四五一
*いなご蝗　秋四一九
いなご稲子　秋四一九
いなご螽　秋四一九
*いなずま稲妻　秋三五三
いなだ稲田　秋四一八
いなびかり稲光　秋三五三
いなぶね稲舟　秋四五一
いなほ稲穂　秋四一八
いなほ稲穂　新六四
いなりまつり稲荷祭　春　三八
いぬたで犬蓼　秋三五九
いぬつばめ去ぬ燕　秋三八九
*いぬふぐり　春　五三
*いね稲　秋四一八
*いねかり稲刈　秋四五一
いねこき稲扱き　秋四五三
いねのあき稲の秋　秋四一八
いねのか稲の香　秋四一八
いねのはな稲の花　秋四一九
*いのこずち　秋四五一
*いのしし猪　秋四六三
いばらのはな茨の花　夏一八六
いぼむしり　秋三七八
いまちづき居待月　秋三八一
*いも芋　秋三八二
*いもあらし芋嵐　秋三六四
いもばたけ芋畑　秋三八二
いもめいげつ芋名月　秋三八一
いよすだれ伊予簾　夏二五四
*いろどり色鳥　秋四二四
いろはかるたいろは歌留多　新六二九
*いろり囲炉裡　冬五三三
*いわしぐも鰯雲　秋三九三
いわしたたり岩滴り　夏二七六
いわしみず岩清水　夏二七六

う

うあんご雨安居　夏一七
うえきいち植木市　春　八四
うえた植田　夏二六〇
*うかい鵜飼　夏二二八
うかがり鵜篝　夏二二八
うかご鵜籠　夏二二八
うかれねこ浮かれ猫　春　四四
*うきくさ萍　夏二二四
うきくさおいそむ萍生初む　春　六五
*うきす浮巣　夏二二〇
うきにんぎょう浮人形　夏三〇二
うきねどり浮寝鳥　冬四九四
*うぐいす鶯　春　五三

*うぐいす鶯　春五二
うぐいすおいをなく鶯老を鳴く　夏二四一
うぐいすのたにわたり鶯の谷渡り　春五二
うぐいすもち鶯餅　春一一一
うげつ雨月　秋三八二
うこぎめし五加木飯　春八六
うしょう鵜匠　夏三一八
うすぎもくせい薄黄木犀　秋四〇六
うすごおり薄氷　春四二
うすごろも薄衣　夏二七八
うずみび埋火　冬五二九
*うすもの羅　夏二七八
うすもみじ薄紅葉　秋四四七
*うすらい薄氷　春四二
*うそかえ鷽替　新六四三
うそさむうそ寒　秋四四六
うたかるた歌かるた　新六二九
うちあげはなび打揚花火　夏二八六
*うちみず打水　夏二八四
*うちわ団扇　夏二六四
うちわおき団扇置　夏二六四
うちわかけ団扇掛　夏二六四
うづかい鵜遣　夏三一八
うづきなみ卯月浪　夏一六七
うつぎのはな卯木の花　夏一八七
うつせみ空蟬　夏三二一
*うど独活　春九一
うなぎのひ鰻の日　夏三三五
*うなみ卯浪　夏一六七
うなわ鵜縄　夏三一八
*うのはな卯の花　夏一八七
*うのはなくたし卯の花腐し　夏一八八
うばざくら姥桜　春一三三
うぶね鵜舟　夏三一八
うまおい馬追　秋三七五
*うまこゆる馬肥ゆる　秋四一〇
うまのこ馬の仔　春一二五
うまのこうまる馬の子生まる　春一二五
うままつり午祭　春三八
*うめ梅　春五〇
うめず梅酢　夏三三三
うめづけ梅漬　夏三三三
うめのみ梅の実　夏二一四
*うめぼし梅干　夏三三三
うめほす梅干す　夏三三三
うめむしろ梅莚　夏三三三
*うめもどき梅擬　秋四四五
うめもどき梅嫌　秋四四五
*うめわかき梅若忌　春一三七
うめわかさい梅若祭　春一三七
うめわかのなみだあめ梅若の涙雨　春一三八
うめわかば梅若葉　夏一七八
*うらがれ末枯　秋四六三
うらじろ裏白　新六二三
*うらぼん盂蘭盆　秋三四六
うらぼんえ盂蘭盆会　秋三四六
うらら　春一〇八
*うららか麗か　春一〇八
うりぞめ売初　新六二三
うりのぎゅうば瓜の牛馬　秋三四六
*うりのはな瓜の花　夏二〇二

うりぼう瓜坊　秋四六二
うりもみ瓜揉み　夏二八九
うるしもみじ漆紅葉　秋四五七
うろこぐも鱗雲　秋三九三
*うんかい雲海　夏二七四
*うんどうかい運動会　秋四一五

え

えうちわ絵団扇　夏二六四
ええぷりる・ふうるエープリル・フール　春一〇五
えござ絵茣蓙　夏二六五
*えすごろく絵双六　新六三〇
えすだれ絵簾　夏二五四
*えだまめ枝豆　夏二九四
えのきだけ榎茸　秋四一六
えひがさ絵日傘　夏二六五
えほうまいり恵方詣　新六一三
えもんだけ衣紋竹　夏三一三
*えりまき襟巻　冬五四四
えんいき円位忌　春　六九
えんえい遠泳　夏三一四
えんしょ炎暑　夏二五四
えんすずみ縁涼み　夏二八三
*えんそく遠足　春一四六
*えんちゅう炎昼　夏三〇五
*えんてん炎天　夏三〇四
えんどううう豌豆植う　秋三五八
えんどうのはな豌豆の花　春一四一
えんらい遠雷　夏二六一

お

おいうぐいす老鶯　夏二四一
*おいばね追羽子　新六二七
おうぎ扇　夏二六四
おうしょっき黄蜀葵　夏二〇〇
おうとう桜桃　夏二一三
*おうとうき桜桃忌　夏二五三
おうとうのみ桜桃の実　夏二一三
おおあした大旦　新六〇八
おおいぬたで大犬蓼　秋三五九
おおぎく大菊　秋四三九
おおけたで大毛蓼　秋三五九
おおこのはずく大木葉木菟　冬四九四
おおつばき大椿　春　八九
おおとし大年　冬五七〇
おおにしび大西日　夏三〇七
おおばあオーバー　冬五四五
おおはくちょう大白鳥　冬五九〇
おおまつよいぐさ大待宵草　夏二五七
おおみそか大晦日　冬五七〇
おおゆき大雪　冬五七八
おおわた大綿　冬五二七
おかがみ御鏡　新六三三
おかざりお飾　新六二一
おかぼ陸稲　秋四一九
おかめいちおかめ市　冬四七〇
おかわさび陸山葵　春一一〇
おきごたつ置炬燵　冬五三五
おきなきき翁忌　冬四七七
おきなます沖膾　夏二九八
おくて晩稲　秋四一九
おくりび送火　秋三四六
おごしのかも尾越の鴨　冬四九五
*おさがり御降　新六一〇
おじか小鹿　秋四六二

おしずし圧鮨　夏二九七
おしぜみ唖蟬　夏三二一
おじや　冬五〇六
おしろい　秋三五五
*おしろいばな白粉花　秋三五五
おそざくら遅桜　春一二三
おたいまつお松明　春　六八
おたびしょ御旅所　夏一七六
おたまじゃくし　春一二一
*おちあゆ落鮎　秋四二三
おちつばき落椿　春　八九
*おちば落葉　冬四八六
おちばかき落葉掻　冬四八六
おちばかご落葉籠　冬四八六
おちばたき落葉焚　冬四八六・五三三
おちひばり落雲雀　春　七六
*おちぼ落穂　秋四五三
おちぼひろい落穂拾い　秋四五三
おてかけお手掛け　新六一九
*おでん　冬五一一
おとしだまお年玉　新六一五
おとしみず落水　秋四五三
*おどり踊　秋三四七
おどりうた踊唄　秋三四七
おどりこ踊子　秋三四七
おとりさまお酉さま　冬四七〇
おどりのわ踊の輪　秋三四七
おどりやぐら踊櫓　秋三四七
おにぐるみ鬼胡桃　秋四五〇
おにのこ鬼の子　秋三七七
おにやらい鬼やらい　冬六〇〇
おばな尾花　秋三七〇
*おはなばたけお花畑　夏二七二
おびとき帯解　冬四七九
*おぼろ朧　春一三〇
おぼろづき朧月　春一三〇
おぼろよ朧夜　春一三〇
*おみずとり御水取　春　六八
おやすずめ親雀　春一五〇
おやどり親鳥　春一四九
およぎ泳ぎ　夏三一四
おんなしょうがつ女正月　新六四八
おんぶばった　秋四二〇

か

*か蚊　夏二三五
*かいこ蚕　春一五六
かいこだな蚕棚　春一五七
かいこのあがり蚕のあがり　夏一七五
かいすいぎ海水着　夏三一五
かいすいぼう海水帽　夏三一六
*かいすいよく海水浴　夏三一四
がいそう艾草　春　九七
*かいぞめ買初　新六三三
*がいとう外套　冬五四五
かいまき掻巻　冬五三八・五四〇
かいや飼屋　春一五七
*かいよせ貝寄風　春　七三
かいよせ貝寄　春　七三
かいれい回礼　新六一四
*かいわりな貝割菜　秋四〇五
かえい花影　春一二三
かえりざき帰り咲　冬四八五
*かえりばな帰り花　冬四八五
かえりばな返り花　冬四八五
かえる　春一五八
かえるうまる蛙生まる　春一二一

かえるこ蝌蚪　春一二三
かえるのこ蛙の子　春一二三
*かおみせ顔見世　冬四九三
かが火蛾　夏二一九
かかし　秋四二一
*かがし案山子　秋四二一
*かがみびらき鏡開　新六四七
*かがみもち鏡餅　新六三三
かがみわり鏡割　新六四七
かがりびばな篝火花　春一三三
*かき柿　秋四三三
*かき牡蠣　冬五五六
かきうち牡蠣打　冬五五六
がきき我鬼忌　夏三三七
かきごおりかき氷　夏二九二
*かきぞめ書初　新六三三
*かきつばた燕子花　夏一九四
かきつばた杜若　夏一九四
かきなべ牡蠣鍋　冬五一〇
かきのはな柿の花　夏一七九
かきもみじ柿紅葉　秋四五七
*かきわかば柿若葉　夏一七九
かくいどり蚊喰鳥　夏二三九
がくねんしけん学年試験　春六四
かけこう掛香　夏三三六
がけしたたり崖滴り　夏二七六
かけな懸菜　冬五〇九
かけぶとん掛蒲団　冬五三八
*かげろう陽炎　春九六
かざいれ風入れ　夏三三一
*かざぐるま風車　春一四三
かざぐるまうり風車売　春一四三
かさねぎ重ね着　冬五四二
*かざはな風花　冬五七七
*かざり飾　新六三一
かざりたく飾焚く　新六四五
かざりたけ飾竹　新六三〇
かざりまつ飾松　新六三〇
*かじ火事　冬五五七
がし賀詞　新六一四
*かじか河鹿　夏二二一
かじかがえる河鹿蛙　夏二二一
かじかぶえ河鹿笛　夏二二一
*かじかむ悴む　冬五七六
かじみまい火事見舞　冬五五七
かしゅういも何首烏芋　秋三八三
かしゆかた貸浴衣　夏二七八
*がじょう賀状　新六一六
かしわもち柏餅　夏一七二
かずのこ数の子　新六一九
*かすみ霞　春九五
*かぜ風邪　冬五三七
かぜかおる風薫る　夏二四〇
*かぜひかる風光る　春一三八
かたかげり片かげり　夏三〇六
かたかけ肩掛　冬五四四
*かたかげ片蔭　夏三〇六
かたしぐれ片時雨　冬四八八
かたしろ形代　夏三三三
*かたつむり蝸牛　夏二〇八
かたはだぬぎ片肌脱　夏三二二
かたびら帷子　夏一六九
*かつお鰹　夏二三〇
かつお堅魚　夏二三〇
かつお松魚　夏二三〇
かつおづり鰹釣　夏二三〇
かつおのえぼし鰹の烏帽子　夏三一六

かつおぶし鰹節　夏二三〇
かつおぶね鰹船　夏二三〇
かっこう郭公　夏二四三
かっこどりかっこ鳥　夏二四三
*かっぱき河童忌　夏二三七
*かと蝌蚪　春一二一
かどしみず門清水　夏二七六
かどすずみ門涼み　夏二八三
かどのまつ門の松　新六二〇
*かどまつ門松　新六二〇
かどやなぎ門柳　春一三三
かとりせんこう蚊取線香　夏二三八
かどれい門礼　新六一四
かなかな　秋三五〇
かなぶん　夏二六七
*かに蟹　夏二〇七
かねいつ鐘凍つ　冬五七四
かねたたき鉦叩　秋三七五
かばしら蚊柱　夏二三五
*かび黴　夏二〇六
かび蚊火　夏二三八
かび鹿火　秋四二三
かびのか黴の香　夏二〇六
かびのやど黴の宿　夏二〇六
*かびや鹿火屋　秋四二三
かびやもり鹿火屋守　秋四二三
かぶきのかおみせ歌舞伎顔見世　冬四九三
*かぶとむし兜虫　夏二六八
かぶとむし冑虫　夏二六八
かぶらじる蕪汁　冬五〇八
かぶらむし蕪蒸し　冬五〇五
かぼす芳酢　秋四五六
がま蝦蟇　夏二一〇
*がま蒲　夏二三八
*かまきり蟷螂　秋三七八
*かまくら　冬六〇二
かまつか　秋三九一
かまどはらい竈祓　新六三〇
がまのはな蒲の花　夏二三八
がまのほ蒲の穂　夏二三九
*かみあらう髪洗う　夏二八五
かみありづき神有月　冬四六八
かみおき髪置　冬四七九
かみおくり神送　冬四六八
*かみすき紙漉　冬五四九
かみすきば紙漉場　冬五四九
かみすきめ紙漉女　冬五四九
かみなづき　冬四六八
*かみなり雷　夏二六一
かみのたび神の旅　冬四六八
*かみのるす神の留守　冬四六八
かみびな紙雛　春　三五
かみふうせん紙風船　春一四
かみむかえ神迎　冬四六八
かみわたり神渡　冬四六八
*かも鴨　冬四九五
かもわたる鴨渡る　冬四九五
*かや蚊帳　夏二三七
かや蟵　夏二三七
かやしげる萱茂る　夏二三一
かやり蚊遣　夏二三八
*かやりび蚊遣火　夏二三八
かゆぐさ粥草　新六四一
からうめ唐梅　冬五九六
からかぜ空風　冬五五一
からかみ唐紙　冬五三九
*からざけ乾鮭　冬五二四

からざけ干鮭　冬五二四
からしなまく芥菜蒔く　秋三五八
＊からすうり烏瓜　秋四三六
＊からっかぜ空っ風　冬五二一
からつばき唐椿　春八九
からつゆ空梅雨　夏二〇四
＊かり雁　秋三八八
＊かり狩　冬五一七
かりあし刈蘆　秋四〇七
かりがね　秋三八八
＊かりた刈田　秋四五二
かりたかぜ刈田風　秋四五三
かりたづら刈田面　秋四五三
かりたはら刈田原　秋四五三
かりたみち刈田道　秋四五三
かりのさお雁の棹　秋三八八
がりょうばい臥竜梅　春五一
かりわたる雁渡る　秋三八八
＊かるた歌留多　新六二九
かるたかい歌留多会　新六二九
かるる枯るる　冬四九九
かれあざみ枯薊　冬五〇〇
かれあし枯蘆　冬五〇〇

かれいちょう枯銀杏　冬四九八
かれえだ枯枝　冬四九八
＊かれおばな枯尾花　冬五〇一
＊かれき枯木　冬四九八
＊かれぎく枯菊　冬五〇三
＊かれくさ枯草　冬五〇〇
かれけいとう枯鶏頭　冬五〇〇
かれけやき枯欅　冬四九八
かれこだち枯木立　冬四九八
＊かれしば枯芝　冬五〇二
かれすすき枯芒　冬五〇一
かれだに涸渓　冬五五六
＊かれの枯野　冬五一五
かれのびと枯野人　冬五一五
かれのみち枯野道　冬五一五
かれのやど枯野宿　冬五一五
かれは枯葉　冬四八六
＊かれはす枯蓮　冬五〇二
かれはら枯原　冬五一五
かれふじ枯藤　冬四九八
かれまこも枯真菰　冬五〇〇
＊かれむぐら枯葎　冬五〇〇
かれやま枯山　冬五一四

かわがに川蟹　夏二〇七
かわがり川狩　夏二二八
かわかる川涸る　冬五五六
かわごろも裘　冬五四一
かわじゃんぱあ革ジャンパー　冬五四一
＊かわず蛙　春一五八
＊かわずのめかりどき蛙の目借時　春一五九
かわてぶくろ革手袋　冬五四五
かわびらき川開き　夏二八六
かわほね　夏二二五
かわほり　夏二三九
かわやなぎ川柳　春四七・一二三
かをうつ蚊を打つ　夏二三五
＊かん寒　冬五七二
がん　秋三八八
＊かんあけ寒明　春三七
かんあける寒明ける　春三七
かんおう観桜　春一二五
かんき寒気　冬四九六
＊かんぎく寒菊　冬五九三
かんきゅう寒灸　冬五七二

かんぎょう寒行　冬五八六
*かんげいこ寒稽古　冬五八七
かんげつ観月　秋三八一
*かんごい寒鯉　冬五七三
がんこう雁行　秋三八八
かんごえ寒声　冬五八七
*かんこどり閑古鳥　夏二四三
*かんごり寒垢離　冬五八六
かんざらい寒復習　冬五八七
*がんじつ元日　新六〇八
がんじつそう元日草　新六二三
かんしょ甘藷　秋三八三
*かんすずめ寒雀　冬五八九
かんそうび寒薔薇　冬五九三
*かんたまご寒卵　冬五七二
かんたん邯鄲　秋三七五
がんたん元旦　新六〇八
かんちゅう寒中　冬五七二
かんちょう観潮　春一三〇
がんちょう元朝　新六〇八
*かんなカンナ　秋三五九
*かんなづき神無月　冬四六八
かんのあけ寒の明　春三七
かんのいり寒の入り　冬五七二
かんのうち寒の内　冬五七二
かんぱ寒波　冬四九六
かんばつ旱魃　夏三〇九
かんばら寒薔薇　冬五九三
かんぷう観楓　秋四五八
かんぷう寒風　冬五五一
かんぶつえ灌仏会　春一三四
かんぼう感冒　冬五三七
かんまいり寒参　冬五七二
かんみまい寒見舞　冬五七二
かんや寒夜　冬五五三
がんらいこう雁来紅　秋三九一
がんれつ雁列　秋三八八

き

*きう喜雨　夏三一〇
きえん帰燕　秋三八九
ぎおんまつり祇園祭　夏一七七
きぎす　春七六
*ききょう桔梗　秋三七一
*きく菊　秋四三九
きくかる菊枯る　冬五〇三
きくざいく菊細工　秋四四一
きくざけ菊酒　秋四三九
*きくなます菊膾　秋四四一
*きくにんぎょう菊人形　秋四四一
きくねわけ菊根分　春八四
きくのせっく菊の節句　秋四三九
*きさらぎ如月　春五五
*きじ雉　春七六
きじ雉子　春七六
きず木酢　秋四五六
ぎす　秋三七七
*きずいせん黄水仙　春一〇四
きすずめ黄雀　春一五〇
*きせい帰省　夏三一〇
きそはじめ着衣始　新六二四
きた北風　冬五五一
*きたかぜ北風　冬五五一
*きたまどひらく北窓開く　春七四
きちきち　秋四二〇
きちこう桔梗　秋三七一
きちょう黄蝶　春一四三
きっかてん菊花展　秋四四一

きっしょ吉書　新六三一
きっしょあげ吉書揚　新六四六
＊きつつき啄木鳥　秋四三六
＊きぬかつぎ衣被　秋三八三
＊きぬた砧　秋四四三
きぬの生布　夏二七八
＊きのこ茸　秋四一六
きのこめし茸飯　秋四一六
＊きのめあえ木の芽和　春八六
きのめづけ木の芽漬　春八六
きのめでんがく木の芽田楽　春八六
きのめみそ木の芽味噌　春八六
きばなこすもす黄花コスモス　秋四〇〇
きびあらし黍嵐　秋三六四
＊きぶくれ着ぶくれ　冬五四二
きみかげそう君影草　夏二〇一
きもりがき木守柿　秋四三三
きゃらぶき伽羅蕗　夏一八一
きゅうしょう旧正　春二八
＊きゅうしょうがつ旧正月　春二八
きゅうだい及第　春六四
ぎゅうなべ牛鍋　冬五一〇
＊きゅうりもみ胡瓜もみ　夏二八九
ぎょうぎょうし行々子　夏二三一
ぎょうずい行水　夏二八八
＊きょうちくとう夾竹桃　夏二五九
きょうのあき今日の秋　秋三四三
きょうのつき今日の月　秋三八一
ぎょけい御慶　新六一四
＊きょしき虚子忌　春一二二
きららむし雲母虫　夏二二二
＊きり霧　秋三八五
＊きりぎりす螽蟖　秋三七五・三七七
きりごたつ切炬燵　冬五三五
＊きりのはな桐の花　夏一八三
＊きりひとは桐一葉　秋三四三
きりぶすま霧襖　秋三八五
＊きりぼし切干　冬四八〇
きんか近火　冬五五七
ぎんが銀河　秋三四五
きんかいき金槐忌　新六五〇
ぎんかん銀漢　秋三四五
＊きんぎょ金魚　夏三〇〇
きんぎょだ金魚田　夏三〇一
きんばえ金蠅　夏二三三
ぎんばえ銀蠅　夏二三三
きんぷう金風　秋四二一
きんもくせい金木犀　秋四〇六
ぎんもくせい銀木犀　秋四〇六

く

くいつぎ食継　新六一九
＊くいつみ食積　新六一九
くうらあクーラー　夏二六四
＊くがつじん九月尽　秋四〇九
くきたちな茎立菜　春九〇
くきだち茎立　春九〇
＊くきづけ茎漬　冬四八二
＊くくたち茎立　春九〇
くこめし枸杞飯　春八六
くさあおむ草青む　春五三
＊くさいきれ草いきれ　夏三〇九
くさおぼろ草朧　春一二〇
くさかり草刈　夏二二七
くさがれ草枯　冬五〇〇
＊くささんご草珊瑚　冬五九一

くさしげる　草茂る　夏三〇九
＊くさとり　草取　夏二二七
くさとりめ　草取女　夏二二七
＊くさのはな　草の花　秋三九七
くさのほ　草の穂　秋三九七
くさのみ　草の実　秋三九七
くさのめ　草の芽　春八〇
くさひばり　草雲雀　秋三七五
＊くさぶえ　草笛　夏一九一
くさむしり　草むしり　夏二二七
くさもえ　草萌　春五三
＊くさもち　草餅　春一二一
くさもみじ　草紅葉　秋四四七
くさや　草矢　夏一九一
くさやく　草焼く　春四五
くさわかし　草若し　春一三六
くさわかば　草若葉　春一三六
くじらじる　鯨汁　冬五三三
＊くず　葛　秋三七三
くずきり　葛切　夏二九六
くずざくら　葛桜　夏二九六
くずねり　葛練　夏二九六
くずのは　葛の葉　秋三七三
くずのはな　葛の花　秋三七三
＊くずもち　葛餅　夏二九六
くすわかば　樟若葉　夏一七八
ぐそくもち　具足餅　新六三三
くだりあゆ　下り鮎　秋四三三
＊くちなしのはな　梔子の花　夏一九八
くちなわ　夏二四八
くちべにずいせん　口紅水仙　春一〇五
くつわむし　轡虫　秋三七五
ぐびじんそう　虞美人草　夏一八三
くびまき　首巻　冬五四四
＊くま　熊　冬五一六
くまあなにいる　熊穴に入る　冬五一六
くまぜみ　熊蟬　夏三一一
くまで　熊手　冬四七一
くまでいち　熊手市　冬四七〇
くまのこ　熊の子　冬五一六
くみじゅう　組重　新六一九
＊くも　蜘蛛　夏二三三
くものい　蜘蛛の囲　夏二三三
くものいと　蜘蛛の糸　夏二三三
くものす　蜘蛛の巣　夏二三三
＊くものみね　雲の峰　夏二六一
＊くらげ　海月　夏三一六
くらげ　水母　夏三一六
＊くりすます　クリスマス　冬五六〇
＊くりのはな　栗の花　夏一九六
くりめいげつ　栗名月　秋四四三
＊くりめし　栗飯　秋四四八
くるいざき　狂い咲　冬四八五
＊くるみ　胡桃　秋四五〇
くれおそし　暮遅し　春一〇七
くれのあき　暮の秋　秋四四七
＊くれのはる　暮の春　春一六三
くれはやし　暮早し　冬四九一
くれやすし　暮易し　冬四九一
くろくま　黒熊　冬五一六
くろぬり　春一五八
くろびいる　黒ビール　夏二九三
くわいちご　桑苺　夏二二一
くわご　桑子　春一五六
くわつみ　桑摘　春一五五
＊くわとく　桑解く　春一五四
＊くわのみ　桑の実　夏二二一

*くんぷう薫風　夏二四〇

け

げあんご夏安居　夏一七
*けいこはじめ稽古始　新六三六
*けいちつ啓蟄　春　五八
*けいとあむ毛糸編む　冬五四八
*けいとう鶏頭　秋三九〇
けいとうか鶏頭花　秋三九〇
けいとうまく鶏頭蒔く　春　八三
けいら軽羅　夏二七八
けいれき蟀蚸　秋四二〇
*けいろうのひ敬老の日　秋三七九
*けがわ毛皮　冬五四一
げぎょう夏行　夏一七
げげばな五形花　春一〇三
けご毛蚕　春一五六
げごもり夏籠　夏一七
けさのあき今朝の秋　秋三二三
けさのはる今朝の春　新六〇七
けさのふゆ今朝の冬　冬四六七
けしずみ消炭　冬五三九
けしのはな芥子の花　夏一八二
*けしのはな罌粟の花　夏一八二
けしぼうず罌粟坊主　夏一八二
*げし夏至　夏二四一
けずりひ削氷　夏二九二
けぼうし毛帽子　冬五四二
*けむし毛虫　夏二六八
けむしやく毛虫焼く　夏二六九
けやきかる欅枯る　冬四九八
けら　秋四二六
けらつつき　秋四二六
けるんケルン　夏二七一
けんぎゅうか牽牛花　秋三五六
*げんげ紫雲英　春一〇三
げんげだげんげ田　春　六五
げんげつ弦月　秋三八〇
げんげまく紫雲英蒔く　秋三五八
げんげん　春一〇三
げんじぼたる源氏蛍　夏二一九

こ

こあゆ小鮎　春　六六
こいねこ恋猫　春　四四
こいのぼり鯉幟　夏一七一
こうぎゅう耕牛　春　八二
こうぎょ香魚　夏二二七
こうさ黄沙　春　七八
こうしょっき紅蜀葵　夏二〇〇
こうじん黄塵　春　七八
こうじん耕人　春　八二
*こうすい香水　夏二二五
こうずい洪水　夏二〇五
こうぞむす楮蒸す　冬五四九
こうたんさい降誕祭　冬五六〇
こうば耕馬　春　八二
こうばい紅梅　春　五一
*こうほね河骨　夏二二五
*こうま仔馬　春一二五
こうめ小梅　春　五一
*こうもり蝙蝠　夏二三九
*こうらく黄落　秋四六一
こおとコート　冬五四五
*こおり氷　冬五八四
こおりながるる氷流るる　春　九二
こおりばし氷橋　冬五八五
*こおりみず氷水　夏二九二

こおりみせ氷店　夏二九二
＊こおる凍る　冬五七四
＊こおろぎ蟋蟀　秋三七五・三七六
＊こがい蚕飼　春一五七
こがいどき蚕飼時　春一五七
こかご蚕籠　春一五七
ごがつのせっく五月の節句　夏一七一
＊こがねむし金亀子　夏二六七
こがねむし黄金虫　夏二六七
＊こがらし凩　冬四八八
こがらし木枯　冬四八八
こぎく小菊　秋四三九
ごくげつ極月　冬五六一
こくしょ酷暑　夏二五四
ごくしょ極暑　夏二五四
こごめゆき小米雪　冬五七八
こごりぶなこごり鮒　冬五八八
こしたやみ木下闇　夏二四四
こしゅ古酒　秋四一八
＊こしょうがつ小正月　新六四八
ごすい午睡　夏三〇六
こすずめ子雀　春一五〇
＊こすもすコスモス　秋三九九
＊こぞことし去年今年　新六〇七
こそで小袖　冬五四〇
＊こたつ炬燵　冬五三五
こたつふさぐ炬燵塞ぐ　春七四
＊こち東風　春五九
こちゃ古茶　夏一七五
こちょう胡蝶　春一四三
こつばき小椿　冬四七三
ことしざけ今年酒　秋四一八
ことしまい今年米　秋四一七
ことり小鳥　春一四九
ことりかえる小鳥帰る　春七一
ことりくる小鳥来る　秋四三三
ことりひく小鳥引く　春七一
こなゆき粉雪　冬五七八
＊このはがみ木の葉髪　冬四八七
＊このみ木の実　秋四三七
このみおつ木の実落つ　秋四三七
このみごま木の実独楽　秋四三七
このみひろう木の実拾う　秋四三七
このみふる木の実降る　秋四三七
＊このめ木の芽　春八五
このめあめ木の芽雨　春八五
このめかぜ木の芽風　春八五
このめどき木の芽時　春八五
このめはる木の芽張る　春八五
このわた海鼠腸　冬五三五
こはぎ小萩　秋三七三
＊こはる小春　冬四八三
こはるび小春日　冬四八三
こはるびより小春日和　冬四八三
＊こぶし辛夷　春一一五
ごぼうまく牛蒡蒔く　秋三五八
こぼれはぎこぼれ萩　秋三七三
＊こま独楽　新六三六
こまつよいぐさ小待宵草　夏二五八
ごむふうせんゴム風船　春一四四
こもちづき小望月　秋三八一
こゆき小雪　冬五七八
＊ごようはじめ御用始　新六三八
＊こよみうり暦売　冬五六二
こよみびらき暦開　新六一七
ごらいごう御来迎　夏二六三

ころくがつ　小六月　冬四八三
ころもかう　衣更う　夏一六九
*ころもがえ　更衣　夏一六九

さ

さいかち　夏二六八
さいかちむし　さいかち虫　夏二六八
*さいぎょうき　西行忌　春　六九
さいせい　催青　春一五七
さいだあ　サイダー　夏二九二
さいたん　歳旦　新六〇八
さいばん　歳晩　冬五六九
さいまつ　歳末　冬五六九
ざいまつり　在祭　秋四三八
さいら　秋三九二
*さえかえる　冴返る　春　四三
*さえずり　囀り　春一三四
さえずる　囀る　春一三四
さおじか　小男鹿　秋四六二
さおとめ　早乙女　夏二一七
*さぎそう　鷺草　夏三三五
*さぎちょう　左義長　新六四五
さぎり　狭霧　秋三八五
さくふう　朔風　冬五五一
さくらいか　桜烏賊　春一二九
*さくらがい　桜貝　春一三一
さくらがり　桜狩　春一二五
*さくらだい　桜鯛　春一二八
さくらたで　桜蓼　秋三五九
さくらなべ　桜鍋　冬五二〇
さくらもち　桜餅　春一一一
さくらもみじ　桜紅葉　秋四五七
*さくらんぼ　夏二二三
*ざくろ　石榴　秋四二九
*さけ　鮭　秋三九三
ささごなく　笹子鳴く　冬五一八
ささちまき　笹粽　夏一七三
*ささなき　笹鳴　冬五一八
ささめゆき　細雪　冬五七八
*さざんか　山茶花　冬四七二
さざんか　茶梅　冬四七二
さしき　挿木　春　九二
ざしきのぼり　座敷幟　夏一七一
さつき　皐月　春一六〇
*さつき　皐月　夏一九三
さつきあめ　五月雨　夏二〇四
さつきなみ　皐月浪　夏一六七
さつきのぼり　五月幟　夏一七一
さつきふじ　皐月富士　夏一九三
*さつきやみ　五月闇　夏二〇五
さといも　里芋　秋三八二
さとわかば　里若葉　夏一七八
さなえ　早苗　夏二一七
*さねともき　実朝忌　新六五〇
さばぐも　鯖雲　秋三九三
さびあゆ　錆鮎　秋四二三
さみだれ　夏二〇四
さむさ　寒さ　冬四九六
*さむし　寒し　冬四九六
さやけし　秋四〇七
*さゆ　冴ゆ　冬五七四
さよしぐれ　小夜時雨　冬四八八
さるすべり　夏三三六
さわがに　沢蟹　夏二〇七
さわくるみ　沢胡桃　秋四五〇
*さわやか　爽やか　秋四〇七
ざんおう　残鶯　夏二四一
さんかき　山家忌　春　六九

＊さんがにち三が日　新六三七
＊さんかんしおん三寒四温　冬五七五
ざんぎく残菊　秋四四〇
さんしつ蚕室　春一五七
さんじゃくね三尺寝　夏三〇六
＊ざんしょ残暑　秋三五〇
さんしょくすみれ三色菫　春一〇一
さんすいしゃ撒水車　夏二八四
＊ざんせつ残雪　春　四一
さんのうま三の午　春　三九
さんのとり三の酉　冬四七〇
＊さんま秋刀魚　秋三九二

し

しいたけ椎茸　秋四一六
＊しいのはな椎の花　夏一九七
しいわかば椎若葉　夏一七八
しえん紙鳶　新六六八
しおあび潮浴　夏三一四
しおざけ塩鮭　冬五五五
＊しおひ潮干　春一二九
しおひがり潮干狩　春一二九
しおやけ潮焼　夏三一二
しおん四温　冬五七五
＊しか鹿　秋四六二
しかけはなび仕掛花火　夏二八六
＊しがつばか四月馬鹿　春一〇五
しかのこえ鹿の声　秋四六二
しかぶえ鹿笛　秋四六二
＊しきき子規忌　秋三八四
しきぶとん敷蒲団　冬五三八
＊しくらめんシクラメン　春一一三
しぐる　冬四八八
＊しぐれ時雨　冬四八八
しぐれき時雨忌　冬四七七
しぐれづき時雨月　冬四八九
＊しけん試験　春　六四
しごとはじめ仕事始　新六三八
しし　秋四六二
ししがき鹿垣　秋四三三
ししがき猪垣　秋四三三
ししがしら獅子頭　新六三〇
ししがり鹿狩　冬五一七
ししがり猪狩　冬五一七
ししなべ猪鍋　冬五一〇
＊ししまい獅子舞　新六三〇
＊しじみ蜆　春　六三
しじみうり蜆売　春　六三
しじみがい蜆貝　春　六三
しじみかき蜆掻　春　六三
しじみとり蜆取　春　六三
しじみぶね蜆舟　春　六三
＊しそ紫蘇　夏二二五
＊しだ歯朶　新六二三
したすずみ下涼み　夏二八三
＊したたり滴り　夏二七六
＊したもえ下萌　春　五三
しだれうめ枝垂梅　春　五一
しだれざくら枝垂桜　春一二三
しだれやなぎ枝垂柳　春一二二
しちごさん七五三　冬四七八
＊しちごさんのいわい七五三の祝　冬四七八
しちへんげ七変化　夏一九九
じねんじょ自然薯　秋三八二
しひつ試筆　新六三二
しぶあゆ渋鮎　秋四三三

しぶうちわ渋団扇　夏二六四
しぶがき渋柿　秋四三三
しまとかげ縞蜥蜴　夏二四九
しまんろくせんにち四万六千日　夏二六九
*しみ紙魚　夏三三三
しみ衣魚　夏三三三
しみず清水　夏二七六
しむ凍む　冬五七四
じむしいず地虫出ず　春　五八
じむはじめ事務始　新六三八
しめあき注連明き　新六四五
しめかざり注連飾　新六三一
しめじ　秋四一六
しめのうち注連の内　新六四五
*しも霜　冬五五二
しもがれ霜枯　冬四九九
しもぎく霜菊　冬五九三
しもくすべ霜くすべ　春一五五
しもくれん紫木蘭　春一一六
しもしずく霜雫　冬五五二
しものこえ霜の声　冬五五二
しものなごり霜の名残　春一五四

しもばしら霜柱　冬五五三
しもばれ霜晴　冬五五三
しもやけ霜焼　冬五五二
*しもよ霜夜　冬五五三
*しゃくやく芍薬　夏一八一
*しゃぼんだま石鹼玉　春一四四
しゃみせんぐさ三味線草　春一〇三
しゅうい秋意　秋四一四
しゅういん秋韻　秋四一二
しゅうえん秋燕　秋三八九
*しゅうかいどう秋海棠　秋三九八
じゅうごや十五夜　秋三八一
じゅうさんや十三夜　秋四四三
*しゅうし秋思　秋四一四
しゅうしょ秋暑　秋三五〇
しゅうすい秋水　秋四〇八
しゅうせい秋声　秋四一二
*しゅうせん鞦韆　春一四五
しゅうせん秋蟬　秋三四九
*しゅうせんきねんび終戦記念日　秋三四九
しゅうせんび終戦日　秋三四九

じゅうづめ重詰　新六一九
しゅうふう秋風　秋四一一
しゅうぶん秋分　秋三八六
*じゅうやく十薬　夏二〇一
しゅうりょう秋涼　秋三五一
しゅうりん秋霖　秋四一三
しゅうれい秋冷　秋四〇八
*しゅくき淑気　新六一一
じゅけん受験　春　六四
しゅとう手套　冬五四五
しゅにえ修二会　春　六八
しゅりょう狩猟　冬五一七
しゅんいん春陰　春一二七
*しゅんぎょう春暁　春一一八
しゅんげつ春月　春一一九
しゅんこう春耕　春　八二
しゅんこう春光　春一〇六
しゅんざん春山　春　六一
しゅんじつ春日　春一〇六
*しゅんしゅう春愁　春一四八
しゅんしょう春宵　春一一八
しゅんしょく春色　春一〇六
しゅんしん春信　冬五九九

＊しゅんじん春塵　春七八
しゅんせい春星　春二一九
しゅんせいき春星忌　冬五五九
しゅんせつ春雪　春五六
しゅんちゅう春昼　春二一八
しゅんちょう春潮　春六六
＊しゅんでい春泥　春七九
＊しゅんとう春闘　春一〇九
しゅんとう春濤　春六六
しゅんぶん春分　春七三
しゅんみん春眠　春一四八
＊しゅんらい春雷　春五六
しゅんりん春霖　春七九
しゅんれい春嶺　春六一
しょ暑　夏二五四
しょうがざけ生姜酒　冬五一三
しょうがつこそで正月小袖　新六二四
＊しょうがつのたこ正月の凧　新六二八
しょうかん小寒　冬五七二
じょうげん上元　新六四八
しょうじ障子　冬五四〇
しょうじあらい障子洗い　秋四五四
＊しょうじはる障子貼る　秋四五四
しょうぶねわけ菖蒲根分　春八四
しょうぶのせっく菖蒲の節句　夏一七一
しょうぶのひ菖蒲の日　夏一七一
しょうぶぶろ菖蒲風呂　夏一七三
＊しょうぶゆ菖蒲湯　夏一七三
じょうふ上布　夏二七八
しょうぼうでぞめしき消防出初式　新六三九
しょうりょうだな精霊棚　秋三四六
しょうりょうながし精霊流し　秋三四八
しょうりょうばった精霊ばった　秋四二〇
しょうりょうぶね精霊舟　秋三四八
しょおるショール　冬五四四
しょき暑気　夏二五四
しょくが燭蛾　夏二一九
しょしゅう初秋　秋三五一・四五七
じょせつ除雪　冬五八〇
じょせつしゃ除雪車　冬五八〇
じょそう除草　夏三一七
しょっき蜀葵　夏二〇〇
しょとう初冬　冬四六七
＊じょや除夜　冬五七〇
＊じょやのかね除夜の鐘　冬五七一
＊しらうお白魚　春四五
しらお　春四五
しらおあみ白魚網　春四五
しらおじる白魚汁　春四五
しらおび白魚火　春四五
しらおぶね白魚舟　春四五
しらすぼし白子干　春八七
＊しらぬい不知火　秋三六一
しらはぎ白萩　秋三七三
しらまゆ白繭　夏一七五
しらゆり白百合　夏二五六
しろいき白息　冬四九七
しろかき代掻　夏二一七
しろがすり白絣　夏二七八
＊しろぐつ白靴　夏二八一

*しわす師走　冬五六一
しんがく進学　春一〇九
しんげつ新月　秋三八〇
*じんじつ人日　新六四一
*しんしゅ新酒　秋四一八
しんしゅう新秋　秋三五一
しんしゅう深秋　秋四五六
しんせつ新雪　冬五七八
*しんちぢり新松子　秋四三六
*しんちゃ新茶　夏一七四
じんちょう沈丁　春一一四
*じんちょうげ沈丁花　春一一四
しんにゅうせい新入生　春一〇九
*しんねん新年　新六〇六
*しんまい新米　秋四一七
しんまゆ新繭　夏一七五
*しんりょう新涼　秋三五一
しんわら新藁　秋四五四

す

ずいうん瑞雲　新六一一
すいか水禍　夏二〇五
すいがい水害　夏二〇五
すいかむら水禍村　夏二〇五
*すいせん水仙　冬五九四
*すいちゅうか水中花　夏三〇三
*すいれん睡蓮　夏三一九
すえめし饐飯　夏二九六
すかるスカル　夏三一三
すがるむしすがる虫　秋三七五
*すきいスキー　冬五八一
すぎな杉菜　春九八
ずく　冬四九四
すけえとスケート　冬五八一
すけとうだらすけとう鱈　冬五三三
すごろく双六　新六三〇
*すさまじ冷まじ　秋四四五
*すし鮨　夏二九七
*すすき芒　秋三七〇
すすき薄　秋三七〇
すすきしげる芒茂る　夏三三一
すすきの芒野　秋三七〇
すすきはら芒原　秋三七〇
すすごもり煤籠　冬五六六
*すずし涼し　夏二七七
すすだけうり煤竹売　冬五六六
すすはき煤掃　冬五六六
*すすはらい煤払　冬五六六
*すずみ納涼　夏二八三
すずみぶね涼み舟　夏二八三
すずむ涼む　夏二八三
すずむし鈴虫　秋三七五
*すずめのこ雀の子　春一五〇
すすゆ煤湯　冬五六六
*すずらん鈴蘭　夏二〇一
すだち巣立　春一四九
すだち酢橘　秋四五六
*すだちどり巣立鳥　春一四九
すだれ簾　夏二五四
すちいむスチーム　冬五三四
すっぱだか素裸　夏三一一
すてご捨蚕　春一五六
すとおぶストーブ　冬五三四
すながに砂蟹　夏二〇七
すなまこ酢海鼠　冬五二五
*すみ炭　冬五二九
すみうま炭馬　冬五三一
すみうり炭売　冬五二九

すみおいめ炭負女　冬五三二
すみがま炭竈　冬五三二
すみぐるま炭車　冬五三二
すみとり炭斗　冬五二九
すみび炭火　冬五二九
*すみやき炭焼　冬五二九・五三二
すみやきごや炭焼小屋　冬五三二
*すみれ菫　春一〇〇
すわんスワン　冬五九〇

せ

せいか聖菓　冬五六〇
せいじゅ聖樹　冬五六〇
せいじんさい成人祭　新六四八
せいじんしき成人式　新六四八
*せいじんのひ成人の日　新六四八
せいたんさい聖誕祭　冬五六〇
せいちゃ製茶　春一五五
*せいぼ歳暮　冬五六七
せいぼ歳暮　冬五六九
せいや聖夜　冬五六〇
せいりゅうばい青竜梅　春　五一
せいれい　秋三八六
せきしゅん惜春　春一六四
*せっけい雪渓　夏二七三
*せつぶん節分　冬六〇〇
ぜにあおい銭葵　夏二〇〇
*せみ蟬　夏三一一
せみしぐれ蟬時雨　夏三一一
せみのから蟬の殻　夏三一一
*せり芹　春　九九
せりつむ芹摘む　春　九九
せんこうはなび線香花火　夏二八六
せんしそう染指草　秋三五五
*せんてい剪定　春　九一
せんぷうき扇風機　夏二六四
*ぜんまい薇　春　九九
せんまいづけ千枚漬　冬四八一
*せんりょう千両　冬五九一
せんりょう仙蓼　冬五九一

そ

ぞうきもみじ雑木黄葉　秋四五七
*ぞうすい雑炊　冬五〇六
そうたい掃苔　秋三四七
ぞうに雑煮　新六一八
*ぞうにいわう雑煮祝う　新六一八
ぞうにもち雑煮餅　新六一八
そうばとう　夏二九九
そうび薔薇　夏一八五
*そうまとう走馬燈　夏二九九
そうらい爽籟　秋四一一
そうりょう爽涼　秋四〇七
そおだあすいソーダー水　夏二九二
そこびえ底冷え　冬四九七
*そぞろさむそぞろ寒　秋四四六
*そつぎょう卒業　春　九三
そつぎょうか卒業歌　春　九三
そつぎょうしき卒業式　春　九三
そばがき蕎麦掻　冬五〇六
そばのはな蕎麦の花　秋四〇一
そふとくりいむソフトクリーム　夏二九二
そらまめうう蚕豆植う　秋三五八
そらまめのはな蚕豆の花　春一四一

た

たいあみ鯛網　春一二八
たいか大火　冬五五七
だいかぐら太神楽　新六三〇
たいかん大旱　夏三〇九
だいかん大寒　冬五七二
だいこほすだいこ干す　冬四七九
だいこまく　秋三五八
*だいこん大根　冬四七六
だいこんあらう大根洗う　冬四八〇
だいこんじる大根汁　冬五〇八
だいこんつける大根漬ける　冬四八一
だいこんひき大根引　冬四八〇
*だいこんほす大根干す　冬四七九
*だいこんまく大根蒔く　秋三五八
だいしけん大試験　春六四
たいしゅん待春　冬五九九
たいしょ大暑　夏二五四
*だいず大豆　秋三五七
だいずひく大豆引く　秋三五七
たいつり鯛釣　春一二八
*たいふう台風　秋三六二
たいふうけん台風圏　秋三六二
たいふうのめ台風眼　秋三六二
たいふうり台風裡　秋三六二
だいりびな内裏雛　春五五
*たうえ田植　夏二一六
たうえうた田植歌　夏二一六
たうえがさ田植笠　夏二一六
たうち田打　春八二
*たか鷹　冬四八三
たかかしてはととなる鷹化して鳩となる　春五八
たかがり鷹狩　冬五一八
たかしお高潮　秋三九二
たかのはすすき鷹の羽芒　秋三七〇
たかむしろ簟　夏二六五
*たがやし耕　春八二
たからぶね宝舟　新六三七
たかわたる鷹渡る　冬四八三
*たき滝　夏二七四
たきあび滝浴　夏二七四
たきかぜ滝風　夏二七四
たきかる滝涸る　冬五五六
たきぎょうじゃ滝行者　夏二七四
たきこおる滝氷る　冬五八五
たきごり滝垢離　夏二七四
たきしぶき滝しぶき　夏二七四
たきつぼ滝壺　夏二七四
たきどの滝殿　夏二七五・二八一
*たきび焚火　冬五三二
たきみぢゃや滝見茶屋　夏二七四
たきみち滝道　夏二七四
たきみ滝見　夏二七四
*たくあんづけ沢庵漬　冬四八一
たぐさとり田草取　夏二三七
*たくぼくき啄木忌　春一三七
たけ茸　秋四一六
*たけおちば竹落葉　夏二五〇
*たけきる竹伐る　秋三九六
たけしょうぎ竹床几　夏二五五
たけすだれ竹簾　夏二五四
*たけのあき竹の秋　春一三六
たけのこづゆ筍梅雨　夏一八八
たけのこながし筍流し　夏一八八
*たけのこめし筍飯　夏一八〇
たけのはな竹の花　秋三九六

*たけのはる竹の春　秋三九六
たけのみ竹の実　秋三九六
たけやま茸山　秋四一六
たこあげ凧揚　新六二八
だざいき太宰忌　夏二五三
だし山車　夏一七七
たぜり田芹　春九九
たちびな立雛　春五五
たちまちづき立待月　秋三八一
だっさいき獺祭忌　秋三八四
たでのはな蓼の花　秋三五九
*たどん炭団　冬五三〇
*たなばた七夕　秋三四五
たなばただけ七夕竹　秋三四五
たなばたながし七夕流し　秋三四五
たなばたまつり七夕祭　秋三四五
*たにし田螺　春八二
たにしとり田螺取　春八二
たにしなく田螺鳴く　春八二
たにもみじ谿紅葉　秋四〇七
たにわかば谷若葉　夏一七八
たぬきじる狸汁　冬五三三
たねえらみ種選　春一五三
たねおろし種下　春一五三
たねがみ種紙　春一五七
たねひたし種浸し　春一五三
*たねまき種蒔　春一五三
たまあられ玉霰　冬五七六
*たまござけ玉子酒　冬五一三
たまござけ卵酒　冬五一三
たまだな魂棚　秋三四六
たまのあせ玉の汗　夏二七九
たままゆ玉繭　夏一七五
*たら鱈　冬五三三
たらあみ鱈網　冬五三三
たらこ鱈子　冬五二四
たらば鱈場　冬五三三
たらぶね鱈船　冬五三三
たるひ垂氷　冬五八五
たをうう田を植う　夏二一六
*たんご端午　夏一七一
だんごばな団子花　新六四四
*たんじつ短日　冬四九一
*たんばい探梅　冬五九七
たんばいこう探梅行　冬五九七
*たんぽ湯婆　冬五三六
*だんぼう暖房　冬五三四
*たんぽぽ蒲公英　春一〇一
たんぽぽのわた蒲公英の絮　春一〇二
だんろ暖炉　冬五三四

ち

ちぐさのはな千草の花　秋三九七
ちくしゅう竹秋　春一三六
ちじつ遅日　春一〇七
ちぢみふ縮布　夏二七八
ちちろ　秋三七六
ちちろむしちちろ虫　秋三七六
ちのわ茅の輪　夏二三三
*ちまき粽　夏一七一
ちまき茅巻　夏一七一
ちまきゆう粽結う　夏一七一
*ちゃつみ茶摘　春一五五
ちゃつみうた茶摘唄　春一五五
ちゃつみかご茶摘籠　春一五五
ちゃつみめ茶摘女　春一五五
ちゃづめ茶詰　夏一七四

＊ちゃのはな茶の花　冬四七一
ちゃばたけ茶畑　春一五五
ちゃやま茶山　春一五五
ちゅうぎく中菊　秋四三九
ちゅうしゅう仲秋　秋四四七
ちゅうしゅん仲春　春六〇
ちゅうにち中日　春七二
＊ちゅうりっぷチューリップ　春一三
＊ちょう蝶　春一四二
ちょういつる蝶凍つる　冬五八九
ちょううん鳥雲　秋四三三
ちょうきゅう重九　秋四三九
ちょうご重五　夏一七一
ちょうちょう蝶々　春一四二
ちょうちんばな提灯花　夏二四九
ちょうま　秋四三五
＊ちょうよう重陽　秋四三九
ちりもみじ散紅葉　冬四八六
ちるさくら散る桜　春一二四
ちんじゅき椿寿忌　春一三三

つ

＊ついな追儺　冬六〇〇
ついり梅雨入　夏二〇三
＊つき月　秋三八〇
つきいつ月凍つ　冬五七四
つきおぼろ月朧　春一二〇
つぎき接木　春九二
つきこよい月今宵　秋三八一
つきしろ月白　秋三八〇
つきすずし月涼し　夏二八八
つきのあき月の秋　秋三八〇
つきのあめ月の雨　秋三八二
つきのわぐま月輪熊　冬五一六
つきみ月見　秋三八一
＊つきみそう月見草　夏二五七
つきよ月夜　秋三八〇
＊つくし土筆　春九八
つくしつむ土筆摘む　春九八
つくしの土筆野　春九八
つくしんぼ　春九八
＊つぐみ鶫　秋四三五
つくりあめ作り雨　夏二八一
＊つた蔦　秋四六〇
つたかずら蔦かずら　秋四六〇
つたもみじ蔦紅葉　秋四六〇
つちふる霾　春七八
＊つつじ躑躅　春一六〇
つづみぐさ鼓草　春一〇二
つのぐむあし角組む蘆　春八一
＊つばき椿　春八九
＊つばきのみ椿の実　秋四三五
つばきもち椿餅　春二一
つばくらめ　春七七
つばくろ　春七七
＊つばめ燕　春七七
つばめ乙鳥　春七七
つばめうおつばめ魚　夏一八九
＊つばめかえる燕帰る　秋三八九
つまくれない　秋三五五
つまこうしか妻恋う鹿　秋四六二
つまべに　秋三五五
つみな摘み菜　秋四〇五
つめきりぐさ爪切草　夏三〇一
＊つめたし冷たし　冬四九六
＊つゆ梅雨　夏二〇四
＊つゆ露　秋三七四
つゆあけ梅雨明　夏二〇四

＊つゆくさ露草　秋四〇〇
つゆけし露けし　秋三七四
つゆしぐれ露しぐれ　秋三七四
つゆでみず梅雨出水　夏二〇四
つゆにいる梅雨に入る　夏二〇三
つゆのたま露の玉　秋三七四
つよごち強東風　春五九
つらみせ面見世　冬四九三
＊つらら氷柱　冬五八五
つりがねそう釣鐘草　夏二四九
つりな吊菜　冬五〇九
つるうめもどき蔓梅擬　秋四三五
＊つわのはな石蕗の花　冬四七五

て

てうちぐるみ手打胡桃　秋四五〇
＊でぞめ出初　新六三九
ででむしでで虫　夏二〇八
＊てぶくろ手袋　冬五四五
＊てまり手毬　新六二五
てまり手鞠　新六二五
てまりうた手毬歌　新六二五
てまりご手毬子　新六二五
てまりつく手毬つく　新六二五
てまりばな手毬花　夏一九九
＊でみず出水　夏二〇四
でみずがわ出水川　夏二〇五
でみずやど出水宿　夏二〇五
てらすテラス　夏二八二
てりは照葉　秋四五七
＊てんかふん天瓜粉　夏三一六
てんしぎょ天使魚　夏二三三
てんたかし天高し　秋四一〇
でんでんむしでんでん虫　夏二〇八
＊てんとうむし天道虫　夏二六六
てんとうむし瓢虫　夏二六六
てんとむし　夏二六六
てんぼ展墓　秋三四七

と

＊とういす籐椅子　夏二五五
とうが灯蛾　夏二一九
とうが冬芽　冬五〇五
＊とうかしたし灯火親し　秋三六五
とうかしたし灯下親し　秋三六五
＊とうがらし唐辛子　秋四〇四
とうがらし蕃椒　秋四〇四
とうきび唐黍　秋四〇五
とうぎょ闘魚　夏二三三
＊とうじ冬至　冬五五八
とうじかぼちゃ冬至南瓜　冬五五八
とうじがゆ冬至粥　冬五五八
とうじぶろ冬至風呂　冬五五八
とうじゆ冬至湯　冬五五八
とうしょう凍傷　冬五七六
＊とうせい踏青　春九六
とうせいき桃青忌　冬四七七
どうだんもみじ満天星紅葉　秋四五七
とうねいす籐寝椅子　夏二五五
＊とうみん冬眠　冬五一六
とうむしろ籐莚　夏二六五
＊とうもろこし玉蜀黍　秋四〇五
とうれい冬麗　冬四八四
とうろう　秋三七八
とうろうながし灯籠流し　秋三四八

とおかじ　遠火事　冬五五七
とおがすみ　遠霞　春　九五
とおかわず　遠蛙　春一五八
*とおしがも　通し鴨　夏二三一
とおはなび　遠花火　夏二八六
*とかげ　蜥蜴　夏二四九
どくだみ　蕺菜　夏二〇一
どくだみのはな　蕺菜の花　夏二〇一
*ところてん　心太　夏二九五
*とざん　登山　夏二七一
とざんぐち　登山口　夏二七一
とざんやど　登山宿　夏二七一
*としおしむ　年惜しむ　冬五七〇
としおとこ　年男　新六一三
としくるる　年暮るる　冬五六九
としこし　年越　冬五七〇
としざけ　新六一七
*としだま　年玉　新六一五
*としのいち　年の市　冬五六四
としのうち　年の内　冬五六九
*としのくれ　年の暮　冬五六九
としのせ　年の瀬　冬五六九
としのはて　年の果　冬五六九
としのもうけ　年の設　冬五六三
としのもち　年の餅　新六一五
としのよ　年の夜　冬五七〇
*としようい　年用意　冬五六三
としよりのひ　年寄りの日　秋三七九
*としわすれ　年忘　冬五六七
とそ　屠蘇　新六一七
どてあおむ　土手青む　春　五三
どてら　褞袍　冬五四〇
とのさまばった　殿様ばった　秋四二〇
*とびうお　飛魚　夏一八九
とびお　夏一八九
とびのうお　とびの魚　夏一八九
*とぶさまつ　鳥総松　新六四六
どぶろく　濁酒　秋四一八
*どよう　土用　夏三三二
どようあけ　土用明　夏三三二
どよういり　土用入　夏三三二
*どよううなぎ　土用鰻　夏三三四
どようきゅう　土用灸　夏三三二
どようしじみ　土用蜆　夏三三二
*どようなみ　土用浪　夏三三四
どようぼし　土用干　夏三三三
どようめ　土用芽　夏三三二
とりおどし　鳥威し　秋四二一
*とりかえる　鳥帰る　春　七一
とりかぜ　鳥風　秋四三三
とりき　取木　春　九二
とりくもにいる　鳥雲に入る　春　七一
とりくもに　鳥雲に　春七一・一二八
*とりぐもり　鳥曇　春一二七
とりさえずる　鳥囀る　春一三四
とりすだつ　鳥巣立つ　春一四九
*とりのいち　酉の市　冬四七〇
とりのまち　酉のまち　冬四七〇
とりわたる　鳥渡る　秋四三三
*どんぐり　団栗　秋四四九
とんど　新六四五
どんど　新六四五
*とんぼ　蜻蛉　秋三八六

な

なえうり　苗売　春　八四

＊なえぎいち苗木市　春八四
なえぎうう苗木植う　春八四
なえふだ苗札　春八四
ながいも薯蕷　秋三八三
ながきひ永き日　春一〇七
ながきよ長き夜　秋三六四
なかて中稲　秋四一九
ながれぼし流れ星　秋三五三
なごしのはらえ夏越の祓　夏三三三
なごりのゆき名残の雪　春五六
＊なし梨　秋四三〇
＊なしのはな梨の花　春一一三
＊なす茄子　夏三三一
なずなうち薺打　新六四〇
なずながゆ薺粥　新六四〇
＊なずなのはな薺の花　春一〇三
なすのぎゅうば茄子の牛馬　秋三四六
なすび　夏三三一
なたねづゆ菜種梅雨　春七九
なたねな菜種菜　春一三九
なたねのはな菜種の花　春一三九
なたねまく菜種蒔く　秋三五八
＊なつ夏　夏一六六
なつあらし夏嵐　夏二四〇
なつうぐいす夏鶯　夏二四一
なつがえる夏蛙　夏二一〇
なつきたる夏来る　夏一六七
＊なつくさ夏草　夏二四五
なつごおり夏氷　夏二九二
なつざしき夏座敷　夏二六五・二八二
なつたつ夏立つ　夏一六七
なつでみず夏出水　夏二〇四
なつにいる夏に入る　夏一六七
なつね夏嶺　夏二七〇
なつのあめ夏の雨　夏二六二
＊なつのつき夏の月　夏二八八
なつのはて夏の果　夏三三九
なつのひる夏の昼　夏三〇五
＊なつのやま夏の山　夏二七〇
なつのれん夏暖簾　夏二五五
なつふかし夏深し　夏三三九
なつぼし夏沸瘡　夏二七九
なつまけ夏負　夏三三七
なつまつり夏祭　夏一七六
＊なつみかん夏蜜柑　春一六二
なつめく夏めく　夏一七六
＊なつやせ夏痩　夏三三七
なつやまが夏山家　夏二七〇
なつやまじ夏山路　夏二七〇
なつやま夏山　夏二七〇
なつゆく夏行く　夏三三九
なつりょうり夏料理　夏二九八
＊なでしこ撫子　秋三七〇
＊ななくさ七種　新六四〇
ななくさ七草　新六四〇
ななくさうち七種打　新六四〇
ななくさがゆ七種粥　新六四〇
ななくさな七草菜　新六四一
ななくさはやす七草はやす　新六四〇
なぬかしょうがつ七日正月　新六四二
＊なのはな菜の花　春一三九
なのはなづけ菜の花漬　春一四〇
＊なまこ海鼠　冬五五五
なまこつき海鼠突　冬五五五
なまこぶね海鼠舟　冬五五五

＊なまはげ　冬六〇一
なまびいる生ビール　夏二九三
なままゆ生繭　夏一七五
なまりぶし生節　夏二三〇
＊なめし菜飯　春八六
なもみはぎなもみ剝ぎ　冬六〇一
なやらい　冬六〇〇
なるこ鳴子　秋四二一
なれずし熟鮨　夏二九七
なわしろ苗代　春一五三
なわなう縄綯う　冬五四八
＊なんぷう南風　夏二三九

に

にいくさ新草　春一三六
にいにいぜみにいにい蟬　夏三一一
にお　秋四四四
においすみれ香菫　春一〇一
においどり匂鳥　春五三
においぶくろ匂袋　夏三一六
におのうきす鳰の浮巣　夏二三〇
におのす鳰の巣　夏二三〇
にがつどうのおこない二月堂の行　春六六
にぎめ　春五四
にぎりずし握鮨　夏二九七
＊にこごり煮凝　冬五八八
にこごり煮凍　冬五八八
＊にごりぶな濁り鮒　夏二〇六
にごりをすくう濁りを掬う　夏二〇六
＊にじ虹　夏二六三
＊にしきぎ錦木　秋四五九
にしきづた錦蔦　秋四六〇
＊にしび西日　夏三〇七
にじゅうまわし二重廻し　冬五四六
＊にしん鰊　春八八
にしんくき鰊群来　春八八
にしんぐもり鰊曇　春八八
にちりんそう日輪草　夏三三三
＊にっきかう日記買う　冬五六二
にっきはつ日記果つ　冬五六三
にのうま二の午　春三九
にのとり二の酉　冬四七〇
＊にひゃくとおか二百十日　秋三六二
にひゃくはつか二百二十日　秋三六二
＊にゅうがく入学　春一〇九
にゅうがくじ入学児　春一〇九
にゅうがくしけん入学試験　春六四
にゅうどうぐも入道雲　夏二六一
＊にゅうばい入梅　夏二〇三
にわしみず庭清水　夏二七六
にわわかば庭若葉　夏一七八

ぬ

ぬかごめし零余子飯　秋四四八
ぬけは抜羽　夏二五三
ぬのこ布子　冬五四〇
ぬまかる沼涸る　冬五五六
ぬりあぜ塗畦　春一五八
ぬるむいけ温む池　春六三
ぬるむかわ温む川　春六三
ぬるむぬま温む沼　春六三
ぬるむみず温む水　春六二

ね

の

のりほす海苔干す　春　四九
＊のわき野分　秋　三六三
のわけ野わけ　秋　三六三

は

はあり羽蟻　夏　二三四
ばいう梅雨　夏　二〇四
ばいおれっとバイオレット　春　一〇一
はいせんき敗戦忌　秋　三四九
はいせんび敗戦日　秋　三四九
はえ　夏　二三九
＊はえ蠅　夏　二三三
はかあらう墓洗う　秋　三四七
はかがこい墓囲い　冬　四九〇
はがため歯固　新　六三三
＊はかまいり墓参り　秋　三四七
はかまぎ袴着　冬　四七九
＊はぎ萩　秋　三七三
はきたて掃立　春　一五七
はぎねわけ萩根分　春　八四
はぎわら萩原　秋　三七三
＊はくさい白菜　冬　五〇八
ばくしゅう麦秋　夏　一九二
＊はくしょ薄暑　夏　一七六
ばくしょ曝書　夏　三三三
＊はくちょう白鳥　冬　五九〇
はくばい白梅　春　五一
ばくふ瀑布　夏　二七四
はくぼたん白牡丹　夏　一六八
ばくまくら貘枕　新　六三七
はくれん白蘭　春　一一六
はくろ白露　秋　三七四
はげいとう葉鶏頭　秋　三九〇
＊はごいたいち羽子板市　冬　五六五
はざ稲架　秋　四五二
＊はざくら葉桜　夏　一七〇
＊はしい端居　夏　二八四
はしすずみ橋涼み　夏　二八三
はしゅ播種　春　一五三
＊ばしょう芭蕉　秋　三六〇
＊ばしょうき芭蕉忌　冬　四七七
はしりちゃ走り茶　夏　一七四
はしりづゆ走り梅雨　夏　二〇四
はす蓮　夏　三三〇
はすかる蓮枯る　冬　五〇二
＊はすのはな蓮の花　夏　三三〇
はすのみ蓮の実　秋　四四八
＊はぜ鯊　秋　三九五
はぜのあき鯊の秋　秋　三九五
はぜのしお鯊の潮　秋　三九五
はぜびより鯊日和　秋　三九五
はたうち畑打　春　八二
はたおり機織　秋　三七七
＊はだか裸　夏　三一一
はだかぎ裸木　冬　四九八
はだかご裸子　夏　三一一
はださむ肌寒　秋　四四六
はだし跣　夏　三一三
はたたがみはたた神　夏　二六一
はだぬぎ肌脱　夏　三一三
はたはた鱩鱩　秋　四二〇
はたやく畑焼く　春　四五
はだら　春　五七
はだらゆき　春　五七
はだれ　春　五七
はだれのはだれ野　春　五七
＊はだれゆき斑雪　春　五七
はたわさび畑山葵　春　一一〇

*はちじゅうはちや八十八夜　春一五三
はちす　夏三三〇
はつあかね初茜　新六〇九
はつあかり初明り　新六〇九
はつあきない初商　新六三三
はついち初市　新六三三
はつうぐいす初鶯　春　五三
*はつうま初午　春　三八
はつかい初買　新六三三
*はつかがみ初鏡　新六二五
はつかぜ初風　新六一一
はつがつお初鰹　夏二三〇
はつかり初雁　秋三八八
はつかわず初蛙　春一五八
はづきじお葉月潮　秋三九二
はつくさ初草　春一三六
はつげいこ初稽古　新六三六
*はつごよみ初暦　新六一七
はつざくら初桜　春一二三
はつざけ初鮭　秋三九三
はつしお初潮　秋三九二
はつしぐれ初時雨　冬四八八
はつしごと初仕事　新六三八
はつしののめ初東雲　新六〇九
*はつすずめ初雀　新六〇八
はつぜみ初蟬　夏三二一
*はつぞら初空　新六一〇
*ばった　秋四二〇
はつたけ初茸　秋四一六
はつだより初便り　新六一六
はつちょうず初手洗　新六一三
はつちょう初蝶　春一四三
はつづき初月　秋三八〇
はつつばめ初燕　春　七七
*はつてんじん初天神　新六四九
*はつなぎ初凪　新六一〇
*はつに初荷　新六三四
はつにうま初荷馬　新六三四
はつにぶね初荷舟　新六三四
はつねざめ初寝覚　新六三七
はつね初音　春　五三
はつのぼり初幟　夏一七一
はつはな初花　春一三三
はつはらい初祓　新六一三
*はつはる初春　新六〇七
はつばれ初晴　新六二一
*はつひ初日　新六〇九
はつひかげ初日影　新六〇九
はつひな初雛　春　五五
はつひので初日の出　新六〇九
*はつふゆ初冬　冬四六七
はつぶろ初風呂　新六三四
はつまいり初参　新六一二
はつみくじ初御籤　新六一三
はつみず初水　新六一二
はつみそら初御空　新六一〇
はつみどり初緑　春一五二
*はつもうで初詣　新六一二
はつもみじ初紅葉　秋四五七
はつやしろ初社　新六一二
*はつゆ初湯　新六三四
*はつゆめ初夢　新六三七
*はな花　春一三三
はなあおい花葵　夏二〇〇
はなあんず花杏　春一一四
*はないか花烏賊　春一二九
はなうばら花うばら　夏一八六
はながい花貝　春一三一

はなくず　花屑　春一二四
*はなぐもり　花曇　春一二七
*はなごおり　花氷　夏三〇三
*はなござ　花茣蓙　夏二六五
*はなごろも　花衣　春一二六
はなざかり　花盛り　春一二三
*はなしょうぶ　花菖蒲　夏一九三
はなすすき　花芒　秋三七〇
はなすみれ　花菫　春一〇〇
はなたで　花蓼　秋三五九
*はなだねまく　花種蒔く　春　八三
はなだより　花便り　春一二三
はなちる　花散る　春一二四
はなづかれ　花疲れ　春一二六
はなな　花菜　春一三九
はななあめ　花菜雨　春一四〇
はななかぜ　花菜風　春一四〇
はななずな　花薺　春一〇三
*はななづけ　花菜漬　春一四〇
はなねむ　花合歓　夏二五八
*はなの　花野　秋三六八
はなのあめ　花の雨　春一二三
はなのかぜ　花野風　秋三六八
はなのくも　花の雲　春一二三
はなのちり　花の塵　春一二四
はなのはら　花野原　秋三六八
はなのひる　花の昼　春一二三
はなのみち　花野道　秋三六八
はなのやど　花の宿　春一二三
はなのやま　花の山　春一二三
*はなび　花火　夏二八六
*はなびえ　花冷え　春一二五
はなふぶき　花吹雪　春一二四
はなぼこり　花埃　春一二三
*はなまつり　花祭　春一二四
*はなみ　花見　春一二五
はなみかん　花蜜柑　夏一九六
はなみごろも　花見衣　春一二六
はなみだい　花見鯛　春一二八
はなみどう　花御堂　春一二四
はなむしろ　花莚　春一二六
はなもも　花桃　春一一三
はなも　花藻　夏二三五
はぬけがも　羽抜鴨　夏二五三
*はぬけどり　羽抜鳥　夏二五三
はねぎ　葉葱　冬五〇七
はねつく　羽子つく　新六二七
*ははのひ　母の日　夏一七四
*はぼたん　葉牡丹　冬五九二
はまおもと　浜万年青　夏三一八
はまがに　浜蟹　夏二〇七
*はまぐり　蛤　春一三〇
*はまなす　玫瑰　夏三三四
はまなべ　蛤鍋　春一三〇
はまひるがお　浜昼顔　夏三四六
はまや　破魔矢　新六一三
*はまゆう　浜木綿　夏三一八
*はまゆみ　破魔弓　新六一三
はやずし　早鮨　夏二九七
はやぶさ　隼　冬四八三
ぱらそる　パラソル　夏二六五
はらみうま　孕馬　春一三五
*ばら　薔薇　夏一八五
はりおさめ　針納め　春　三九
*はりくよう　針供養　春　三九
はりまつる　針祭る　春　三九
*はる　春　春　三六
はるあらし　春嵐　春一四二
はるいしょう　春衣装　新六二四

はるいちばん春一番　春一四三
*はるおしむ春惜しむ　春一六四
はるがさね春襲　新六二四
*はるかぜ春風　春一四三
はるかなし春かなし　春一四八
*はるぎ春着　新六二四
はるくる春来る　春三七
はるくるる春暮るる　春一六三
はるご春蚕　春一五六
*はるごたつ春炬燵　春七五
ばるこにい バルコニー　夏二八二
はるごま春駒　春一三五
はるざむ春寒　春四三
*はるさめ春雨　春七八
はるしぐれ春時雨　春七九
はるじたく春仕度　冬五六三
*はるた春田　春六五
はるたつ春立つ　春三七
はるだんろ春暖炉　春七五
はるちかし春近し　冬五九九
はるつげぐさ春告草　春五〇
はるつげどり春告鳥　春五三
はるでみず春出水　春四一
*はるとなり春隣　冬五九九
はるのあかつき春の暁　春一一八
はるのあけぼの春の曙　春一一八
はるのあさ春の朝　春一一八
はるのあめ春の雨　春七八
*はるのうみ春の海　春六六
はるのうみ春の湖　春六六
はるのかぜ春の風　春一四三
はるのくさ春の草　春一三六
はるのくれ春の暮　春一六三
はるのこおり春の氷　春四三
はるのすずめ春の雀　春一五〇
はるのた春の田　春六五
はるのちり春の塵　春七八
*はるのつき春の月　春一一九
はるのどろ春の泥　春七九
はるのなみ春の波　春六六
はるのはて春の果　春一六三
はるのはま春の浜　春六六
はるのひ春の日　春一〇六
はるのふき春の蕗　春四八
*はるのほし春の星　春一一九
はるのみず春の水　春六三
はるのやま春の山　春六一
*はるのゆき春の雪　春五六
*はるのよい春の宵　春一一八
はるのよる春の夜　春一一八
はるのらい春の雷　春五八
はるのろ春の炉　春七五
*はるひ春日　春一〇六
はるひかげ春日影　春一〇六
はるひばち春火鉢　春七五
はるふかし春深し　春一六三
はるぼこり春埃　春七八
*はるまつり春祭　春三七
*はるめく春めく　春六〇
はるをまつ春を待つ　冬五九九
ばれいしょ馬鈴薯　秋三八三
はんかちいふハンカチーフ　夏二八〇
*ばんか晩夏　夏三三九
ばんぎく晩菊　秋四四〇
ばんぐせつ万愚節　春一〇五
ぱんじいパンジー　春一〇一
ばんしゅう晩秋　秋四五七
はんせんぎ半仙戯　春一四五

ばんそう晩霜　春一五四
ばんりょう晩涼　夏二七七
*ばんりょく万緑　夏二四三

ひ

*ひあしのびる日脚伸びる　冬五九五
ひいたあヒーター　冬五三四
びいちうえあビーチウエア　夏三一五
びいちぱらそるビーチパラソル　夏三一五
ひいな　春　五五
ひいらぎさす柊挿す　冬六〇〇
*ひいらぎのはな柊の花　冬四七三
ひいりむし火入虫　夏二一八
*びいる麦酒　夏二九三
ひえん飛燕　春　七七
ひか飛花　春一一四
*ひがさ日傘　夏二六五
ひがた干潟　春一二九
ひかみなり日雷　夏二六一
ひからかさ　夏二六五
*ひかん避寒　冬五八六
*ひがん彼岸　春　七二
ひがんあけ彼岸明け　春　七二
ひがんいり彼岸入り　春　七二
*ひがんえ彼岸会　春　七三
ひがんだんご彼岸団子　春　七三
ひがんにし彼岸西風　春　七一
ひがんばな彼岸花　秋三八九
ひがんもうで彼岸詣　春　七三
ひき蟾　夏二一〇
*ひきがえる蟇　夏二一〇
ひきがえる蟾蜍　夏二一〇
ひくとり引鳥　春　七一
ひぐま羆　冬五一六
ひぐらし蜩　秋三五〇
ひぐるま日車　夏三三三
ひざかり日盛　夏三〇五
ひさめ氷雨　夏二五一
ひしょなごり避暑名残　夏三三〇
*ひしょ避暑　夏三一九
ひせつ飛雪　冬五七八
ひだら干鱈　春　八七
ひつじぐさ未草　夏三三九
ひつじだ穭田　秋四五二
ひつまる日つまる　冬四九一
*ひでり旱　夏三〇九
ひでりぐさ日照草　夏三〇一
ひでりだ旱田　夏三〇九
ひとえ単衣　夏一六九
ひとのひ人の日　新六四一
ひとはおつ一葉落つ　秋三四三
*ひとりむし火取虫　夏二一八
*ひな雛　春　五五
ひなあそび雛遊　春　五五
ひなあられ雛あられ　春　五五
ひなかざる雛飾る　春　五五
ひながし雛菓子　春　五五
*ひなが日永　春一〇七
ひなげし雛罌粟　夏一八三
*ひなたぼこ日向ぼこ　冬五四七
ひなたぼこり日向ぼこり　冬五四七
ひなたぼっこ日向ぼっこ　冬五四七
ひなたぼっこぅ日向ぼっこう　冬五四七

ひなだん雛段　春五五
ひなどうぐ雛道具　春五五
ひなのいえ雛の家　春五五
ひなのえん雛の宴　春五五
ひなのきゃく雛の客　春五五
ひなのひ雛の灯　春五五
ひなのひ雛の日　春五五
ひなのやど雛の宿　春五五
ひなまつり雛祭　春五五
ひば干葉　冬五〇九
ひばく飛瀑　夏二七四
ひばりかご雲雀籠　春七六
*ひばり雲雀　春七六
ひぼたん緋牡丹　夏一六八
*ひまわり向日葵　夏三三三
ひみじか日短　冬四九一
ひむし灯虫　夏二一八
ひめぐるみ姫胡桃　秋四五〇
ひめつばき姫椿　冬四七二
ひもかがみ氷面鏡　冬五八四
びやがあでんビヤガーデン　夏二九三
*ひゃくじつこう百日紅　夏三三六
*ひゃくにちそう百日草　夏三三四
ひゃくはちのかね百八の鐘　冬五七一
びゃくれん白蓮　夏三三〇
*ひやけ日焼　夏三一三
ひやしどうふ冷豆腐　夏二九〇
ひやそうめん冷索麵　夏二九〇
びやほおるビヤホール　夏二九三
*ひやむぎ冷麦　夏二九〇
*ひややか冷やか　秋四〇八
*ひややっこ冷奴　夏二九〇
ひゆ冷ゆ　冬四九六
ひゆる冷ゆる　秋四〇八
*ひょう雹　夏二五一
ひょうかい氷海　冬五八四
ひょうか氷菓　夏二九二
ひょうこ氷湖　冬五八四
びょうご病蚕　春一五六
ひょうちゅう氷柱　夏三〇三
びょうぶ屏風　冬五三九
ひよけ日除　夏二五五
*ひるがお昼顔　夏二四五
ひるかわず昼蛙　春一五八
*ひるね昼寝　夏三〇六
ひるねざめ昼寝覚　夏三〇六
ひるのむし昼の虫　秋三七五
ひるはなび昼花火　夏二八六
*びわ枇杷　夏二一六
びわぎょ琵琶魚　冬五三三
*びわのはな枇杷の花　冬五〇四

ふ

ふうせつ風雪　冬五七八
*ふうせん風船　春一四四
ふうせんうり風船売　春一四四
ふうせんだま風船玉　春一四四
*ふうりん風鈴　夏二九九
ふうりんうり風鈴売　夏二九九
ふうりんそう風鈴草　夏二五〇
*ぷうるプール　夏三一四
*ふき蕗　夏一八一
ふきあげ噴上げ　夏二八一
ふきながし吹流し　夏一七三
*ふきのとう蕗の薹　春四八
ふきのは蕗の葉　夏一八一
ふきばたけ蕗畑　夏一八一

ふく　冬五三二
＊ふぐ河豚　冬五三二
＊ふくじゅそう福寿草　新六三三
＊ふぐじる河豚汁　冬五三三
ふくと　冬五三二
ふぐと　冬五三二
ふぐとじるふぐと汁　冬五三三
ふぐなべ河豚鍋　冬五一〇
ふくみず福水　新六一三
ふくらすずめふくら雀　冬五八九
＊ふくろかけ袋掛　夏一八八
ふくわかし福沸　新六一三
ふけまちづき更待月　秋三八一
ふさざきすいせん房咲水仙　春一〇五
＊ふじ藤　春一六一
ふじかずら藤かずら　春一六三
ふじかる藤枯る　冬四九八
ふじだな藤棚　春一六三
ふじづな藤綱　春一六三
ふじな藤菜　春一〇一
ふじなみ藤浪　春一六三
ふじのはな藤の花　春一六一
ふじもうで富士詣　夏二七一
＊ふすま襖　冬五三九
＊ぶそんき蕪村忌　冬五五九
ふつかづき二日月　秋三八〇
＊ふっかつさい復活祭　春　九四
ぶっしょうえ仏生会　春一三四
ふではじめ筆始　新六二三
＊ぶどう葡萄　秋四三三
ぶどうえん葡萄園　秋四三三
ぶどうだな葡萄棚　秋四三三
＊ふところで懐手　冬五四六
＊ふとん蒲団　冬五三八
ふとん布団　冬五三八
ふとんほす蒲団干す　冬五三九
ふなあそび船遊び　夏三一三
＊ふなむし舟虫　夏三一八
ふなりょうり船料理　夏二九八
ふぶき吹雪　冬五七八
＊ふゆ冬　冬四六六
ふゆあたたか冬暖　冬四八四
ふゆうらら冬うらら　冬四八四
ふゆがこい冬囲　冬四八九
＊ふゆがまえ冬構　冬四八九
＊ふゆがれ冬枯　冬四九九
ふゆき冬木　冬四九八
ふゆぎく冬菊　冬五九三
ふゆきたる冬来る　冬四六七
ふゆくさ冬草　冬五〇〇
ふゆこだち冬木立　冬四九八
＊ふゆごもり冬籠　冬五二八
ふゆざるる冬ざるる　冬四九九
＊ふゆざれ冬ざれ　冬四九九
ふゆすすき冬芒　冬五〇一
ふゆすずめ冬雀　冬五八九
ふゆそうび冬薔薇　冬五九三
ふゆたつ冬立つ　冬四六七
ふゆちかし冬近し　秋四五六
ふゆにいる冬に入る　冬四六七
ふゆぬくし冬ぬくし　冬四八四
＊ふゆのうみ冬の海　冬五三〇
ふゆのしお冬の潮　冬五三〇
ふゆのちょう冬の蝶　冬五八九
ふゆのなみ冬の波　冬五三〇
＊ふゆのはち冬の蜂　冬五二七
ふゆのはま冬の浜　冬五三〇
ふゆのひ冬の日　冬四九二

ふゆのやま冬の山　冬五一四
ふゆのよる冬の夜　冬五五三
ふゆはじめ冬初め　冬四六七
ふゆばち冬蜂　冬五二七
*ふゆばら冬薔薇　冬五九三
*ふゆばれ冬晴　冬四八四
*ふゆひ冬日　冬四九二
ふゆひかげ冬日影　冬四九二
ふゆひなた冬日向　冬四九二
ふゆびより冬日和　冬四八四
*ふゆぼう冬帽　冬五四二
ふゆぼうし冬帽子　冬五四二
ふゆめ冬芽　冬五〇五
*ふゆもえ冬萌　冬五〇四
*ふよう芙蓉　秋三五三
ぶらここ　春一四五
ぶらんこ　春一四五
ふらんど　春一四五
ぶりおこし鰤起し　冬五七八
ふるうちわ古団扇　夏二六四
ふるすだれ古簾　夏二五四
ふるにっき古日記　冬五六三
ふるゆかた古浴衣　夏二七八
*ふろふき風呂吹　冬五〇五
ぶんごうめ豊後梅　春五一
*ふんすい噴水　夏二八一
ぶんぶん　夏二六七

へ

へいけぼたる平家蛍　夏二一九
*へちま糸瓜　秋四〇二
へちまき糸瓜忌　秋三八四
べったらづけべったら漬　冬四八一
べにがい紅貝　春一三
べにはす紅蓮　夏三三〇
*へび蛇　夏二四八
へびあなにいる蛇穴に入る　秋三八七
*へびあなをいず蛇穴を出ず　春五九
へびいず蛇出ず　春五九
*へびいちご蛇苺　夏二四七
べらんだベランダ　夏二八二
べんけいがに弁慶蟹　夏二〇七
ぺんぺんぐさぺんぺん草　春一〇三
*へんろ遍路　春一四七
へんろがさ遍路笠　春一四七
へんろつえ遍路杖　春一四七
へんろみち遍路道　春一四七
へんろやど遍路宿　春一四七

ほ

ぼうかんぼう防寒帽　冬五四二
ほうしぜみ法師蟬　秋三五〇
*ほうせんか鳳仙花　秋三五五
ぼうたん牡丹　夏一六八
ぼうねんかい忘年会　冬五六七
ほうらい蓬萊　新六一九
*ほうれんそう菠薐草　春四八
ほおざし　春八七
*ほおずき鬼灯　秋四〇三
ほおずき鬼燈　秋四〇三
ほおずき酸漿　秋四〇三
*ほおずきいち鬼灯市　夏二六九
ほおずきいち酸漿市　夏二六九
ぼおとボート　夏三一三

＊ほおのはな朴の花　夏一八四
ぼさん墓参　秋三四七
ほしあい星合　秋三四五
ほしいい干飯　夏二九六
ほしがき干柿　秋四二一
ほしがれい干鰈　春八七
ほしこよい星今宵　秋三四五
ほしだいこん干大根　冬四七九
＊ほしづきよ星月夜　秋三四四
ほしづくよ　秋三四四
ほしとぶ星飛ぶ　秋三五二
＊ほしな干菜　冬五〇九
ほしなぶろ干菜風呂　冬五〇九
ほしのり干海苔　春四九
ほしぶとん干蒲団　冬五三八
ほしまつり星祭　秋三四五
ほしむかえ星迎　秋三四五
ぼしゅう暮秋　秋四二七
ぼしゅん暮春　春一六三
ほそばたで細葉蓼　秋三五九
＊ほだ榾　冬五三三
ほだあかり榾明　冬五三三
ほだのいえ榾の家　冬五三三
ほだのぬし榾の主　冬五三三
ほだのやど榾の宿　冬五三三
ほだび榾火　冬五三三
＊ほたる蛍　夏二一九
ほたるかご蛍籠　夏二二〇
ほたるがっせん蛍合戦　夏二一九
ほたるぐさ螢草　秋四〇〇
ほたるび蛍火　夏二一九
＊ほたるぶくろ蛍袋　夏二四九
ぼたんえん牡丹園　夏一六八
＊ぼたんのめ牡丹の芽　春八〇
ぼたんゆき牡丹雪　冬五七八
＊ぼたん牡丹　夏一六八
＊ほととぎす時鳥　夏二四二
ほととぎす子規　夏二四二
ほととぎす杜鵑　夏二四二
ほととぎす不如帰　夏二四二
ほととぎす蜀魂　夏二四二
ほなが穂長　新六二三
ほむぎ穂麦　夏一九〇
ぼや小火　冬五五七
ほろがや母衣蚊帳　夏二三七
ぼん盆　秋三四六
ぼんおどり盆踊　秋三四七
ぼんだな盆棚　秋三四六
ぼんとくたでぼんとく蓼　秋三五九
ぼんのつき盆の月　秋三八一

ま

＊まいまい　夏三二一
まいまい鼓虫　夏三二一
まきずし巻鮨　夏二九七
まくず真葛　秋三七二
まくずはら真葛原　秋三七二
まくらがや枕蚊帳　夏二三七
まじ　夏二四〇
＊ますくマスク　冬五四三
ますほのすすき十寸穂の芒　秋三七〇
まだら真鱈　冬五三三
まつあけ松明　新六四五
まつおさめ松納め　新六二〇
まつかざり松飾り　新六二〇
まつかふん松花粉　春一五二
まつすぎ松過　新六四五

まつたけめし　松茸飯　秋四〇八
まつたけ　松茸　秋四一六
*まつていれ　松手入　秋四三七
まつなぬか　松七日　新六四五
*まつのうち　松の内　新六四五
まつのしん　松の蕊　春一五三
*まつのはな　松の花　春一五三
まつのみどり　松の緑　春一五三
*まつばぼたん　松葉牡丹　夏三〇一
まつむし　松虫　秋三七五
まつよい　待宵　秋三八一
まつよいぐさ　待宵草　夏二五八
*まつり　祭　夏一七六
まつりあと　祭後　夏一七六
まつりがさ　祭笠　夏一七六
まつりがみ　祭髪　夏一七六
まつりだいこ　祭太鼓　夏一七六
まつりぢょうちん　祭提灯　夏一七六
まつりばやし　祭囃子　夏一七六
まつりぶえ　祭笛　夏一七六
まつりまえ　祭前　夏一七六
まつりやど　祭宿　夏一七六

まびきな　間引菜　秋四〇五
まぶし　蚕簿　夏一七五
まふらあ　マフラー　冬五四四
まめ　豆　秋三五七
まめたん　豆炭　冬五三〇
*まめのはな　豆の花　春一四一
まめまき　豆撒　冬六〇〇
まめめいげつ　豆名月　秋四四三
まめめし　豆飯　夏一八〇
*まゆ　繭　夏一七五
まゆかい　繭買　夏一七五
まゆかき　繭掻　夏一七五
まゆだま　繭玉　新六四四
まるにじ　円虹　夏二六三
まるはだか　丸裸　夏三一一
まわりどうろう　回燈籠　夏二九九
まんげつ　満月　秋三八一
まんざい　万歳　新六三〇
*まんじゅしゃげ　曼珠沙華　秋三八九
まんと　マント　冬五四六
まんりょう　万両　冬五九一

み

みうめ　実梅　夏二一四
みかづき　三日月　秋三八〇
*みかんのはな　蜜柑の花　夏一九六
*みかん　蜜柑　冬四七七
*みくさおう　水草生う　春六四
みこし　神輿　夏一七七
みざくろ　秋四二九
*みじかよ　短夜　夏一九五
*みずあそび　水遊び　夏三〇二
みずうちわ　水団扇　夏二六四
みずからくり　水からくり　夏三〇二
*みずかる　水涸る　冬五五六
*みずぎ　水着　夏三一五
みずくさおう　水草生う　春六四
みすぐさ　御簾草　夏三二八
みずすまし　夏三三三
みずすまし　水澄　夏三二一
*みずすむ　水澄む　秋四〇八
みずでっぽう　水鉄砲　夏三〇二
*みずとり　水鳥　冬四九四

＊みずぬるむ水温む　春六二
＊みずばしょう水芭蕉　夏二五七
みずまき水撒き　夏二八四
みずをうつ水を打つ　夏二八四
みせんりょう実千両　冬五九一
＊みそぎ御祓　夏三三三
みそぎがわ御祓川　夏三三三
＊みぞれ霙　冬五五五
みだれはぎ乱れ萩　秋三七三
みつばあけび三葉通草　秋四三四
みつまたのかわはぐ三椏の皮剝ぐ　冬五五〇
みどりたつ緑立つ　春一五三
みなづきはらえ水無月祓　夏三三三
みなみ南風　夏二三九
＊みにしむ身に入む　秋四四六
みねぐも峰雲　夏二六一
＊みのむし蓑虫　秋三七七
みみずいづ蚯蚓出づ　夏二〇九
＊みみずく木菟　冬四九四
＊みみず蚯蚓　夏二〇九
＊みやこおどり都踊　春一一三
＊みやこどり都鳥　冬五一九
みやまうど深山独活　春九一
みゆき深雪　冬五七八
みんみんぜみみんみん蟬　夏三二一

む

むかえび迎火　秋三四六
＊むぎ麦　夏一九〇
むぎあおむ麦青む　春一三九
むぎあき　夏一九三
むぎちゃ麦茶　夏二九一
＊むぎのあき麦の秋　夏一九三
むぎのほ麦の穂　夏一九〇
＊むぎのめ麦の芽　冬五九五
むぎぶえ麦笛　夏一九一
＊むぎふみ麦踏　春四六
＊むぎゆ麦湯　夏二九一
むぎをふむ麦を踏む　春四六
＊むくげ木槿　秋三五四
＊むげつ無月　秋三八二
＊むし虫　秋三七五
むしうり虫売　秋三七五
むしかがり虫篝　夏二一八
むしかご虫籠　秋三七五
むししぐれ虫時雨　秋三七五
むしばらい虫払い　夏三三三
＊むしぼし虫干　夏三三三
むしろおる筵織る　冬五四八
むらしぐれ村時雨　冬四八八
むらまつり村祭　秋四三八
むらもみじむら紅葉　秋四五七
＊むろざき室咲　冬五九八

め

＊めいげつ名月　秋三八一
めいげつ明月　秋三八一
めうど芽独活　春九一
めかりどき目借時　春一五九
めかりぶね若布刈舟　春五四
めぐむ芽組む　春八五
＊めざし目刺　春八七
めざしいわし目刺鰯　春八七
＊めしすえる飯饐る　夏二九六
めしのあせ飯の汗　夏二九六
めだち芽立　春八五
めばりはぐ目貼剝ぐ　春七四

めぶく芽吹く　春八五
めんたいこ明太子　冬五二四

も

*もかり藻刈　夏三二六
もかりがま藻刈鎌　夏三二六
もかりざお藻刈竿　夏三二六
*もがりぶえ虎落笛　冬五五二
もかりぶね藻刈舟　夏三二六
もぐさおう藻草生う　春六四
*もくせい木犀　秋四〇六
もくぼじだいねんぶつ木母寺大念仏　春一三七
*もくれん木蓮　春一一六
もくれん木蘭　春一一六
もずのにえ鵙の贄　秋四二五
もずのはやにえ鵙の早贄　秋四二五
もずのはれ鵙の晴　秋四二五
もずびより鵙日和　秋四二五
*もず鵙　秋四二四
もず百舌鳥　秋四二四
*もち餅　冬五六八
もちぐさ餅草　春九七
もちしょうがつ望正月　新六四八
もちづき望月　秋三八一
もちのしお望の潮　秋三九二
*もちばな餅花　新六四四
ものだねまく物種蒔く　春一五三
*もののめものの芽　春八〇
*ものはな藻の花　夏三二五
ものめ物芽　春八〇
もみうり揉瓜　夏二八九
*もみじがり紅葉狩　秋四五八
もみじご紅葉子　冬五二四
*もみじちる紅葉散る　冬四八五
もみじづた紅葉蔦　秋四六〇
もみじなべ紅葉鍋　冬五一〇
*もみじぶな紅葉鮒　秋四五九
もみじみ紅葉見　秋四五八
もみじやま紅葉山　秋四五七
*もみじ紅葉　秋四五七
もみじ黄葉　秋四五七
もみまく籾蒔く　春一五三
*もものはな桃の花　春一一三
もゆ炎ゆ　夏二五四
もろこし　秋四〇五
もろむき諸向　新六三三

や

やえざくら八重桜　春一二三
やえやまぶき八重山吹　春一五〇
*やがく夜学　秋三六六
やがくし夜学子　秋三六六
やがくせい夜学生　秋三六六
*やきいも焼芋　冬五一二
やきいもや焼芋屋　冬五一二
やきはまぐり焼蛤　春一三〇
やぎょう夜業　秋三六七
やくび厄日　秋三六二
やぐるま矢車　夏一七二
*やく灼く　夏三〇八
*やこうちゅう夜光虫　夏三一七
やこひき夜興引　冬五一八
*やしょく夜食　秋三六七
やちょ野猪　秋四六二
やつがしら八頭　秋三八三
やっこどうふ奴豆腐　夏二九〇
*やつでのはな八手の花　冬四七四

*やなぎ　柳　春一二一
やなぎかげ　柳陰　春一二二
やなぎたで　柳蓼　秋三五九
やなぎのいと　柳の糸　春一二二
やなぎのはな　柳の花　春一二二
やばい　野梅　春五一
やぶか　藪蚊　夏二三五
やぶつばき　藪椿　春八九
やまあり　山蟻　夏二三四
やまいも　山芋　秋三八三
やまうど　山独活　春九一
やまがに　山蟹　夏二〇七
やまぐさ　山草　新六三三
やまざくら　山桜　春一三三
やましたたり　山滴り　夏二七六
やましみず　山清水　夏二七六
*やまねむる　山眠る　冬五一四
やまはぎ　山萩　秋三七三
*やまびらき　山開　夏二七一
*やまぶき　山吹　春一五〇
*やまめ　山女　夏一九〇
やまめ　山女魚　夏一九〇
やまめつり　山女釣　夏一九〇
やまやく　山焼く　春四五
やまわかば　山若葉　夏一七八
*やまわらう　山笑う　春六一
ややさむ　やや寒　秋四四六
*やよい　弥生　春一〇六
やりばね　遣羽子　新六二七
やりょう　夜涼　夏二一七
やればしょう　破れ芭蕉　秋三六一
*やれはす　敗荷　秋四四八
やれはちす　破れ蓮　秋四四八
やんま　秋三八六

ゆ

ゆ　柚　秋四五六
*ゆうがお　夕顔　夏三一八
ゆうがすみ　夕霞　春九五
*ゆうがとう　誘蛾灯　夏二一八
ゆうかわず　夕蛙　春一五八
ゆうげしょう　夕化粧　秋三五五
ゆうごち　夕東風　春五九
ゆうざくら　夕桜　春一三三
ゆうすずみ　夕涼み　夏二八三
ゆうすず　夕涼　夏二七七
ゆうせん　遊船　夏三一三
ゆうたきび　夕焚火　冬五三三
*ゆうだち　夕立　夏二六二
ゆうだち　白雨　夏二六二
ゆうだちぐも　夕立雲　夏二六二
ゆうづき　夕月　秋三八〇
ゆうつばき　夕椿　春八九
ゆうにじ　夕虹　夏二六三
ゆうびえ　夕冷え　秋四〇八
ゆうひばり　夕雲雀　春七六
ゆうもみじ　夕紅葉　秋四五七
*ゆうやけ　夕焼　夏三〇七
*ゆかた　浴衣　夏二七八
*ゆき　雪　冬五七八
ゆきあそび　雪遊び　冬五八〇
ゆきうさぎ　雪兎　冬五八一
*ゆきおこし　雪起し　冬五七八
*ゆきおれ　雪折　冬五八四
ゆきおろし　雪卸　冬五八〇
ゆきおんな　雪女　冬五八三
*ゆきかき　雪搔　冬五八〇
ゆきがき　雪垣　冬五五四
*ゆきがこい　雪囲　冬五五四

*よすすぎ夜濯　夏二八八
よすずみ夜涼み　夏二六四・二八三
*よせなべ寄鍋　冬五一〇
よだき夜焚　夏二三九
よたきび夜焚火　冬五三二
よだち　夏二六二
*よっとヨット　夏三一三
*よづり夜釣　夏二三九
*よなが夜長　秋三六四
*よなべ夜なべ　秋三六七
よばいぼし夜這星　秋三五二
よひら四葩　夏一九九
よぶり夜振　夏二三九
*よみせ夜店　夏二八七
よみや夜宮　夏一七六
*よめがきみ嫁が君　新六三二
*よもぎ蓬　春九七
よもぎもち蓬餅　春二一
*よるのあき夜の秋　夏三三八
よろいもち鎧餅　新六三三

ら

らい雷　夏二六一
らいう雷雨　夏二六一
らいこう雷光　夏二六一
らいめい雷鳴　夏二六一
らくがん落雁　秋三八八
らくそうこう落霜紅　秋四二五
らくだい落第　春六四
*らぐびいラグビー　冬五八二
らしん裸身　夏三二一
*らっか落花　春一二四
らっせるしゃラッセル車　冬五八〇
らっぱずいせん喇叭水仙　春一〇五
*らむねラムネ　夏二九二
らんおう乱鶯　夏二四一

り

*りきゅうき利休忌　春八四
*りっか立夏　夏一六七
*りっしゅう立秋　秋三四三
*りっしゅん立春　春三七
*りっとう立冬　冬四六七
りゅうかん流感　冬五三七
りゅうじょ柳絮　春一三三
*りゅうせい流星　秋三五二
*りゅうとう流灯　秋三四八
りゅうとう竜灯　秋三六一
りゅうのすけき龍之介忌　夏三三七
*りゅうひょう流氷　春九二
りゅうひょうき流氷期　春九三
りょうかいきん猟解禁　冬五一七
りょうけん猟犬　冬五一七
りょうふう涼風　夏二七七
りょうや良夜　秋三八一
*りょくいん緑蔭　夏二二四
*りんご林檎　秋四二八
*りんどう竜胆　秋三九九

る

るいしょう類焼　冬五五七

れ

れいしん霊辰　新六四一
*れもん檸檬　秋四三一
*れんぎょう連翹　春一一七
れんげ蓮華　夏三三〇

れんげそう蓮華草　春一〇二

ろ

ろ炉　冬五三四
ろあかり炉明　冬五三三
*ろうおう老鶯　夏二四一
ろうじんのひ老人の日　秋三七九
*ろうばい臘梅　冬五九六
*ろだい露台　夏二八二
ろのなごり炉の名残　春七四
ろび炉火　冬五三四
*ろびらき炉開　冬四七〇
*ろふさぎ炉塞　春七四
ろをふさぐ炉を塞ぐ　春七四

わ

*わかあゆ若鮎　春六六
わかい若井　新六二三
*わかくさ若草　春一三六
わかくさ嫩草　春一三六
わかくさの若草野　春一三六
わかごま若駒　春一二五
わかざくら若桜　春一二三
わかざり輪飾　新六三二
わかしお若潮　新六二三
わかしおむかえ若潮迎え　新六二三
*わかな若菜　新六四一
わかなつみ若菜摘　新六四一
わかなはやす若菜はやす　新六四〇
*わかば若葉　夏一七八
わかばあめ若葉雨　夏一七八
わかばかぜ若葉風　夏一七八
わかまつ若松　春一五三
*わかみず若水　新六二三
わかみずむかえ若水迎　新六二三
わかみどり若緑　春一五三
*わかめ若布　春五四
わかめ和布　春五四
わかやぎ若柳　春一三
わかゆ若湯　新六三五
*わかれじも別れ霜　春一五四
わかれゆき別れ雪　春五七
*わくらば病葉　夏三三七
*わさび山葵　春二一〇
わすれじも忘れ霜　春一五四
わすればな忘れ花　冬四八五
わすれゆき忘れ雪　春五七
わせ早稲　秋四一九
わせざけ早稲酒　秋四一八
わせのめし早稲の飯　秋四一七
*わたいれ綿入　冬五四〇
わたこ綿子　冬五四〇
*わたむし綿虫　冬五二七
わたゆき綿雪　冬五七八
*わたりどり渡り鳥　秋四三三
*わびすけ侘助　冬五九八
わらうやま笑う山　春六一
*わらしごと藁仕事　冬五四八
*わらづか藁塚　秋四五四
わらにお藁鳰　秋四五四
わらびもち蕨餅　春一二一

執筆者

大野　林火　明治三十七年三月横浜市生まれ。本名正。
東京大学経済学部卒業。元「浜」主宰、俳人協会会長。
句集『海門』『冬雁』『白幡南町』『潺潺集』『飛花集』など。
主要著書に『現代の秀句』『高浜虚子』『戦後秀句』
『近代俳句の鑑賞と批評』などがある。
昭和五十七年八月没。

村田　脩　元「萩」主宰。平成二十二年没。

樋笠　文　無所属。平成二十三年没。

鍵和田秞子　「未来図」主宰。

北澤　瑞史　元「季」主宰。平成十年没。

島谷　征良　「一葦」主宰。「風土」同人。

本書は一九八四年四月に小社より刊行した『ハンディ版入門歳時記』を改訂・改版し新版としたものです。

ハンディ版《ばん》　入門歳時記《にゅうもんさいじき》　新版《しんぱん》

1984年４月20日　初版発行
2018年３月31日　新版初版発行
2025年３月15日　新版５版発行

監修／大野林火《おおのりんか》

編／俳句文学館《はいくぶんがくかん》

発行者／山下直久

発行／株式会社KADOKAWA
〒102-8177　東京都千代田区富士見2-13-3
電話　0570-002-301（ナビダイヤル）

装丁／大武尚貴＋鈴木久美

装画／SOU・SOU「路地」

印刷所／旭印刷株式会社

製本所／牧製本印刷株式会社

●お問い合わせ
https://www.kadokawa.co.jp/（「お問い合わせ」へお進みください）
※内容によっては、お答えできない場合があります。
※サポートは日本国内のみとさせていただきます。
※ Japanese text only

定価はカバーに表示してあります。

Printed in Japan
ISBN 978-4-04-400379-1　C0592

新版
角川俳句大歳時記
全五巻
角川書店編

編集委員＝茨木和生・宇多喜代子・片山由美子・高野ムツオ・長谷川櫂・堀切実。全五巻の収録見出し季語は約五四四〇語。近世から現代までの五万句を超える名句を収録。本格歳時記の決定版！

A5判